KB013521

세상의 경계에서

세상의 경계에서

THE SPACE BETWEEN WORLDS

MICAIAH JOHNSON

미카이아 존슨 | 이정아 옮김

황금가지

THE SPACE BETWEEN WORLDS

by Micaiah Johnson

할머니 나무에게

사랑합니다. 모든 게 당신 덕분입니다. 제발 이 책을 읽지 마세요.

여러분에게

비록 우리가 과거에 소망했던 방식이 아니더라도

언제나 여러분과 함께할 것입니다.

내가 태어난 곳은 해가 너무 강해서 조금 피해야 했어요.

그래서 여러분과도 거리를 두었던 겁니다.

차례

일러두기 본문의 각주는 옮긴이 주입니다.

1부

무한한 우주의 저 먼 곳에 우리 은하와 똑같이 생긴 은하계가 있다. 그곳에는 우리 태양계를 쏙 빼닮은 태양계가 있고, 그 안에는 지구와 똑같이 닮은 행성이 있으며, 거기에는 우리 집과 똑같은 집이 있고, 그 집에는 나와 똑같이 생긴 사람이 살고 있다. 그리고 그 사람은 지금 현재 바로 이 책을 읽으면서 멀리 떨어진 은하계에 있는 나를 상상하며 이제 막 문장의 끝을 보고 있다. 그런데 이렇게 똑같은 세상이 하나만 있는 게 아니다. 무한한 우주에는 많은 세계가 무한대로 존재한다. 어떤 세계에서는 내 도플갱어가 지금 나와 함께 이 문장을 읽고 있으며, 또 어떤 세계에서는 띄엄띄엄 읽어 뒷부분을 보고 있거나 다른 세계에서는 간식을 먹고 싶어서 책을 내려놓기도 한다.
또 다른 세계에서는 도플갱어가 어두운 골목에서 마주치고 싶지 않을 만큼 바람직하지 않은 성격의 소유자일 수도 있다.

— 브라이언 그린, 『멀티 유니버스』

1장

다중우주가 사실임이 드러나자 종교계와 과학계 모두 그것을 자신들이 타당하다는 증거로 들었다.

과학자들은 이렇게 말했다. 그러게, 우리가 평행우주가 존재한다고 했잖아.

종교인들은 다음과 같이 말했다. 거봐, 우리는 한 가지 이상의 삶이 있다는 걸 내내 알고 있었다니까.

***

보잘것없는 것들이라도 희귀해지는 순간 귀중한 존재가 될 수 있다. 이 말은 내 일생일대의 교훈이다.

나는 지금 산기슭에서 결코 보고자 하지 않았던 풍경을 내려다보고 있다. 197호 지구인 이곳에서 나는 석 달을 살고 죽었다. 파일에는 호흡기 합병증이라는 사인(死因)만 적혀 있다. 하지만 사망신고서에 나와 있는 주소가 살아생전의 대부분을 지냈던 한 칸짜리 오두막이라서 그런지, 철판 지붕과 콘크리트 바닥은 물론 엄마와 내가 여러 다른 지구에서 같이 몸을 뉘었던 매트리스까지 생생하게 기억난다. 나는 엄마의 살에서 떨어져 나온 적나라한 때를 들이마시면서 잠든 채로 포근하게 죽었다.

"응답해, 카라. 카라?"

델이 계속 나를 부르고 있다. 하지만 지금은 짜증만 난 상태일 테니 델이 마음을 쓸 때까지 대답하지 않을 작정이다. 내가 비협조적으로 굴기를 좋아해서가 아니라(물론 그런 면이 있긴 하지만), 임무가 헛수고로 끝날까 봐 델이 우려하는 게 꼭 나를 걱정해서 하는 소리처럼 들리기 때문이다.

내 뒤에서는 고정 포트에서 이동식 포트로 정보가 다운로드되고 있다. 다운로드가 완료되면 이동식 포트를 가지고 0호 지구로 돌아갈 것이다. 0호 지구는 으뜸이 되는 지구로서, 다른 이들이 진짜 세계로 여기는 곳이다. 내가 모은 정보는 인구수, 기온 변동, 일반 소식 같은 라이트데이터와 다크데이터로 나뉜다. 다크데이터는 현재 다른 지구의 종족에 영향을 미치고 있으며 우리 종족에게까지 영향을 끼칠 수 있는 자료다. 해당 지구가 미래 세계라고 치면 어느 날 모든 종족이 종말을 맞는 위치의 전체 명단 같은 것 말이다. 도대체 누가 신경 쓴다고 다크데이터의 존재를 극비로 하는지 모르겠다. 내부자 거래도 범죄로 여기지 않는데. 물론 여기서 말하는 범죄는 피가 난무하는 진짜 범죄가 아니다.

"카라……."

목소리로 보아 아직 짜증이 난 정도일 뿐이다. 나는 다운로드가 얼마나 진행됐는지 살핀다. 60퍼센트.

"카라, 응답 좀 해 줘."

다 됐다.

"듣고 있어요."

델이 다시 아무렇지 않은 척 다잡느라 잠시 잠잠했지만 나는 그녀가 크게 놀랐다는 것을 알 수 있었다. 곧이어 델이 뼈 있는 말을 내뱉는다.

"꼭 그렇게까지 기다리게 할 필요는 없잖아."

"감시관님 역시 날 매번 다운로드 포트에서 3킬로미터나 떨어진 곳에 착륙시킬 필요는 없는데 말이죠. 어째 우리 둘 다 속이 좀 좁은 거 같네요, 안 그래요?"

델이 피식 웃는 소리를 들을 수 있었으나, 무려 196개의 세상만큼 떨어진 곳에서 그런 소리가 진짜 들렸을 리 없다. 6년 전에 고용된 직후부터 나는 직무에 필요한 체력 훈련을 기피했다. 깐깐한 성격의 델이니 내 행태를 회사에 보고해도 그런가 보다 하겠지만, 그 대신 그녀는 보복하듯 내게 이토록 먼 거리를 걷게 한다.

"귀환해야 해. 네 책상에 파일 하나 놔뒀어."

"이번 주 파견 일정표는 이미 받았는데요."

"파견 일정표 아니고. 새로운 파일."

"아니 근데……."

난 사라지는 살덩이를 만져 볼 셈으로 가슴에 손을 대어 본다.

마음 같아서는 그럴 리 없다고, 그랬다면 나도 알았겠지요, 하고 말하고 싶다. 하지만 나는 델에게 한 시간만 달라는 말만 하고 접속을 끊는다.

새로운 세상으로 간다는 건, 거기에서 살던 '나'는 더 이상 그 지구를 이용하지 않는다는 뜻이다. 또다시 어딘가에서 내가 죽었는데 나는 아무것도 느끼지 못했다.

내가 살던 지구의 지평선과 닮았지만 거기 것이 아닌 지평선을 하염없이 바라보며 얼마나 오랫동안 앉아 있었는지 모르겠다. 땡 하고 다운로드가 완료됐다는 소리가 들린다. 볼 사람도 없으니 횡단해 이곳을 빠져나갈 수도 있으나, 운명이 나와 떨어트려 놓으려 했던 세상을 잠깐이나마 몰래 탐사한다.

또 다른 나는 없어졌다. 골짜기로 들어선 나는 올라올 때보다 조금 더 가치 있는 존재가 되어 산을 내려가고 있다.

***

다중우주가 그저 이론에 불과했던 어린 시절, 나라는 존재는 쓸모가 없었다. 퇴원하거나 입원하는 이들이 거의 없는 와일리시티 장벽 밖 병동에 수용된 중독자의 가무잡잡한 어린 딸일 뿐이었다. 그러다가 우리에게 새로운 아인슈타인 같은 존재이자 나를 고용한 연구소의 설립자 애덤 보슈가 다른 우주들을 들여다볼 방법을 알아냈다. 물론 인류는 그저 보는 것만으로 만족할 수 없었다. 우리는 들어가야만 했다. 만져 보고 맛보고 취해야만 했다.

하지만 다른 우주는 거절했다.

최초로 평행지구를 탐사하러 떠난 이들은 이미 죽거나 온몸의 뼈가 부러져서 곧 죽을 듯이 씰룩거리는 상태로 귀환했다. 버텨 내고 새로운 세상에서 살아남은 이들도 있었지만, 결국 부상 때문에 얼마 안 가 목숨을 잃고 시체가 되어 돌아올 수밖에 없었다.

인류는 똑똑한 사람들의 송장을 여럿 치우고 나서야, 가고자 하는 세상에 다른 자신이 여전히 생존해 있다면 진입을 거절당한다는 점을 알게 됐다. 우리는 다른 우주가 허용하지 않으려 하는 변칙적인 존재이기에, 혹여 진입을 허용했다더라도 돌려보낼 때는 반으로 산산이 조각내어 버린다는 사실까지도. 하지만 보슈가 개발한 장치는 우리가 사는 곳과 아주 유사한 세계에만 반응을 일으킬 수 있었다. 그래서 유아기에 사망할 위험도 겪지 않고 멸종을 불러오는 대부분의 바이러스성 전염병에 대해 예방접종까지 받으며 도시에서 안전하게 보호받으며 자란 대다수의 과학자에게는 다른 세계에 살아 있는 도플갱어들이 있었다.

과학자들은 쓸모없는 사람들이 필요했다. 검은 피부나 갈색 피부를 지닌 가난한 사람들. '장벽'을 세운 장본인임에도 어쩐 이유인지 벽 '바깥쪽'에 사는 이들. 일을 하러 온 노동자나 피난민, 혹은 최초의 신자유주의자들이 이 땅을 살펴보고 천국을 세워야겠다고 구상하기 전부터 여기에 살았던 선주민이 바로 그런 쓸모없는 사람들이었다. 과학자들에게는 나 같은 사람들이 필요했다. 그러니 나 역시도 필요한 사람이었다.

우리가 반응을 일으킬 수 있는 380개의 지구 가운데 무려 372개의 지구에서 나는 죽었다. 아니, 이제는 373개로 늘어났다. 난 과학자가 아니다. 그저 과학자들의 부속품 같은 존재다. 윗선이 서류상에 우리를 기재하는 명칭은 '횡단자'다. 우리는 지난 횡단자 세대가 설치한 포트를 이용해 해당 지역의 정보를 내려받아서 잘난 양반들이 연구할 수 있게 갖다 준다. 우리는 과학자들이 실제로 부르는 명칭인 '비둘기'보다도 나을 게 없는 신세다.

언젠가 엘드리지 연구소가 다른 세계들의 정보를 원격으로 내려받는 방법을 알아내게 되면 난 다시 쓸모없는 존재가 될 것이다.

***

0호 지구로 돌아온 나는 근무복으로 갈아입은 뒤 곧장 사무실로 간다. 현재 3분의 2 이상이 빈 책상들 틈에서 델이 눈에 띄게 솟아 보인다. 언제나 겁도 없이 자신의 심기를 거스르는 유일한 인간을 내내 기다렸던 터라 얼굴이 딱딱하게 굳어 있다.

"누추한 데까지 어인 행차시래? 60층 아래로 내려오면 두드러기 나는 분인 줄 알았는데요."

델이 피식 웃는다. 내 말이 재미있어서라기보다는 받아칠 방법쯤은 알고 있다는 것을 보여 주고 싶어서 그런다.

"그쯤이야 견딜 수 있지."

분명 그럴 것이다. 생존이야말로 델이 온전히 관심을 기울이는 문제니까. 이곳 0호 지구에서 그녀는 횡단자가 되고 싶어 했다. 설정 또한 그렇게 되어 있었다. 다른 세계들이 존재할 가능성이 열리기 전부터 우주를 주시해 왔던 공군 조종사로 말이다. 하지만 델은 대대로 부를 쌓은 좋은 집안 출신이다. 몇몇 세계에서 그녀의 부모는 일본을 떠나서 살아 본 적이 없었다. 또 일부 세계에서 델은 지금과 같은 정부 출연 연구소가 아닌 민간 기업에 몸담았다. 그러나 98퍼센트가 넘는 다른 세계에서 살아남은 데다, 그렇게 생존한 곳 대부분에서 잘살았다. 내가 본 델만 해도 36명에 달하는데 1명만 빼고 모두가 나보다 값비싼 옷을 입었다.

내가 재킷을 벗을 때 우리 둘 다 당혹스러운 표정을 숨긴다. 양팔을 따라 삐뚤빼뚤한 줄무늬 모양으로 멍이 들었는데 하필 델에게 뻔히 보이는 곳이다.

델이 어려운 수학 문제라도 풀듯 내 팔을 요리조리 살핀다.

"이렇게까지 심하면 안 되는데."

"몸을 웅크리고 있어서 그런 거예요."

"그래서 그러지 말라고 한 거라고."

"휴가 좀 길게 달라니까요."

이번 주에만 다섯 번이나 이런 식의 대화가 오갔다. 그리고 늘 이렇게 나와 말싸움하는 데 델이 기운을 쏟느라 나를 걱정했던 마음은 뒷전이 되는 것으로 끝난다. 델은 고개를 끄덕이면서도 내가 알아챌 만큼 오랫동안 내 팔에서 눈을 떼지 못한다. 결국 내가 의식하고 있음을 눈치채고 나서야 눈길을 거둔다.

일찍이 위층에서 머무는 전문가들, 즉 보슈 같은 과학자와 델 같은 감시관이 내게 말한 바에 따르면, 멍은 억지로 한 세계에서 다른 세계로 들어가야 하는 어떤 대상이 저항을 겪을 때 생긴다고 한다. 자석의 N극과 S극이 같은 극끼리 맹렬하게 밀어내는 원리처럼. 미신을 많이 믿는 다른 횡단자들은 우리가 느끼는 이러한 압력에 이름이 있으며 그 이름은 바로 은야메*라고 말한다. 그리고 은야메의 키스가 횡단에 따르는 대가라고도.

델이 내가 인도받은 투명한 화면을 만져 본다. 보기에는 빈 플라스틱판 같으나 일단 화면을 작동시키면 방금 내게 할당된 세계의 기초적인 정보가 뜬다. 와일리시티로 온 후, 나는 내가 살던 지역이 금속을 선호하는 것처럼 이 도시가 플라스틱을 선호한다는 사실을 알게 되었다. 여기에 있는 것들은 죄다 플라스틱이다. 게다가 모두 같은 종류다. 이곳 사람들은 플라스틱 제품이 수명을 다하면 활송장치로 내려보낸다. 그러면 다른 플라스틱 제품이나, 혹은 변형만 됐을 뿐 사실상 같은 제품으로 재생된다. 여기서 플라스틱은 여타 모든 세계에 있는 물과 같다. 늘 더도 덜도 없이 똑같은 양으로 끝없이 순환되기 때문이다.

"네가 새로 맡게 된 세계가 어떤 덴지 알아?"

"아직 말 안 해 줬잖아요."

"한번 맞혀 볼래?"

잔재주까지 부려 달라니 괘씸해서라도 '싫다'고 말해야 하는데, 델을 감동시키고 싶은 마음에 괜히 대답을 하고 만다.

"175호요. 어디까지나 짐작이지만."

내 추측이 맞는 모양이다. 델이 다시 나를 빤히 쳐다본다. 마치 내가 흥미롭다는 듯이. 내가 무슨 벌레라도 되는 듯이.

---

* Nyame. 아프리카 신화에 나오는 세상 모든 것들의 신으로 태어날 때 각각의 영혼에 운명을 부여하는 것으로 알려져 있다.

"보나마나 똑같이 안 들을걸요."

사노고가 그렇게 말하자 델이 자리를 떠난다.

내 사용자 이름으로 이미 자료 업로드를 끝낸 터라, 로그아웃한 뒤 선임 횡단자의 인증서로 다시 로그인한다. 그리고 이렇게 훔친 접근 권한을 이용해서, 나중에 꼼꼼히 읽어 볼 수 있게 내 전자 팔찌로 라이트데이터의 복사본을 보낸다.

장이 어느새 비어 있는 횡단자의 의자를 끌어다 놓았다.

"델의 신경이 날카롭다네. 이 지구를 벗어나 있을 때 애 좀 그만 먹여야 할 걸세."

"그럼 제가 좋아한다는 걸 저 사람이 어떻게 알겠어요?"

"자네가 5년째 추근거리고 있잖은가. 델도 안다네."

장은 상체를 수그려 김이 올라오는 찻잔을 내려놓더니 내가 작업 중이던 화면을 보기 위해 안경을 고쳐 쓴다.

"나 지금 사내 절도 행각이 내 이름으로 벌어지는 현장을 목격하고 있는 건가?"

"어르신, 진정하세요. 그냥 읽기만 하는 거면 절도가 될 일은 없다고요. 가져가 봤자 그 자리에 그대로 있는 걸 훔친다고 할 수는 없잖아요."

"여기 사법 체계 대부분은 자네 생각과 다를걸."

나는 손을 젓는다. 딱 들어 보니 사법이라는 말은 와일리시티에서 쓰는 단어이다. 그러니 우리가 어쩌고저쩌고할 게 못 된다.

장은 내가 무엇을 하는 중인지 잘 안다. 이 작업은 장의 머릿속에서 나온 아이디어인 데다, 내 개인 장치로 정보를 보내는 데 쓰는

"용케 맞히는군."

델이 화면을 슬쩍 내 쪽으로 밀어 준다.

"그럴 리가요. 선택지가 일곱밖에 없으니까 어쩌다 맞힌 거죠."

자리에 앉아 지난번 작업 때 취득한 데이터가 담긴 드라이브를 빼낸다. 이 드라이브를 접속시키는 즉시 다크데이터는 미지의 인물들에게 전송된 뒤 삭제될 터다. 그리고 내가 분석가들에게 라이트데이터를 보내면 이를 해석해 과학자들을 위해 일괄 정리할 것이다.

엘드리지 연구소는 우리 같은 횡단자들이 1급 정보 패키지를 모를 거라고 생각한다. 과거에 우주 탐사를 책임졌던 조직처럼 엘드리지도 엄밀히 따지면 독립된 기업이다. 비록 와일리시티 정부에서 막대한 재정 지원을 받고 있지만. 장벽 밖, 즉 와일리시티와 애시타운 사이에 위치한 아무도 살지 않는 좁고 기다란 사막에는 산업용 해치가 있는데, 바로 이곳이 다른 세계의 자원을 들여오는 통로다. 납세자와 공무원, 특히 엘드리지의 하급 직원은 연구소가 보조금만으로는 부족한 수익을 이런 식으로 보충한다고 믿는 눈치다. 분명 다른 세계에서 자원을 들여와 우리 자원을 아낄 수 있다면 제법 이익이 될 테지만, 그 덕에 와일리시티에서 열 번째로 부자인 우리 회사 대표이자 설립자의 수중에 돈이 떨어지는 것은 아니다.

어떤 횡단자도 형사 기관에 신고를 하거나 정보를 캐묻는 법이 없었기에 윗선은 자기네가 그만큼 하급 직원들을 교묘하게 속여 왔다고 생각한다. 그러나 실상은 그저 우리가 상관을 안 할 뿐이다. 어디까지나 우리는 시키는 일만 할 뿐, 보이지 않는 것을 사고팔아 돈을 버느라 남을 따돌리든 말든 그건 부자들이 알아서 할 문제 같다.

여전히 내 옆에 서 있는 델을 올려다본다. 그녀는 그냥 부자가 아니라 천년만년 부자로 살 사람이다. 그녀의 집안은 워낙 오랜 옛날부터 부자였던 터라 빈털터리가 되려면 두 세대에 걸쳐 얼빠진 인간들이 나와야 할 것이다. 와일리시티에는 이런 부자가 많다. 애덤 보슈 같은 신흥 부자가 아니라, 구성원이 두루 부유해서 부유함 자체가 눈에 띄지 않는 가문 말이다.

"별일은 없고요?"

"사이드가 떠났어."

"스타요? 해고당한 거예요?"

델이 고개를 끄덕이기에 내가 재차 묻는다.

"임무를 망쳤대요?"

부디 그랬길 바란다. 사이드는 내가 이 일을 시작하기도 전부터 활동하던, 지난 세대 횡단자들 가운데 한 명이다. 그녀는 이름만 내전일 뿐 실제로는 통치자가 체계적으로 백성들을 학살하는 난리 통에 태어나, 열두 살이 됐을 때는 구조된 이들보다 빠져 죽은 사람들이 더 많은 바다를 건너 여행에 나섰다. 그리고 200개가 넘는 세계를 여행했다.

사이드가 그저 임무를 망쳐 해고당한 것이라면, 우리가 같은 일을 하는 데다 한때 가까운 사이였기에 관심이 가는 사안에 그칠 뿐이다. 그러나 인원 감축으로 떠난 것이라면, 사이드의 해고는 나에게 반면교사가 될 만한 일이다.

"175호는 사이드만 진입 가능한 마지막 남은 세계였지. 그런데 마침 거기서 네 사망 신고가 접수된 거야……. 그러니 거길 네 교대

근무지로 지정할 수 있는데, 두 사람분의 급여와 수당을 지불할 요는 없잖아?"

말은 안 하지만 델은 속으로 '고작해야 배달원한테 미쳤다고 둑한 급여를 챙겨 줄까?'라고 생각할 것이다.

"175호 관련 임무는 적어도 일주일 후에나 시작될 테지만 연 동안 자신의 모습에 익숙해지는 게 좋을 거야. 그리고 멍 좀 신 써. 다음 파견 전까지 확실하게 사라졌으면 좋겠어."

이 또한 심신이 지쳐 있는 회사 자산이 걱정돼서 하는 말일 수 있는데 나 좋을 대로 애정으로 받아들인다. 델이 내 팔과 가슴을 참 쳐다보자 흥분으로 몸이 떨린다. 문득 내가 그냥 떨리는 척 사를 치는 것일 수도 있겠다 싶다. 그런데 그때 델이 내 반응을 보고 뒤로 피하다가 장과 거의 부딪칠 뻔한다.

"이카리 님."

장이 델이 좋아하는 정중한 태도로 인사한다.

"사노고 님."

델 또한 장이 좋아하지 않는 정중한 태도로 답한다.

유명인사인 장 사노고는 언제나 장, 혹은 서류상의 호칭인 파피 장으로 불려왔다.

"오늘 우리 최정에 아가씨는 어떤가요?"

"고집불통이네요. 평상시보다 멍이 심하게 들어서 좀 신경 쓰라고 말하던 참이에요."

델이 어깨 너머로 노려보며 덧붙인다.

"사노고 님 말은 진짜 잘 들을 것 같은데요."

인증서 또한 그의 것이다. 분석가들이 하는 방식으로 수치를 검토하고 유형을 알아낼 수 있다면 나는 사측에 내 사망률 이상의 가치가 있는 존재가 될 것이다. 장은 내가 횡단자 이상의 존재가 될 수 있다고 생각한다. 주변 책상들이 많이 비어 있는 상황이니 장의 생각이 맞기를 필사적으로 믿고 싶어진다.

장은 최초로 살아남은 횡단자들 가운데 한 명이었다. 그전에는 코트디부아르 반군이 10년째 벌여 온 국경 전쟁에 참전해서 살아남았다. 횡단자가 된 장은 250개가 넘는 지구를 방문했다. 우리와 함께 그 많은 세계를 넘나들었던 그였지만 지금은 사무실에 앉아 횡단 관련 정책을 만든다. 장이 공공장소에 나타나면 사람들은 그가 신세계에 안전하게 착륙했던 순간에 내뱉은 유명한 문구(지금 두 세계와 그 사이의 공간을 목격했다. 우리는 경이로운 존재다.)를 되뇐다. 그리고 그와 악수를 하고 사진을 찍는다. 하지만 나는 장을 볼 때면 그 역시 한때는 무가치한 존재였다는 사실부터 생각난다.

내게 은야메에 대해 말해 준 이도 바로 장이다. 그는 모든 신입 횡단자에게 똑같이 은야메 이야기를 해 준다. 장이 말하는 은야메는 행성들을 손바닥에 올려놓은 채 어둠 속에 앉아 있는 여신의 이름이다. 처음 다른 세상으로 이동했을 때 그는 은야메의 손이 자신을 안내해 주고 있음을 느낄 수 있었다고 한다. 지금껏 신앙심이 필요했던 적이 별로 없는 나였지만, 깊이 존경하는 장의 말에 이의를 제기할 생각은 없다.

장이 내가 막 빼낸 정보가 표시되고 있는 화면을 고갯짓으로 가리키며 묻는다.

"이거 197호 맞지? 하늘 과학자들이 이 행성을 두고 시끄럽게 떠들어 댔잖아."

"장, 그런 사람들을 천문학자라고 부르는 거예요. 그리고 맞아요, 천문학자들이 이 정보를 급하게 찾아요. 너무 멀리 떨어져 있는 어떤 소행성의 사진이 보고 싶다며 일주일도 못 기다리겠대요."

나는 팔을 돌려 보려다가 통증에 놀라 움찔한다.

"빨리 보내 달라고 웃돈까지 준 사진도 있다며? 헛돈 썼네."

장이 한심하다는 듯 쯧쯧 혀를 차며 말한다.

장의 천문학자 혐오증은 일종의 직업병이라서 천문학자들 또한 엘드리지 사람들을 싫어한다. 우주 탐사 분야에 몸 바쳐 일하고 있는 이들은 차원 간 여행, 즉 천문학에 묻어 왔다가 자기네 자금을 뭉텅이로 낚아채 간 새로운 분야를 좋아하지 않았다. 반대로 엘드리지에서 근무하는 이들이 우주 탐사를 대하는 태도는 팔팔한 수사자가 늙고 병든 수사자를 바라보는 모습과 닮아 있다. 노골적으로 사납게 굴지는 않지만 상대가 죽을 날이 가까워진 게 예상되어 너무 신나는 마음을 굳이 감추지 않는달까.

장은 내가 본체만체하고 있는 머그잔을 다시 내 쪽으로 슬쩍 밀어준다. 한숨을 쉰 나는 한 모금 마셨다가 가까스로 뱉어 내지 않는다.

"진짜로 커피가 마시고 싶었다고요."

이렇게 말한 뒤 비타민D와 아연을 비롯해 다 녹지 않은 성분들이 오만 가지 뒤섞인 시커먼 음료를 억지로 쭉 들이켠다.

"자네는 커피가 필요한 게 아니야."

나의 제한된 세상 경험상 프랑스어로 생각되는 억양의 말투로 장이 말한다.

“은야메가 이번에는 자네에게 진하게 입을 맞췄잖아.”

“이빨로요.”

“그러게. 안 그래도 델이 자넬 예의 주시했는데 말이지.”

물론 그랬다.

“전 그저 며칠 쉴 수 있게 파견 일정을 촘촘히 짜고 있었을 뿐이에요. 델한테도 말했고요.”

“휴가 가게? 자리를 지키는 게 자네에게 더 좋을 줄 알았는데.”

“휴가가 아니라요. 그게…… 집에 일이 있어서요.”

집이라는 말에 장이 피식 웃는 것을 보니 대충 무슨 일인지 아는 모양이다. 장이 살아남은 세상들에서, 다시 말해 그가 소년병도 아니었고 유럽으로 밀입국하려다가 죽지도 않았던 곳에서 생존할 수 있었던 이유는 아버지의 체력과 어머니의 용기 덕분이었다. 내가 그동안 공부해 온 세계들에서는 장이 최선의 노력을 해도 대개 죽고 만다.

내가 죽은 경우는 대부분 어머니와 직접적인 관련이 있다.

“잘 쉬다 오게. 공부에 너무 매달리지 말고.”

“그래 볼게요.”

하지만 장담은 못 한다.

분석가로 승진할 수도 있다는 말을 장에게 처음 들었을 때부터 나는 아주 늦은 밤까지 세계 관련 통계 자료와 엘드리지 사의 내규를 공부해 왔다. 어머니는 내가 노력하는 데 타고났다고 말하곤 했는데 틀린 말은 아니다. 그러다가 죽을 것이라고도 했는데 그 말은 틀렸다. 뭐, 아직까지는 그렇다는 말이다. 여기서는 죽지 않았으니까.

***

집으로 가기 전에 스탈라 사이드의 숙소에 잠깐 들렀다. 너무 늦었는지 아파트에 거의 다 왔을 때 제복을 입은 이들이 사이드의 소지품이 담긴 상자들을 줄줄이 들고나오고 있었다.

사이드는 마당에 서 있고 그 양옆에는 이주 집행관이 버티고 있다. 사이드의 눈빛은 무표정하지만 말갛다. 아마 앞서 계속 울고 있었겠지만 지금은 다 그친 상태다. 그녀는 강인하고 반항적으로 보인다. 자신의 세상이 다 무너진 것은 아니라는 듯 고개를 빳빳이 쳐들고 있다. 저들이 내게 왔을 때 나도 저런 모습이길 바란다.

"스타……."

날 돌아보는 사이드는 놀라지도, 그렇다고 특별히 기뻐하는 표정을 짓지도 않는다. 하지만 내 손에 들린 사과 바구니를 내려다보는 순간 피식 웃고 만다.

"카라멘타, 우리가 다 애시타운 출신인 건 아니잖아. 과일이 나는 곳이 고향인 사람도 있다고."

나는 눈을 내리깐다. 대다수 횡단자는 장벽 도시 바깥의 야영지 출신이다. 그래서 다른 지역도 내가 살았던 황무지와 비슷하리라 여겼다. 스탈라의 고향은 중동에 위치한 이라시티의 바깥 지역이다. 이라시티 또한 가장 크고 오래된 장벽 도시 중 하나로서 한때 이라크와 이란으로 불렸던 지역 사이에 자리하고 있다. 어쩌면 이라시티 외곽의 거주지에는 과일과 흰빵 등 애시타운에는 없는 것들이 죄다 넘쳐날지도 모른다.

상자를 옮기는 남자가 너무 빨리 걷는 바람에 우리 두 사람 사이를 지날 때 유리끼리 부딪쳐 짤랑거리는 소리가 크게 들린다. 사이드는 마치 그 남자가 제 아이의 발을 잡아끌고 가기라도 하는 듯 지켜본다. 동료들 사이에 욱하는 성미로 유명한지라 냅다 소리라도 지를 것 같지만, 옆에 바짝 붙어 서 있는 집행관들을 휙 쳐다본 뒤 꾹 참는다. 사이드는 몹시 화가 났지만 속수무책이다.

"그냥 뭐라도 필요할 것 같아서. 장거리 비행이잖아."

난 과일 바구니를 내밀며 이어 말한다.

"이거 받아도 나 계속 원망해도 돼."

그러자 사이드가 입을 헤벌쭉 벌린 채 또다시 웃는다.

"안 그래도 그러려고."

사이드가 바구니를 받아 든다. 하지만 과일이 필요해서라기보다 동정에서 비롯된 행동이다.

"보고 싶을 거야."

"그럼 찾으러 와. 나야 뭐, 몇백 개의 세상에서 사라지고 있는 중이라서 여기 하나 더 늘어나는 셈일 뿐이야. 개인적으로 83호를 추천해. 내가 제일 좋아하는 곳이거든."

점프슈트를 입은 여자가 집행요원들에게 다 끝났다고 말하자 남자들이 사이드를 떠밀어 데려간다. 그녀가 어깨 너머로 나를 쳐다보며 말한다.

"죄책감으로 괜한 시간 버리지 마. 곧 네 차례가 될 테니까."

'내 눈에 흙이 들어가기 전에는'이라고 대답하고 싶지만 그건 사이드가 듣고 싶어 하는 말이 아니다. 그녀는 무엇보다 내가 그 자리를 뜨길 원한다. 아무리 친구라도 눈앞에서 치욕을 당하는 일은 끔찍하니까. 그래서 나는 고갯짓으로 작별 인사를 하고 돌아선다.

***

무궁무진한 세계가 존재한다. 황당할 정도로 수많은 세계가 존재한다는 것은 내가 식물이나 돌고래인 세계도 있을 수 있고, 한 번도 살아 보지 못한 세계가 있을 수도 있다는 뜻이다. 하지만 우리는 그런 세계들을 볼 수 없다. 엘드리지의 기계는 우리 지구와 비슷한 주파수들만 읽고 흉내 낼 수 있으며 다른 지구의 원자 하나하나가 그 어우러짐에 영향을 미친다. 그래서 광물과 석유 같은 물질은 쉽게 이동할 수 있지만 인간의 경우 우선 그 세계에 사는 사람이 사라져야만 한다. 인간의 구조는 현재 살고 있는 세상의 고유한 주파수에 크게 좌우되며 따라서 도플갱어는 있을 수 없는 존재다. 382호 지구가 사라지기 전에 전쟁이 터지는 소리가 났다. 어떤 행성의 노래가 우리 귀에 더는 들리지 않으려면 얼마나 많은 핵무기가 필요한지 잘은 모르겠지만, 전쟁을 감지한 후 한 시간 만에 우리는 382호를 잃었다. 음파가 급격하게 약해졌다가 한 번 더 약해지더니 아무 소리도 들리지 않았다.

당연히 우리는 그러한 변화에 여느 때보다 크게 놀랐지만 어쨌든 이미 그곳은 낯선 영역이 되어 버렸다. 그래서 그 지구에 가장 큰

번호가 붙었다. 각 숫자는 차이의 정도, 즉 우리가 사는 지구의 주파수와 약간 다른 주파수를 가리킨다. 1호부터 10호까지는 우리 지구와 아주 비슷해서 방문할 가치가 거의 없다. 1년에 겨우 두 번인데, 내가 그런 지구들에 다녀올 때는 그곳이 여전히 우리 지구와 똑같은지 확인하기 위함일 뿐이다. 내가 아직도 살아 있는 세계 중 세 곳은 1호부터 10호 사이에 있다.

또 다른 내가 죽은 지구에 가서, 결코 볼 일 없을 줄 알았던 것들을 만져 보는 경험은 뭔가 흐뭇하다. 나는 그런 곳에서 가져온 물건들을 봉지에 넣어 꽁꽁 싸맨 뒤 아파트 벽에 감추어 놓았다. 한 번도 목록을 만들어 본 적은 없지만 보는 족족 어떤 물품인지 알아볼 수 있다. 빈민가가 그렇게 형성되지 않은 지구에서 내 어린 시절의 집이 있었을 법한 부지의 흙. 내가 사는 세상에서는 수 세기 동안 죽어 버린 강에서 주운 매끄러운 돌. 또 다른 지구에서, 어디서 왔는지 모르는 나에게 그저 자신을 사랑하는 데까지만 허락했던 어느 여성이 기억의 증표로 건넨 옥 귀걸이 등등. 지금까지 모은 것이 수백 가지인데 175호에서 돌아오면 한 가지가 더 늘어날 것이다.

가 볼 수 있는 세상들이 우리 지구와 대기 및 동식물이 비슷해서 그런지 그런 곳들에 퍼진 대부분의 바이러스는 이미 이곳에도 존재한다. 그래도 혹시 모르기 때문에 수집한 물건들은 엘드리지 연구소가 생물학자 놀이에 싫증이 나서 채굴과 데이터 수집 방식으로 힘들게 바꾸기 전까지 표본 수집용으로 썼던 봉지에 넣어 싸맨다.

나는 어떤 걸 가져갈지 궁리하며 입고 있는 옷을 찬찬히 살핀다. 애시타운을 들락거리면서 와일리시티에 사는 일은 만만치 않다. 그래서 두 곳을 오가는 이들은 많지 않다. 물론 와일리시티 주민도 관광차 애시타운을 방문할 테고 애시타운의 아이들이 가끔 장학금을 받고 와일리시티의 학교에 다니기도 하지만, 두 곳 모두에 적응해 보려는 이들은 없다. 와일리시티가 태양이라면 애시타운은 블랙홀과 같아서, 찢어지지 않고는 그 중간에서 맴돌 수가 없다. 나부터도 와일리시티에서 따로 시간을 들여 애시타운에 전혀 살아 본 적 없는 사람처럼 보이게 해 줄 옷들을 모아 왔다. 약삭빠른 사람이라면 갈 때마다 사막 속 거울처럼 눈에 띄는 대신에 애시타운 방문용 옷을 따로 챙겨 둘 것이다. 하지만 나는 솔직히 그러고 싶지 않다. 언젠가는 애시타운 근처에도 가 본 적 없는 것처럼 굴고 싶기에 거기 사는 사람처럼 보이고 싶지 않다.

여동생의 전화가 왔을 때 나는 가져갈 수 없는 블라우스를 만지작거리던 참이었다. 루럴스의 독실한 소녀였던 사람이 입을 법하지 않은 새카만 색깔의 블라우스였다.

나는 침대맡에 앉아 인사말 대신 툴툴대는 동생에게 묻는다.

"준비는 잘 돼 가는 거지?"

에스더는 아직 10대인데도 물려받은 책임감의 양 탓에 더 나이 들어 보인다.

"잘하고 있어."

동생은 억지로 만든 단정한 목소리로 말한다. 루럴스 출신은 화를 내면 안 된다. 다른 사람들과 문제가 생길까 조심해서 그러는 게 아니라, 무한한 연민과 이해심을 발휘해야 한다는 규약을 위반하는 일이 되기 때문이다.

"마이클은 여전히 쓸모없고?"

쌍둥이 동생인 마이클만큼 에스더의 신앙이나 성미를 시험에 들게 하는 이도 없다.

"언니도 알다시피 하느님이 보시기에는 모든 인간은 가치 있고 쓸모 있어. 준비하는 동안에 언제라도 마이클이 나타난다면…… 헌당식에 귀중한 공헌을 하는 게 될 거야."

아, 이거구나, 에스더가 분노하는 지점이. 그렇게 감추는데도 엄청나게 강하게 느껴지는 앙심의 근원이.

"그건 그렇고 사촌 조라이어가 잠깐 들를 수도 있대, 그리고……."

"조라이어?"

나는 침대에서 굴러 내려온다.

"응, 언니도 기억하네. 키가 크고 빨강 머리였지? 우리가 어렸을 때 잠시 여기로 이사 와서 살다가 선교사가 되어 멀리 오지로 떠났잖아."

당연히 나는 기억하지 못한다. 그럴 수 없는 몸이다.

"불모지 반대쪽에 있는 어떤 소도시에 자리 잡고 산다는데, 아빠 생각에는 그 오빠가 성지순례를 하는 걸 수도 있대."

에스더가 연이어 조잘대지만 난 사실상 듣지 않고 있다. 침대 아래로 손을 뻗어 일기장을 넣어 둔 상자를 꺼낸다. 우리가 어렸을 때라는 말이 생각나, 에스더의 아버지가 우리 엄마와 결혼하고 얼마 지나지 않았을 때 썼던 일기장을 집어 든다. 표지에는 열세 살의 카라멘타라고 적혀 있다. 당시 에스더는 다섯 살이었을 것이다.

"야, 이제 끊어야 해. 조만간 보자."

팔찌의 버튼을 눌러 에스더와의 접속을 끊고 나서 일기장을 뒤지기 시작한다. 마침내 조라이어가 이사 온 이야기를 기록한 부분을 찾은 뒤 다시 이사 가는 내용까지 조금 더 훑어보면서 그에 관해 가능한 한 모든 정보를 모은다. 보아하니 조라이어는 아주 재밌는 친구였다. 위생 관념은 별로였지만. 나중에 쓴 일기에서도 조라이어의 이야기가 몇 번 더 나왔지만 이제는 정말로 가야 할 시간이다. 늦는다고 해도 엄마가 화내지는, 옛날처럼 소리치며 성내지는 않겠지만 도저히 못 봐 줄 처량하고 다 죽어 가는 모습으로 평온한 척할 것이다. 일기장들을 다시 상자에 넣는다. 일기에서 사촌 조라이어는 그냥 조리로 불린다. 나중에 큰 소리로 말할 때 처음 부르는 것처럼 들리지 않도록 두 이름 다 작게 불러 본다.

내 과거와 관련된 것들은 많이 없애 왔지만 일기장만큼은 늘 챙겨 둘 작정이다. 나는 또 다른 세상에서 수집한 데이터처럼 일기들을 읽고 나를 사랑하는 사람들을 조사한다. 지금은 일기를 쓰지 않는다. 현재 가진 일기장에 일람표를 작성하긴 하지만 그저 엘드리지의 암호를 익히려 시작한 일에 불과해서 큰 의미가 있는지는 모르겠다. 침대 밑에 밀어 둔 상자에는 1년에 한 권이나 몇 년에 걸쳐 두 권씩 쓴 일기장이 들어 있으나 지금은 6년째 같은 일기장에 머문 채 여전히 다 채우지 못했다. 요즘에는 내가 확신하는 것들이 별로 없어서 그런 게 아닐까 싶다.

와일리시티에서 산 지 6년이 되었다. 4년을 더 살면 이곳의 공식 시민이 될 것이다. 지금은 이도 저도 아니다. 와일리시티에 살지만 법적으로는 여전히 애시타운 사람이다 보니 나는 어느 쪽에도 이렇다 할 관심이 없다. 이러한 상태는 세계 사이의 공간과 같으며, 횡단을 할 때 별이 총총한 암흑 속에 서 있는 것과 다를 게 없다. 반대편에서 무엇이 기다리는지 알기에, 내게 암흑은 그만한 가치가 있다.

***

내가 죽었던 이유들:

황무지의 황제가 우리 엄마를 본보기로 삼길 원하면서 내가 첫 제물이 되었다.

엄마의 남자친구 중 하나가 내게 저지른 짓을 감추고 싶어 했다.

중독된 상태로 태어났고 폐가 발달하지 않았다.

중독된 상태로 태어났고 뇌가 발달하지 않았다.

순찰대가 이웃을 덮치러 왔는데 내가 방해가 되었다.

순찰대가 엄마를 덮치러 왔는데 내가 방해가 되었다.

순찰대가 엄마의 남자친구를 덮치러 왔는데 내가 방해가 되었다.

순찰대가 그저 혼돈과 공포를 불러일으키기 위해 아무나 덮치러 왔는데 마침 나를 발견했다.

엄마가 일을 하거나 약을 할 때 헛간에 나를 넣어 둔 채 그냥 잊어버릴 때도 있었고, 엄마가 약에 취해 있는 동안 내가 땡볕에서 홀로 잠이 들어 쫄쫄 굶은 채 영원히 일어나지 못할 때도 있었다.

내가 살았던 이유들:

이유는 모르지만 그런 경우가 여덟 번이나 된다.

2장

사막에서 한 시간째 운전하고 있을 때 트럭이 바짝 붙어 왔다. 차를 세울 준비를 하긴 했지만 놀란 마음이 진정되지 않는다. 국경 순찰대는 외부인만 철저하게 수색한다. 탐욕에 젖어 은빛 미소를 흘리며 내 차로 성큼성큼 걸어오는 순찰대원을 보니 내가 성공한 게 맞는 모양이다. 치아를 보니 넉넉의 부하다. 내가 여기 사람이었을 때는 이런 자가 차에서 내리면 반가워했을 것이다. 순찰대원이 으레 그렇듯 남자에게서도 먼지와 햇볕 냄새가 난다. 죽 이어져 있는 문신이 턱선에서 느닷없이 멈춘 모양새다. 자만심을 과시하는 행태가 놀라울 따름이다. 요즘 나는 옷과 머리 모양, 고가의 팔찌를 통해 신분을 알아낸다. 하지만 이렇게 깜찍한 순찰대원을 보고 있자니 성장기 때 은색 이를 핥고 싶어 했던 게 생각난다.

"당일치기 여행하기에 딱 좋은 날씨군."

순찰대원이 여기가 언제나 의외의 복병처럼 존재하는 뜨거운 바람 탓에 한결같이 32도를 웃도는 곳이 아닌 듯이 말한다.

"당일치기 여행 가는 거 아닌데요."

내가 언제부터 자세를 바꾸고 기어들어 가는 목소리로 대꾸했는지는 모르겠지만, 순찰대원을 정면으로 쳐다보는 순간 이율배반적일 만큼 그 남자가 나를 같은 편으로 여겨 줬으면 하는 마음이 든다. 더 나아가 내가 아는 사람이면 좋겠다 싶고, 남자의 모친이 그를 부르는 이름을 알아서 면전에 대고 그렇게 부를 수 있으면 좋겠다는 생각까지 한다. 닉닉의 순찰대는 모두 본즈 씨, 샤인 씨처럼 누구누구 씨로 통하지만, 그는 안젤로 같은 이름이 아닐까.

"와일스 출신 구경꾼의 통행료는 300달러요."

"250달러겠죠."

"힘든 시절이니까."

"나도 여기 살았던 사람이에요."

"300달러."

난 꼭 마지막인 듯 대시보드 안으로 손을 뻗어 300달러를 꺼낸다. 될 때까지 매번 방문할 때마다 흥정을 하려 할 테지만 말이다.

순찰대원이 현금을 받으며 귀족처럼 가볍게 고개를 숙여 보인다.

"빅애시(Big Ash)에서 재밌게 보내시길."

남자가 막 자리를 뜨려 할 때 내가 목청을 가다듬고 한마디 덧붙인다.

"영수증 줘요."

"다음 순찰대원에게 앞서 볼때기한테 냈다고 말하쇼."

***

엄마는 진짜 농장이라고는 있어 본 적 없는 루럴스의 어느 농가에 산다. 루럴스는 애시타운의 일부이자 분할된 부지다. 비록 콘크리트를 쌓아 올린 길고 좁은 애시타운의 나머지 지역과 루럴스를 가르는 것이라고는, 나무 울타리와 그 양측에 거주하는 이들의 합의가 전부이긴 하지만 말이다. 루럴스에 사는 이들에게는 자선과 동정과 신앙이 가장 중요하다. 애시타운 도심에 사는 이들은 그 밖의 다른 것들에 관심이 많다.

이곳에는 차가 많지 않다. 순찰대원조차도 대개 울타리 건너편에 차량을 놓아둔다. 간간이 내 차 옆으로 끈질기게 내달리며 손을 뻗어 도색을 만져 보려는 아이들을 쫓아 버린 적도 있다. 그런데 오늘은 그럴 일이 없다. 다들 집 안에 들어앉아 헌당식을 준비하면서 감사 기도를 올리며 두문불출한 덕분이다.

마을 깊숙이 자리한 엄마의 집에 가니 희끗희끗한 모래가 가장자리부터 천연의 황갈색으로 변하기 시작한다. 이날은 집 앞면에 회반죽이 칠해져 있었고 마리아상은 깨끗이 닦여 있었다. 늘 드는 생각인데, 엄마의 배경을 고려하면 엄마가 놓친 기회는 발을 씻어 주는 창녀 출신의 마리아가 아니라 예수의 어머니 마리아와 같은 삶이 아닐까 싶다. 마리아상의 고개는 플루트를 부는 크리슈나 쪽으로 기울어 있다. 크리슈나는 루럴스의 모든 이가 낯선 이들과 나에게 하듯 썰렁하게 인자한 미소를 띠고 있다. 계부는 보통 힌두교보다 이슬람교 경전에 나오는 말로 전도를 할 때가 많지만 그 종교는 성상을 쓰지 않는다.

엄마가 나를 집 안으로 들인다. 일사로 다문 입이 본인의 원칙처럼 고집스러워 보인다. 심하게 곱슬곱슬해 내 머리칼보다 두 배는 흐트러져 보이는 엄마의 검은 머리는 뒤로 당겨 모아 아주 단단하게 틀어 올려서 그런지 직모 같다. 무늬가 들어간 원피스는 깨끗하지만 세탁으로 천이 얇아졌다. 기운 자국이 전혀 없으니 분명 가진 것 중에서 제일 좋은 옷일 것이다. 내가 새 옷을 사 드릴 수도 있을 텐데. 엄마가 이전 생활을 청산하고 흙바닥 출신의 전도사와 함께 떠나기 전까지 애인들에게 요구하곤 했던 호강 같은 것을 누리게 해 줄 수 있을 텐데. 하지만 요즘에 엄마는 내게서 어떤 것도 받으려 하지 않는다. 심지어 포옹조차도.

엄마의 눈빛은 우울하다. 늘 그렇다. 거의 말을 하지 않는 엄마는 생전 무릎 위로 올라가는 치마는커녕 홍조보다 진한 색의 립스틱은 발라 보지도 않았을 듯한 모습이다. 한때는 기분에 따라 머리칼을 갖가지 색깔로 물들이고, 자신이 원하는 것을 얻으려면 남자들을 어떻게 바라봐야 하는지 아는 여자였는데.

"일찍 왔구나. 다행이네."

"오늘 휴가 냈어요."

엄마는 나를 안으로 안내하려고 벌써 돌아서 있다.

그동안 엄마의 여러 모습을 봐 왔다. 빡빡 깎은 머리부터 등까지 기른 머리, 눈썹에 줄줄이 박힌 피어싱, 멀어 버린 한쪽 눈, 이가 다 빠져 휑한 입안, 그리고 여전히 아름다웠던 마담 시절의 모습까지도. 그때의 엄마는 절대 마약을 하지 않고 늘 몸조심을 했기에 젊은 애들만큼의 대가를 받을 수 있었지만 나는 그 시절이 제일 싫다. 엄마는 번화가에서 전단지를 돌려 '업소'에서 일하는 이들이 얼굴을 들고 다니지 못하게 했다. 그들은 엄마가 나를 돌보지 못할 때 대신 보살펴 주고 그 생(生)에서 내가 어른이 될 수 있도록 몇 번이나 생명을 구해 준 사람들이었다.

우리 집은 안이나 밖이나 벽마다 신성함이 덕지덕지 붙어 있다. 우리가 가난했던 시절에는 적어도 엄마가 독창적이어서 머리 염색약으로 콘크리트에 벽화를 그렸더랬다. 그런데 지금은 격자무늬 벽에 세월에 못 이겨 불규칙하게 깜박거리는 구식의 정지된 홀로그램 가족사진과 성상(聖像)들이 거리를 두고 걸려 있다.

그중에서 마른 동물 뼈와 해골 같은 얼굴의 사람들 그림처럼 에스더의 신앙심에서 비롯된 장식품들은 더욱 눈길을 끈다. 계부는 성경과 코란을 애지중지하겠지만 내 동생은 요즈음 계부에 버금갈 만큼 많은 설교를 펼치면서도 체계가 덜 잡힌 종교들에 관심이 많은데, 그중에는 통일된 성서조차 없는 종교도 있다.

"조라이어는 여행에 못 나섰다는구나."

엄마의 말에 나는 내내 감추고 있던 두려움을 조금 털어내 본다. 온종일 가식적으로 행동해야 할 일은 없을 테니까. 그냥 평소처럼만 하면 된다.

엄마가 등을 돌리고서 말한다.

"손님 왔어요."

엄마는 카라멘타라고 부르는 법이 없다. 이제 와서 딸에게 빈민가의 이름을 지어 준 것을 부끄러워한다. 계부의 이름은 대니얼이다.

그분의 자식들 이름은 에스더와 마이클이다. 엄마는 멜로리라는 이름을 갖고 태어났지만, 에시다운에서 매춘을 하는 이들은 이름 끝에 식별자로 X를 넣어 쓰기 때문에 내가 태어나기 전부터 로릭스로 불렸다. 지금 이곳에서는 그냥 멜이라고 불린다.

계부 대니얼이 진심을 담아 활짝 웃으며 들어온다. 친딸과 마찬가지로 금발이다. 진짜 와일리시티 토박이들은 머리가 하얗고 피부는 너무 창백하다 못해 푸른 기가 돌 정도다. 신도들은 대니얼의 머리칼을 보고 그의 증조부가 와일리시티로 들어가려고 했던 난민이나 이민자가 아니라, 그곳에서 자발적으로 여기로 온 선교사였음을 떠올린다.

대니얼이 선선하게 나를 껴안는다. 엄마가 나와 눈을 맞출 때보다 그가 포옹할 때 되레 주저하는 기색이 덜하다.

"용케 왔구나. 이 타이 좀 봐줄래? 너무 꽉 조이나?"

보통은 대니얼도 루럴스 출신의 모든 남자처럼 튜닉을 입었지만 외부인들이 올 때면 그들과 비슷한 옷차림을 하려고 한다. 그가 맨 넥타이에는 서로에게 웃어 주며 사방으로 헤엄치는 작은 물고기들이 가득했다.

"성스러운 인상을 주면서 다가가기 쉬운 게 좋나요, 아니면 철저히 오글거리는 느낌이 났나요?"

대니얼은 잠시 생각해 보는 척한다.

"둘 다?"

"그렇다면 그게 딱인데요."

"나도 그렇게 생각했어."

대니얼이 그러고 나서 어깨 너머로 고개를 까닥이며 말한다.

"쌍둥이는 저 뒤에 있단다."

밖에 에스더와 마이클의 모습이 보인다. 둘은 쌍둥이만이 할 법한 대화를 나누고 있다. 에스더는 간청하고, 마이클은 굳게 다짐하는 듯하다. 누구도 목소리를 내서 의사를 전달하는 것 같지 않지만 둘 다 서로의 의중을 파악한 듯싶다. 머리칼이 검은 마이클은 만약 엄마와 내가 나타나지 않았다면 자기네 가족 내에서 겉돌았을 것이다. 마이클이 나한테 잘하는 편이지만 우리가 가족처럼 지내는 사이는 아니다. 그 애가 내게 별명을 붙여 주거나 야밤에 전화를 걸 일은 없을 것 같다. 쌍둥이는 우리 엄마가 도저히 따라갈 수 없을 만큼 자기네와 얼굴과 과거가 닮은 생모를 기억하지 못하지만, 나는 그 여자를 만나 봤다. 쌍둥이네 엄마가 사는 세상들에서 우리 엄마는 결코 대니얼을 만나지 못하며 번화가를 떠나지도 못한다.

쌍둥이의 대화가 다시 시작되면서 높아진 에스더의 목소리가 창문을 거슬러 바람을 타고 들려온다. 등을 돌린 나는 무엇이 됐든 애타게 요구할 정도로 마음을 쓴 게 마지막으로 언제였는지 기억해 내려 한다.

지금은 에스더의 사무실로 바뀐 예전의 내 방에서 옷을 갈아입는다. 에스더가 들어오자 나는 가방에서 용기 하나를 꺼내 어깨 너머로 휙 던져 준다. 그걸 낚아챈 에스더가 빙긋 웃으며 얼굴에 바르는 화장품의 은색 뚜껑을 엄지로 쓸어 본다.

"자꾸 내 허영심을 채워 주면 안 되는데. 이거 불치병이라고."

에스더가 오늘 밤 내 잠자리가 되어 줄 간이침대에 앉으며 말한다.

"허영심이 불치병이라고 생각하는 걸 보니 허영에 빠진 게 맞나 보네."

두꺼운 데다 검정색이라서 사막에서 입고 있기에는 최악인 팬티스타킹을 신자, 에스더가 내 다리에서 눈을 못 뗀다. 이번 횡단 때 생긴 멍은 양쪽 팔다리와 몸통부터 허벅지와 양쪽 종아리까지 특이한 줄무늬로 이어져 있었다. 그깟 멍만으로는 팬티스타킹까지 신지 않았을 테지만, 양 허벅지 뒤쪽에 불법 시술한 문신과 다리에 하나씩 새겨진 거대한 눈 또한 드러나서 그렇다.

엄마는 이런 문신을 결코 볼 수 없다. 팔과 가슴 그리고 목 아래쪽과 귀 뒤쪽에 있던 문신은 이미 지웠다. 나머지도 지우려고 조금씩 돈을 모았지만, 우선 훤히 보이는 부분부터 제거했다. 다음번에는 가장 큰 면적을 지울 것이다. 한쪽 어깨뼈에서 다른 어깨뼈까지 등 전체에 휘갈겨 쓴 누군가의 이름을 제거할 차례이기 때문이다.

"엄마는 아직도 언니가 애시타운을 떠나기 전까지 문신 같은 건 해 본 적도 없는 줄 아셔."

나는 하던 일을 멈추지 않기 위해 집중하면서 되묻는다.

"그 얘기가 왜 나와?"

"마이클이 치아를 도금하고 싶다니까 엄마가 언니 좀 본받으라며 말리고 있거든. 언니가 발랑 까지긴 했어도 몸에 손은 안 댔다면서."

"걔가 순찰대원처럼 하고 싶대?"

"더 심해. 닉닉처럼 오닉스를 하고 싶다네."

"절대 안 돼."

그냥 하는 말이 아니라는 것을 알게끔 스타킹에서 시선을 떼어 에스더를 올려다본다.

“네가 못 하게 해. 황제의 이름을 한 걸 보면 순찰대가 걜 찢어발길 거야. 모독 행위니까. 정 해야겠다면 은으로 하라고 해. 은은 안전해.”

에스더가 휘둥그레진 눈으로 민망할 만큼 빤히 나를 오래 쳐다본다. 저 애가 열두 살 때 꼭 저렇게 나를 쳐다봤더랬다. 루럴스 출신 아가씨가 애시타운 번화가의 순찰대원에 대해 어떻게 그렇게 많이 아는지 의아해서 그럴 것이다.

“아까 둘이 싸우던 게 이거 때문이었어?”

잠시 아무 말 않던 에스더가 말을 돌리려는 나를 봐주기로 작정한 듯이 질문에 답한다.

“싸우던 게 아니라 상의한 거고, 이거 때문 아니야. 다른 일로 그런 거였어.”

내게 뭐든 다 말하는 에스더가 머뭇거릴 때는 그게 마이클의 비밀이기 때문이리라.

나는 에스더 옆에 앉으며 말한다.

“언니는 집에서 나가기 전까지 엄마한테 요리조리 잘 감췄어. 그래서 엄마가 까맣게 몰랐던 거야.”

“나한테도 그런 거네. 언니가 다시 집에 왔을 때 나도 처음 본 거니까.”

“넌 열두 살이었잖아. 그때는 너 모르게 안대까지 하고 다닐 수도 있었을걸.”

우리는 잠시 이야기를 나눈다. 주로 나는 듣는 쪽이긴 하지만 말이다. 마침내 에스더가 창문을 내다보다가 일어선다. 나 역시 일어서지만 딱히 갈 데가 있지는 않다. 이제 헤어질 시간이다. 해가 지고 있으니 에스더는 기도를 올려야 할 것이다. 오늘의 기도 주제는 감사하는 마음이리라. 아무것도 없는 곳에서 자란 소녀가 감사하는 마음을 읊으면 신도들이 따라 읊을 테지. 에스더는 오늘 밤 행사를 위해 앞치마를 걸칠 것이다. 에스더를 따르는 이들은 종교를 믿지 않는 이들과 소통할 때면, 요청 시 기꺼이 돕겠다는 뜻으로 앞치마를 입는다. 나는 그냥 내 옷을 입는다. 교회의 신도가 아니라 그저 비신도 헌금자라는 표시로 말이다.

하지만 에스더는 내가 가져온 립밤과 치아미백제와 마찬가지로 얼굴 크림도 가져갈 것이다. 내가 가져다주는 미용 용품들을 애용해 주니, 그 애의 피부가 너무 하얘서 나와 닮아 보일 일은 영영 없다는 사실에 대해 보상을 받는 기분이다. 또래와 달리 주근깨도 하나 없고 반짝이는 하얀 이를 드러낸 채 세상 자애로운 미소를 짓는 에스더를 볼 때면 나는 '저기 내가 있네.'라고 생각한다. 왜냐하면 자매란, 내가 아닌 다른 사람에게서 발견하기에 결국 사랑할 수 있는 나의 일부이기 때문이다.

***

신발. 막 신는 신발을 가져온다는 것을 깜빡하고 딱 하나 있는 정장용 신발을 집어왔다. 뒷면 위쪽에 독특한 금색 선이 들어가 있어 어디 제품인지 단박에 알 수 있는 검정색 구두는, 회사 파티에 내 신발 중 어떤 것을 신고 가든 나는 물론이고 자신까지 망신당하겠다 싫어 델이 준 것이었다. 그런데 선물로 받았든 말든 그게 중요한 것이 아니었다. 이 구두 가격이 이 동네 4인 가족의 한 달 치 식비에 달한다는 게 문제다. 내가 새로 문을 연 교회에 걸어 들어가자, 이 구두는 너무 닳아 버린 많은 신발 뒤축들 사이에서 요란하게 또각댄다. 그 소리에 다른 신발 주인들보다 내가 더 창피하지만 결국 우리 모두 다 수치를 느낀다. 평소처럼 무감하게 있으면 엘리트 의식에 젖어 있는 것처럼 보일까 봐 나는 과한 미소로 때운다.

헌당식에서 교회 원로들은 신축 건물이 지역 사회에 얼마나 큰 의미가 있는지 말하기 바쁘다. 내 생각도 다르지 않다. 일기장에는 옛 건물 사진이 한 장 들어 있다. 말이 교회이지, 아름답게 포장된 헛간에 불과했다. 신축 건물에는 햇살을 차단하는 데 그치지 않고 실제로 열기를 막아 주는 진짜 벽이 있다. 아울러 계부의 가장 큰 자랑거리인 부속실들이 나란히 들어서 있고 저마다 4인 가족의 임시 거처로 적당할 만큼 널찍하다. 루럴스 황무지에 거주하는 이들은 양식을 갖춰 지은 집을 선호하지 않는다. 하지만 눈부신 날, 즉 태양이 너무 가깝고 숨이 턱턱 막히는 날에는 제아무리 험하게 살아가는 이들조차 머리 위를 제대로 가려 줄 만한 게 필요한 법이다.

그날 밤의 기도 주제가 감사하는 마음이라서 모든 발화자는 신에게 감사를 드린다. 하지만 생존 또한 그 밤의 주제이기에 신경 써서 틈틈이 닉닉에게도 감사의 마음을 전한다. 나는 그들이 헌금 덕에 황제에게 감사하는 것인지, 아니면 그의 순찰대가 교회 건물을 불태워 버리지 않는 은혜를 베풀어 줘서 고맙게 여기는 것인지 잘 모르겠다. 하지만 이 사람들은 감사하는 마음이 없어 보이면 벌어지게 될 일이 겁나서 그럴 뿐, 정말로 그렇게 생각하지는 않는다.

닉닉은 내 뒤에 앉아 있다. 루럴스 주민들은 닉닉이 거의 참석을 하지 않음에도 예배를 올릴 때면 언제나 뒷줄에 그의 자리 하나를 마련해 둔다. 마찬가지로 업소 사장인 엑슬리를 위해서도 항상 자리를 남겨 둔다. 당사자들은 정작 종교를 싫어하는데도. 그런데 오늘 밤은 이 두 인간이 모두 참석했다. 황무지 마을에서 유일하게 쉽게 돈을 버는 사람처럼 보이는 엑슬리는 그곳에 서 있는 것만으로도 탁월한 광고 효과가 있어서 왔다. 반면에 닉닉은 신을 향해 고개를 숙이는 사람들에게 먼저 자신한테 머리를 조아려야 한다는 사실을 일깨워 주려 온 것이다. 가죽과 검정색 반짝이로 치장한 엑슬리를 뚫어져라 쳐다보고 있자니 그가 내 이름을 알았던 시절이 그리워진다.

축사가 끝나고 엄마가 조리대에서 다과를 대접하는 사이에 나머지 식구는 손님들에게 교회 시설을 안내한다. 엄마에게 다가가니 나 역시 단순한 헌금자인 양 레모네이드를 건네준다. 이 레모네이드는 엄마만의 비법에 따라 꿀이 조금 들어가 있고 맛은 느껴지지 않지만 라벤더향이 난다. 자랑이란 행위는 엄마에게 금기와 같은 일이지만, 내가 이번 레모네이드는 역대 최고라고 말하는데도 엄마는 딱히 바로잡지 않는다.

"꼭 다 초대해야 했어요?"

내 말에 엄마는 용케도 자애로운 얼굴을 유지한 채 짜증 나는 속내를 내비친다. 오직 눈에만 짜증이 한가득하다.

"저이가 불렀어. 다 올 만한 사람들을 부른 거야."

엄마는 공손하게 굴어야 한다. 닉닉을 홀대했다가는 그가 가르침을 주려 들지도 모르니까. 그 가르침은 네 배로 오른 공과금일 수도 있고 순찰대원이 웃으며 집에 불을 지르는 게 될 수도 있다.

나는 닉닉의 비위를 맞춰 본 적이 없다. 하기야 죽을까 봐 두려워한 적도 없다. 어쩌면 이 점 때문에 한 지구 이상에서 문제가 됐는지도 모른다.

"네가 왜 그렇게 저 양반을 싫어하는지 모르겠구나. 개인적으로 우리와 척진 일도 없는데."

어쩌면 저렇게 잘못 알고 있을까 싶어 나는 입을 뗐지만 엄마가 계속 말하는 바람에 실언을 내뱉지 않는다.

"우리가 시내를 떠나온 건 저 양반이 자리를 물려받기도 전이잖아."

엄마한테서 애시타운 중심가를 떠날 때의 이야기를 듣자니 내가 어디에 와 있고 누구이며 엄마가 어떤 사람인지가 비로소 생각난다. 엄마는 다른 세계들에서 닉닉과 그보다 훨씬 악질인 놈의 아버지 때문에 본인이 몇 번이나 죽었는지를 모른다……. 하지만 짐작 정도는 할 수 있지 않을까?

"엄마 말대로예요. 내가 황제를 만난 적은 없죠. 그냥 사람 자체가 싫어서 그래요."

엄마가 멈칫하면서 국자로 레모네이드 그릇을 툭 치고 만다.

소리가 지나치다 싶을 만큼 크게 들리는데, 아니나 다를까 갑자기 주변이 조용해졌다. 닉닉이 근처에 있다는 뜻이다. 뒤돌면 불쾌한 닉닉의 면상을 보게 될 것이다. 닉닉의 왼쪽 귀 바로 위에 빠듯하게 두 줄로 이어진 땋은 머리가 있는 이유는 그가 애시타운을 지배하는 서열 세 번째 인물이기 때문이다. 나머지 머리칼은 아래로 늘어트린 채라서 닉닉을 보는 누구라도 그가 황무지에서 일하거나 기계를 다루는 사람이 아님을 알아챈다. 입안을 보면 합성 오닉스를 씌운 앞니 네 개가 검은 다이아몬드처럼 반짝이며, 소문대로 정말 다이아몬드로 된 날처럼 잘 베기도 한다.

어느 세계에서는 이 순간에 좀 더 무모하고 솔직한 내가 레모네이드 잔을 박살 내어 그 조각으로 놈의 목을 긋고 아직 따듯한 피에 양손을 담가 그 걸쭉한 피로 내가 겹겹이 짊어진 수치심을 씻어 내리라. 하지만 그 세계와 그런 나는 지금의 나와 너무 다르므로 과연 엘드리지 연구소가 그곳과 동조할 수 있을지 미지수다. 나는 더 이상 무모하지도 않고 솔직해 본 적도 없다.

나는 엄마가 있는 조리대에 유리잔을 다시 내려놓고 에스더를 찾으러 자리를 뜬다. 닉닉의 목소리를 듣지 못한 지도 6년이 넘었다. 계속 이런 상태를 유지할 생각이다.

행사를 마무리 짓기 위해 모두 밖으로 불러 모은다. 오늘 밤 에스더와 대니얼이 저마다 군중에게 연설하는 시간이 있었지만 이번에 홀로 앞으로 나선 이는 마이클이다. 그 애는 말을 하지는 않고 그저 무릎을 꿇은 채 가끔 바람을 확인할 뿐이다. 그러다 마침내 우리는 그 애의 양손에 희미하게 이는 불꽃을 본다. 모인 이들에게 마이클이 다시 걸어갈 때쯤 우리 머리 위 하늘에서 불꽃이 폭발한다. 마이클은 루럴스 주민을 이끄는 이의 아들이지만 설교는 하지 않는다. 그 애는 불로 예배를 올린다.

이제는 종교인만이 화약을 쓸 수 있다. 내가 태어나기 오래전, 내

전이 끝나고 닉닉의 아버지인 닉 시니어가 권력을 잡은 뒤로 먼 거리에서 살상을 저지를 수 있는 무기는 완전히 금지됐다. 그래서인지 와일리시티에서는 못 접할 야단스럽고 눈부신 불꽃놀이를 보고 있자니 기적 같은 느낌이 든다.

사람들 사이로 웅얼거리는 소리가 퍼져 나간다. 루럴스 주민들이 간증을 믿을 때 나타나는 반응이다. 이 순간에는 불이 신의 관심을 사로잡고 있어, 어떤 유한한 존재의 귀라도 불꽃이 터지는 소리를 뚫고 다른 소리를 들을 수 없다. 그래서 나는 기다렸다가 다음 차례의 불꽃이 날카로운 소리와 함께 터지며 하늘을 수놓을 때 내 진실을 말해 버린다.

"나는 카라멘타가 아니야. 카라멘타는 죽었어."

***

카라멘타는 6년 전 나의 진짜 고향인 22호 지구에서 죽었다.

태어났을 때 내 이름은 카라리였다. 하지만 언제나 닉닉의 천하였던 세상에서 쓰레기를 차지하려고 싸우는 데 넌더리가 났던 나는 결국 열일곱 살 생일부터 카라렉스로 살았다. 닉닉이 죽은 부친의 뒤를 이어 진짜 권력을 거머쥐자마자, 이름에 X자를 붙여 그가 총애하는 여자가 된 것이다. 하지만 닉닉은 웃음이 헤픈 만큼 질투심도 많았다. 내가 하지도 않은 일을 빌미로 벌을 주는 그가 엄마와 조금도 다르지 않다는 것을 일찍부터 알게 되었다. 여기서 말하는 엄마는 내 진짜 엄마다. 그러니까 에스더와 마이클과 대니얼의 가족이지만 결코 내 차지는 되지 않을, 실크 조각처럼 매가리 없는 0호 지구의 여자가 아니다.

대부분 죽어 버린 강의 영향으로 그나마 토양이 어느 정도 습한 황무지의 끝자락에서, 닉닉은 밤새 나를 익사시킬 듯이 굴었다. 내 머리를 진창에 처박았다가 폐가 정말로 탈 것 같은 느낌이 들 때가 되어서야 끌어올렸다.

그럴 때면 나는 묻곤 했다. 왜 멈춰요?

그러면 그는 대답하곤 했다. 응, 연습하느라.

이후 닉닉은 늘 그랬듯이 날 살려 둔 채 자리를 떴다. 지치고 부르튼 내가 다시 제 발로 자기에게 오는 것을 즐겼기 때문이다. 그러면 마치 내가 다른 사람에게 다친 듯이 굴며 나를 간호해 주는 것도 좋아했다.

내가 있던 곳은 0호 지구에서는 여전히 루럴스의 영향권인 황무지 구역이었다. 얼굴에 덕지덕지 묻은 진흙이 햇볕 아래서 구운 점토처럼 딱딱하게 굳어 버렸기에 제발 어디든 갈 데가 있으면 좋겠다 하며 움직였다. 그때 그녀의 시체가 보였다.

흰자에 별빛이 폭발하듯 핏줄이 붉게 터져 있었다. 왼쪽 팔은 한 번 부러지면서 뼈가 튀어나왔다가 다시 들어간 듯 흡사 꼭두각시의 팔 같았고, 양어깨는 앞쪽으로 찌부러진 데 반해 척추는 뒤로 꺾여 있었다. 내내 거칠게 살아왔지만 사람을 그 지경까지 만들 수 있는 존재는 단 한 번도 만난 적이 없었다. 그녀의 흔적은 황량한 흙바닥에 유일하게 남아 있었는데, 그것도 발자국이 아닌 질질 끌린 자국이었다. 성한 팔로 몸을 조금 끌고 갔던 모양인데, 그녀를 움직이게 했던 정체 모를 은총도 끝내 사라졌는지 입에서 흘러나온 피가 모래 바닥에 번지고 있었다.

나는 도망쳐도 모자랄 판에 쪼그려 앉고 말았다. 어쩌면 훔칠 만한 게 없나 살피려 그랬는지도 모른다. 어쩌면 그런 죽음을 맞은 인간의 얼굴에 남은 흔적을 확인하려 했을 수도 있다.

그 순간 그녀의 얼굴을 보고 말았다. 망가지지 않은 부위는 내 얼굴과 같았다. 시체는 다름 아닌 나였다. 그때의 나보다 단정하고 문신도 없는 나. 내 얼굴인 그 얼굴을 뚫어져라 쳐다보고 있자니 누군가 장난을 치는 것 같았다.

그러다가 그 목소리를 들었다. 작지만 멀지 않은 곳에서 어떤 이름을 부르고 있었다.

나는 시체에서 송수신기를 꺼내 아직 뚫지 않은 쪽 귀에 꼈다.

"……멘타? 카라멘타? 내 말 들려?"

감미로운 목소리는 아니었지만 그 안에 깃든 걱정은 순수하고 달콤했다. 전에는 결코 들어 보지 못해서 아직 질리지 않은 목소리라고나 할까.

"네…… 들려요."

죽은 여자의 팔찌를 차자 나를 그녀로 인식한 팔찌가 작동했다. 카라멘타의 디지털 신분증에 든 사진은 그녀의 시체보다 나와 훨씬 더 닮아 있었다. 주소는 와일리시티로 되어 있었다. 난 늘 와일리시티에서 살고 싶었다.

카라멘타, 카라멘타, 카라멘타. 나는 그 이름을 잊지 않도록 거듭 불러 봤다.

"다행이다. 파견 첫날에 널 잃은 줄 알았어."

"그럴 리가요. 그냥…… 좀 헛갈려서요."

짜증 섞인 한숨에 뒤이어 목소리가 들린다.

"귀환시킬게. 넌 아직 준비가 안 되어 있어. 귀환 절차를 자세히 가르쳐 줄 테지만, 딱 이번 한 번뿐이야. 돌아와서는 매뉴얼을 숙지한 척하는 것만으로는 안 될 거야."

어쩌면 시체에서 옷을 벗겨 내서 나라고 특정할 수 있을 만큼만 소지품을 남겨 두는 일을 그렇게 쉽사리 해서는 안 되었을 터였다. 하지만 반드시 그래야 한다고 굳게 믿게 되면 어떤 짓이든 가능하다. 나는 미안해하지 않는 사람이라서 부끄러워해 본 적도 없다.

시체의 옷으로 갈아입고 나자 델이 나를 소환했고, 나는 완전히 새로운 세계에 도착했다. 그때가 6년 전이었다. 누군가 내 진짜 이름을 부르는 것을 들은 지 6년이 되었다. 어떤 날은 진짜 이름을 기억조차 못 한다.

***

토요일에는 에스더와 '정원'에서 일한다. 엄마와 계부에게 붙잡혀 설교를 듣는 것보다 그편이 덜 불쾌하기 때문이다. 애시타운의 땅은 공기 중으로 그을음을 뿜어 대서 동네 이름에까지 영향을 줬던 공장들이 남긴 오염물 탓에 소금밭처럼 변해 가고 있다. 내가 말한 정원이란 곳은 부모님의 땅 끝자락에 있는 버려진 격납고로, 수입 흙을 가득 채운 화분이 줄지어 있어서 이 지역의 웬만한 집들보다 낫다. 신도들이 정원을 가꾸는 데 일손을 보태고 계부는 수확물을 교구민에게 공평하게 나눠 준다.

루럴스 주민은 남의 뒷말을 못 하게 돼 있지만 빤히 쳐다보는 것까지는 막을 수 없다. 따라서 우리 가족과 함께 일하는 이들은 자신들을 이끄는 목자의, 한때는 성스러웠으나 와일리시티로 갔다가 하루아침에 불신자가 돼 버린 딸을 흘끔거릴 수밖에 없다. 나는 에스더에게 바싹 붙어서 그 애와 자매 사이라는 보호막 아래에 숨는다. 옷장 깊숙이 넣어 뒀다가 이런 곳에 올 때만 꺼내 입는 내 작업복은 구입한 지 수년이 지났는데도 아직도 아주 새것처럼 보인다. 마치 내가 사기꾼 같다. 그런데 사실 사기꾼이 맞다. 와일리시티로 돌아가면 나는 평생 안정되고 풍족하게 살아온 사람으로 통한다. 여기서는 기도하고 근근이 살아가는 법을 기억하는 사람이자 수 주 동안 옥토로 가꾸어 키운 고추를 냉장고 깊숙이 넣어 두고 잊는 일 따위는 결코 하지 않을 사람으로 통한다. 나는 늘 거짓으로 꾸민 삶을 살아간다. 항상 무대 의상 같은 옷을 입고서.

에스더와 함께 화분에 물을 주고 식물들이 소금병에 걸리지는 않았는지 살핀다. 소금병은 파리 사체를 통해 전파되는 기생균에 의해 발생하는데, 이 기생균은 남쪽 멀리 자리한 한때 호수였던 진창에 사는 유일한 유기체다. 생명이 살기에는 유독해진 진창의 환경에서도 소금병 기생균만은 살아남아, 갈대에서 토양식물을 거쳐 나무까지 올라와 옮겨 온다. 소금병 균에 감염되어 영양분을 빼앗기면 숙주인 식물은 하얗게 변하며 딱딱해진다.

312호 지구에 가면 우리가 여기서 몰아냈던 공장들이 여전히 그을음을 뿜어내고, 밀폐 시설을 떠나지 않는 노동자 외에는 거주하는 인간이 하나도 없다. 그곳에서 소금병 균은 나무와 파리가 죽은 후에도 계속 진화했다. 인간의 피부에 침투해 몇 년에 걸쳐 느리지만 확실하게 퍼져 나가 결국에는 번들거리는 하얀 시체를 남기는 치명적인 균으로. 그곳 사람들도 한때는 이 균을 소금병 균이라 불렀지만 지금은 소금 기둥*으로 부르며 단순한 바이러스가 아니라 저주로 대한다. 내가 숙소의 벽에 감춰 둔 수집품 상자에는 소금병에 걸린 식물의 가장 작은 이파리가 밀봉한 봉지에 들어 있다. 엘드리지의 표본 봉투에 넣었으니 유출 가능성은 없지만 내 방에 소금 기둥을 두는 것 이상으로 위험한 일도 없을 테다.

이맛살을 찌푸린 에스더가 장갑도 끼지 않은 채 하얀색 이파리를 떼어 내서 소각로에 던지는 모습을 바라보면서 진짜 위험을 생각해 본다. 312호였다면 이 격납고 전체가 불타고 에스더는 감히 그런 이파리를 건드린 대가로 황무지로 추방당할 것이다.

우리는 일손을 멈추고 점심을 먹은 다음 마무리 짓기로 한다. 하지만 건너편에서 물을 주고 있는 두 아이를 본 에스더가 그 애들에게 우리 도시락을 가져다준다. 에스더의 옷이 흐릿하게 바랬을 뿐 아직 깨끗하고 멀쩡한 데 비해, 아이들의 옷은 누덕누덕 깁고 찢어진 상태였다. 아이들은 에스더보다 나와 더 비슷한 데가 많았지만 온종일 내 눈길을 피했다.

아이들에게서 돌아온 에스더가 말한다.

---

* Lot's Wife. 창세기에 나오는 롯의 아내로 경고를 어기고 뒤를 돌아보았다가 소금 기둥으로 변한다. 이에 맥락에 맞게 '롯의 아내'가 아닌 '소금 기둥'으로 옮겼다.

"그냥 마저 다 해 버리자. 그래도 많지 않아서 저녁은 일찍 먹겠어."

에스더는 내 점심밥을 넘겨줄 때도 그러더니 이번에도 양해 한번 구하지 않는다. 계부가 물러나면 마이클이 아닌 에스더가 그 자리를 물려받을 텐데 이럴 때면 그 이유를 확실히 알겠다.

우리는 저녁때를 넘겨 집에 갔는데 마이클이 훨씬 더 늦게 들어온다. 그러고도 큰 소리를 내며 털썩 주저앉고 눈을 치켜뜬다. 그 모습을 보고 있자니 저 애가 다시 투덜거리고 눈을 치뜨는 법을 배우기까지 얼마나 걸렸을지 궁금해진다. 카라멘타의 일기장을 보면 마이클은 나머지 가족처럼 주목받는 것을 꺼려해서 그렇지 나름 독실한 아이였다.

마이클의 손끝은 날이 잔뜩 서 있는 루럴스의 모든 10대가 그렇듯 황토색이다. 루럴스 10대 사이에 땅속에 박힌 핏빛 대갈못들 사이로 손가락을 찔러 넣고 최대한 오래 버티는 유행이 있다. 그렇게 해서 갈색으로 물들여야, 흉내 내고 싶은 도심지 사람들의 검은색 매니큐어를 바른 손톱과 가장 비슷하기 때문이다.

곧이어 마이클은 감탄스러울 정도로 독창적인 방식으로 반항기를 드러낸다.

"누나가 사람들을 죽인다는 게 정말이야?"

"마이클!"

녀석은 움찔하면서도 엄마를 쳐다보지는 않는다.

"예레미야가 횡단자는 진짜로 사람들을 죽이러 다른 곳에 간다던데. 레이저를 쏴서 머리를 댕강 자른다고."

"이 집에서 그런…… 일 이야기는 안 하는 거 알잖니."

대니얼이 끼어든다.

그런 '일'은 내 직업을 뜻한다. 혹은 나도 정확히 어떤지 모르지만 그들에게는 살아 숨 쉬는 불경스러운 대상일 우리 회사다. 공간이나 공기 또는 관심은 꼭 필요한 만큼만 있으면 된다고 생각하는 이들은 완전히 새로운 세계들을 차지하려는 시도에 당연히 반대한다. 이런 사업을 신(新)식민주의로 간주하는 이들의 시각은 일리 있다.

나는 마이클을 보며 말한다.

"그건 웃자고 만든 도시 괴담이야. 레이저 발사기 같은 건 존재하지도 않아. 그런 게 있으면 와일리시티의 핵주먹이라도 숯덩이가 될걸."

그러고는 마이클에게 손가락을 구부려 보이며 말을 잇는다.

"난 맨손을 써야 하거든."

엄마가 눈을 희번덕거린다. 그런 반응을 보니 엄마가 고개를 치켜들 때 못지않게 뿌듯함이 차오른다. 에스더가 웃음을 참느라 헛기침을 하는 모습을 보자 승리감에 도취되는 기분이다.

마이클은 눈을 내리깔고 내가 한 말을 곱씹는다.

"그렇지만 여기서도 사람을 죽이잖아. 그래서 우리가 다른 지구에서 온 횡단자를 한 번도 못 본 거라던데. 누나가 다 죽여 버려서."

회사의 공식 입장에 따르면, 횡단자가 우리 땅에 왔으나 그 사실을 우리가 모르고 있을 수도 있다. 우리 땅의 횡단자가 다른 지구의 감시에 결코 걸린 적이 없으니, 우리가 파견을 가는 다른 지구들도 전부 똑같은 예방 조치를 취하는 건지도 모른다. 하지만 가시 돋친 의붓동생에게 이 말은 하지 않는다. 그저 레모네이드를 홀짝이면서 녀석이 앉은 자세를 바꿀 때까지 오래 눈을 맞출 뿐이다.

나도 엘드리지에 입사하고 첫 주에 비슷한 괴담을 들었더랬다. 우리 지구에서 횡단자가 발견될 때마다 그들을 교수형에 처해 시체를 구덩이에 버리려고 대기하고 있는 직원이 있다고 말이다. 그 당시에는 많았던 다른 횡단자들이 잠시 감시관이 자리를 비울 때마다 그런 이야기들을 들려줬다. 아직 신참이었던 나는 선배들이 생각했던 것보다 훨씬 까마득한 후배라서 의견을 말하지 못했다. 후에 그와 같은 짓궂은 괴담들이 절반으로 줄어들고 스탈라와 둘이 오래 버틴 횡단자라는 동질감으로 끈끈한 사이가 되고 나서야 나는 비로소 그 화제를 꺼냈다.

회사가 다른 지구에서 온 횡단자를 죽인다고 생각하는지 물었다.

스탈라는 그저 고개를 갸웃거리며 이렇게 답했다.

"엘드리지 측에서 결코 다른 지구에서 온 횡단자를 잡은 적이 없다고 말한 거, 기억 안 나?"

스탈라는 늘 똑똑하고 나보다 세상 물정에도 밝았다. 그래서 그녀의 조리 있는 답변을 그런 소문 따위에 마음 쓰지 말라는 뜻으로 받아들였다. 그때는 회사 행사가 열리고 있었지만 밖에는 우리 둘뿐이었다. 스탈라가 초록색 유리 파이프로 무언가를 피우면서 일부러 내 쪽으로 연기를 내뿜을 때마다 폐와 입에 무화과 맛이 가득 뱄다. 그 덕인지는 몰라도 대담해진 내가 물었다.

"물론 회사는 그렇게 말하지……. 근데 그게 정말이면……."

스탈라는 내가 애시타운을 벗어난 후로 봤던 중에서 가장 크고 어두운 눈망울을 굴리며 대답했다.

“근데 그게 정말이면, 그래, 정말이라고 쳐 보자고. 그래서 뭐? 횡단하다가 발각돼서 사람 몇 명 죽었다고 치자. 그래서? 너한테는 여전히 아파트가 있어. 난 여전히 수입 담배에 푹 빠져 있고. 그래, 어쩌면 회사가 사람들을 죽일지도 몰라. 그렇지 않을 수도 있고. 그래서 그게 너랑 상관있어?”

그때 나는 깨달았다…… 나랑 상관없다는 것을. 그냥 궁금했을 뿐이지 도덕적으로 상처받지는 않았다. 죽는 사람들이 있을 수도 있었지만 스탈라가 언급한 시내의 내 아파트와, 그 당시에도 곧 실현될 것 같던 시민권 취득에 비하면 그런 이들은 하찮아 보였다.

스탈라는 그저 살해됐을지도 모르는 횡단자들이 중요하지 않다고 말하는 게 아니었다. 아무것도 중요하지 않다고 말하고 있었다. 내가 찾아갔을 때 스탈라는 난동을 부리지도 않았고 자신의 임무지로 내가 파견 나가 계속 일하는 것도 거부하지 않았다. 하지만 만약 상황이 이렇게 정리될 줄 알았다면, 다시 말해 그녀의 분신은 계속 살아남고 나의 분신은 해가 갈수록 더 많이 죽어 없어질 것임을 알았더라도 계속해서 나를 발코니로 불러내 공짜 연기를 마시게 해줬을까.

저녁을 먹고 난 뒤 식구들이 잠자리에 들면 나는 소지품을 챙겨 슬그머니 떠날 것이다. 내일은 일요일이다. 가족들은 내일 아침 내내 나는 참여하는 방법조차 모르는 예배를 준비하면서 묵언 기도를 올릴 것이다. 그리고 내가 너무 오래 집을 떠나 있었기 때문에 고분고분하지 않다고 생각할 것이다. 하지만 곧 그들도 내가 잊어버렸다는 것을…… 정말 몰라서 그럴 뿐임을 알게 될 것이다.

와일리시티 바깥 땅은 파인 자국이 뚜렷이 남는 축축한 땅이며, 몇몇 지구에서는 여전히 얕은 강이다. 내 방의 벽에 발라 놓은 흙이 나온 곳이며, 또 다른 태양 아래에서 내가 카라멘타의 죽음을 본 곳이기도 하다. 이제는 정말이지 이런 생각에서 벗어나서 나 말고는 누구도 모를 카라멘타의 죽음을 받아들여야 한다. 언제가 됐든 지난 6년 사이에 망자를 기리는 등불을 챙겨 왔어야 마땅하다. 하지만 난 앞으로도 그러지 않을 것이다.

주로 애시타운 안에서 떠도는 것이지만, 권좌부터 땅과 배우자에 이르기까지 모든 것에 적용되는 속담이 있다. 어떻게 차지했는가는 중요하지 않다, 내가 갖고 있으면 내 것이 된다. 그래서 나는 지금 내가 사는 삶의 주인인 그 죽은 여자를 애도하지 않는다. 스탈라를 더는 생각하지 않기에, 그녀의 부재가 나의 월급 인상으로 이어졌다는 사실 말고는 아무런 의미가 없듯이. 나는 와일리시티, 아파트, 그 밖의 훔쳐 온 모든 것이 있는 곳으로 돌아가기 위해 장거리 운전을 시작한다. 그게 누구 소유였는지는 중요하지 않다. 이제는 내 것이 되었으니까.

3장

"늦었네."

델을 지나쳐 복도를 뛰어가는데 그녀가 말한다.

"보시다시피."

내가 받아친다.

마음 같아서는 발을 멈추고 싶다. 나와 잡담을 나누는 데 서툰 델을 억지로 붙잡고 말을 붙이면 재밌다. 그녀는 마치 어린아이나 뱀과 대화를 나눠 달라고 요청받은 듯이 군다. 나는 아마 재미없거나 아니면 위험할 뿐 그 중간에도 해당이 안 되는 모양이다. 하지만 그냥 늦은 게 아니라 장과의 약속에 늦은 터라 걸음을 재촉한다.

모든 횡단자에게는 경험 많은 스승이 있다. 나는 어떤 직원보다 횡단 횟수가 많기에 장 사노고를 스승으로 모시는 영광을 누렸다. 다들 한 달에 한 번씩만 점검받는 데 반해 나는 주마다 장과 만나는데도 여태 그 이유를 물어본 사람은 없었다. 오직 델만 미심쩍어하지만, 뼛속까지 계급 의식에 젖어 있는 사람답게 내가 본업의 압박감을 이겨 내기 위해 그런다고 생각한다. 장은 더 잘 안다. 기아와 노숙에 내몰리는 환경에서 자란 사람에게는 어떤 것도 압박으로 느껴지지 않으리라는 사실을. 그는 나보다도 훨씬 잘 알고 있다.

몇 년 전에 평생 맞춤복만 입고 제 손으로 머리를 깎아 본 적도 없어서 나의 강인함에 홀딱 반한 남자와 사귀었더랬다. 그는 집이 불타거나 폭풍우가 다가와도 흔들리지 않을 법한 내 태도를 좋아했다. 의지가 될 만큼 결코 겁내지 않는 내 모습은, 보호를 받으며 연약하게 자란 외동의 남자에게 최음제와 같았다. 나 또한 그의 연약함을 좋아했다. 그는 너무나도 쉽게 충격을 받았고 그런 모습을 숨길 생각조차 하지 않았다.

이름이 마리우스였던 그 남자가 그립다. 하지만 마리우스가 강인함으로 여겼던 모습이 그의 가족에게는 냉담함으로 비쳤다. 그의 어머니는 아들에게 애시타운 출신은 길거리에 널린 시체를 보고 자라서 생존 본능 외에는 감정이란 게 남아 있지 않다고 경고했다. 마리우스는 어머니에게 나는 그런 애시타운에서 자란 게 아니라고 항변했다. 쾌적하고 깨끗하며 농장일이 생업인 루럴스 출신이라고 말이다. 하지만 마리우스의 어머니는 아들에게 그는 그저 내가 안전하게 살기 위한 손쉬운 수단일 뿐이라고 설득했다. 나는 내가 마리우스를 아끼는 줄 알았다. 하지만 전에 살았던 세상에서는 닉닉과 정확히 그런 관계였으니, 마리우스의 어머니가 정확히 본 건지도 모른다. 마리우스가 정말 그립긴 하지만, 그 마음은 반려 새를 그리워하는 것과 같다. 안심하고 내 손으로 들어온 새. 심장박동이 손바닥으로 전해지며 자칫 내가 손가락 끝을 잘못 움직였다가는 갈비뼈에 상처를 입힐 수 있는 연약한 존재로 여긴 셈이다. 어쩌면 내가 그리워하는 것은 힘 그 자체일지도 모른다.

사무실에 들어서니 장이 자신의 컴퓨터 화면을 보고 있다.

"지금 제 보고서를 훑어보는 거예요?"

"간추린 내용만. 자네가 분석한 건 이미 검토했고."

장이 고개를 들어 나를 바라본다.

"늦게 받았지만 말이지. 새벽 3시였나? 오늘 새벽일걸?"

"그곳 산악 기지 포트를 쓰지 못한 지 좀 됐어요. 그 지역 감시가 그렇게 철저한 줄 몰랐어서 일요일이 돼서야 황무지를 통해서 돌아왔어요."

장이 화면에서 아예 몸을 돌린다.

"인구 변화에 차이가 나는데 보고하는 걸 잊었더군. 그쪽의 인구 감소율이 꾸준히 우리와 같게 유지되고 있었는데 이제는 그 속도가 빨라졌어."

400줄짜리 분석 보고서였다고 해도 장은 그 한 가지 실수를 찾아낼 사람이다.

"차이가 1퍼센트도 안 되는데요."

"그래도 보고서에 넣어야지."

"분석가들은 항상 자기네 보고서에 있는 중대한 조사 결과들을 간과하죠. 선배님이 자세히 살펴보라고 한 사례들 전부에서 차이를 발견했다고요."

장이 몸을 앞으로 쓰윽 기울인다. 이는 곧 내게 아빠 목소리 전법을 쓰겠다는 신호이다. 하루 이틀 본 사이가 아니라서 이제는 먹히지 않는 방법인데도 말이다.

"맞아, 그 인간들이 그렇긴 하지. 그렇지만 회사는 분석가를 뽑을 때 지원자의 능력을 보지 않아. 자격증, 배경, 학벌을 볼 뿐이야. 엘드리지에서 분석가로 일하는 양반들은 그런 스펙에도 불구하고 그 일에 부적합하다는 것을 몸소 증명한다고나 할까. 그런데 자네는 그 반대로 해야 할 거야. 그치들에게는 결함이 있지만, 자네는 결코 실수하지 않으리라는 걸 증명해야 한다고."

장과 언쟁을 벌이면 머릿속으로만 반박하는 데 그치기 때문에 전혀 독기를 부리지 못한다.

"다시는 안 빼먹을게요."

장이 고개를 끄덕인다.

"다음 배치 시험은 언제지?"

"6주 후요."

"그다음은?"

"6개월 후요."

장이 화면을 본 뒤 다시 나를 쳐다본다.

"그때면 너무 늦겠는걸."

"그 정도까지 진척된 거예요?"

엘드리지의 과학자들이 원격으로 정보를 검색할 방법을 찾아내면 실직자가 되리라는 것을 잘 알고 있다. 횡단자들이 받은 임시 취업 비자에는 유예 기간이 없다. 잘리는 순간 비자도 종료되어 스탈라처럼 와일리시티 밖으로 호송될 것이다. 정규직으로 고용되지 못하면, 즉 장처럼 필수 인력이 되지 못하면 나는 결국 애시타운으로 돌아가야 한다.

"보슈가 다음 분기에 수익 증대와 관련해 중대 발표를 할 건가 봐."

"임금 삭감 같은 거 말이죠."

장이 고개를 끄덕인다.

"다른 걸 수도 있지, 그자가 자신만만하게 밀어붙여도 잘못될 가능성도 크니까. 그렇다고 우리가 잘못되기만 바라고 있을 수만은 없잖아. 6주 후에는 준비되겠지?"

나는 어깨를 으쓱하다가 그가 눈을 가늘게 뜨자 제대로 대답한다.

"네. 그럼요. 당연히 되지요. 제가 비교점도 잘 파악하고 있고, 정확한 보고서를 쓰고 결론을 도출하는 데 능하니까요. 하지만 그 빌어먹을 암기 파트가 점수의 거의 반을 차지하는데, 아무짝에도 쓸모없는 헛소리를 뇌에 그렇게 욱여넣어야 하는지 도무지 이해가 안 가요."

장이 컴퓨터에 무언가를 입력한다.

"자네 말대로 보고서 잘 쓰는 건 맞아. 그러니까 하나라도 빠트리지 마, 그럼 괜찮을 거야. 앞으로 6주 동안 가장 가까운 데부터 시작해서 점차 먼 데 순으로 각 지구의 인구 통계에 관해 퀴즈를 낼 거야. 시험 2주 전부터는 범위 전부를 총 복습할 거고."

"그 범위가 되는 지구가 380개나 돼요. 다음 주까지 제가 60개가 넘는 세계를 공부할 수 있을 거라 생각하세요?"

"380개하고도 2개가 더 있지. 한때 공명했다가 잠잠해진 세계들까지 시험 범위에 들어가니까."

"382호 지구가 공명을 멈췄을 때 전 근무하고 있지도 않았다고요!"

"그러니 새로운 걸 알게 되겠군. 막 설레지 않나?"

"엄청요."

나는 일어난다. 다음 파견까지 아홉 시간이 남았으니 공부할 시간도 딱 아홉 시간밖에 없다.

"175호 파일은 아직 검토 안 했나?"

"시간이 없었어요."

"시간을 내 봐."

"왜 그렇게까지 해야 하죠?"

"175호는 미래 세계니까."

"그게 뭔 대수인데요?"

사실은 그게 왜 겁나냐고 묻고 싶지만, 장이 두려워하는 것을 인정하는 법이 없음을 잘 알 만큼 그와 나는 많이 비슷하다.

"자네가 거기서는 그냥 죽은 게 아니니까. 살해당했다고."

장은 미신을 너무 많이 믿는다. 그는 미래 세계를 사전 경고로 여긴다. 나는 장이나 다른 와일리시티 바깥 지역 출신들과 다르다. 눈에 보이지 않는 것들을 믿지 않는다. 하지만 장이 살해당했다고 말하자 소름이 돋는다.

"하나도 이상할 게 없어 보이는데요. 자연사라면 더 걱정일 거 같아요."

"카라, 만약 이곳에 존재하는 다른 네가……."

"다른 나 같은 건 없답니다."

횡단자가 그렇게 말하면 어불성설이지만 나에게만큼은 더없이 진실에 가깝다.

“좀 알아보라고.”

“그러죠. 알아볼게요.”

***

말하지 않아도 장은 내가 175호의 나에 대해 최대한 많은 정보를 찾아봤다는 사실을 이미 알고 있을 것이다. 나는 그녀의 이름이 넬라인이며 애시타운을 떠나 본 적이 없다는 사실을 안다. 그래서 델이 물었을 때 죽은 사람이 그녀라는 것을 바로 알았다. 하지만 어떻게 죽었는지는 모른다. 닉닉이 우리 집 행사에 참석했을 때 돌아다보지 못한 것처럼, 너무 두려워서 제대로 보지 못했기 때문이다. 난 아직도 닉닉에 대한 정보나 그의 사진을 자세히 검토하지 못한다. 그와 너무 가까워지면 6년의 정서 치유가 무용지물이 되면서 오래된 상처가 벌어질 터다. 넬라인의 마지막 파일을 열어 닉닉과 관련된 사인을 찾아냈다간 흙바닥에 널브러진 채 허공을 올려다보던 시절로 되돌아가 버릴 것이다. 몇 시간 동안, 끝에 은붙이가 달린 부츠만 보았던 그때로.

넬라인의 ‘교우 관계’ 칸은 언제나 비어 있지만 닉닉과 가까웠던 건 분명하다. 넬라인에게는 고생하는 사람 특유의 야윈 모습이 전혀 없었다. 그렇다면 그녀에게 약간의 안전장치가 있었을 테니 황무지에서 빠져나올 방법이 전혀 없는 것은 아니다. 내가 그녀라면 어떻게 할지 잘 안다. 더 정확히는 내가 그녀였을 때 어떻게 했는지를 알고 있다. 업소는 내게 온갖 공을 들였지만 나를 성노동자로 만들지 못했다. 그 일을 하는 데 기술 따위 필요하지 않다는 말은 거짓이다. 정말 기술이 있어야 한다. 그리고 나에게는 그게 없었다. 어쩌면 175호의 나는 달랐을 수도 있다. 내게 없던 재주를 살려 성공했는지도 모른다.

하지만 언제나 그렇듯 장의 말이 맞는다. 넬라인의 최종 보고서를 더는 외면하지 말아야 한다. 지금까지 빠져나온 세계들과 마찬가지로 175호와 관련해서도 내게는 완전한 데이터가 없다. 하지만 그동안 장의 인증서를 이용해 여러 다른 나에 대한 최신 파일을 어김없이 손에 넣었다. 이런 일이 가능한 이유는 전송된 데이터가 장이 결코 알아채지 못할 정도로 아주 소규모이거나 아니면 그가 내 입장을 이해해서 묵인해 주기 때문이다. 이번에도 팔목에 찬 장치를 통해 장의 사용자명으로 얻을 수 있는 최신 정보를 띄운다. 하지만 파일이 거의 비어 있다. 부검 자료가 전혀 올라와 있지 않았고 시체 사진 역시 한 장도 없다. 하지만 시체는 분명 회사에 있을 것이다. 그렇지 않으면 내가 파일에 접근조차 못 했을 테니까.

파일에 있는 내용이라고는 나이와 '큰 출혈'이 사인이라는 짧은 사망 보고뿐이다. 많은 정보는 아니지만 당시 상황을 마음속에 그려 보는 데에는 충분하다.

손을 못 쓸 정도의 큰 부상은 아니었을 것이다. 언제나 정맥이 조금 베일 뿐이다. 그 정도면 죽기 전에 도움을 받기 쉬울 텐데, 이번에 '나'를 죽인 놈은 양손 가운뎃손가락에 탄피 반지를 끼고 있다. 왼쪽 반지는 피를 쏟게 하고, 오른쪽 반지는 사지를 마비시키지만 장기는 미친 듯이 펄떡거리게 한다. 놈은 닉 시니어에게서 그 반지들을 물려받아 아버지와 똑같은 방식으로 사람을 죽인다. 한 가지 다른 점이라면, 상대를 오물 더미나 시궁창에 놔두지 않는 것이다. 그는 상대가 사랑하는 대상을 볼 수 있는 장소를 고른다.

닉닉이 아버지를 보면서 살인을 배워 방식이 똑같다는 소문이 있지만, 사실 그가 최초로 본 피살자는 사랑했던 형 아드라닉이었다. 그래서 늘 인정을 베풀어 살인 장소를 고른다. 닉닉에게 정말 감정이라는 게 있을지 미심쩍을 때마다, 형 이야기가 나오면 어김없이 흐릿해지던 눈을 떠올린다. 적어도 아버지가 죽인 형을 사랑했던 것 같다. 그렇다면 권력자가 세상에서 가장 소중한 이를 죽일 때 어떤 심정일지 안다는 말인데…… 그런데도 계속 그런 짓을 하다니.

파일이 완전하지 못한 탓에 넬라인이 어디서 발견됐는지는 모른다. 하지만 각주에 있는 독성 검사 결과 및 상처에 대한 설명은 아주 잘 아는 내용이다. 구체적인 언급은 없지만 작게 베인 상처가 들쭉날쭉하고 타액이 제법 묻어 있었다니 흑요석 송곳니와 딱 맞아떨어진다.

닉닉이 내게 흑요석 송곳니를 처음으로 쓴 것은 연애 초창기에 우리가 맨 처음 싸웠을 때였다. 뒤에서 내 목에 상처를 냈는데, 물었다기보다는 이빨로 베어 낸 것에 가까웠다. 동맥까지 파고들지 못한 작은 상처였지만, 나는 그 사실을 몰랐고 그때 들은 건 죽음을 짐작할 수밖에 없는 말뿐이었다. 특히 한번은 닉닉이 내 입에 주먹을 넣었는데 그러자마자 내 이빨들이 그의 두 번째와 세 번째 손가락 관절에 의해 욱신거릴 정도로 강제로 벌어졌다. 내 나이대 사람은 본 적 없는 진짜 총으로 할아버지가 자살하셨다고 엄마가 말해 준 적이 있다. 그래서인지 그 순간, 입을 한껏 벌린 채 금속성 총신을 문 할아버지의 모습이 떠오르면서 이렇게 죽는 것도 집안 내력이 아닐까 하는 생각이 머리를 스쳤다.

그 상태로 나는 쓴맛이 나는 순간 피가 멈추지 않고 감각도 영영 잃게 된다고들 하는 강력한 액이 뿜어져 나오길 기다렸다. 턱에 경련이 일다 못해 기다리느니 차라리 죽는 게 나을 지경이 되어서 혹시나 하고 내가 혓바닥으로 반지를 탐색할 때까지도 닉닉은 손을 움직이지 않았다. 그러다가 마침내 손을 빼고 자리를 뜨기 전에 말했다.

"깨달은 게 있어야 할 거야."

그러나 나는 깨닫지 못했다. 사인으로 판단하건대 175호의 나 또한 그러지 못했다. 넬라인. 그녀의 이름은 넬라인이었다.

고생했어, 넬라인.

부디 그녀가 제 소유가 아니었던 것의 일부를 가지려다가 죽었길 바란다. 그러려고 애쓰다가 죽은 것이면 좋겠다. 내가 그러다 사라질 것이라고 입버릇처럼 말하던 우리 엄마와 마찬가지로, 그녀의 엄마도 같은 말을 하지 않았을까. 엄마는 살아 있었을까? 가장 가까운 친척 명단이라도 있길 바라며 넬라인의 파일을 뒤져 봤지만 정보의 양은 평상시에 내려받는 기본 파일의 수준에도 한참 못 미친다. 추가 정보 패킷*이 있지만 '의료 기록'이라고 표시돼 있으니 델

* packet. 한 번에 전송되는 데이터나 정보의 단위.

에게 전달되어 내 데이터와 비교하게 했을 터였다. 델 같은 전문가에게 도플갱어의 의료 파일을 보내는 목적이 향후 발생할지 모를 건강 문제를 조기에 파악하여 우리를 보호하기 위해서인지, 아니면 통제하기 어려운 횡단의 부작용을 추적하기 위해서인지는 아무도 모른다. 하지만 도플갱어들의 의료 파일은 기밀이어서 장의 명의로도 접근할 수 없다. 델에게서 받는 수밖에 없는데, 그러려면 그녀에게 부탁해야 하고, 부탁이란 걸 하려면 목에 칼이 들어와도 아쉬운 소리를 못 하는 사람에서 벗어나야 한다. 그러니…… 나는 아마 그 파일을 얻지 못할 것 같다.

175호 지구의 잔상에서 벗어나기 위해 255호 지구의 나를 화면으로 끌어온다. 어렴풋한 그 모습을 볼 때면 늘 그렇듯 숨을 내쉰다. 255호의 나는 내가 제일 좋아하는 나다. 불쑥 나타난 3차원 형상에서 그녀는 어깨 너머로 살포시 웃고 있다. 매체에 실린 덕에 우리 감시망에 걸린 이 형상은 촬영용이 아니라 자연스러운 모습이다. 255호의 나는 와일리시티에 살지만 외부인으로 보여도 딱히 손해 볼 일이 없는 듯 머리칼이 길고 검은 데다 심하게 곱슬곱슬하다. 와일리시티다운 특성을 충분히 지니고 있으면서도 색다르고 희귀하며 귀중하게 보일 만큼 애시타운의 특성도 있어 완벽한 균형을 이루었다.

와일리시티에 사는 어떤 부부가 그 도시로 가는 간선도로에서 당시 맨발로 헤매던 네 살의 그녀를 발견하고는 데려왔다. 우리 엄마에게 뭐든 권리가 있었다면 그 행위는 유괴가 되었을 테지만, 당시 엄마는 중독에 허덕이는 자활 근로자에 불과했다. 엄마가 그때까지도 업소 소속이었다면 업주는 어떻게든 손을 써서 아이를 남아 있게 했을 터였다. 하지만 내킬 때만 일한다면 그런 조력도 기대할 수 없다. 그래서 엄마는 신문들이 은인이라고 상찬한 부부가 딸을 유괴하여 입양이라고 내세웠을 때 아무런 지원도 받지 못했다. 그 딸의 이름 또한 카라리인데, 양부모는 그 이름을 계속 쓰게 해 줬다. 심지어 그녀가 애시타운에 사는 다른 아이들을 구제하는 일에 상속분의 일부를 썼을 때도 지원을 아끼지 않았다.

카라리는 지난달에 100층 발코니에서 조금 부유하고 그녀를 많이 사랑하는 남자와 결혼했다. 그래서 와일리시티 언론사에 그런 사진이 실렸던 모양이다. 카라리의 사진을 출력해 더없이 자랑스러운 친척인 양 벽에 걸어 놓고 싶지만, 그녀가 존재한다는 것을 알아서 좋으면서도 그만큼 또 화가 나기도 한다.

나는 등반가였다. 어릴 때 엄마가 쫓아낼 때면 우리 집 지붕에 올라가곤 했다. 255호의 그녀는 어쩌면 등반에 재주가 없어서 도로까지 내내 걸었는지도 모른다. 참으로 변화무쌍한 운명이다. 어느 날은 어딘가에 올라가는 대신에 이리저리 헤매다가 결국 부자도 되고 행복해진다. 그리고 어느 날은 그러지 않아서 내가 된다. 아니면 175호에서처럼 바깥에서 녹초가 되어 뻗어 버린다. 또 어느 날은 내가 누워 자는 침대의 주인인 여자처럼, 자신의 것이 아닌 세계에서 헐벗은 채로 흙바닥에 엎어진 채 피를 흘린다.

대개 운명은 우악스럽게 돌변한다.

***

오늘의 파견지는 238호다. 이번 건도 급히 잡힌 업무인데, 특정 지역에 시추를 하지 않은 지구에서는 최근에 일어난 지진의 여파가 어떤지를 알고 싶어 하는 지진학자들이 자금을 댔다. 다음 달 이맘 때에는 238호를 직접 보고 우리가 사는 지구와 인구 및 시간이 단일 사망률이나 10분의 1초 단위까지도 얼마나 다른지 알게 됐으면 좋겠다. 하지만 실리적인 데 집중해야 하는 지금 당장은, 감시 장치가 삼엄한 지역에 데이터 수집 장소가 있으니 캄캄할 때 가야 하고 감시 카메라를 속일 위장 장치도 필요하다는 것만 기억난다. 하지만 여기서 나는 어린아이일 때 죽었으므로 델이 아량을 베풀어 주면 베일형 가면을 사용하지 않을 수도 있다.

내 직급에 허용된 것보다 높은 층수에는 접근할 수 없기에 델이 엘리베이터를 내려보내 줄 때까지 기다려야 한다. 그런데 엘리베이터가 오지 않아서 결국 팔찌의 버튼을 눌러 델을 부른다.

"라푼젤, 라푼젤."

한참 동안 말이 없다가 스피커를 타고 대답이 들려온다.

"난 공주가 아니야."

"도저히 못 믿겠는데요."

내가 그렇게 대꾸하지만 델은 벌써 접속을 끊고 엘리베이터를 내려보낸 모양이다.

델의 준비실은 80층에서도 횡단실 바로 옆에 있다. 나는 사방이 유리로 된 사무실을 잠시 감상한다. 그곳은 건물의 중심을 이루는 층이다. 이런 중심층은 40층부터 시작해서 20층마다 하나씩 있고, 층 높이가 대성당에 버금간다. 매 층마다 나무가 줄지어 서 있고 정원이 조성돼 있는 산책길이 있으며 그 위로는 태양광 패널이 반짝거린다. 하지만 너무 높은 곳이라 진짜 햇살은 훔쳐보는 아이처럼 살짝만 들이친다. 진짜 햇살이라고는 해도 와일리시티의 둥근 지붕으로 덮인 인공 대기를 통과하긴 하지만 그래도 그게 어딘가.

델은 자신이 이 층에 산다는 사실을 내가 모르는 줄 안다. 같은 층에 엘드리지 CEO인 애덤 보슈가 사는 데서 알 수 있듯이, 월급쟁이에게는 그림의 떡인 층이지만 델은 명문가의 후예다. 그녀는 매일 퇴근 후에 비상구를 이용해 80층에 있는 사무실을 빠져나간 뒤 건물을 굽이도는 통로를 따라 여섯 블록을 걸어가 집에 도착한다.

난 중심층에 살지 않는다. 중심층은커녕 그 비슷한 곳에서도 못산다. 40층에서 나와 붐비는 에스컬레이터를 타고 10층 아래로 내려간다. 태양을 본 적은 없지만 그래도 좋은 동네다. 와일리시티에는 나쁜 동네가 많지 않다. 어쨌든 다른 와일리시티 사람들을…… 보살피는 이들이 이 도시를 지었고 여전히 지배하고 있으니까. 그들은 와일리시티의 바로 바깥 세계, 즉 루럴스와 황무지와 나 같은 사람들에게는 철저히 무관심으로 일관한다.

내가 여기서 태어났거나 이미 시민이 되었다면 직장을 잃어도 쫓겨나지는 않을 것이다. 직업 상담 센터에 기면 해고 사유가 되었던 문제를 해결할 수 있도록 교육을 시켜 준 다음 새로운 직업을 소개해 줄 것이다. 질병이나 신경쇠약에 걸린 탓에 일자리를 잃는다면 상황이 호전될 때까지 기본 소득을 지급받을 것이다. 최악의 경우에는 대개 은퇴자와 학생을 위해 예비로 남겨 두어 주거비가 무료인 저층으로 이사해야 할 수도 있다. 하지만 난 시민이 아니기에 실직하면 곧바로 추방될 뿐이다.

"거기가 그리워?"

델이 평상시 내가 그녀에게 그러듯 몰래 다가와 묻는다.

유리 밖으로 보이는 곳은 애시타운이 아니다. 도시 반대편 사막의 어디쯤이지만, 델은 두 곳이 다르다는 사실도 모를 것이다.

"아뇨."

나는 온종일 대답해야 했던 질문 가운데 가장 쉬운 질문에 답한다.

델은 내 대답에 관심조차 없을 것이다. 그저 내가 어디 출신인지, 그리고 그녀가 사는 곳을 내가 왜 알아서는 안 되는지를 떠올리게 해 주고 싶어서 물었을 뿐이니까.

"넌 과거를 깊이 생각하는 부류가 아닌 거 같아."

"나는 일벌이고 우리 같은 일벌은 일 생각만 하니까 그렇겠죠?"

"아마도."

그녀가 어깨를 으쓱하며 답한다.

"차라리 수벌이 낫겠네요. 걔네는 여왕벌이랑 교미를 하니까."

델은 그 말을 못 들은 척한다. 어째서인지 그녀가 동요하는 모습을 보면 나는 아쉬운 소리를 할 정도로 대담해진다.

"저기요, 지난번 파견 때 넬라인의 의료 기록 구했죠?"

다시 나를 쳐다보는 델의 얼굴에 얼핏 호기심이 어리는데, 어쩌면 잘 숨기지 못하는 탓에 그저 당황한 표정이 그렇게 보였을지도 모른다.

"넬라인?"

"나 말이에요. 그러니까 175호에 살았던 나요."

알아들은 델이 눈길을 피한다.

"그건 알아서 뭐 하게."

대놓고 넬라인의 파일을 보여 달라고 하지는 않았지만 델의 말을 듣고 보니 거절할 것 같지도 않다.

"뭐, 장 생각이긴 한데…… 그냥 걔가 어떻게 죽었는지, 죽기 전의 삶은 어땠는지 좀 더 알고 싶어서요. 그러니까 가능하다면……."

"알면 뭐가 좋은데?"

"그럼 내가 그 파일 좀 본다고 안 좋을 건 뭔데요?"

델이 숨을 들이마신 뒤 나를 똑바로 바라본다.

"네가 거기서 죽었다는 건 알지만 혹시 복수라도 할 생각이라면……."

"그냥 궁금해서 그래요."

정말 그런지는 나도 잘 모르겠지만 어쨌든 그게 전부는 아니다.

"내가 지금까지 그 많은 살인자에게 복수하려고 했던가요? 불행을 온몸으로 받아들이는 데에는 내가 우주 최강이잖아요."

내 입에서 마지막 문장이 나오는 순간 우리 둘 다 소리를 내고 만다. 델은 이제 이야기는 끝났다는 뜻으로 그랬고, 나는 마지막 문장이 너무나 지당해서 큰 소리로 해 본 적이 없는 말이기 때문이었다.

"이제 준비할 시간이야."

아직 시간이 안 됐는데도 델이 재촉한다.

하고 싶은 말이 많지만 나는 꾹 참는다. 파일을 보여 줄 수 없느냐고 물어본 것만으로도 자존심이 상해 죽겠다. 보여 달라고 간청한다면 나를 두 번 죽이는 꼴이 될 것이다.

델은 그녀의 삶만큼이나 실용적이고 짜임새 있는 탁자에 나의 이번 파견에 필요한 모든 자료를 제법 쌓일 정도로 펼쳐 놓았다.

오늘 입어야 하는 옷은 단색에다 남녀공용이다. 무의식적으로든 고의로든 238호에서 내가 파견 갈 구간에 사는 이들은 좀처럼 눈에 띄지 않음으로써 정부의 감시에 저항해 왔다. 내가 옷을 갈아입기 시작하자 델이 돌아서지만, 나는 마주 본 자세를 그대로 고수한다. 쳐다볼 테면 보라고 버티기 위해서가 아니라, 등에 있는 문신을 들킨다면 그녀와 대등해지고자 하는 내 시도가 꺾이기 때문이다.

옷을 다 갈아입자 델이 내 가슴 한가운데에 어떤 전자 감시망에도 걸리지 않게 내 존재를 변장시켜 줄 정사각형 모양의 위장 장치를 설치한다. 이어 턱부터 이마와 양쪽 뺨까지 얼굴 전체를 덮을 거미줄 모양의 가면을 집으려 할 때 내가 막아선다.

"난 여기서 네 살 때 죽었어요. 그건 필요 없어요."

정규직과 직결될 수도 있는 파견 횟수는 자꾸 잊어버리는데, 어쩐 일인지 373개의 세계에서 내가 죽은 나이만큼은 잘 기억이 난다.

"하지만 전에도 갔던 데잖아. 누군가 널 알아보고 같은 곳에 있는 게 수상쩍다고 생각할 수도 있어."

"외딴 지역인 데다 드론은 위장 장치가 처리하잖아요. 아무도 날 직접 못 봐요. 일단 누구라도 맞닥뜨리면 이 가면을 쓸게요. 하지만 그전까지는 안 해요."

모든 횡단자는 가면을 싫어한다. 그것을 쓰면 만물이 흐릿하게 보인다고들 한다. 나도 그 이유 때문에 싫어한다. 하지만 다른 이들은 착용한 후의 변화를 두려워한다. 가면의 끈이 피부를 잡아당겨 모양을 변화시킨 뒤 바뀐 얼굴 위에 새로운 형상을 비춰 주는데, 안 그래도 낯선 세계에 떨어져 자신의 얼굴에서 다른 얼굴을 보면 타인이 되어 영영 돌아가지 못할 것 같은 기분이 들기 때문이다. 더욱이 미신을 믿는 횡단자들은 그 상태로 죽는다면 흑마력과 무한한 힘을 지닌 은야메조차 알아보지 못해서 심장마저 원래의 세계로 가져다주지 못할 것이라고 믿는다.

하지만 윗선의 사무직들은 횡단자의 비공식 여신인 은야메에 대해 들어 본 적도 없다. 만약 횡단자가 가면을 거부하는 이런 비이성적인 이유를 그들이 알게 된다면 강제로 씌우려 들 것이다. 그래서 우리는 그치들이 알아듣도록 앞이 안 보이고 효과가 떨어져 파견 시간만 늘어날 뿐이라는 이유를 댄다.

고맙게도 델은 가면을 건너뛰고 내가 많이 사용하는 손에 가장 가까운 조끼 주머니에 진통 주사기를 꽂아 준다. 우리는 결코 그 물건을 입에 올리지 않는다. 일이 잘못되면, 다시 말해 또 다른 내가 이미 존재하는 지구에 파견되거나 해당 지구에 들어가는 데 문제가 생기면 주사기를 써야 한다. 사용하면 2분 동안은 고통을 느끼지 못할 테니 델에게 상황을 보고할 시간만큼 살아 있을 수 있다. 그러고 나면 델이 날 소환할 테지만, 내가 이미 심하게 부상당한 상태라면 갑작스럽게 이동되다가 목숨을 잃고 말 것이다. 시간을 정확히 맞추면 진통제에 따르는 도취감이 사라지기 전에 감시관이 횡단자를 끌어당겨 줄 수 있어 아무 느낌도 없을 것이라고들 한다.

델과 나는 준비실을 나와 유리로 된 돔 지붕에다 공간도 거대한 횡단실로 들어갔다. 해가 지고 있는 것으로 보아 238호에는 아직 어둠이 내리지 않았을 테니 기다려야 했다.

"곧 175호에도 가게 될 거야. 새로운 세계에 가는 건 오랜만이네."

델이 시간을 끌기에 본론으로 들어갈 때까지 잠자코 기다린다.

"너만 왜 다른지 궁금한 적 없어?"

"내가 죽지 않은 이유를 말하는 거예요?"

델이 고개를 끄덕이지만 말해 주지는 않을 것이다.

나는 왜 살아남았을까? 지금의 나는 다른 세계에 있는 모든 나를 합친 것보다 기만적인 사람이다. 피를 쏟는 나를 보고도 맥박을 확인하는 대신 소지품을 빼앗아 챙기기 시작했으니까. 나는 모든 사기꾼이 그러하듯 코요테처럼 사막에서 살아남는다.

"운이 좋아서겠죠."

괴물은 언제 거짓말을 해야 하는지를 제일 먼저 배운다.

델이 옆으로 다가오자 서로의 손등이 닿는다. 그녀가 반응하지 않기에 나도 그러지 않으려고 한다. 곧 해가 지기 시작하자 델이 마지막 단계를 준비한다.

"심호흡해."

델이 마치 처음인 듯 말한다. 그리고 내 왼쪽 손목부터 오른쪽 손목 순으로 혈청을 주입한다. 이어 무릎을 꿇고 양 발목 바로 위에도 주입한다.

혈청을 주입하면 몸이 타는 것 같다. 아니, 그렇게 간단한 표현만으로는 설명이 안 된다. 환한 빛 속에 눈을 뜨고 있는 것처럼 이글

거리고 원래 덴 것처럼 화끈거린다. 내 몸이 외부 물질에 반응하는 것 같은 느낌이 아니라, 물질이 보통 때 활동을 하지 않던 세포들을 깨우는 듯한 느낌이다.

일단 타는 듯한 느낌의 파동이 온몸 구석구석까지 미치면 델이 목걸이를 가져온다. 혈청이 내 세포들을 열어 세포의 진동을 바꿔 놓으면 목걸이는 그 진동을 제어해서 나를 돌려보내고 이곳으로 데려다줄 것이다. 사실 굳이 칼라(collar)형 목걸이 형태여야 할 이유는 없다. 목걸이에 달린 위치 표시기만 가져가도, 델이 표시기 반경 안에 있는 것이면 뭐든 신속하게 끌어올릴 수 있으니까. 하지만 엘드리지 연구소는 0호 지구로 귀환하는 이 표시기를 목에서 떨어뜨려도 안 잃어버리고 다닐 거라 믿지 못한다. 내 생각에는 연구소 측이 우리에게 목줄의 주인이 누구인지를 알려 주고 싶어서 그러는 것 같다.

델의 손가락들이 목을 스치자, 나는 아파서 그러는 거라고 그녀가 착각할 만큼 몸서리를 친다. 델은 혈청이 단순히 세포만 여는 게 아니라 오로지 도착할 세계가 얼마나 시끄럽고 얼마나 좋은 냄새가 날까만을 생각할 수밖에 없도록 감각까지 예리하게 한다는 사실을 모른다.

나는 드디어 해치의 사다리를 오른다. 해치는 약 3미터 높이의 금속 구체(球體)로, 출입할 때 이용하는 맨 위 구멍에서 이름을 따왔다. 또 안에서 바깥으로 나갈 때 마치 알에서 나오는 모습을 연상시키기 때문이기도 하다.* 일단 들어가서 문을 걸어 잠그면 해치는 텅

* hatch에는 항공기나 선박의 출입구란 뜻과 부화한다는 뜻이 있다.

빈 우주처럼 캄캄해진다. 그 구체가 어떤 물질로 이루어졌는지 알 수 없지만, 제대로 된 명칭조차 없다 해도 어디서든 알아볼 수 있게 생겼다.

밖에서는 델이 평생 해 볼 일 없을 디제이나 금고털이처럼 헤드폰을 끼고 집중하고 있을 것이다. 나는 늘 그녀가 웅웅거리는 교신 소리를 들으며 해치의 출력량을 맞출 때면 왠지 눈을 감고 있을 것 같다고 생각했다. 시동이 걸리기 전인데도 내가 사라져 버린 기분이다. 마치 그 텅 빈 공간이 이제 0호 지구에도 없고 다른 어디에도 존재하지 않는 것 같다. 문이 닫히는 순간, 나는 더 이상 존재하지 않는다. 델이 내 좌표를 입력하면 횡단하는 느낌보다 같은 장소에서 다시 태어나는 기분이 들 것이다.

벽에서 웅웅거리는 소리가 점점 더 커진다. 아니 어쩌면 그 소리는 내 피부에서 나는 것일 수도 있다. 상관없다. 웅웅거림은 내가 그 소리가 될 때까지 커진다. 사실 그 소리는 그저 나 자신의 주파수일 뿐이다. 델이 전송 장치를 조정해 입구를 찾는다. 과학적으로 말하자면 그녀는 내 도착지에 맞추고 있지만, 장이라면 수도사가 웅얼거리며 기도하는 방식으로 신께 간청해 주파수를 조정하고 있다고 말할 것이다.

불현듯 목에서 느껴지는 딴사람의 숨으로 내가 횡단 중임을 깨닫는다. 과학자들은 내 피부에 가해지는 압력을 '불완전한 주파수의 저항'이라고 부른다. 내가 또 다른 세계에 나타날 수 있기 전에 슬며시 빠져나와야 하는 대기의 장벽인 셈이다. 하지만 장은 그것을 은야메의 주둥이라고 부른다. 친구인지 위협적인 존재인지를 알아

내려는 늑대처럼 은야메의 주둥이가 나의 가치를 따지려고 킁킁거리며 냄새를 맡는다는 것이다.

살갗이 빳빳하게 당겨지기 시작하는 순간, 은야메는 물러나고 나는 대체로 낯익어 보이는 나무 밑에 서 있다. 한 번도 눈을 감은 적이 없는데도 잠에서 깨어난 듯한 느낌이다. 잠시 시간을 갖고 현재의 위치를 파악한다. 238호 지구에서 소환되기 전에 여기로 도착한 적이 있어서 나무가 낯익다. 내가 맡은 임무를 마음속에 자세히 그려 보면서, 헷갈리지 않고 착각에서 깨어나 나의 진짜 삶은 꿈이 아니며 이 지구도 내가 진짜로 사는 곳이 아님을 알게 될 때까지 기다린다.

"현재 상황은?"

델이 묻는 소리가 작게 들린다. 음질 수준이 장난감 무전기 같은데 이번 횡단에서 내가 이용할 수 있는 기술은 그 정도가 한계다.

델이 몇 번 더 나를 부른 후에야 내가 대답한다.

"이동 중이에요."

팔찌에 붙은 방향 설정 장치를 켠다. 그리고 가슴에 장착한 위장 장치를 켜고 작동시킨다.

"날 얼마나 먼 데다 떨어트린 거예요?

"어…… 한 4킬로미터쯤."

나는 델의 목소리에서 전해지는 만족감을 모른 체하며 걷기 시작한다.

4장

장과 다시 만나 점검할 때만 하더라도 나는 이 세계가 아닌 어느 지구에라도 갈 준비가 된 줄 알았다. 그런데 아니었다. 1호부터 40호까지의 지구와 관련해 장이 낸 모의시험에서 68점을 맞았다. 폭삭 망한 정도는 아니지만 점수를 올릴 방법을 모르는 상황에서는 0점이나 마찬가지인 셈이다. 보고서를 읽고 실제로 일어난 일들을 여러 번 기록하기를 되풀이했지만 시험을 통과하는 데에는 전혀 도움이 되지 않았다.

어쩌면 계급 차별 같은 게 작용했을지도 모른다. 아니면 자랄 때 캐비어를 먹어 뇌가 더 커져서 그랬을 수도 있다. 혹은 흙을 먹어서 기억력이 나빠졌을지도.

아니면 불가능한 일도 있다고 생각하는 편이 노력하는 것보다 더 쉬울 수도 있다.

책상에 앉아 다시 노트를 훑어본다. 직접 보면 각각의 세계에 무슨 일이 있었는지 아는데, 정작 그런 정보들이 저장되고 있는 내 두

뇌의 한구석은 앞에서 질문을 받거나 뭔가가 걸려 있을 때 내가 접근할 수가 없다. 이 문제가 내 생사를 결정지을 것처럼 너무 중요해져서 숨이 막힌다. 통계 수치가 있지만 정보는 빈칸으로 남은 페이지를 복사해 뒀다. 다음 주에 암기 시험을 치르기 전에 100점을 맞을 때까지 혼자 문답 연습을 할 것이다.

"머리 아파?"

올려다보자 델이 지도를 읽듯 나를 샅샅이 살핀다. 멍이 희미해진 후 감시에서 벗어났지만 그렇다고 그녀가 곧바로 나를 다시 임무에 투입하지는 않을 것이다.

"아뇨, 그냥 집중 좀 하느라."

보통은 델을 보기 전에 마음을 다지는 시간을 갖는 편이다. 같은 달에 한 번 이상 여기에 올 줄은 몰랐다. 50층 아래에서는 뭐든 횡단자와 사무원과 유지보수 직원과 다른 보조원 전용이라는 것은 이제 비밀이 아니다. 이 구역에 있는 이들에게는 어떤 학위나 전문 지식 또는 선진 기술이 없기에 우리는 비전문가로 분류된다. 일부 횡단자만 제외하고 이들 대부분은 충격적일 정도로 소모당한다.

하지만 델이 지금 여기에 기막히게 아름다우면서도 못마땅하다는 듯한 모습으로 있다. 어쩌면 못마땅해서 더 아름다워 보이는지도 모르겠다. 델이 0호 지구에서 패닉에 빠져 내 이름을 부를 때처럼, 그 못마땅하다는 듯한 태도가 걱정이 되어서 그러는 것임을 확신할 수 있기 때문이다.

"왜요?"

"두통이 아닌 게 확실해? 시야가 흐리진 않고?"

"횡단보다 짜증나게 자꾸 물어보는 통에 먼저 머리가 터지겠어요."

"그렇게 우습게 볼 게 아니야. 머리에서 느껴지는 아주 미세한 진동도 외상 증상이야."

공주님께서 내게 정신적 외상을 말하다니 코웃음이 나온다. 횡단이 나를 뒤흔들어 놓지만 그렇다고 정신적 외상을 입지는 않는다. 세계를 넘나들다가 입은 가장 깊은 상처도 정신적 외상에 비하면 온탕 목욕 수준이다.

"그래서 여기 온 거예요? 내가 코피 흘리나 확인하려고?"

"175호 파견 임무는 보통 때보다 오래 걸릴 거야."

"얼마나요?"

"도착 후에 그 지역의 백업 포트들에서 데이터를 내려받아야 할 거야."

"몇 개나요?"

"4개."

4개면 많은 편이긴 하지만 과할 정도는 아니다. 메인 포트에 제일 많은 정보가 있고 백업 포트에서 보는 것들은 대부분 쓸모없다. 하지만 가끔 메인 포트로 절대 도착하지 않는 데이터도 있다. 내가 네 건의 작업을 해야 하는 거라면 스탈라는 분기별 데이터 삭제 기간 직전에 해고된 게 틀림없다.

"4개요? 그럼 추가로 48시간을 더 있겠네요?"

"72시간이야. 파견 기간에 태양 현상이 있을 거야. 원래 그동안은 거기 있으면 안 되겠지만 어떤 상황에서 그런 현상이 일어날지 모르니 완충 장치를 줄게."

고개를 젓고 싶은데 끄덕이고 만다. 175호에서 72시간이라. 나를 살해한 세계에서 사흘이나 머문다. 델이 지금 머리가 아프냐고 묻는 게 이해가 된다. 그렇게 오래 머물다가 돌아오려면 녹록지 않을 것이다. 몸에 갈라진 틈이라도 생겼다가는 산산이 부서질지도 모른다.

"네가 찾아내야 할 포트의 지도를 받게 될 거야. 지난번 파견 때 마련해 둔 비상 대피소들도 네가 지나는 길에 포함되어 있어."

나는 고개를 끄덕인다. 델의 눈길이 내 메모가 적힌 화면을 떠다닌다.

"숙제야?"

"벌 받는 중이에요. 장한테서."

"그 양반은 정말이지 너 가르치겠다고 시간 낭비 좀 하지 말지."

틀린 말은 아니지만 막상 델이 큰 소리로 그렇게 말하자 기분이 상한다. 그게 얼굴에 드러난 모양인지 델이 고개를 갸웃거리며 관심을 보인다. 친구가 아닌 과학자처럼 내 고통에 반응하는 그녀의 양어깨를, 검은 머리칼이 물결치듯 구불거리며 어루만진다.

"기억 안 나? 네 첫 번째 파견 준비시키느라 일주일 동안이나 너한테 서류 뭉치랑 책이랑 갔다줬잖아. 그런데 새로운 세계에 도착하자마자 네가 몽땅 잊어버려서 처음부터 우리가 다시 가르쳐 줘야 했지."

나는 잊은 게 아니었다. 그녀가 가르쳐 준 사람이 죽었기 때문에 나는 모든 것을 다시 훈련받아야 했다. 하지만 그렇게 말할 수 없는 노릇이라서 그냥 이렇게 말한다.

"처음으로 다른 세계에 갔는데 그거 조금 잊어버린 것쯤은 봐줘도 되지 않나요?"

"다른 세계가 아니지. 거긴 여전히 우리 땅이야, 드나드는 길이 다를 뿐이지."

"정말 그렇게 생각해요?"

델이 대답하면, 그것도 진짜로 대답한다면, 우리는 대등한 사이처럼 대화를 나눌 것이다. 왕족이 평민에게 일시적으로 생각을 전할 기회를 주는 것 같은 대화가 아니라 두 사람이 서로를 이해하려고 나누는 대화를.

델이 자세를 바로하며 말한다.

"내 생각은 중요하지 않아. 실제 거기 가는 사람은 너니까."

"하지만 거기서 당신이 살잖아요. 그러니까 내 말은, 난 가긴 하지만 그곳에 있지는 않잖아요. 당신은 그 모든 곳에 항상 있잖아요. 난 그렇지 않기 때문에 갈 수만 있는 거고요."

델은 듣는 둥 마는 둥 어깨를 으쓱한다. 나는 그녀를 봤다는 말을 하고 싶었다. 그 말에 호기심이 발동해 대화를 계속할지 보려고 말이다. 하지만 델이 머리칼의 방향을 바꿀 때 초록색 귀걸이가 없는 게 눈에 들어왔다.

"귀걸이를 잃어버렸네요."

나는 반쯤 감탄조로 말한다. 주의 깊고 완벽한 델이 뭐라도 잃어버릴 수 있다고 생각하는 것 자체가 모순이기 때문이다.

그녀가 왼쪽 귀걸이를 만진 뒤 비어 있는 오른쪽 귀를 만져 본다. 델이 재빨리 감추지만 나는 그 얼굴에서 절망감을 본다. 그녀가 말해 준 적은 없지만 그 귀걸이는 할머니에게서 받은 것으로 알고 있다. 델의 부모님이 이 도시로 이주했을 때에도 친할머니는 일본의 장벽 도시를 절대 떠나지 않았다. 그분이 델을 부르면 특유의 발음 때문에 데어(dare, 용기)라고 들렸는데, 어렸을 때 그 밖의 누구도 그렇게 부른 적이 없었던 터라 델은 친할머니를 무척 좋아했다.

할머니가 이름을 그런 식으로 발음하지 않았다면 델이 조종사가 되지도 않았을 것 같다. 귀걸이를 잃어버리면 할머니를 또다시 잃는 기분이리라. 80층이나 되는 높은 곳에 살면 그런 게 문제다. 물건들이 너무 먼 데 떨어져서 영영 찾지 못할 때가 많다.

"찾는 거 도와줄게요, 혹시……."

하지만 델은 이미 자리를 뜨며 내게 눈빛을 감추기 위해 팔찌로 시선을 내린다. 델이 보기에는 도움이 안 될 것 같겠지만 이 문제를 도와줄 수 있는 건 나뿐이다.

퇴근하고 원룸으로 한참을 내려간다. 50층 위쪽 어딘가에서 델은 이렇게 한참 밑에서 보면 저택이라고밖에 부를 수 없는 곳으로 들어가고 있을 것이다. 하지만 지금 당장 나에게는 그녀가 필요로 하는 것이 있다. 방으로 들어가 훔친 소지품들을 숨겨 놓은 벽으로 가서, 261호 지구에서 가져온 가방을 찾아낸다. 거기에는 나의 정체를 몰랐기 때문에 내가 포옹할 수 있게 해 줬던 여자가 떨어트린 귀걸이가 있다. 나는 벽에서 눈물방울 모양으로 조각된 옥 귀걸이가 담긴 가방을 꺼내, 내일 델에게 잊지 않고 가져다주기 위해 침실용 탁자에 놓아둔다. 오늘 델이 겪은 상실감을 내가 채워 줄 수 있을 것 같아서 매우 뿌듯하다. 뭐가 됐든 델에게 줄 게 있을 날만 기다려 온 듯하다.

***

델과 그렇게 마주친 것은 순전히 우연이었다. 2년 전에 261호 지구에서 48시간을 머물렀다. 그곳에서 애시타운과 와일리시티의 경계는 지도상의 단 한 줄뿐이었다. 와일리시티는 훨씬 좋은 곳이었고 황량한 애시타운은 여전히 황무지였지만 사실상 두 곳은 같은 영토의 일부였다. 애시타운 주민들은 투표도 할 수 있고 의료서비스도 받을 수 있었다. 261호에서는 거대한 벽 대신 울타리가 와일리시티와 애시타운을 구분하고, 양쪽에는 제 기능을 하는 가로등이 늘어서 있었다.

80층의 정원으로 가서 젊은 전문직 종사자들이 모퉁이 술집을 줄지어 들어가고 나오는 모습을 지켜봤다. 나는 안에 들어가지 않았다. 세계마다 통용되는 화폐가 다르기에 어리석은 모험을 하지 않기 위해서였다. 그냥 정원에 머물며 이미 따서 집에 가져간 적 있는 과일의 향기를 맡았다.

그녀가 나한테 왔다. 그 사실이 중요하다. 어쩌면 그녀가 그래 주길 바랐는지도 모른다. 혹은 0호 지구에 있는 그녀의 거처와 가까운 곳이라서 그 정원을 골랐을 수도 있다. 하지만 먼저 다가와서 "알다시피 저것들은 공짜예요."라고 말한 사람은 바로 그녀였다.

내가 한 일이라고는 가지에서 오렌지를 따서 내민 것뿐이었다. 델이 오렌지를 받아들자 나는 "공짜인 건 없어요."라고 말하고 그녀가 좋을 대로 생각하게 내버려 두었다.

그러자 그녀는 정말 자기 좋을 대로 받아들였다.

그리고 섹스는 만족스러웠다. 다만 델의 아파트는 내가 상상했던 모습이 전혀 아니었다. 처음에는 침대에 누워 델이 결코 직접 말해 줄 일 없었을 할머니 이야기를 듣고 있자니 우쭐해졌다. 하지만 또 화가 나기도 했다. 그 델이 내게 그런 이야기를 해 준 건 내 와일리시티 말투가 거의 완벽했고, 하필 내가 파견을 나간 데가 넓게 퍼져 있는 와일리시티 지역과 아주 가까운 덕에 0호 지구의 델이 내게 자신과 비슷한 옷을 입혀 보냈기 때문이다. 내가 누구이며 어디서 왔는지 알았다면, 261호의 델은 지금의 델처럼 나를 들이지 않았을 것이다.

생각할수록 기분이 나쁘다. 그 일은 실수였지만…… 또 다른 지구의 와일리시티 근방으로 파견을 나갈 때마다 그때와 같은 정원에 있게 된다. 델을 보고 싶어 하면서, 혹시 그녀가 와서 다시 내게 말을 걸어 주지 않을까 기다리면서.

때때로 델은 나를 지나쳐 버린다.

그러나 대부분은 그러지 않는다.

***

와일리시티 사람들이 즐겨 하는 농담의 핵심 구절에는 절대 성기나 폭행 관련 단어가 들어 있지 않다. 그래서 별로 재미없는 이런 농담을 곧이곧대로 받아들인다면 회사 회의는 지루하기 마련이다. 사교성이 뛰어난 전문가의 한 사람으로 최근에 해고된 해리는 올라가는 엘리베이터 안에서 쿡쿡 찌르며 "또 극장 구경 가는군, 안 그래?"라고 말하곤 했다. 그러면 나는 기대에 어긋나지 않을 만큼 크게 웃어 주곤 했다.

하지만 몰래 털어놓자면 회사 회의에 흥미진진한 면도 있다.

몇 달마다 엘드리지의 모든 직원은 정말로 극장처럼 생긴 무대가 있는 강당에 모인다. 우선 그곳에 들어가면 무제한으로 신선한 과일과 구운 식품, 커피나 주스를 공짜로 맛볼 수 있다. 그러고 나서 다들 자리를 잡고 앉으면 회사 대표 겸 설립자가 친구에게 말하듯 우리에게 연설을 한다. 연설의 시작은 언제나 내가 무대에서 처음으로 들었던 시작 부분을 조금씩 바꾼 내용으로 다음과 같다. 어렸을 때 저는 별들 속을 걸어 다니면 어떤 기분일까 생각하곤 했습니다. 별 위가 아니라 별과 별 사이의 공간을 말입니다. 다섯 살 때 태양계를 본 떠 돌멩이들을 가지런히 늘어놓고 그 사이에 앉아서 우주의 비밀을 알아낼 수 있는 듯 돌멩이들을 뒤집어 보곤 했답니다. 내가 마침내 저 우주에 무엇이 있는지 알아낼 수 있게 되었을 때는 이렇게 재능 있고 멋진 사람들에게 둘러싸일 줄은 꿈에도 몰랐습니다.

나는 횡단을 가능하게 한 그 사람과 세 번이나 일대일로 말을 해 봤지만 제일 처음이 가장 좋았다. 애덤 보슈는 다들 한결같이 천재 소년(boy wonder)이라고 불러서 그렇지 생각만큼 젊지 않다. 하지만 세상을 바꾸는 과업을 이룰 정도로 연배가 있어 보이지도 않는 터라, 어쩌면 사람들 말대로 소년 같을 수도 있겠다. 하지만 와일리시티는 이래저래 나이 가늠을 잘 못한다. 여기 사람들은 시 외곽에서 열네 살짜리 순찰대원을 보고 국경 근처에서 수상한 남자가 붙잡혔다고 말하는 반면, 서른세 살 먹은 와일리시티 남자가 여자 친구를 살해하면 착한 애가 삐뚤어져서 그랬다고 표현한다.

애덤을 처음 만났을 당시 델은 해치실에서 내게 잔소리를 하고 있었다. 0호 지구에 넘어온 지 얼마 안 되었던 나는 언제라도 정체가 발각될까 봐 신경이 곤두선 데다, 발각되기도 전에 무능력 때문에 해고당하는 게 아닐까 전전긍긍하는 상태였다.

"이카리, 살살 해."

그렇게 말하는 보슈는 유령 같기도 하고 천사인가 싶기도 하고 마술사처럼 보이기도 했다.

"우리 다 한때는 신참이었잖아."

그는 내게 친절했다. 항상 그랬다. 그날 보슈는 매년 연말에 하는 대언론 발표 때 입는 복장과 똑같은 옷을 입고 있었다. 흰색 셔츠와 통이 넓은 검정색 바지는 언론 매체의 조롱거리인데도 그는 옷차림을 바꾸지 않는다. 보슈가 애시타운 출신이라면 나라도 계속 그렇게 입으라고 말해 줄 것이다. 그런 조롱은 일종의 도전인데 보슈는 물러설 것처럼 보이지 않으니까. 하지만 그는 애시타운 출신이 아니다. 외모 따위는 생각하지 않는, 정신이 산만한 천재에 속할 뿐이다.

그럼에도 옷차림 때문에 그를 계속 쳐다볼 수밖에 없었다. 복장은 단순했다. 누구도 튀는 차림새라고 생각하지 않을 테지만 셔츠는 아주 하얗고 바지는 너무 비실용적이라서, 공기보다 먼지가 더 많고 전갈이 파리만큼 흔한 곳에서 온 아가씨에게는 그런 옷이 있다는 것만으로도 마법 같았다. 와일리시티 바깥에서는 누구도 그렇게 입고 다닐 수 없다. 그래서 그를 처음 봤을 때 도저히 과학자라는 생각이 들지 않았고 마법 같은 존재로밖에 보이지 않았다.

보슈는 델을 지나쳐 곧장 나한테 걸어왔다. 그리고 거기 있었다는 사실을 잊고 있었던 듯 손에 쥐고 있던 사과를 내려다보더니 불쑥 내게 내밀었다. 와일리시티에서 사과는 아무 의미가 없어도 애시타운에서는 다르다. 땅이 척박하고 도매점에는 공간을 최대한 활용해서 쌓아 둘 수 있는 과일들만 있다. 예컨대 줄지어 늘어놓을 수 있는 베리류와 그 뒤에 벽을 지지대 삼아 살살 쌓아 올릴 수 있는 포도류만. 우리는 대부분 그냥 채소를 먹는다.

횡재를 만난 듯 내가 사과를 받아들자 보슈가 물었다.

"애시타운 출신이군, 그렇지?"

궁금해서 묻는다기보다는 이미 그렇게 판단한 듯했다. 그래서 나는 고개를 끄덕이고 재빨리 설명을 덧붙였다.

"루럴스 출신이에요."

그러자 보슈가 나를 쳐다봤다. 처음으로 얼굴을 마주 보고 나서야 그가 내내 내 눈의 왼쪽 부분만을 보고 있었다는 사실을 깨달았다.

"그래?"

어째서인지 보슈에게 진실을 말하고 싶었다. 난 충직한 사람이 아니라서 자격이 없다, 모두가 학을 떼는 거짓말쟁이다, 하고 말이다. 그런데 그는 이미 알고 있는 것 같았다. 그래서 그냥 어깨를 으쓱한 뒤 눈을 내리깔았다. 그런 식으로라도 내가 누군가에게 진실을 전하려고 했던 것은 그때가 처음이었다.

"상관없어. 자네는 아주 잘하고 있잖아. 우리 모두 자넬 응원하고 있네."

보슈는 그렇게 말한 뒤 방을 나갔다. 그 후 델이 다시 잔소리를 이어 갔지만 더는 아무 말도 귀에 들어오지 않았다.

마지막 말은 결국 거짓으로 드러났지만 그를 원망하지는 않는다. 무슨 일로든 애덤 보슈에게 원한을 품을 일은 없을 것 같다. 카라멘타는 내가 귀찮아서 내다 버리지 않은 기념품 상자에 고용 제안서를 넣어 두었다. 그 제안서를 다시 읽을 때마다 맨 아래에 있는 보슈의 친필 서명을 더듬어 본다. 그리고 카라멘타가 당연히 느꼈을 법한 해방감과 감사함을 똑같이 느껴 본다. 없으면 죽을 것처럼 델을 원하듯이 내가 보슈에게 끌릴 일은 결코 없다. 하지만 나에게 그는 루럴스 사람들의 모세나 내 계부와 같은 존재다.

회의가 시작해 조명이 흐려지자 가슴이 철렁한다. 애덤 보슈가 들떠 있자 분위기도 조금 들뜬다. 그는 곧 획기적인 발견이 있을 것이라고 말한다. 이름을 콕 집어 말하지는 않지만 우리 모두 그것이 원격 다운로드 프로젝트임을 알고 있다. 보슈가 몇 년도 아닌 몇 달밖에 남지 않았다고 장담할 만큼 해당 기술을 쓸 날이 머지않았기 때문에 시스템 분석가들은 축제 분위기에 젖어 있다. 아니나 다를까, 이제는 데이터 검색을 달마다 할 필요가 없고 바로바로 하면 되니 신이 날 만도 하다. 더욱이 횡단자가 사라질 테니 이 또한 그들에게는 신나는 일이다. 결국 편지를 전하던 비둘기처럼 횡단자도 처치 곤란한 존재가 돼 버린 셈이다.

나는 와일리시티의 제대로 된 회사에서 일하는 사람으로서 평소에 품던 자부심 대신 이제 수치심을 느낀다. 68점이라는 점수가 도끼처럼 머리 위에 대롱대롱 매달려 나를 압박하기 때문이다.

연설의 마지막 부분은 수수께끼 같다. 보슈는 앞으로 일부 변화가 일어나면 회사의 성격이 바뀔 것임을 넌지시 내비친다. 다른 이들은 모두 들떠 있다. 우리는 너 나 할 것 없이 우리의 자금 중 와일리시티에서 나오는 액수가 얼마인지 뼈에 사무치게 의식하고 있다. 따라서 신기술 덕에 재정적으로 독립할 수 있다면 더는 정부의 연간 예산에 의지하지 않아도 되니 나도 당연히 기뻐해야 한다. 하지만 나는 이미 귀를 닫고 있었다. 어떤 기술이든 결국 그것이 현실화할 때 나는 아마 여기 없을 테니까.

직원들이 해산한 뒤 나는 본가에서 싸 온 식량과 함께 가져가기 위해 공짜 음식을 한 아름 안아 든다. 오늘은 319호에 갈 예정인데 그곳에 갈 때면 항상 여분의 음식을 챙긴다.

델은 날 준비시키면서도 눈을 잘 맞추지 않는다. 강당에서도 다들 내 눈을 피했더랬다. 나는 엘드리지의 사형수나 다름없다.

델이 주의 사항을 알려 준 뒤 한숨을 쉬자 나는 배낭을 움켜잡는다.

"다시 남은 음식을 몰래 가져가는 거야? 가방에 파이를 찔러 넣는 걸 봤어."

"내 퇴직금이라고 생각해요."

"카라……."

"왜요? 잘릴 날이 얼마 안 남았다는 말 하려던 거 아니에요? 델, 강당에 아마 횡단자가 6명쯤 있었을 거예요. 6명요. 그 인원이 전 구역을 맡는다고요. 회사에서 우리 인력을 줄이고 있어요."

"그 사람들만. 다른 횡단자만 줄이는 거야. 넌 제일 소중한 자원이야. 가장 오래 남아 있을 거야."

"어느 종이든 마지막까지 남은 존재도 어차피 죽어요, 델. 단지 시간문제일 뿐이죠."

"괜찮을 거야."

와일리시티 사람이 할 법한 말이다. 와일리시티에서나 통하는 말이기도 하고.

"어떻게요? 감시관님이 괜찮게 해 줄 건가요? 해고되면 거둬 줄 거예요? 거주 자격이 없어지면 나랑 결혼해 줄 건가요?"

그 말에 델의 숨이 턱 막힌다. 마치 내가 불쾌한 말이라도 한 듯이. 그녀에게는 당연히 거슬리는 말이었을 것이다. 이 순간을 기억하고 싶다. 나를 생각하며 치미는 불명확한 혐오감을 그녀가 드러낸 순간을. 하지만 어떤 이유 때문인지 몰라도 그녀를 더 원하지 않을 만큼 내가 그런 기억을 길게 간직할 리 없다. 호주머니를 뒤져 델의 귀걸이를 담아 온 엘드리지 마크가 찍힌 주머니를 꺼낸다. 잃어버린 귀걸이가 아니라 다른 세계에 있던 아주 비슷한 것이지만 델은 결코 그 차이를 모를 것이다.

"어제 집에 가다가 발견했어요."

델이 귀걸이를 낚아채 아이처럼 가슴에 폭 안았다. 보기 힘든 인간적인 반응이라서 나도 모르게 빤히 쳐다본다. 이 세계에서 언제 또 그녀가 그렇게 날 껴안은 듯한 기분을 느끼게 될지 모르기 때문이다. 델이 눈을 들다가 내가 자신을 뚫어져라 쳐다보고 있다는 것을 알아챈다.

우리 두 사람이 중요한 순간을 맞을 때가 있다. 순간적으로 서로에게 집중하다가 델이 갑자기 나를 보고 결국 내가 하는 모든 희롱이 그저 눈 가리고 아웅 하는 것임을 알아챌 때다. 또한 너무나 자명하여 자신이 이 세계에서 내가 아는 유일한 대상이자 원하는 전부라는 것을 결코 짐작하지 못했을 뿐임을 깨달을 때다. 그런데 지금이 바로 그런 순간이다. 처음 느꼈는지 델은 두려워하는 것 같다.

우주에는 별과 생기가 가득하지만 완전히 죽고 텅 빈 구역도 존재한다. 사람들은 그곳을 '냉점' 및 '초거시공동'이라고 부르는데, 두 평행우주가 닿을 정도로 너무 가까워져 그런 공간이 생겼다고들 한다. 그런데 우리가 그렇다. 나와 델이 꼭 그와 같다. 우리는 공존하고 평행하지만 결코 닿지 않는다. 그래서 둘 중 하나가 너무 멀리 가거나 내가 너무 가까이 가면, 우리 사이에 에리다누스 빈 공간*이 열린다. 우리 둘 다 물러나 버려서 거의 닿을 뻔했던 공간에 세 개의 태양도 환하게 만들 수 없는 차가운 암흑만 남는다.

"팔아 볼까 했지만 다른 짝이 없으면 쓸모없을 것 같더라고요."

델이 희미하게 웃어 보이지만 사실상 부정적인 웃음이다. 지금까지 그렇게 슬픈 미소를 본 적이 없다.

"당연하지. 근데 난 그게 엘드리지 표본 봉투에 있겠거니 했어, 왜냐하면……."

"뭐래? 생전 회사 물품이라고는 몰래 집에 가져가 보지 않은 사람처럼 그러시네. 말했잖아요. 퇴직금이라고."

델이 다른 말을 하기 전에 나는 얼른 해치로 연결된 사다리를 오르기 시작한다. 나를 원하지만 내 출신지가 너무 두려워 아무것도 하지 못하는 이 여자를 더 오래 빤히 쳐다봤다가는 결국 미워할 방

---

* Eridanus Void. 에리다누스 별자리 부근에서 발견된 어두운 공간.

법을 찾을지도 모르니까. 그녀를 미워하고 싶지 않다. 정말이지 그러기 싫다. 아직은.

***

온갖 유형의 난민이 모여 탄생한 곳, 그게 지금의 애시타운이다. 종교 박해를 피해 고향을 떠난 이들이 약간의 돈과 두터운 신앙심을 갖고 이 땅으로 와서, 모래가 회색보다 흰색에 가까워 약속의 땅이라고 상상할 수 있게 해 준 변두리 지역에 점차 정착해 나갔다. 그로부터 100년 후, 가난과 가뭄에 허덕이던 이들이 물과 일자리가 있다는 소문에 이곳으로 이끌려 도시를 세웠다. 어쩌면 그들은 번쩍거리는 마지막 초고층 건물이 완성되고도 여전히 빈방이 많으면 자신들이 입주하리라 철석같이 믿었을지도 모른다. 만약 어느 쪽에 살게 될지 알았다면 그들은 장벽을 그렇게 높게 짓지 않았을 것이다. 그때 도시를 건설했던 이들의 후손은 공장 노동자가 되었다. 선조들보다 자부심은 약했지만 유능함만큼은 뒤지지 않았던 그들은 공장이 더 이상 존재하지 않을 때까지 그곳에서 일했다. 이제 공장 노동자의 자식들은 엘드리지의 산업용 화물 출입구에서 일하며 결코 그들이 볼 일 없을 어느 세계에서 가져온 물질을 또 다른 세계로 나른다.

건축 경기가 시들해지고 몇 세기가 흐른 뒤에는 전쟁을 피할 은신처를 구하던 이들이 애시타운을 찾았었다. 원래는 장벽과 방어시설을 갖춘 곳을 바라며 와일리시티에 찾아가서 원조를 약속받았다고 주장했지만, 발전 중인 도시인 그곳은 오직 스스로에게 약속한 것만 지켰다. 인정이 넘치고 성장을 북돋고 집단 생활에 알맞은 도시이지만…… 장벽 내에서만 그랬다.

따라서 전쟁을 피해 숨어든 이들은 장벽 밖에 남겨졌고 뒤이어 그 사이에서 아귀다툼이 벌어졌다. 잔인한 전사로 악명 높았던 닉 시니어는 사자가 가젤들 간의 분쟁을 끝내듯 한 세대 동안이나 계속됐던 내분을 제압해 버렸다. 흙먼지가 가라앉고 새로운 황제가 등극했을 때 도전자들은 죽거나 추방당했다. 턱에서 여전히 피를 뚝뚝 흘리는 채로 닉 시니어는 입을 벌려 평화를 선언했다.

***

319호에 착륙해 보니 델이 나와 장난치는 것을 그만두었구나 싶다. 내려 준 데가 포트에서 겨우 400미터 떨어진 곳이었다. 사실 어디에 내려 주든 상관은 없었다. 여기 319호에 볼일이 있기 때문이다. 난 어깨에 배낭을 바로 메고 애시타운으로 걸어간다.

지난 6년 동안 알아낸 게 있다면, 바로 인간은 알 수 없는 존재라는 점이다. 단 한 명도, 심지어 자기 자신조차도 결코 완전히 알 수 없다. 안전한 유리의 성 안에 있을 때에는 자신을 아는 것 같아도 흙먼지 속에 있을 때의 자신은 알지 못한다. 힘든 상황에서도 씩씩하게 헤쳐 나가 살아남더라도 진짜 부자들의 관점에서는 그것이 성공일지 실패일지 모르는 일이며, 영리하다고 해서 절망적인 상황을 이겨 낼지 아닐지도 모른다.

이것이 내가 여기 319호에서 배운 교훈이다. 세상에서 한 사람만큼은 한결같으리라 생각했지만 그게 아니었기 때문이다.

여자는 콘크리트로 만든 직사각형 모양의 출입구에 서 있다. 그리고 아무런 인사도 없이 내 배낭을 잡으려고 손을 뻗는다. 머리끝에서 발끝까지 막돼먹은 인간이라서다.

"이번엔 더 줘."

여자가 올려다보며 덧붙인다.

"더 많이."

그녀는 서글퍼하지 않지만 자기가 무슨 말을 하는지를 알고 있다.

"돌아오지 못할 수도 있어서, 잘 숨었는지 확인하고 싶었어요."

이곳에서 그녀는 언제나 어깨까지 닿던 수수한 단발 대신에 검은 머리칼을 허리까지 내려오게 길렀다.

그녀가 머리칼을 쓸며 말한다.

"먼지가 심해. 들어오는 게 좋겠다."

여기서 그녀의 이름은 아리아인데 그 뜻이 음악이라는 것을 말해준 이가 바로 나다. 그녀는 반쯤 쇠맛이 나는 물을 한 잔 따라 준다.

"가 봐야 해요. 내가……."

"너 천사지?"

"뭐라고요?"

아리아가 머그잔을 내려놓는다. 말할 때 입이 벌어지면 양 입술에 있는 흉터가 드러나서 그녀는 대개 조용히 앉아 있는 편이다. 그나마 말할 때도 흉터를 최대한 안 보이게 하려고 입을 조그맣게 벌린다. 그럼에도 나는 그 입이 어떻게 보여야 하는지 알기에 눈치채게 된다. 완벽하게 웃을 때와는 크게 차이가 난다.

"내가 무슨 과격한 루럴스 토박이인 건 아니야. 하지만 넌 여길 찾아오고 음식도 가져다주잖아. 그래서 한번은 널 따라가려고 했더니 그냥 사라져 버리더라."

"날 따라왔다고요?"

"하다가 말았다고. 그러니 너 갈 때 말해 주면 안 돼?"

"천사는 무슨. 얼토당토않은 소리."

그녀는 기다린다. 당연히 기다려야 한다. 애시타운에서는 공짜라는 게 없다. 그녀를 발견한 후 음식과 옷을 가져다주고 있는 나도 구린 맛이 나는 이따위 물 말고는 어떤 것도 요청한 적 없다. 이 세계에 있는 델에게도 손끝 하나 대본 적이 없는데, 앞으로도 그럴 것이다. 그녀가 허락하지 않을 것이라서가 아니라, 허락할지도 모르기 때문이다. 감사의 표시로 그럴 가능성이 크다. 어쩌면 자신이 나보다 보잘것없다고 생각해서 불안할지도 모른다. 델이 그렇게 느끼게 하고 싶지 않다. 그녀를 볼 때 내가 느끼는 기분을 똑같이 느끼게 하고 싶지 않다.

"널 보면 꼭 누가 생각나."

"죽은 사람이에요?"

"아니. 하지만 얼굴이 밤하늘 같긴 해."

말하고서도 이상한지 그녀가 고개를 끄덕인다. 여기에서는 같은 것을 두고도 표현하는 방법이 대여섯 가지가 있다. 결코 닿을 수 없는 아름답고 완벽한 것들을 표현할 때도 그렇다. 다만 수백 번 별들을 오가면서도 아직 내가 델의 뺨 근처에도 가 보지 못했기에 그 뺨을 만지는 게 어떤 느낌인지 표현할 길이 없지만.

"얼굴이 그렇게 보이진 않지. 이젠 안 그래."

그렇게 말하면서도 아리아는 입술 상처를 만지지 않는다. 하지만 만지는 편이 나았겠다 싶다.

아리아는 내가 물을 다 마시기도 전에 가져온 배급품을 하나씩 빼내기 시작한다. 잠시 후 나를 보면서, 아니 정확하게는 내가 아닌 내 신발을 보면서 말한다.

"다시 안 올 거면 그냥 가."

나는 간다. 밖으로 나오자 와일리시티가 보인다. 이 세계에서는 늘 그런 식으로만 그곳을 보곤 했다. 아리아가 애시타운의 변두리 끝에 있는 집을 고른 덕분에 시야를 가리는 게 전혀 없다. 아리아는 그녀의 다른 자아들 전부가 와일리시티 안에 있는 80층짜리 고층 건물에서 안전하게 살고 있다는 사실을 알아채야 한다. 자신이 사기당했다는 것을 알아야만 한다.

***

다음 날 아침, 델은 175호에 장기간 머무를 나를 준비시키면서 아무 말이 없다. 혈청을 주입하기 직전에 그녀가 파일 하나를 건네주기에 작동시켜 봤더니 화면에 넬라인에 대한 정보가 가득하다.

나는 문서에서 눈을 들어 델을 바라본다.

"해냈군요."

고마워하는 표정을 본 델이 쌀쌀맞게 말한다.

"해낼 줄 알았으면서."

그러나 약속을 지켜 뿌듯해하는 것 같지는 않다. 오히려 나를 외면하지 못하는 자신을 부끄러워하는 듯하다.

문서를 마저 다 읽은 나는 침을 삼킨다. 괜히 봤다 싶었다. 생각했던 것보다 힘들어서 화면을 닫을 때까지 귀에서 웅웅거리는 소리가 멈추지 않는다. 쓴 약이 들었던 빈 컵을 의사에게 돌려주는 사람처럼 델에게 파일을 되돌려준다. 내게 필요한 것이었지만 두 번 다시 보고 싶지 않았다.

그런 반응에도 델은 내가 해치로 들어갈 때까지 가타부타 대응하지 않는다.

"이제 무서운 거야?"

"장한테도 보고가 들어가나요? 다른 때처럼 그냥 파견 가는 건데."

"새로운 곳이잖아. 한동안 그런 데는 안 갔잖아."

"어차피 다 같은 곳인데요."

툭 내뱉고 나서 사다리를 오른다.

"하지만 이번 세계에서는 네가 살해당했잖아. 이제 그런 게 일상이 될지도 몰라."

나는 해치 꼭대기에서 뒤돌아본다.

"델, 어째 꼭 애시타운 사람처럼 말하네요."

델은 그 말을 인신공격으로 받아들이고, 그런 반응을 나 또한 인신공격으로 받아들인다. 우리는 정말 대화가 안 된다. 손을 잡고 당연히 델이 나보다 나은 사람이며 그 이유는 그녀가 나보다 낫기 때문이라고 말해 주고 싶다. 와일리시티 사람이 애시타운 사람보다 더 낫기 때문이 아니라, 그녀가 의욕이 넘치면서도 영악하지 않고 야심만만하지만 무자비한 수준까지는 아니므로 더 낫다고 말해 주고 싶다.

그런 식으로 서로를 이해할 때까지 우리는 진정한 대화를 나눌 수 없다. 나는 그저 이런 현실을 받아들이려고 애쓰고 있다. 델을 설득하다가 거부당하는 것을 항상 어쩔 수 없는 일로 받아들이는데, 정작 문제는 그녀가 내게 말이라도 붙일 수 있을 만큼 충분히 나를 바라보게 하지도 못한다는 사실이다.

"내 꿈 꿔요."

사다리 꼭대기에서 내가 말한다.

델은 올려다보지도, 대꾸하지도 않는다. 그저 슬그머니 헤드폰을 낄 뿐이다. 나는 암흑 속으로 기어 들어간다.

잠시 후 문이 밀폐되고 파괴적인 주파수라는 것을 알 만큼 진동이 제멋대로 들이닥칠 때 나는 그녀가 나를 보고 싶어 했기를 바랄 것이다. 그리고 그녀의 축 처진 얼굴은 괜찮지만 두 눈만큼은 결코 보게 되지 않기를 빌 것이다.

2부

회전하는 블랙홀은 점으로 붕괴하지 않는다. 점으로 붕괴한다는 것은 낡은 생각이다. 블랙홀은 고리, 즉 중성자 고리로 붕괴한다. 그런데 만약 그 중성자 고리 안으로 수직으로 떨어진다면 원더랜드에 이르게 된다. 영원의 반대쪽에 있게 되는 것이다.

— 미치오 카쿠

5장

맨 처음 활동했던 횡단자들의 시체가 소환되었을 때는 대대적으로 손상된 상태를 보고 경악에 찬 반응이 들끓었다. 안팎으로 뒤틀린 시체는 선혈과 알 수 없는 다른 것들로 번들거렸다.

과학자들은 이렇게 말했다. 조사가 충분하지 않았군. 역회전을 예상했어야 했는데.

종교인들은 다음과 같이 말했다. 기도가 충분치 않았어. 산 제물을 예상했어야 했는데.

***

세계 사이의 암흑에서 죽더라도 나는 놀라지 않을 것이다. 살았던 때와 같이 어느 곳에도 속하지 못한 채로 죽는 것이니까.

주파수 조정이 시작되자마자 뭔가 잘못됐다는 것을 알았지만 뭐든 해 보기에는 너무 늦었다. 델은 이동을 시작했을 때 저항을 느꼈을까? 저항이 잡음처럼 들렸을까, 아니면 비명 같았을까? 그래도 델은 멈추지 못했을 것이다. 나를 보내는 게 임무이니 그렇게 하겠지. 하지만 이번에는 그렇기 때문에 내가 죽을 것이다.

보통은 그저 팔뚝에 소름만 돋게 하는 장난스러운 핥기가 암흑으로 바뀌고 무저항의 압력이 원초적인 맹렬함으로 변질되면서 결국 불에 타듯 화끈거린다. 나는 정말이지 단 한 번도 은야메를 믿어 본 적이 없다. 그런데 그 이름이 내 입에서 나왔다. 하지만 그래 봤자 무신론자 밀수업자들이 까다로운 일을 앞두고 니콜라스 성인이 그려진 메달을 거는 것과 다를 바 없었다. 나는 과학과 진보가 가득하여 미신이 들어설 자리가 없는 와일리시티의 실용주의로 무장한 사람이었다.

하지만 이제 은야메는 따귀처럼 실감이 난다. 숨을 느끼는 데서 그치는 것이 아니라 보이기까지 한다. 은야메가 퍼즐을 맞추는 늙은 여인처럼 무리 지어 있는 우주들을 빤히 내려다보고 있다. 그녀가 나를 잃어버린 조각인 양 집어 들지만 내가 들어갈 자리가 이미 차 있자 당황하다가 낙담하더니 나를 반으로 찢는다. 환각임을 알지만 내 첫 번째 뼈가 부러질 때 진짜 그녀의 목소리가 들린다. 그러나 사실 정말로 부러진 것은 내 목걸이였고, 그 후로 나는 생각을 별로 하지 않는다.

의식을 잃기 직전, 넬라인이 죽지 않았다는 생각이 선명하게 든다. 175호의 나는 살아서 잘 지낸다. 엘드리지가 틀렸다. 전에도 한번 이와 똑같이 틀렸더랬다.

***

내 생애 가장 행복했던 나날은 6년 전 와일리시티에 처음 왔을 때였다. 그때 나는 처음으로 죄책감 없이 기뻐하는 경험을 했다. 팔찌에 내장된 디지털 신분증에 적힌 주소로 찾아갔는데 그곳이 바로 지금의 내 아파트였다. 집 안에는 아직 짐들이 쌓여 있었다. 카라멘타의 물건들이 내가 원하는 곳에 놓아주기만을 기다리고 있었다. 특히 그녀의 삶이 상세히 기록된 일기장들이 담긴 상자는 열린 채 러그 위에 사용 설명서처럼 놓여 있었다. 그 순간 운명이 내 편이라고 확신했다.

하지만 곧 걱정이 스멀스멀 밀려왔다. 원했던 것들을 모두 갖게 된다는 말을 듣지 못해서인지 그것들을 전부 잃을 수도 있다고 생각하니 식은땀이 날 정도로 두려웠다. 잃을 것들을 가져 보지 못한 사람에게 그런 일은 항상 물에 빠지는 것처럼 두렵다.

모든 문제에 그러하듯 나는 이 문제에도 달려들었다. 우선 목록부터 만들었다. 카라멘타의 일기를 읽고 습성과 표현 방식을 일목요연하게 정리해 뒀다. 그녀는 충직하고 순수하며 꽤 단정적이었다. 하지만 난 그녀와 그저 똑같이 되고 싶지 않았다. 보다 더 나은 사람이 되고 싶었기에 와일리시티에서 태어난 사람들의 자서전을 읽으면서 그들이 잘 쓰는 표현도 따로 정리해 두기 시작했다. 그들이 와일리시티를 '와일스'라고 부르는 법이 없기에 나 역시 그러지 않기로 했다. 또한 애시타운을 언급할 때는 제대로 또박또박 부르거나 간단히 '애시'라고 하지, 내가 그랬던 것처럼 '시'를 길게 발음

하거나 빅애시로는 절대 부르지 않았다.

내가 하고 싶은 말을 이렇게 정리할 수 있겠다. 그동안 직장에서 나는 훔친 삶을 유지하는 데 급급해 어릴 때 배웠던 가장 중요한 사실을 까맣게 잊고 있었다. 잘리지 않으려고 전전긍긍하느라, 누구나 언제든지 죽을 수 있다는 것을 잊었다.

자신의 시체를 본 사람이라면 그보다는 더 똑똑해져야 했을 것이다.

***

부서져 오그라들었던 갈비뼈들이 갑작스럽게 새로운 세계에 닿자 쭉 펴진다. 나는 횡단을 버텨 냈다. 여전히 죽은 상태인지도 모르나, 부서진 몸이 거부되지 않았고 다른 이들처럼 원래 세계로 소환되지도 않았다. 완벽하진 않지만 대단한 성과가 아닐 수 없다.

한때 강이었던 복작거리는 땅에 발을 디딘 순간 나는 한눈에 여기가 어딘지 알아본다. 황무지다. 일어나 보려 하지만 온몸이 쑤신다. 도로 누워 보니 입에 피가 가득하다. 손을 뻗어 조끼 주머니에서 진통 주사기를 꺼낸다. 지금이야말로 쓸 때다. 통증을 못 느끼게 하여 델에게 소환 요청을 할 시간을 벌어 주리라. 소환되다가 죽을 테지만 적어도 내게 무슨 일이 있었는지 회사가 알게 될 것이다. 하지만 나는 그럴 수 없다. 여기 흙바닥에서 죽을 수는 없다. 카라멘타의 마지막이나 그녀 이전의 모든 다른 나 같은 꼴이 되기 싫다. 우리 엄마처럼 되고 싶지도 않다.

왜 다른 이들이 프로토콜을 따랐는지, 왜 과학자가 이런 상황을 1초 더 견디느니 소환되다가 즉사하기를 택하는지 알겠다. 하지만 이 정도는 내가 열두 살 때 닉 시니어에게 말대답을 하다가 그의 똘마니 네 명에게 잘근잘근 밟혔을 때보다 조금 더 아플 뿐이다.

주사기를 쓰면 2분 동안 통증 없이 움직일 수 있지만 도로까지 가려면 시간이 더 필요하다. 계속 이동해야 하기에 움직인 것을 후회하면서도, 결국 다시 움직여 도로까지 거의 다 내려갔을 때만 주사기를 써야 할 것이다. 상체에 집중적으로 부상을 입었다. 갈비뼈, 양어깨, 턱도 모자라 한쪽 팔은 팔꿈치가 본연의 역할을 잊은 듯 부자연스럽게 뒤로 말려 있다. 통증은 숨을 멈춘 그 짧은 순간만 참을 만했다. 폐가 늘었다가 줄며 갈비뼈들이 비정상적으로 삐걱거리는 느낌이 퍼질 때마다 턱이 부러지지 않아서 비명이라도 지를 수 있다면 좋았겠다 싶다.

횡단자의 죽음을, 제 것이 아닌 세계로 무단 침입한 벌이라고 생각했던 때가 있었다. 이제는 일종의 시험이라고 확신한다. 그 세계 사람들처럼 머물 자격이 있는지 알아보려는 시험 말이다.

죽지 않을 만큼만 공기를 들이마셔 숨을 얕게 쉬면서 가슴의 움직임을 최소화한다. 당장이라도 기절할 것 같지만 어쨌든 고통을 아예 못 느낄 정도로 완전히 무의식에 빠질 것 같지는 않다. 첫걸음이 너무 힘들어서 살짝 체중을 싣는 것조차도 끔찍하게 아프다. 제자리를 벗어난 뼈들이 행운을 빌며 서로를 토닥이는 느낌이랄까.

주사기를 사용하기 전에 무사히 강바닥을 벗어난다면 도움을 청할 시간을 30초나 더 벌 수 있다. 나의 다른 자아들이 곳곳에서 죽었지만 이번의 나는 아니다. 이번만큼은 결코 죽지 않는다. 상황이 이런 식으로 흘러가야 한다면 내가 열네 살이거나 여덟 살 혹은 열여섯 살이었을 때처럼 이 일을 겪는 다른 나에게도 똑같은 상황이 벌어질 수 있었을 것이다. 이 정도는 기어 나올 수 있는 얕은 무덤일 뿐이라고 나 자신에게 말한다.

강바닥을 가로질러 애시타운의 딱딱한 회색 땅으로 나온다. 시력을 잃어 간다. 지금이다. 나는 주사기를 쓴 다음 효과가 나타날 때까지 잠시 더 움직인다. 뼈는 이미 조각조각 부서졌고 깊은 상처에서는 피가 솟구치고 있지만 도로를 찾아 나선다.

기절하기 직전 갓길에 도착한다. 이 세계는 내가 사는 세계보다 의학이 앞서 있다. 여기 사람들에게는 치료제가 있을 것이다. 누구든 나를 발견한 이가 관심이 많아서 살려 보려고 한다면, 다른 나를 발견했을 때의 나보다 괜찮은 사람들이라면…… 나를 살릴 수 있을 것이다.

팔찌에 부재중 알림 메시지를 설정한다. 그러면 델은 내가 그저 이번 임무를 무선침묵* 상태로 수행하고 싶어 하는 줄로 생각할 것이다. 내가 죽어 가는 것보다 어려움을 겪고 있다고 그녀가 생각하는 편이 이롭다. 죽어 가는 게 알려지면 소환당하다가 죽게 될 테니까. 혹시 몰라 목걸이를 뜯어내 조끼 주머니에 찔러 넣는다. 내가 다시 켜지 않는 한 델은 근접 소환을 시작할 수 없을 것이다.

주어진 2분이 다 흐르고 일시에 극도의 통증이 밀려오자 이번에

---

* radio-silence. 전파를 발사할 수 있는 무선 장치가 보안상 작동을 중지하고 있는 상태.

는 모든 게 영원히 멈춘다. 나는 은야메에게 되돌려줄 수 없다고 속삭이고 있다. 내가 이 삶을 훔쳤다고 해서 그녀가 돌려받을 수 있다는 뜻은 아니다.

***

나는 죽은 게 틀림없다. 살았다면 고통스럽기만 할 텐데 지금 욕이 나올 정도로 행복하기 때문이다. 주변은 온통 암흑 천지다. 다만 눈을 너무 세게 문지르면 잠시 북극광 같은 게 보이듯 실제로는 거기에 없을 것 같은 옅게 칠한 색깔들이 보일 뿐이다. 내가 깨어 있는지 아니면 잠들어 있는지, 아직 해치 안인지 아니면 지옥으로 떨어지는 중인지 도통 모르겠다. 아는 것이라고는 나 혼자가 아니라는 것뿐이다.

몸이 부서지다 못해 정신착란까지 일어난다. 마음이 환각에 기대서 그렇다. 그를 보기도 전에 발소리부터 듣지만 나는 이미 안다. 긴 머리칼에서 나는 향기와, 그의 목과 가슴을 멋지게 감싸고 있는 땀을. 22호를 떠난 후부터 그를 쳐다보기는커녕 자료에 나온 그의 이름조차 보지 않았다. 그가 나를 맞으러 왔을 때 내가 극심한 공포에 떨곤 했던 것 같은데 막상 보니 결국 상황이 예상대로 흘러간다는 생각이 들어서 그런지 되레 마음이 진정된다. 내가 죽을 때 그가 옆에서 지켜보고 있으리라는 것을 늘 알고 있었다. 마음 깊은 곳, 그러니까 내 수치심을 꽁꽁 숨겨 놓은 흉골 안쪽 깊은 곳에서는 그가 와서 기쁘다. 델과 함께하고 싶지만, 그녀가 이런 나를 보지 않았으면 좋겠다. 그녀에게는 강하고 속을 알 수 없는 사람처럼 보이고 싶다. 하지만 닉닉이라면 내 심장이 멈출 때 옆에 있어도 된다. 어쨌든 늘 나를 작고 여리고 귀한 존재로 대했기 때문이다. 항상 닉닉이 나를 죽일 뻔했기에 지금 그가 있는 현실은 불가피한 것으로 느껴진다.

꿈에서 닉닉이 내 등에 왜 자신의 이름이 있는지 물어보지만, 어떻게 입을 움직여 대답해야 하는지 모르겠다.

먼저 다른 문신부터 제거하느라 돈을 다 썼기 때문이다.

비록 내가 아는 최악의 인간이라 할지라도 옛날에 내가 그 사람의 소유였다는 사실을 기억하고 싶기 때문이다.

당신 가슴에 아직도 내 이름이 있어?

나는 그렇게 묻고 싶다. 하지만 세상은 물에 잠겨 가고, 방에 어둠이 밀려들자 마치 내가 빛으로부터 도망치거나, 아니면 내 전 생애를 뒤쫓아 가기라도 하는 것처럼 그의 얼굴이 차츰 흐릿해진다. 어둠이 나를 집어삼키지만, 사라지기 전에 그에게 당신을 증오한다고 말한다. 마지막 말치고는 별것 아니나, 그나마 내가 꾸준히 할 수 있는 몇 안 되는 말이다.

***

22호 지구에서 나는 열아홉 살 생일 직후에 그 문신을 새겼다. 당시 1년 넘게 어울려 지낸 닉닉이 준 선물에 대한 보답이었다. 무슨 선물이었는지 더는 기억도 나지 않지만 행복하고 사랑받는 기분이 들어서 안 할 수가 없었다. 그를 위해 문신을 하면서 우리가 대등해질 것이라고 생각했다.

글자마다 내 손만큼 커다랗게 새긴 그의 이름이 한쪽 어깨뼈에서 다른 쪽 어깨뼈까지 퍼져 있다. 그가 시켜서 그런 문신을 했다고 주장할 수 있으면 좋겠다. 3류 드라마에서처럼 그가 나를 내리누르고 낙인을 찍듯 새긴 것이라면 좋을 텐데. 바늘에 찔리는 고통을 기억해 내고 싶지만 그날을 생각하면 소속감이 주는 따스함과 내가 자랑스럽다던 탁한 목소리만 떠오른다.

닉닉은 늘 내가 자랑스럽다고 했다. 사랑한다는 말은 하지 않았다. 네가 자랑스럽다거나 널 지켜 줄게, 혹은 넌 안전해라고 하곤 했다. 하지만 모두 다 같은 말이었다.

문신은 효과가 없었다. 우리는 결코 대등하지 않았다. 다음번에 셔츠를 벗은 그의 가슴에 내 이름이 새겨진 것을 보자 애써 숨기고 있던 따뜻한 감정이 다시 살아났다.

그의 태도는 마치 낮과 밤 같아서 나를 인정할 때는 한없이 따뜻하다가도, 인정하지 않을 때는 차갑다 못해 학대받는 기분을 들게 했다. 하지만 문신을 하고 나서 한동안은 따사로웠다. 그러던 어느 날, 팔을 벌린 채 다가갔을 때 그가 주먹으로 복부를 너무 세게 쳐서 일주일 동안 피오줌을 쌌다. 그때 내가 뭘 잘못했는지 기억도 안 난다. 그러고 나서 얼마 지나지 않아 닉닉은 나를 강으로 데리고 가서, 그게 마지막이 될 줄도 모른 채 나를 익사시키려 했다.

***

마침내 닉닉이 나오는 꿈에서 깼을 때 약을 먹었다는 것을 알 정도로 충분히 정신이 들자 어렴풋한 단절감이 두려움으로 변한다. 나는 등에 부드러운 무언가를 받친 채 침대에 있다. 두 눈은 천으로 덮여 있다. 시원한 소재의 천이 꽤 두꺼워 아무것도 보이지 않지만 코로 두 가지를 파악한다. 첫 번째는 내가 있는 곳이다. 애시타운의 공기는 뜨겁고 먼지가 자욱하다. 지금 있는 곳은 루럴스나 황무지 같은 변두리 지역이 아닌 것 같다. 지면은 회색이고 공기는 꽤 오랫동안 죽지 않은 화산에서 나오는 공기처럼 황을 잔뜩 머금은 중심지일 것이다. 내가 살던 세계를 떠난 이후 이런 냄새가 나는 곳에서 자 본 적이 없다. 루럴스도 먼지 냄새가 나지만 섞인 것 없는 먼지 냄새로, 소금기가 배었을 수는 있으나 이런 산성 성분은 아니다.

냄새로 알 수 있는 두 번째는 황무지의 덤불을 졸여 만든 수액이다. 그런데 이 수액은 약으로 쓰이니 결국 내가 보살핌을 받고 있다는 말이다. 확실히 위쪽에서 치료 장비가 윙윙대는 소리가 들린다. 그래 봤자 걸쇠를 걸고 버튼을 누르는 것 이상의 품이 드는 일은 아니겠지만. 그러나 누군가 오일을 내 살갗에 문질러 바르고 냄새가 강한 수액을 코 밑에 두어 나를 진정시켰다. 이런 조치는 보살핌이지만 나는 지금 그런 행위를 의무로 여기는 루럴스에 있지 않다. 그럼 업소인가? 누군가가 나를 넬라인으로 착각했을 수도 있는데, 입을 재빨리 움직여 보니 가면의 효과가 제대로 발휘되고 있다. 최근까지 내가 살아 있던 세계를 방문할 때면 델은 늘 피부 속까지 황무지 사람 같아 보이는 얼굴을 준다. 햇볕에 노출되어 잡티투성이에 입술은 온통 갈라진 데다 눈까지 흐릿해서 이곳 사람들조차 재빨리 눈길을 돌려 버릴 얼굴일 것이다. 보장된 의료 혜택을 받는 얼굴과도 거리가 멀고, 일부러 집으로 들이고픈 생각 따위는 들게 하지 않는 그런 얼굴. 하지만 엑슬리는 언제나 마음이 여린 사람이었다. 어쩌면 내가 그저 운이 좋아서 좋은 날에 그들의 눈에 띄었는지도 모르겠다.

치료 장비에서 삐 소리가 들린다. 어떤 약 때문에 정신착란과 환각에 빠졌는지 모르지만 그걸 또 먹인다.

"제발……."

너무 늦었지만 그렇게라도 말을 해 본다. 이미 무지근한 욱신거림이 약해지는 느낌이다. 계속 통증이란 감각을 느껴 보려 한다. 그래야 깨어 있을 수 있으니까.

"깨어났군. 이름을 말해 주겠나? 이제 이름이 기억나나?"

이제라는 말은 전에도 물어봤다는 뜻일 텐데 전혀 기억이 안 난다. 마치 물속에서 들려오는 듯 잔잔한 목소리지만 내가 아는 목소리다. 정확히 누구인지 알아낼 만큼 정신이 또렷하지 않을 뿐이다. 팍스인가? 업소에 있던 남자인데.

내가 내 이름을 기억하고 있을까?

그렇다. 아니, 그렇지 않다. 그녀의 이름은 기억하지만 내 이름은 생각이 안 난다.

카라멘타, 카라멘타, 카라멘타.

하지만 그건 내가 아니다. 그러나 나이기도 하다. 아니, 나는 누구도 아니다.

남자가 내 눈에 덮어 둔 물건을 바꿔 준다. 처음에는 냉습포인 줄 알았는데 곧 그게 얼굴 가리개라는 것을 깨닫는다. 나는 얼굴에 장례용 얼굴 가리개를 덮어쓴 채 약에 취해 흙에 뒤덮이길 기다리고 있다. 그 모든 시간이 지나고 나서 결국 내 엄마로 바뀐 것일까.

울음이 터진다. 큰 소리로 흐느껴 운다. 엄마가 죽었을 때나 내가 죽을 것 같을 때도 그렇게 울지 않았다. 흙바닥에서 입을 크게 벌리고 생기 없는 미소를 지은 채 멀거니 파리를 쳐다보는 엄마가 보인다. 나는 웃고 있나? 웃고 있지 않았으면 싶다. 손을 올려 얼굴을 가려 보려 하지만 양팔이 장비에 끼여 있어서 옴짝달싹도 못 할 것이다.

"이제 그만. 더는…… 못 해."

난 그녀와 같지 않다고, 그러고 싶지 않다고 하고 싶지만, 말이 입에서 엉켜 나오지 않는다.

***

그다음에 깼을 때는 0호 지구를 떠난 이후 처음으로 정신이 정말 말짱하다. 나를 지켜보던 사람이 누구든, 내 간청을 이해해 준 게 틀림없다. 여전히 치료 장비 때문에 꼼짝 못 하지만 몸에 더 센 진정제는 안 들어간 것 같기 때문이다. 장비는 여러 대가 있다. 전에 내가 누워 봤던 플라스틱 돔 형태는 아니다. 처음 와일리시티로 소환되었을 때 혈청을 주입받지 않았던 나는 세계 최정상급 격투기 선수에게 두들겨 맞는 듯한 시련을 겪으며 동체 착륙에 가까운 과정을 거쳐 엘드리지에 돌아왔다. 델은 나를 야외 진료소로 보냈다. 관계자들이 꼬치꼬치 캐묻거나 진료비를 내라고 하기를 기다렸으나 이제 나는 카라멘타였다. 관계자들은 먼저 나를 진단 장비에, 그다음에는 치료 장비에 집어넣었다. 체내 손상, 외부 멍, 그리고 발목 인대 손상 등을 다 치료하는 데 15분밖에 걸리지 않았다. 애시타운이었다면 노동자는 발목 하나를 치료하기 위해 교대 근무도 빠지고 치료비를 감당하느라 생으로 굶어야 했을 것이다. 하지만 나는 아직 시민권도 없는 황무지 출신임에도, 와일리시티에 거주하고 있어서 굶지 않았다. 그래서 무슨 일이 있어도 다시는 다른 지역 사람이 되지 않으리라고 당시 다짐했더랬다.

누군가 따뜻한 천으로 양손과 어깨를 천천히 훑어 가며 장비에 끼어 있지 않은 살갗 부분을 깨끗하게 닦아 준다.

"이제 정신이 들어요. 고마워요."

말은 그렇게 했지만 입이 무거웠다.

천을 치우는가 싶더니 세면대에 넣는지 철퍽 소리가 들린다.

"마비 상태이긴 하지만 겁낼 거 없어. 사고 때문이 아니라 치료하려고 그런 거니까. 쇄골과 갈비뼈를 붙인 지 얼마 안 돼서 움직이지 못하게 해 놓은 거야."

이거다. 전에 들었던 그 목소리. 이제야 누구 목소리인지 알 수 있을 만큼 선명하게 들린다. 오랫동안 잊을 수 있는 목소리가 아니었다.

"앞서 받은 치료 때문에 열이 높았지만 말하는 동안 이걸 치워도 아프지는 않을 거야."

그가 말을 끝낸 뒤 눈을 덮었던 습포를 벗긴다.

눈을 깜박거리며 닉닉을 올려다본다. 마비약 때문에 공포로 주춤 물러나는 일도, 그에게서 멀어지려다가 온몸의 뼈가 다시 부러지는 일도 일어나지 않는다.

내 심박수가 위험한 수준까지 치솟으면서 장비에서 경고음이 울리자 닉닉이 눈썹을 찌푸리며 혼잣말처럼 말한다.

"다시 열이 오르나?"

그러고 나서 체온을 확인하기 위해 내 얼굴 옆면을 괴물 같은 손으로 다정하게 짚어 본다. 그 순간 나는 황무지의 황제가 내 토사물을 뒤집어썼을 때 어떻게 보이는지를 목격하게 된다.

***

마비 상태이긴 하지만 겁낼 거 없어.

겁낼 거 없어.

그가 나에게 이렇게 말했을 가능성은 없어 보인다. 겁낼 거 없다고? 사자가 가젤에게 도망가지 말라고 말하는 것과 다를 바 없다. 도망가기 때문에 잡아먹는 재미가 더 크다는 것을 온 세상이 다 안다.

나는 계속 눈을 감은 채 그와 나 자신은 물론 치료 장비까지 망쳐 놓은 대가로 그가 보복하기만을 기다렸지만 그는 그저 내 고개를 돌려 놓았을 뿐이다.

목이 막히면 안 되니까. 그가 말했다.

그럼 내 목에서 손 치워. 나는 생각했다.

그곳에 누워 숙적의 손아귀에서 꼼짝도 못 하는 상태로 그가 씻고 헹구기를 반복하며 청소하는 소리를 들으며 떠나기 전에 델이 읽어 보게 했던 파일을 떠올린다. 델은 175호에 살던 나의 신상 자료를 광범위하게 보유하고 있지는 않았다. 하지만 궁에 갇힌 넬라인을 치료하는 데 이용됐던 장비에서 업로드된 항목이 6개나 있었다. 내가 입은 부상은 넬라인이 아직 살아 있다는 증거일지도 모르는데, 그렇다면 그 항목들은 넬라인에게 자신의 죽음을 날조한 이유가 있었다는 증거였다. 처음에 입은 몇 가지 부상은 맞아서 든 멍과 약간의 내출혈처럼 일반적인 수준이었다. 해당 내용을 읽을 때 그런 부상을 입힌 주먹의 느낌을 나도 기억해 낼 수 있었다. 하지만 다른 항목들은 내가 원래 세계를 떠났기에 경험하지 않은 공포로 바뀌었다. 복부에 상처를 입으면서 유산을 했고 한쪽 팔은 비틀려 부러졌으며 턱은 두 번이나 부서졌다.

갈비뼈를 고정한 장치는 아마 넬라인의 갈비뼈를 고정하던 장치와 같을 것이다. 그렇게 생각하자 닉닉이 입을 닦아 주는 느낌이 들 때처럼 토할 것 같다. 내가 지금 같은 장소에서 같은 사람에게 치료를 받고 있단 말인가? 가면은 충전된 상태이니 사흘 동안은 작동될 것이다. 하지만 방전될 때까지 내가 여기에 있다가, 닉닉이 허구한 날 상처 입혔던 여자의 얼굴을 본다면 어떻게 될까?

닉닉을 쳐다보지 않으려고 방을 둘러본다. 그가 아주 오래 내 눈을 들여다보다가 나의 실체를 알아볼까 봐 두렵다. 이 방이 낯익다. 나는 집에 있다. 소라게가 훔친 조가비를 둘러쓰듯 내 것이라고 우기는 카라멘타의 집이 아닌 내 집 말이다. 떠나온 이후 이 집이 나오는 꿈을 꾸었기에 처음에는 여기, 이 침대가 낯설지 않았다. 하지만 곧 이곳이 닉닉의 방이라는 중요한 사실이 기억나자 동떨어진 이방인이 돼 버린다.

그와 같이 썼던 방이지만 뭔가 다르다. 내 기억보다 덜 호화스럽다. 창문이 있는 벽은 그대로인데 빨간색과 황금색이 섞인 긴 커튼은 없다. 내가 누워 있는 침대도 기억하는 것보다 절반이나 작고 시트도 검붉은 실크 대신 흰색이다. 평생 애시타운에서 산 사람의 눈에만 고급으로 통할 것 같은 특대형 벽걸이 직물 장식도 없다. 벽에는 프로젝션으로 투영된 사진만 몇 개 걸려 있을 뿐 거의 비어 있다. 전에 닉닉은 초상화를 거는 데 늘 반대하며 이렇게 말하곤 했다. 네가 좋아하는 걸 가져다가 액자에 넣어, 네 적들에게 정확히 어디를 조준해야 하는지 보여 줘.

사진을 걸어 둘 만큼 감상적인 닉닉은 상상이 안 된다. 두꺼운 직물이나 부담스러울 정도로 매끄러운 시트로 부를 과시하지 않는 닉닉도. 이와 같은 미묘한 차이 때문에 그가 다소 위험해 보이는지도 모른다.

그가 청소를 끝낸 후 침대 옆에 자리를 잡는다. 들고 있는 컵에 든 오렌지색 액체에서 김이 난다.

"괜찮나? 이거 마실 수 있겠어?"

나는 입술을 핥으며 간신히 고개를 끄덕인다. 몸에서 움직임이 자유로운 부위는 머리와 목뿐이다. 그가 컵을 입에 대 준다.

"말할 수 있겠어?"

할 수 있다. 어떻게 하는지도 안다. 겁내지 않고 말하는 법을 기억해 내야 할 뿐이다.

"네."

그 말에 짓는 미소가 눈이 부시다.

"다행이네, 정말 다행이야. 진짜 슬슬 걱정되더군."

닉닉의 미소가 어딘지 이상해서 잠시 생각한 끝에 이가 전부 하얗다는 것을 깨닫는다. 오닉스로 된 앞니가 없다. 입속에서 까맣게 번득이던 것이 없으니 잔인함이 묻어나지 않는 목소리만큼이나 혼란스럽다. 나의 닉닉은 진짜 기뻐서 웃는 법이 절대 없었다. 그런데 얼굴의 주름을 펴며 짓는 미소를 보니, 분명 넬라인이 매력을 느낀 모습이 이런 게 아닐까. 하지만 넬라인이 나와 같은 사람이라면 정반대로 생각할 텐데. 닉닉이 나쁜 사람임은 피할 수 없는 사실이기에 그의 기분 좋은 태도를 곧이곧대로 누릴 수는 없을 것이다.

마치 무대에서 연기하는 닉닉을 보는 느낌이다. 여전히 긴 머리를 5대5로 가르마를 타서 늘어트렸지만 옆에 줄을 맞춰 땋아 놓았던 머리는 없다. 장식이 가미된 긴 소매 튜닉은 계부가 생일 예배나 장례식을 집전할 때 입는 옷의 고급 버전 같다. 이때까지 닉닉이 민소매 티셔츠나 궁전용 가죽 복장 말고 다른 옷을 걸친 것을 본 적이 없었다. 이런 모습일 때도 악당일지는 기억이 잘 안 나서 모르겠다. 부서진 턱, 내출혈, 유산 등 넬라인이 입었던 부상을 떠올려 본다. 그 모든 일이 여기, 이 장소에서 일어나는데 아무리 루럴스 토박이처럼 보인다 해도 이런 상황을 바꾸지는 못할 것이다. 그래, 닉닉이 넬라인을 죽인 게 아니고, 어쩌면 그녀가 죽은 척해서 몰래 탈출하려고 무지막지하게 얻어맞은 일을 이용했을 뿐일 수도 있다. 그래서 내가 이런 일을 겪는 것일 테고. 22호 지구에서 닉닉은 모두가 짐작할 만큼 완전히 눈이 돌아 나를 학대하고도 남을 만큼 폭력적이었다. 더구나 방어할 힘조차 없게 심한 부상을 입히고, 물을 찾아 헤매는 황무지 낭인이 주워 가도 모르게 버리고 갈 정도로 잔인했다.

"당신은 누구지?"

닉닉이 묻는다. 부드러운 목소리에도 심문을 당한다는 생각을 떨칠 수 없다.

"아무도 아니에요. 나는 누구도 아니라고요."

"'아무도 아닌' 사람 등에 왜 내 이름이 있지?"

"아무것도 아니에요. 장난으로 했던 거예요."

"장난?"

제기랄. 툭하면 화내는 인간이라 내가 자극하지 않으려고 어르고 달래곤 했다는 사실을 까맣게 잊고 있었다. 말을 하자 턱이 욱신거리고 양쪽 귀에서 윙윙거리던 날카로운 소리가 점점 커진다.

"객기였어요. 정말 아무것도 아니에요. 혹시 윙윙거리는 소리가 들리나요?"

"아니. 머리 아픈가?"

"조금요……."

"눈 좀 떠 봐."

"뜬 건데요."

말은 그렇게 하지만 사실이 아니다. 다시 기절했던 게 틀림없다, 아니면 기절 직전까지 갔거나.

닉닉이 내 입에 미지근한 레모네이드 맛이 나는 액체를 대 주어 받아 마신다. 그런 다음 그가 이마에 올려 둔 냉습포를 바꿔 준다.

"좀 더 자. 아직 위험한 상태이니."

"죽이지 말아요."

나도 모르게 그렇게 말하고 만다.

"안 죽여."

닉닉이 같이 농담 따먹기라도 하는 듯 킥킥대며 말한다.

"나는……."

"날 아주 싫어하지. 알고 있어. 이제 좀 쉬어."

***

나를 닉닉에게 데려다준 것도, 그에게서 벗어나게 해 준 것도 바로 목록이었다. 팍스가 비번일 때 업소 부엌에서 처음 읽기를 가르쳐 준 후부터 나는 수천 개의 목록을 만들었다. 엄마가 업소에서 쫓겨났을 때도 나는 그곳을 드나들 수 있었다. 팍스는 분명 내가 그쪽 일에 적합하지 않다는 것을 알아채고 다른 일, 즉 벌이는 좀 적지만 취직하기는 더 쉬운 일에 필요한 자격을 갖춰 주려고 했던 것 같다. 일기장을 보면 내가 델에 대해 아는 모든 것을 엘드리지의 암호로 써 놓은 목록이 있다. 분량은 두 장 반에 달한다. 6년 동안 작성한 것치고는 정말이지 적은 양이다.

엄마가 죽고 나서 엑슬리에게 일해서 먹고살 팔자가 못 된다는 말을 들었을 때 나는 목록을 만들었다. 선택지는 딱 두 가지뿐이었다.

자살.

닉닉.

나는 닉닉의 아지트 인근의 옥상에 숨어서 절대 그의 눈에 들 일 없는 여자들과 늘 그의 관심을 끄는 여자들을 외워 두었다. 닉닉은 상냥한 타입을 좋아하지 않았고 얌전한 타입도 좋아하지 않았다. 하지만 싸울 때 같은 편이었으면 싶은 괄괄한 성격의 타입과도 자지 않았다. 그런 애들은 똘마니로 삼거나 친구로 지내는 게 전부였다. 나는 닉닉이 바라는 그 중간 유형의 여자가 되었다. 이름에 X자를 넣고 그곳 토박이인 척했다. 그리고 그런 노력이 효과를 봤다.

가장 힘들었던 부분은 그렇게 사는 게 싫지 않다는 점이었다. 그 얼마 전 죽은 닉닉의 아버지가 우리 엄마를 가축 다루듯 함부로 대하고 글자도 못 뗀 나한테 뼈가 부러지면 어떤 느낌인지 가르쳐 줬던 경험을 상기하려 애썼다. 엄마에게 마지막 약을 가져다준 이들이 다름 아닌 닉닉의 순찰대원들이라는 사실을 되새겨야 했다. 그런데도 잊어 간다 싶으면 새로운 목록을 만들어서, 닉닉의 사무실로 걸어 들어왔다가 황무지에서 눈을 뜬 채 핏기 없는 상태로 발견된 사람들의 이름을 적었다.

내 지구인 22호에서의 마지막 밤, 닉닉은 나를 익사시키고 있었다. 내 일기를 발견한 순찰대원 하나가 거기에 쓰인 목록을 일러바쳤기 때문이다. 닉닉은 누구의 사주로 그런 기록을 남겼는지 알고 싶어 했다. 장벽으로 둘러싸인 도시 정부들이 상호 불간섭이라는 암묵적인 합의를 깼다고 생각했다. 그동안은 그 합의에 따라 우리는 그 도시들의 선거에 투표하거나 자유롭게 방문할 수 없었고, 그쪽에서도 우리에게 납세를 요구하거나 경찰력을 행사하지 않았다.

닉닉이 누구인지 떠올리고 그를 사랑하지 않기 위해 계속해서 일기를 쓰고 목록을 만들었다는 진실을 내가 말했을 때, 그는…… 감동한 것 같았다. 누군가 그를 사랑하지 않으려 애쓸 줄은 몰랐다는 듯이. 자신이 잘났다는 것보다 내가 하찮아졌다는 사실에 더 감동한 듯했으나, 그래도 나를 진창에 버리기 전에 키스는 해 줬다. 닉은 내가 따라오겠거니 기대하며 돌아갔다. 나도 그날 모래밭에서 죽은 나를 발견하지 않았다면 따라갔을 것이다.

6장

다시 깨어나자 해가 중천에 떠 있고 닉닉이 나의, 아니 우리의, 더 정확히는 그의 침대 발치에 의자를 끌어와 앉아 있다. 잠은 다른 데서 잤을지 모르나 자리 잡은 모양새를 보니 한동안 깰 때까지 기다린 듯하다. 물론 햇빛이 비치고 있으니 꼬박 하루 동안 그런 것은 아닐 테지만.

눈을 뜬 나를 보고 닉닉이 미소 짓는다.

"좋은 소식이 있어. 오늘 아침만 같으면 위기를 넘긴 걸 테니 마음 푹 놔도 되겠어."

목소리에서 진짜 행복해하는 기색이 느껴졌지만 모른 체하고 그가 들고 있는 책으로 시선을 돌린다.

"왜 내 일지를 읽는 척하는 거예요?"

닉닉이 안경(헐, 안경이라고?)을 바로잡고 고개를 갸웃거린다.

"뭐? 사생활을 엿보려던 건 아니야. 댁이 누군지 알아내려던 거지."

"그만둬요."

"그만두라고?"

"읽을 수 있는 척 그만하라고요."

그 말이 딱 걸리는 모양이다. 충격은 받았지만 화난 얼굴은 아니다. 아니, 어쩌면 화가 나긴 했는데 이곳의 닉닉은 분노를 감췄다가 나중에 터트리는 법을 알아서 그럴 수도 있다.

닉닉이 읽을 페이지를 고르려 일기장에 손톱을 밀어 넣는다. 언제나처럼 손톱이 참 길다. 하지만 단검의 끝처럼 날카롭게 다듬지도 않았고 거무죽죽하게 물들이지도 않았다. 그가 일기장을 펴서 읽는다.

"'내가 살았던 이유들: 이유는 모르지만 그런 경우가 여덟 번이나 된다.'"

일어나 앉으려 하자 치료 장비가 경고음을 보낸다. 슬며시 한 손을 빼내 걸쇠를 푼다. 걸쇠의 저항이 별로 없고 움직인 덕에 몸의 마비가 풀리는 것을 보니 처치가 거의 끝난 모양이다. 일어선 나는 일기장으로 손을 뻗는다. 온 삭신이 쑤신다.

"당신은 그거 못 읽어! 암호로 돼 있다고. 그러니 못 읽는다고!"

언제나 그랬듯 닉닉이 나를 쉽게 저지하니 나는 멈춘다. 일기장은 중요하지도 않다. 엘드리지의 암호를 연습할 겸 작성한 또 하나의 목록집에 불과하다. 그 안에 든 비밀이래 봐야 내가 느끼는 공포 정도지 대단한 것도 없다. 하지만 그가 나와 넬라인, 그리고 여러 세계에서 내 얼굴로 사는 여자들에게서 너무나 많은 것을 앗아 갔기에 일기장까지 빼앗기고 싶지 않다. 닉닉의 손을 힘껏 밀어내 다시 일기장에 손을 뻗는다. 그러자 그가 일기장을 떨어트리고 한 손으로 나를 붙잡는데, 손이 얼마나 큰지 내 양 손목을 합친 것만 하다. 움찔한 나는 눈을 감는다. 이빨이나 자유로운 쪽의 손등이 다가오리라 생각하고 무심코 그런 모양이다. 하지만 아무 일도 일어나지 않는다. 몇 번 숨을 고른 후 눈을 뜨니 닉닉이 나를 내려다보고 있다.

"내가 뭘 할 거라 생각한 거지?"

"항상 하던 거."

"아프게 할 생각 따위는 없는데."

사람 좋은 척하는 그 목소리와 넬라인의 두 번 부러진 턱의 이미지가 안 어울린다. 파일을 읽지 않았다면 내 앞에 선 인간이 손에 피 한 방울 묻혀 보지 않은 남자인 줄 알았을 것이다. 분명 이런 유형의 살인자들에 대해 들어 본 적이 있다. 차분하고 차림새가 단정한데 모친과의 갈등으로 정신적으로 문제가 있어서 희생자의 얼굴을 간직하려고 가죽을 벗기는 살인자 말이다. 하지만 그런 자들은 와일리시티에만 있다고 생각하곤 했다. 애시타운 사람들은 확실하게 죽여 버린다. 우리는 그냥 죽인다. 서로 으르렁거리다가 싸우고 복수하고 보복한다. 우리는 공격하기 전에 이런 식으로 깍듯하게 응석을 받아 주지도 눈물을 핥아 주지도 않는다. 어쨌든 시체가 되는 것은 같으니까 도덕적으로 어느 쪽이 더 낫다고 말하려는 게 아니다. 그저 그런 짓을 왜 하는지 이해가 안 갈 뿐이다.

여러 이유로 닉닉을 싫어했지만 거짓말이 그의 죄악이었던 적은 없었다. 닉닉의 적은 자기네가 그의 적임을 늘 알았고, 아군은 항상 자신들의 안전을 의심하지 않는다. 닉닉은 웃지도 않지만 등 뒤에 칼을 꽂지도 않는다. 이런 닉닉의 태도는 전에 본 적 없는 새로운 면인지라, 내가 아는 사람이 아니거나 그와 조금도 닮지 않은 존재일 가능성을 열어 놓는다.

"아니, 당신은 날 아프게 할 거야. 왜냐면 당신이 건드렸다 하면 죄다 아프니까."

예상컨대 닉닉은 분해서 비틀린 미소를 지을 테다. 서서히 내가 미친 것 같은 기분이 들게 하는 그런 웃음을 말이다. 아니면 마침내 가면이 갈라지면서 내가 아는 본모습을 드러내며 격분하는 그를 볼지도 모른다.

하지만 어쩐지 닉닉은 처절해 보인다. 바닥에서 일기장을 주워 들더니 이렇게 말한다.

"그렇지 않아. 여기에 쓰인 건 사실이 아니야. 당신은 날 몰라."

인간이란 참 알 수가 없다, 안 그런가? 그렇게 그를 모른다고 맞장구치고, 횡단할 수 있을 정도로 몸이 회복될 때까지 들키지 않고 있으면 쉬울 것이다. 하지만 등에 새긴 글자들이 화끈거려서 그렇게 안 된다. 그가 나를 부서뜨리려고 했던 것과 똑같은 방식으로 넬라인을 박살 냈다는 사실이 잊히지 않는다. 인간은 알 수 없는 존재이긴 하지만 닉닉은 짐승이다.

"잘 들어, 예르자닉. 내가 당신을 쭉 알고 있어서 말하는 건데, 당신이 저지르지 못할 악행은 없어."

닉닉이 고개를 젓는다. 내 말의 내용을 부정한다기보다 차마 못 들을 말을 들었다는 듯이.

"치료 장비로 돌아가는 게 좋아. 열은 떨어졌지만 부러진 데는 시간이 더 필요하니까."

닉닉이 대답도 기다리지 않고 자리를 뜬다. 내가 이어서 할 말을 도저히 듣기 힘들어서 그러는 것처럼. 아직 자기가 내 일기장을 품에 꼭 껴안고 있는 줄도 모르는 것 같다. 심지어 그가 문을 닫으려는 찰나 내가 손잡이를 계속 잡고 있어서 문이 안 닫히는 것도 알아채지 못한다. 다시 닫아 보려고도 하지 않는다. 그래서 나는 만약을 대비해 걸쇠가 걸리지 않도록 문을 받쳐 닫힌 흉내만 낸 뒤 환자복을 벗고 침대맡 의자 위에 잘 개어진 내 옷으로 갈아입는다. 배낭은 아직 못 찾았지만 그 안에 든 것이라고는 음식과 백업 장치와 비상약이 전부다. 딱 하나 잃은 진짜 소지품은 일기장인데 잊어버리면 그만이다. 조끼에서 목걸이를 꺼내 신호를 확인하지만 이 요새의 벽이 너무 두껍다. 도망치려면 밖으로 나가야 한다.

문을 연다.

귀환을 버틸 만큼 충분히 회복된 게 아니라서 뼈가 다시 몇 개 부러지겠지만 0호 지구에도 치료 장비가 있다. 지금까지 나보다 부상이 덜하고 숨길 게 적은 이들은 궁전 안에서 죽었다. 휘청휘청 계속 벽을 짚으며 건물의 동편으로 나아간다. 정문은 1년 내내 경비가 삼엄하지만 옆문은 항상 잠가 둔 채 순찰만 돌았다. 따라서 순찰 시간만 정확히 피하면 된다.

옆문 출구에 도착했을 즈음에는 꽤 어지럽고 힘이 빠져서 그저 균형 잡는 데 그치지 않고 더 많이 벽에 의지해야 했다. 그러나 가까스로 멈춰 섰다가 사람 그림자를 알아챘다. 무척 짙은 그림자다. 양쪽에서 순찰대원들이 나왔을 때는 이렇게 가까이 온 줄 미처 몰랐다는 게 놀라울 뿐이다.

순찰대원 하나는 앳된 남자애다. 많아 봐야 열두 살밖에 안 돼 보이는데 벌써 첫 번째 표식을 한 모양이다. 귀 뒤에 눈 모양의 문신이 있다. 순찰대만큼 미신을 많이 믿는 집단도 없는데, 이들은 그 표식을 하면 운전하면서 표적을 더 잘 조준할 수 있다고 믿곤 했다. 오랫동안 보지 못했던 문신이다. 그런데 닉닉이 열네 살 이하의 순찰대원들에게는 절대로 표식을 못 하게 했던 걸 떠올리면, 역시 여기는 완전히 새로운 기준으로 굴러가는 세상이란 뜻이다.

나이 차이가 별로 안 날 것 같지만 사수이지 않을까 싶은 동료가 나서서 묻는다.

"일지에 오늘 밤 방문자는 없었는데. 무단 침입한 거야?"

질문에 대처할 수가 없다. 상대의 정체가 믿기지 않아 속삭이듯 되물을 뿐이다.

"마이클이니?"

그 이름으로 부른 것은 잘못이다. 그러나 여기, 내 의붓동생이 보이는 데에는 죄다 표식을 한 모습으로 서 있다.

본명을 듣고 양 주먹을 꽉 쥔 그 애가 말한다.

"십자가님이라고 불러."

루럴스에서 차출한 순찰대원을 달리 어떤 이름으로 부를까?

지난번 함께 했던 저녁 식사를 떠올린다. 마이클은 양손을 붉게 물들이면서까지 그 애답지 않은 사람이 되려고 했다. 물론 그 애답지 않다는 말은 어디까지나 내 생각이지만.

"이 친구는 루럴스 출신이거든."

뒤에서 목소리가 들린다 싶더니 닉닉이 우리 사이로 끼어든다.

그는 손으로 내 팔을 잡아 복도를 다시 내려가도록 부축해 준다. 하지만 마이클이 뒤에서 우리에게 말을 건다.

"집까지 부축하시려고요?"

보통 순찰대원이라면 엄두도 못 낼 이죽거림이 전해진다.

팔을 잡은 닉닉의 손에 힘이 들어가는가 싶더니 그가 허리를 쫙 펴고 몸을 꼿꼿이 세운다. 그리고 아주 천천히 어깨 너머로 바라본다. 가느다래진 눈은 흡사 흙바닥의 움직임을 포착한 육식성 조류와 같다.

마이클이 한발 물러서지만 너무 늦었다.

"네 이름 말이야. 십자가라고 했나?"

무늬만 말이지 반은 협박이라서 실상 질문하는 게 전혀 아니지만, 어쨌든 순찰대원인 마이클이 대답한다.

"예, 각하."

마이클은 나름 '각하'라는 최적의 호칭을 생각해 냈지만 덜덜 떨고 있다. 두려움 못지않게 불확실성이 엄습하기 때문이다. 마이클은 앞에 있는 남자가 어떤 짓까지 할 수 있는지 모른다. 하지만 나는 안다. 그래서 팔을 비틀어 그의 손아귀에서 빠져나온다. 벽을 믿는 편이 더 낫다.

내 팔이 빠져나오자 마이클을 보고 있던 닉닉이 고개를 홱 돌린다. 순간 분노로 불타던 그가 제정신으로 돌아온다.

"십자가님, 좋은 밤 보내시게."

닉닉은 말을 마친 뒤 다시 나를 복도로 안내한다. 이번에는 팔을 잡지 않는다.

그와 함께 궁전 안을 걷노라니 수도 없이 그렇게 한 것 같은 이상한 기시감이 든다. 하지만 한 번도 그런 적이 없었고 앞으로도 절대 그럴 생각이 없다. 방에 도착하고 나서도 나는 먼저 치료 장비 쪽으로 가는 척 연기하지 않는다. 짧은 외출 덕분에 꿰맨 부위가 얼마나 아물지 않았는지 실감할 수밖에 없었다. 이제는 숨을 쉴 때마다 무지근하게 아프기까지 하니 다른 세계에 간다 한들 살아남으리라는 보장도 없다. 치료 장비에서 하루 더 누워 있어야 한다. 내일이면 델과 연락할 수 있다. 욕실로 들어가 다시 환자복으로 갈아입고 벗은 옷을 품에 꼭 껴안는다.

닉닉은 침대 옆 의자에 앉아 다시 일기를 읽고 있다. 나는 카라멘타와 달리 내 삶을 모조리 기록해 두지 않는다. 그가 아직까지 읽을 만큼 많은 내용을 쓴 적도 없다. 그러니 천천히 읽는 중이거나, 아니면 이번이 처음인 게 아닐 터이다. 닉닉은 아직도 첫 대목을 정독하고 있다. 자기 이야기를 읽고 또 읽고 있다. 그러다가 짬을 내어 나를 건너다본다. 그가 일기장에서 휙 눈을 들어 나를 쳐다볼 때마다 도망치고 싶다. 새가슴인 나와 달리 그는 무시무시한 이빨 덕에 속임수 따위 필요 없는 호랑이의 눈을 하고 있다.

하지만 복도에서 목격한 괴물은 내가 아는 괴물과 달랐다. 분노한 그는 자신이 어떤 사람인지 알다 못해 그런 모습을 내보인 것을 후회하는 듯했다. 마치 거울을 본 괴물 같았다. 그에게는 내 일기장이 자신을 들여다보는 또 다른 거울인 게 틀림없다.

"아까 그 애한테 어떻게 하려던 거였어?"

"순찰대원을 애라고 부르지 않는 게 좋아."

닉닉이 일기장을 들어 올려 보이며 이어 말한다.

"예전에도 그랬더군."

"그래 봐야 겨우 열여덟 살이잖아. 그럼 애라고. 당신은 나이로나 덩치로나 그 애의 두 배라고."

왜 내가 그의 잘못을 바로잡아 줄 수 있을 듯이 느껴질까? 전에는 엄두도 못 냈던 일이다. 나는 결코 폭력적인 애인을 바꿔 놓을 수 있다고 생각하는 부류의 여자가 아니었다. 그저, 그런 인간한테서도 살아남을 수 있다고 믿었을 뿐이다. 넬라인 또한 분명 그렇게 믿었을 것이다. 그러니 그녀는 틀림없이 살아남았을 게 분명하다. 안 그랬다면 내 몸 구석구석이 다시 원 상태로 돌아오는 데 따르는 저항에 이렇게 떨릴 일도 없겠지.

닉닉이 내 첫 질문에 답한다.

"나도 내가 절대 그 친구를 해치지 않을 거라고 믿고 싶군."

"하지만 당신 부하들이 나대는 건 싫잖아?"

닉닉이 고개를 비스듬히 기울인 채 나를 쳐다본다.

"반역에 민감하군."

나는 치료 장비로 걸어가서 덮개를 들어 올린다. 그가 옆으로 와서 내가 쉽게 침대에 들어가도록 도와준다.

"반역은 그런 뜻이 아니야."

내 말이 끝나자 기계가 아주 큰 소리를 내며 돌아가기 시작한다.

닉닉은 주 장치에 달린 모니터로 내 활력 징후를 확인하고 있다.

"응?"

"'반역'이란 말. 맞지 않는 표현이라고. 읽는 법을 누가 가르쳐 줬는지 모르지만 몇 가지 단어를 혼동했나 봐."

"그놈들 보고 내 부하라며. 대장이 죽거나 쫓겨나길 바라는 게 반역이 아니면 뭐야? 내가 통치자라면 당신도 그럴 거 아냐."

더운 방인데도 주변의 공기가 갑자기 서늘해지면서 치료 장비가 믿을 수 없을 정도로 나를 옥죄는 기분이 든다.

"그게 아니라……."

나는 깨달았어야 했다. 이곳의 그는 땋은 머리를 하고 있지 않다. 내가 망쳤다. 겁쟁이처럼 황제에 대한 정보를 애써 피하다가 이제 닉닉이 쳐 놓은 것보다 훨씬 심한 덫에 걸리고 만다.

"여기서 그자가 죽지 않았다는 거군. 피의 황제가 아직 살아 있어? 당신 아버지가 아직 살아 있느냐고?"

치료 장비에서 한쪽 팔을 빼낸 나는 덮개를 열려고 정지 버튼을 누르기 시작한다. 아니 적어도 내가 제대로 버튼을 누르고만 있다면 좋겠다. 어쩌면 그냥 장비를 치고 있는지도 모르겠다.

"날 좀 보내 줘. 지금 가야 해."

나는 심호흡을 하며 사내 심리상담사가 가르쳐 준 대로 마음을 비우려 해 보지만 어떻게 해도 어릴 때 봤던 장면들이 불쑥불쑥 떠오르는 걸 막지는 못한다. 경고를 보내기 위해 창가에 머리를 진열해 놓았던 곳. 혀가 아닌 머리를 진열한 이유는 살아남은 가족들의 집 문에 못으로 혀를 박아 내걸었기 때문이다. 순찰대원들이 집에서 만든 흉물로 길거리에서 사람들을 곤죽으로 만들어 이름을 떨쳤던 곳. 순찰대에게 그런 만행은 게임과 같았다. 그들은 자기 집 문에 득점 표지를 붙여 놓고 점수를 기록했다. 수많은 나 중에서 살아남은 경우가 그렇게 적은 또 다른 이유는 내가 날랜 아이가 아니었기 때문이다.

닉닉이 내 손을 그러잡을 무렵에야 그때까지 치료 장비를 계속 두들기고 있었다는 걸 깨닫는다.

"괜찮아."

"안 괜찮아. 당신 아버지가……."

"죽었어. 내가 여섯 살 때."

그 말에 그렇게 호흡 연습을 해도 가라앉지 않던 마음이 진정된다. 닉닉도 그걸 느꼈는지 손을 놔준다.

"당신 망상 속에서 그 양반이 죽었을 때, 나는 몇 살이었지?"

"내 뭐라고?"

"일기에서 당신은 나를 안다고 생각해. 전혀 있지도 않았던 일들을 꼼꼼하게 설명해 두었고."

"맞아, 나는 지랄 발광하는 황야의 미친년일 뿐이야. 너무 오랫동안 나쁜 물을 마시고 살아서 그래. 그러니까 다 나으면 놔줘. 우린 이런 일이 있었다는 것도 까맣게 잊어버릴 거야."

"왜 등에 내 이름이 새겨져 있지? 그 암호는 어떻게 배웠고?"

"내가 지어낸 거야."

나는 첫 번째 질문을 못 들은 체하고 이렇게 답한다.

"거짓말에 서툴군."

"그러는 당신한테는 누가 암호를 가르쳐 줬는데?"

"나한테 읽는 법을 가르쳐 준 사람. 우리 형. 덕분에 자라면서 교육을 못 받지는 않았지."

"……형이라고?"

"형을 알아? 일기에는 안 나오던데."

"알아. 신동이었다지. 엄청 똑똑했다며, 아니야?"

똑똑하고 호기심이 많으며 아기 새처럼 연약했던 사람. 그래서 닉닉의 부친은 큰아들을 열네 살 때 죽여 버렸다.

"근데 죽었잖아."

내 말에 그가 곧바로 대꾸한다.

"또 반역하시네."

***

내 고향 지구를 떠올려 봐도 사연은 늘 같다. 아마 닉닉이 통치하는 모든 지구가 그렇지 않을까. 다들 더는 살해된 형의 이야기를 하지 않았다. 마치 전혀 존재하지도 않았던 사람처럼 각종 기록에서도 빠져 버렸다. 그나마 나를 사랑하고 형을 애도한 동생 덕분에 그 사람의 이름이 '첫째 아이'라는 뜻의 아드라닉이라는 것을 알게 됐을 뿐이다. 아드라닉은 똑똑했다. 지나치게 똑똑했다. 숫자와 별을 이해했으나 자신의 아버지를 기쁘게 하는 법은 알지 못했다. 어릴 때 병에 걸린 후 완전히 회복하지 못했는데, 허약한 몸보다 훨씬 더 큰 문제는 여린 마음이었다. 아버지가 사냥에 데려갈 때나 순찰대원들이 떼로 몰려다닐 때면 울음을 터트리곤 했다. 그러다가 아드라닉이 일곱 살이 되었을 때 닉닉이 태어났다. 어머니는 둘째 아들에게 '행복'이라는 뜻의 예르자닉이라는 이름을 지어 주었다. 공염

불이나 다름없었다. 그녀는 분명 두 아들 중 한 명에게는 행복이 예정되어 있지 않음을 알고 있었을 테니까.

닉닉은 다섯 살 무렵부터 이미 황무지에서 제일 큰 아이였고, 어릴 때부터 아버지의 부하들과 함께 오지로 사냥을 다녔다. 사람이 거의 살지 않는 오지의 동물들은 대다수 황무지 주민에게는 너무 유독한 식물과 물을 섭취하여 살이 통통하게 올라 있었다. 그런데 황제의 둘째 아들은 느리고 굼뜨다는 이유로 먹잇감을 무시하는 대신 포식동물에게 작살을 찔러 아버지를 따르는 가장 질 나쁜 군인들을 신나게 했다. 천성적으로 잔인한 인간인지, 아니면 그저 순종적일 뿐인지는 알 길이 없다.

황제의 수하들은 아드라닉이 갑자기 고질병이 재발하여 자기 방에서 자다가 고통 없이 죽었다고 증언했다. 그 방에 있던 자들이 하나같이 그렇게 입을 모았으니 믿지 않을 도리도 없다. 하지만 나를 키워 준 이들이 고객들에게서 듣고 퍼트린 실상에 따르면, 소년은 검은 늪으로 끌려가 목이 베인 채 늪 속에 처박혔다.

늪지에서는 시체가 썩지 않는다고들 한다. 검은 이끼로 된 무덤에서 완벽하게 보존된다나 뭐라나. 누군가 그토록 과격한 순찰대원이자 약탈자 무리에 맞선 용감한 사람이 있었다면, 그 사람은 우수한 두뇌와 더할 나위 없이 평온한 얼굴을 지닌 어린 모습 그대로 소년을 발견했을까? 나는 그게 늘 궁금했다.

닉닉과 사귀면서 그가 다른 사람들은 다들 뭘 하는지 알까 궁금할 때가 많았다. 또한 부친이 죽은 후에도 형이 살해됐다는 사실을 여전히 모르고 있는지도 궁금했다.

한참이 지나고 이제 안전하다 싶을 때쯤에야 비로소 나는 이름 쓰는 법만 가르쳐 주고 떠난 죽은 형의 이야기를 할 수 있었다. 형에 대해 물었을 때 닉닉은 곧장 대답하지 않고 어떤 이야기를 들려줬다. 자신의 할아버지와 일행이 바다 건너에서 왔다는 이야기였다. 작지만 자원이 풍부한 곳이었던 할아버지의 나라는 어느 날 대국이 쳐들어오면서 피바다가 되었다. 하지만 그게 끝이 아니었다. 이후에도 무고한 백성들의 피로 칼과 낫이 마를 날이 없는데도, 침략자들은 아무 짓도 하지 않았다고 발뺌했다. 대학살을 거론하면 언제 그런 일이 있었냐며 부인했는데, 누구도 거기에 반박할 만큼 용감하지 않았다. 닉 시니어는 그런 게 진정한 힘이라고 말했다. 단순히 사람을 죽이는 것이 아니라, 가족이 보는 앞에서 가장을 죽이고도 남은 가족에게서 그 사실을 부인하는 말을 받아 낼 수 있는 것이라고.

닉닉에게 부친의 말이 맞는지, 그런 게 진정한 힘인지 물었다.

그는 아니라고 말했다. 그런 것은 그저 피의 마력에 불과하다고 했다.

***

닉닉이 치료 장비를 쓸 수 있게 설정해 놓은 터라 그가 방에서 나가는 즉시 그 안에 들어갈 작정이었지만 좀처럼 자리를 뜰 기미가 없다. 여전히 튜닉과 안경을 착용한 채 침대맡 의자에 앉아 있는 모습은 어느 모로 보나 사냥꾼이 아닌 성자 같았다. 얼른 방 밖으로 쫓아내야 했다. 가면이 방전되면서 경고 진동이 울리고 있었다. 그러나 생각만큼 불안하지 않았다. 마음 한편에서 이 세계의 닉닉이 나를 끝까지 보살펴 주고 해치지 않는다면, 치료를 받아도 통증만 둔해졌을 뿐 다시 맞춰지지 않았던 내 안의 부서진 조각들까지 전부 나으리란 기대가 움튼다. 다른 한편으로 만약 그를 잘못 판단한 것이라면 얼마나 더 박살 나야 할까 두려움도 밀려온다.

"나한테 이야기책이라도 읽어 줄 거야?"

"당신이 얘기해 주면 더 좋겠지."

"시시하고 한심한 내용은 별로잖아. 우리 쪽 이야기는 죄다 악어한테 잡아먹히는 걸로 끝난다고."

"중요한 이야기로군. 오지 출신은 아니란 말이네?"

제기랄. 나는 가면이 이미 사라진 것처럼 굴고 있다.

"원래는 아니야. 하여간 무슨 얘기를 듣고 싶은 건데?"

"당신 망상 속에서 우리 아버지가 죽었을 때 내가 몇 살이었어?"

"세계인데. 그냥…… 나는 당신이 사는 데와 다른 세계, 그러니까 대부분 같은데 약간 다른 세계에서 왔다고 생각해 줘."

"그래서 몇 살이었다고?"

마치 그 질문의 답이 자신의 생명줄이라도 되는 것처럼 물어보기에 시간을 끌어 봤지만 도통 이유를 모르겠다.

"왜 그때 나이가 여기서와 다르다고 생각하는데?"

"여기서는 내가 여섯 살 때 아버지가 죽었는데, 그 양반이 통치하는 걸 직접 본 것처럼 두려워하길래. 나보다 여섯 살은 어려 보이는데 말이지."

그 순간 나는 아무한테 들키지 않더라도 횡단자 수칙을 어긴 죄로 잘릴 수 있는지 생각해 본다.

"그쪽 나이는 모르고. 나는 열네 살이었어. 누군가가 책상에 앉아 있던 그 인간의 멱을 땄지."

역대 최고의 생일날 같았던 그날이 떠오른다. 닉 시니어가 죽고 순찰대원들이 내 알리바이를 확인하기 위해 우리 동네에 나타났을 때 뛸 듯이 기뻤다. 누군가 그의 집무실에서 도망치는 소녀를 봤다지만 수색은 헛수고였다. 내가 그를 죽이지는 않았지만, 어린 여자애가 닉 시니어 같은 남자와 단둘이 있었다고? 진작 알았다면 잘 벼린 칼을 직접 건네줬을 것이다.

"지금 몇 살이지?"

"스물여섯. 계산은 직접 해 보셔."

"그리고 내가 아버지의 자리에 앉았다?"

"응, 아드라는 이미 죽었으니까. 그쪽 형은 그쪽이……."

일곱 살 때 죽었다.

서서히 기억이 난다. 다른 세계들에서 아드라닉은 닉닉이 여섯 살 때 죽었다. 여기서 닉닉이 여섯 살이었을 때 죽은 사람은 바로 아버지였다. 하지만 성인 남자와 10대 소년이 사막으로 향했던 사건은 분명 모든 세계에서 일어났으리라 장담할 수 있다.

"왜 알고 싶은 건데?"

"왜 대답을 피하는 건데?"

"사실대로 말하면 그쪽이 날 죽일까 봐."

"안 죽여."

떨리는 목소리로 그렇게 선언하듯 말하니 쉽게 믿음이 간다. 뭔가 느낌이 다르면서도 절대 못 죽여보다 훨씬 더 진실하게 들린다.

"그쪽이 여섯 살 때였어."

"여기서 아버지가 돌아가셨을 때 나이와 같군……. 당신 세계에서는 우리 형이 어떻게 죽었지?"

"이미 아는 거 같은데. 이쪽 세계에서는 당신 형이 아버지를 죽였다는 걸 이미 알잖아. 묻고 싶은 게 이거 아니야? 내가 있던 대부분의 세계에서는 당신 아버지가 당신이 여섯 살 때 형을 죽였어. 이쪽 세계에서는…… 아드라가 주도권을 쥐었던 게 틀림없어."

닉닉이 일어서지만 내게 다가오지는 않는다.

"말끝마다 반역이군."

"날 감옥에 가두지 않는댔잖아."

"아니, 그런 말 안 했는데."

"그럴 거라는 암시를 줬잖아."

"당신이 발견됐을 때 입었던 부상 말이야, 내 이름을 새긴 거 때문에 누군가한테 맞았던 거야? 그 사람이 형이었어?"

그렇게 묻는 목소리에 미처 억누르지 못한 분노가 들끓는다. 그와 같이 맹렬한 보호 심리가 어디서 비롯되는지 모르겠지만, 내가 겁먹어야 마땅한 것 같은데 겁이 안 난다.

"그게 그러니까…… 계산 착오로 엉뚱한 데에 착륙했거든."

내 말이 재밌는 모양이다.

"이런 일 자주 하나 봐?"

"마법이라고나 할까."

"세계를 오가는 게?"

나는 마른침을 삼키고 말한다.

"죽는 게."

아니나 다를까 이렇게 대답하자 여남은 개의 새로운 질문이 꼬리를 문다. 주로 내가 대답한다. 나는 내 신상이나 파견지에 대해 의도한 것보다 더 많은 내용을 말해 준다. 지금껏 누군가와 이렇게 대화를 나눠 본 적이 없음을 너무 늦게야 깨닫는다. 세계를 오가는 일을 내 가족처럼 죄악으로 생각하지 않고 장과 델처럼 그저 일로 여기지도 않는 누군가와 이런 이야기를 나눠 본 적이 없다. 그와 이야기를 나누는 게 좋으면서도 내가 그렇게 느끼는 게 싫다.

홀로 외롭게 지내다가 누군가의 전적인 관심처럼 단순한 은혜를 입고 마음이 따뜻해지는 게 몇 년 만인가. 와일리시티가 나를 마음 약한 사람으로 만든 것 같지만 항상 이랬다. 나의 닉닉조차도 자신이 원할 때 정확히 어떻게 하면 내가 나를 특별한 존재로 느끼는지 알고 있었다. 마찬가지로 나를 하찮은 존재처럼 생각하게 하는 방법도 잘 알고 있었다. 그래서 나는 진짜 비를 맞을 기회는 영영 없다는 것을 알기에 이슬을 머금는 데 만족하는 식물처럼, 그런 오염된 애정이라도 한껏 즐겼다.

"등에 왜 내 이름이 새겨졌는지 아직 말 안 해 줬는데."

"그쪽 이름 아니야."

"맞아. 또 다른 나지."

"이제 알아듣는 거야?"

"그래서 나는 당신한테 뭐였는데?"

닉닉은 지금의 내가 원래의 나라고 생각한다. 그래서 정말 오랜만에 거짓말을 하지 않고도 역대 가장 긴 대화를 이어 가고 있다.

"착륙할 만한 따뜻한 곳."

"그게 다야?"

"평생 따뜻한 곳에만 있었던 사람처럼 말하네. 그게 얼마나 큰 복인지 알아야 해."

"여전히 나를 아는 듯이 말하네. 난 당신이 아는 내가 아니야. 난 절대…… 그런 식으로 누군가를 다치게 하지 않았어."

하지만 닉닉의 말은 진실이 아니라 그가 그렇게 믿고 싶다는 것처럼 들린다.

"하나 물어봐도 될까?

닉닉이 고개를 끄덕이기에 나는 이어서 묻는다.

"다른 사람 턱을 부러트린 적 있어?"

그가 움찔한다. 그리고 한 치의 주저함도 없이 말한다.

"아니."

이제 가면의 진동이 안정되게 초읽기에 들어간다. 사실 가면이 저절로 사라지게 내버려 두고 내 의도로 그런 게 아닌 척할 수도 있다. 그러면 계속해서 그를 속일 생각이었다는 뜻을 표명하는 것이다. 그런데 나 스스로 먼저 벗어 던지면 내게 온갖 흉터를 남긴 괴물 같은 남자에게 선물을 주는 셈이다. 생각을 뒤집어 보자 궁금해진다. 그간 얼마나 오랫동안 가장 많이 다친 자아가 내 모든 결정을 주도하게 해 왔을까?

손을 위로 뻗어 가면의 가장자리를 눌러 벗겨 낸다.

곧 잘못 생각했다는 것을 깨닫는다. 진짜 얼굴을 본 순간 나를 알아본 닉이 눈을 빛낸다.

닉닉이 달려들자 나는 비명을 지르고 만다.

***

"가라고 했잖아. 돌아오지 말았어야지. 당신을 찾아낼 거라고."

잔소리에 놀라서 나는 눈을 깜박거리며 닉닉을 쳐다본다.

"정말 돌아올 셈이야? 당신을 죽일 텐데. 형은 당신을 진짜 죽이려 했다고."

닉닉은 당혹스러우면서도 지쳐 보인다.

"다시는 당신을 그런 꼴로 발견하고 싶지 않아."

우리는 서로에게 시선을 고정한다. 나는 그를 이해하지 못해서, 그는 왜 내가 자기를 이해하지 못하는지 납득이 안 가서.

닉닉이 눈썹을 찌푸린다.

"넬라인?"

그가 마침내 나를 제대로 쳐다보며 말한다.

"얼굴은 대체 왜 그래?"

"내 말을 안 들었군. 난 넬라인이 아니라니까."

나는 그를 밀어낸 뒤 구석에 있는 키 큰 거울로 다가간다.

"얼굴이 뭐가 어때서?"

처음 거울을 본 순간 다시 비명을 지를 뻔한다. 횡단을 하면 호랑이 줄무늬처럼 멍이 들기 때문에 전에도 그런 자국이 있곤 했지만,

이렇게 생긴 적은 한 번도 없었다. 검은 내 피부보다 훨씬 색이 짙은 줄무늬가 양쪽 눈 아래부터 시작해 맨눈으로 볼 수 있는 부위까지 길게 이어져 있다. 셔츠를 들어 올려 보니 몸통 전체에 나 있다. 이어 바지통을 끌어올리니 같은 줄무늬가 보인다. 이전에도 늘 사라졌으니 시간이 지나면서 옅어질 수도 있겠으나 치료 장비 속에서도 지워지지 않았다는 게 이상했다. 영구적인 것인가 싶어 뺨을 따라 나 있는 줄무늬를 눌러 보지만 통증은 전혀 없다. 보통은 멍처럼 남는데 이번 무늬는 흉터 같다.

닉닉이 내 팔을 만지자 온몸이 긴장한다. 거울에서 돌아서서 내가 묻는다.

"그쪽 형이 그런 거 맞지? 아드라닉이 넬라인을 다치게 한 거지?"

"넬라인은…… 형의 여자였어."

그가 여전히 나를 요리조리 살펴보면서 말을 잇는다.

"당신, 정말 같은 사람이 아니야?"

내가 고개를 저으며 대답한다.

"나를 해친 사람은 절대 아드라닉이 아니었어."

"형이 거기 없었을 때는…… 그 사람이 나였겠네?"

그가 자기 형이 없는 세계에서 우리가 같이 있는지를 묻는 것인지, 아니면 형이 없는 세계에서 자신이 나를 다치게 하는 장본인인지를 묻는 것인지 모르겠다. 어느 쪽이든 대답은 같다. 고개를 끄덕이면서도 그런 대답을 하게 돼서 속이 상한다.

다시는 당신을 그런 꼴로 발견하고 싶지 않아. 이 말을 할 때 그는 정말 괴로워 보였다. 은야메는 이런 식으로 닉닉을 벌주어서 그가 다른 모든 세계에 끼치는 피해를 똑똑히 보고 복구할 수밖에 없게 하는 게 아닐까?

“여기 있으면 안 돼. 형은 넬라인이 죽었다고 생각해서 더 상태가 안 좋아졌단 말이야. 자길 속인 대가로 피를 바랄 거라고.”

“이미 오늘 한번 떠나려고 해 봤어. 멋지게 성공하지는 못했지.”

“새벽이 더 안전할 거야. 아침 당직을 서는 믿을 만한 순찰대원이 있지만 오후에는 국경을 순찰하러 나가.”

닉닉이 등 뒤로 팔짱을 끼며 이어 말한다.

“동틀 녘에 내가 밖으로 데려다줄 수 있는데.”

내가 고개를 끄덕이자 그가 문으로 걸어간다. 곧 문지방에 선 그가 주저하며 말한다.

“떠날 때 흔적 남기지 마.”

“절대 안 남겨.”

나는 발자국을 남기는 것 말고는 존재감을 지우는 데 놀라울 정도로 뛰어나다. 평생 단 한 번도 실수해 본 적이 없다. 다른 세계의 온갖 곳에서 흔적을 수집해 왔지만, 타인에게는 절대 흔적을 남기지 않았다. 닉닉이 나간 뒤 문을 닫으면서 생각한다. 얼마나 더 있어야 그가 유령보다 덜 무서워질까?

***

툭하면 사냥감 취급을 받는 데에도 약간의 장점은 있다. 예컨대 감시당하는 것 이상으로 남들을 감시하는 촉이 발달한다는 점이다.

또 갑작스럽게 안전망이 사라져도 크게 혼란에 빠지지 않는다. 하지만 수시로 사냥당하는 존재가 됐을 때의 가장 중요한 이점은 언제 그 일이 일어나는지 늘 알고 있다는 점이다.

그래서 자정이 지나 방에 남자들이 들이닥쳤을 무렵, 나는 의자에 앉아 그들을 마주 보고 있었다. 기계에서 예정한 만큼 치료되었다고 알려 주는 삐 소리가 난 후 30분 정도 지났을 때 사람들이 모여드는 발소리가 들리기에 잠시 탈출할까 생각했더랬다. 하지만 복도 양 끝에서 모여드는 부츠 소리를 듣자니, 덫으로 걸어 들어가서 놈들을 흡족하게 할 바에야 차라리 질질 끌려가는 게 낫겠다 싶었다. 결국 내 인내심이 오래 버티었는지 순찰대원 네 명이 방으로 들어왔다.

"무슨 일이죠?"

나는 구석으로 날 몰아넣은 군인들이 아니라 거실로 찾아든 방문객을 상대하는 양 묻는다.

마이클과 전에 본 남자애도 있었지만 말하는 이가 상관인 게 틀림없다. 두 소년 모두 가면을 벗은 나를 보고 놀란 얼굴이지만 아무 말도 못 한다.

"황제께서 동생분의 손님이 계시다는 소식을 듣고 만나길 원하십니다."

"재밌겠네요."

나는 선 채로 말한다. 선택권이 없을 때는 놀라울 만큼 고분고분해질 수 있다.

그들은 예상과 다른 데로 나를 데려간다. 나의 닉닉은 궁전 오른편에 집무실이 있었다. 부친이 쓰던 집무실은 왼편에 있었지만 아버지와의 추억을 워낙 소중히 여긴 닉닉이 그곳으로 들어가지 않았다. 대신 거기를 응접실로 만들어 아버지와 친분이 있던 이들을 접견하곤 했다. 아드라닉은 그런 정서를 그다지 좋아하지 않는 모양이다. 소문대로 그렇게 똑똑한 사람이라면 그러는 게 당연하다 싶다.

심호흡을 해도 별 도움이 안 될 테지만 집무실이 가까워지자 어쨌든 숨을 깊게 내쉬어 본다. 안내받아 들어가는 쌍여닫이문을 보니 오직 닉 시니어만이 드나들던 문이라는 게 기억났지만 애써 아무렇지 않은 척한다. 설마 그때보다 나쁠까. 닉 시니어보다 나쁜 사람이 있을 리 없다.

그런데 내 생각이 틀렸다.

나는 식물이 말라 죽고, 사람들에게 피부색이 없고, 태양이 너무 빨리 지는 세계들에 가 봤다. 그동안 불가능한 일들을 목격했지만 이와 같이 불가능한 광경은 처음 본다. 순찰대원들이 문을 열자 남자가 보인다. 닉 시니어가 피를 흘리며 죽은 바로 그 의자 앞 책상 맡에, 차원 간 횡단의 선구자이자 엘드리지 연구소 소장인 애덤 보슈가 앉아 있다.

언제나 멋지고 내게 친절했던 사람이 이에 오닉스를 씌우고 머리 한쪽은 줄줄이 땋은 모습으로 그곳에 있다. 보는 순간 대표님이라는 호칭과 집무실로 들어와서 죄송하다는 말이 튀어나올 것 같다.

암호. 당연히 암호를 생각해야 했다. 나와 닉닉이 어떻게 공통적으로 그걸 아는지 자문해 봤다면 이런 상황을 예상했겠지. 하지만 그러지 않았기에, 덜컥 겁에 질린 나는 뒷걸음질 친다. 윗입술에 솟아난 땀을 핥는데 엄마가 흙바닥에 누워 있을 때가 생각났다. 곧 죽을 것 같은 기분이다. 가면을 벗으면서 닉닉의 얼굴에서 보리라 예상했던 충격과 당혹감과 분노가 지금 그의 형에게서 고스란히 나타나기 때문이다. 애덤이든 아드라닉이든, 이 지구의 나를 죽였던 사람이다. 아니, 죽이려고 했던 사람이랄까. 나는 알았어야 했다. 닉닉 말고도 그의 아버지처럼 살생을 저지를 사람이 또 있다는 것을.

황제가 물러선다. 처음에는 내가 부활했거나 쌍둥이라서가 아니라 유령인 줄 알고 겁먹은 표정이었다. 하지만 곧 그 얼굴에 분노가 일면서 내 기억 속의 닉 시니어처럼 윗입술을 삐죽인다. 이럴 리 없다. 있을 수 없는 일이다. 내가 아는 애덤은……. 하지만 그렇다고 내가 다른 사람을 알았을 리도 없다. 이래서 누구도 존경해서는 안 되는 것이다.

그런 교훈을 얻기에는 너무 늦어 버렸다.

"저 여자라는 말은 왜 안 했지?"

"전에는 저렇게 생기지 않았습니다."

황제의 질문에 어린 순찰대원이 답한다. 내 의붓동생을 변호해 주려고 나선 거지만 항변이라기에는 지나치게 굽신거린다. 그런 일에 적합한 아이가 아니었다.

마이클과 남자애가 날 못 알아본 죄로 어떤 처벌을 받을지는 끝내 못 볼 것이다. 애덤이 다른 두 순찰대원에게 나를 지하 감옥으로 끌고 가라고 명령하니 말이다. 내 몸의 가장 굵은 뼈만큼 큼지막한 손가락들에 우악스럽게 팔을 붙들려서 끌려 나가는 순간, 나는 진저리 치며 버틸 생각조차 들지 않는다.

7장

지하 감옥에 갇힌 탓에 사라진 시간이 더 늘어났으니 슬슬 델도 나를 보고 싶어 하지 않을까 싶다. 그런데 그렇다 해도 정말로 날 걱정하기에는 너무 이른 감이 있다. 전에도 내가 확인 보고를 빼먹은 적이 있으니, 내일까지 뭔가 잘못됐다는 생각은 하지 않을 것이다. 아마도 장을 찾아가겠지만 그는 이 지역에서 나의 이력이 어땠는지를 델에게 말해 주겠지. 68호에서 한 번, 214호에서 한 번 그리고 다른 지구에서 그랬던 것처럼 그저 호기심에 못 이겨 연락이 두절된 것이라고……. 내가 만약 믿을 만한 직원이었다면 회사에서 기동대를 출동시켰을지도 모른다.

혹은 그러지 않았을 수도 있고.

이제 '피의 황제'의 아들이 연구소를 운영하고 있다는 사실을 안 이상, 지금까지 엘드리지에 관해 알던 것들은 전부 왜곡된다. 언제나 닉 시니어가 장남을 죽였다고 믿었지만, 듣자 하니 그런 짓을 하기에는 자아도취에 너무 푹 빠진 인물이었던 것 같다. 닉 시니어는 차남이 자신의 자리를 물려받길 원하긴 했으나 장남을 그저 멀리서 교육받도록 하는 데 그친 게 틀림없다. 그래서 보슈가 0호 지구에 있는 것일 것이다. 아마 여기에서도 닉 시니어는 자기 아들을 추방하려 했겠지만 이곳의 아드라닉이 그를 먼저 죽였던 모양이다.

애덤 보슈가 군 지도자라는 사실보다 내 전 남친의 형이라는 사실이 더 받아들이기 어렵다. 그래서 이미 아는 사실들을 뒤집어엎어 그 속에 담긴 신랄함을 없애기라도 하듯 생각을 이리저리 굴려본다. 하지만 효과가 없다. 여전히 불가능한 상황 같다. 마음속으로 외모를 비교해 가면서 보슈와 아드라닉을 생각해 보지만, 대표의 얼굴에서 몇 년 동안 동거했던 남자와 비슷한 점을 전혀 찾아볼 수 없다. 닉 시니어조차 접점이 없어 보인다. 하지만 황후를 생각하면…… 맞다, 그의 얼굴이 있다. 보슈는 모친을 닮았다.

이런 생각에 몰두하는 건 내가 걸린 덫에 집중하는 데 방해될 뿐이다. 황제가 궁전 부지로 선택한 언덕의 지면이 너무 단단하기에 '지하 감옥'이라 해도 실제로 땅밑에 있지는 않지만 여전히 그렇게 느껴진다. 벽은 콘크리트로, 문은 철제로 되어 있다. 도톰한 정사각형 타일로 뒤덮인 천장은 소리가 위층으로 전달되는 것을 막아 준다. 닉 시니어가 섬세한 아내의 원성에 못 이긴 탓에 이런 천장이 탄생한 것이다. 어렸을 때 나는 황후를 아름답지만 끔찍한 인간이라고 생각했다. 괴물 옆에서 서고 자면서도 베개로 그의 얼굴을 짓누르는 법이 없다는 이유로. 10대가 되었을 때는 그녀를 이해한다고 생각했다. 그렇게 사는 게 좋지는 않지만, 힘들게 살아갈 배짱이 없는 아리따운 여자가 애시타운에서 지낼 수 있는 유일한 방법을 확보했다고 봤기 때문이다. 그러나 더 나이를 먹자 다시 이해가 가지 않았다. 막상 닉닉과 사귀게 되자, 황후가 남편이 벌인 학살을 전혀 개의치 않았을까 궁금해지기 시작했다. 닉 시니어는 다른 모든 사람에게는 불지옥을 선사했지만 황후만큼은 사랑했더랬다. 정말이지 매일 상대가 괴물임을 깨달으면서도 황후는 그런 사람을 사랑할 수 있을까 싶었다.

그런 생각을 하며 천장을 올려다보고 있는데 발소리가 들린다. 어떻게 그 사람의 발소리는 고층의 엘드리지 연구소 복도에서나 황무지의 지하 감옥에서나 똑같이 들릴까?

자리에서 일어서는데 뒤에서 '그' 목소리가 들린다. 조용하지만 힘이 넘쳐 속삭임이라고 부를 수 없는 목소리.

"일어서지 마. 그 남자가 들어올 때 앉아 있지 않으면 힘으로 누르려 할 테니까."

뒤를 돌아보지만 나와 벽밖에 없다. 손을 들어 벽을 짚어 본다. 콘크리트 블록을 단단하게 쌓아 만든 것 같지만 회반죽이 우수수 밀려 떨어지면서 반대편에서 흘러나오는 공기가 느껴진다. 손바닥을 입 높이까지 가져가자 침입자의 따듯한 숨이 전해진다. 그러니 유령은 아니다.

물어보고 싶은 말이 넘쳐나지만 좋은 충고를 놓치기 싫어서 자리에 앉는다.

아드라닉이 들어올 때 내가 말한다.

"생각보다 오래 걸렸네요."

"내가 올 줄 어떻게 알았지? 감옥에서 썩게 할 수도 있었는데."

“날 죽이라고 명령하지 않았잖아요. 그렇다는 건 정보를 원하는 거죠. 원하는 게 있을 때 참고 기다리는 쪽은 아닐 것 같거든요.”

그가 천천히 옥문으로 걸어가는데, 그 모습이 조심한다기보다 태연한 쪽에 가깝다. 그는 문을 열지 않는다. 설령 열었다 해도 상관없을 테다. 내 세계에서는 손이 가늘고 섬세하며, 다른 사람과 대면할 일이 없는 얼굴의 소유자이기에 맞서 싸워 볼 만한 상대일 것이다. 하지만 냉정하고 차분한 눈빛을 한 이 세계의 그는 나를 죽일 수도 있다.

애덤 보슈의 통이 넓은 바지와 새하얀 셔츠를 떠올려 본다. 황무지 사람임을 알아봤어야 했다. 우리 같은 황무지 출신만이 하얀 직물의 진정한 가치를 안다. 모래바람과 진흙탕의 땅에서는 어떤 것도 하얀색을 유지하지 못하기 때문이다. 게다가 바지의 얇은 옷감을 장화에 밀어 넣지 않고 펄쳐지게 놔두면 애시타운에서는 피를 빨아먹는 진드기와 전갈이 꼬인다. 와일리시티에 동화된 나도 아직까지 몸에 꼭 맞거나 꽉 끼는 바지를 입는다. 애덤은 괴짜가 아니라 그저 으스대는 것일 뿐이다. 혹시 더 걸쳐 입어야 한다고 느꼈나? 그런 식으로 입고 다니면 아드레날린이 솟구치나? 아니면 이제 진짜 와일리시티 주민이 되었으니 해묵은 공포 따위는 까맣게 잊은 걸까?

내게 과일을 건넬 당시의 매끈했던 손도 기억난다. 그는 어떤 농산물이 내게 의미가 있을지 알고 있었다. 우리 모두 자넬 응원하고 있네. 정말 그랬을지도 모른다. 우리는 똑같은 지역 출신이고 오직 그만 그 사실을 알고 있었으니까. 더구나 나는 그를 숭배했다.

이 세계의 애덤은 애시타운 사람다운 차림이다. 머리 옆면에는 긴 머리칼을 두 번 땋아 늘어트렸고, 두꺼운 바지는 금속 징이 박힌 부츠 안으로 밀어 넣었으며, 손톱은 뾰족구두 같고 입안은 온통 번쩍거린다. 애덤 보슈는 깨끗하게 면도를 하고 다닌다. 반면에 아드라닉은 사막의 바람을 막으려는지 턱 아랫부분에 수염을 길렀다.

"동생분한테 전부 다 말했는데요."

"내 동생은 제대로 된 질문을 하지 않지."

아드라닉이 오닉스 치아를 번쩍이면서 말한다. 내 급료 명세서에 서명하는 사람과 똑같은 목소리, 똑같이 편안한 권위가 전해진다. 카라멘타가 성스러운 문서처럼 신나서 말했던 고용 제안서에 서명한 그 사람이 맞다.

동생이 잘못된 질문을 했을 것이라던 말은 맞는다. 닉닉은 모든 세계의 노을빛이 같은 색인지, 아직 개구리가 사는 지역이 있는지 알고 싶어 했다. 나의 특수한 능력이 어떻게 쓰이고 착취당하는지는 물어볼 생각조차 하지 않았다.

"난 당신들에게 위협이 될 만한 사람이 아니에요. 그냥 떠나고 싶을 뿐이에요. 맹세코 다시 볼 일은 없을 거예요."

아드라닉이 옥문 창살에 기댄 채 양손과 머리를 안으로 들이민다.

"넬라인, 무슨 수작을 꾸미는 거야?"

"난 당신이 생각하는 사람이 전혀 아니에요."

그가 나를 머리끝에서 발끝까지 샅샅이 훑어본다.

"내가 널 모른다고 생각해? 널 발견한 게 나야. 등에 왜 내 동생 이름을 새겨 놨지? 나보고 질투하라고?"

나는 다른 데를 쳐다보는 척하면서 그의 양손을 확인한다. 검지와 중지를 빙 둘러 세 개의 흉터가 있다. 황제는 결혼했다. 결혼한 황제가 나를 마치 자기 소유인 양 바라본다.

넬라인은 형의 여자였어. 닉닉의 그 말을 새겨들었어야 했다. 그리고 물어봤어야 했다. 형의 어떤 여자냐고.

"우린 그런 사이가…… 그러니까, 내 말은…… 내가 당신의…… 설마 날 아내로 생각하는 거예요?"

아드라닉이 큰 소리로 깊고 잔인하게 웃는다.

"하찮은 년과 결혼할 생각 따윈 절대 없거든. 업소 일꾼은 더더욱."

목소리가 벽을 타고 황무지에 걸맞게 낮게 우르릉거린다. 나도 예전에는 그런 식으로 걸걸대며 말하곤 했다. 와일리시티로 이주한 뒤 거기 사람들은 결코 걸걸대거나 쉭쉭거리지도 않으며 저주를 피한다고 침을 뱉지도 않는다는 것을 깨달았다.

업소 일꾼은 더더욱. 닉 시니어처럼 황제는 애시타운을 유지하는 원동력이나 다름없는 업소를 한껏 조롱하는 투로 말한다. 닉닉은 그러지 않았다. 가장 친한 친구였던 피터가 커서 이름에 X를 달게 되고서부터 닉닉은 성노동자의 사정에 귀를 기울였다.

"내 아내는 우아하고 순수해. 천사나 다름없지."

"어머, 가엾어라. 눈이 안 보이는 분인가요?"

"그따위로 떠들어 대면 내가 널 닉스가 아니라고 믿을 거 같나?"

아드라닉이 넬라인의 옛날 이름을 들먹이자 나는 그녀를 대신해 발끈한다. 넬라인이 과거에 애시타운에서 자기 신분을 속였는지 몰라도 이제는 아닐 것이다. 그런데도 예전에 업소에서 일할 때 썼던 이름을 입에 올린다는 것은, 넬라인의 바람에도 아랑곳없이 아직도 그녀가 그 일에 종사한다고 생각한다는 뜻이다.

"나 아니라고요."

"그럼 넌 누군데?"

아드라닉의 어두컴컴한 눈이 거의 조증 환자처럼 보일 정도로 가느다래진다.

"그치들과 한패지? 계속해서 날 죽이려 드는 검은 양복 놈들."

"라이벌 갱단 같은 게 대드나 보죠?"

혀를 쯧쯧 찬 내가 이어 말한다.

"내가 사는 세계에서는 황제한테 그런 문제가 절대 없었는데. 당신 부친 때에도 마찬가지였고."

"네가 사는 세계라고? 그래서 너랑 동생 놈이 똑같이 말도 안 되는 이야기를 떠들어 대는 거로군. 그래, 네가 다른 세계에서 온 복제품이라고 내가 믿어 준다 치자. 그다음에는 어떻게 되지? 나한테 보여 줄 수 있나?"

"아주 특별한 능력이에요. 그래서 못 보여 줘요."

아드라닉이 물러서며 옥문의 문살에서 양손을 스윽 빼낸다.

"나한테 못 한다고 했다간 어떻게 되는지 배웠을 텐데."

그는 실망하기는커녕 신기해하지도 않는다. 도리어 거절해서 신이 났으니 이후 닥칠 일이 놀랍지 않다.

"순찰대원들은 새벽에 행진을 하지. 그때까지 마음을 바꿔 먹어야 할 거야."

"당신은 아직도……."

순간 너무 많은 기억이 휘몰아친다. 변형된 차량들, 징과 불, 웃음소리. 그 웃음소리는 신의 소리였다. 나는 숨어 있을 만큼 몸집이 작았지만 은신처에 갈 만큼 재빠르지는 못했다. 사냥감이 울지 않으면, 사냥꾼은 열심히 추격할 의욕을 잃고 지루함을 느낀다. 하지만 나는 어린애였다. 애들은 항상 운다.

뭉개지기 전에 목걸이를 작동시킬 수 있을까? 땅에 패대기쳐져 끝장나기 전에 준비를 마칠 수 있을까?

"내가 뭘 아는지 안 궁금해요?"

문으로 걸어가던 아드라닉이 그제야 돌아선다. 나의 분노를 협조로 오해한 듯하다.

"당신이 당신 아버지와 똑같다는 걸 알아요. 아니, 훨씬 더 나쁘죠. 전쟁을 겪은 세대도 아니니 잔혹한 성정에 대해 따로 변명할 거리도 없지요. 당신은 그냥 잔혹한 게 좋은 거예요. 당신 아버지가 옳았어요. 당신은 유약해요. 유약하고 쓸모없는 통치자죠. 내가 어디서 왔는지 알고 싶어요? 당신 동생이 황제로 있어서 황무지 사람들이 크게 기뻐하는 곳에서 왔어요. 거기서는 모두가 그 사람을 사랑하죠. 질투하게 하려고 등에 그 사람 이름을 새긴 게 아니에요. 단 한 사람도 당신을 기억하지 않는데, 뭐 하러 그래요. 당신 동생이 황제로 등극한 게 애시타운에서 일어난 가장 좋은 일이라 그 이름을 새긴 거랍니다. 당신은 있죠, 최악이에요. 부친의 유산을 수치로 바꾼 모자란 아들이란 말입니다."

약간의 거짓말을 보태 날카로운 칼로 진실을 조각조각 잘라 보여주듯 쏘아붙인다. 아드라닉은 눈을 감고 반응하지 않으려고 꾹 참는다. 다시 눈을 뜬 그는 목적의식이 뚜렷해 보이는 차분한 모습이다. 가장 애덤 보슈다운 얼굴을 하고 있는 셈이다.

"전에도 네가 날 속여서 부하들이 손쓰기 전에 내 손으로 직접 처리해야 했지. 그 수법은 다시는 안 통할 거야. 이번에는 너한테 걸맞게 쓰레기처럼 가게 될 테니까."

***

내가 죽는 방식에 대해 많이 생각해 봤다. 대다수 쓸모없는 인간들이 그런 생각을 한다. 받아들일 수 있는 방식이 있고, 그렇지 못한 방식도 있다. 물론 전혀 죽지 않을지도 모른다는 환상에 빠질 때도 가끔 있다…… 하지만 현실적인 게 최선이다.

엄마는 내가 궁에서 죽을 줄 알고 있었다.

어느 날 밤, 생의 끝이 얼마 안 남은 엄마가 말했다. 넌 절대 분수를 지키지 못하고 항상 위로 올라가려고 할 거야.

그때 약에 취해 정신이 없던 엄마는 너무 높이 날다가 땅으로 추락한 남자를 기억해 내지 못했지만, 이미 전에 충분히 그 남자에 관한 이야기를 내게 해 줬더랬다. 나중에 생각해 보니 엄마는 할 수만 있었다면 다시 또 그 이야기를 들려줬을 것이다.

엄마가 마지막으로 앓아누웠을 때 주변 사람 모두가 진짜로 마지막이 왔다고 봤다. 절반은 이번 금단 현상으로 엄마가 죽게 될 것이라고 생각했기 때문이고, 나머지 절반은 엄마가 이번에도 이겨 낸다면 다시는 약에 손댈 일 없으리라 확신했기 때문이다. 나는 후자에 속했다. 하지만 양쪽 다 틀리고 말았다.

전날 휴대용 침구와 담요가 온통 땀에 젖은 탓에 수건을 깔고 누워 있던 엄마가 마지막에 내게 한 말은 분수를 지키라는 것이었다. 엄마는 자기 안에서 제일 먼저 나온 것은 내 양손이었다고 말한 적이 있다. 그것도 손가락을 오므리지 않고 쫙 핀 채로. 엄마는 그게 다 뻗어 나가려는 기질을 타고났기 때문이라고 했다.

그러면서 내게 말했다. 그래서 네가 죽으리라는 거야. 상관도 없는 높은 탑에 올라가서 말이지.

당시 나는 엄마에게 몸을 기울여 대꾸했다. 시종일관 같은 말을 하던 엄마가 내게서 들은 마지막 말은 이랬다. 판잣집 흙바닥에서 죽느니 차라리 탑에서 죽을래요.

난 아직도 그렇게 믿는다. 그러지 않으면 좋으련만. 엄마는 그렇게 죽을 사람이 아니라고 말할 수 있다면 좋을 텐데. 엄마의 죽음을 비극이나 예상치 못한 죽음이라고 부를 수 있다면 좋겠다. 하지만 누구든 받아들인 모습대로 죽게 된다. 엄마는 흙바닥에 누워 닉닉에게서 공짜로 받은 약을 먹고 마지막으로 한번 현기증을 느꼈다. 본인은 절대 볼일 없을 것 같은 구멍들이 숭숭 뚫린, 자신이 제일 좋아하는 나이트가운을 입고서 예정된 방식 그대로 죽었다.

그래서 아드라닉에게 목을 졸려 숨이 막혀서 흔적도 없이 사라진다면 내게는 적당한 죽음일 것 같다. 너무 힘이 센 사람에게 너무 가까이 다가간 탓에 궁에서 죽는 것? 하나 이상의 지구에서 내 운명이 그러했다.

하지만 수하들의 손에 죽는다면? 어른일 때? 안 된다. 행진은 내가 어릴 때 무서워하던 것이었다. 굴곡진 내 인생에서 순찰대의 손에 죽던 시절은 내가 닉 시니어보다 오래 살게 되면서 끝났다. 행진은 곧 아이의 죽음을 뜻했고, 그럴 때 나는 소녀에 이르지도 못하고 생을 마감한다. 행진을 맞닥뜨릴 바엔 자살을 택할 것이다.

***

너무 적은 항목으로 선택지를 만들고 있는데 벽 위쪽과 천장 전역을 긁으며 이동하는 소리가 들린다. 모래고양이가 내는 소리와 같다. 독니가 있는 설치류인 모래고양이는 고양이처럼 다른 설치류를 잡아먹는다는 것만 빼면 이름에 어울리는 특성이 없으니 말도 안 되는 이름으로 불리는 셈이다. 그런데 이 긁는 소리는 사실 속임수다. 경비들은 모래고양이가 내는 거라고 속아 넘어갈 게 뻔하다. 하지만 어릴 때 우리 집에 몰래 들어왔던 새끼 모래고양이를 기억하는 나는 안 속는다. 곧 소리가 끊긴다. 동물 한 마리의 무게치고 천장이 너무 많이 삐걱거리고, 아주 또렷하게 들리는 것을 보면 떼로 다닌다고 생각하기도 어렵다. 소리를 따라 감옥 구석으로 가 보니 천장 타일이 한 장 떨어져 나간 게 보인다.

나를 구하러 온 사람은 정확히 예상한 대로 바로 '나'다.

잠시 그녀를 뚫어져라 쳐다본다. 카라멘타는 뺨 반쪽이 없어졌고 양쪽 눈은 색깔이 바랬더랬다. 그래서 아무리 뜯어보아도 나라는 느낌이 별로 들지 않았다. 하지만 지금 눈앞에 있는 이가 나이며, 그게 사실임을 직감적으로 안다. 나는 여기 감옥에 서 있지만 또한 천장의 어두컴컴한 공간에서 빤히 나 자신을 내려다보고 있다.

처음에는 약간 어지럽다. 그다음에는 이유 없이 극심한 공포감이 밀려들면서 심장이 빨리 뛴다. 결국 왈칵 토하고 만다. 천장에 있는 그녀도 똑같은 증상을 겪는다. 이번에는 내가 자세를 바로한 뒤 계속 눈을 감는다. 그녀는 그러지 않아서 그런지 다시 토하기 시작한다.

"더는 날 똑바로 바라보지 마. 환각에 빠졌다고 뇌가 생각하니까. 네가 유독 물질을 마셨다고 판단하고 토해 내게 하려는 거라고."

"알았어."

그녀가 웩웩거리다가 중간에 겨우 답한다.

눈을 뜨자 얼굴을 돌린 그녀가 몸을 아래로 숙이고 한때 내 팔에도 있던 문신을 한 팔을 쭉 내밀고 있다. 나는 감옥 문살을 발판 삼아 몸을 들어 올린다.

"우리 몸이 닿으면 어떻게 되는 거 아닐까? 이런 일은 전에 한 번도 없어 봐서."

그녀 옆쪽 공간에 들어서자마자 내가 말한다.

"세상에, 내 목소리도 그렇게 들려? 넌 표백제 같은 거로 가글하니?"

그녀가 낮고 아스팔트 도로처럼 거친 목소리로 묻는다.

"나? 너보단 나아. 네 목소리는 커피 거르는 소리 같다고."

사실상 둘 다 그런 목소리가 나오는 게 당연하다는 것을 깨닫고 우린 아무 말도 하지 않는다. 실망스러운 사실이다. 저음으로 노래하는 새처럼 매력적이고 유혹적인 목소리를 지닌 사람들 틈에서 자라면서, 나는 늘 걸걸거리는 소리가 조금이라도 사라지길 간절히 바랐더랬다.

우리는 떼어 냈던 천장 타일을 제자리에 끼워 놓는다. 그러고 나서 나는 그녀를 따라 엉덩이와 어깨를 요리조리 움직여 좁은 공간을 빠져나간다. 그녀의 인도로 벽 사이 틈으로 들어가자 우리는 서서 이동한다. 그녀는 내게 콘크리트 블록을 기어오르는 법을 아는지 물어보려고 뒤돌아보는 일 따위는 하지 않는다. 엄마가 새벽까지 머무는 손님들을 받을 때 밖으로 쫓겨났던 나처럼, 그녀에게도 물고 찌르는 생물들을 피하고 새벽 첫 이슬에 흠뻑 젖은 땅에서 멀리 떨어지기 위해 벽을 기어 올라 지붕에서 잤던 기억이 있을까?

다시 255호 지구의 나를 생각해 본다. 그녀는 이렇게 할 수 없었을 것이다. 기어오를 수가 없으니 그럴 일을 결코 만들지 않을 테고.

우리는 둥근 돔 모양의 방이 있는 층으로 올라설 때까지 기어 올라간다. 벽의 일부가 이지러져 있어서 쉽게 빠져나온다.

나는 방 안을 둘러본다.

"천문대구나……."

"뭐?"

"천문대. 그 형제네 어머니 거."

그래서 내가 있던 세계에서는 매일 청소를 했다. 궁에 딱 하나 있던 초상화가 이 방에 있었다. 탁 트인 지붕이 시작되기 직전 벽에 닉닉의 어머니를 그린 실물 크기의 초상화가 걸려 있었다. 하지만 지금 이곳은 온통 잡동사니와 거미줄투성이다.

"그냥 한 번도 안 쓴 방이네, 뭐. 이 정도면 안전하겠어."

나는 그렇게 말하는 넬라인을 목부터 그 아래로만 죽 훑어본다. 그러다 문득 손가락이 없는 파충류 가죽 장갑이 눈에 들어온다. 엄마가 죽고 나서 믹시가 내게, 아니 우리에게 준 장갑이었다. 엄마를 땅에 묻고 나서 며칠 후, 모든 업소 직원이 내게 무언가를 주었다. 죽기 전까지 엄마는 거의 1년 동안 거기 소속도 아니었는데 말이다. 그들은 어김없이 몇 시간 간격으로 한 번에 한 명씩 나를 찾아왔는데, 만약 자살 감시원이 있다면 그런 모습이지 않을까? 하지만 내 생명을 구한 선물을 준 이는 엑슬리였다. 내가 일을 배우든 말든 상관없이 한동안 업소에서 지내게 해 주었기 때문이다. 그곳 사람들은 아무도 교제할 수 없는 남자를 유혹하는 법과 사냥감처럼 보여서 약탈자를 속이는 법을 내게 가르쳐 줬다.

나는 긴장을 풀고 반쯤 곁눈질로 그녀를 쳐다본다. 여전히 혼란스럽긴 하지만 심장이 쿵쾅거리지도 않고 토할 것 같지도 않아서 눈을 완전히 뜬다.

일단 빤히 쳐다보고 있자니 눈을 뗄 수가 없다. 나 자신을 쳐다보는 느낌은 전혀 안 든다. 흙먼지를 뒤집어쓴 이 아가씨는 내가 아니다. 그러나 과거로 돌아가 어릴 때의 나를 그린 초상화를 보는 것 같다. 마치 꼭…….

그녀가 말한다.

"넌 우리 엄마 같아. 그 이상한 자국들만 없으면."

"나도 너를 보며 똑같은 생각을 했는데."

"그럴 줄 알았어."

그녀가 먼지로 뒤덮인 책상에 걸터앉아 한 다리는 늘어트리고 다른 다리는 가슴께로 가까이 끌어올려 양팔로 무릎을 감싼다. 그리고 나는 그녀가 무심한 표정을 짓는 한편 종아리에 있는 칼에 손을 뻗고 있다는 것을 알아챈다. 그녀가 나니까.

"칼을 빼냈다간 무슨 일이 벌어져도 모를 줄 알아."

그러자 그녀가 손가락들을 쫙 늘렸다가 풀며 말한다.

"벽에서 내내 듣고 있었는데, 넌 네가 진짜 나라고 생각하더라."

"다른 너지. 우리 쪽이 보다 먼저 세계를 건너는 법을 배웠을 뿐이야."

"왜?"

"왜라니?"

"왜 맨 먼저 세계를 건너는 법을 알아낸 게 너네냐고? 아니다, 그 질문은 잊어. 그냥 운이겠지, 뭐. 그런데 다른 세계 사람들은 왜 건너는 법을 알아내지 못했는데? 아니, 알아냈나?"

"아니…… 못 알아냈어."

"아무도? 이런 여행자를 한 명도 더 못 봤다고?"

"횡단자."

"뭐가 됐든. 다른 세계에서 아무도 안 왔다고?"

"응."

"어째서?"

나는 우리 쪽에도 다른 세계 사람이 왔을 수 있으나 발견되지 않았을 뿐이라는 회사 입장을 얘기하려고 입을 열었다가 그대로 얼어붙는다. 피에 굶주린 황제가 아닌 애덤 보슈가 몇 명 없다면 어떡하지? 얼마나 많은 닉 시니어가 장남을 살려 줄까? 얼마나 많은 아드라닉이 아버지를 죽이고 그 자리를 차지할까?

넬라인에게 이런 이야기를 해 줄 수는 있지만 그녀가 왜 알고 싶어 하는지 잘 모르겠다.

"몰라. 물어본 적 없어."

그러자 그녀가 약간 으스대는 듯 상체를 뒤로 젖힌다.

나는 한때 커튼이었던 천 더미에 주저앉으며 말한다.

"난 질문 같은 건 안 해. 일자리가 있어서 행복할 뿐이야."

"정식 일자리? 너 시민권자야?"

"거의. 영주권자야. 4년 남았어."

그녀가 낮게 휘파람을 불고 말한다.

"닉한테 떠나려면 밖에 나가야 한다고 말했다며. 하지만 여기에 그런 기술이 없다면 어떻게 돌아갈 건데?"

그녀는 무심한 척 보이기 위해 말하면서 자신의 손을 빤히 쳐다보고 있다. 기분이 상할락 말락 한다. 내가 그렇게 물렁해 보이나? 애시타운을 그렇게 오래 떠나 있었나?

"내가 도착한 데로 가면 그쪽에서 다시 날 데려갈 거야. 동네 끝인 황무지 저 안쪽의 강바닥."

그녀가 고개를 끄덕인다.

"새벽에 경비를 교대해. 우린 그때 떠날 거야."

그러고 나서 보온병 두 개를 꺼내 하나는 기울여 마시고 나머지 하나를 내게 건넨다.

"걷는 동안 수분이 필요할 거야. 네가 사는 곳에서는 해가 어떤지 모르겠지만 여기서는 내일 해가 쨍쨍하대."

그 말을 들으니 그제야 델이 해가 나오고 있다고 경고했던 게 생각난다. 해가 쨍쨍한 날에는 밖에 나가지 말고, 타거나 변색되지 않기를 바라는 것은 뭐든 다 안에 들여놓아야 한다. 한동안 우리한테는 그런 날이 없었다. 아니, 있었는데 까먹고 있었는지도 모른다. 와일리시티에서는 해가 드러나지 않게 하늘에 어두운 장막을 씌운다. 우리는 그런 날들을 흐리다고 말하지만, 건너편에서는 그 반대라는 것을 까맣게 잊고 있었다.

나는 쭉 들이켜면서 마지막으로 그 하얀 빛을 마주해야 했던 때를 기억해 보려고 한다.

"고마워."

그 말에 그녀는 손사래를 친다. 하긴 나도 똑같이 그랬을 것이다.

"난 곧 출발할 거야. 좀 더 들어 볼 게 있어서. 계속 잠적을 하고 싶으면 팔 수 있는 게 필요하거든."

"염탐하는 거야?"

"듣는 거라니까."

"넬라인…… 아드라는 왜 널 죽이려 했던 거야?"

표정을 보니 꼼짝 못 할 질문을 제대로 던진 모양이다. 하지만 그런 일이 벌어지는 동안에는 그녀도 분명 궁금했던 것 같다.

당연하겠지만 그녀는 줄줄이 이유를 열거한다.

"그 인간은 내가 탐나면서도 탐내고 싶지 않았거든. 자기는 나 없이도 살 수 있다는 걸 증명하고 싶어 했어. 날 통제할 수 없었으니까. 그리고……."

그녀가 어깨를 으쓱하더니 이어 말한다.

"하지만 그 인간 근육이완제를 조금씩 복용해 두었던지라 통증도 금방 가라앉았어. 그 인간을 만나는 날이면 혈액증량제도 먹었지. 닉에게 발견되지 않았더라도 진짜 죽을 지경까지 가지는 않았을 거야."

나보다는 스스로에게 하는 거짓말 때문에 그녀의 목소리가 떨린다. 그때 그곳에서 닉닉의 얼굴을 보기 전 피를 철철 흘리며 누워 있을 때 그녀의 심정은, 내가 여기에 도착한 뒤 사막에서 느꼈던 기분과 똑같았을 것이다. 어둠이 몰려올 때 그녀도 엄마 생각을 했을까?

175호의 닉닉이 우리 둘 다를 구했다니 이상하다.

그녀와 아드라닉의 관계는, 닉닉과 나의 관계와 비슷하다고 생각했다. 하지만 나는 살해당할 각오 따위는 결코 해 보지 않았다. 적어도 그 정도까지는 그를 신뢰했었던 모양이다. 상처를 입히긴 하겠지만 죽이지는 않을 테고, 멍은 들게 하겠지만 중요한 뼈는 부러뜨리지 않을 것이라고. 그런데 그런 게 믿음일까? 그저 체념은 아닐까?

어쩌면 닉닉이 아드라닉보다 괜찮은 인간이라서 절대 나를 죽이지 않으리라고 당연하게 믿은 것일 수도 있다. 하지만 넬라인은 나보다 더 똑똑한 것 같다. 그래서 그녀는 아드라닉을 마주하고도 살아남았고, 나는 애덤에게 허를 찔렸다. 같은 얼굴의 인간들을 만났는데도, 그녀만 그 얼굴에 속지 않았다.

커튼 더미를 흩트려 안락의자에 앉듯 편안하게 자리를 잡는다.

넬라인이 옳다. 나는 물렁하다. 내가 이곳을 떠날 방법에 대해 거짓으로 꾸며냈기 때문에 그녀가 몰래 빠져나가 온종일 강에서 결코 올 일 없는 수송기를 기다릴 줄 알았다. 하지만 나는 6년 동안 편하게 살았다. 애시타운에 사는 이라면 누구나 그렇게 생각하듯이 닉닉 곁에서 지낸 몇 년도 편한 축에 넣는다면 그 기간은 더 길어질 것이다.

걷잡을 수 없이 잠이 쏟아지자 내가 무엇을 놓쳤는지 깨닫는다. 애시타운의 제일 기본적인 진리를 잊고 있었다. 황무지 거주자가 두 개의 보온병을 들고 있으면 물과 독을 함께 가지고 다니는 것이라는 진리를.

내 사지가 흐릿하게 보일 때에 맞춰 그녀가 다가온다.

"이렇게 돼서 정말 미안해. 그 사람 부하 말이, 널 다시 데려오면 이빨 값을 내준다고 했대."

묻지도 않았는데 이유를 설명해 준다. 그건 또 마음에 든다. 날 존중한다는 뜻이니까.

이런 죽음을 알아서 하는 말인데, 독을 먹었다고 완전히 죽지는 않는다. 이 독은 황무지 깊숙이 자리한 물가로 이어지는 녹색 진창을 따라 자라난 식물로 만든 것이다. 업소 직원들은 침실용 탁자에 독약 한 병을 놓아둔다. 개중에는 다루기 힘든 손님에 대비해 보험용으로 온몸에 조심스럽게 바르는 이들도 있다. 키스하지 말라고 하는데도 무턱대고 했다가는 입부터 시작해 그 아래로 마비가 되는 호된 꼴을 당할 수도 있다. 또한 성기는 접촉 금지라고 말하는데도 아랑곳없이 움켜잡았다가는 하루 넘게 팔을 못 쓸 수도 있다.

독약의 정체를 확인하면서 향수에 흠뻑 취한다. 약 효과가 일자 마음을 마구 휘저으며 공포로 몰아넣는 아편제보다는 편안한 담요 같은 근육이완제와 비슷하게, 집에 가까이 온 듯한 기분에 휩싸인다. 입부터 마비되지 않았으면 좋겠다. 그녀에게 난 화나지 않았다고 말해 줄 수 있으면 좋겠다. 나였어도 정말로 내가 누구인지 알 만큼 집에 대한 기억이 많았다면 똑같이 행동했을 테니까.

8장

아드라닉은 어쩌다가 가장 잔혹한 황제가 된 걸까? 다시 깨어나서 여전히 마비 상태인 채로 이 질문을 곰곰이 생각해 본다. 그는 사냥에 데려가면 어김없이 울음을 터트리던 여린 아이였다. 그랬던 그가 육식동물 같은 동생도 하지 않던 행진 관습을 어떻게 꾸준히 한 걸까? 자기 아버지는 아내의 안위를 위해 별실을 통째로 지었는데, 그는 왜 애인의 턱을 부러트렸을까? 어쩌면 그게 문제일지도 모른다. 닉닉의 경우 모든 이가 폭군의 자질을 갖춘 인물임을 알았고, 그래서 황제가 되었을 때 더 이상 증명해 보일 게 없었다. 오히려 반대로 사람들이 그가 선대 황제보다 더할까 봐 전전긍긍했다. 닉닉이 행진 관습을 철폐했을 때는 모두가 안도의 한숨을 내쉬면서도 경계의 눈초리를 거두지 않았다.

아드라닉은 틀림없이 모든 것을 증명해 보여야만 했을 것이다. 어쩌면 모두가 관습을 철폐하리라 예상했기에 못 한 것일 수도 있다. 자기보호 같은 반응일지도 모른다. 가장 작은 동물들이 제일 먼저 으르렁대고 제일 먼저 무는 것처럼.

아니면 그저 사냥이란 행위가 싫었을 뿐, 멀쩡하게 같이 앉아 있던 사람이 살생하는 광경을 지켜보는 것은 문제없는지도 모른다.

나는 궁전에서 끌려 나왔다. 반쯤 숨을 들이마시자 더는 애시타운의 중심부에 있지 않음을 알게 된다. 공기에서 시큼하고 톡 쏘는 냄새가 난다. 냄새가 없어지고 나서야 내가 이미 거기에 얼마나 익숙해졌는지를 깨닫는다. 이 방에서는 병원 냄새 같은 게 난다. 강력한 세제로도 은은한 흙냄새가 다 가려지지 못하는 모양이다. 눈을 가늘게 떠 본다. 방이 온통 하얀색이라서 놀라고 만다. 내 생각에는 아직 애시타운에 있지만 루럴스는 아닌 것 같다.

커다란 비품창고에 리넨 시트를 가득 쌓아 놓은 형체가 눈에 들어온다. 내가 본가를 방문할 때면 보곤 했던 그 튜닉을 입고 있다. 이 세계의 닉닉은 그 옷을 즐겨 입는 것 같다. 처음에 하얀색이었던 방이 이제는 차 얼룩처럼 우중충한 회색이다. 팔다리를 움직여 본다. 반응이 약간 느리지만 이만하면 괜찮다.

몸을 일으켜 앉자 남자가 돌아선다. 서로 눈이 마주친다. 대니얼이다. 하지만 여기서는 내 계부가 아니다. 그 눈빛에 놀라움이 서리지만 애정은 조금도 비치지 않는다. 나는 벌떡 일어나서 대니얼이 시트를 채워 넣고 있던 비품창고로 그를 힘껏 밀어 넣은 뒤 못 나오게 강제로 여닫이문을 닫고 열리지 않도록 문손잡이에 시트를 감싸 놓는다. 그가 소리치며 문을 미는 바람에 시트가 벌써 헐렁거린다. 오래 버티지 못할 것이다.

흙냄새가 나고 대니얼이 있으니 내가 어디에 있는지 알 것 같다.

내 계부의 신축 교회에 있는 빈방이다. 목걸이를 다시 걸고 중심을 톡톡 두드려 예열을 시작한 뒤 달려 나간다. 대강당에서 조금 떨어진 복도로 들어가 출입구를 향해 전력 질주한다. 거의 다 왔을 때 내 앞으로 그림자 하나가 스윽 끼어든다.

"당신?"

아는 얼굴이었지만 이름은 잠시 후에나 생각난다. 볼때기 씨는 여전히 매력적이고 여전히 웃고 있지만 하필 지금 보니 구역질이 난다. 그는 여기서 역시 밀수도 서슴지 않는 순찰대 일을 한결같이 한다. 몇 주 전에 내 돈을 갈취했던 남자와 똑 닮았다. 별 안에 별이 든 문신을 목 중앙에 새긴 것만 빼면.

그 문신에 매료된 나는 이렇게 말하고 만다.

"누군가 당신을 사랑하나 보네."

그러자 그가 고개를 갸웃하며 묻는다.

"순찰대 문신을 읽을 줄 아나 봐? 넬라인이 그런 건 알았는데 댁처럼 곱게 자란 아가씨는 와일스 출신이겠거니 했지."

그가 넬라인을 내가 아닌 다른 사람으로 언급하자 불안한 마음이 진정된다. 넬라인은 '그 사람 부하'한테서 나를 원한다는 말을 들었다고 말했다. 그리고 닉닉은 자기가 믿는 순찰대원이 오후에 국경 순찰을 나간다고 말한 바 있다. 고향에 갔을 때 오후에 누가 순찰을 돌았는지 내가 자문해 봤다면 예상할 수 있었던 일이다.

"나도 읽을 줄 알아. 항상 그랬던 건 아니지만."

볼때기 씨가 고개를 끄덕이자 목에 새긴 사랑의 표식에 그림자가 진다. 젊은 데다 문신이라는 게 늘 변하기 마련이니, 그는 사랑의 표식이 훼손되면 별을 검정색으로 빈틈없이 칠한 뒤 그 둘레에 동그라미를 그릴 것이다. 잉크로 까맣게 메워야 할 공간이 비어 있으면 실연을 당했다는 표시이다.

"날 보내 줘."

"그건 안 돼. 미안하지만 우리한테 당신이 필요해."

이런 대답을 예상하지는 못했다. 미안하지만, 그분께서 널 원해나 아니면 미안한데, 난 내 일을 할 뿐이야라고 할 줄 알았는데.

"우리가 누군데?"

"그 여자가 올 거야."

그 즉시 가볍고 섬세한 발소리들이 들린다. 지금 내가 있는 곳을 고려하면 누구의 발소리인지 추측해 봐야 하는데. 그러나 준비도 안 된 상태에서 여자가 방으로 들어온다.

에스더다. 나의 에스더. 옷차림은 언제나처럼 절제돼 있지만 옷감이 두껍고 비싼 데 반해 마름질만은 고상하다. 고향에서 입을 엄두를 낼 만한 옷이 아니다. 얼굴이 뭔가 이상하다. 그게 무엇인지 알아본 순간 나는 조금 광포해진다.

에스더에게 다가가자 볼때기 씨가 우리 사이를 가로막는다. 나는 그를 밀어젖히고 계속 나아간다.

"에시, 코는 누가 그랬어?"

그 애의 앞니가 가짜임을 알아볼 정도로 가까이 다가선 내가 이어 묻는다.

"이는 누가 박살 낸 거야?"

누군가 여리고 어린 내 동생의 얼굴에 주먹질을 해 댔다. 어떤 놈인지 죽고 싶어 환장한 모양이다.

에스더가 설핏 미소를 짓는다. 서글프고 마음을 아리게 하는 미소다. 내 마음을 누그러뜨리려는 것이겠지만 역효과만 날 뿐이다.

"남편."

머리가 핑 돈다. 에스더의 것이어서는 안 되는 수치심이 가득 밴 대답이어서, 재빨리 볼때기의 문신과 에스더의 말을 연결해 본다.

볼때기는 너무 가까이에 서 있던 탓에 첫 번째 공격을 피하지 못하지만 두 번째로 날린 주먹은 쉽게 잡아채 나를 되밀어 버린다. 그는 평생 싸움만 해 온 사람이고 나는 요즘 연습이 부족한 상태다.

그의 얼굴에 대고 나는 거의 퍼붓는 수준으로 내뱉는다.

"겨우 열여덟 살이라고!"

"나 아냐. 난 절대 그런 사람 아니라고."

"그럼 누군데?"

그때 에스더가 끼어든다.

"당신이 공격할 수 없는 사람이에요. 그래도 손봐 주려고 한 건 고맙게 생각해요."

이곳의 에스더는 내가 사는 세계에서와 마찬가지로 우아하다. 순수한 영혼이라는 게 있다면, 밑바닥 인생이건 상류층 사람이건 상처를 입어도 본모습을 잃지 않는 이들이 있다면 에스더가 바로 그런 사람이었다. 가까이하기 쉬운 사람.

내 아내는 우아하고 순수해. 천사나 다름없지.

이제야 이해가 간다.

"황제?"

에스더가 고개를 끄덕인다.

"당신의 도움을 받아 권좌에서 쫓아낼 수 있으면 좋을 텐데. 닉닉이 그러던데요, 당신은…… 뭔가를 안다고."

아드라닉이 틀렸다. 내 동생은 예의 바르다. 예의 바른 것과 천사 같은 것은 다르다. 모두가 그런 착각에 빠진다. 눈같이 하얀 머리칼은 천사를 뜻하고 하늘처럼 파란 눈은 성인을 의미한다고 생각한다. 하지만 동생은 자신의 교회를 위태롭게 하는 이들이 있다면 죽음으로 응징할 것이다. 에스더는 나에게도 무자비하게 교훈을 가르칠 수 있는 사람이다. 나는 무엇보다도 동생의 이런 점을 제일 좋아했다. 사람들은 겉모습만 보고 그 애를 도자기 인형처럼 생각한다.

에스더는 교회의 연단에 앉아 있다. 그 모습을 보고 있자니 본가에 갔을 때 내가 아기 때 쓴 침대에 걸터앉아 있던 동생의 모습이 떠오른다. 지금의 에스더는 닉닉과 어울리던 시절의 나보다도 어리다. 그때 나도 한참 어린 축에 들었는데. 볼때기 씨는 옆에 앉아 한 팔로 에스더의 양어깨를 감싼다.

감상적인 순찰대원일세.

나는 출구 쪽으로 내달리며 목걸이에 손바닥을 대 예열이 됐는지 확인해 본다. 아직 덜 되었지만 거의 다 되어 간다. 볼때기 씨가 잽싸게 따라 왔지만 너무 늦었다. 거의 다 왔을 때 천국의 문처럼 내 앞이 활짝 열리고 …… 신은 아니지만 닉닉이 그곳에 있다.

천천히 멈춰 서는데 내 뒤에 있던 볼때기 씨도 똑같이 멈춰 서는 소리가 들린다. 닉닉이 날 와락 잡아채리라 예상했지만 그는 그러지 않는다. 대신 내 뒤쪽을 보면서 말한다.

"이 여자를 왜 뒤쫓은 거지?"

"우리를 도와줄 수 있을 거 같아서요."

"그건 자네가 결정할 일이 아니야. 이 여자를 풀어 주는 대가로 넬라인과 물물교환을 하라고 했을 텐데, 새로 잡아들이는 게 아니라."

그러고 나서 닉닉이 나를 내려다보며 묻는다.

"어디로 데려다줘야 해?"

조심스레 닉닉에게 다가가는데 악어 이빨에서 양식을 조달하는 악어새가 된 기분이다. 그가 잡고 있는 열린 문 밖으로 나오니 무색의 하늘이 보인다. 해는 전혀 보이지 않지만 화창한 날이라서 거의 한낮처럼 환하다. 목걸이가 진동하며 작동할 준비가 됐음을 알린다.

"잠깐만요!"

내 마음속 어딘가에서 175호에 있지만 아직 발견하지 못한 무언가를 찾고 있는 게 틀림없다. 동생이 필사적으로 나를 부르는 소리에 돌아서는 것을 보니 말이다.

"당신 좀 봐 봐요. 피부에 점 하나 없고 이빨도 전부 있잖아요. 눈도 탁한 데라곤 없고. 당신이 살던 곳은 당신한테 그렇게 관대한 세상이었던 거예요. 이런 생각 안 들어요? 뭐랄까…… 우리에게 그런 평화를 조금이나마 맛보게 해 줘야 한다는 의무감 같은 거."

'안 드는데.'라고 말하고 싶은 마음이 굴뚝같다. 나는 다른 세계에서 온 낯선 이의 도움 따위 없이 내 두 발로 와일리시티까지 갔으니 누구한테도 빚진 게 없다고 말하고 싶다.

다만, 사실이 아닌 부분도 있어서 문제지.

엄마가 죽은 후에 날 거두어 키우고 황무지에서 가장 영향력 있는 남자를 유혹하는 법을 가르쳐 준 사람들이 있었다. 그들을 다시 찾아가 본 적이 있던가? 감사 인사는 전했나? 장한테는? 아니면 카라멘타를 위해 감사 기도를 올린 적은 있나? 그녀가 흘린 피 덕분에 꿈조차 꾸지 못했던 높은 위치까지 올라갔는데. 에스더의 어깨 너머로 닉닉을 바라본다. 다 죽어 가던 나를 간호해 살려 낸 사람이자, 어떤 세계들에서는 피의 황제로 군림하는 자.

가끔은 생존에만 집중할 필요가 있다. 그리고 가끔은 그것을 이기심의 핑계로 써먹기도 한다.

동생의 간청에도 나는 고개를 가로젓는다.

"황제를 끌어내린다고? 내 알 바 아닌데."

"이렇게 부탁해도요?"

에스더를 오래 응시할수록 자리를 뜨기가 점점 어려워진다. 한편으로는 그 애가 여전히 에스더라는 점이 걸리기 때문이다. 분명 코는 휘어졌지만 두 눈은 내 동생 에스더의 눈이다. 하지만 더 큰 이유는 나의 에스더와 닮지 않은 부분, 즉 권력자에게 뼈가 부러지도록 구타당하면서 생긴 그늘의 흔적이 바로 나의 모습이기 때문이다. 아니, 한때의 내 모습이기도 하고 지금 이 순간 어느 세계의 어느 곳에 있을 나의 모습이기 때문이다. 그런 모습을 저버릴 수 있다면 내가 어떤 사람이 될지는 나도 모른다. 아마 내가 아닌 전혀 다른 사람이 되지 않을까.

손을 들어 올려 목걸이를 다시 정지시킨다.

"버릇없긴."

내 말에 에스더가 풋 웃는다. 나를 모르더라도 이곳의 에스더가 부탁에 못 이겨 넘어오는 사람이 어떤지 알기에 나오는 반응이다.

"정확히 뭘 도와 달라는 건데?"

***

볼때기 씨는 비품창고에서 대니얼을 꺼내 주러 가고, 남은 우리는 그의 사무실에서 기다린다.

닉닉이 말한다.

"여기 있으면 안 돼. 안전하지 않다고."

"어쩔 수 없어."

"형이 여기서 당신한테 무슨 짓을 하는지 못 봐서 그래."

"대충 짐작은 가."

우리는 구석에서 아주 가까이 붙어 서 있다. 닉닉이 목소리를 낮춰 말하지만 에스더는 우리 대화가 안 들리는 척할 뿐이다.

닉닉이 나를 쳐다보자, 딱히 그가 움직이지 않았는데도 더 가까이 다가온 것 같은 느낌이다.

"그런데 왜 안 떠나?"

"저 애가 부탁했으니까."

"그럼 저 애도 당신한테 특별한 사람인가? 나처럼?"

"내 동생이야."

관심 없는 척하고 있던 에스더의 가면이 산산 조각나면서 그 애가 획 돌아본다.

"진짜요?"

역겨워하는 게 아니라 흥미 있는 듯한 표정이다. 에스더도 여자 형제가 있으면 어떨지 궁금해했던 적이 있을까. 그 애의 존재를 알 때까지 내가 그랬던 것처럼?

"그런데 당신도 이 사람을 알아?"

닉닉이 에스더에게 묻는다.

"우리 남편의 정부잖아요. 그리고 정보원이기도 하고."

"그건 넬라인이지, 내가 아니야. 난 황제랑 절대 안 자."

내 말에 닉닉이 나를 째려본다.

"그러니까 내 말은, 너네 황제하고는 확실히 안 할 거라고."

볼때기와 대니얼이 돌아왔다. 에스더가 워낙 친숙한 느낌이 들다 보니 대니얼의 얼굴에서도 알아볼 만한 게 없을까, 내가 붙잡을 만한 흔적 같은 게 없을까 찬찬히 훑어본다. 그러나 하나도 없다.

"정말로 넬라인이 아니네요."

에스더의 말에 대니얼이 고개를 저으며 말한다.

"어떻게 확신하니?"

"말투도 그렇고 행동도 그래요. 그 여자는 내가 잘 알아요."

대니얼이 나를 쳐다보다가 시선을 돌린다.

"그렇게 믿고 싶은 나머지 쉽게 속아 넘어가지 않도록 조심해라."

대니얼의 얼굴이 벌게진다. 이 세계의 대니얼은 좀스럽다. '멜'이 받쳐 주지 않으니 더 나약해 보인다. 내가 아는 온정과 호의의 성채 같은 모습이 전혀 없다.

대니얼이 닉닉을 보며 묻는다.

"당신은 어떻게 생각하시오?"

"나도 따님의 안목을 믿습니다."

본가에서 에스더는 대니얼이 가장 신뢰하는 조언자였다. 그래서 에스더가 한 말에 대해 결코 다른 사람의 의견을 구하지 않았다.

"내가 저 말을 증명해 보일 수 있어요."

나는 입으로 내뱉고 나서야 그 말이 사실임을 깨닫는다.

"아내분은 이곳에서 돌아가셨나요? 마이클과 에스더는 언제 둘만 남게 된 건가요?"

"아드라가 줄곧 그걸 알았던 걸 보면, 정보원도 마찬가지겠지."

"그치만 또 다른 여자가 있었다는 걸 그자도 아나요? 전도하고 다니시다가 1년 정도 지났을 때요. 그 여자분이 선생님을 초대해서 집에 갔었잖아요. 그리고 나중에 선생님에게 선택권이 있었죠. 그 여자분한테서 보았던 빛을 끝까지 놓지 않아서 결혼하거나…… 아니면 결코 되돌아보지 않아서 죄책감에 얽매이거나."

대니얼의 얼굴이 잿빛으로 변했다. 좋은 징조다.

"난 선생님이 그 여자분과 결혼했고, 선생님이 설교하는 구원의 말을 신자들이 굳게 믿는 세계에서 살아요. 그분의 딸도 거둬서 친자식처럼 키우셨죠. 내가 사는 곳에서 선생님은 항상 웃는 얼굴에 지금보다 5년은 젊어 보이시는데, 그건 순전히 겁쟁이가 아니었기 때문이에요."

대니얼은 대답하기 전에 잠시 시간을 갖는다. 이윽고 입을 연 그가 차분한 목소리로 말한다.

"그녀는 죽었네."

"알아요."

그러자 대니얼이 눈을 깜박거린 뒤 이어 말한다.

"우리 교구 사람들이 무슨 말들을 하고 다녔는데, 난 절대 안 믿었다오. 다른 세계 사람이 사막에 내려왔다가 사라진다고. 사람들 얘기로는 남자였는데. 아가씨 말고 누가 더 있는 거요?"

"교대로 다녀요. 내가 여기 온 건 이번이 처음이고요. 여기 왔던 남자분은 은퇴하셨고, 내 전에 왔던 여자는……… 해고됐어요."

"무슨 직업인 것처럼 말하네."

닉닉이 말한다.

"직업 맞아. 내가 여기 온 건 순전히 일이라서야."

방에 있는 이들 모두가 내 말에 김빠진 듯이 보인다. 나를 어떻게 생각했는지 모르겠지만 고용된 입장이라는 데 실망한 듯하다.

에스더가 제일 먼저 실망감을 이겨 낸다.

"기적은 가장 불명예스러운 곳에서도 일어날 수 있어요."

이번 일은 기적이 아니지만 에스더의 얼굴에서 설교하려 드는 표정을 보니 그 말을 정정해 봐야 소용이 없을 것 같다.

"당신은 닉닉이 황제로 있는 세계를 목격했죠? 본 걸 증언해 주겠어요?"

에스더의 말에 내가 묻는다.

"누구한테 증언해? 난 기록에 남으면 안 되는걸. 내 일이래 봐야 당신들의 공식 문서를 가능한 많이 손에 넣는 건데, 이미 규칙을 많이 어겼어."

"공식적인 것은 전혀 없어요. 그냥 현 상황이 만족스럽지 않지만 대안을 상상 못 하는 사람들이 있을 뿐이죠. 여기 오는 사람들에게 닉닉이 형보다 낫다고 말해 주면 돼요. 닉닉을 밀어줘야 한다고."

이제야 모든 게 이해되기 시작한다. 닉닉이 왜 나를 숨겨 줬으며, 내게 왜 형이 선대 황제를 살해했다는 진실을 확인하려 했는지 말이다. 형의 통치를 불법화하려는 것일 테다. 이것은 쿠데타다. 그리고 나의 순진한 동생이 이 찬탈 운동을 이끌고 있다. 너무나 철이 없고 닉닉 같은 남자마저 신뢰할 만큼 지나치게 남을 믿는 내 동생 에스더가.

"저 사람이 형보다 더 낫다는 걸 어떻게 알아? 그냥 좀 더 예의 바른 걸 수도 있잖아."

말하고 보니 생각지도 못하게 면전에서 까내린 꼴이 되고 말았다.

닉닉은 이의를 제기하는 내 말에 어느 지구에서든 할 법한 그만의 방식으로 대응한다. 당당히 맞서는 태도를 취한다.

"당신이 알았던 사람보다 내가 낫고, 그 사람은 내 형보다 나아."

"그걸 어떻게 알아? 나도 모르는데. 여기 기록도 못 봤단 말이야."

"기록?"

"그래 기록. 인구수, 몇 명이 아프고 몇 명이나 일하고 있으며, 얼마나 많은 사람이 고생하고 죽을 필요가 없는데도 죽는지 따위 말이야."

"그런 수치들을 갖고 다른 세계와 비교하는 건가? 우리가 더 못 산다는 걸 구체적으로 입증하려고?"

잠시 시간이 흐른 후에야 그가 뭘 묻고 있는지 깨닫는다. 분석을 하라는 뜻이다. 닉닉은 내게 분석가의 역할을 하라고 요청하고 있다. 몇 주 동안이나 장이 낸 퀴즈에서 실패를 거듭했던 부분이었다.

팔찌를 내려다본다. 파견 갔던 모든 세계에서 수집한 데이터를 기록에 남지 않게 복사해 두었으니 대조할 수는 있다……. 단 한 곳, 처음 온 여기만 제외하고. 데이터를 수집하려면 포트로 가야 하는데 오늘은 날씨가 화창하다.

"대부분의 다른 세계에 관한 정보는 있지만 여기 건 없어. 자료를 복사하려면 포트로 가야 하는데 애시타운 도심의 외곽에 있거든."

그러자 볼때기 씨가 마치 내가 중요한 사실을 잊기라도 한 듯 쳐다보다가 끼어든다.

"사막에는 포트(port, 항구)가 없는데."

"그런 포트가 아니야."

나는 설명하는 데 도움이 될 것처럼 양팔을 들어 올렸다가 고개를 가로젓는다.

"배가 드나드는 곳이 아니라 다른 데서 정보가 들어오는 곳을 말하는 거야."

"내일 가 보는 건 어떤가?"

대니얼이 묻는다.

"하루 더는 못 있어요."

"설사 하루 더 있을 수 있다고 해도 오늘 밤 여기로 사람들이 몰려올 수 있어서 위험합니다. 그 사람들에게 다시 그러지 말라고 부탁할 수도 없고. 형이 이 여자의 탈출과 날 연결 짓는 건 시간문제일 뿐이에요. 벌써 알아냈을 수도 있고."

닉닉의 말에 대니얼이 재차 묻는다.

"이 아가씨가 다른 세계에서 왔다는 걸 그자가 믿겠소?"

"아뇨, 지금은 우리한테 자기네 정보원이 있다고 생각하는데 이게 더 안 좋아요. 내가 거기…… 포트에 가겠습니다. 가서 정보를 갖고 해 질 녘까지 돌아오지요."

"안 돼, 내가 갈 거야. 포트를 찾는다 해도 당신은 들어가는 법을 모르잖아."

"그럼 내가 돕지."

"기분 나쁘게 들리겠지만, 최소한 당신이 잔인하다면 쓸모가 있겠지. 그런데 여기선 그렇지도 않잖아. 대신 당신 부하를 데려갈게. 서둘러 출발하면 후딱 돌아올 거야. 저 양반한테 차량이 있을 거 같은데?"

순찰 차량에 탈 생각만으로도 속이 뒤틀리지만 별수 없다.

볼때기 씨가 쓰읍 하고 잇새로 공기를 들이켜자 닉닉이 손을 들어 올려 그를 진정시킨다. 그러고는 나를 돌아보며 말한다.

"내가 당신 동생 곁에서 떨어지라고 명령해도 이 친구가 들으려나 모르겠어. 형이 당신 동생을 위협하는 한, 계속 여기에 남아 있을걸."

반반하게 생긴 순찰대원을 찬찬히 다시 훑어본다. 흥미로운 한 쌍이 아닐 수 없다. 채색 유리 같은 내 동생이 인형 같은 외모를 지닌 킬러의 목에 새겨진 별이라니.

"알겠어."

"다른 사람들에게 이 사람이 진짜라는 걸 설득할 방법을 찾아야 해요. 이 사람은 그 여자랑 똑 닮았어요. 그러니 그 여자가 다른 세계에서 온 척한다고 생각할 거예요."

에스더의 의견에 내가 답한다.

"그건 내가 해결할 수 있어. 정보를 수집한 다음 약간 돌아서 오면 될 거야."

***

서둘러 나왔지만 시간이 지체됐다. 정말이지 해는 아주 한참 전에 뜬 상태였다. 빛을 반사하는 차양막을 썼는데도 뺨과 이마가 화끈거리기 시작한다.

"얼마 안 남았어."

내가 듣지 못할 위험 요소라도 있는 듯 그는 숫제 소리를 지른다. 하지만 세상은 어찌나 고요한지, 태양이 보이지 않는 손으로 우리를 짓눌러 공기조차 떠오르지 못하는 것 같다. 화창한 날은 해치 안만큼이나 조용하다. 우리가 신은 장화가 모래를 밟는 소리와 거친 숨소리까지 들을 수 있다. 차양막 때문에 내 발과 코앞의 땅밖에 보이지 않는데 고글 탓에 그마저도 피처럼 짙은 붉은 그늘로 변하고, 내리쬐는 햇빛이 고글 가장자리를 따라 일직선으로 슬그머니 기어들어와 불그스름하게 바뀐다. 착용한 모든 것들을 벗어 던지면 나의 전 생애 가운데 가장 진실되고 밝은 흰색을 보게 될 것이다……. 아주 잠깐 보고 나서 내게 사방 천지는 영원히 캄캄해질 테지만 말이다.

델을 사랑하는 것도 이와 비슷하다.

그녀는 닿을 수 없을 만큼 환한 사람이다. 그래서 손가락 끝을 앗아 간다 해도 그녀를 만져 보고 싶고, 이후 아무것도 못 보게 된다

해도 그녀를 보고 싶게 한다. 내가 감히 선을 넘어서 별 같은 그녀의 빛에 환히 물들 만큼 가까이 다가간다면, 그녀는 자청해 다른 부서로 이동하거나 나를 타 부서로 이동시킬 테고 그 후에는 모든 게 암흑에 휩싸이게 될 것이다.

나는 아무에게도 들키지 않고 카라멘타를 대신했다. 넬라인도 똑같이 나를 대신할 수 있다. 하지만 델이 진짜 델이 아니라면 나는 알아챌 것이다. 그녀가 점점 빛을 잃어 간다면 단박에 알아챌 수 있다.

"네 걸음 후에 오른쪽으로 돌고 나서 여덟 걸음을 더 가면 돼. 운전은 내가 할게."

차량은 정확히 닉닉이 말한 곳에 있다. 문을 열기만 했는데도 손가락을 덴다. 차에 올라타서 사방이 다시 가려진 후에야 차양막과 고글을 벗는다. 아직도 진분홍색인 손가락 끝을 얼굴에 대자 열기가 퍼져 나온다.

"내다봤구나."

고글을 벗은 닉닉의 눈가를 보니 흰색이어야 하는 부위가 어느새 분홍색으로 변했다. 고글은 직사광이 아닌 간접광에서만 보호해 줄 수 있다. 차양막 뒤로 밖을 내다보다가 타는 듯한 햇볕에 그을린 게 틀림없다.

"살짝. 차를 어디다 세워 놨는지 기억나지 않아서."

"정말 이런 상태로 운전해 갈 수 있겠어?"

전면 유리는 두꺼운 그물망으로 덮어씌운 상태였다. 사막에서 사물의 형체를 알아볼 수야 있겠지만 무척 용을 써야만 가능할 테다.

"물론이지."

닉닉은 앞서 내가 차를 어디다 세워 놨는지 아느냐고 물었을 때와 똑같이 대답한다. 듣자 하니 물론이지는 어떻게든 해 볼게라는 말의 줄임말인가 보다.

"됐다, 가자."

부분적으로 개조된 장갑 차량은 마치 오늘 같은 날을 위해 마련해 둔 듯한 모양새다. 돌덩이처럼 생긴 전차는 전속력을 다해 그야말로 우아하게 기어간다. 내가 포트까지 뛰어가도 더 빠르겠다…… 물론 주 1회 훈련을 받아 씩씩거리지 않고 10초 이상을 뛸 수 있을 때 가능한 일이지만.

포트는 보이지 않지만 팔찌에 위치가 기록돼 있다. 주변이 온통 덜컹거리는 금속성 소리로 시끄러워서 닉닉의 팔을 톡톡 쳐 가까이 왔음을 알리고 방향을 바꿔야 할 때는 꾹꾹 찌른다. 이미 타격을 입은 눈 때문에 운전하지 못하는 일이 생기면 안 되는 상황이지만, 내가 포트에서 작업하는 동안 닉이 등 뒤에 서 준다. 다운로드 속도가 느려서 혹시나 내가 포트에 늦게 온 바람에 인증서가 취소됐으면 어쩌나 잠시 걱정했지만 결국 언제나와 같은 속도로 빨라진다. 데이터가 다운로드되는 동안 몸을 움직이며 달궈진 모래에서 올라와 차양막 아래에 갇혀 있는 열기를 빼낸다.

닉닉이 말한다.

"문제가 생겼어. 이제 정오야. 정오가 지날 때까지 운전하는 건 무리야."

연소 방지 첨가제에도 한계치가 있기 때문이다.

"차 안에서 기다릴 수도 있지만 엔진을 켜지 않으면 냉각팬을 돌리기…….”

열기가 가시기도 전에 탈수 상태에 빠져 의식을 잃을 수도 있다.

내 팔찌에 델이 내려받아 준 지도를 다시 확인한다.

“요 앞에 비상대피소가 있어. 거기 숨으면 돼.”

앞장선 나는 차양막을 푹 내린 채 땅만 보고 걷는다. 다행히 대피소는 눈에 띄지 않게 위장돼 있고 팔찌에서 나오는 음성 지시를 따라가면 되기에 전방을 볼 필요가 없다.

몇 번이나 사막 땅의 갈라진 틈에 발이 걸려 넘어질 뻔한다. 그런 균열이 곳곳에 있다는 것은 여기서 0호 지구나 22호 지구보다 채굴이 더 오래 지속되고 있다는 신호다. 어쨌거나 결국 우리는 목적지인 사각 모양의 지대에 도착한다. 이어 내가 무릎을 꿇고 앉아 신호가 읽히도록 지면에 팔찌를 대자 사각형의 지면이 솟아오르듯 열리더니 사다리 하나가 드러난다.

먼저 사다리를 타고 내려간 나는 닉닉이 문제없이 뒤따라 내려오자 버튼을 눌러 밀폐한다.

온도 조절 장치와 산소 공급 장치가 작동되자마자 장비를 벗고 태양이 우리 위쪽을 지나가기만 기다린다. 적어도 나는 기다리는 흉내라도 낸다. 닉닉은 커다래진 눈으로 대피소를 샅샅이 살피다가, 비상용 안내서까지 발견해서 훠훠 넘겨 보기 시작한다. 엘드리지 암호는 그에게 아무런 걸림돌이 안 된다. 이제는 그 이유를 안다. 닉닉의 형이 우리 둘에게 그 암호를 가르쳐 줬기 때문이다.

닉닉이 능숙하게 글을 읽는 모습은 여전히 낯설다. 그게 환각이라 해도 안 이상한 지금 상황에서 내가 토하지 않는 것도 놀라울 따름이다.

“지루한 절차 타령일 뿐이야.”

“나한테는 아니야. 당신을 여기에 데려다준 그 마법을 알고 싶어.”

나는 닉닉에게서 안내서를 뺏는다.

“마법 아니거든. 그런 건 없어. 누가 들으면 루럴스에서 내내 지낸 줄 알겠네.”

“정말 그래 볼까?”

나는 닉닉을 쳐다본다. 그가 입은 튜닉과 유익한 미소도.

“웃기지 마. 당신, 신자잖아. 그래서 내가 착륙했을 때 날 보살펴 줄 수밖에 없었던 거겠지. 그래야 하니까.”

신자인 닉닉이라니. 볼 장 다 봤다.

“난 아무것도 할 필요가 없었어. 그리고 종교적인 의무감 때문에 당신을 보살폈던 게 아니야.”

“그럼 왜 그랬는데?”

“당신은 기적이니까.”

“기적 아니야.”

나는 안내서를 흔들며 이어 말한다.

“과학이라고.”

“기도를 들어주는 과학을 뭐라고 부를래?”

닉닉이 안내서를 도로 가져가더니 결국 내게서 멀리 떨어지자 숨이 다시 쉬어진다.

“당신을 발견했을 때 내가 그러고 있었지. 사막에서 형의 문제를 해결할 답을 달라고 필사적으로 기도하고 있었어.”

"넬라인을 그렇게 찾아서 크게 상심하셨나 봐."

형의 잔인함을 부인할 수 없는 최후의 결정타를 날린 셈이었다. 속이 상한 게 뻔해 보이는 닉닉은 글에서 위안을 찾는 데 익숙한 사람처럼 안내서를 꽉 움켜잡는다. 적어도 이 세계에서 닉닉은 그런 사람이다.

"당신네 세계에서…… 우리 형제가 싸웠던 시기에 대해 말이 많나?"

싸움이라고 말할 수도 있고, 다르게는 아동 학대라고도 부른다.

"당신 부친이 당신이랑 형을 강제로 싸우게 했어. 당신 형이 이겨야만 했지. 나이가 좀 더 많다고 능력이 아니라 잔혹성을 확인하려고 한 거야. 그런데 당신이 무기로 쓸 걸 찾아내서……."

나는 말을 끝맺는 대신 어깨를 으쓱해 보인다. 분분한 소문처럼 아드라닉이 항복한 게 동생에게 찔리기 전이냐 후이냐는 중요하지 않다. 항복했다는 것만 중요하다. 닉 시니어가 이미 장남을 제거할 계획을 세워 놓았겠지만 그 싸움을 통해 닉닉은 형을 잃으리라는 것을 알게 되었다.

조용히 있던 닉닉이 입을 연다.

"금속 조각이었어. 날카롭고 값비싼 거였지. 아버지가 돌아가시고 한참 지나서야, 일부러 그걸 거기에 놔두셨다는 것을 깨달았어."

닉닉은 그 안에 완전히 다른 해답이라도 들어 있는 듯 엘드리지의 비상용 안내서의 표지를 빤히 내려다보며 이어 말한다.

"그 조각을 쥐었을 때 전율을 느꼈어. 사냥할 때와 똑같이 전율이 일었어. 형한테 거의 달려들 뻔했지만 멈췄고. 난 알고 있었어. 어렸지만 만약 내가 굴복해서 짐승에게 하도록 훈련받았던 짓을 사람에게, 그것도 형에게 저지르면…… 예전의 나로 영영 돌아오지 못하리라는 걸. 그래서 그 조각을 떨어뜨려 수거해 가도록 했지. 이후로는 아예 생명체를 해칠 생각도 하지 않았어."

내 세계에서는 상황이 그렇게 흘러가지 않았다. 0호 지구에서도 마찬가지였다. 닉닉은 그 싸움 후에 되레 더 자주 사냥을 하러 다녔으며 거리낌 없이 사람들을 사냥감으로 삼았다.

닉닉이 여전히 자기 손을 응시하고 있어서 그런지 그가 이어 말한 내용이 크게 놀랍지는 않다.

"하지만 지금도 그 전율이 기억나. 형이 그 여자한테 한 짓을 보고 난 후, 어떤 일을 해 왔는지 듣고 나서…… 딱 하나 해결책이 있다고 생각하기 시작했어. 그래서 내가 사막에 있었던 거야. 형을 죽이지 않고도 고난을 멈출 방법을 달라고 기도하고 있었어. 그때 볼때기가 순찰을 하다가 당신을 발견했지. 하늘에서 내려온 천사를. 그것도 등에 내 이름을 새기고 있으니 날 위해 하늘이 주신 선물이라고 생각하지 않겠느냐고."

"추락 천사는 악마거든?"

"어느 쪽이든 큰 변화를 일으킬 수 있는 존재지."

더 할 말이 없다. 닉닉은 다시 시시한 안내서를 읽기 시작한다. 나는 간이침대에 걸터앉는다. 내가 빤히 쳐다보고 있는데도 모르는 척할 만큼 닉닉은 무척 너그럽다.

9장

시간은 균일하다. 우리는 시간을 선형으로 인식하고 처리하지만 모든 일은 항상 한꺼번에 일어나고 있다. 지금 나는 닉닉에게 키스하고 있다. 나는 그를 떠나고 있다. 그리고 그를 죽이고 있다. 무한정으로 이전에 그렇게 해 왔고 앞으로 그렇게 할 게 확실하기 때문이다. 나는 델과 함께 집에 있다. 우리는 행복하다. 행복하지 않다. 한때는 행복했지만 지금은 그녀가 나의 낮은 사회적 지위를 불쾌하게 여기고, 나는 그런 태도에 분개하면서도 함께 너무 많은 것을 포기해서 달리 할 수 있는 게 없기에 같이 지낸다.

이성적인 사람들이 모두 그렇듯 나도 항상 내 자아들이 별개라고 믿었다. 그들, 즉 우리는 독립적으로 존재한다고 생각했다. 하지만 가끔 삶이 너무 정적일 때나 조용히 침대에 누워 있을 때면 모든 일이 일어나고 있음을 느낄 수 있다. 내 자아들뿐만 아니라 시간이 붕괴하고 있음을. 다른 세계에 있는 여러 자아처럼, 과거와 현재도 똑같이 확실하게 존재하는 다른 자아이기 때문이다. 엄마가 지금 현재 죽어 가는 게 느껴진다. 하지만 회복되어서 자리를 털고 일어나 멀쩡해진 엄마 역시 느낄 수 있다. 어딘가에서는 내가 홀로 있지 않다는 것도. 또, 곧 머지않은 언젠가 대단한 일을 해내리라는 것도.

그중에서도 느낌이 가장 강한 것은 머지않아 곧 가치 있는 존재가 되리라는 확신이다. 하지만 어쩌면 이런 확신은 그저 엄마의 경고를 무시하고 발돋움하려는 명분에 불과할지도 모른다. 아니면 엄마가 납작해진 우주를, 모든 일을 동시에 느꼈을 수도 있으며 거기서 끝이 다가오고 있음을 알았을지도 모른다. 혹은 내가 어떻게 죽곤 했는지, 그리고 어떻게 죽었으며 어떻게 다시 죽을 것인지 보았기 때문에 내게 말해 주려 했을 수도 있다.

나 역시도 조심하지 않으면 그러한 것들을 느낀다. 마치 머리 위에 매달린 무수한 기요틴 같은 372가지의 죽음을 가슴으로 느낀다. 그중에 넬라인의 죽음이 없다는 것을 알아챘어야 했다. 갈비뼈 안쪽이 죄어들지도 않았으니 다른 자아들의 죽음에 새로운 죽음이 추가되지 않았다는 것을 말이다.

지금 나는 이제 373번째가 진짜로 닥칠 것임을 알려 주는 웅웅거림을 애써 못 들은 척하고 있다.

"뭔 소리가 나는데. 저 책상에서."

"무슨 소리?"

나는 책상으로 걸어간다. 맨 윗서랍에 있는 구식 수신기에서 작게 내 이름이 들린다. 엘드리지에서는 몇 년간 써 본 적 없는 커다란 수신기를 집어 든다.

"……카라? 카라, 대답해."

"네! 델?"

델이 숨을 내쉬는 듯한, 혹은 무언가를 억누르는 듯한 소리가 들릴 정도로 아무 말이 없다.

"늦었네."

"보고 싶었어요?"

"장난하지 마. 도착 등록은 왜 안 한 거야? 네 팔찌에서 아직도 기분 나쁜 부재중 메시지만 오잖아. 너 그거 알기나 해? 그……."

"걔 안 죽었어요."

"뭐?"

그렇게 묻는 델의 목소리에 공포가 서려 있는 것을 보니 상황을 납득한 게 틀림없다.

"내 도플갱어. 살아 있다고요. 난 늦지 않게 구조됐지만 치료 장비에서 거의 사흘이나 보냈어요."

"사흘 넘어 거의 나흘 가까이 있었어. 둘째 날까지 깨어나지도 못했고."

닉닉의 설명을 들으니 델이 화낼 만하다 싶다.

"방금 무슨 소리였어? 비상 대피소에 또 누가 있는 거야?"

"당연히 없죠. 그러면 규칙 위반이잖아요."

"돌아와야 해. 당장."

"그럴 수 없어요. 해가 강한 날이에요. 지상으로 올라갔다가는 타 죽을걸요. 해가 진 다음에 복귀할게요."

"해 질 때 바로?"

나는 닉닉을 쳐다본다. 그가 고개를 가로젓는다.

"지고 난 다음에. 이따가요."

"사람들이 벌써 걱정해. 빨리 돌아올수록 너한테 좋을 거야."

"알죠. 하지만 지금 당장은 못 가요."

"최대한 빨리 오라고, 알았어?"

"장에게는 별일 없다고 해 줘요."

델이 거절하기 전에 통신을 끊고 수신기를 다시 책상 서랍에 넣어 둔다. 닉닉이 마침내 안내서를 치우고 나를 빤히 쳐다보고 있다.

"왜?"

"그 사람이 델이야?"

"델을 알아?"

"그 여자가 좋아하는 꽃, 입는 옷과 그렇지 않은 옷. 제일 좋아하는 음식 정도."

"내 일기장 본 거 아직 용서 안 했을 텐데."

나는 다시 간이침대에 앉으며 말한다.

닉닉이 내 옆에 앉는다.

"당신은 죽어 가고 있었어. 난 제일 먼저 당신이 누구인지 알고 싶었어. 당신도 무명인으로 죽고 싶지 않잖아, 안 그래?"

"난 알 수 없는 사람이야. 모두가 그래."

"하느님한테는 그렇지 않지."

"정말 그 집 레모네이드를 마셔 왔구나, 그치?"

닉닉은 그 말을 무시한다.

"델이라는 여자, 당신을 보고 싶어 하더라."

"회사의 자산을 걱정하는 거야. 나 같은 사람을 진짜로 신경 쓰기에는 계급 의식이 너무 강한 사람이거든."
"그걸 어떻게 알아?"
"그 사람을 잘 아니까."
"하지만 그 여자 역시 알 수 없는 사람 아냐?"
나는 그 말을 무시한다.
"정오가 아직 안 지났나?"
"거의. 그런데 거기서 내가 당신을 버렸나? 그래서 당신이 그 여자에게 중요한 사람일 수도 있다는 걸 안 믿는 거야?"
나도 모르게 풋 웃고 만다.
"그런 거 아냐, 닉. 당신은 언제나 멍이 들 만큼 꽉 붙들고 있었어."
이게 무슨 소리냐고? 내가 가치 있고 귀한 존재로 대접받았던 유일한 시기는, 엄마나 와일리시티의 이해심 많은 남자친구 품이 아니라 독재자의 손아귀에 있을 때라는 뜻이지.

***

밖으로 다시 나갔을 때 자동차가 전과 똑같이 뜨겁긴 했지만 더 뜨거워지지는 않은 것으로 보아, 우리가 있는 곳은 강 하구 전에 있는 고원이다. 나는 차를 다시 교회로 몰고 가려는 닉에게 대신 강바닥 쪽으로 가자고 한다.
"그렇게 멀리까지 가려면 또 한 번 쉬어야 할 테지만 내가 아는 데가 있어."
처음에는 그녀를 보지 못했다. 강 끝의 두둑에 있는 희미한 흙더미 같았기 때문이다. 회갈색 차양막 덕분에 태양과 정찰하는 눈을 피할 수 있었다. 하지만 우리 차의 소음을 듣고 그녀가 일어선다. 숨막힐 듯한 이 차를 절호의 기회라고 생각한 모양이다.

"저 애가 도망가면 당신 도움이 필요할 수도 있어."

"누군데?"

"넬라인."

나는 문을 열고 넬라인을 안으로 끌어당긴다. 그녀는 별 저항을 하지 않는다. 그도 그럴 것이, 나인 줄 모르기 때문이다. 내가 차 문을 닫은 후 넬라인이 차양막을 벗어 버린 순간, 그때부터 발길질이 시작된다.

내가 힘껏 밀쳐 좌석 위쪽으로 떠밀자 넬라인은 차량 뒤쪽 짐칸에 처박힌다.

"둘이 정말 똑같네."

"말도 안 돼."

닉닉의 평가에 넬라인이 특유의 지독한 목소리로 대꾸한다.

"이미 알고 있던 사실이잖아?"

내가 이번에는 누구보다 중립적인 태도로 닉닉에게 묻는다.

"처음에는 그랬지. 하지만 저절로 입에서 나오더라, 있을 수 없는 일이라고. 더구나 최근에 얼굴을 본 건…… 하필 원래 모습과 많이 달라 보였을 때 뿐이었거든."

넬라인을 돌아보지만 그녀는 나와 눈을 맞추지 않는다. 자신의 부상이나 나약함에 내해 듣기 싫어서일 텐데, 넬라인 탓은 아니다. 그녀는 어쩐지 옆에 있는 닉닉을 낯선 사람인 양 불편해한다.

"당신들, 허물없는 사이 아니었어?"

넬라인이 나 같은 사람이라면(나 같다는 거 인정.) 엄마가 죽고 나서 상황이 절박해졌을 때 곧장 황제를 찾아냈을 것이다. 분명 두 사람은 지난 9년 동안 서로 알고 지냈을 테니 가까워질 만하지 않나?

넬라인이 고개를 가로젓는다.

"아드라가 명령했어. 자기 동생이나 다른 경쟁 관계에 있는 자들과 친하게 지내면 잘릴 줄 알라고."

생계를 유지하기 위해 필사적이었을 그녀의 심정이 마치 내가 겪은 일인 듯이 고스란히 느껴진다. 나는 그 심정이 이해가 가면서도 몰랐으면 싶다. 아드라닉은 자신이 넬라인에게 분노를 터트린 후 그녀를 돌봐준 이가 닉닉이라는 사실을 알까?

"형이 날 항상 그런 식으로 봤단 말이지? 그저 또 다른 경쟁자로."

닉닉의 말은 혼잣말처럼 들린다. 물론 속마음을 알 수 없으니 나만의 추측일 뿐이지만.

"몇 년이나 연애한 사이였는데도 형은 나한테 당신 얘기를 한 번도 안 하던데."

"연애한 사이라."

넬라인이 코웃음을 치더니 오른쪽을 보며 말을 잇는다.

"말도 안 되는 소리야. 아드라에게 아내란 하나의 이미지야. 모두에게 보여 주기 위한 사람. 주시당하는 대상. 호의를 청하면 그 대가로 호의를 베푸는 상대. 우리가 '연애한 사이'였다면 그건 순전히 내가 남의 눈을 끈다는 이유 때문이었겠지."

그녀는 그렇게 되뇌었던 걸까? 자신이 연애 상대로 적합하지 않거나 아드라닉이 얄팍한 인간이라서가 아니라, 대중 앞에 나란히 서기에는 그와 격이 너무 차이가 나기 때문이라고. 넬라인이 애처롭다. 닉닉이 나를 사랑했다는 사실은 받아들이기 싫은지 모르겠지만, 어쨌든 그가 그랬다는 건 나도 알고 22호 지구의 모두가 알았다.

내가 움직이려는 순간 넬라인이 도망가려고 하지만, 그 전에 잔뜩 긴장한 모습을 본 내가 먼저 그녀의 차양막을 그러잡고 발로 저지한다. 넬라인은 알아차릴 새도 없이 차 뒷문으로 가다가 중간쯤에서 막히고 만다.

"뛰쳐나가도 되긴 하지만 불타는 거대 물집으로 변하면 얼마나 눈에 띌지 알아둬."

내 말에도 넬라인이 뛰쳐나갈 수도 있다. 그녀도 나처럼 늘 자살을 생각하리라고 확신하니까. 그렇지만 뛰쳐나가지 않기를 바란다. 나랑 이토록 비슷한 사람을 살려 두는 게 불안하긴 하지만 한편으로는 위안이 되기도 한다. 우주는 나를 지워 버리면서도 자꾸 다시 만들어 내기도 하니, 이런 모습에 뭔가 가치가 있는 게 아닐까?

결국 넬라인은 문에서 떨어진다.

그녀는 고개를 숙인 채 이렇게 묻는다.

"내가 어떻게 해 줘?"

넬라인이 내게 처음 하는 질문이 아닌 것 같기에 귀에 박힌다. 난 사람을 죽여야 했던 적이 한 번도 없었는데 넬라인도 그랬을지는 잘 모르겠다.

"아무것도. 넌 아무것도 할 필요 없어. 우린 그냥, 나는 네가 아니라는 걸 밝히기 위해 네가 필요한 것뿐이야. 그 일만 끝나면 얼마든지 가도 돼."

넬라인은 안심이 안 되는 모양이다. 내 말을 믿지 못하는 눈치다.

차가 덜컥거리며 출발하자, 내 머리에 차를 세워 놓고 식힐 만한 장소가 떠오른다. 해가 강한 날보다 더 훈훈한 기분이 드는 게, 닉닉에게 고맙다고 하고 싶을 정도다. 정작 그는 내게 선물을 줬다는 것을 모르지만.

엔진 온도계가 진홍색을 띠며 흔들리기 시작하는데 업소까지는 아직 한 블록이나 남아 있다. 하지만 상관없다. 이윽고 장비를 갖춰 입은 나는 처음 등교하는 와일리시티 아이처럼 차에서 내린다.

몇 걸음 앞에 두고서야, 여기와 내가 사는 세계의 업소가 얼마나 다른지를 알아챈다. 내 키보다 두 배나 높고 바깥세상과의 싸움이 끊이지 않는 장소에 있기에는 지나치게 화려한 문은 껍질이 벗겨져 가는 상태였다. 동네 흙을 펴 바른 듯 보이는 것은 경회(輕灰)였는데, 가까이 가서야 그게 무엇인지 깨닫는다. 고향집이나 심지어 0호 지구에 갔을 때 확인해 봤던 그 문은 황백색인 데다 화학물질로 윤을 내서 빛이 닿으면 금색으로 반짝거렸다. 내가 사는 지구에서는 6년 전에 수리했는데 여기서는 아직 수리가 되지 않은 상태였다.

저쪽 세계에서 닉닉이 권좌에 있을 때 업소 사람들에게 추가 수당을 줬는지, 혹은 여기서 아드라닉이 그저 이들의 단물을 다 빨아먹기만 하는지 궁금해진다. 교회에 세금을 면제한 이후로 업소에도 같은 규칙이 적용돼 왔다. 그곳 직원들이 순찰대원보다 평화 유지에 더 많이 기여하며, 루럴스의 독실한 신자보다 문명을 더 발달시키고 있음을 다들 알고 있다.

닉닉이 자유로운 손으로 문을 두드린다. 흥분한 나 대신 여태 그가 넬라인을 끌고 데려왔다. 하지만 문이 열리고 엑슬리의 은빛 얼굴을 보자마자 나는 또다시 닉닉을 내팽개친다.

문을 밀고 안으로 들어간 나는 차양막과 고글을 벗어 던진다. 몸에서 걸리적거리는 것들을 서둘러 떼어 내야 빨리 포옹할 수 있으니까. 하지만 그런 다급한 마음과 달리 내 뺨으로 따귀가 날아온다.

어릴 때 이후로 엑슬리가 내게 뺨을 때린 적은 없지만 그렇게 오래된 일인데도 지금의 손놀림이 그때와 다르다는 걸 알겠다. 애정이라고는 조금도 없고 벌의 느낌도 전혀 아닌, 오직 분노만 깃든 손찌검이다. 나는 아무런 대응도 안 한다. 차양막을 벗은 닉닉이 이 상황을 관심 있게 지켜보는 손님 몇몇에게 작은 목소리로 무어라 말하고 있다. 하지만 넬라인은 여전히 차양막을 쓴 채 자기 대신 벌을 받는 나를 보며 고소해한다.

"더러운 스파이 같으니라고. 애인한테 일러바쳐서 새벽에 또 순찰대가 들이닥쳐 내 직원들을 더 잡아가게 할 테냐?"

"누구를요? 순찰대원이 누굴 잡아갔다는 거예요?"

"믹시 말이야, 뭐 넌 이미 알고 있겠지만."

나는 돌아서서 넬라인의 차양막을 벗겨 낸다. 이번에는 엑슬리가 헉하고 숨을 멈춘다. 어떻게 하면 업소 주인을 간 떨어지게 할 수 있을까 늘 궁금했더랬는데, 이제야 알겠다.

넬라인이 계속 눈을 내리깔고 있기에 나는 그녀가 땅이 아닌 자기 손을 쳐다보고 있다는 것을 잠시 후에나 알아챈다.

"믹시를 배신해 놓고 여태 그 사람 장갑을 끼고 있었던 거야? 대체 왜 그래?"

나는 정말 이해가 안 가서 묻는다. 어떻게 그럴 수 있지? 나는 여기서 늘 무조건적인 사랑을 받았다. 도대체 뭐 때문에 그런 사랑을 저버리는 걸까.

"선택의 여지가 없었어."

"아니, 있었을걸. 배신할지 아니면 가난하게 살지 선택해야 했겠지. 그리고 그런 선택은 여전히 진행형이고."

그러자 넬라인이 나를 노려본다.

"너였어도 똑같이 그랬을 거야."

"아니."

하지만 그녀가 피식 웃을 만큼 내 목소리는 단호하지 못하다.

넬라인이 손을 쥐었다 펴면서 말한다.

"너라면 분명 몇 년 전에 여기 사람들을 버리고 떠났겠지. 아니면 네가 어디 출신인지 아무도 모르도록 꼭꼭 숨겼거나."

"말 나온 김에 좀 들어 보자."

엑슬리가 평소답지 않게 나약함을 인정하듯 뭐가 뭔지 모르겠다는 표정으로 끼어든다.

"난 넬라인이 아니에요."

내가 말하는 순간, 안방의 커튼이 열리며 팍스가 거실로 나온다.

집 나갔다가 들어온 강아지인 양 나를 뚫어져라 쳐다본 팍스는 내가 넬라인이 아니라고 항변할 새도 없이 손을 치켜든다. 다행히 엑슬리가 먼저 막아서서 내 팔뚝 길이만큼 높은 신발을 신은 팍스를 내려다본다.

"얘는 로릭스의 딸이 아니야."

그러고는 팍스를 돌려세워 넬라인을 보게 한다.

"재야."

"뭐? 아니 어떻게?"

엑슬리가 어깨를 으쓱해 보인다. 어리둥절한 상황에 팍스의 분노가 잦아든 것도 잠시, 다시 그의 두 눈이 불타오른다.

"왜 몰랐을까."

팍스가 넬라인에게 다가가며 내뱉더니 그녀 앞에 서서 땅바닥에 침을 찍 뱉는다.

"이가 썩고 있구나, 우리 넬리."

우리 카라. 팍스는 내가 어릴 때부터 입이 닳도록 나를 그렇게 불렀다. 그래서 지금 '우리 넬리'란 소리에 팍스가 내게 해 줬던 것과 똑같이 넬라인을 보살펴 줬음을 직감한다. 순간 또다시 넬라인이 미워진다.

팍스가 넬라인을 업소의 대기 구역으로 데려가는데 그녀가 뒤돌아서 어깨 너머로 나를 쳐다본다. 분노 가득한 눈이 부당함을 말한다. 그녀는 여전히 아무런 잘못도 하지 않았다고 생각한다. 생존 게임에서는 배신조차 정당한 행위라고 생각하는지도 모른다. 넬라인을 보고 있노라니 나 자신의 나쁜 면모를 보는 것 같지만, 우월한 기분이 드는 것도 어쩔 수 없다. 나도 그녀처럼 될 수 있었고, 여전히 그렇게 될 수 있기 때문이다.

엑슬리가 나를 돌아보고 나서 닉닉에게 시선을 돌리며 말한다.

"차남께서 행동에 나선 지 좀 됐다고 들었는데."

닉닉이 차남이라는 소리에 움찔하지 않으려 안간힘을 쓰며 답한다.

"무슨 소문을 들었는지는 모르겠지만 최근에야 결심했습니다."

"결심한 순간 우리 집부터 찾아왔어야죠."

그랬어야 했다. 나의 닉닉이라면 분명 그랬을 것이다. 이곳의 닉닉은 루럴스에서 보낸 시간 탓에 엑슬리와 업소의 가치를 간과했던 게 아닐까. 이들 없이는 전쟁을 시작할 수도 싸워서 이길 수도 없다.

"내 실수였습니다만 지금은 이 자리에 있지 않습니까?"

엑슬리가 좀처럼 보기 힘든 미소를 짓는다. 방금의 무례를 용서한다는 신호를 분명하게 보낸 셈이다.

"그러게요. 내 사무실은 이쪽입니다."

엑슬리가 업소 뒤편으로 걸어가면서 나를 쳐다본다. 어렸을 때처럼 따라와도 된다는 허락이 떨어지길 내가 기다리고 있었음을 그제야 깨닫는다. 왠지 엑슬리도 그 상황을 이해했는지 고개를 끄덕인다.

얘는 로릭스의 딸이 아니야.

아니, 나는 그녀의 딸이다. 그리고 언제나 그녀의 딸일 것이다.

***

엑슬리의 사무실에서 닉닉은 장차 어떤 통치자가 될지, 그리고 업소 직원들이 왜 그의 모임에 끼어야 하는지에 대해 심문을 당한다. 계획한 일은 아니었지만 오길 잘한 것 같다. 최신 소식은 업소에서 제일 빠르게 퍼지기에, 모임이 열리기도 전에 모두가 넬라인의 도플갱어가 나타났다고 떠들어 대면서 내 정체를 궁금해할 것이다.

에스더가 사람들에게 말하면 믿어 줄지도 모른다.

나는 여전히 듣는 둥 마는 둥 사무실을 이리저리 돌아다니며 어릴 때 만져 봤지만 10대 이후로 보지 못했던 책장을 쓸어 본다.

엄마와 나는 업소에서 자주 머물진 못했다. 엄마가 인사불성이 된 상태에서는 이곳에 머물 수 없다는 엑슬리의 규정 때문인지, 아니면 엄마가 동료들에게 그런 모습을 보이는 게 수치스러워서 그랬는지는 모르겠지만, 대체로 엄마가 잘 지낼 때만 거기서 살았고 그러지 못할 때는 콘크리트로 지은 공동주택의 단칸방에 머물렀다. 그리고 그럴 때 다른 동료들의 보호를 받지 않고 혼자서 손님을 받으려 할 때마다 상황은 나빠졌다. 손님들이 본분을 잊고 엄마나 나 혹은 우리 둘 다를 죽였던 세계에서 그런 일은 항상 이곳을 나갔을 때 일어났다. 나는 사막 곳곳에서 죽었지만 여기서는 결코 죽은 적이 없었다. 내게 이곳은 언제나 안식처였다.

엑슬리의 사무실은 내게 불변의 장소였다. 엄마와 변두리에 살 때도 낮에 엄마가 일이 끝날 때까지 기다리는 동안에는 여기서 시간을 보낼 수 있었다. 조부모 댁이 있다면 이와 비슷하지 않았을까? 엄마의 이전 세대는 잘살지 못했다. 전쟁이 일어나 일정 나이 이상이면 누구든 전투에 참여하고 순찰을 돌 수밖에 없었다. 그런 폭력의 시대를 버티고 살아남은 이들도 음식과 물, 그리고 우리가 미처 몰랐을 뿐이지 이미 유독해진 공기 때문에 단명하고 말았다. 이런 진창 같은 상황이 닉 시니어 같은 인간을 탄생시켰다. 공포와 피와 죽음이 뒤섞인 시대 상황 때문에 군 사령관이 황제가 되는 것이 멋진 일이 되어 버렸다. 닉 시니어가 권력을 잡은 뒤로는 더 이상 내

전이 일어나지 않았지만 다른 많은 일도 발생하지 않았다.

창문으로 무대들이 보인다. 왼쪽 무대에 있는 남자나 중앙의 논바이너리 춤꾼은 모르는 사람이지만, 오른쪽에 선 여자는 익숙한 얼굴이다. 헬레네 엑스란 이름으로 불리곤 했는데 우리가 무척 놀려 댔으니 지금쯤 개명했을 가능성이 크다. 우리 모두 그녀가 와일리시티 출신이라는 사실을 알았지만 그와 같은 이름으로 살고 있는데 굳이 출신을 광고할 필요가 없었다. 나는 와일리시티 출신이 어떻게 애시타운에 왔는지 도저히 이해가 안 갔다. 단순히 가난 때문일 리는 없었다.(와일리시티에는 빈곤 구제 제도가 있다.) 내가 이유를 물어볼 때마다 그녀는 절박해 보이기보다 무서워하는 것 같았다. 엄마가 죽었을 때, 헬레네는 내게 바다 생물처럼 검고 주름이 있는 쓸모없는 작은 브로치를 주었다. 와일리시티에 오고 나서야 나는 처음으로 진짜 카네이션을 보았고, 그 도시 사람들이 그것을 어머니의 꽃이라고 부른다는 사실을 알았다. 잘 어울렸던 검은색 카네이션 브로치를 지금도 갖고 있다면 좋으련만.

돈도 안 내고 이렇게 헬레네 엑스를 빤히 쳐다보면 훔쳐보는 것이나 다름없어서 나는 다시 책장이 늘어선 벽으로 이동한다. 조그마한 비단 천 위에 유리로 만든 천체가 있다. 집어 올려 양 손바닥으로 느슨하게 쥐자 천체에 불이 들어오면서 반사된 별들이 내 손에서 반짝거린다. 우주를 들고 있으니 내가 바로 은야메다.

어느새 엑슬리가 곁에 와서 말한다.

"넬라인도 그러고 놀았지. 걔가 어릴 때도 꼭 그렇게 들곤 했단다."

물론 나도 그랬다. 우리는 한배에서 나온 듯 똑같지만, 나는 내가 결코 이들을 배신하지 않으리라고 믿어야 한다. 내 야망에도 한계가 있다고 믿어야 한다…… 하지만 또 스탈라가 생각난다. 그녀를 친구라고 불렀지만 사과만 가득 든 바구니를 쥐여 주고 눈곱만큼의 자책도 하지 않은 채 쫓아냈다.

천체를 제자리에 올려 둔다. 사실 여기서 이걸 만져도 된다는 허락을 받은 적은 없다.

"미안해요."

엑슬리가 손목까지 황금색으로 채색된 손을 뻗어 유리 천체를 덮으니, 하나같이 새끼손가락만큼 긴 검정색 손톱들에 천체가 갇힌 모양새다.

"잿보다 잘 켰네."

"와일스에 살거든요."

"그래? 당일치기 여행객이 있다는 말은 순찰대한테서 못 들었는데."

"나는…… 다른 방도로 왔거든요."

엑슬리가 눈썹을 치켜올리기에 다음 질문이 이어지겠다 싶을 때 닉닉이 끼어든다.

"우린 가 봐야겠습니다. 오늘 밤에 다들 봤으면 좋겠군요."

엑슬리가 닉닉의 말을 무시하고 나를 돌아보며 묻는다.

"저 사람이 황제가 될 만하다고 생각하니? 아니면 우리가 괜히 사서 고생하는 걸까?"

난 팔찌를 내려다보며 대답한다.

"아직은 모르겠어요. 하지만 오늘 밤에는 알게 되겠지요. 여러분이 오면 진실을 말해 드릴게요."

엑슬리가 확답을 주진 않지만 묵살도 하지 않기에 나는 긍정적인 신호로 받아들인다.

정문으로 가자 넬라인이 등 뒤로 양손이 묶인 채 서 있다. 누구에게 호되게 따귀를 맞았는지 뺨에 자국이 선명하다. 넬라인은 모든 게 내 탓인 듯 나를 노려본다. 추측건대 믹시와 아주 가까운 사이였던 팍스가 남긴 자국이겠으나 꼭 내가 맞은 기분이다. 빛이 쏟아지는 밖으로 나가기 전에 넬라인에게 차양막을 씌우지만, 슬며시 벗겨져 가려 줄 수 없게 될까 봐 걱정이 되어 차로 돌아가는 내내 계속 바싹 붙어서 걷는다.

다시 차에 타자마자 새로 탄 데는 없는지 넬라인을 살펴본다. 진분홍색 자국이 몇 군데 보여서 오늘 같은 날에는 어쩔 수 없는 일인 줄 알면서도 죄책감이 든다. 또 다른 나라는 느낌보다 동생이나 딸 혹은 엄마같이 생각된다. 내가 보살펴 줘야 하는데 그러지 못한 사람처럼.

***

업소에 들르면 한껏 기운이 나리라 생각했지만 쓰라림만 남았을 뿐이다. 마음이 아프다. 내 첫 번째 지구였던 22호를 잃은 상실감을 처음으로 실감한다. 한때 나는 믹시의 장갑과 헬레네 엑스의 브로치를 잘 보관했고, 그곳 사람들이 내게 준 모든 선물과 가르침을 고이 간직했다. 하지만 이번에 들러서는 그 사람들과 시간을 보내지도 못했다. 장갑은 아직 간직하고 있는지도 모르나 내가 걸쳤던 것들은 죄다 카라멘타의 시체에 바치는 제물이 되었다. 0호 지구의 내 아파트에 있는 기념품 상자를 모두 뒤져 봐도 그것들은 없을 것이다. 카라멘타의 엄마가 죽지 않았기에 애초에 어떤 애도의 제물도 받지 않았기 때문이다.

이 세계로 와서 나는 뒤죽박죽이 되고 말았다. 얼마나 더 나아가야 과거를 떠올릴 일 없이 만족하게 될까? 내 앞에 목표가 하나 더 생겨 한 번 더 출동하고 한 번 더 시험을 치르고 한 번 더 승진하는 한, 아마 영원히 나아가야 할 것이다.

"어디 안 좋아?"

여정의 마지막 구간을 앞두고 잠시 조용히 있던 닉닉이 묻는다.

"괜찮아. 피곤해서 그래."

설령 그에게 말하고 싶다고 해도(정말로 그러고 싶지만), 더는 내가 누구인지 모르겠어, 누구였는지도 모르겠고라는 말을 해서 넬라인을 흡족하게 할 일은 절대 만들지 않을 것이다.

교회로 돌아온 뒤 나는 대니얼의 사무실을 빼앗다시피 차지한다. 볼때기 씨가 넬라인을 데리고 나갈 때 어깨 너머로 쳐다보지 않으려고 억지로 참는다. 건물 안 깊숙한 곳에서 소음이 들린다. 계부가 헌당식에서 약속했던 대로 그곳에서 은신할 곳 없는 황무지 사람들이 대낮의 열기를 피하고 있다.

팔찌의 투사 기능을 작동시켜 닉닉이 황제로 등재된 세계의 인구조사표를 근거로 목록을 생성한다. 그리고 200여 개의 숫자를 응시하면서 모의시험 때마다 이해가 안 되면 어쩌나 걱정할 때 엄습했던 신경과민증을 기다린다. 그런데 영 오질 않는다. 시험 볼 때 주어진 시간의 절반 만에 첫 비교 작업을 마친다. 그리고 데이터를 다시 한번 확인해 보지만 딱히 실수한 건 없다.

결과는 혁명에 도움이 될 만하다. 175호 지구의 애시타운은 닉닉이 통치하는 세계들의 90퍼센트보다 사망률이 높고 기대수명은 짧다. 그런데 애시타운 인접 지역의 사망률도 아주 높은 것을 보면 환경적 요인이 영향을 미치는 것 같다. 안심이 되긴 하지만 놀라지는 않는다. 이런 결과가 나오지 않았더라도, 아드라닉이 성격만 그렇지 행동이 사나운 건 아니라서 사람들이 그럭저럭 살아간다 해도, 나는 사막으로 도망쳐 닉닉을 곤경에 빠트리기로 결심했기 때문이다. 그러나 아드라닉은 거의 모든 세계에서 살아남은 사람들을 마구 죽이고 있다.

기본적인 수치들을 검토하고 나서 사소한 것들을 따져본다. 이 세계의 애시타운은 다른 세계들보다 더 적은 물품을 와일리시티로 수출한다. 여기 애시타운 사람들은 모든 것을 더 적게 만들고 더 많이 수입하는 모양이다. 더구나 황제가 와일리시티에서 대량으로 옷감과 생산품을 사들이는 실정이라 경제 상황은 엄청난 적자다.

그런데 왜? 황제가 그것들을 자기 백성에게 되팔아 이득을 볼 수도 없을 것이다. 왜냐하면 대다수 사람이 일주일마다 지출을 할 수 있을 만큼 충분한 화폐를 벌지 못하기 때문이다. 업소 고객의 거의 절반은 부탁을 들어준다거나, 재배한 식량이나 각종 날씨에 잘 견딜 수 있는 직물 혹은 온갖 종류의 금속을 가져와 물물교환 방식으로 비용을 지불한다.

에스더가 오기를 바라며 큰 소리로 불렀지만 닉닉이 들어온다.

"어. 왜 불렀어?"

"여기서 1.5킬로미터 정도 떨어진 곳에 건물이 여덟 채 정도 있지? 아직도 실내 농장으로 쓰나?"

닉닉이 고개를 가로젓는다.

"격납고 구역 말하는 거야? 거긴 순찰대의 기계 공장이야, 형의 기지는 루럴스에 있고."

"황제가 왜 루럴스에 기지를 둬?"

"나도 몰라. 본 적도 없는걸. 하지만 형은 황무지 한복판에도 기지를 뒀어."

"와일리시티에서 사 오는 식량은 얼마에 배급해?"

"사흘 치 급료면 아껴 먹을 수 있는 사람에게는 일주일 치 배급량이 될걸. 그 외에는 금속을 받을 거야. 형은 거의 뭐든 대가로 금속을 받더라고."

"그럼 아무도 직접 재배해서 먹진 않아?"

"대놓고 그러진 않지. 형이 2년 전에 개인 농업을 금지했어. 개인 농장은 위험하다더군. 하지만 일부 빈곤 가정은 절대 농사를 멈추지 않았지. 지상에서 농사를 지어 먹는데 우리와 똑같이 건강해."

나는 다시 화면을 쳐다본다.

"당신 형은 와일리시티에서 합성 흙을 사들여야 했어. 완전 생산물이 아니라."

하지만 황제는 백성이 자신을 통해 식량을 구하기를 바란다. 왜? 그래야 철 조각들을 거둬들여 쌓아 둘 수 있으니까?

닉닉은 나를 가만히 놔둔다. 나는 다른 세계들의 중요 목록을 화면에 다시 띄운다. 뭔가 중요한 것을 놓치고 있는데 보이지 않는다. 화면을 위아래로 움직이지만 아드라닉이 비축해 놓은 금속이 신경 쓰여 간신히 그의 이력을 살피는 데 그친다.

***

"변덕쟁이 아가씨, 내가 보고 싶었어?"

넬라인이 입술 위의 꺼칠한 피부를 물어뜯어 내고서 말한다. 양손은 간이침대에 묶여 있다. 이 위치에서도 넬라인의 손목을 꽉 조이고 있는 끈이 보인다. 믹시의 얼굴을 떠올리며 이 세계의 나를 미워해 보려 하지만 안 된다. 어쩐지 내가 실패한 것처럼 엄청 속상할 뿐이다.

나는 넬라인 앞으로 다가가며 말한다.

"아무래도 뇌가 장난치는 것 같아. 네가 나쁜 년인데도 널 미워할 수 없도록."

모욕당한 넬라인이 발끈하지만 아니라는 말은 못 한다. 그녀는 사람들을 순찰대원한테 팔아넘겼다. 애시타운에서 가장 나쁜 짓을 한 셈이다.

"굳이 그렇게 생각하고 있다면 삽질하는 건데. 원하는 게 뭐야?"

"도움."

넬라인이 콧방귀를 뀌든 말든 나는 계속 말한다.

"뭔가 중요한 걸 놓치고 있는데 보이질 않아. 근데 네가 나보다

이 세계를 더 잘 알잖아. 아드라에 대해 모르는 게 없을 테지."

그녀는 칭찬에 허리를 좀 더 쭉 펴고 앉으면서도 무관심한 표정을 지우지 않는다.

"내가 왜 널 도와야 하는데?"

"닉닉이 승리했을 때 그의 눈에 들고 싶을 테니까."

넬라인이 어깨를 으쓱해 보인다.

"지금의 황제가 날 죽이려 하는 마당에 차기 황제의 눈에 들겠다는 발상에 혹하겠어?"

되든 안 되든 해 보는 수밖에 없다는 생각으로 그녀 옆에 앉는다.

"내가 왜 그 사람 이름을 등에 새겼게?"

"네가 말해 줬잖아, 아드라가……."

"거짓말한 거야. 황제가 자기 일을 잘하면 감히 누구도 그 사람 이름을 새길 생각을 못 해. 그리고 황제가 하는 일에는 애시타운 사람들이 자기를 미워하고 우리가 이렇게 사는 걸 자기 탓으로 돌리게 하는 것도 있지. 하지만 난 너랑 똑같은 일을 해서 그 이름을 새겼어. 업소에서 일하는 데 실패해서 도망치듯 황제의 첩이 되어 버렸어. 그와 함께 지낸 건 내 인생 최악의 일이었다고 생각했는데…… 지금 아드라를 만난 거야."

"그 문신을 했다고 황제가 널 때린 건 아니지? 동네방네 관계를 다 알렸다고."

그렇게 물으면서 놀라는 넬라인의 목소리를 들으니 아직 젊구나 싶으면서도 거기에서 희망을 보는 내가 나이 든 것처럼 느껴진다.

"아냐. 내가 사는 세계에서는 닉닉도 폭력적이었어. 금세 손등으로 후려치곤 했지. 화가 나면 뭘 집어 던지고 내가 잘못 말하면 목을 졸랐지. 하지만 폭군보다는 아이에 가까웠어."

그러자 넬라인이 믿기지 않는다는 듯 비아냥댄다.

"그 인간을 사랑했구나."

"아니야."

이번에는 말하면서 그게 진심임을 확신한다.

"여기서 만난 닉닉은 모든 면에서 우리 세계의 닉닉보다 나은 것 같아. 하지만 진짜 그를 모르니 다 거짓말일 수도 있어. 그래도 만약 내가 아는 남자보다 별로 나을 게 없는 사람일지라 해도, 아드라보다는 그의 눈에 드는 게 좋을 거라는 말을 해 주고 싶어."

넬라인은 콘크리트 바닥을 빤히 내려다보고 있다. 머리 위 불빛이 그녀의 양발 사이를 희미하게 비춘다. 잠시 생각하던 넬라인이 마침내 고개를 든다.

"뭘 놓친 거 같은데?"

"아드라의 사업 방식이 이해가 안 돼. 대부분의 세계에서는 격납고 구역에 실내 농장이 있어서 와일리시티에서 농작물을 사들일 필요가 없거든. 다른 건물 일부도 옷감이나 도자기를 만들어 되파는 용도로 쓰였고. 그런데 이 세계의 애시타운은 직접 만드는 게 전혀 없는 것 같아."

"네 말이 맞아. 근데 중요한 걸 놓치고 있어. 아드라가 편집증 환자라는 거. 수년 동안 검은 양복을 입은 남자들이 자길 죽이려고 한다고 주장해 왔지만 그런 자들을 봤다는 사람은 아무도 없어."

"그 인간 마약 해?"

내가 알기로 그런 취향을 가진 황제는 없지만 혹시나 해서 묻는다.

"뻔하지, 뭐. 어떤 걸 하는지는 모르지만 아주 순도가 높아서 부작용 같은 건 전혀 안 겪지. 일반 대중들에게 배급되는 것과 다른 약을 하는 건 확실해."

"그런데 편집증과 격납고 구역은 무슨 관계가 있는 거지?"

"그놈의 편집증 때문에 이렇게 된 거니까. 거긴 무기 저장소야. 아드라가 총을 다시 만들어 냈다고."

***

처음에는 넬라인이 무슨 말을 하는지 못 알아듣는다. 내 평생 총은 존재했던 적이 없는 물건이었다. 하지만 어렸을 때 기억을 더듬어 보면, 만약 순찰대가 차량 대신에 총을 쓸 경우 각자 한두 사람을 죽이는 데서 끝나지 않고 훨씬 더 심각한 폭력을 휘두를 것이라던 어른들의 말이 떠오른다.

애시타운에서는 무기를 제조한 일 자체가 없었다. 하지만 사막 전역과 바다 건너에서 들여온 사용 가능한 무기들을 전부 파괴한 장본인이 바로 닉 시니어였다. 그는 가정이나 산업 현장에서만 금속을 쓰도록 법으로 강제했다. 한편으로는 군 사령관으로서 새로 자신의 백성이 된 이들의 두려움을 덜어 주려는 시도였고, 다른 한편으로는 향후 있을지 모를 찬탈자들을 무장 해제시키려는 의도가 깔려 있었다. 순찰대는 차량을 무기로 써야 했고, 본래 살상 목적으로 소지했다고 해도 칼은 명목상 부엌일이나 무두질에만 써야 했다. 황제 본인도 확실한 무기를 쉽게 구할 수 없기에 화학물질을 채운 반지나 이빨로 죽이는 방법을 익히곤 했다. 그리고 그는 두 아들에게 자신이 익힌 기술을 넘겨주었다.

와일리시티의 스턴 건은 오늘날 흔히 사람들이 총으로 여기곤 하지만, 그 도시에서 진짜 총이 사라진 지는 애시타운보다 훨씬 오래되었으니 엄밀히 말하자면 다르다. 플라스틱으로 만들어진 스턴 건은 전파를 발사해 일시적으로 대상을 마비시킬 수는 있어도 살상하지는 못한다. 닉 시니어가 내린 포고령에도 살인이라는 행위는 결코 멈추지 않았지만, 이제 사람을 살해하려면 희생자와 접촉하고 그들의 죽음을 느껴야 했다.

넬라인의 폭로를 듣고 나자 닉 시니어가 부리던 이들이 무장을 했다면 내 어린 시절이 어땠을지 상상하게 된다. 더 은밀하고 빠르게, 그리고 더 흔하게 사람들이 죽어 나갔다면 어떤 기분이었을까. 총이 있으면 그런 일에 더 무감각해질까? 수많은 사람을 손쉽게 죽이면 생명을 대수롭지 않게 여기게 될까? 그러면 다 괜찮은 걸까? 분명 모래 위에서 피투성이 유령처럼 납작해진 형체를 보거나 행진 때 거리에서 비명을 듣는 것과는 다를 것이다. 하지만 목숨을 빼앗는 일은 심장박동의 간격보다 오래 걸려야 한다. 살인은 언제나 묵살될 수 없는 일이어야 한다.

10장

교회는 헌당식 때보다 훨씬 덜 붐비지만 장소에 걸맞게 긴장감도 적당히 감돈다. 에스더가 전체 주민이 아니라 각기 다른 집단의 대표들을 초청한 터라, 황무지에서 가장 영향력 있는 소수의 인사가 내 앞에 서 있다. 대부분은 누군지 모르겠지만 몇몇은 내가 다녀온 모든 지구에서 권력을 잡고 있는 이들임을 알 수 있다.

물론 그중에서 가장 키가 큰 사람은 엑슬리다. 업소 사람의 체모는 가슴처럼 인조일 것이라는 억측을 뒷받침해 주듯이 아주 느닷없어 보일 만큼 턱수염을 무성하게 기른 모습이다. 엑슬리 옆에 있는 이는 타틱이다. 과거 닉 시니어 시대에는 순찰대원이었지만 이제는 황무지 오지의 통치자다. 아무도 돌보지 않는 오지를 지키면서 필요한 것이 있거나 줄 것이 생길 때마다 황제에게 보고한다. 적어도 22호 지구에서는 타틱이 그런 일을 했다. 강 너머에 있는 광야에까지 기지를 둘 만큼 편집증에 사로잡힌 아드라닉이 이곳에서도 그녀를 쓰고 있는지는 모르겠다. 닉닉이 황제인 세계에서는 타틱이 순찰대를 그만둔 후에도 어르신으로 불린다. 닉닉을 제외하면 가장 높은 자리에 있는 인물로 평가받기 때문이다. 이 세계의 타틱은 그녀답지 않게 말랐지만 거만한 모습은 똑같다.

놀라면 안 될 것 같긴 하지만 비에트의 참석은 의외다. 그는 죽음 관리인이기에 모든 사안에서 정치적 중립을 지켜야 한다. 그 직업은 정치같이 하찮은 것을 초월한 일이다. 하지만 삶과 죽음을 관장하는 일이다 보니 그도 현 사태에 관심이 있겠다 싶다.

대니얼과 에스더 그리고 닉닉이 영향력 있어 보이는 이들을 불러 모은다. 처음 보는 이들 가운데 한두 명은 순찰대원인데 몸에 있는 표식으로 보아 중요한 인물들임을 알 수 있다. 에스더는 신성하지만 사람을 잘 믿거나 순진한 편은 아니니 그들은 어떤 식으로든 그녀에게 충성심을 보여야만 했을 것이다. 아니면 그냥 볼때기 씨에게 충성하고 있는지도 모른다. 볼때기가 나를 발견하고 다가온다.

"늦었네."

"조금."

닉닉은 내가 일찍 오기를 바랐지만 내가 괜한 두려움에 떨었다는 것을 입증해 보려다 너무 지체됐고…… 결국 두려움의 실체들만 확실해지고 말았다.

"뭣 때문에 저렇게들 싸우는 거야?"

볼때기가 어깨를 으쓱해 보인다.

"아마 너 때문일걸. 아니면 아드라. 둘 다 엄청난 골칫거리야."

닉닉은 우뚝 서서 차분히 좌중에게 말하고 있다. 돌아온 후 옷을 갈아입은 모양이다. 목깃이 높고 황금색 자수가 들어간 검정 튜닉

차림이다. 소박한 의복에서 작게 반짝이는 그 자수가 그 사람이 한 때 내가 알았던 닉닉임을 알려 준다. 닉닉은 스스로를 잘 다스린다. 나는 잠시 시간을 들여 그가 아직 자기 편이 되지 않은 사람들의 걱정을 들어주고 반응하는 모습을 지켜본다. 사람들이 감히 질문을 할 때면 보여 줬던 분노가 언제 터져 나오나 기다려 보지만, 이 세계의 닉닉은 나의 닉닉과 다르다. 그는 그런 식으로 오만을 부리게 해 줄 권력을 이제 막 맛보려는 참이다.

내가 닉닉의 기회를 망치지 않으면, 내가 모든 사실을 말하지 않으면, 그렇게 될 것이다.

닉닉은 내가 못 들은 몇 가지 지적에 답하는 중이다.

"여러분이 날 믿어 주셨으면 좋겠습니다……. 그렇다고 여러분에게 그래 달라고 요구하지는 않겠습니다. 다만 상식에 따라 더는 이렇게 지낼 수는 없다는 것을 아셔야 한다는 겁니다."

닉닉이 군 사령관의 아들에 불과할 때 그 사령관의 오른팔이었던 타틱이 말한다.

"지난 내전을 겪어 봤다면 상황은 항상 더 악화될 수 있다는 걸 알 텐데."

그녀의 말은 틀리지 않다.

결국 에스더가 나를 보는 바람에 관객이었던 시간은 끝나고 만다.

"여기 그 사람이 왔어요."

나머지 사람들도 나를 쳐다보는데, 지금 어떤 심정인지 얼굴에 다 드러나고 있다. 나를 처음 보는 사람으로 생각하는 이들은 나를 믿지 못하고, 넬라인을 알고 있고 나를 그녀로 여기는 이들은 나를 미워한다. 입을 오므린 채 팔짱 낀 모습으로 판단하건대 타틱은 후자다. 하지만 비에트는 그저 눈을 가늘게 뜬 채 아기 때의 내 모습을 떠올려 이름을 기억해 내려 애쓰고 있다.

내가 다가가자 타틱이 내 발에 침을 퉤 뱉는다.

"이 여자가 당신들 정보원이라고 말했다면 기름을 버려 가면서 여기까지 오지 않았을 거야."

타틱이 자리를 뜨려고 걸음을 옮기는 순간, 엑슬리가 거대한 검정색 부채를 탁 펼치자 그 소리에 그녀가 멈춰 선다.

"기다리시죠, 장군. 차남께서 묘책이 있답니다."

타틱과 엑슬리가 이러는 사이, 어느새 볼때기 씨가 넬라인을 데리고 들어와서는 내 옆으로 밀어놓는다. 넬라인의 양손은 묶여 있다. 당장은 위협적인 존재로 보지 않는데도 그렇게 손을 묶어 놓은 것은 수치심을 심어 주려는 의도일 뿐이다. 넬라인이 턱을 치켜들고 냉소를 머금는다. 잔인해 보이는 그 미소를 보자니, 그렇게 보일 바엔 차라리 내가 잘 웃지 않아서 다행이다 싶다. 우리끼리 눈이 마주친 순간, 넬라인이 살짝 고개를 끄덕인다. 내가 이 자리에서 아드라닉 편을 들지 않겠다면 자신도 그러지 않겠다는 뜻이다.

"다들 방문자들에 대해 들어 보셨을 거예요. 타틱 님 영토에서 가장 많이 목격되죠. 이 아가씨가 바로 그 방문자예요. 다른 세계에서 온 넬라인이죠."

"아니면 그년이 쌍둥이를 낳은 거거나."

타틱이 불쑥 끼어든다.

마침내 비에트가 입을 뗀다.

"그건 아닙니다. 로릭스는 한 명만 낳았어요."

비에트는 당연히 알고 있다. 비에트의 모친이 죽은 이후 애시타운에서 그의 손을 빌리지 않고 태어난 아이는 없기 때문이다.

"그렇다면 진짜 우연일세! 설마 내가 그……런 걸 믿으리라고 기대하는 건 아니겠지?"

타틱은 확신이 안 서서 주저하는 듯 먼저 넬라인을 봤다가 이어서 나를 쳐다본다. 결국 머리를 가로저은 그녀가 이어 묻는다.

"나보고 이걸 믿으라고?"

타틱은 핵심 인물이다. 그녀가 나를 믿을 수 있게만 한다면 순찰대 전체가 나를 믿을 것이다. 그렇게 어려운 일은 아닐 테지. 닉닉과 관련이 깊은 인물이었으니 내게 지렛대로 쓸 만한 비밀이 분명 충분히 있을 것 같다.

"저 사람이 아직 단둘이 있을 때 당신을 야다라고 부르나요?"

내 말에 닉닉을 쳐다보는 타틱의 표정에는 흥겨움과 짜증이 반반씩 섞여 있다.

"저 친구는 멍청하게도 다들 듣는 데서 날 야다라고 부르지. 늘 그랬어."

젠장. 나의 닉닉은 애정을 드러내는 걸 몹시 꺼렸더랬다. 닉닉이 암암리에 뒷거래를 하지 않는 세계에서는 내가 22호에서 확보한 황제의 비밀이 무용지물이나 다름없다. 이제 단 한 가지뿐이다……. 잠시 숨을 고르면서 계산을 하는 동안, 나는 너무 긴장해 보이지 않기를 바란다. 여기서 닉 시니어는 닉닉이 일곱 살 때 죽었다. 그리고 당시 황후는 죽은 지 얼마 되지 않았던 때였다. 그 정도면 충분한 시간이었을까?

"당신 딸아이, 그 남자가 시키는 대로 와일리시티로 보내 버렸죠?"(이제 나는 아드라닉에게 무슨 일이 있었는지 알기에 그 아이를 죽이라고 했다는 말은 하지 않는다.)

잠시 정적이 흐르는 가운데 방 안에 있던 모든 이들이 나와 타틱을 지켜본다. 처음에 그녀는 얼굴색 한번 바꾸지 않는다. 그러다가 부드러운 표정을 짓는다.

"아냐. 내 딸은 사산됐어."

내가 잘못 알았다. 닉 시니어는 애시타운에서 태어난 아이의 아버지 노릇을 할 정도로 오래 살지 못했다. 그저 닉닉이 미심쩍어했을 뿐이다. 뒤에서 에스더가 실망의 한숨을 내뱉는 소리가 들린다. 그치만 내가 기를 팍 꺾어 놓기도 전에 타틱이 이어 말한다.

"하지만 그 사람이 더 오래 살았다면 하나 더 낳았을 거야. 그리고 항상 딸내미를 와일리시티에 보낼 계획을 세웠더랬지."

"딸내미? 아니 또 딸일지 어떻게 알고요?"

"우리 집안은 딸만 낳으니까."

타틱이 이제는 웃으며 말한다.

"네가 있던 곳에서는 내 딸이 살아남았나 보지? 성공은 했고? 그 아이가 와일리시티 사람으로 받아들여졌어?"

나는 내가 타틱에게 무슨 말을 하지 않을 것인지 잘 안다. 그 아이의 탄생과 함께 타틱이 우울증에 걸리고 세상을 등졌다는 말을 하지 않을 것이다. 아이와 그 아이가 존재했다는 증거 자체가 완전히 사라져서, 늪지에 뜬 시체를 두고 그 아이가 아니냐는 소문이 돌았다는 말도 하지 않을 것이다. 기적같이 아이가 태어났던 시점에는 타틱의 나이가 너무 많았으며 또 아이를 낳는 건 불가능하다는 사실을 모두가 알았던 것도.

"그 애는 절대 애시타운으로 돌아오지 않았어요."

내가 아는 한 그게 사실이기도 하고 애시타운의 부모라면 누구든 듣고 싶어 하는 유일한 말이기에, 나는 그렇게 말해 준다.

"네 말을 믿는 건 아니지만 들어는 줄게."

타틱의 말이 끝나자 그 여세를 이용해 에스더가 흥분한 목소리로 말한다.

"방문자들은 그냥 여기에 오는 게 아니에요. 이 사람은 많은 세계에 가 봐서 알아낸 게 많아요."

"그럼 매번 정보원 노릇을 하겠네?"

완벽하게 정리된 아치 모양의 눈썹을 치켜올리며 엑슬리가 묻는다.

"매번은 아니에요."

내가 즉답한다. 방해를 받아서 낯빛이 분홍색으로 변한 에스더가 사실 태양면 폭발처럼 한 성깔 한다는 것을 나만 알고 있지 싶어서다.

"몇몇 세계에서는 성노동자로 살아가고 또 다른 세계들에서는 루럴스에서 꽃이나 채소를 재배하며 살아가죠. 그리고 내가 아는 대부분의 세계에서 나는 죽어요."

그전까지는 내가 여러 세계를 횡단하는 것과 넬라인이 정보원 노릇을 하는 게 같다는 생각을 못 했더랬다. 나는 우리가 이만큼이라도 성공을 거둔 이유가 둘 다 자기 안위를 위해 다른 이들의 삶에 관한 진실을 몰래 입수하면서도 크게 신경 쓰지 않아서라고 생각하고 싶지 않다. 팔찌의 투사기를 작동시킨 뒤 이어 말한다.

"이 수치들은 닉닉이 통치하는 세계들의 사망률입니다."

나는 방 안에 있는 이들에게 내가 분석한 세계들의 평균치가 담긴 그래프를 보여 준다. 그리고 그 위에 또 다른 그래프를 덮어씌운다.

"이건 이곳의 사망률이에요. 여기 사람들은 필요 이상으로 빨리, 그리고 자주 죽고 있습니다. 삶의 질은 더 나쁘고요. 0호 지구에서는 자기 먹거리를 직접 재배해서 먹고, 남는 것들은 와일리시티에 다시 파는데, 여기 사람들은 소비만 해요."

나는 그들에게 중요하다 싶은 다른 기준 정보들을 강조한다. 내가 말한 대로 내 정체를 믿어 줄 것인지, 혹은 벽에 빛을 비추어 보여 주고 있는 수치들을 이해하고 있는지조차 알 수 없지만, 다들 조용히 들어 준다.

마침내 좀 더 사적인 내용으로 넘어간다.

"이건 닉닉이 통치하는 세계들의 90퍼센트에서는 현재 살아 있지만, 여기서는 죽은 이들을 일부만 나타낸 겁니다."

팔찌의 버튼을 눌러 벽에 무수한 얼굴들을 띄운다. 믹시의 얼굴은 중심에 가까워 약간 더 크게 보인다. 천박하고 영악한 방식이지만 내용은 사실이다.

에스더는 잠시 사람들이 생각에 빠지도록 놔둔다. 변함없이 침착하고 영묘해 보이지만 나는 그 뒤에 서린 무자비함을 알아본다.

"여러분이 꼭 보셔야……."

"하지만 위험한 면도 있어요."

내가 죽은 이들의 얼굴로 도배된 벽을 끄며 말한다. 곧 새로운 그래프가 나타난다. 급격하게 솟구쳤다가 결국에는 밑으로 내려가 고정된 지점에 머무는 안정된 그래프다.

닉닉이 가늘어진 눈으로 그래프를 찬찬히 살펴보지만 에스더는 내 팔을 그러잡는다.

“저게 뭐예요? 지금 뭐 하는 거예요?”

나는 그 대답을 에스더가 아닌 닉닉을 향해 한다.

“당신이 형한테서 권력을 찬탈한 세계들의 평균 사상률이야. 치러야 할 대가인 셈이지. 타틱 말이 옳아. 좋아지기 전에는 늘 나빠지지.”

“어떻게? 형한테는 이 정도로 피해를 입힐 만한 충성스러운 순찰대원이 많지 않아.”

“아니, 그 사람한테는 총이 있어.”

새로운 사실에 다들 얼어붙는다.

“감히 그러진 않을 텐데. 부친이 금지했잖아.”

“감히 그럴 거고, 그리했다는군요.”

타틱의 말에 대꾸한 넬라인은 사람들이 두려워하자 무심결에 재미있어하는 표정을 짓는다.

비에트가 고개를 가로저으며 말한다.

“난 생명을 귀히 여깁니다. 내가 하는 일이 그런 거고. 그런 희생을 야기하는 일에는 참여할 수 없습니다.”

다들 남의 말이 귀에 들어오지 않는 듯하다. 엑슬리는 검정색 부채를 펄럭거리면서 닉닉이 상황을 수습하려는 모습을 지켜본다. 추측건대 엑슬리는 총에 대해 알거나 적어도 짐작하고 있었을 테다. 황무지에서 일어난 일을 업소가 모를 리 없다. 결국 엑슬리가 큼큼거리며 목을 가다듬는다. 큰 소리는 아니었지만 술렁임이 잦아든다.

엑슬리가 닉닉과 에스더에게 묻는다.

"좀 희생을 줄일 방법은 없나? 사상자를 내지 않고 권력을 이양시킬 방법 같은 거?"

에스더는 당황한 표정으로 고개를 숙인다. 신자인 그녀에게 그런 방법이 있을 리 없다. 신앙인에게 암살은 결코 고려 대상이 아니다. 엑슬리가 기다리는 대답은 이미 나온 셈이다.

닉닉은 오래전의 금속 조각이 다시 나타나 그날 받았던 것과 똑같은 질문을 받기라도 한 듯이 자기 손을 쳐다보고 있다.

"안 돼요. 난 못 합니다."

난 눈을 감는다. 닉닉은 정답을 알지만 그것을 실행에 옮기지 못한다. 그래서 그들이 모두 참혹하게 전멸당하는 것이다. 아드라닉은 병약한 10대 때부터 살인을 통해 권좌에 오르는 법을 알았다. 다른 사람들과 마찬가지로 일찍부터 철저하게 잔혹함은 과학이라고 배웠다. 문득 그가 동생보다 똑똑하다는 사실이 생각난다. 냉혹하고 나쁜 데다 똑똑하기까지 하다. 그렇다면 그는 이번 쿠데타가 다가오고 있음을 알아챘을 게 틀림없다.

엑슬리의 말이 끝나자 다시 언쟁이 벌어진다. 시끄럽지만 그 와중에도 나는 여전히 '그 소리'를 듣는다. 사마귀가 박쥐의 날카로운 울음을 듣는 것처럼, 어떤 먹이라도 포식자의 소리는 언제나 들을 수 있는 것처럼, 나는 등줄기에서 그 소리를 듣는다. 수십 대의 차량이 멀리서 요란하게 부르릉거리며 점점 가까이 다가오는 소리.

순찰대가 몰려오고 있는데, 도망가기에는 너무 늦었다.

***

"문이야! 문에서 떨어져!"

닉닉이 큰 소리로 경고하는 동안에도 나는 여전히 말을 못 한다. 닉닉이야 매일 순찰대가 행진하는 소리를 들으며 살다시피 했겠지만 나는 10여 년 만이다.

"우리는 루럴스에서는 뛰지 않아."

순찰대원 한 명이 한 말에 반응하는 사람은 아무도 없다.

"내 일행도 아직 여기 머물고 있소?"

타틱의 말에 대니얼이 고개를 끄덕인다.

"벌건 대낮이 지나가기를 기다리고 있더군요."

필요한 말을 다 들은 모양인 타틱은 어디로 나가야 하는지 알 때까지 기다리기보다 교회 뒤꼍으로 사라진다. 그녀는 오지 사람들을 데리고 빠져나가거나, 그러려고 애쓰다가 죽을 것이다.

엔진이 가동될 준비를 하며 회전 속도를 올리는가 싶더니 끼익 소리가 나고 잠시 후 쌍여닫이 문이 안쪽으로 쪼개진다. 교회 안으로 미끄러지듯 들어온 차량에는 내 엉덩이 높이까지 오는 바퀴 네 개가 달려 있다. 그 남자는 방 중간까지 밀고 들어오며 가속을 멈추지 않는다. 나는 얼른 연단으로 뛰어 올라간다. 하지만 목표는 아직 내가 아닌 모양이다. 남자의 차량이 옆으로 미끄러지듯 내달리자 대니얼이 거대한 바퀴 밑으로 사라진다.

에스더가 비명을 지르며 대니얼이 깔린 쪽으로 달려들지만 볼때기가 이미 뒤로 잡아당겨 새로 부서져 열린 입구에서 멀찌감치 떨어진 곳으로 끌고 간다. 후문 입구나 뇌물로 매수할 수 있는 순찰대원을 아는 게 분명하다. 나도 당연히 따라가야 하지만 몸이 안 움직인다. 닉 시니어의 장례식 이후 처음 본 순찰대의 살육 현장이지만 휘발유와 피 냄새를 맡자마자 기억이 되살아난다. 주저앉아 비명을 지르고 싶다.

순찰대원 세 명이 또 교회로 들어온다. 이들이 몰고 온 차량은 바퀴가 두 개로, 앞서 들어온 차보다 절반 크기밖에 안 되는데도 어찌나 빠른지 치어 죽인 사람 수 대결에서 뒤지지 않을 것 같다. 오지 생물의 이빨처럼 넓적하고 깊이 팬 바퀴 트레드 자국을 보자니, 내 온 척추에 그 자국들이 찍히는 게 느껴진다. 몇 번이나 그랬을까? 몇 번이나 순찰대원에 등이 찍혀 죽었을까? 한 번을 줄이기로 결심한다. 이번에는 그렇게 죽지 않아야 한다.

남자들이 오토바이에서 내려 사방에 휘발유를 끼얹기 시작한다. 그 오토바이들에는 각각 두 번째 통이 실려 있는데 나는 그것이 염산이라는 것을 알고 있다. 남자들은 지나는 자리마다 염산을 뿌려 두어 정문으로 뛰어나가려는 이가 있으면 문 앞에 도착하기도 전에 절뚝거리게 할 것이다. 이미 건물 뒤꼍에 가서 은신처를 찾으러 오는 이들이 이 길로 올 것을 예상한 모양이다.

엑슬리는 자리를 뜨지 않았다. 마치 노래라도 부를 것처럼 그저 연단 끝에 걸터앉아 무료한 신처럼 무심하게 그 커다란 깃털 부채를 펄럭거릴 뿐이다. 내가 지나가자 눈썹을 치켜올리고서 내 행동을 지켜본다.

마침내 엑슬리가 일어선다.

"우리 가게에 잘 보이고 싶은 사람 어디 없나?"

그 말이 떨어지자마자 두 오토바이 중 한 대가 멈춰 선다. 순찰대원이 뒷자리에 앉아 손가락을 흔들어 작별 인사를 하는 엑슬리를 안전한 곳으로 태워 간다. 이 세계에서는 그가 업소 직원들의 숨통을 죄려 하는 아드라닉과 연줄이 별로 없을 줄 알았다. 하지만 보아하니 사막에서는 아무리 재투성이 문짝을 달고 있더라도 누군가 내가 정확히 원하는 방식으로 나를 만져 줄 안전하고 따듯한 장소처럼 가치 높은 곳은 없는 듯하다.

나는 안전이나 따뜻함을 구하는 게 아니다. 아드라닉을 찾고 있다. 그가 제 손으로 나를 죽이기를 바란다.

우리를 안에 가둬 두고 있는 순찰대 행렬과 마주 보는 위치까지 걸어간다. 그들은 문을 막고 선 채 신호를 기다리고 있다. 해가 이미 반쯤 졌을 때 모임을 시작했으나, 햇볕이 강한 날에는 밤이 아주 늦게 찾아오기에 깨진 문 너머로 보이는 하늘은 여전히 화학물질이 탈 때처럼 선명한 파란색이다.

밖에서 쉭쉭 불어오는 뜨거운 바람에 머리카락이 얼굴을 스치며 나부낀다. 마치 뺨을 찰싹 때리며 왜 나를 죽일 사람들한테 걸어가는지 우주가 묻고 있는 듯하다. 은야메가 기대 와서는 고개를 갸웃거리며 내가 이런 식으로 떠나려 하는 이유를 파악하려고 하는 것 같다. 나는 순찰대원 중 누구라도 앞으로 나와 내 숨통을 따서 전과를 올리기를 바라지만, 아무도 나서지 않는다. 권한을 쥔 인물이 지켜보고 있기 때문이다.

“아드라, 거기 있는 거 알아. 설마 날 피해 숨은 거야?”

기장이 긴 외투가 바스락거리는 소리가 들리고 나서 그 모습이 드러나지만, 끝내 아드라닉은 방진(方陣) 대형 속으로 들어가 순찰대의 어깨 너머로만 볼 수 있다.

아드라닉이 혀를 쯧쯧 찬다.

“넬라인, 넬라인, 넬라인.”

“잘못 짚었어. 네 여자는 저 뒤에 있어.”

그는 내 말을 믿지 않는다. 내 유치한 수작이 재밌는지 설핏 유쾌한 눈빛을 보인다 싶더니 곧 시선이 다른 곳을 향한다. 넬라인이 (언제든 그럴 수 있었을 것 같지만) 어떻게 수갑을 풀었는지 모르겠으나, 아드라닉의 눈이 커지기 전에 나는 이미 등 뒤에서 그녀의 기척을 느낀다. 어깨 너머로 바라보자 넬라인이 앞으로 나서면서 아드라닉에게 비웃는 듯한 키스를 날려 보낸다. 그에게로 시선을 돌리며 나는 넬라인이 나의 산만한 정신을 탈출로로 이용해 살아남을 똑똑한 짓을 했으면 좋겠다고 생각한다.

다시 나를 쳐다보는 아드라닉의 표정에는 두려움이 담겨 있다. 드디어.

그는 황무지 황제의 상징물을 빠짐없이 착용했다. 열 손가락에 잘 깎아 다듬었지만 광채는 덜한 반지를 꼈고, 끝부분에 무지막지하게 은을 씌운 거대한 검정색 부츠를 신고, 검은색 가죽 바지에 소매통이 넓고 뒤로 1미터가량 끌리는 황금색과 검은색으로 된 외투를 걸쳤다. 그런 외투를 걸친 닉닉을 본 적이 있긴 하지만 의식을 치를 때만이었다. 닉닉은 그 외투를 걸치면 싸울 준비가 안 된 사람처럼 보인다고 말하곤 했다. 아드라닉과 나 사이에 6명의 순찰대원이 있는 것을 보면, 그가 주먹을 날릴 생각은 아닌 듯하다.

"넌 누구야?"

금속성의 짤랑거리는 소리를 내며 나선 아드라닉이 묻는다.

그는 계승권을 나타내기 위해 줄지어 머리를 땋은 것도 모자라 땋은 머리의 끝에 은장식을 달았는데 닉닉은 이런 전통도 극도로 싫어했다. 내가 그의 땋은 머리를 꾸몄으면 좋겠다고 했을 때 했던 말이 아직도 귀에 생생하다. 내 위치를 실시간으로 알리게? 풍경(風磬)을 매달고 돌아다니는 미친놈이 되라고?

"당신 동생이 내가 누군지 말해 줬잖아. 난 방문자야."

"그 얘기는 진짜가 아니야. 사람들이 어떻게 그렇게……."

"다른 세계에서 올 수 있냐고? 아드라, 놀란 척하지 마. 난 당신을 알아. 고작 10대 때 다중우주의 신비를 알아낸 게 당신이라고."

"나는 그 나이 때 애시타운을 통치하고 있었어."

아드라닉이 대체로 우쭐해하면서도 살짝 후회하는 투로 말한다.

내 뒤로 누군가 다가온다. 똑똑한 사람들이 운에 기대 과감하게 숨거나 비밀 출구를 찾는 동안 또 다른 사람은 죽음을 마주한다. 그들은 자기들이 시간을 허비하고 있다는 것을 안다. 다른 순찰대가 포위하고 있었던 상황이 아니면 순찰대원이 건물 안으로 들어오는 법이 없다는 것도 잘 알고 있다. 그러나 그들은 건물이 쑥대밭이 되기 전에 나가고 싶어 하는데 그렇다고 그들을 탓할 수 없다. 순찰대도 가끔은 사람을 놓치지만 불은 절대 그러지 않으니까.

"타틱이 저 안에 있어. 형이 이러면 안 되지. 그분은 웃어른이야."

"배신자한테는 애 어른 안 따져."

닉닉이 움찔한다. 엄밀히 따지면 타틱이 친모도 아니니 죽인다고 해서 패륜이 되지는 않겠지만, 어떤 식으로든 다를 바 없다는 사실이 중요하다.

"그 양반은 어떤 일에도 가담하지 않았어. 이건 나 혼자 꾸민 일이야."

아드라닉이 동생을 독하게 노려본다.

"아하? 사라진 내 부하께서 이 일과 아무 상관이 없다? 그럼 사라진 내 아내는? 네가 쓰고 있는 이 집 주인인 루렬스 주민들은?"

아드라닉이 고개를 가로저으며 이어 말한다.

"걱정 마. 넌 대가를 치를 테니까. 하지만 저들 역시 빠짐없이 그럴 거다."

닉닉이 마른침을 삼킨다.

"우릴 여기에 둘 거야? 불에 타서 죽으라고?"

아드라닉의 고개가 비스듬해진다.

"오호, 그게 좋은가 보지? 비밀 통로로 사라지게 여기에 놔두라고? 아니면 불에 타 죽게 해서 네 추종자들이 거짓말로 널 신격화해 나의 대항마로 이용해 먹게 하라고? 아니, 내가 널 직접 죽일 거야."

아드라닉이 왼쪽에 있던 순찰대원에게 고개를 까닥해 보이자 그가 닉닉의 배에 주먹을 날린다. 순간 차지고 센 소리가 나면서 닉닉의 몸이 반으로 접히자 이번에는 무릎으로 얼굴을 가격한다. 나보다 훨씬 큰 남자가 굴욕을 당하고 매번 내 피를 삼키게 했던 남자의 입이 시뻘게지는 모습을 보면 고소해야 마땅할 텐데 그렇지가 않다. 기분이 좋아지지 않는 게 혹시 이 세계의 그가 나의 닉닉이 아니라는 것을 알고 있어서 그런 것인지, 아니면 이런 식의 복수는 실제 아무런 치유 효과가 없어서 그런 것인지 잘 모르겠다.

"직접 죽이겠다고 말할 것 같았지."

닉닉이 침을 뱉어 낸 뒤 이어 묻는다.

"형님, 날 죽이려니 눈물 나십니까?"

우리 모두 눈물이 난다. 여전히 건물 입구에 있으니 휘발유와 연기가 뒤섞여 버티기 힘들기 때문이다. 하지만 마지막 말이 닉닉의 의도대로 효과를 발휘한다. 소맷자락으로 코와 입을 가리고 있던 아드라닉이 문 쪽으로 고개를 까닥인다.

"덤벼."

같이 걸음을 떼자 닉닉이 다가와 내 목걸이를 만진다. 왜 그런지 알겠다. 밖으로 나가면 탈출하라는 뜻이다. 그 생각을 떠올리고 아드라닉을 교묘히 자극해 이런 상황을 만든 게 틀림없다. 닉닉은 내게 순간 이동을 하라고 말하고 있다. 내가 먼저 그 생각을 했어야 했다. 나는 잠시 돌아다본다. 에스더와 볼때기 씨가 부디 다른 탈출구를 알고 있기를 바란다. 보이지 않지만 넬라인이 멀지 않은 곳에서 날 주시하는 게 느껴진다. 내가 진짜 죽게 내버려 둘 사람은 닉닉뿐이다. 실상 그도 내게 똑같은 짓을 해 봤고.

목걸이를 눌러 예열한다.

불타는 교회 돌출부에서 빠져나오자 길게 펼쳐져 있는 텅 빈 사막이 우리를 반긴다. 보이지 않는 저 먼 암흑 속 어딘가에 강과 애시타운이 있고 내가 자란 콘크리트 빈민가가 있다. 여기를 뜨기만 하면 내 몸의 털끝 하나 잃을 일이 없을 것이다. 하지만 모두를 이런 아수라장에 놔두고 가도 나는 여전히 나 자신일까? 아니면 나는 넬라인이 되는 걸까? 넬라인은 자신이 나쁜 짓은 전혀 하지 않았으며 그저 정보를 넘겨주고 살아남았을 뿐이라고 단언했다. 나는 와일리시티의 아파트에 앉아서 집에 돌아오려 그랬을 뿐이라고 자평하게 될까? 살아남으려고 그랬을 뿐인데 살아남는 것이 제일 중요한 게 아닐까?

아드라닉이 닉닉의 머리채를 잡아채서 목을 물더니, 사람을 죽일 때 얇게 베어 내는 방법을 썼던 동생과 아버지와는 달리 찢어발기듯 아주 투박한 상처를 낸다. 이어 그가 물려받은 독 반지를 줄줄이 끼고 있는 손을 치켜드는 순간, 내가 손을 뻗어 그의 양 손목을 잡는다.

"거기 보고 싶지?"

아드라닉의 몸이 굳는다.

"뭘?"

"뭔지 알잖아. 별들 사이의 암흑. 어릴 때 그 속을 걸어 다니면 어떤 기분일까 궁금해했잖아. 내가 보여 줄 수 있어. 얼마 안 걸릴 거야."

아드라닉이 입을 씰룩이자 방금 스며든 피 때문에 검정색 앞니가 갈색으로 보인다.

"가만있어 봐, 그래서 이놈을 살려 주면 되고?"

"아니. 당신은 이 사람을 본보기로 삼아야겠지. 살려 두기엔 댁이 너무 자신이 없으니까. 하지만 돌아올 때까지 미뤄도 되잖아? 다른 세계에서는 내게 중요한 사람이라서, 죽는 걸 보고 싶지 않거든."

"내가 다른 세계들에 관심이 있을 거 같나?"

"그래. 관심이 있다는 걸 내가 알아. 당신이 돌로 행성과 별의 모형을 만들곤 했다는 것도, 밤에 하늘을 올려다보며 저렇게 깜깜하다고 해서 아무것도 없는 건 아닐 거라고 말하곤 했다는 것도 알아. 그곳에 뭐가 있는지 보고 싶다면 지금이 마지막 기회야. 당신이 같이 가거나 말거나 난 사라질 수 있는데, 이번에 가면 오랫동안 이 근처로는 돌아오지 않을 거야."

애덤 보슈가 말해 줬던 어린 시절 이야기 중에서 적어도 일부는 사실이라고 나는 확신한다. 지금에 와서야 그가 행성이라고 부른 돌들에 둘러싸여 앉아 있었다는 이야기는 우주비행사인 척했던 소년의 이야기가 아니었다는 것을 깨닫는다. 그것은 신 행세를 했던 소년의 이야기였다.

아드라닉이 입맛을 다신다. 족제비털 가운처럼 생긴 자수 재킷을 입고 머리를 땋아 왕관처럼 화려하게 꾸민 그는 속을 알 수 없는 황제다. 하지만 나를 볼 때는 어린아이처럼 몹시 놀라며 감탄하는 눈빛을 감추지 못한다. 그토록 잔혹한 왕이 되었음에도 사내아이 특유의 호기심은 사라지지 않았다. 왜냐하면 그런 호기심은 그가 친부를 살해하기 전에, 그리고 회전하는 타이어에 깔린 백성들의 공포에 찬 비명을 듣기 전에 존재했던 것이기 때문이다.

"보여 줘 봐."

***

"델?"

내가 마지막으로 델과 이야기한 게 몇 시간 전인지 따져보지 않았지만 야간 근무자가 받겠거니 예상했는데 그녀가 받는다.

"귀환을 요청하지 그랬어."

"했어요. 근데 목걸이가 부서져서 움켜잡지를 못해요. 근접 구조가 필요해요."

"폭이 얼마나 되는데?"

나는 아드라닉을 쳐다보며 대답한다.

"반경 1.2미터쯤?"

"간섭 영역이 너무 큰데."

"해가 강한 날이었다고 말했잖아요."

"내가 할 수 있는 최대치는 90센티미터야."

"그 정도면 될 거예요."

"2분 걸려."

델이 조용해지자 그녀가 몸을 숙인 채 내 주파수를 개선하는 모습이 그려진다. 부상에서 간신히 회복한 데다 여기서 너무 오래 머무른 탓에 돌아가는 여정은 녹록지 않을 것이다. 그러나 아드라닉만큼 고되지는 않을 것이다.

나는 닉닉에게 다가간다. 목에 난 상처를 손으로 누르고 있는 그는 겁먹기보다 충격을 더 많이 받은 모습이다. 형과 그 지경까지 갈 줄은 생각하지 못한 게 분명하다. 닉닉은 여전히 형을 사랑하는 게 틀림없다. 조끼에서 봉합 붕대를 꺼내 건넨다.

아드라닉이 부하 한 명과 이야기를 나누는 사이, 나는 몸을 기울여 닉닉에게 속삭인다.

"당신이 권력을 잡으면 저들을 해체할 거라고 약속해 줘. 유지하고 싶은 유혹을 떨쳐내라고."

닉닉은 여전히 그 아수라장에서 살아남겠다고 기대하면 안 되는데도 고개를 끄덕인다.

"만수무강하길."

여기서는 흔한 덕담인데도 나는 여태 이 말을 자세히 따져본 적이 없다. 이토록 불행한 우리는 왜 그렇게 오래 사는 것에 집착할까? 오래 사는 게 무슨 의미가 있을까? 무탈한 삶은 축복이 아니다. 편안하다고 행복한 것은 아니다. 살아 있는 것만으로는 아무 의미가 없다. 때때로 편히 살려는 바람에 비참해지기도 한다. 내가 듣기로 행복의 가치를 아는 딱 한 사람은 선대 황후다. 그녀는 둘째 아들의 이름을 행복으로 짓고 그 이름대로 살아가길 바랐다. 편한 삶의 대가와 오래도록 사는 것의 무용함을 알고 있었다. 그런 삶을 모두 경험했던 그녀는 자식만큼은 그렇게 살지 않고 어느 시점에 행복을 누리길 바랐다. 그렇다면 그는 행복했을까? 누구든 행복한 사람이 있었을까?

닉닉에게 가까이 다가가 숨을 깊게 들이마신다. 곧바로 그에게서, 더 정확히는 어깨와 목이 만나는 지점의 살갗에서 익숙한 향기가 난다. 그 향기를 맡는 것을 절대 멈추고 싶지 않다. 다시는 맡고 싶지 않으니까. 나는 이번이 마지막이 될 그 향기를 실컷 들이마신다.

뒤로 물러서자 닉닉이 내 입을 빤히 쳐다본다. 내가 거리를 더 벌리자 실망한 눈치다.

"잘 있어, 예르자닉."

그렇게 말하고 나니, 항상 이렇게 그의 눈을 보면서 작별 인사를 하려고 했던 것처럼 오랫동안 아렸던 가슴 한구석이 편안해진다.

"잘 가……."

닉닉은 더 이상 말을 잇지 못한다. 그의 미간이 찡그려졌다가 잠시 후 풀어진다.

"……카라리."

아주 오랜만에 닉닉에게서 내 이름을 들으니 마음이 조금 풀렸는지, 그가 내 일기장을 읽은 일에 더는 화가 나지 않는다. 전에 내가 알았던 닉닉은 나를 쥐고 흔들었다. 어쩌면 여기 오기 전까지 전혀 알아채지 못해서 그렇지, 내 두려움과 야망은 그와 보냈던 시간에서 비롯된 게 아닐까. 떠난 후에도 정말이지 한순간도 그를 떨쳐냈던 적이 없었다. 이 세계의 닉닉을 알게 되면서 나는 해방되었다. 난 늘 닉닉에게서 벗어나려면 그를 죽여야만 한다고 생각했더랬다. 하지만 그가 다정하게 내 이름을 불러 주자 피를 봐야만 얻을 것 같던 위안을 비로소 느낀다. 나의 닉닉은 초자연적인 괴물도 아니고 달아날 수 없는 신도 아니다. 그는 그저 더 나아질 수 있었고 그래야만 했던, 결함이 있는 사람일 뿐이었다. 언젠가 형을 베고서 되돌릴 방법을 영영 찾을 수 없을 정도로 갈피를 잃은 가련한 소년에 지나지 않았다. 이 세계의 닉닉을 보면서 결코 그에게 기대하지 않았던 내 소망이 실현되는 것 같았다. 그토록 오랫동안 그와 지낸 나 자신을 용서할 수 있으리라고는 꿈에도 생각하지 못했지만, 지금은 용서할 수 있을 것 같다.

2분이 다 되어 가기에 다시 아드라닉에게 간다.

"내 옆에 바싹 붙어. 반경 90센티미터 이내로."

우리가 사라지는 순간 아드라닉이 부하들에게 동생을 죽이라고 명할 수도 있을 테지만, 직접 하고 싶어 하기를 바란다. 그렇지 않으면 친부를 죽였을 때 느낀 권력의 맛을 다시 어떻게 느껴 보겠는가?

아드라닉이 다가와서 틈을 좁히려고 양손을 내 엉덩이에 붙이지만, 델이 나를 집으로 부를 때 퍼지는 익숙한 따끔거림에 묻혀 그 손길은 거의 느껴지지 않는다. 아드라닉도 전기를 느끼는지 숨을 턱 내뱉는다. 어쩌면 전기가 더 강력해져 이미 약간 다쳤을지도 모른다.

우리가 사라지려는 찰나, 휙 움직이는 무언가가 눈에 들어온다. 그녀는 때를 기다리면서도 목표는 절대 바꾸지 않았다. 애시타운을 벗어나고 싶은 그녀는 그 목표를 위해서 내 목숨도 앗아 갈 것이다. 넬라인이 우리에게 달려들어 90센티미터 반경 안으로 밀고 들어온다.

"안 돼!"

하지만 너무 늦었다. 우리는 사라진다.

***

나는 귀환의 중심 인물이기에 제일 먼저 우주 사이의 공간에 들어간다. 되풀이되는 꿈이 익숙하듯 그곳도 익숙한 느낌이다. 진짜가 아닌데도 전에 이미 와 본 것 같은 기시감. 안내서의 설명에 따르면 그곳에서 보는 믿기지 않는 광경들은 전부 환영이라고 한다. 다시 말해 묘한 느낌과 텅텅 빈 죽은 공간을 설명하기 위해 무의식에서 떠오르는 영상인 셈이다. 하지만 탐색하고 재촉하는 속살거림은 진짜 같다. 지난번에 그렇게 속삭이던 주둥이가 어찌나 빨리 이빨로 변했는지를 떠올리니 신경이 곤두선다. 하지만 노여움이나 천벌은 없다. 은야메가 나를 쉽게 통과시켜 준다.

아드라닉 차례가 되어서 그를 마주 본다. 볼썽사나운 광경이 펼쳐질 테지만 나 역시 볼품없기에 지켜본다. 마음속 깊은 곳에서 그가 나만큼 강인하고 굳셀까 봐 두려웠다. 아드라닉이 몸은 상해도 어떻게든 버텨 살아남으면 어쩌나 걱정됐다.

하지만 괜한 걱정이었다.

은야메의 검은 손 그림자가 보인다. 아이가 인형을 집어들듯 아드라닉의 앞쪽을 손으로 감싸 쥐는 그 손은 조금의 망설임도 없이 한 번에 휙 들어 올려 엄지로 복장뼈를 눌러서 그를 반으로 부서뜨린다. 그리고 새로운 형태가 된 그를 한꺼번에 꽉 쥐어짜는데, 이렇게 어두운 공간이 고요한 게 감사할 따름이다. 어깨뼈와 무릎이 붙고 갈비뼈와 허벅지가 결합할 때 어떤 소리가 나는지는 절대 알고 싶지 않으니까. 그가 구부려지고 당겨지고 가운데서부터 쫙 찢어 발겨진다. 뼈와 관절이 휘어지고, 힘줄과 근육은 아주 작은 빛이 감도는 이런 장소에서 그럭저럭 윤이 나는 검붉은 엿가락처럼 늘어난다.

한때 아드라닉이었고 예르자닉의 형이었으며 황제와 황후의 아들이었던 그가, 축축하고 덩어리진 흉물이 되어 다시 허공 속으로 휙 사라진다. 그는 우리가 바로 전에 서 있던 장소에 다시 나타날 것이다. 우리가 떠나고 그가 원래 세계로 재진입하는 사이에 시간은 전혀 흐르지 않았으니, 그를 아는 사람들은 어떻게 눈 깜짝할 사이에 그렇게 철저하고 무자비하게 파괴될 수 있는지, 어떻게 숨 한 번 쉬는 사이에 온몸이 작살날 수 있는지 납득해 보려 할 것이다. 자기 보존하기로 유명한 순찰대가 명성에 맞게 행동한다면 충성심을 내던지고 이제 우위를 점한 동생을 선택할 것이다. 나는 닉닉이 계획할 수 없던 일을 해냈다. 단 한 사람의 피로 평화로운 정권 이양을 이뤄 낸 것이다.

넬라인은 내 옆에서 대기하는 유령처럼 떠다닌다. 눈은 동그랗게 커지고 반짝거리지만 입은 일자로 꾹 다문 상태다. 넬라인은 알고 있다. 아드라닉의 죽음을 보았기에 이해한다. 너무 먼 곳까지 왔고 이제 끝이라는 것을.

애덤 보슈가 0호 지구에 굳건히 뿌리내리고 있어 우리가 은야메라고 이름 붙인 힘이 결정하고 말고 할 게 없었기에, 아드라닉의 죽음은 최우선 고려 사항이었다. 하지만 내 등을 압박하는 힘이 줄어들고 은야메가 0호 지구로 가는 나를 받아 주자, 넬라인의 차례는 끝이 나고 말았다. 우리 둘 다 성공할 수는 없어서 넬라인은 나름의 선택을 했다.

여기서 시간은 다르게 흘러간다, 아니 전혀 흘러가지 않는다. 그래서 아드라닉의 죽음이 눈 깜짝할 사이에 일어났고 내 마음이 그 죽음을 처리하느라 시간을 늘렸는지도 모른다. 어쩌면 넬라인도 이미 죽었을 수 있다. 하지만 나는 여전히 내가 움직일 수 있어서 그녀의 손을 잡고 머리칼을 어루만져 주며 다 잘될 것이라고 말해 줄 수 있기를 소망한다. 언젠가 내 차례가 됐을 때 누군가 나에게 해줬으면 하는 방식대로. 그러나 이미 휩쓸려 버린 횡단의 물결에서 벗어나 그녀에게 다가갈 수가 없다.

넬라인이 아드라닉처럼 갈가리 찢어지는 모습을 보고 싶지 않지만 나는 이미 이번 죽음 또한 받아들였다. 넬라인이 항상 원했고 우리가 내내 원했던 모든 탈출로를 열어젖혔다. 내가 했던 대로 넬라인이 똑같이 그곳을 헤쳐 가려고 했다고 해서 놀라서는 안 된다.

나는 알 수 없는 곳에서 나온 은야메의 손, 즉 우리 세계 과학자들이 그저 압력일 뿐이라고 거듭 말해 줬던 보이지 않는 힘이자, 같은 부류가 아닌 입자들을 모으는 한 폭의 암흑 에너지를 기대한다. 그런데 나 자신이 원했던 것처럼, 넬라인 뒤로 다가가는 내 모습이 보인다. 아니, 내가 아닌 것 같다. 더 젊고 손상되지 않은, 아마 밤의 새 같은 목소리를 지닌 또 다른 나다.

카라멘타.

그 이름을 소리내어 보려 하지만 입 모양으로만 불러 볼 수 있을 뿐이다. 카라멘타는 양팔로 넬라인을 감싼다. 넬라인도 그 감촉을 느낀다. 그 압력이 또 하나의 우리에게서 전해지고 있다는 것을 넬라인이 아는지는 모르겠지만 그녀는 더 이상 그렇게 무서워하지 않는다. 여기서는 소리가 이동하지 않는 것 같지만 카라멘타가 넬라인의 귓가에 속삭이고서 그녀를 압박하기 시작한다. 카라멘타가 점점 더 세게 꽉 껴안자 넬라인의 입과 눈이 크게 벌어진 채 그대로 굳는 듯하다. 그리고 마침내 우두둑하고 빠르게 부서지는 소리와 함께 카라멘타의 팔이 갈비뼈보다 더 깊은 곳까지 넬라인의 몸속을 파고든다. 카라멘타가 아드라닉과 마찬가지로 살해당한 그녀를 아이처럼 안고 다가와 자상하게 동생을 부탁하듯 내 발치에 내려놓는다.

그러고 나서 카라멘타는 암흑 속으로 사라진다. 나는 또다시…… 홀로 살아남는다. 델이 어떤 소리로 홍겹게 해 주는지는 모르겠지만, 은야메는 그 소리가 이끄는 대로 나를 들어 올려 목적지로 향하게 한다. 그리고 그녀가 얼마 전에 치료받은 갈비뼈의 봉합 부위를 손가락으로 가리키자, 내 갈비뼈 몇 개가 소리를 내며 떨어져 나간다. 아프지만 치명상은 아니라, 나는 멈추지 않고 계속 앞으로 나아간다. 나는 죽지 않을 것이다, 아직은 죽을 때가 아니다.

0호 지구의 틈이 나를 받아들이자 어디에도 없었다가 갑자기 집에 온 듯한 느낌이 든다. 암흑은 직사광선이 존재하지 않아 캄캄한 곳이 아니라 빛을 막고 있는 벽처럼 느껴진다.

나는 해치 안에 있다. 무사히 귀환했다. 발치에는 눈을 동그랗게 뜨고 몸이 안으로 무너져 내린 넬라인이 있다. 그녀도 아드라닉처럼 은야메가 원래 세계로 되돌려 보낸 줄 알았다. 하지만 내가 0호 지구가 아니라 세계 사이의 공간에 있었기 때문에 그녀도 남아 있게 되었는지도 모른다. 아니면 은야메가 투지를 높이 샀을 수도 있다.

몸을 쭈그리자 옆구리와 가슴에 통증이 확 퍼진다. 그러나 넬라인을 만지지 못할 정도로 심한 것은 아니다.

"성공했어. 네가 해냈다고."

말하면서도 너무 늦었다는 것을 안다. 하지만 넬라인이 들을 수 있다면 이제는 애시타운에 있지 않다고 말해 주고 싶다. 어디에서 도망치려고 했든 넬라인은 목적을 이뤘다. 그녀는 언제나 우리의 최종 목적지였던 와일리시티에 있다. 이제 자유다.

더 쭈그려 있을 수가 없어서 조심스럽게 등을 대고 눕는다. 험난한 여정으로 통증에 시달리면서도 가슴에 돌이 박힌 듯 응어리가 맺힌 기분이다. 새로운 상실감은 품고 다니기에 조금 더 버거운 느낌이다. 넬라인의 죽음을 기꺼이 받아들인 나는 그녀를 영원히 기억하리라.

거기서 얼마나 오래 누워 있었는지 모르지만 마침내 해치가 요란하게 삐걱거리며 열리고 감당할 수 없을 만큼 많은 빛이 들어온다. 넬라인과 손깍지를 끼고 있는데 언제 그렇게 됐는지는 모르겠다.

델이 내 앞에 쪼그려 앉는다.

"그만 울어, 내가 왔잖아."

정작 나는 내가 울고 있는지도 몰랐다.

"다쳤어요. 갈비뼈가 이래 가지고 해치에서 나가기는커녕 어떻게 일어서야 하는지도 모르겠어요."

"하지만 죽지는 않았잖아."

그게 왜 다행인지 묻고 싶다. 내가 이제 또 죽을 수 있을지조차 모르겠다고 델에게 말하고 싶다. 그리고 나만 남을 때까지 다른 세계에서 모든 내가 피를 흘리며 죽어 가는 모습을 지켜보는 게 내 운명인 것 같다고 말하고 싶다. 하지만 의료진을 본 나는 눈치 있게 조용히 있을 뿐이다.

3부

굳이 뭐라도 알아두고 싶다면 단 한 번만 사는 게 가장 힘든 일임을 알아 둬.*

— 오션 브엉

*『총상 입은 밤하늘』에 수록된 「이민자 하이분(Immigrant Haibun)」

11장

채용 설명회가 시작되자 엘드리지에서 아주 까다롭게 엄선한 이들을 뽑으려 한다는 게 명백해졌다. 반복해서 여러 번 죽을 정도로 위험을 무릅쓰고 살면서도…… 어떻게든 여기서 살아남을 사람들을.

과학자들은 이렇게 말했다. 성간 여행은 언제나 소수만 할 수 있다. 그래서 우리는 역설적인 사람들을 찾는다.

종교인들은 다음과 같이 말했다. 천국은 언제나 소수만 갈 수 있다. 따라서 우리는 기적 같은 사람들을 찾는다.

***

엘드리지의 의료진이 들어온 후부터 내과 의사가 혀를 차며 나를 정밀 검사하고 있다. 몇 군데 가늘게 금이 갔던 부위가 급히 귀환하는 동안 다시 벌어진 것 말고는 175호 지구에 갈 때 입은 부상을 새로 치료받으면서 생긴 검은 그림자만 투사 영상에서 보인다. 그런데도 의사는 마치 자신이 속고 있는 것처럼 검사지를 봤다가 다시 나를 보면서 부상이 얼마나 심했는지를 말한다.

마침내 입을 뗀 의사가 묻는다.

"이 상태로 어떻게 살아남았지?"

죽는 법을 모르니까.

내 알 바 아니라는 뜻이 전달될 정도로만 뻔뻔하게 그런 대답을 해 줘도 괜찮겠지. 하지만 눈을 감으니 엉망진창이 된 넬라인의 시체가 보여서 이렇게 소리치고 싶다. 아니야, 아니야, 난 죽었어. 난 죽은 사람이라고. 또다시 죽었다고.

하지만 입 밖으로는 다른 말이 나온다.

"날 발견한 이가 나를 중요한 사람으로 생각했나 봐요."

의사에게 내가 치료 장비에서 얼마나 오래 있었는지 말하고 열이 났던 이야기도 해 준다. 의사는 더 많이 혀를 찬 뒤 자신의 팔찌 버튼을 누른다.

"자네 몸은 아마 다른 사람보다 횡단할 때 받는 압박에 잘 적응하나 봐. 그런 압박을 아주 많이 경험한 덕분에 도플갱어와의 충돌에도 살아남은 것 같네."

전에 내가 24시간 동안 이어진 진찰을 마쳤을 때 장도 의무실에 찾아와 같은 말을 해 줬더랬다. 다만 이렇게 표현했다. 은야메가 자네를 잘 알고 있어서 관대하게 대해 줬군. 의사와 장은 내가 하도 많이 살아남아서 살아 있는 도플갱어와 함께 급히 횡단하고서도 생존했다고 보는 듯하다. 죽지 않은 게 순전히 운일 뿐만 아니라 내가 연마한 기술 덕분이라는 듯이.

"지금껏 두 개체가 같이 횡단하다가 살아남은 사례는 자네가 유일하네. 연구소에서 자세한 설명을 듣고 싶어 할 걸세."

의사가 내 갈비뼈에 테이프를 감아 주는 사이에 델이 들어온다. 감시관 교육의 반은 의학과 관련되어 있으니 정밀 검사 결과를 보면 델도 손상 정도를 파악할 수 있을 테다. 하지만 그녀는 걱정스럽거나 인상 깊은 대목이 있어도 겉으로 드러내지 않는다.

"여기 금이 간 부위들은 왜 치료를 하지 않는 거죠?"

델의 물음에 의사가 대답한다.

"장비로 치료한 부상 부위를 따라 금이 간 거라서. 이미 저기서 치료를 받다가 한 차례 열이 났었거든. 다시 또 열이 났다가는 항구적 손상을 입을 수 있네."

델이 조금 길게 내 얼굴을 응시하더니 묻는다.

"이것들은 횡단하다가 생긴 멍이야?"

의사가 고개를 절레절레 흔들며 대신 답해 준다.

"이렇게 많은 멍은 난생처음 봐. 저런 멍들은 다른 세계에서 치료받아도 없어지지 않은 것들이라서 그게……."

"영원히 남을 수도 있다는 거죠."

그렇게 말한 뒤 델은 조사하듯 뜯어보던 눈길을 거두고 잠깐이지만 나를 제대로 쳐다보는데, 그 차이를 어떻게 구별할 수 있는지는 나도 잘 모르겠다.

"누가 널 간호해 줬는데?"

나는 어깨를 으쓱해 보이다가 아파서 움찔한다.

"별사람 아니에요. 그러니까 내 말은, 의사나 그 방면 종사자가 아니라서 그저 계속 수분을 공급해 주고 열이 오르지 않게만 해 줬단 뜻이에요."

델이 의중을 읽을 수 없도록 나는 표정을 꾸민 채로 말한다.

"그랬겠지."

델의 관심에 들킨 기분이 들어서 절연 테이프로 감아 놓은 곳이 펄떡거리기 시작하자 곧바로 장이 가져다준 엘드리지 연구소 셔츠를 잡으려고 손을 뻗는다. 그러나 양팔을 들어 올리려 하니 온몸이 비명을 내지른다. 거칠게 숨을 들이마시고 셔츠를 무릎에 놔둔다.

이제 델과 의사가 동시에 나를 쳐다보고 있다.

"이 친구를 데려다줄 사람만 있다면 통증에 좋은 걸 놔줄 수 있어."

의사는 내 감시관이 방에 들어온 순간부터 내게 직접 말을 걸지 않았다. 그래서 그를 미워하고 싶지만 미워하려니 신경이 집중돼 너무 많이 아프다.

"내가 데려다줄 거예요. 와일리시티에는 다른 가족이 없어서요."

"횡단자들이 다 그렇지."

의사가 그다지 작지 않은 목소리로 말한다.

주사의 효과가 빨라서, 일어서니 머리는 공기로 가득하고 입안 가득 탈지면을 물고 있는 기분이 든다. 나는 델에게 일러 두듯 말한다.

"난 40층에 살아요."

"알아."

델에게 내가 사는 데에 한 번도 와 본 적이 없지 않냐고 말하려는데, 그녀는 이미 문을 열어 놓고 기다리고 있다.

***

어느새 델은 내가 어디 사는지 알게 된 모양이다. 나보다 약간 앞서 걸어가면서도 절대 돌아서서 어느 방향으로 가야 하는지 묻지도 않는다. 걸음이 너무 빠르지는 않은지, 내 몸 상태는 어떤지도 묻지 않는다. 그렇다면 누가 모진 사람일까? 난 아니다.

이렇게 만신창이가 되어서 델과 단둘이 있는 게 좋지 않은 생각이라는 것을 너무 늦게 깨닫는다. 갈비뼈가 욱신거리고 언제 숙면을 취했는지 기억도 안 나는 탓에, 평상시라면 억눌렀을 미미한 짜증도 참을 수 없는 것 같다. 아파트 문이 열리고 나서야 델이 빈틈을 드러낸다. 그녀는 풍성하게 늘어트려 완벽한 모양을 갖춘 머리칼이 어떻게든 안 흐트러지게 고개를 기울여 사방을 유심히 관찰한다.

"전하고는…… 다르네."

6년 동안 너무하다 싶을 만큼 방을 꾸미지 않았지만 이제 애시타운에 진짜 돌아가서 지내고 와 보니 내가 그동안 고향을 연상시키는 그림들을 수집해 왔구나 싶다. 흠이 있는 금속으로 만든 투박한 세간과 산업적인 느낌이 날 만큼 최소한의 형태와 색감이 들어간 회색 색조의 그림들이 집 안을 차지하고 있으니 말이다.

"여기에 꽃 그림이 있지 않았어?"

델이 소파 위쪽에 걸어 둔 고목 느낌의 조각을 가리키면서 묻는다.

아니, 그건 카라멘타가 걸어 둔 것이었다. 반쯤 빈 상자들만 있는 집에서 유일하게 벽에 걸려 있던 그림이었다. 오싹한 그림이지만 카라멘타에게 중요한 의미가 있을 것 같아 벽장 안에 넣어 두었다.

"여길 언제 왔던 거예요?"

내 말에 돌아다보는 델의 표정은 평상시와 다름없지만 검은 눈에 분명 이채가 어린다.

"나한테 왜 화난 건데요? 늦게 와서 그래요? 검사한 거 봤잖아요. 거기 도착했을 때 반쯤 죽은 상태였어요."

"회복하고도 더 있었잖아."

"해가 강한 날이었잖아요!"

소리를 내지른 대가로 양 옆구리가 삐걱대며 울리지만 그런 통증이 그녀에게 전해진다면 아플 만할 것이다. 델이 다가와 자신은 바보가 아니며 175호에서 태양이 언제 지는지 아주 잘 알고 있다고 큰소리로 맞받아쳐 주길 바란다. 하지만 델은 살짝 짜증 난 표정을 짓더니 고개를 휙 돌릴 뿐이다.

"침실이 어디야?"

나는 절뚝이며 그녀를 따라가 쏘아붙인다.

"그런 걸 찾아 나서면 안 될 텐데요. 내 침대가 어디 있는지 알려는 건 규정 위반 아닌가?"

델이 다시 나를 노려본다.

"현관 안쪽이에요. 빤히 보일걸요. 여유 공간이란 게 없으니까."

델이 표정을 싹 지우자 언제 화를 낸 사람인가 싶은 게 두려움에 떨었던 무심한 밤하늘 같다.

"침대에 눕는 것까지 확인해야 해. 넌 지금 이성을 잃었어."

"이성을 잃은 게 아니라 아파서 이러는 거예요."

델의 눈빛이 순해진다. 그녀가 이제야 내 팔을 잡아 준다. 약 15분

동안 30층이 지날 때까지 내내 기다렸건만 늦어도 너무 늦다.

"이리 와."

그녀가 도와주지 않아도 걸을 수 있지만 그냥 이끌리는 대로 따라간다. 델이 팔찌로 무선 호출에 응답할 동안 나는 떠날 때 정리해 두지 않아서 엉망으로 구겨진 침구 속으로 쏙 파고든다.

"날 집 안에 처박아 두는 건 아니겠죠?"

델이 팔찌에서 시선을 들며 말한다.

"휴가로 처리됐어. 안 그래도 네 갈비뼈 때문에 나라도 나서서 병가를 내주려고 했어. 그런데 이번 휴가가 네 부상 때문인지 아니면 귀환이 지연된 것 때문인지는 나도 몰라."

"기간은요?"

"2주."

긴장하니 가슴이 옥죈다.

"유급 휴가인가요?"

델이 고개를 끄덕이자 나는 비로소 편하게 베개를 벤다.

누워서 새하얗고 높다란 천장을 빤히 올려다보고 있자 둥둥 떠 있는 기분이다. 실직자가 될까 봐 조금 두렵긴 하지만 아직 닥치지 않은 일이라서 그런지 진통제를 맞았을 때보다도 생각이 더 무뎌진다.

자라면서 매일 죽을까 봐 두려움에 떨었다. 그런 공포를 다시 맛보자 실직이 큰일처럼 느껴지지 않는 것 같다.

"내가 죽인 거야."

나도 모르게 그렇게 말해 버린다.

"뭐?"

"아무것도 아니에요."

"네가 죽였다는 게 무슨 소리야?"

"별 뜻 없어요. 애시타운식 표현법이랄까."

분명 거기서는 적지 않은 사람들이 그렇게 말할 테지만 나는 그런 뜻으로 말한 게 아니다.

델이 불편할 정도로 잠시 더 나를 살펴보다가 시선을 돌린다.

"널 따라서 급히 뛰어들었던 그 여자 말이야……. 그 일은 분명 네 탓이 아니었어."

그 여자라. 넬라인이 또 다른 소모품에 불과하다는 뜻인가. 넬라인이 내가 아니라는 듯이.

"그 애 시체는 어떻게 되나요?"

"일주일 동안 이런저런 검사를 한 다음 화장하는 게 일반적이야. 요즘 번거롭게 누가 매장하려고 하겠어."

"나는 그러고 싶어요. 그러니까, 그 애를 묻어 주세요."

델이 다시 나를 빤히 쳐다본다. 안 된다고 말할 줄 알았는데 결국 델이 고개를 끄덕인다.

"내가 그렇게 처리할게. 필요하면 내 번호로 연락하고."

델이 외투를 입고 매무새를 정돈한다.

"잠들 때까지 있다 가면 안 돼요? 응급 상황이 오면 어떡해요?"

"그럴 땐 응급 구조대를 불러야지."

나는 눈을 감는다.

"가고 싶으면 가요. 그래도 당신 꿈을 꾸는 거까지는 못 막을걸요."

"살살 다뤄 줘."

델의 대답이 이해가 안 가지만 그녀를 골려 먹고 그저 조금이라도 감정을 드러내게 하려고 자극하는 일도 지친다. 그녀가 떠나는 소리를 듣기도 전에 곯아떨어지면서, 어련히 알아서 가겠지 하고 생각한다.

***

밤이 되자 아드라닉이 나를 찾아온다. 접히고 망가진 모습이 보인다. 아드라닉의 얼굴이 보일 리 없고 그가 절대로 회복될 수도 없음을 알고 있다. 하지만 나는 상상력으로 그가 별처럼 눈을 또랑또랑하게 뜨고 입으로 피를 철철 흘리며 내게 비난하러 오는 장면을 만들어 냈다. 또한 어찌했는지 허공에 소리까지 덧입혔다. 그리고 지금 그 기억을 재생시켜 제 속을 뒤집다가, 골절된 갈비뼈로 헛구역질하면 유별나게 아프다는 것을 알게 된다.

거기 보고 싶지?

엄밀히 말해 그게 그가 마지막으로 들은 말이었던 것은 아니지만, 내가 초청하자마자 죽었으니 그렇게 되었는지도 모른다.

아파트에서 이틀 동안이나 악몽과 씨름하고 나니 저절로 심리상담사를 찾게 된다. 순찰대의 폭력을 보면서 자란 수많은 사람이 앓았기에 공황발작이 오는 게 정상이라고 생각하다가 심리상담사인 사샤의 도움으로 더는 발작에 시달리지 않게 되었다. 애시타운에서는 치료사들이 업소에서 일한다. 사샤가 애시타운 출신이었다면 진료실에 향을 가득 피워 놓고 우리 둘 다 바닥에 누워서 상담을 진행할 것이다. 그리고 몇 종류 안 남은 화초 중 하나를 짜서 만든 오일을 그녀가 내게 발라 준 뒤 머리칼을 쓸고 등을 문질러 주며 내 마음은 경이로우니 이번에도 그리고 이후에도 오래도록 살아남을 것이라고 말해 주면, 나는 그 말을 믿을 것이다.

누군가의 손길을 느낄 수 있고, 필요할 때 그저 잡아 주거나 혹은 꼭 필요할 때 나를 억제해 줄 곳이 있었던 때가 그립다. 하지만 와일리시티에서는 누구도 자신은 물론 서로를 만지지 않으며, 사샤는 특히 더 내담자와 접촉하지 않는다.

사샤의 진료실에서는 뭘 피우거나 섹스를 하거나 하는 흔적은 전혀 없이 산뜻한 냄새만 난다. 그녀와 조금 떨어져 앉아서 내가 완전히 정상에 속하는 비통한 반응을 보이고 있다는 이야기를 듣는다. 사샤는 넬라인 때문에 비통할 만큼 내가 그녀를 잘 알았다는 말을 믿지 않는다. 그러면서 내가 애도하는 대상은 나 자신이라고 여긴다.

사샤는 몇 번이고 이렇게 말한다. 당신이 살아 있다는 걸 알지 않나요? 카라멘타, 당신은 살아 있어요. 당신은 여전히 멀쩡해요.

나를 죽은 여자의 이름으로 부르면서 그 여자가 살아 있다고 힘주어 말한다. 하지만 사샤가 내 이름을 제대로 불렀다 해도 그 말을 정말로 믿지는 않았을 것이다. 한때는 382명이나 존재했던 내가, 지금은 7명밖에 없다. 그런데 어떻게 내가 멀쩡할 수 있을까?

나는 사샤에게 이렇게 말하고 싶다. 아마도 당신이 나를 만져 주고, 언니처럼 내 머리를 쓰다듬어 준다면 내가 살아 있다는 말을 믿을 거예요.

하지만 여기 사람들은 그런 행동을 하지 않는다. 이 도시에 온 지도 수년이 지났는데 아직도 내가 그런 것을 기대하다니 당혹스럽다.

면담을 마치고 집에 막 돌아왔을 때 팔찌에서 신호음이 울리며 에스더에게서 걸려 온 전화가 뜬다. 일반적인 영상 통화가 아니라 음성 통화라서 다행이다. 우리 가족은 내가 부상당한 사실이나 새로 생긴 멍에 대해 모른다. 그래서 직접 만나 볼 수 있을 때까지 숨기고 싶다.

"어, 에스더."

먼저 말해 놓고 에스더의 목소리를 듣자마자 내 말투가 너무 경쾌하다는 것을 깨닫는다.

"장벽에 갈 건데 만날 수 있어? 시간은 별로 없지만 언니한테 할 말이 있어서."

에스더의 겁에 질린 목소리도 싫지만 잔잔한 목소리는 더 싫다.

그런 목소리로 전화한다는 것은 가족 몰래 올 계획이라는 뜻이다.

나는 대답하면서 신속 통행증을 신청하기 위해 팔찌에서 새 화면을 연다.

"물론. 언제든."

그런데 '언제든'이라는 단어를 말하자마자 사샤의 진료실에서 슬그머니 자리 잡기 시작했던 중요한 사실이 분명해진다. 나를 필요로 하는 사람이 있으므로 나는 살아 있어야 한다.

***

금발 머리와 문신하지 않은 피부, 그리고 성서에 나오는 데다

X자가 안 들어간 이름을 가진 내 동생은 아마 통행증 없이도 와일리시티를 통과할 수 있을 것이다. 하지만 에스더는 그럴 애가 아니다. 책에서 하라는 대로 하는 애다. 성경뿐만 아니라 어느 책이든 거기서 배운 대로만 한다.

에스더는 만나자마자 처음 5분 동안은 내 얼굴을 만지며 아픈 걸 안 말했다고 꾸짖는다. 미리 알았다면 갈비뼈 통증에 좋은 식물의 뿌리로 만든 연고를 사 왔을 터라고 말하기에, 나는 바로 그 냄새나는 곤죽 때문에 말하지 않은 것이라고 받아친다. 이해가 안 간다는 듯 멍을 쳐다보는 에스더의 표정으로 미루어 그 자국들이 영원히 남으리라는 것조차 모르는 것 같다. 그래서 나는 굳이 힘들여 납득시키려 하지 않는다. 잔소리밖에 안 하는데도 동생의 목소리를 들으니 내 안에 있던 무언가가 치유된다. 다른 세계에서 마지막으로 들었던 목소리와 달리, 그 애가 두려움이나 수치심 없이 하는 말을 듣는 것만으로도 선물을 받은 기분이다. 에스더를 물끄러미 쳐다보면서 학대의 상처나 징후는 없는지 살피지만, 아무것도 없다. 이 세계의 에스더는 아직 내가 저버리지 않았다.

나를 요리조리 살피던 에스더의 관심이 곧 장벽 안쪽으로 쏠린다. 와일리시티 입구에서 가까운 정원 구역에서 만난 터라 그 애가 집으로 돌아갈 때 시간을 그렇게 오래 잡아먹지는 않을 것이다. 우리가 있는 곳은 40층 높이의 공중이지만 에스더가 사는 집의 뒷마당에서는 결코 구경 못 할 식물들이 땅에서 자라고 있다. 에스더는 별 감흥이 없다. 그 애에게는 쓸데없어 보이는 모양이다. 나무와 덤불과 꽃은 예쁘긴 하지만 먹을 수 없으니까.

"이런 정원은 보기에 좋고 공기 질이 좋아지라고 만들어 놓은 거야. 여기에 채소밭과 과수원도 있어."

"아주 좋네."

어쩐지 좋다는 말이 반대로 들린다.

"그런데 파리는 없어?"

"없어, 하지만 벌은 있어. 내가 봤거든."

"꿀은?"

"……그건 없고, 벌만."

에스더가 고개를 끄덕인다. 루럴스 주민의 주요 수입원 중 하나가 와일리시티에 파는 꿀이다. 더 싼 가격에 대량으로 공급할 만큼 수확량이 충분하지는 않지만 와일리시티의 일부 주민은 그들의 자선 욕구에 버금갈 만큼 단 것을 무척 좋아한다. 그들은 가난한 이들에게 웃돈까지 주면서 꿀을 사 먹으니 더욱 달콤하기 마련이다.

"엄마는 너 여기 온 거 아셔? 아버지는?"

에스더가 고개를 가로젓는다.

"애시타운 중심지의 여자들을 돕고 있는 줄 아실 거야."

"그럴 거라 여기고 널 혼자 보내셨다고?"

"마이클이 아래층에 있었어. 하지만 걔도 내가 여기 왜 왔는지는 몰라."

나는 벤치에 앉으며 말한다.

"나도 모르겠는데."

"도움이 필요해."

"그건 짐작했어."

에스더가 내 옆에 앉아 자신이 앉는 공간을 최소한으로 줄이기 위해 옅은 파란색 치마가 허벅지를 감싸도록 여민다. 에스더 주변 사람들은 자신을 작게 만드는 재주가 있다.

"재고 정리하다가 물품이 없어지고 있다는 걸 알았어."

"교구민들이 허용량 이상으로 식량을 빼가는 거 같아?"

에스더는 고개를 흔든다.

"그런 거라면 전혀 신경 쓰지도 않을 거야. 화약이야. 마이클의 화약."

잠시 이해를 못 하다가, 이어지는 에스더의 그 말에 화약이 폭발물임을 깨닫는다.

"헌당식 때부터 그랬는데 갈수록 심해져."

벤치에 앉은 지 얼마 안 됐지만 나는 다시 일어서서 서성거리다가, 와일리시티 주민들이 우리를 빤히 쳐다보기 시작하자 서성거림을 멈춘다. 정원에 있던 사람들은 처음부터 우리를 훔쳐보았다. 에스더의 긴소매 옷과 앞치마 차림은 탁발승의 오렌지색 법복과 똑같이 시선을 끈다. 여과되지 않은 진짜 햇볕을 받은 살갗을 제외하면 너무나 와일리시티 사람처럼 생겨서 그런지 이곳 사람들은 안전하고 익숙하면서도 이국적이며 충분히 색다른 그 아이 가까이에서 맴돌고 싶어 한다. 이들은 시내나 황무지에서 온 사람한테는 절대 내보이지 않는 얼굴로 미소 짓고 있다. 동등한 존재가 아닌 강아지에게나 보일 법한 표정으로 잘난 체하는 것은 여전하지만 우리 같은 사람들이 받는 불신보다는 덜 해롭다.

"아버지께는 말씀드렸어?"

"말했어. 그런데 그냥 웃으면서 전에 기입할 때 오류가 있었든지 아니면 마이클이 잘 기록해 오다가 자기가 사용한 걸 까먹은 게 틀림없다고 하셨어. 나보고 그냥 넘어가랬어."

"하지만 넌 그러지 않았고."

당연히 에스더는 그냥 넘어가지 않았을 것이다. 산처럼 꿋꿋하게 헤쳐 가는 애니까. 자신이 할 수 있는 온갖 방법을 다 써 봐도 해결하지 못했기 때문에 날 찾아왔을 터였다.

"응, 그러지 않았어."

에스더가 살짝 죄책감은 들지만 미안하지는 않다는 듯 시선을 내린다.

"애시타운 시내에서 몇몇 사람을 도와주고 있어. 난 엄마나 아빠처럼 설교하지 않고 그냥 도움만 주니까 사람들이 날 좋아해. 그래서 그중 내가 믿을 만한 남자한테 혹시 화약을 팔려는 사람이 있다는 얘기 들어 봤는지 물어봤어. 그 사람은 없다고 말했지만, 그 후에 날 위해 순찰대원인 애인을 통해 계속 알아봐 줬어. 그러다 어느 날 밤에 우리 교회 건물에 대해 뭐라고 하는 얘기를 우연히 듣고 내게 곧장 말해 줬는데 대체 무슨 말인지 모르겠는 거야. 그 사람도 모르겠다고 하고. 순찰대가 쓰는 말이었거든."

에스더가 내게 그 말을 아는지 묻지 않는 점이 마음에 든다. 왜냐하면 내가 어떻게 아는지도 물어보지 않을 테니까. 재고 따질 필요도 없이 애시타운 시내에 사는 이들이 에스더의 느긋한 태도에 어떻게 반하는지 알 것 같다.

"재생해 봐."

내 말에 에스더가 손바닥 크기의 소형 컴퓨터를 꺼낸다. 팔찌형보다 값싼 그 컴퓨터는 소리가 꽤 커서 일부만 발췌된 그 이상한 메시지가 잘 들린다. 나는 그 메시지를 두 번 듣는다. 처음에 무슨 말인지 이해를 못 해서가 아니라, 시간을 벌고 싶기 때문이다. 나무들을 건너다보면서 에스더가 순찰대원과 모래폭풍과 닉닉과 멀어져 여기서 안전하게 지내는 모습을 그려 본다. 하지만 신도들이 없는 에스더는 상상이 안 된다. 그러니 내가 내내 돌봐줄 보증인이 된다 하더라도 이곳으로 온다는 선택은 절대 하지 않을 것이다.

내가 시간을 끌고 있다는 것을 안 에스더가 세 번째 재생은 해 주지 않는다. 긴 침묵을 깨고 마침내 내가 입을 뗀다.

"너 닉닉을 아니?"

신앙심 때문에 화를 입 밖으로 표현하지 않아서 그렇지 에스더의 눈빛이 증오로 굳어지면서 따스하고 말간 홍채가 실제로는 언제나 푸른 맥이 있는 구슬 같았던 것처럼 변해 버린다.

"아주 잘 알지."

"그 사람이 너네 교회를 지을 때 기부금을 냈어. 그것도 많이. 보통은 그렇게 안 해. 새 건물을 짓는 이들이 그 사람한테 돈을 내는 게 일반적이거든."

바보 같아서가 아니라 곱게 자라서 세태에 둔감한 에스더가 고개를 끄덕인다.

"언니 생각에는 그 사람에게 갖다 바치느라 화약이 없어지는 거라고?"

"아마도. 그런데 그게 사실이라도 넌 걱정할 거 하나도 없어. 순찰대가 루럴스 사람들한테서 화약을 훔친 게 벌써 여러 번이야. 하지만 화약 전문가들도 그걸 다루다가 다치니까, 폭발이 일어날 때까지 기다렸다가 새로 손가락을 잃은 순찰대원이 없는지 찾아봐. 그런 다음에는 황제가 모르는 일이라 하더라도 그 사람들을 도둑으로 신고해."

"그 메시지는 정확히 뭐라는 거였어?"

"넉넉이 마땅히 받아야 할 것들을 가지러 올 거라고. 보통 공물이나 세금을 가리킬 때 쓰는 표현이야. 일종의 암호인데 분명 화약에 대해 말하고 있어."

"언제 한대?"

에스더가 물어보지 않기를 바랐던 질문을 기어이 하고 만다.

"그게 왜 중요해?"

"내가……."

"못 하게 하려고?"

에스더가 기분이 상해 입을 꾹 다물더니 조그맣게 웅얼거린다.

"언니가 그렇게 말하니까 얼토당토않은 일처럼 들리네."

"황제하고 싸우면 안 돼."

그 결정은 내가 내리는 것이 아니기에 한마디 더 덧붙인다.

"이 메시지에 따르면 그자들이 오기 전까지 너한테 열흘은 있어."

에스더가 자기 발을 내려다보며 양손을 앞치마에 문지른다.

"언니 생각에는 아빠도 알고 있을 거 같아?"

나는 아니라고 말하고 싶다. 오랫동안 계부를 애시타운에서 몇 안 되는 정직한 사람이라고 생각해 왔기에 그런 이미지를 깨기가 어렵다. 하지만 175호에서는 대니얼이 닉닉과 공모했으니, 무슨 일이든 있을 수 있다.

"어쩌면. 아버지가 교회 기금을 지원받은 대가로 어떤 합의를 했을 수도 있고, 아니면 화약이 필요할 사람을 유추해 낼 수 있어서 그냥 엮이지 않기로 한 걸 수도 있어. 어느 쪽이든 아버지한테는 선택지가 별로 없을 거야. 계속 잠자코 있으면서 네 신도들을 내버려 두시는 거지. 네가 가로막아도…… 닉닉은 계속 자기가 원하는 걸 가져갈 테니까."

"그건 더 나쁜 거잖아. 강요당하는 게 아니라 매수된 거니까."

결코 강요당해 본 적 없으니 그런 말을 하는 것이다.

"언니 말대로 해. 모른 척하라고. 다음 주가 되면 교회 문을 닫고 자는 척해. 도둑들한테 맞서려 하지 말고."

돌아가는 에스더를 보면서 제발 내 말대로 해 주기를 빌어 본다. 그 애에게 나의 10분의 1만큼이라도 자기 보호 의식이 있기를 바란다. 그렇지 않고 의분(義憤)에 찬 눈빛대로 행동한다면 한주먹에 입도 뻥긋 못해 보고 죽어 버린 그 애를 보러 다른 세계로 가야 할 테니까.

***

엘드리지 연구소에 임무 수행을 보고하는 날에 현관 카메라에서 근접 경보가 울려 잠에서 깬다. 발을 질질 끌며 현관문에 이르니 때마침 누군가 멀어져 가는 모습이 보인다. 머리를 휙 숙이는 바람에 얼핏 검은 옷의 어깨로 추정되는 형태만 볼 수 있다. 너무 피곤해서 경계가 흐트러졌지만 호기심이 발동할 정도로 잠이 깨서 문을 열어 봤더니 쪽지가 있다. 플라스틱 영상 화면이 아니라 종이로 된 진짜 쪽지가 접힌 채로 문에 끼여 있다. 에스더가 와일리시티에 있다면 할 법한 짓이지만, 종이를 만져 보는 순간 그 애가 한 일이 아님을 깨닫는다.

애시타운은 말할 것도 없이 와일리시티에서도 잘 쓰지 않지만 나는 종이가 좋다. 그래서 목록을 만들 때 팔찌에 저장된 암호화된 파일에 입력하지 않고 종이에 쓰곤 한다. 이런 취향 때문에 과거 고향 지구에서 닉닉과도 불화를 겪었다. 현관문에 끼여 있는 종이는 애시타운의 것보다 더 부드럽고 매끈하다. 애시타운에서는 뿌리 식물과 흙을 섞어서 종이를 만들고 여기서는 다른 종이를 재생해 이런 종이를 만들기 때문이다. 애시타운의 종이는 질에 따라 갈색부터 황갈색까지 있지만 와일리시티의 종이는 다른 사람들의 잉크 자국이 남아 있어 회색이다. 따라서 내게 쪽지를 남긴 이는 와일리시티 사람이다.

잠시 델이 놓고 간 게 아닐까 상상하며 설레기도 했지만 아무렇게나 휘갈겨 쓴 글씨를 보고 정신을 차린다. 다른 사람들은 심신 안정을 위해 명상을 하는데 델은 서예를 한다. 그녀의 손글씨에는 한자에 기초한 언어를 유창하게 구사하는 이들 누구에게나 구조화되어 있는 유려함이 서려 있다. 이 쪽지의 주인은 손글씨를 많이 써 보지 않은 사람이다. 과학기술 종사자임에 틀림없다.

나는 175호에서 있었던 일을 알고 있다.

이와 같은 포고문 아래에는 만날 장소와 시간이 적혀 있다. 반응하지 않으려 애쓰면서 내용을 다시 읽어 본 뒤, 갈가리 찢어 없애버리고 싶은 마음을 억누르며 접힌 선을 따라 억지로 쪽지를 다시 접는다. 현관문을 닫고 촬영 기록을 다시 돌려 보지만 쪽지를 놓고 간 사람은 카메라에 잡히지 않게 몸을 아래로 굽혀 여전히 알아볼 수 없다. 보이는 것이라고는 방범창 끝에서 충분히 수그리지 않아서 볼록 튀어나온 똑같은 검은 형체뿐이다. 그 형체가 어깨일 수도 있으나, 구부린 등이나 머리 맨 윗부분, 혹은 모자 끄트머리일 수도 있다. 확실한 것은 온통 검은 옷을 입고 있다는 점이다.

팔찌에서 약속 시간을 알리는 신호음이 울린다. 나갈 준비를 해야 한다.

***

장이 엘드리지 연구소 문 바로 안쪽에서 나를 기다리고 있다. 눈썹을 치켜올린 채 내 얼굴을 유심히 살핀다.

"멍이 빠지지 않았군."

나는 뺨을 쓸어 본다. 내가 거의 잊고 있었던 줄무늬 멍은 광대뼈에서 시작해 몸통까지 이어진 데다 색깔은 내 피부보다 약간 더 진하고 보랏빛이 많이 감돈다. 그런데 장이 잘못 본 듯하다. 멍은 첫날보다 약간 옅어졌다. 많이 옅어지지 않았을 뿐이다.

"영원히 안 빠질걸요. 이건 살아남은 대가 아닌가요?"

장이 고개를 빠르게 마구 가로젓는다.

"흉터를 대가로 살아남은 게 아니야. 흉터는 자네가 살아남았음을 입증해 주는 영광의 상처지. 이건 자네가 받은 훈장이야."

장에게 와일리시티는 훈장을 실제로 수여한 적이 한 번도 없으며 다른 데서도 수십 년 동안 없던 것 같다고(전쟁이 지나치게 과학기술에 좌우되고 살상이 엉뚱한 사람들을 굶어 죽게 하는 게 돼 버린 이후에는 없었다.) 답할 수도 있지만 딴지를 걸기에는 그의 설명이 너무나 마음에 쏙 든다.

장이 나를 엘리베이터로 안내하면서 묻는다.

"준비는 됐나?"

"제게 선택권이 있긴 하나요?"

"물론이지. 자네가 원하면 그만둘 수 있네. 불이행으로."

"그렇다면 준비된 거 같아요."

옳게 대답했는지 그가 엘리베이터의 올림 버튼을 누르며 싱긋 웃는다. 우리가 내내 올라가고 있는 건물은 현재 와일리시티에서 가장 높은 100층이다. 윗분들이 벌써 다음 건설 계획을 승인해 곧 120층짜리 건물이 생길 것이다. 하지만 그때에도 이 건물은 그늘이 거의 지지 않을 만큼 높은 건물로 있을 것이다. 나는 한 번도 100층에 올라와 본 적이 없다. 애덤 보슈의 사무실은 물론이고 중요한 회의실도 전부 여기에 있어서 나 같은 사람은 장의 인도 없이는 건물 내부를 통해 이 층에 들어오지 못한다. 일반인이 출입할 수 있는 공원에 갈 때 타는 건물 외부 엘리베이터를 이용하면 100층에 갈 수 있을 듯하지만 굳이 공원 부지가 가장 적은 100층까지 뭐 하러 올라갈까?

여전히 올라가고 있는 엘리베이터 안에서 장이 묻는다.

"긴장했군. 시험이 걱정되나?"

"아뇨, 보나마나 붙을 텐데요, 뭐."

한때는 분석가를 생각하면 속이 뒤틀릴 정도로 초조했지만 지금은 괜찮다. 휴가 기간에 세 번의 모의시험을 치렀는데 매번 거의 만점을 받았다.

"그런데 그건 뭔가?"

"엘드리지에서 우리 집으로 서류를 가져다주는 배달원이 있는 거 아세요?"

"그래, 알지."

내가 그 대답에서 단서를 잡고 흥분하려는 찰나, 장이 이어 말한다.

"내가 자네한테 연구 자료도 보내 줬잖아. 그때 받지 않았어?"

"받았죠. 그런데 저는 오늘 일을 말하는 거예요. 오늘 아침에 저한테 뭐 보내신 거 있어요?"

장은 이맛살을 찌푸리고 휴대용 화면을 내려다보는 중이다.

"나나 델은 보낸 거 없고 인사부 말고는 자네 집 주소를 아는 사람이 없는데. 왜?"

"이상한 쪽지를 하나 받았는데, 협박인지 아닌지 모르겠어서요."

"뭐라고 쓰였는데?"

밀담 중에 엘리베이터 문이 스르르 열리더니 주변에 갑자기 너무 많은 눈과 귀가 생겨 버렸다.

"나중에 말씀드릴게요."

"끝나고 보슈 씨를 만나기로 돼 있어. 월요일은 어때?"

고개를 끄덕인 뒤 함께 회의실로 걸어가는데 느닷없이 불안해지기 시작한다. 당하는 사람은 얼마나 그런 기분이 드는지 아랑곳하지 않고 실제로는 심문이 아니라는 소리만 수차례 들었더랬다.

임무 수행 보고실에는 10명이 앉을 수 있는 커다란 반달 모양의 책상이 떡 버티고 있다. 오늘 그곳에 자리한 이들은 6명이다. 중앙에는 조사관 2명이, 그 양옆에는 내 변호인들이 각각 자리하고 있다. 한쪽 끝에는 타당한 질의가 이어지게 하고 분위기가 과열되면 회사 측 대리인과 내 대리인 사이에서 중재자 역할을 할 인사부 직원이 앉아 있고 반대편 끝에는 담당 '치료사'가 있다.

사샤는 다른 지역 혈통인 델이나 장과 다르다. 그녀의 일가친척은 와일리시티가 건설된 뒤 죽 이곳에서 살았고 그 전에도 여기와 다름없는 도시에서 살았다. 십수 세대 동안 억제되지 않은 자외선을 맞을 필요가 없었던 가문의 일원만이 그녀 같은 피부와 눈 색깔을 갖게 된다. 내가 애시타운 출신인 티가 많이 나듯 사샤는 누가 봐도 와일리시티 토박이이지만, 그녀는 결코 나를 인간이 아닌 듯 바라본 적이 없다. 몇 년 전에 처음 만났을 때 그녀는 내가 더 자신감이 생겼다고 말해 줬다. 물론 비교 대상은 꽤 보호받으며 자랐고 고작 몇 주 전에야 엄마에게서 독립한 카라멘타였다. 하지만 나는 그 칭찬이 마음에 들었고 그렇게 말해 준 그녀가 좋았다. 사샤는 자기만 누려 왔던 것들을, 나도 성공하여 조금이나마 누려 보길 바랐다.

사샤는 내가 질의를 받을 때 너무 불안해하지 않도록 살피는 역할인지라 나는 그녀가 하는 대로 믿고 따를 생각이다. 회사가 내 보호자 행세를 하지만 따지고 보면 그렇지 않다. 내가 임무 보고를 하다가 건강에 문제가 생기면 시민인지 여부와 상관없이 회사에서 나를 책임져야 하기 때문에 와일리시티 입장에서는 시 정부가 주민들을 아주 잘 보살피고 있다고 뿌듯해할 수 있다. 그러나 실상은 산업 현장에서 직원이 고용주에게 직접 피해를 입으면 고용주가 피해 직원을 울며 겨자 먹기식으로 떠맡는 게 한결같은 방침이었다. 이마저도 와일리시티 안이니까 가능하다. 과거 와일리시티 회사들이 애시타운에서 공장을 가동할 때는 일이 서툰 아이들이 팔다리를 잃으면 그냥 해고해 버렸고 혹사당하던 직원이 현장에서 자살하면 유족에게 청소비 명목으로 벌금을 부과했다. 이에 비하면 회사가 와일리시티 내 주민들을 대하는 태도는 연민 어린 책임감의 귀감인 셈이다.

내 대리인은 감시관과 사수인 델과 장이다. 자리를 잡은 장이 제공받은 임무 보고 화면으로 파일을 훑어보는데, 초조한 마음을 숨겨 보려 하지만 머리 위에서 빛나는 조명 탓에 검은 피부에 맺힌 땀이 고스란히 드러난다. 딱히 비밀은 아니고 내가 어느 순간 잊어버렸기 때문에 장에게 자식이 몇 명이나 있는지 모르지만, 자식들과 손주들 틈에서 살아서 그런지 어떨 때 보면 자신보다 스무 살 넘게 어린 사람을 챙겨만 줬지 관심을 끄는 법을 모르는 사람 같다.

델은 직업의식이 너무 투철해서 따분한 표정을 짓는 법이 없지만 무심해 보인다. 양손을 포갠 모습을 보니 이미 이 보고회가 기록되고 있다는 정보를 입수한 모양이다.

나는 혼자 앉아 있다. 내 위쪽으로 마이크가 떠다니고 책상에는 물병이 놓여 있다. 내 왼편의 벽 저쪽 끝으로 다른 보고회 때는 자리할 일이 없을 듯한 이들이 보인다. 단순한 리더기 대신 컴퓨터를 가져와 자판을 두드리는 모습으로 볼 때 과학자들인 것 같다. 보고회의 일원이 아니라 그저 쇼를 기다리는 관객일 뿐이다.

"자, 시작합시다."

상급 조사관이 보고회 시작을 알린다.

초반 질의 내용은 전반적으로 이상하다. 처음 착륙했을 때 내 기분이 어땠는지 알고 싶다더니 정작 그럴 마음은 없어 보인다. 피의 맛이나 가죽이 벗겨진 고양이처럼 무방비 상태로 새로운 세계에 떨어졌을 때 특유의 종잡을 수 없는 극도의 고통 따위를 자세히 알고 싶어 한 게 아니다. 그들은 내 뼈가 몇 개나 부러졌는지, 며칠 동안 집을 비웠는지, 열이 몇 도까지 올라갔는지를 알고 싶어 한다. 차라리 잘됐다 싶다. 임상 수치야 대꾸하기 쉬우니까. 나는 잘 기억이 안 난다고 대답한다.

"그럼 DD-905는요?"

상급 조사관의 질문에 내가 되묻는다.

"그게 뭔데요?"

델이 몸을 앞으로 기울이며 대신 답해 준다.

"진통 주사기."

그 말에 조사관이 고개를 갸우뚱하다가 이어 말한다.

"프로토콜에 따르면 도플갱어의 반발이 있을 시에는 주사기를 1회 사용한 후 귀환을 요청해야 합니다."

이제 첫 번째 거짓말을 할 때가 왔다. 고용주가 피고용인을 상대로 심박동수 판독 장치 같은 거짓말 탐지 기술을 쓰는 것은 불법으로 간주된다. 이에 애덤 보슈는 신경을 쓸 테지만 아드라닉이라면 아랑곳하지 않을 것이다. 그래서 만약을 대비해 나는 기술적으로 진실로 판독되도록 대답을 얼버무린다.

"팔찌에 부재중 알림 메시지를 남겼어요. 의식을 잃으면서 귀환 요청을 못 했으니까요."

연민이 일도록 세심하게 잠시 멈추어 가며 모든 사실을 말했다. 내가 프로토콜을 어겼고 델이 나를 불러들이는 것과 같은 사형 선고를 받아들이기보다는 도움을 받기 위해 진통제를 썼다는 말을 하지 못한다. 비둘기들은 임무보다 자기 목숨을 더 소중히 여겨서는 안 되기 때문이다.

"주사기가 어쩌다 그렇게 됐는지는 잘 모르겠어요. 정신을 잃을 때나 아니면 옮겨질 때 떨어트린 게 틀림없어요."

이 말 또한 사실이다.

하급 조사관이 상급 조사관에게 말한다.

"애시타운의 마약 문제는 심각한 수준입니다. 누군가 그저 로또 맞았다고 생각했을지도 모릅니다."

회의실에 있던 이들이 가볍게 웃는다. 내게 상처가 되는 농담에 웃지 않는 장과 결코 웃는 법이 없는 델만 빼고.

이건 내 싸움이 아니다. 정말 아니다. 175호에서 보낸 시간 때문에 애시타운에서 엊그제 온 기분이 들지만 말이다. 그들에게 큰소리로 말하고 싶지만 꾹 참는다. 애시타운에 정맥 주사형 마약 문제가 생길 만한 자원이 있다고 생각하는 건가? 와일리시티에서 플라스틱과 유리의 반출을 엄격히 막고 있는데 그게 가능할까? 아니. 애시타운의 마약 중독자들은 땅에서 파낸 찰흙으로 직접 만든 파이프에 자기네 황제의 머리칼처럼 새카만 돌조각을 넣어서 피운다. 우리 엄마는 회색보다 붉은색으로 만들어야 맛이 더 좋다고 주장하면서 수 킬로미터를 걸어가서 붉은 찰흙을 구해 오곤 했다. 심지어 어떤 중독자는 너무 똑똑한 나머지, 시체로 마약을 제조해 섭취하기도 한다. 이런 사람들은 귀신같이 시체를 알아봐서 모래고양이보다 덫 냄새를 더 잘 맡을 수 있다.

델이 펜으로 탁자를 한 번 세게 툭 치는 바람에 나는 휙 시선을 돌린다. 내내 손가락으로 책상을 그러잡은 채 아래를 노려보고 있었더랬다. 조사관들이 나를 쳐다봤다면 내가 화난 줄 알았을 것이다. 그랬다면 내가 횡단자이며, 횡단자는 자신들과 같은 지역 출신이 아님을 상기했을 테고.

나는 똑바로 앉는다. 그리고 미소를 지으려 하는데 순간 넬라인이 떠오르면서 내가 얼굴에 미소를 띠면 실제로 어떻게 보이는지가 기억난다. 나는 감정이 드러나지 않기를 바라면서 찡그리지 않는 것만도 다행이라고 생각한다.

다음으로 조사관들은 내가 도플갱어를 봤을 때 어떤 기분이었는지를 묻는다. 이 대목에서 과학자들이 똑바로 앉는 모습이 보인다. 날 면담하게 해 달라고 했다가 거절당한 모양이다. 델이나 사샤가 그런 요청을 했는지 궁금하다. 나는 조사관들에게 구토와 관련해서는 안내 책자에 나온 내용대로였다고 말한다. 이어 뇌가 적응하는데 얼마나 걸렸냐는 질문이 날아온다. 나는 아직도 넬라인을 어찌해야 할지 모를 정도로 마음이 적응됐는지 아닌지 헷갈리지만, 20여 분 후에 구역질이 사라졌다고 대답한다.

조용한 목소리의 조사관이 묻는다.

"그럼 두 번째 단계는 어땠나요? 구역질 다음에는 어떤 증상이 나타났죠?"

"그게 사라진 뒤에는 나 자신을 바라보는 느낌이 안 들었어요. 그냥 여동생이나 사촌을 보는 것 같았죠. 그리고…… 뚜렷한 이유 없이 보호해 주고 싶었어요. 물론 마음속에서 자기보호 본능이 또 다른 나로 여겼던 존재한테까지 확장됐던 것뿐이라는 걸 나도 알아요. 하지만 그 기분은 뭐랄까……."

"애정."

델의 말에 내가 고개를 끄덕인다. 내 왼편에서 화면을 두드리는 소리가 요란해진다.

상급 조사관이 묻는다.

"그런 보호 본능 때문에 그 여성을 여기로 데려왔나요?"

"맙소사! 아니에요. 그랬다간 무슨 일이 벌어질지 알았으니까."

"그런데 당신은 근접 귀환을 요청했어요. 왜 그랬죠?"

"목걸이가 부서져서요."

"목걸이가?"

상급 조사관이 그렇게 되물은 뒤 찬물을 끼얹은 듯 회의실이 조용해지자, 나는 실수했음을 깨닫는다.

다 망쳤다. 나는 분명 근접 귀환을 요청한 뒤 멀쩡하게 작동되는 목걸이를 걸고 나타났다. 조사관들은 넬라인을 몰래 데려오려던 내가 도플갱어의 반발을 까맣게 잊어버렸다고 생각할까? 아니면 내 목적이 바로 넬라인을 죽이는 것이었다고 생각할까? 어떻게 생각하든 상관없다. 조사관들은 내가 거짓말했다는 것을 알지만 왜 그랬는지는 전혀 모를 테니까.

나는 175호에서 있었던 일을 알고 있다.

글쎄, 보아하니 이제 다른 사람들도 전부 알게 된 것 같다.

12장

"맞습니다, 물품 목록에서 사라진 것 같은데 이상하게 부서져 버린 그 목걸이."

"어디서 사라져요?"

나는 마지막 기억대로 목걸이가 거기 있을 것이라고 반쯤 기대하면서 목을 만져 본다. 장을 쳐다보니 그도 나만큼이나 혼란스러운 모양이다.

델이 탁자에 바짝 다가앉아 조사관에게 증언을 한다. 그러면서도 시선은 나에게 똑바로 고정된 채다.

"해당 직원이 도착했을 때 제가 목걸이를 검사했습니다."

시선을 조사관에게로 돌리기 전에 그녀는 분명 잔뜩 겁에 질려 있는 나를 봤을 것이다.

"당시 목걸이는 으스러져 있었습니다. 주파수가 약해 해당 직원을 찾을 수 없었을 때 저도 똑같은 의심을 하긴 했습니다. 청소부들이 파손된 장치라 보고 재활용 대상으로 여긴 모양입니다."

내 입장에서는 델이 거짓말을 하는 이유를 알 수가 없다.

"바로 그 점이 이해가 안 되는 부분입니다. 그 목걸이는 우리 직원들이 함정에 빠지지 않도록 어떤 외상도 견딜 수 있게 제조되었습니다. 뼈가 부러질 정도의 강한 압력에도 그렇게까지 훼손돼서는 안 되는 거였다고요. 목걸이가 으스러졌다고 하셨죠?"

그렇게 물은 조사관이 의자에 바짝 기대앉으며 고개를 절레절레 흔든다. 나는 유리컵 옆면을 손가락으로 훑다가 입을 뗀다.

"애시타운의 순찰대에 대해 들어 보셨나요? 잔심부름하는 남자애들 말고 성인 순찰대요. 175호에서 그들은 아직도 차를 몰고 나다니는데, 그 차는 와일리시티의 차와 달리 가볍지도 태양열을 이용하지도 않아요. 아주 무거운 금속들로 만든 데다 돌로 장식까지 돼 있죠. 이런 차들은 사람들과 건물을 습격할 뿐만 아니라 서로 부딪치기도 해요. 화창한 날이면 두 배로 육중해집니다. 싸구려 반사경을 씌운 금속판을 더 많이 장착하니까요. 이런 차들이 뼈만 부러뜨리는 게 아니에요. 시체를 짓이겨 곤죽으로 만들기까지 하죠."

그렇게까지 말할 생각은 아니었다. 그저 교차 설명을 하여, 조사관이 나와 델이 무언가 숨기고 있는 양 쳐다보는 시선을 거두게 하려고만 했다. 델을 이 일에 말려들게 할 의도는 결코 없었다.

잠시 후 조사관이 지켜보던 과학자들에게 묻는다.

"그런 충격에 목걸이의 구성물이 손상을 입을 수 있습니까?"

과학자들이 소곤거리는 소리가 들리더니 한 사람이 일어선다. 그는 초조하게 나를 쳐다본 다음 다시 조사관을 보며 말한다.

"목걸이의 구성물에 이미 무리가 갈 정도로 더운 날이라면……

그럴 수도 있을 겁니다. 만약에 그런 차들이 있다면 말이죠."

"그런 차들이 있지요."

내 뒤에서 들린 목소리에 모두가 자리에서 일어난다. 나도 일어나서 돌아본다. 애덤 보슈를 보는 게 내 가슴을 찌르는 듯한 일인데도. 그가 늘 그렇듯 친절하게 미소를 지으며 고개를 까닥이자 죄책감에 바스러져 가루가 될 수도 있을 것 같다. 미안하다고 말하고 싶지만 그는 내가 무엇 때문에 미안해하는지도 알지 못할 것이다.

"보슈 씨가 오실 줄은 몰랐습니다."

"방해하려던 건 아닙니다. 지금쯤 끝났을 줄 알았거든요."

상급 조사관의 말에 그가 대꾸한다.

그의 이름은 애덤이지만 머릿속에서는 자꾸만 '아드라'를 외쳐댄다. 얼마나 더 버틸 수 있을지 모르겠는데, 다행히도 장이 나를 구해 준다.

"오래 걸리지 않을 겁니다. 거의 다 끝난 것 같으니까요."

"아무렴요. 일임할 테니 알아서 하세요."

그가 떠나자 회의실 분위기가 더 어두워진 듯하지만 나는 다시 숨이 쉬어진다.

***

다음 날 나를 깨운 악몽은 다른 내용의 좀 더 조용한 꿈으로, 섬뜩하다기보다는 슬펐지만 그럼에도 악몽이었다. 왠지 카라멘타이기도 하고 엄마이기도 했던 넬라인이 침대에서 내 옆에 누운 채 자기는 여기에 없다는 소리를 여러 번 반복했다. 그녀도 죽고 모두 다 죽었다고 했다. 나만 죽지 않았다고. 나는 무한대의 우주에 홀로 있다. 차라리 빠르고 쉽게 공포에 떨게 되는 아드라닉의 악몽이 그리울 지경이다. 그런 꿈에서는 아드라닉의 짓이겨진 시체가 손가락으로 나를 가리키려 하지만, 사실 그 손에는 남은 손가락이 하나도 없고 잘려 나간 부분에서 피만 철철 흐를 뿐이다.

옷을 반쯤 입었을 때 누군가 현관문 벨을 누른다. 와일리시티 경계 지역으로 가야만 넬라인의 시체를 넘겨받을 테고 따로 나를 찾아올 사람도 없었다. 방범창을 확인해 보는데 델이 그 너머에 있다.

처음에는 그녀가 쪽지를 쓴 당사자라서 온 줄 알았다. 쪽지 내용은 목걸이에 대해 거짓말했다는 것을 안다는 뜻이며 그걸 가지러 온 거라고 생각했다. 하지만 쪽지의 삐뚤빼뚤한 손글씨와 델의 우아한 필체는 도무지 연결이 안 된다. 게다가 델 같은 사람이 나 같은 사람에게 갈취해 갈 게 있을 리 없다. 그녀에게 건네준 귀걸이가 내가 가졌던 가장 값비싼 물건이었다.

일단 현관문을 연다.

"여기는 어쩐 일이에요?"

허락이 떨어지기도 전에 델이 안으로 들어선다.

"오늘이 매장하는 날 아니야? 같이 가려고."

"나랑 애시타운에 간다고요?"

나는 델을 위아래로 훑어보며 이어 말한다.

"전부 검은색 옷이네요."

"장례식이니까."

"그렇긴 하지만……."

또다시 벨 소리가 들린다. 이번에는 화면에 에스더의 얼굴이 꽉 차 있다. 눈을 동그랗게 뜨고 카메라를 응시하면서 현관문에 너무 가까이 서 있다. 나는 문을 열어 주면서 아까와 똑같이 묻는다.

"여기 어쩐 일이야? 여기까지 누가 들어오게 해 줬어?"

에스더가 델 쪽으로 고개를 까닥여 보인다.

"이카리 씨가. 이분한테서 언니 친구가 죽었다는 말을 듣고 장례 치르는 걸 도와줘야 할 것 같았어."

"도움 필요 없어."

나는 다시 델을 쳐다보며 덧붙인다.

"어느 쪽 도움이든."

에스더가 다가와서 말한다.

"죽은 이를 위한 기도는 어떻게 하는지 기억은 해? 안치 의식은?"

당연히 기억 안 난다. 애시타운에서 사람이 죽으면 그냥 루럴스 사람을 장례지도사로 고용한다. 아니면 이교도에 가까운 이들은 와일리시티까지 종교인을 부르러 온다. 에스더가 장례 지도를 한 적이 있나? 카라멘타도 해 봤을까?

"게다가 내 이름으로 밴도 빌려 놨지. 시신을 회사 차 트렁크에 실어서 옮기려고 했던 건 아니지?"

두 사람 모두 탁월하게 핵심을 찌르고 들어온다.

"좋아요. 다들 같이 가자고."

"언니도 전부 검은색으로 휘감고 애시타운에 들어갈 거야?"

오늘은 갈색 앞치마에 애시타운의 상복 색깔인 회색 긴 치마를 입은 에스더가 묻는다.

델이 눈을 가늘게 뜨며 끼어든다.

"그래. 안 물어볼 수가 없네. 나처럼 검은색으로 빼입으면 어떤데?"

나는 어깨를 으쓱해 보이고 답해 준다.

"전문 직업인이라는 뜻인데 순찰대원 차림은 아니죠."

델이 자신이 입은 정장을 내려다보며 묻는다.

"그럼 매춘부처럼 입은 거야?"

매춘부는 내가 와일리시티에 오고 나서야 배운 또 하나의 단어다. 업소 일꾼, 제공자, 위안자, 집고양이 등등, 섬사람이 물을 가리킬 때나 북부인이 눈을 가리킬 때 여러 가지 표현을 쓰듯 우리도 그들을 여러 이름으로 부르지만, 매춘부는 그중에 없다.

"델, 무슨 말도 안 되는 소릴 하고 그래요. 단순 노동자는 절대 그렇게 검은색 일색으로 못 입어요. 전부 검은색으로 입는 이들은 엘리트예요."

델이 다시 자신의 옷을 내려다본 다음 평소보다 턱을 두 배나 높이 치켜들고 말한다.

"그럼 난 엘리트 할래."

***

애시타운과 와일리시티를 구분하는 모호한 사막 구간을 지나 애시타운의 특별 예배식 장소로 건너가자마자 국경 순찰대가 우리를 멈춰 세운다. 이번에는 내가 거래할 의향이 있음을 바로 알도록 도로에서 멀리 떨어진 흙바닥에 차를 대고, 순찰대원이 창문에 붙어 서기 전에 차에서 내린다. 그 순간 그가 흠칫하며 당황하고, 나 역시 마찬가지다. 이쪽 길이 이 사람 담당이라는 것을 깜박 잊고 있었다. 밴 가운데 자리에 앉아 있는 에스더를 돌아보자니 다른 순찰대원이었다면 좋았겠다 싶은 생각이 든다.

"볼때기 씨네요."

목에 별 문신은 없지만 그 외에는 내가 175호에 두고 온 그와 분간이 안 될 정도로 똑같다. 그를 보자 앞서 델과 나눴던 이야기까지 겹쳐지며 문득 중요한 사실이 떠오른다. 쪽지를 놓고 간 사람은 검은 옷을 입고 있었다. 그리고 순찰대는 늘 검은 옷을 입는다.

엘드리지에서만 알 수 있는 일을 일개 순찰대가 어떻게 알까? 설득력이 떨어지는 생각이지만 숙적을 감지한 것처럼 쉬이 생각이 떨쳐지지 않는다. 쪽지 생각만 하다간 사냥당하는 기분을 못 떨치지 않을까? 그런데 언제나 날 전문적으로 사냥해 왔던 이가 누구였더라?

"다시 돌아오지 않고는 못 배길 만큼 내가 그렇게 보고 싶었나 보지? 가격은 여전히 300달러요."

나는 그만큼의 현금을 들이밀며 고개를 까딱여, 내 차만 한 타이어가 달린 그의 트럭을 가리킨다.

"안내해 줄 사람이 필요해요. 오지까지 데려다줄 수 있을까요?"

볼때기가 다가와 뒷자리 창문으로 안을 들여다본다. 두 사람을 태운 이후 따로 화물칸을 들여다보지 않았지만, 나는 플라스틱으로 가공한 흰색 천으로 감싼 뒤 옆면을 걸쇠들로 단단히 봉해 마치 번데기 같은 넬라인의 시신을 그가 봤음을 직감한다.

"시체를 버리러 가는 거면 입 다무는 대가까지 포함해 두 배를 받아야 하지만 당신들까지 같이 갈 필요는 없소. 내가 해 줄 테니 믿고 맡기쇼."

에스더가 밴에서 내린다. 어쩌면 와일리시티 사람보다 현지인을 더 진지하게 상대해 주지 않을까 싶어서 내린 것일 수도 있다. 아니면 신앙심이 깊은 자신이 나서면 우리의 목적을 이해시키는 데 도움이 될 것 같아서 그럴지도 모른다. 어느 쪽이든 볼때기가 에스더를 영영 보지 않기를 바랐지만, 이제 그런 바람은 물거품이 된 셈이다. 이른 아침의 햇살이 우뚝 선 그 애의 머리칼을 비추면서 고요한 얼굴이 천상의 빛으로 반짝이는 광경을 보는 순간, 볼때기가 여기서 에스더에게 청혼하는 게 아닐까 싶어지는데…… 그렇게 매서운 눈초리로 바라보지만 않는다면. 에스더는 그를 마치 먼지보다 못한 사람인 양 쳐다본다.

에스더에게 순찰대가 교회를 털어가고 있다는 것을 아는 척하지 말라고 경고했어야 했다. 하지만 말해 줬다고 해도 그 애가 혐오감을 감출 수 있을 것 같지는 않다.

"시신을 버리는 게 아니라 제대로 장례를 치러 주려고요."

에스더가 짧게 핵심만 말하는가 싶더니 기어이 한마디 덧붙인다.

"무슨 문제 있나요?"

이것은 혐오감보다 더한 일종의 도발이다. 에스더는 자신의 것을 훔쳐 간 순찰대원을 똑바로 바라본다.

볼때기는 그린 에스더를 보다가 나를 보고, 다시 밴으로 시선을 돌린다. 에스더의 짜증 섞인 반응에 완전히 당황한 기색이지만 화가 났다기보다는 도리어 관심이 있어 보인다.

"문제는 없지만 내 차에는 4명 자리밖에 없어서."

"우린 딱 3명인데요."

나는 팔찌로 그를 촬영한다. 와일리시티 시민이 애시타운 사람의 차를 탈 때 일반적으로 이런 안전 절차를 밟는다. 여행 가는 모양새지만 델이 날 잡아가라고 광고하는 듯한 옷을 입고 있으니 어쩔 수 없다. 볼때기는 내가 자기를 찍는데도 별말 없이 잠자코 있는다. 우리를 배반할 생각이 없거나, 와일리시티의 보복이 전혀 두렵지 않다는 뜻이다. 그가 자기 차 문에 팔찌를 가져다 누르자 낡은 잠금장치가 열린다. 행진이 없더라도 순찰대원들은 차와 한몸처럼 지낸다. 그러니 팔찌나 휴대용 시계 대신 칩 형태의 시동 장치를 달고 다닌다 해도 놀랍지 않다. 그는 자동차에 장착된 무전기로 연락을 하더니 우리에게 어서 타라는 몸짓을 해 보인다.

"다들 편히 앉아 계시오. 여자는 내가 옮기지."

"여자인지는 어떻게 알아요?"

에스더가 묻자 볼때기는 보나 마나 뻔하다는 듯 그저 우리를 향해 고개를 까닥해 보일 뿐이다.

에스더를 볼때기 옆에 못 앉게 하려고 내가 조수석에 앉는데 그 애는 백미러를 노려볼 수 있는 운전석 뒷자리에 털썩 앉아 버린다. 볼때기의 차는 좌석과 짐칸이 아예 분리되어 있어서 그가 밴에서 옮겨 올 때 말고는 넬라인의 시체를 더는 볼 수 없다. 시체를 어깨 너머로 내동댕이치지 않고 마치 신부를 대하듯 들어서 옮겨 주니 고마울 따름이다.

***

"뭘 어떻게 해 달라고?"

오지 끝에 무사히 도착하고 나서야 볼때기 씨에게 내 계획을 말해 줬다.

"그렇게 멀지 않아요."

"내가 걱정하는 건 멀어서가 아니라 장애물 때문인데. 늪지는 고사하고 그 근처에도 가면 안 된다고."

그러자 델이 이어 말한다.

"그게 정말 사실일까? 내가 듣기론 당신들이 조력 자살을 하러 오는 와일리시티 시민을 전부 거기로 데려간다던데."

내가 델을 쳐다보며 묻는다.

"당신이 아켈다마*를 어떻게 알죠?"

델이 어깨를 으쓱인다.

"와일리시티 시민은 대부분 다 알걸. 조력 자살은 우리가 해 줄 수 없는 서비스이니 알음알음 다 퍼진 거지."

"그런 데랑은 달라요. 거긴 더 특별하거든."

정확히 말하자면 저주받은 곳이지만 볼때기는 그렇게 말한다. 어느 쪽이든 넬라인을 무연고자 묘지에 안 묻기로 합의를 봐서 기쁘다.

볼때기는 기분이 별로임에도 지금까지 에스더 주변에서 말조심해야 하는 임무를 환상적으로 해내고 있다. 그 노력이 가상한 한편

---

* 아람어로 '피의 밭'을 의미하며 성서에서 유다가 자살한 장소로 기록되어 있다.

괘씸하기도 하다. 그는 순찰대가 일반적으로 주고받는 내용을 듣지 못하게 비상 무전기도 무음으로 해 놓았다.

우리가 아웅다웅하는 데 지쳤는지 델이 앞으로 바싹 다가앉으며 묻는다.

"얼마나 남았어요? 얼마나 더 가야 그 특별하지 않은 늪이 나오는 거냐고요?"

볼때기는 입술을 물어뜯으며 계산하는 중이다. 그는 이미 반나절 치 수입을 벌었다. 국경 순찰대원은 딱히 갈취를 하지 않고도 일주일을 버틸 수 있으니, 정직하게 600달러만 보고한다 해도 아무도 그가 자기 몫까지 이중으로 챙겼다고 생각하지는 않을 것이다. 현재 모든 황무지 구역에는 그런 수입원을 단념할 만큼 돈이 될 만한 커다란 악어가 존재하지 않는다. 볼때기가 백미러로 에스더를 쳐다보자, 그 애가 입을 뗀다.

"당신네 순찰대가 탐욕스러운 집단이 돼 가고 있다는 걸 알아요. 하지만 분명 그 정도 돈이면 당신한테는 충분할 거예요."

분명 순찰대는 루덜스를 털기로 모의하면서 대니얼이나 심지어 마이클의 보복까지 고려했을 것이다. 하지만 그들은 제일 먼저 에스더의 성미부터 생각했어야 했다.

"공주님이 말이 많으시네."

그 말은 에스더가 누구인지 알아봤다는 뜻이다. 그럼에도 한발 물러선 듯 볼때기가 다시 시동을 건다.

길을 알려 주는 표지가 없는데도 볼때기는 왼쪽으로 돌더니 강에서 대각선 방향으로 사막을 가로질러 달리기 시작한다. 그는 늪지를 무서워하는 척했지만 분명 전에도 가 본 적이 있다. 175호에서 본 행동을 미루어 볼 때, 자신이 중요시하는 규칙들만 따르는 순찰대원이라 더 이상 훌륭하지 않은 황제에게서는 등을 돌릴 것이다. 볼때기는 내가 어릴 때 한 번도 본 적 없어서 존재하지 않을 것 같다고 생각했던 그런 순찰대원이다.

포식자건 먹잇감이건 동물 한 마리 마주치지 않으니 볼때기 씨의 트럭이 얼마나 육중하고 시끄러운지 새삼 실감이 난다. 무척 느긋한 방목 가축조차 아주 멀리서부터 우리가 오는 것을 알아채고 이동한 것 같다. 이곳의 포식동물들 또한 배불리 먹고 살아서 잡아먹기가 몹시 어려워 보이는 대상에 굳이 달려들 생각이 없는 모양이다.

우리는 오후 중반 즈음 늪지에 도착한다. 모든 일이 술술 풀리고 있다는 생각이 들 때, 문득 에스더가 입을 연다.

"장례를 치르려면 내가 시체를 싸맨 천을 풀어야 할 거야."

나와 델은 경악스러운 표정으로 서로를 바라본다. 늪에 넬라인을 보존하려면 수의를 벗겨야 한다는 것을 알고 있었지만 이렇게 에스더와 같이 올 줄은 몰랐더랬다. 말할 시간이 있다 해도 넬라인의 정체를 어떻게 설명해야 할지 모르겠다. 하지만 에스더는 내가 무슨 일을 하며 돈을 버는지 알고, 우리의 다른 자아들이 사는 다른 세계가 있다는 것도 안다. 그러니 그 애가 이런 배경들을 잘 참작해 언니와 소름 끼치게 닮은 시체를 보고도 너무 큰 충격을 받지 않고 이 상황을 이해해 주기를 믿고 맡기는 수밖에 없다.

볼때기 씨가 천으로 싸맨 형체를 들어 늪 가장자리에 갖다 놓는다. 늪의 검은 모래는 일대의 다른 곳들과 달리 암녹색 윤기가 돌아

예상보다 한층 차가워 보인다.

볼때기 씨가 에스더를 위해 걸쇠를 풀어 주려고 이동하기에 내가 막아선다.

"내가 할게요."

볼때기 씨가 어깨를 으쓱하더니 트럭으로 돌아간다. 트럭까지 거리가 제법 멀어서 그는 에스더가 의식을 거행하는 모습을 볼 수 없을 것이다. 나는 천천히 걸쇠들을 풀어 나간 뒤 나중에 풀기 위해 얼굴 옆에 있는 걸쇠만을 남겨 놓는다. 그리고 마침내 수의를 벗긴다.

누가 시체를 보관하고 있었는지는 몰라도 염습이 잘 되어 있는 것을 보니 분명 꽤 많은 돈을 받았을 것 같다. 해치 안에서 얼굴로 흘러내렸던 피는 없어졌고, 움푹 들어갔던 가슴도 이제는 튀어나와 있으며, 뜨고 있던 눈도 감은 상태다.

참혹한 모습보다 이렇게 훼손되지 않은 채 자는 듯한 얼굴이 더 당혹스럽다. 누군가 어깨에 손을 올리는 게 느껴져 에스더라고 생각하고 손가락으로 그 손을 덮는 순간 델임을 알아챈다. 내 동생의 손이라기에는 너무 차갑고 너무 크기 때문이다.

"이제 에스더가 의식을 치르게 해 줘야 어두워지기 전에 저 애를 보내 줄 수 있어."

해가 있을 때 묻어 주는 것은 장벽 안쪽이나 바깥쪽 모두 똑같이 지키고 있는 관습이다. 나는 일어서서 에스더에게 자리를 내준다. 그때쯤 자리를 뜬 줄 알았던 델이 팔로 내 허리를 감싼다.

"이만하면 된 건가?"

그 물음에 내가 고개를 끄덕인다.

"당신이 죽음 관리인한테 저렇게 꾸며 달라고 돈을 준 거예요?"

"장의사. 와일리시티에서는 그런 일을 하는 사람을 장의사라고 불러."

나도 그 이름을 안다. 내 목록에 있는 단어니까. 비에트가 와일리시티 사람이라면 장의사로 불릴 것이다. 하지만 그는 조산사이기도 하다. 따라서 관리인이라는 말이 더 잘 어울린다. 이상하게 오랜 시간이 지났는데도 거짓말을 하는 게 점점 쉬워지는 것이 아니라 힘들어진다.

"내 질문에 대답 안 했는데요."

델이 내게 붙어 오며 어깨를 으쓱해 보인다.

"저런 모습으로 있는 저 여자를 네가 다시 볼 필요는 없었어."

에스더가 넬라인 옆에 무릎을 꿇는다. 당장이라도 비명을 지르며 퍼부을 질문을 각오하고 있는데 에스더는 그저 잠시 꼼짝도 안 할 뿐이다. 이윽고 그 애가 넬라인의 양어깨를 잡고 들어 올리더니 수의를 끌어당겨 등을 내려다본다. 잠시 후 나는 에스더가 문신을 확인하고 있다는 것을 깨닫는다. 무엇을 보았는지는 몰라도 안심한 모양이다. 그 애가 고개를 가로젓더니 시체를 다시 내려놓는다.

"그건 나 아니야."

"알아. 문신이 있긴 한데 언니 거랑 달라."

델은 아무 말도 안 하지만 옷에 가려진 문신을 꿰뚫어 볼 수 있는 것처럼 내 등을 빤히 쳐다본다.

에스더가 넬라인의 얼굴을 만지며 묻는다.

"이 언니는 다른 세계에서 온 거야?"

"응. 거꾸로 우리 쪽으로 오려다가…… 죽었어."

"그런 일이 자주 있어?"

나는 마른침을 삼키고 대답한다.

"전에도 있었어."

에스더가 한참 나를 쳐다보다가 고개를 끄덕이는데 어쩐지 내가 완전히 다른 질문에 답을 해 준 느낌이 든다.

"이 언니 이름을 알아야 해. 진짜 이름."

"넬라인."

에스더가 다시 넬라인을 바라본다. 그리고 조심스럽게 수의에서 팔다리를 꺼내 놓고 몸통 밑에 그 물질을 밀어 넣는다. 이어 손가락 하나만큼 넬라인의 머리카락을 잘라 내서 항아리에 넣고 검은 모래를 한 주먹 집어 올려 그 위에 뿌린다.

이어 오일이 들어 있는 작은 유리병을 꺼내 땅바닥에 기름을 부어 흙 반죽을 만들더니 십자가를 빚어 넬라인의 이마에 올려놓는다.

에스더가 의식을 거행할 준비를 마쳤다.

책상다리를 하고 앉은 에스더가 눈을 감고 넬라인의 얼굴 근처에 얼굴이 가도록 앞으로 숙인다. 그렇게 숨을 천천히 골라 깊게 쉬면서 넬라인의 귀에 첫 번째 기도를 올릴 것이다. 우리는 기도 소리를 들을 수 없다. 의식을 행하는 이와 죽은 자 외에 살아 있는 이는 누구도 기도 내용을 알 수 없다. 미신을 믿는 이들은 기도 내용이 들리는 사람은 곧 죽을 것이라고 믿는다. 대다수 사람은 입 모양을 보고 그 내용을 짐작하게 될까 봐 눈길도 돌린다.

이상하게 나는 명상을 하는 사람이 아닌데도 마음이 진정된다.

따듯한 열기와 동생의 거의 알아들을 수 없는 기도가 엮여 마법이 일어난 듯싶다. 아무것도 하지 않았는데 몇 분이 영원처럼 흐르는 듯하더니, 에스더가 허리를 펴고 눈을 뜨자 너무 빨리 끝난다.

에스더가 "그러니 그렇게 될지어다."라고 말하며 장례식의 1부를 끝낸다.

2부에서는 담배에 불을 붙여 한쪽으로 치워 놓는다. 이어서 손가락으로 모래에 커다란 십자가 모양을 그린 뒤 그 둘레의 네 면에 작은 십자가들을 채워 넣는다. 마지막으로 큰 십자가 위에 어울리지 않게 7이라는 숫자를 크게 그린다.

내가 지켜보는 것을 보고 에스더가 말한다.

"문을 열려고 이러는 거야."

나도 알아 혹은 아무렴이라고 대답해야 하지만 거짓말하는 게 지겨워 그냥 고개를 끄덕이고 만다.

에스더가 눈을 감자 담배에서 피어오르는 연기가 그 애와 넬라인 주변으로 퍼져 나간다. 얼마나, 무엇을 기다리고 있는 걸까 궁금하던 찰나, 에스더가 갑자기 눈을 번쩍 뜬다. 문이 열린 모양인지 의식을 되풀이하는데, 이번에는 왼쪽 바닥에다 다른 상징물을 그린다. 십자가 모양으로 윤곽을 그린 뒤 그 안에 별을 가득 채워 놓고 양쪽에 관을 그려 넣는다.

에스더는 배낭에서 알코올 냄새가 확 끼치는 또 다른 유리병을 꺼내 각각의 십자가 위에 부어 웅덩이를 만든다. 그다음 재가 나올 만큼 사그리진 담배를 집어 양쪽 십자가 위에 재를 조금씩 털어낸다.

눈을 감은 에스더는 두 번째 상징의 효과가 나타날 때까지 기다린다. 그리고 어떻게 감지하는지는 모르겠지만 담배가 다 타들어 간 시점에 정확히 눈을 뜬다.

에스더가 일어서자 2부가 끝난다.

이제는 마지막 의식만 남았다. 장례식 때 평상시 내 위치인 군중 뒤에서 유일하게 볼 수 있는 부분으로 긴 기도 의식이었다. 우리는 증인이 되어 기도를 따라 하며 넬라인을 저승길로 보내 줘야 한다. 오늘은 망자가 저승길을 떠나는 데 도움을 주는 이들이 우리밖에 없어 보이지만 그나마 볼때기 씨가 다가와 함께해 주니 기쁘다.

모든 장례식의 기도는 세 부분으로 나뉜다.

첫 번째 부분은 우리나 넬라인이 아니라 하늘 저편에 있는 위대한 존재에게 전하는 기도라서, 에스더는 일어서서 하늘을 마주 본다.

"하늘에 계신 성스러운 주인이시여, 저는 당신의 종으로 나서 오늘 우리의 행위를 축성하나이다. 이 어린 양이 위기를 무사히 헤쳐 나갈 수 있도록 당신의 품으로 받아 주소서. 산 자와 죽은 자, 이 자리에 있는 자와 없는 자, 젊은이와 늙은이를 용서해 주시옵소서. 당신께서 살려 두시는 이들을 당신 안에 계속 살게 하시고 당신께서 죽게 하는 이들은 희망을 갖고 죽게 하소서. 그녀를 흙과 재와 기름과 자비로 씻겨 주시고. 그녀의 집보다 좋은 집을, 그녀의 가족보다 좋은 가족을 그녀에게 주시옵소서. 그녀가 생명체들이 아무런 고통도 받지 않고 오직 기쁨만 누리며, 항상 비가 오고 태양은 다정하며, 백조와 공작과 앵무새가 노래하는 도시로 들어가게 해 주소서.

그녀의 무덤을 널찍하게 만들어 빛으로 그 안을 가득 채우소서."

우리는 마지막 기도문을 세 번 되풀이한다. 델과 나는 시체 앞으로 다가간다. 잠시 후 넬라인을 떠나보낼 테니 지금이 그녀에게 메시지를 전할 마지막 기회다. 나는 먼저 무릎을 꿇고 앉는다. 망자에게 품고 갈 비밀을 전해 줄 의도는 없었는데, 막상 가까이 다가가니 저절로 속삭이게 된다.

"미안해, 넬라인. 카라멘타에게도 내가 미안해하더라고 전해 줘. 그리고 그게 나였으면 좋겠다고 말해 줘. 그 일이 일어날 때마다 그게 나였으면 좋겠다고."

내가 뒤로 물러서자 델이 허리를 숙인다. 그녀가 넬라인이나 다른 망자에게 전할 말이 있다는 것도 놀라운데 나보다도 오래 시체 곁에 머문다. 델이 다 마친 다음, 우리는 시체 운반용 부대에 붙은 끈을 잡아 넬라인의 시체를 늪까지 끌고 간다. 그리고 부대에서 미끄러트려 떨어트리자, 잠시 넬라인이 질척이는 늪 위에 떠 있다가 곧 천천히 가라앉기 시작한다.

에스더가 우리를 등지고 서서 망자에게 바치는 두 번째 기도문을 읊는다.

"넬라인, 나는 당신을 한없이 자비로우신 수호자인 대지의 품에 맡깁니다. 당신을 영원한 안식으로, 만물의 창조주가 계신 밀집된 현실로 돌려보내고자 합니다. 무서워 마세요. 후회하지도 마세요. 어떤 시간을 보냈든 그것으로 충분합니다. 무엇을 해냈든 그것으로 충분합니다. 우리는 남은 평생 당신의 선행을 기억할 것입니다. 우리는 당신의 악행을 영원히 잊을 겁니다. 고맙고, 고맙고, 고맙습니다, 우리와 함께 흙먼지 속에서 지내 주어서."

늪이 넬라인을 삼킬 때까지 기다린다. 시체가 사라지는 속도는 삽으로 땅을 파서 묻을 때보다 빠르지만 훨씬 조용하다 못해 적막하다. 머릿속으로 반복해서 작별 인사를 건네게 된다. 무서워하지마. 넬라인은 무서웠을까? 당연히 무서웠겠지. 횡단 훈련을 전혀 받지 못했으니까. 넬라인은 무슨 일이 벌어지고 있는지, 나를 따라왔다고 왜 죽어야 하는지 납득하지 못했다. 하지만 그래서 더 무서웠을까? 뭘 느끼긴 했을까? 다시 평화를 찾을 만한 의식이 있었을까? 아니면 암흑 속의 공포는 영원히 몰랐을까?

에스더는 시체가 깊이 가라앉고 나서야 다시 우리 쪽으로 몸을 돌린다. 기도문의 마지막 부분은 우리를 위한 내용이다. 이제 넬라인은 죽었다.

"죽음이라는 현상은 영체와 신체가 분리되는 것일 뿐입니다. 죽음은 우리 몸의 다섯 가지 요소가 그 근원으로 되돌아가는 과정입니다. 신성한 계획에 따라 모든 화합물은 끝에 가서 분리됩니다. 지금이든 25년 전이든 혹은 20년 후든, 여러분은 항상 그녀를 잃게 됩니다. 우리는 여인숙에 묵는 순례자들입니다. 우리가 언제 떠나느냐는 중요하지 않습니다. 왜냐하면 다들 떠날 예정이니까요."

죽음은 피할 수 없는 일이라는 데에서 위안을 받는다. 넬라인의 삶에 내가 한 역할은 특별할 게 없었다는 생각이 든다. 나는 그녀의 운명을 바꾸지 않았다. 그럴 힘이 없었다. 내 존재는 그저 그녀가 죽는 시기만을 바꿨을 뿐이다. 우리는 항상 분리될 운명이었고 언제나 분리되어야 한다. 시간은 균일한 것이고 우리는 언제나 분리되고 있다. 우리가 함께 있다면 우리는 이미 죽은 것이다.

"나는 흙에서 위안을 찾는다. 나는 재에서 위안을 찾는다. 나는 기름에서 위안을 찾는다."

우리는 이 구절을 세 번 읊조린다.

"나는 위안을 찾아 흙으로 간다. 나는 위안을 찾아 재로 간다. 나는 위안을 찾아 기름진 곳으로 간다."

우리가 기도를 마치고 에스더가 마지막으로 "그러니 그렇게 될지어다."라고 말하자 의식이 끝난다.

***

볼때기 씨가 에스더를 도와 작게 불을 피우는 동안 우리는 해가 지기를 기다린다. 하늘에서 더 이상 해가 보이지 않을 때에만 양심의 가책을 느끼지 않고 떠날 수 있다. 환할 때 자리를 뜨는 행위는 망자가 저승길을 찾길 진심으로 빌어 주지 않는다는 뜻으로 해석된다. 따라서 고인들의 헌신적 사랑은 크게 믿으면서 애시타운의 태양이 얼마나 무시무시한지는 잘 믿지 않는 아주 오만한 사람들만이 오전에 장례식을 치른다.

델은 외부인임을 광고하듯 뺨과 귀가 분홍색으로 변해 가는 바람에 완전히 화상을 입기 전에 차 안으로 들어가서 기다린다. 해가 반만 보이자 에스더가 불 의식을 마치고 내게 애도의 등불을 가져다준다. 겉보기에는 기름 등불 같지만 아직 식지 않은 밀랍일 뿐이다. 등불 안에는 에스더가 잘라 낸 머리카락 한 뭉치와 넬라인의 묘지 옆에 있던 검은 모래가 들어 있을 것이다.

"나 이거 필요 없는데. 우리 그렇게 가까운 사이 아니었거든."

등불을 건네려는 에스더에게 그렇게 말하자 동생의 시선이 내게 똑바로 향한다. 이기지 못할 언쟁이 시작된다는 신호다.

"언니는 다른 누구보다도 저 언니와 가까워. 언니는 저 언니잖아."

에스더가 아직 따듯한 등불 항아리를 내 양손에 밀어 넣는다.

"그게…… 그런 게 아니야. 똑같다고 해서 꼭 가까운 건 아니야."

말은 그렇게 하면서도 어쨌든 항아리를 움켜잡는다.

에스더가 흡족한 미소를 지어 준다.

"그 언니하고 말하고 싶을 때나 기억하고 싶을 때 불을 밝혀 봐. 언니한테 더 이상 그 언니가 필요하지 않게 되면 불이 안 붙을 거야."

내가 알기로 그 부분은 거짓말이다. 엄마가 죽었을 때 장례식을 제대로 치를 형편이 안 됐지만 엑슬리가 등불 값을 내주었다. 그런데 그 불씨가 너무 빨리 사그라졌다. 그때나 지금이나 나는 엄마가 여전히 필요하다.

애도의 등불을 받아들고 나자 에스더가 다시 볼때기를 기분 나쁘게 쳐다볼까 봐 걱정이 든다. 볼때기는 지금 늪 옆에 웅크리고 앉아 수평선을 바라보면서 야행성 포식동물이 깨어나는 신호를 살피고 있다. 다행히 에스더는 내 곁에 머문다.

"이런 의식을 준비하려면 내가 뭘 해야 하는지 알아? 망자를 안내할 만한 사람이 되려면 어떻게 해야 하는지 말이야."

이 질문은 함정이다. 답은 '모른다'이지만 '안다'고 해야 하기에 아무 말도 하지 않는다.

"성유를 발라 완전히 죄를 씻어야 해. 그리고 나와 아버지, 내가 떠나거나 죽으면 내 일을 넘겨받을 사람만 알고 있는 동굴로 가. 거기에 비밀의 샘이 있거든. 그 샘물을 마시고 그 물로 목욕을 해서 순결해지는 거야. 그런 다음 내 수습생이 내 머리에 성유를 부어 주지."

"이해하기가…… 어려워."

"이상한 것 같다고 해도 돼. 수습일 때 나도 그렇게 생각했으니까."

"네가 수습도 거쳤어?"

에스더가 나를 쳐다보며 대답한다.

"내가 카라멘타 언니를 교육시키곤 했는데 뭘."

당신 말고. 카라멘타 언니를.

13장

"언제부터 알았어?"

이제야 에스더가 시체를 확인했던 게 나의 죽음 여부를 알려던 것이 아니라는 사실을 깨닫는다. 이 애는 그 시체가 자신의 진짜 언니인지 알아보려고 그랬던 것이다.

"맨 처음부터."

마음이 휘청거린다. 에스더와 소통했던 모든 순간을 돌이켜보니 이 애는 내가 자기 언니가 아니라는 것을 내내 알고 있었다. 특히 통화할 때가 생각난다. 헌당식에 갈 준비를 하고 있을 때 조라이어가 올 수도 있다는 말을 전해 주려 전화했던 사람이 에스더였다.

언니도 기억하네. 키가 크고 빨강 머리였지? 우리가 어렸을 때 잠시 여기로 이사 와서 살다가 선교사가 되어 멀리 오지로 떠났잖아.

에스더는 나와 수다를 떨던 게 아니라, 내게 정보를 주고 있었다.

"문신으로 알았어?"

여기서는 엄마가 아직 살아 있으며 카라멘타에게 가족이 있음을 깨닫고 서둘러 보러 갔더랬다. 당시 내 팔뚝에는 문신이 남아 있었다. 나는 잘 가렸다고 생각했는데, 알몸으로 목욕하는 모습을 에스더가 자주 봤다면 뭔가 이상하다는 것을 알아챘을 것이다.

"아니."

"그럼 내 말투로?"

"분명 처음보다는 지금 많이 비슷해지긴 했어. 하지만 그것도 아니야. 언니가 내게 선물을 줘서 안 거야."

나도 기억난다. 엄마의 친구들과 동료들 틈에 살았던 나는 언제나 가장 어린 사람이었다. 그래서 열두 살짜리 소녀가 무엇을 좋아하는지 몰랐으니, 루럴스 출신의 열두 살짜리 소녀가 좋아하는 것은 더더욱 몰랐다. 하지만 그 애에게 무언가 가져다주고 싶었다. 여동생이 있다는데 설령 그 애가 그때가 첫 대면임을 모른다 해도 첫인상은 중요하니까. 그래서 엄마가 몰래 '잃어버린' 딸기향 립글로스와 에스더가 갖고 있을 수 있도록 마른 꽃을 눌러서 만든 목걸이를 가져다주기로 정했더랬다.

"네 언니였다면 립글로스를 갖다 주면 안 된다는 걸 알았겠지."

"그러거나 말거나 신경도 안 썼을 거야. 카라 언니는 날 아주 싫어했으니까."

"뭐?"

에스더는 루럴스 지도자의 후계자임에도 전혀 우쭐대지 않았다. 심지어 그럴 필요가 없을 때에도 친절했다. 그런 애를 누가 싫어한단 말인가?

"카라 언니는 남자를 편애했어. 마이클도 좋아하고 아버지도 사랑했지만 내겐 관심없었지. 나이를 먹을수록 내가 더 나쁜 존재처럼 느껴졌나 봐. 언니가 나를 일종의 장애물로 보는 것 같았어. 문제덩어리 말이야. 언니는…… 나를 힘들게 했어. 와일리시티에서 그런 제안이 오지 않았다면 내가 어떻게 했을지 몰라. 언니는 받아들이기 싫어했지만 아빠가 그 돈이 있으면 집에 도움이 많이 될 거라고 생각하셨지. 언니는 딱 1년만 할 거라고 말했어. 그때 머릿속으로 생각했지. 야호, 언니가 돌아오기 전에 난 열세 살이 돼. 도망칠 수 있는 나이가 된다고."

"세상에, 에시."

공포와 걱정이 뒤섞인 반응을 하지 않으려고 꾹 참았지만 너무 늦었다.

"열세 살은 도망치기에 너무 어린 나이야. 그런데 루럴스에 사는 여자애한테는 열여덟 살도 마찬가지야."

에스더는 마치 내가 자기 언니가 아닌 사실을 모르는 사람처럼 빙그레 기분 좋은 미소를 짓는다.

"하지만 떠날 필요가 없어졌어. 그쪽 언니가 돌아오면서 상황이 변했거든. 더 이상 엄마랑 공작을 벌이지도 않았고 날 보고 웃어 줬잖아. 난 카라 언니가 달라지게 해 달라고 기도했었어. 정확히 어떻게 해 달라고 할지…… 몰랐지만 미안한 생각은 안 들었어. 언니가 여기 온 게 카라 언니가 일하다가 죽었기 때문이라는 것을 깨달을 만큼 나이가 든 후에도 미안한 마음은 없었어. 언니를 변하게 해 달라고 기도했더니 달라진 언니가 온 거야. 후회하면 기적을 거부하는 게 되겠지."

누군가 나를 기적이라고 부르는 걸 두 번째로 듣는다. 그것도 또 다시 내가 죽인 사람의 자매의 입을 통해서.

“어떻게 된 일이야? 엘드리지는 정말로 아무도 눈치 못 채게 카라 언니를 대체할 수 있다고 생각한 거야? 사망 보험금을 주지 않으려고 그런 거래?”

나는 고개를 가로젓는다.

“넌 카라가 왜 뽑혔는지 알아?”

“여러 세계에서 죽었으니까. 언니 같은 사람들은 또 다른 자신이 여전히 살아 있는 곳으로는 여행할 수 없다면서.”

에스더는 다시 열두 살처럼 말한다. 엘드리지 측에서 처음 카라에게 설명한 내용과 똑같이 읊고 있으니 그럴 만하다.

“맞아. 다른 자신이 아직 살아 있는 곳으로 가려 했다가는 죽거든. 보통은 그래. 거의 언제나 그렇지, 예외는 손에 꼽을 만큼 드물어. 카라는 내 세계로 오려고 했다가 내가 거기 있으니까 죽은 거야. 카라의 시체를 발견한 사람도 나야. 엘드리지는 사실…… 내가 카라멘타가 아니라는 것도 몰라.”

에스더의 눈이 휘둥그레지고 입은 오므라든다. 내가 회사에서 만일의 사태를 대비해 준비시킨 직원이 아니라 그저 일류 사기꾼에 지나지 않는다고 판단한 모양이다.

“아무도 모른다고? 델도?”

“너만 알아. 난 잘살지 못했어. 엄마는 여기 있는 분과 똑같지만 루럴스에 가 본 적도 없으셔. 내가 열여섯 살 때 돌아가셔서 나한테 별 선택지가 없었어. 카라멘타의 시신을 봤는데, 델이 카라를 귀환시키려 한다는 소리를 들었을 때…… 내가 가게 될 세계 따위는 안중에도 없었어. 하지만 운이 좋았어. 널 만났으니까. 네 가족도. 그리고 와일리시티의 아파트도."

에스더가 숨을 돌리더니 다시 수평선 너머로 시선을 돌려 거의 져버린 태양을 바라본다. 어떻게 반응해야 할지 곰곰이 생각하고 있다. 내가 시체를 약탈하고 이름을 도용할 때도 그 정도까지 깊게 생각하지 않았더랬다. 지금의 에스더는 그때의 나보다 더 어린데도.

마침내 에스더가 결정을 내리고 다시 나를 쳐다본다.

"다중우주라는 게 언니가 많이 존재하고 있는데 그중 일부는 살고 일부는 죽는다는 뜻이라는 걸 나도 알아. 하지만 나는 말이야, 사는 사람들에게는 이유가 있다고 믿어. 죽음은 무의미할 수 있지만 삶은 절대 그렇지 않으니까. 언니가 여기 있고 카라 언니는 없는 이유가 있겠지."

"사람들에게는 매일이 운이야."

"우주의 의지보다 운을 믿는 게 더 편하지 않을까?"

"정말 그럴까? 누가 봐도?"

에스더가 나를 보며 고개를 가로젓는다. 요즘 이 애는 내가 짜증나게 할 때만 진짜 어려 보인다. 팔을 뻗어 에스더의 목을 감싸고 어린애 취급받는 것 같아서 싫어하는 이마 뽀뽀를 해 준다. 에스더가 어린애였으면 좋겠다. 어린 상태로 남아 있어서 내가 마음 편하게 영원히 보호해 주고 싶다.

"참 집요하네. 그래도 언니 같은 사람 바랐던 건 안 미안하다 뭘."

이야기를 끝내고 나니 해가 거의 다 졌다. 델이 차에서 내리는 소리를 듣지 못했는데 그녀가 지금 무언가로부터 달아나듯 늪에서 빠르게 돌아오고 있다. 무엇 때문인지 살펴보려고 늪 가장자리에 가본다. 수면이 어찌나 고요하고 완전한 암흑 상태인지 마치 해치 안 같다. 넬라인이 완전한 암흑 속으로 가라앉아 다른 세계로 나와서 왔던 길을 따라 집에 가기를 빈다.

볼때기 씨가 차에 시동을 걸고 전조등으로 늪에 있는 것을 비춘다. 무엇인지 알 수 없지만 그것이 천천히 가라앉고 있어서 몸을 아래로 숙여 살펴본다. 처음에는 돌이 확실해 보였다. 빛을 똑바로 비추면 반짝일 정도로 금속이 많이 함유돼 있는 산등성이의 돌. 하지만 모양을 보는 순간 엘드리지의 목걸이임을 깨닫는다. 목걸이가 아주 멀쩡한 상태로 아무도 찾지 못할 곳으로 가라앉고 있다.

돌아다보지만 델은 이미 차에 타서 양손만 빤히 쳐다보고 있다.

***

에스더와 나는 함께 잠자리에 들었지만 내내 이야기를 나누느라 거의 날밤을 새우고 만다. 그 애는 카라멘타나 다른 루럴스 사람들에게 물을 수 없었던 것들을 내게 물어본다. 나도 그들과 별반 다르지 않게 대답해 주려고 하는데도. 에스더는 내 지난 임무에 대해서도 묻는다. 감추지 않고 다 말해 주다 보니 이야기를 마쳤을 때 동생은 나에 대해 모르는 것이 없게 되었다. 거의 그랬다. 걱정할까 봐 쪽지 이야기만 빼고 모두 말해 주었다.

살인 이야기에 빠져들지 않을까 싶었지만, 내 10대 여동생은 다른 데 관심이 간 모양이다. 전에 있던 세계에서 닉닉과 사귀었다는 말을 듣고 물이 끓는 찻주전자처럼 꺅꺅 소리를 지르는 모습을 보니.

"잠깐만, 그러니까 그 사람이 거기 다른 세계에서도 언니한테 푹 빠졌었다고?"

"아니…… 어쩌면…… 그게 중요한 게 아니고. 닉닉들은 우주 어디서나 한결같다는 거지. 내가 어쩌면 무의식에서 그 사람의 엄마 같은 뒤틀린 무언가를 생각나게 한 게 아닐까 싶어."

"그 사람이 언니의 무의식에서 언니 아버지를 떠올리게 해 준 게 아니고?"

"뭐?"

"언니도 지금까지 두 번이나 그 사람한테 빠졌으니까."

에스더가 눈을 동그랗게 뜨고 나를 올려다본다. 그 애는 잘 때 편하도록 머리를 땋아 내린 채 내 침대에 책상다리를 하고 앉아 있다.

"안 그랬어."

"어떤 것들은 피할 수가 없더라고."

"피할 수 없는 것은 없어."

에스더의 말에 내가 딱 잘라 대꾸했다. 10년이란 세월의 대부분을 닉닉에게 끌리지 않으려고 저항해 왔지만, 타르 구덩이처럼 잠식되기 쉬운 존재이기에 앞으로 계속해서 저항해야만 한다.

"게다가 난 그 남자를 원하지 않아."

"그럼 누구를 원하는데?"

선뜻 대답하지 못한다. 루럴스의 강경파 신도들만 애시타운 사람들이 성별과 성적 취향을 개의치 않는 태도를 못마땅하게 여긴다.

하지만 에스더는 루럴스 지도자의 딸이다.

에스더와 있을 때 거짓된 모습을 보이고 싶지 않아서 나는 빨리 말해 버린다.

"델."

에스더의 몸이 굳는가 싶더니 혐오스럽다기보다 믿기지 않는 듯 고개를 갸웃한다.

"언니는 정말로 딴판이네, 그치?"

"델이랑?"

"카라 언니랑."

에스더가 이불 끝을 만지작거리기 시작한다.

"언젠가 카라 언니가 예배 보러 온 예쁜 언니를 도와주는 걸 봤어. 이름이 세라였는데 딱 보니까 카라 언니한테 반했더라고. 그래서 내가 둘이 잘 어울리는 것 같다고 했더니 언니가 길길이 뛰는 거 있지. 아무도 상관 안 하는데, 뭐 장로님 몇 분은 몰라도 정말 아무도 뭐라 안 하는데, 왜 그러는지 이해가 안 갔어. 하지만 너무 화를 내더라고……. 진짜 그런 다음부터는 세라 언니한테 모질게 굴었어. 그걸 보고 내가 잘못 안 거구나 싶었어."

"아니야. 네 생각이 맞아서 그런 거야."

이제야 카라멘타가 이해가 된다. 나와 똑같이 이 일을 시작했지만 그 애는 내가 꿈꾸기만 했던 안정과 관심을 내내 누리며 살았다. 카라멘타는 다시는 절대로 버림받지 않기 위해서 완벽해지고 싶었던 것이다. 그런 열망 때문에 자신이 아주 조금이라도 나쁜 길로 빠지는 것을 극도로 싫어하게 되더라도.

"그런데 카라 언니는 진짜로 델을 좋아하지 않았어. 한번은 교육 받을 때 델을 고발까지 했을걸."

"정말? 델이 나를 미워할 만하네."

에스더가 입술을 삐죽거린다.

"아직도 미워한다고 생각해? 언니를 싫어하니까 애시타운까지 와서 장례식에 참석하고 여기까지 오는 비용을 다 냈다고?"

"델한테 그깟 돈은 아무것도 아냐. 아마 그 사람이 입는 좋은 옷 한 벌 값도 안 될걸."

하지만 말해 놓고도 설득력이 없는 주장임을 안다. 내가 사 준 티셔츠와 파자마를 입고 있어 영락없는 열네 살로 보이는 동생의 말이 맞는다. 델은 지금 다정하게 군다.

아침에 에스더가 나를 껴안으며 작별 인사를 하고 내가 본가에 다시 갈 때를 대비해 모으던 로션과 화장품으로 꽉 찬 가방을 끌고 갈 때 나는 다시 놀러 오라고 당부한다. 또다시 순찰대가 들이닥쳐 에스더가 비축해 놓은 화약을 훔쳐 갈 날이 일주일도 안 남았다. 그래서 무기랍시고 달랑 밀방망이 하나만 든 채로 다용도실 문 앞에서 있을 에스더를 막을 수만 있다면 그날 밤에 내가 데리고 있고 싶다. 에스더는 그런 내 마음을 거절하지만 멍청한 짓은 절대 안 하겠다고 약속한다. 그리고 떠나기 전에 내 진짜 이름을 불러 준다.

장벽 건너편에서 에스더가 마이클을 무사히 만날 때까지 지켜보는 내내 나는 이제 내가 여기서 죽으면 에스더가 제대로 묻어 줄 수 있겠다는 생각을 한다. 그 전에 죽었다면 엉뚱한 이름으로 묻혔을 뻔했다. 그랬다면 내가 있었던 곳으로 영영 돌아가지 못했을 것이다. 오싹한 위안이긴 하지만 엉뚱한 지구에서조차 누군가 내 이름으로 살아간다는 것을 알면 여전히 위안이 된다.

***

"이걸 어디서 발견했는데?"

장은 내 임무 보고가 끝난 직후 애덤을 만나러 갔기 때문에 나는 복귀 첫날까지 기다렸다가 쪽지를 가져다주어야 했다. 장이 쪽지를 주의 깊게 읽는 모습을 지켜보았다. 처음에는 완전히 충격받은 표정이지만 곧 화난 얼굴로 바뀌었다. 내가 옳은 선택을 했다. 장은 쪽지를 보낸 사람이 아니었다.

"누가 문에 끼워 놓고 갔어요."

"누군지 현관 카메라로 봤어?"

나는 고개를 가로저으며 말한다.

"되게 조심스러운가 봐요. 디지털 메시지는 추적당할 수 있으니까 종이에 쓴 거 같아요."

"아니면 자네가 종이를 얼마나 좋아하는지 알거나."

"내게 잘 보이려는 건 아닐 거예요. 내용이 협박 같잖아요."

"그렇게 생각하나?"

장은 그렇게 생각하지 않는다는 듯 묻는다.

"가려고?"

"네, 가야 해요."

"그럴 필요 없어. 쪽지는 여기 두고 가게. 내가 해결해 보지."

"해결해 달라고 얘기한 게 아닌데……."

나도 왜 그에게 말했는지 모르기 때문에 말끝을 흐린다.

쪽지를 다시 주머니에 찔러 넣자 장은 쪽지 이야기가 끝났음을 알아챈다. 남은 시간 동안 우리는 최신 정보와 관련된 내 모의시험 결과를 검토한다. 장의 눈이 반짝거려도 나는 놀라지 않는다.

"카라, 이거 정말 좋은데. 끝내주게 잘했어. 암기 부분만 걱정했는데, 보고서도 더 깔끔해졌어. 자네 정말 휴가를 알차게 썼군."

그가 너무 자랑스러워하니까 미소로 답해 줄 수 없어 마음 아프다. 그래도 애써 보려는데 장이 얼굴을 들이밀며 묻는다.

"무슨 일인데?"

"아무 일도 없어요, 그냥…… 제가 그 일을 그리워하지 않을 거라고 생각하시죠? 사무직이 되려고 횡단을 포기하는 거라고."

장은 내가 무슨 걸리고 싶지 않은 바이러스라도 되는 듯 몸을 뒤로 젖힌다.

"60층에서 근무하는 사무직이야. 더 높이 올라갈 기회도 생기고."

"횡단할 때는 몇 층에 있는 건가요?"

장이 고개를 젓지만 그 얼굴에는 서서히 미소가 번진다.

"오랜만에 듣는군. 거의 잊고 있었는데…… 횡단만 한 일은 없다는 걸. 그만 한 일이 있는 척하지는 않겠네."

"그래서 전 어쩌면 분석가를 하지는 않을 거 같아요. 유지보수직을 해 볼까 봐요, 계속 파견을 나갈……."

"안 돼."

장이 여느 때와 달리 매몰차게 말한다.

"유지보수팀도 단계적으로 폐지되고 있어. 이 시설은 자체 수리형이거든. 분석가를 택하지 않으면 자네가 갈 데는 집밖에 없어."

딱 잘라 하는 말에 놀란 나는 마음 같아서는 손주에게 하듯 그러지 말라고 말하고 싶지만 결국 고개를 끄덕이고 만다.

"알았어요, 알았어. 시험 볼게요. 분석가가 백수보다는 나으니까요. 다만…… 모르겠어요, 꿈꾸고 있었나 봐요."

장이 다시 미소를 짓는다.

"난 우리 중 누구도 실패하는 걸 보고 싶지 않을 뿐이야."

우리라는 게 횡단자인지 흑인인지 아니면 외부인 전체를 뜻하는지 모르겠지만 일단은 그 설명을 받아들인다.

손으로 시선을 내리고 있는 장을 보니 그가 무슨 말을 할지 알겠다.

"카라, 그 쪽지 말이야."

"선배님한테 맡기지 않을 건데요."

"제발…… 이 약속 장소에는 나가지 마."

"전 괜찮을 거예요. 175호에서 어떻게 됐는지 아니까요. 협박이라 할 만한 것도 못 되는걸요. 아마 그냥 돈 좀 뜯어내려는 걸 거예요. 내 계좌를 보여 주고 나서 우리 둘 다 훌쩍거리며 퇴장하게 될 거라고요."

장은 고개를 가로저으면서도 그 이상은 말하지 않는다.

밖으로 나와서 분석가로 첫 파견을 나가는 도중에서야 내가 중요한 것을 놓쳤음을 알아챈다. 175호에서 무슨 일이 있었는지 장이 한 번도 물어보지 않았다는 사실을.

***

횡단에 대한 두려움이 더 커졌다는 것을 너무 늦게야 깨닫는다.

델을 만나러 엘리베이터를 타러 갈 때까지만 해도 두렵지는 않았다. 물론 머뭇거리다가 내 뒤에 있던 (검정색 점프슈트를 입고 있는 것으로 미루어 볼 때) 유지보수팀 동료가 헛기침을 하며 투덜거리듯 "문 열렸는데요."라고 말하고 나서야 엘리베이터에 올라탔지만 말이다. 하지만 그때에도 집에 가고 싶은 마음이 굴뚝같았을 뿐 두려움은 없었더랬다. 내가 어디에도 속하지 않았다는 확신이 퍼져 갔다. 이 사무실에도, 이 도시에도, 그리고 심지어 이 세계에도 내 자리는 없다는 느낌이 들었다. 입술에서 느껴지던 재 맛이 그리운 이유는 뭘까? 유독한 것이 간절한데 왜 그런 걸까?

그런데 복장을 갖추고 가면을 쓴 뒤 델이 내 주머니에 진통 주사기를 꽂아 주고 나자 공포가 밀려든다. 주사기를 보자 생길 수 있는 문제와 이미 생겼던 문제들이 떠오르며 입안에서 다시 쇠 맛이 난다. 해치로 연결된 사다리를 오르는데 손이 덜덜 떨린다.

해치 안에 막 들어섰을 때 공황발작이 시작된다. 칠흑같이 어두운 가운데, 시간이 충분하지 않은데도 이미 횡단이 시작된 듯하다. 나는 지금 내가 속하지 않은 곳으로 돌진하고 있으나 성공할 것 같지 않다. 은야메가 결코 허락하지 않으리라. 그녀는 나를 물어뜯고 뜯긴 구멍을 따라 갈가리 찢어발길 것이다. 일전에 그녀를 이용해 사람을 죽였으니 나는 그래도 싸다. 암흑 속에서 아드라닉의 죽음을 보았을 때 넬라인의 죽음뿐만 아니라 내 죽음도 예견했다. 우주가 나를 잡는 데 더 오래 걸렸을 뿐이다. 멍청한 쥐새끼가 덫으로 다시 뛰어 들어온 셈이다.

몸통 주변에서 은야메의 이빨이 느껴진다. 해치 문을 두드리지만 너무 늦었다. 언제나 너무 늦었다. 넬라인의 장례식에서 읊조렸던 기도문이 내게로 되돌아온다. 이런 일은 항상 일어나곤 했다. 어쩌면 다른 누구보다도 내가 오로지 죽기 위해 존재하는 사람이 아니었을까 싶다.

갑자기 빛이 번쩍한다. 엘드리지의 횡단실임을 깨닫고 나서도 그 빛은 세상 끝에 있는 별 모양의 광채처럼 느껴진다.

델이 위쪽 층계참에 무릎을 꿇은 채 내 목덜미를 잡아 해치에서 나를 한창 끌어올리고 있다. 이런 상황에서도 델은 다정하지도 않고 씩씩대지도 않는다. 단호하고 냉정하게 거리를 유지한 채 내 목덜미를 그러잡고 있을 뿐이다.

"카라, 숨 쉬어. 이제 숨 쉬라고."

그녀가 시키는 대로 숨을 쉰다. 처음에는 극심한 공포에서 벗어나 그저 짧게 헉하고 숨을 내뱉는다. 이어 좀 더 공기를 들이마시고 천천히 호흡한다. 공포감은 사라졌지만 나는 아직도 델의 품에 안겨 있다.

"전에는 내가 당신보다 더 강했는데."

델이 워낙 세게 잡아당겨서 벌써 겨드랑이 아래가 욱신거린다.

"너무 오래 체력 훈련을 피해 다닌다 했어. 몸이 새처럼 가벼워."

"이젠 괜찮아요."

그녀가 목덜미를 잡았던 손을 떼어 낸다.

"사샤 불러 줄까? 아니면…… 와일리시티에 내가 연락해 줄 만한 사람 없어?"

"그런 사람 있어 본 적 없네요."

"있었잖아. 이름이 뭐였더라? 그거 막 났던 사람(델이 머리께로 한 손을 흔들어 댄다.), 털 말이야."

델은 그냥 내가 떠들게 하려던 것뿐인데 제대로 통했다. 내가 믿을 수 없을 정도로 깔깔 웃으며 말한다.

"마리우스요? 4년 전 남자? 그 사람 엄마가 헤어지라고 협박하고 나서 애시타운 흙수저의 참신함이 시들해졌대요."

"그 자식이 널 그렇게 불렀어?"

"아니…… 그 사람 엄마가 우리는 사랑할 수 없는 사이라고 말했대요. 애시타운 출신은 사랑을 할 수 없다나. 우리는 진짜로 느낄 줄도 모르고 그저 살아남는 데 급급하다고."

"내 생각에는 그게 사실이 아니란 걸 네가 보여 준 것 같은데."

델은 사다리로 걸어가 사무실이 있는 층으로 내려가면서도 어떻게 된 게 기어가는 모습조차 우아해 보인다. 하지만 난 너무 충격을 받아서 발이 떨어지지 않아 그녀를 빤히 쳐다본다.

"왜?"

"당신 말이 맞아요. 난…… 그건 사실이 아니에요."

나는 결코 확신하지 않았다. 수년 동안 내가 야망의 대상이 아닌 것도 할 수 있을지 확신이 안 섰다. 넬라인을 위해 우느라 허비했던 날들을 회상한다. 아드라닉에게 죄책감을 느끼고, 닉닉에게 희망을 갖느라 허비했던 날들을 떠올린다. 가끔은 내가 인간임을 알기 위해서라도 피를 흘려야 한다. 두렵고, 극심한 공포에 시달리며, 수치심에 몸들 바를 모르겠지만 감사하는 마음 또한 샘솟는다. 이 모든 고통에도 나름의 선물이 들어 있다는 것을 생각하지 못했다.

"해치에 앉아 있고 싶어요."

델이 걱정 어린 표정을 짓다가 얼른 평소의 한결같은 못마땅한 얼굴로 바꾼다.

"현명한 생각은 아닌 것 같은데."

"부탁이에요. 가라앉을 때까지 앉아 있고 싶어서 그래요. 다른 데로 보내지 않겠다고 약속해 줘요. 그냥 거기 있게 해 줘요."

내 요청에 델이 앉으며 말한다.

"원하는 대로 해. 어쨌든 오늘 파견은 못 가지 싶어."

델이 조작 패드에 무언가를 입력한다. 나 때문에 기한을 늦추는 게 틀림없다. 나는 해치로 되돌아간다.

이번에는 좀 더 수월하게 암흑 속으로 들어간다. 완벽한 어둠이 별로 놀랍지 않다. 우리가 떨어져 있던 몇 주 동안 추억이 쌓이며 마음이 가벼워졌을 리는 없다. 암흑과 나는 한몸과 같다. 이제야 그걸 알겠다. 첫 번째 시도했을 때는 숨통이 짓눌리는 기분이었다면 두 번째는 무언가 뒤엉키는 느낌이다. 칠흑같이 어두운 공간이 외부의 자극을 느낄 수 있다는 터무니없는 생각까지는 안 하지만 우리가 동반자라고 믿는다. 어떤 물질 때문에 이런 공간이 있을 수 있는지 알고 싶다. 하지만 물어보기만 해도 해고를 당하거나, 요주의 인물로 찍히거나, 와일리시티에 영원히 접근하지 못하는 조치를 당할 것이다. 아니면 더 심한 대가를 치를 수도 있다. 애덤 보슈가 아드라닉처럼 철권통치를 하는 모습은 상상이 안 된다. 하지만 엘드리지의 비밀은 한 번도 누출된 적이 없을뿐더러 다른 세계로 전해지지도 않았다. 이런 것은 단순히 충성심을 고취시키는 친절함만으로 성취되지 않는다.

나는 어둠 속에 앉아서 심장의 고동이 잦아들어 더 이상 두근거리지 않을 때까지 기다린다.

그리고 팔찌를 누른다.

"준비됐어요. 보내 주세요."

마침내 팔찌를 통해 들려오는 델의 대답은 서늘하다.

"절대 안 돼."

나는 해치에서 반쯤 내려와 책상 앞에 앉아 있는 델을 쏘아본다. 그녀는 여전히 나를 올려다보지 않는다.

"델. 진행해요."

델이 한숨을 쉬지만 결국 내게 말을 건다. 물론 그러기 전에 먼저 일어섰다. 델은 나보다 키가 크다. 모든 와일리시티 주민이 일반적으로 애시타운 주민보다 체격이 큰데, 이는 어릴 때부터 어디서 아침밥이 나올지 알아맞혀야 할 일도 없고 순찰대의 눈을 피해 숨거나 군 복무에서 제외될 만큼 작아야만 조금이라도 살아남을 기회가 생기는 곳에서 자라지 않은 덕이다. 나는 위쪽에서 델과 이야기를 나누는 것을 좋아한다. 그녀가 고개를 비스듬히 치켜올리면 솔직하고 연약해 보여서 좋다. 나도 그녀에게 그렇게 보일까 궁금하다. 혹시 닉닉에게도 그렇게 보였을까? 내 목을 조르려 할 때마다, 다른 애시타운 사람들과 달리 체구가 큰 황제의 눈에는 그렇게 보였을까?

델이 몸을 숙이며 탁자 위에 손가락을 쫙 펼친다.

"난 이번 파견 승인 안 할 거야. 횡단 중에 공황이 오면 어떡할 건데? 그때는 내가 아무것도 해 줄 수 없어. 착륙할 때 공황이 와서 귀환시켜야 하면 헛수고가 되잖아."

"그래서요? 한 번은 헛수고해도 되잖아요. 175호에서 임무 성공한 거 잊지 말아요."

"175호에서 포트를 하나만 입수했잖아. 원래 목표는 4개였는데."

나는 그런 세부적인 지적에 손을 내두른다.

"아, 좀. 백업 포트에는 중복되지 않은 정보가 너무 적었다고요. 사실상 3개 반 치를 입수한 거나 다름없죠."

델이 고개를 갸웃하면서 묻는다.

"그걸 어떻게 알지?"

아뿔싸.

나는 부디 애교로 통했으면 싶은 눈빛으로 델을 바라본다.

"이번 파견만 보내 주면 말하려고 했어요."

델이 눈을 희번덕댄다.

"아, 왜 이래요, 델. 오늘 복귀 첫날인데 이런 걸로 허비하고 싶지 않아요. 뭐가 그렇게 두려운데요? 날 잃을까 봐?"

마지막 말이 정곡을 찌른다. 끝까지 파견을 거부할 수 있지만 그렇게 되면 그녀가 내 말에 신경 쓰는 것처럼 보일 것이다.

"좋아. 가면은 아직 단단히 고정돼 있지?"

뺨 전체가 꽉 조이는 것을 느낀 내가 고개를 끄덕인다.

"해치 닫아."

델은 틀림없이 동조기를 껐을 것이다. 다시 예열되는 시간만큼 내가 암흑 속에 있어야 하니까. 잠시 동안 델이 보고를 미룬 벌로 나를 여기에 남겨 두고 집에 갔다고 확신한다. 하지만 내가 그만 대기하려는 순간, 델은 '신호'라고 부르고 나와 장은 '간청'이라고 부르는 속삭임이 들린다. 그 소리가 나를 감싸고 내 살갗에 박힌다. 그러더니 갑자기 내가 횡단하고 있다.

완전한 암흑의 가장자리에서 빛무리가 소용돌이치다가 오그라졌다가 중력에 의해 고리 모양으로 변한다. 횡단 과정, 그리고 어느 곳에도 있지 않으면서 동시에 모든 것의 중심에 있는 듯한 무중력의 느낌에 집중하는 것은 정말 오랜만이다. 아마 앞으로도 언제나 은야메라고 부를 존재가 지금 느껴진다. 델은 언제나 그건 그저 압력과 환각이 결합된 것일 뿐이라고 말할 테다. 은야메는 내게 화가 나지 않았다. 그 손길은 부드러우면서도 내가 늘 여기에 속해 있어서 내 부재를 모를 리 없다는 듯, 다시 온 것을 반겨 주는 느낌이다.

은야메의 손길에 내 안에 있는 무언가가 열린다. 그것은 에스더와 함께 시간을 보내면서 느꼈던 것만큼 깊지는 않지만 친밀하다. 누군가가 나를 보고 있는 기분이 든다. 나는 얼마나 오랫동안 그런 기분을 그리워했을까? 갑자기 다시 내 일이 하고 싶어진다. 애시타운에서 살아갈 게 두려워서가 아니라, 내가 하는 일이 별들 사이를 걷는 것이기 때문이다. 돈을 내고서라도 별 사이를 걸어도 모자랄 판에, 어떻게 이 일을 그렇게 오랫동안 밥벌이로만 여길 수 있었을까? 이제야 이 일이 생명줄이 아닌 선물임을 알게 된다.

머지않아 횡단자들이 쓸모없어진다는 전망에 다음 일자리에 너무나 몰두한 나머지, 나는 그게 어떤 의미인지를 생각해 보지 않았다. 만약 분석가가 된다면 월급을 올려 받고 시민권자가 되어 고층의 방 두 개짜리 집에서 살게 될지는 몰라도, 결코 되찾을 수 없는 중요한 것을 잃어버릴 것이다.

14장

약속 장소는 80층이다. 그래서 가기 전에 델을 지켜보면서 배운 세련된 복장으로 갈아입는다. 미리 확인해 둔 쪽지의 좌표를 따라 애덤 보슈 소유의 공원으로 간다. 이로써 내 마음속 용의자 명단의 '회사 직원'란에 적을 증거가 하나 또 늘어난다. 쪽지를 두고 간 이가 경찰이라면 아마도 저층에다 오가는 사람이 많은 곳에서 만나길 원했을 것이다. 회사 직원으로 의심되는 또 다른 증거는 표현법이다. 용의자는 나는 175호 지구에서 있었던 일을 알고 있다 대신에 나는 175호에서 있었던 일을 알고 있다라고 썼다. 엘드리지 연구소 사람들은 줄여서 '175호'라고 쓰지만, 외부자라면 아파트나 엘리베이터 호수가 아니라 지구에 대해 말하고 있다는 것을 구체적으로 명시했을 것이다.

보슈는 옆집에 있는 한 블록 크기의 저택을 사들인 후부터 이 공원을 내내 보유해 왔다. 그곳은 보슈가 집 발코니에 나올 때나 거대한 녹지 공간에서 산책할 때 그의 모습을 볼 수 있어서 유명한 장소가 되었다. 한때 나는 정원 관광을, 자신의 명성을 의식하지 못하는 남자가 산책하는 모습을 우연히 구경하는 일에 지나지 않는다고 생각했다. 하지만 지금은 아드라닉이 얼마나 많은 조명을 받으며 살았는지 알았기에 보슈가 갈라진 땅이 빗물을 들이켜듯 관심을 먹고 산다고 확신한다.

정원에는 시시한 꽃들, 그리고 식용과 관상용이 반반씩 섞인 과일나무가 가득 들어차 있다. 보슈는 우리 중 누구라도 그랬을 법하게 꽃잎이 가장 크고 가장 색이 밝은 꽃들을 고른 듯하다. 그런 꽃들은 다시 한낮이 되면 갈색으로 그슬릴 것이다.

사과를 하나 따서 손에 쥔 채 분수를 바라보는 척하면서 공원 입구를 주시할 수 있는 벤치에 자리를 잡는다. 문득 내가 무심코 스탈라를 찾고 있다는 것을 깨닫는다. 그녀 외에 누가 내가 사는 곳을 알고 나를 내려오게 해서 득을 보겠는가? 스탈라는 8년 동안 175호 담당이었다. 그래서 정보를 얻는 방법을 확립하고, 입수한 정보를 바탕으로 추측했을 수도 있다. 스탈라는 추방당했지만 장벽은 완벽하지 않은 데다, 그 안쪽에 친분 있는 지인이 있는 이들에게는 특히 더 허점이 드러나게 마련이다. 그런데 스탈라에게 친구가 있었던 게 확실한가? 그런 사람은 한 번도 본 적이 없는데? 내가 그녀의 유일한 친구가 아니었을 수도 있긴 하다.

하지만 허리까지 늘어뜨린 윤기 나는 암갈색 머리칼은 어디에도 보이지 않는다. 스탈라가 유독 좋아했던 밝은색 실크 옷이라면 이렇게 사람이 많은 데서도 눈에 띌 텐데. 방문객의 절반 이상은 꼭 끼는 바지를 입고 진창에서도 젖지 않게 해 줄 부츠를 신고 있다.

와일리시티의 상류층은 황무지 거주자의 옷차림을 단체로 도용하고 있는 셈이다. 한물갔다는 소문과 수명이 줄어든 탓에 유행에서 뒤처져서인지 누구도 오닉스 치아를 좋아하지 않았지만 손톱 끝에 금속을 입힌 이들이 몇몇 눈에 띈다. 와일리시티 상류층은 엑슬리가 아니라 오로지 황제처럼 되고 싶어 한다. 하지만 애시타운 사람들은 누구라도 반대의 선택을 할 것이다. 엑슬리의 권력이 더 대단할 뿐만 아니라 더 깔끔하기 때문이다. 누군가를 동조하게 하려면 두려움보다 어떻게든 그들의 욕구를 이용하는 편이 덜 끔찍하다.

천천히 사과를 먹기 시작해 곧 이로 과육을 파고들며 즙을 짜 마신다. 머리 위쪽 가지에는 내가 게걸스럽게 베어 먹고 있는 빨간 사과가 아닌 초록색 풋사과가 매달려 있다.

그 사과를 따는 순간 아드라닉, 즉 애덤이 벤치로 걸어와 내 옆에 앉는다. 심장이 벌렁거리지만 나는 차분하게 말하려고 애쓴다.

"일전에 애덤이라는 남자한테서 과일 따먹는 얘기를 들었더랬죠."

"분명 그 반대였을 텐데."

"나야 알 턱이 없었겠죠."

오래전에 우리가 처음 대화를 나누었을 때 나는 내가 사실 루럴스 출신이 아님을 넌지시 알려 주었다. 그때도 그가 과일을 주었지만 머뭇거리지 않고 받아먹었다. 그의 말을 믿지 않을 이유가 전혀 없는데도 머리부터 느껴지기 시작한 극심한 공포가 온몸을 집어삼킨다. 심장과 살갗이 그가 아드라닉인 것처럼, 내가 위험에 처한 것처럼 반응한다. 내가 적과 이야기하고 있다고, 가슴속에 있는 자그마한 넬라인의 유령이 갈비뼈를 두드리는 게 아닐까 싶다.

보슈는 곁눈질로 빠르게 두 번이나 나를 쳐다본다. 회사 사람 대부분은 팔찌나 시계형 컴퓨터를 지니고 다니는데 그는 렌즈형 기기를 끼고 있다. 모든 메시지와 뉴스와 연구 자료를 즉시 시야에 띄워 읽을 수 있게 해 준다고 한다. 왼쪽을 바라보면 메시지가 지워지고 5초간 눈을 감고 있으면 알림 기능이 멈춘다. 또한 소문에 따르면 1세대 제품은 완전 실패작이어서 네 시간마다 안약을 넣어야 하거나 기기를 통째로 뜯어 던져 버릴 정도였다고 한다……. 물론 보슈의 얼굴에 던지지는 않았겠지만.

내가 이곳이 그의 정원이 아닌 듯 물어본다.

"여기서 뭐 하고 계세요?"

"당연히 자네를 만나고 있지."

"혹시…… 대표님께서 쪽지를 남기셨나요?"

"음, 내가 직접 둔 건 아니네. 하지만 맞아, 내가 남겼지."

보슈는 얼굴에 주름이 질 정도로 내내 부드러운 미소를 띠고 있다. 그 미소 때문에 와일리시티에서 가장 똑똑한 사람이라는 사실이 무색할 만큼 강아지 같아 보인다. 이런 점이 아드라닉과 다르지만, 그렇다고 해서 유령과 이야기하는 느낌이 전혀 들지 않을 정도로 다른 것은 아니다. 오히려 너무 그런 느낌이 든다. 그래서 그를 보지 않으려고 시선을 돌리다가, 그제야 정원에 우리 둘만 있다는 것을 깨닫는다.

"다들 어디 있는 거죠?"

"정원의 다른 쪽에. 유지보수 중이라서 이 구역으로 이어지는 길들은 다른 방향으로 바뀌었거든."

"유지보수요?"

"유지보수……."

보슈는 그 말의 뜻을 삭제하듯 손을 휘휘 젓는다. 그 모습이 너무나 황제 같아서 진작 눈치채지 못한 내가 이상할 정도다.

"자네도 알다시피, 그 말은 거의 항상 다른 걸 뜻하는 암호잖나."

나는 알아듣지 못했으면서도 알아들은 듯 고개를 끄덕인다. 영문을 알 수 없어서 애꿎은 사과만 들어 올린다.

"난 빨간 사과가 더 좋더라고요."

"감 잡았어야 했는데. 카메라에 찍힐 만큼의 껍질도 안 남겨 놨더군. 속까지 다 삼켜 버리기 전에 새걸 가져다줘야겠다 싶었지."

"시작한 건 끝내는 편이라서."

"그래?"

다른 사람한테서 듣는다면 성적인 조롱으로 받아들여 실망은 해도 놀라지는 않을 것이다. 하지만 보슈의 말투는 재미라곤 없고 협박투로 들리기까지 해서 꿈만 같던 우연한 만남의 실체를 까발려 준다. 그가 누구이고 내가 누구인지가 일시에 기억나면서, 상대가 닉 시니어의 아들이라는 사실을 모르는 사람처럼 굴고 있음을 깨닫는다.

나는 그에게서 살짝 떨어져 앉으며 묻는다.

"왜 나를 여기로 소환한 거예요?"

"소환?"

제기랄. 소환은 황제가 하는 것이다. 왜 불러냈느냐고 말했어야 했다. 또다시 그와 아드라닉을 혼동하고 있다.

보슈가 벤치를 쳐다보다가 내가 새로 만든 둘 사이의 공간을 빤히 바라본다.

“날 두려워하지 말게.”

말로는 뭔들 못 할까.

“날 왜 불러낸 거예요?”

“자네가 그 여자가 아니란 걸 확인하고 싶었어. 둘이서 돌아왔으니까.”

“하지만 ‘175호에서 있었던 일을 알고 있다.’고 했잖아요. 왜 그렇게 썼죠?”

거기에 대답은 없지만 나는 보슈가 말할 때까지 기다릴 셈이다. 두 번째 사과를 베어 문다. 첫맛은 언제나 너무 과하다. 애시타운 출신이 풋사과를 더 좋아할 것이라고 생각하다니, 그는 분명 애시타운을 떠난 지 십수 년이 되었을 테다. 우리 고향에서 신맛은 참신한 게 아니다. 우리가 키우는 모든 과일은 신맛이 나서 조금이라도 단 과일을 먹으려면 대가를 지불해야 한다. 이 사과는 애시타운에서 가장 공들여 키운 사과와 똑같은 맛이 난다. 하지만 여기서는 이런 사과가 공짜이고 나는 아직 나이므로, 계속해서 그 사과를 먹는다.

“내가 여기 앉는 유일한 사람이란 걸 아나? 이 벤치는 늘 아무도 안 앉거든.”

내 질문에 대한 답은 아니지만 장단을 맞추기로 한다.

“정말요? 하지만 여기만 그늘이 지는 자리인데요.”

“그 사실이 쓸모 있으려면 자네라도 태양이 위험할 수 있다는 걸 아는 게 낫겠어. 여기 사람들은 다들 모르거든.”

“……하지만 대표님은 아시잖아요.”

그가 얼른 대답하지 못한다. 두 번 마른침을 삼킨 뒤에야 결국 고개를 끄덕인다. 보슈가 확인을 해 주니 당혹스럽다. 나는 아무도 아니고 보잘것없는 존재인데, 왜 내게 이런 말을 해 줄까? 넬라인의 유령이 가슴속에서 비명을 지르고, 돌덩이를 삼킨 듯 입안에 쓴 침이 고인다.

"175호에서 내 이름을 알게 된 거 같더군. 하지만 난 자네에게 그 이름을 말하지 말아 달라고 부탁할 셈이네."

"협박은 안 할게요."

보슈가 피식 웃는다.

"하지만 그래 볼까 생각은 해 봤겠지."

"그냥…… 아마도 잠깐 동안요."

이번엔 그에게서 아주 호쾌한 웃음이 터져 나온다.

"세상에, 자네를 보니 고향 생각이 나는데. 자네와 좀 더 가깝게 일해 보고 싶군."

"이 자리가 그럼 승진 심사인 건가요?"

설마 그럴 리가. 승진 이야기를 하려 했다면 그냥 내 사무실로 오거나, 나를 자기 사무실로 부르면 됐을 텐데. 그저 일 이야기라면 굳이 수수께끼 같은 쪽지를 남기거나 공원을 싹 비울 필요가 없다.

보슈가 고개를 갸웃한다. 20대에 그는 다른 세계로 동물을 보내는 실험을 하다가 주파수를 발견했다. 그리고 바로 그 시절의 모습을 찍어서 10여 년 전부터 유명한 사진이 한 장 있다. 원래는 뉴스 영상의 맨 앞에 등장했던 사진인데 지금은 엘드리지 연구소의 로비에 크게 확대된 상태로 걸려 있다. 그가 중대한 발견을 하기 직전에 찍은 것이라서 한창 연구 중인 천재의 모습이 고스란히 담겨 있다. 그런데 지금 나를 보고 있는 보슈의 표정의 우주의 문제에 골몰하던 그때와 똑같다.

"175호의 이 지역에서 지도부가 바뀌고 있네. 자네가 거기 가기 전에는 이런 일이 없었지."

보슈가 고개를 돌리며 벤치 뒤로 팔을 뻗지만 나를 만지지는 않는다.

"그게 우리랑 상관있나요?"

"있지."

기어이 그의 미소가 비틀린다.

"자네가 날 죽였기 때문에 여기로 소환한 거네."

***

내가 내뱉을 수 있는 모든 말들이 입 밖으로 나오려고 아우성치다가 결국 가장 짧은 단어들만 비집고 나온다.

"그럴 리가요. 아니, 그럴 수도. 에이, 설마요. 대표님…… 맞아요."

이어서 터져 나온 보슈의 웃음소리는 그의 집까지 울려 퍼질 정도로 크다. 그는 닉닉처럼 다른 사람들에게 폐를 끼치든 말든 전혀 개의치 않고 웃는다. 내가 아드라닉을 죽였다는 것을 보슈가 알아내면 어떻게 할지 여러 대응법을 미리 생각해 두긴 했지만 기뻐서 날뛰는 것은 예상했던 반응에 없었다.

"장은 항상 자네가 누굴 죽일 친구는 아니라고 말했지만 그 사람은 애시타운 인재가 어떤지 나만큼은 모르지. 자네 특별수당은 다음 달 월급날에 들어갈 거야. 하지만 난 자네가 그런 일에 더 많이 관심을 가져 주길 바라고 있었네."

"난 애시타운 인재가 아닌데요."

이렇게 말은 했지만 나머지 말이 내 발목을 잡는다.

"그나저나 특별수당요?"

"그래, 특별수당."

"대표님을 죽여 줘서…… 특별수당을 주신다."

전후 사정이 너무나 천천히 연결되다 보니 계속해서 보슈만 쳐다보며 앞뒤를 맞춰 주길 기다린다.

"두둑하게 넣었다네. 우리가 결국 그 녀석을 움직였을 테지만 175호는 항상 너무 피해망상이 심했지. 자네가 내 짐을 크게 덜어 줬어."

다른 세계 사람들은 왜 건너는 법을 알아내지 못했는데? 아니, 알아냈나?

아니…… 못 알아냈어.

어째서?

넬라인이라면 바로 알아차렸을 테지만 나는 이렇게 오래 걸린다. 최초 발명자의 모든 분신을 죽이는 것 말고, 다시 횡단법이 발명되지 못하게 막는 더 좋은 방법이 있을까? 그게 나 자신이라고 해도?

이제 입안의 신맛은 전부 담즙일 뿐 사과 맛은 전혀 나지 않는다. 나는 손에서 사과가 빠져나가 풀밭으로 굴러가게 놔둔다.

"대표님은 그게 느껴져요? 분신들이 죽을 때 가슴속에서 그 감각이 느껴지나요?"

보슈가 입을 벌렸다가 다문다. 그러고는 시선을 돌린 다음 이렇게 말한다.

"당연히 안 느껴지지."

"대표님은 몇 명이나 남아 있나요?"

"24명쯤."

나보다 세 배는 많다.

보슈는 내 반응이 자기가 생각하는 '애시타운 인재'의 반응과 확연히 다르자 심기가 불편하다. 나 때문에 꼬여 버린 만남을 보슈는 더 엉망으로 만들었다.

"지금 당장 결정할 필요는 없네. 차분히 생각해 보게."

내가 너무 빨리 일어선다. 꼭 도망가는 모양새지만…… 진짜 도망가는 게 맞다.

"장과 만나기로 해서요."

거짓말은 아니다. 장이 아직 모르고 있을 뿐.

"기다려 봐."

보슈가 그렇게 말하면 나는 기다려야 한다.

그도 일어선다. 나는 질색하거나 두려워하는 게 아니라 조급해 보이는 척을 한다.

"잘 가게. 난 내 비밀을 간직한 이들을 주시하고 있다네."

협박 아닌 협박이다. 나는 여기에 절대 오지 말았어야 했다. 쪽지 말고는 우리가 만났다는 기록도 없다. 지금 당장 내가 사라질 수도 있다. 그가 나를 그저 기회주의적이고 양심이 없는 사람으로 생각했을 때가 더 안전했다. 내가 겁에 질린 걸 보슈가 안다면 나는 부담스러운 존재가 되고 만다. 윤리 의식에 빠진 이들은 터무니없는 일을 벌이기 때문이다. 그러니 보슈의 눈에 나는 반드시 애시타운 사람으로 보여야 한다.

입을 여는데 내가 아니라 마치 넬라인이 말하는 듯한 기분이다.

"특별수당을 주신다면 입에 자물쇠를 채우도록 하죠."

이제야 그가 활짝 웃는다. 천재들은 상황이 이치에 맞게 돌아갈 때 좋아하는 것 같다.

"다음 달에 꼭 지급되도록 내가 직접 챙기지."

"그래 주시면 감사하죠."

나는 이를 다 드러내 미소 지으며 나름의 정중한 협박을 가한다.

보슈의 개인 정원으로 이어지는 문이 열리자 숨을 내뱉은 나는 장이 사는 70층을 내려다본다. 그 구역의 거주민은 대부분 신흥 부자인 이민자들이다. 집값은 여전히 비싸고 80층만큼 공원도 많지만 더 높은 층에 사는 이들은 참신한 장소인 양 이곳으로 여행을 온다. 번거롭게 장의 집까지 가지 않아도 된다. 그는 아내가 운영하는 식당에 있을 게 뻔하기 때문이다. 장의 아내는 식당을 진짜 코트디부아르 음식을 파는 곳으로 홍보하지만, 장이 대중을 제대로 공략하지 못한다고 하소연한 적이 있다. 장이 집에서 가져다주는 남은 음식이 그녀가 돈을 받고 파는 것보다 냄새와 양념이 두 배나 진하기 때문에 나는 그 말을 믿는다.

식당으로 들어가니 장의 손주 넷이 손님들에게 음식을 나르고 있고 두 자녀가 주방에서 소리를 지른다. 장은 여느 때처럼 뒤쪽 칸막이 자리를 차지하고 있다. 물론 수시로 식당 안을 어슬렁거리다가 안면이 있느냐 없느냐에 따라 손님들과 고향이나 옛 직장 이야기를 나누기도 한다. 손님들은 대부분 그와 아는 사이다.

장이 앉아 있는 칸막이 자리로 들어가 맞은편에 자리를 잡는데, 말할 내용을 미리 생각해 두지 않은 게 억울하다 싶다. 현 상황에서는 살인자라는 말밖에 나오지 않는다.

화내면서 내뱉고 싶지만 결국 애원하듯 그 단어를 말하고 만다. 그의 가슴을 찢어 놓고 싶었는데, 정작 찢어진 것은 내 가슴인 것처럼.

장이 손깍지를 낀다.

"거기 나가지 말라고 했잖아."

다시 입을 벌려 보지만 장이 손가락을 들어 올리더니 내 어깨 너머를 바라보며 말한다.

"시타."

잠시 후 장의 손녀, 아니 지금 생각해 보니 증손녀가 그의 손짓 방향에서 모습을 드러낸다. 머리는 바짝 깎여 있고 다른 아이들의 머리칼보다 붉은색이 더 진한 적갈색인데, 장의 둥근 광대뼈와 밝고 환한 미소를 지니고 있다.

그 애가 메모지와 매직펜을 꺼낸다. 많아 봐야 다섯 살을 넘었을 리 없는 아이의 메모지 묶음은 온통 스티커 천지이다.

"주스 두 잔 부탁하마. 생강과 타마린드 맛으로 주렴."

꼬마는 깡마른 팔로 주문을 받아 적는 척 굴면서 별과 통통한 나무같이 생긴 것을 그리는 내내 진지하게 고개를 끄덕인다. 장이 아이의 이마에 뽀뽀를 해 준 뒤 보내 준다.

꼬마가 두 잔 모두 3분의 1가량을 흘리면서 가져온 음료수를 내려놓고 사라질 때까지 나는 잠자코 있다.

“증손녀를 불러내면 제가 화를 누그러트릴 거 같던가요?”

“목말라서 부른 건데.”

장은 그 말로도 모자라 뻔뻔하게 웃기까지 한다.

“그리고 그러면 자네가 누그러질 걸 아니까.”

나는 계속 죽상을 하고 있다. 그 아이 때문에 분노가 완전히 사그라들다 못해 상처만 남았음을 장에게 알려 주고 싶지 않아서다.

“제 말이 맞잖아요, 네? 애덤이 뭘 하는지 알고 계시죠? 제가 만나러 가는 사람이 대표라는 걸 알고 계셨죠?”

장은 잠시 시간을 벌면서 생강 주스를 깊게 빨아들인다. 나는 타마린드 주스를 입도 대지 않고 있는데 말이다. 장 앞에서는 한 번도 마신 적이 없는 주스다. 그가 내게 해 준 것 중 가장 하찮은 것으로 기억될 맛이라 마시기 싫다.

“자네를 채용했을 때부터 대표가 암살 임무를 맡기고 싶어 한다는 걸 알았지. 그래서 쪽지를 봤을 때…… 대표가 썼구나 싶더군.”

“그럼 여태까지 그자가 이런 식으로 빠져나가게 내버려 두셨던 거예요?”

장이 주스를 한 모금 더 홀짝이더니 나를 쳐다본다.

“내가 어디 출신인지 기억하나? 뭐 했던 사람인지는?”

왠지 내가 더 부끄러워서 대답할 때 그를 못 쳐다본다.

“다른 몇몇 자아들이 어떤 일을 했는지 알아요.”

“말해 봐.”

"소년병요. 그래서 횡단자 후보가 된 거고요. 선배님이…… 여러 번 죽었다는 것도요."

장이 손안에서 주스 잔을 요리조리 돌린다.

"엘드리지에 발탁됐을 때 이미 나는 내 인생이 어떻게 흘러갈지 안다고 생각할 만큼 나이가 많았어. 자식들은 줄줄이 있지, 돈은 쪼들리지, 사막의 삶은 애시타운에서 사는 거랑 다를 바 없었다네. 보슈 씨가 날 여기로 데려와서 그 세계를 보여 줬지. 나는 희귀했으니 쓸모가 아주 많았지만, 기꺼이 다른 이들을 훨씬 더 희귀하게 해 주기 때문에도 매우 쓸모 있었지."

"그 인간을 위해 다른 애덤들을 죽이셨나요?"

"거의 그러지 못했어. 대부분 부친이 죽였거나, 본인이 10대 때 자살했으니까. 그래서 와일리시티에 무사히 입성한 경우가 거의 없으니 애덤은 한 번도 자기 자신의 막강한 도전자였던 적이 없었어. 다른 도전자만 있었지. 경쟁자들 말이야."

"경쟁자요? 도전자가 될 만한 과학자가 있으면 아무나 죽였다는 거예요? 선배님은 그걸 그냥 두고 봤고요?"

장이 잔을 잡았던 손을 편다.

"그렇게 많지는 않았어."

"한 사람이었대도 380명이나 될 수 있었던 거잖아요. 만약 도전자가 다섯 사람이었다면…… 엄청 많았을 텐데. 세상에."

생각보다 세게 테이블에 손을 내려놓은 탓에 메뉴 선택창이 켜진다. 나는 그 창을 밀어 사라지게 한다. 이 정보로, 애덤에 관하여 진실이기를 바랐던 모든 것을 이용하여 보슈도 메뉴 선택창처럼 지워

버리고 싶은 마음이 들었기 때문이다.

"난 더 나쁜 사람들을 위해 별 이유도 없이 수많은 사람을 죽였어. 하지만 모두 몇 년 전 일이야. 내가 충성심을 증명해 보이고 나서 애덤은 나를 횡단자로서 더 가치가 있다고 판단했지. 우리가 해야 할 일의 범위가 명확해질 때쯤, 기술을 계속 독점하는 불유쾌한…… 일을 전담하는 부서가 있었어."

"부서가 있었다고요? 어떻게……."

그때 불현듯 '유지보수'가 떠오른다.

자네도 알다시피, 그 말은 거의 항상 다른 걸 뜻하는 암호잖나.

보슈가 자기 입으로 내게 말해 줬지만 그걸 얘기한 게 그가 처음은 아니었다. 아드라닉은 검은 옷을 입은 이들이 자기를 죽이려 하며 다른 사람들의 눈에 띄기 전에 사라진다는 말을 줄기차게 했더랬다.

"그래서 제가 유지보수팀에 합류하고 싶다고 말했을 때 그렇게 말리셨던 거군요. 암살단이라서."

"카라, 과거에 그랬다고. 자네는 그 몇 년 후에 입사했고. 어쩌다 치기 어린 젊은 직원이 나대면 보슈 씨가 초조해할 테지만 대부분 유지보수팀은 편히 앉아 월급만 꼬박꼬박 받아 가지. 난 그들이 한물갔다는 걸 속이지 않았어. 올해 내가 들은 업무라고는 잠자코 있지 못한 유지보수팀 직원이 또 하나 나왔다는 것뿐이었어. 그래서 자네한테 말하지 않았던 거야. 이 일과 아무 관련이 없으니까. 자네 손은 아기인 우리 증손녀 손처럼 깨끗하지. 자네는 이러한 죄들로 죽으면 안 돼. 자네가 죽을 일은 애덤 보슈의 정체를 폭로할 때뿐이야.

내가 보슈에게 자네가 제안을 거절할 것 같다고 말하지. 그러니 분석가 시험을 봐. 앞으로 4년 동안 정직한 일을 하면서 집에 다시 돈을 보내다가 시민권을 획득하면 다른 데로 일하러 갈 수 있어. 이런 걸 전부 다 하려면 지금도 늦었어."

"그냥 엘드리지가 수천 명을 죽이지 않은 척 지내면서요?"

"수만 명이지. 자네의 다른 정부에 그랬듯 엘드리지에도 공손하게 굴게. 난 여기 역사에 대해 많이는 모르지만 추측해 보기로는 자네 과거에 등장했던 폭력적인 순찰대는 내가 과거에 경험한 군사정권만큼이나 많은 판결을 봤지 싶네. 일단 권력을 잡으면 그들이 어떻게 그 자리에 올랐는지는 누구도 신경을 안 쓴다네."

어떻게 손에 넣었는지는 중요하지 않다. 손에 쥐고 있는 자가 임자다.

애시타운을 한마디로 표현하자면 '대량 학살을 저항 없이 받아들이는 곳'이다. 그곳에서 살아남으려면 그 방법밖에 없기 때문이다. 장이 내게 한 부탁도 입 다물고 살아남으라는 것이다. 그가 나를 말로 이겨 버렸으니 감사하게 생각해야 마땅하다. 나는 이 상황까지 오지 않고도 몸을 사릴 수 있어야만 했다. 내가 늘 알고 있던 것처럼 막강한 권력을 쥔 남자가 원하면 누구든 죽이게 놔둘 줄 알았어야 했다.

"선배님은 와일리시티에 왔을 때 이곳이 더 좋아지길 바라지 않으셨나요?"

"군 지도자나 황제나 CEO나…… 다르지 않아. 자넨 그자가 죽인 사람들을 구할 수 없어. 자신을 욕하는 거밖에 할 수 있는 게 없다고. 재판이나 살인죄 선고 같은 게 아니라면 죽은 사람들을 기쁘게 할 만한 게 있을까?"

없다. 죽은 이들은 애덤 보슈를 잡으려 했다고 해서 내게 고마워하지도 않을 것이다. 게다가 애덤 보슈가 다른 지구에 사는 자신과 그곳 사람들을 죽였다 하더라도 희생자의 가족들은 그가 재판을 받게 됐는지조차 모를 테다.

난 얼굴을 쓸어내린다.

"선배님 말씀이 맞아요."

"받아들이기 어렵다는 거 알지만 그러려니 하는 게 최선이야. 승진하고 나서도 속상하면 그냥 새로 받는 월급의 일부를 떼어 다시 고향에서 생명을 구하는 데 써 봐. 그럼 속상한 마음이 싹 사라져."

장이 지난 6년 동안 커피부터 치료약까지 모든 것을 수백 번이나 줬던 것처럼 내 컵을 내 쪽으로 밀어 준다. 그 컵을 받아들면 아무것도 변하지 않았다는 뜻일 테다. 그러면 나는 다시 일상으로 돌아가, 내가 월급을 받는 데 필요한 시체들을 못 본 척하게 될 것이다.

나는 주스를 한 방울도 남김없이 다 마셔 버린다.

애덤 보슈에게 불리한 일을 하지 않을 것이다. 장의 말이 옳다. 권력을 유지하기 위해 타인의 목숨을 앗아 가는 남자에게 저지당하는 게 이번이 처음은 아니다. 장이 모르는 게 있다. 나는 아무 짓도 안 하려 할 때조차 나 때문에 정확히 어떤 일이 벌어지는지 알아야 하는 성미라는 것을. 이제 나는 와일리시티의 높은 곳에서, 닉닉이 애시타운에서 나를 익사시키려 했을 때 빌미가 되었던 일을 다시 벌일 셈이다. 책상에 앉아 명단을 작성할 것이다.

***

애덤 보슈를 만나고 며칠이 지나자 명단에 오른 이들의 수도 많아지고 범위도 넓어졌다. 처음에는 워낙 가까운 사이라서 보슈의 중대한 발견에 후회를 표한 소수의 과학자가 다였다. 모두 와일리시티 주민이었던 세 사람은 내 사망률에 비할 만한 사망률을 보였다. 이들 세 사람만으로 1000건이 약간 넘는 살인이 벌어졌는데도 이후에 계속해서 경쟁자들이 죽어 나갔다.

이제 명단에는 50개의 이름이 있다. 모두 대다수의 세계에서 죽었지만 여기서는 죽지 않은 이들의 이름이다. 0호 지구에서 죽이는 건 틀림없이 보슈에게도 지나치게 실감나는 일인가 보다. 다른 세계에는 요란하게 살인자 무리를 급파하는 데 비해, 여기서는 그저 라이벌 연구소를 사들여 경쟁자들이 녹초가 되도록 일을 시키기만 했으니 말이다. 와일리시티에서 보슈는 그저 공격적인 정도지만, 다른 모든 장벽 도시에서는 고작 절반 규모의 경쟁사라 해도 아주 무자비하게 폐쇄하는 방식을 취한다. 그러고는 거기 과학자들을 채용하지도 않고 다른 분야에서 일자리를 찾도록 내버려 둔다. 횡단여행 분야에 남아 있는 이가 없으니 이들 과학자에게는 확실한 본보기가 될 테다.

이런 식의 초토화 작전은 닉 시니어가 쓰던 전술이다. 닉닉은 자신의 조직에 건방진 놈들을 섞어 넣고 경쟁 집단의 조직원이 되려는 이들이 있으면 배지를 달아 주어 정식 순찰대원으로 만들었다. 반면 닉 시니어는 그런 사람들이 있으면 모두 죽이거나 본인과 그

가족들을 빈손이나 무방비 상태로 오지에 남겨 두었다. 두 세대 동안 유독한 물과 오염된 식물을 섭취해 입은 부르트고 정신은 쇠약해진 그 후손들은 여전히 황무지의 끝 지역에 자주 나타나곤 한다.

살인에 대해서는 말하지 않겠다. 그러나 내가 모른 척하고 넘어가는 죽은 사람이 몇 명이나 되는지를 아는 것은, 영혼을 산 악마의 이름 철자를 어떻게 쓰는지 아는 것과 같을 것이다. 닉닉과 어울렸을 때 나는 그가 준 선물을 몸에 걸치고서 그가 해친 사람들의 이름을 장부에 기록했더랬다. 지금 내가 하는 짓이 그때와 다를 바 없다. 애덤 보슈의 범죄를 코앞에서 보고도 그가 내게 준 특별수당의 규모에 머리가 핑 도니 말이다. 장이 새벽 댓바람부터 전화했을 때 그저 확인하려고 건 게 아님을 금방 알아차렸다.

"내 사용자명으로 뭘 뽑아내고 있는지 내가 알 수 있다는 거, 자네도 알지?"

"그걸로 아무것도 안 하는데요."

장이 사실은 이것 때문에 전화했구나 싶어서 그렇게 답한다.

"그냥 알아 둘 필요가 있어서 그런 거예요."

장은 진짜 화가 난 게 아니고 짜증이 났거나 어쩌면 걱정하는 마음이 더 클 것이다. 그래서 장이 한숨을 내쉬며 두 손을 든 듯한 반응을 보였을 때는 실제로 기분이 바뀌었다기보다 미리 계획한 연극 같다.

"카라, 자네 컴퓨터에서 그 이름 빨리 없애. 대신 아무도 모르게 잘 갖고 있어. 애덤 보슈가 자기 빚을 회수할 빌미를 주지 마."

"그 인간이 내 월급 따위를 뺏어갈 거라는 소리로 들리네요."

장이 나의 무지몽매함에 혀를 끌끌 찬다.

“권력자들이 당연히 받으려 드는 단 하나의 빚이 있다면 그건 사람 목숨이야, 자기한테 바치게 하든 제물로 바치든.”

장의 말 중 무언가가 발톱처럼 내 목덜미에 박혀 들더니 전화를 끊고 나서도 새로 생긴 이런 불안감이 떨쳐지지 않는다. 그러다 출근 준비를 하는데 그제야 권력자들이 당연히 받으려 드는 단 하나의 빚이 있다면 그건 사람 목숨이라는 부분과 순찰대가 황제의 빚을 받으러 루럴스에 오곤 했던 사실이 퍼뜩 떠오른다. 팔찌로 날짜를 확인해 보니 너무 늦었다. 그들이 계획을 바꾸지 않았다면 어젯밤에 쳐들어왔을 것이다. 회사 내 간첩 활동과 살인과 내 영혼을 파는 일 등에 정신이 팔려 까맣게 잊고 있었다. 순찰대원들이 지난밤에 에스더가 숨겨 둔 물품들을 강탈하러 왔을 텐데, 에스더는 그들에게 빼앗기고 싶지 않다고 했던 일을. 175호 지구 순찰대원의 목에 있던 별 문신이 생각난다. 어쩌면 그가 에스더를 장례식에서 처음 본 게 아닐지도 모른다. 다른 세계에서 했던 바로 그 일을 하러 전에 왔을 수도 있다. 어쩌면 아드라닉이 175호에서 했던 것과 똑같이, 닉닉이 루럴스를 장악하기로 작정했는지도 모른다.

에스더와 통화하려고 팔찌를 누르지만 전화를 걸기도 전에 벨이 울린다. 화면에는 집 전화번호가 뜬다. 문득 누군가 에스더의 이름을 대면서 흐느끼며 집에 전화를 해 달라고 말할까 봐 긴장된다. 그래서 에스더의 맑고 고른 목소리를 듣자마자 마음이 푹 놓인다. 이제 최악의 소식은 아닐 테니 다음에 무슨 말이 들려오든 각오가 돼 있다.

"너 괜찮아? 순찰대가 널 찾아갔을 거잖아."

"나는 괜찮아. 순찰대가 데려간 건 마이클이야. 걔가 없어졌어."

뒤쪽에서 엄마가 정신이 나가 울부짖고 계부가 그런 엄마를 달래려 하는 소리가 들린다.

"없어지다니 어떻게?"

"오늘 아침에 순찰대가 여기 있었어. 엄마 생각에는 마이클을 납치한 거 같대."

엄마 생각이라는 말은, 에스더는 그렇게 생각하지 않는다는 뜻이다. 그럼 마이클이 그들과 함께 도망갔을 수도 있다는 말이다.

"내가 갈게."

결근한다고 알리러 델에게 전화를 건다. 내가 전화하지 않으면 보슈는 어떻게 할까? 내가 아는 정보 때문에 나를 해고할 수 없을까? 보슈에게는 할 일이 너무 없어 빈둥거리고 있는 암살 부서가 있으니, 도박을 하지 않는 게 최선일 것이다.

집에 도착했을 때는 오전 나절인데도 와일리시티에서 입고 온 옷이 땀에 흠뻑 절었다. 에스더가 자기 옷장을 열어 주었지만 루럴스 신도들이 입는 하늘하늘한 원피스를 입느니 그냥 땀을 말리기로 한다. 계부가 나를 꼭 껴안아 줄 때 어깨로 그의 젖은 얼굴이 고스란히 전해진다. 그 순간 이 남자가 175호에서 보여 준 능력과 상관없이 너무 잘 속아 넘어가는구나 싶다.

"순찰대가 화약을 훔쳐 가는데도 아버지가 내버려 뒀던 건 절대 아니죠, 그죠?"

슬퍼하던 얼굴에 잠시 당혹감이 퍼지지만 그는 고개를 가로젓는다.

"사라진 화약 말이냐? 그냥 마이클이 장부에 기록하지 않고 따로 갖다 쓴 거 아니겠니. 연습을 한다고 말이다."

연습한 것도, 쌓아 둔 것도 아니다. 마이클은 자기가 곧 떠나리라는 것을 알았으니까. 순찰대는 늘 마이클 때문에 이 집에 왔던 것뿐이다. 그 아이야말로 내내 황제가 받아 갈 빚이었다.

"마이클이 사라진 지 얼마나 됐죠?"

대니얼이 고개를 젓는다.

"모르겠다. 밤중이었을 거다. 옷가지만 몇 개 없어지고 대부분은 여기 다 그대로 있단다."

당연히 그대로 있겠지. 루럴스 신도가 순찰대원이 되려고 사라졌는데 튜닉을 가져갈 리 없으니까. 장담하는데 마이클은 여기 남자 아이들이 내의로 입는 하얀색 민소매 티셔츠만 가져갔을 것이다.

이번에는 에스더에게 묻는다.

"마이클이 가는 소리 들었니?"

그랬다면 몸싸움이 났겠지만 그래도 둘의 방이 마주 보고 있으니 혹시나 해서 물어본다.

에스더가 눈을 내리깐다.

"아니, 난⋯⋯ 밤새 뜬눈으로 창고에 있었어."

에스더는 순찰대가 화약을 가지러 올 것이라 생각했고 나는 그 애를 설득하지 못했으니 당연히 그랬을 것이다. 에스더의 똥고집이 결국 그 애를 살렸다. 에스더가 집 안에 있었다면 마이클을 막으려 했을 텐데, 창고에 있는 바람에 그들을 마주치지 않았다.

나는 엄마를 슬쩍 쳐다보며 말한다.

"어디로 데려갔는지 알 것 같아요. 마이클이 거기 있는지 알아볼게요."

"그건 너무 위험해."

걱정해 주는 계부를 보니 175호의 그와 지금의 그를 분리할 수 있다. 이 사람은 나의 계부이며 나를 사랑해 주는 사람이다. 아니, 이 사람은 나를 본인의 의붓딸로 생각하며 사랑하는 거고 나는 그저 내게 주어진 최선의 환경을 누릴 뿐인지도 모른다.

"전 와일리시티 주민이잖아요. 놈들이 함부로 해치지 못할 거예요. 게다가 돈도 있으니 잘하면 마이클의 몸값을 낼 수 있을 거예요."

혹은 마이클을 쫓아내도록 유인할 수 있을 테다. 순찰대는 충성스러운 집단이지만 마이클이 첫 표식을 새기기 전에 찾을 수 있다면 그들도 굳이 붙잡아 둘 필요가 없을 것이다.

"나도 같이 가마."

대니얼의 말에 엄마가 목청을 높여 신음한다.

"루럴스 책임자가 순찰대원 소굴에 나타나면 소문이 날 거예요. 제가 갈게요. 항상 애시타운 중심지에서 봉사활동을 하니까, 거기 가도 눈에 띄지 않을 거예요."

에스더가 끼어들어 위험한 일을 자청하는데도 엄마한테서는 괴로워하는 소리가 전혀 들리지 않는다.

대니얼이 에스더의 얼굴을 두 손으로 감싼다.

"내 딸들을 모두 그 타락한 동네로 보내라고? 내 가장 소중한 보물들을?"

계부는 내가 '그 타락한 동네'에서 태어났다는 사실을 기억조차 못 하는 것 같다. 마음속으로 루럴스에서 태어난 자기 자식들과 전혀 다르지 않도록 카라멘타의 역사를 다시 쓴 듯하다.

"별일 없을 거예요. 제가 에스더를 안전하게 지킬게요."

내 말에 대니얼이 살짝 슬픈 표정으로 미소를 짓는다.

"그럼 너는 누가 안전하게 지켜 주지?"

나는 그 질문에 대답할 말이 없지만 에스더에게는 있다.

"아빠, 정말 모르셔서 그래요? 카라 언니는 하느님 손바닥 안에 있잖아요."

나를 놀리는 건가 싶어 에스더를 노려보지만, 그 애의 얼굴은 숨김없고 진지하다.

15장

382개의 세계, 그리고 장담하건대 모든 격납고 구역에서는 똑같이 땀과 먼지와 휘발유와 연기 냄새가 난다. 업소의 곁방에서도 이와 약간 비슷한 냄새가 나지만 격납고 구역에는 동물원 냄새가 섞여 있다. 이곳의 냄새가 혐오감과 추억이 반반 섞인 장벽처럼 나를 덮친다. 하지만 탁 트인 땅과 실내 농장에서 자란 소녀에게는 지독한 냄새라서 에스더가 더 괴로울 테다.

격납고 구역은 과거에 기업들이 우리 땅에 구멍을 뚫고 오염시키며, 손에서 피가 날 때까지 아이들에게 일을 시켰던 시절에 창고였던 곳이다. 기업들은 와일리시티 같은 도시에 본사를 두고 있었지만, 그런 모든 회사들이 그렇듯 자기네 시민이 아닌 이들에게는 같은 노동법을 적용하지 않았다. 이 때문에 황무지의 황제가 메시지를 보낼 수밖에 없었다.

몇 건의 살인이 일어나고 수차례 공공 기물이 파괴되고 나서야, 이런 곳들이 함부로 출입할 수 있는 영역이 아닌 게 드러났다. 애시타운은 그런 기업들이 권리를 주장하거나 약탈할 수 있는 곳이 아니었고, 이를 증명하듯이 피의 황제가 기업들이 시추한 마지막 구멍을 직접 망가뜨렸다. 소문에 따르면 그 이후부터 애시타운의 물은 깨끗해졌고 땅은 안정돼 갔다고 한다. 지금은 다른 세계에서 자원을 들여오는 엘드리지의 산업용 해치조차 애시타운의 노동자들을 공평하게 대하려 주의를 기울이며, 그 원칙이 잘 지켜지는지 확인하러 순찰대가 자주 온다.

우리를 발견한 첫 번째 순찰대원이 차량에서 내린다. 그녀가 공들여 꾸며서 타고 다니는 흉물스러운 차량은 엄밀히 따지면 자전거이지만 두 개의 바퀴는 어떤 다른 일반 자동차의 바퀴 두 개를 합쳐 놓은 것보다 폭이 넓다. 순찰대원은 내게 살짝 야유를 보내더니 에스더에게는 고개를 까닥인다.

"그 동네에만 붙어 있을 줄 알았는데. 여기는 구원할 영혼도 없고 우리는 당신 음식도 필요 없어."

에스더의 미소는 대니얼의 미소와 다르다. 차분하고 자애롭지만 결코 순진해 보이지 않을 만큼 거의 비웃음에 가까운 미소다.

"여기는 절대 도와주지 않을 건데요. 당신들 모두 우리 신도들보다 잘 먹고 지낼 게 분명하니까요."

"우라지게 맞는 말씀이야."

"비늘 씨. 그만하지."

이 말에 여자가 홱 돌아서는 모습을 보니 명령한 사람이 상관인 모양이다.

"또 시체를 발견했다고 말하러 온 건 아니지?"

볼때기가 우리를 보고 묻는다.

그가 지나갈 때 비늘 씨가 어쩌나 목을 움츠려 턱을 바짝 낮추는지 15센티미터는 너끈히 더 큰 키에도 두 사람의 신장이 같아 보인다. 볼때기가 그녀의 어깨를 두드리며 괜찮다고 말해 주자 갑자기 그녀가 다시 그곳에서 가장 큰 사람이 된다.

에스더가 말한다.

"아뇨, 누굴 좀 찾으러 왔어요. 신참요. 어젯밤에 도착했을 거예요. 말썽을 일으키고 싶지 않지만 그 애와 이야기를 해 봐야겠어요."

볼때기가 벌써 고개를 절레절레 흔드는 것을 보니 말썽을 일으키고 싶지 않다는 말이 협박임을 깨닫지 못하거나, 아니면 그래도 상관없거나 둘 중 하나다.

"한번 순찰대원은 영원한 순찰대원이오. 루럴스의 공주님이라 해도 순찰대원을 개종할 수 없소."

"난 그냥 작별 인사하러 온 거예요. 그게⋯⋯ 갠 내 동생이에요. 부탁해요."

이때까지 나는 잠자코 있었다. 에스더가 상황을 장악하고 있는 데다, 그 애가 어디까지 보여 주고 싶어 하는지 알 수 없었기 때문이다. 에스더는 루럴스의 실질적인 황태자인 마이클이 변절했다고 믿게 하려는 것 같았다.

"필요할 때만 공손해지는군."

"지난번에 만났을 때는 당신들이 우리 집을 턴다고 생각했어요."

그 말에 볼때기가 피식 웃는다. 어쩌면 에스더가 직업 때문에 그를 싫어했던 게 아니거나, 아니면 도둑은 당연히 혐오해도 된다고 생각하는 것 같아 놀라서 웃었을 수도 있다.

"우린 10여 년 넘게 루럴스를 턴 적이 없소."

"이제는 알아요. 퉁명스럽게 대했던 건 미안하지만 그 애를 만나게 해 줘야 할 거예요."

드디어 내가 나선다.

"갠 아직 표식도 안 새겼잖아. 그러니 당신들은 그 애 보호자가 아니야. 몸값이나 불러."

볼때기 씨가 멈칫한다.

"돈은 넣어 둬."

그가 이렇게 말한 뒤 쌩 돌아서서 사라진다.

기다린 지 5분이 되었을 때 문득 볼때기가 돌아오지 않을 것 같다는 느낌이 든다.

"이건 내 잘못이야."

내 말에 에스더가 반박한다.

"아냐. 전적으로 내 탓이야."

"그럼 다른 세계에서는? 내가 꼼짝도 못 했던 곳에서는? 마이클은 그곳에서도 순찰대원이었어. 너한테 미리 이런 일이 벌어질 수 있다고 경고해 줬어야 했어. 네 얘길 들었을 때 이들이 쓸 줄도 모르는 화약 때문에 쳐들어오는 게 아니라는 걸 알았어야 했어."

에스더가 나를 위해 미소를 지어 보인다. 평소의 대외용 미소보다 더 상냥하고 덜 작위적이다.

"난 항상 이렇게 될 수도 있겠다 싶었어."

"그럼 이들이 걜 여기로 데려오면 어떻게 할지 계획도 세워 놨어?"

에스더가 가방을 쓰다듬으며 대답한다.

"물론이지."

마침내 문이 열린다. 마이클이 볼때기의 뒤에 바싹 붙어서 들어온다. 아니, 마이클이 아니다. 양팔에 각각 표식이 있다는 것은 더 이상 예전의 마이클이 될 수 없다는 뜻이다.

"에스더, 우리가 너무 늦은 거 같아."

에스더는 눈이 촉촉해졌지만 여전히 미소를 짓고 있다.

"우리는 열 살 때부터 너무 늦었더랬어."

두 명의 순찰대원이 우리 맞은편에 와서 선다. 마이클이 쌍둥이 누나에게 손을 내밀지 않으니 기특하게도 에스더 역시 손을 내밀지 않는다. 대신 고개를 높이 쳐든다. 남이 보면 둘은 서로 모르는 낯선 사이, 마치 국경 지역에서 계약을 협상하려고 온 대표들로 보일지도 모르겠다.

"십자가 씨겠지?"

내 말에 마이클이 움찔한다. 긴가민가했는데 결국 내가 수년 동안 알고 있던 소년이 맞다.

"그 이름 어떻게 알았어?"

"큰누나는 많은 걸 안단다. 그래서 네가 어떤 엿 같은 순찰대원이 될지도 알지. 너도 알 거야. 이자들은 불꽃 제조술 때문에 널 원할 뿐이라는 걸. 순찰대한테는 수년 동안 화약이 없었고, 너는 너무 멍청해서 이들이 널 이용하고 있다는 것도 모르겠지."

나는 그래도 그 애를 미워하지 않을 것처럼 가식적으로 행동하지 않는다. 이 일로 에스더와 부모님 사이가 틀어질 것이다. 대니얼의 명성에 어떤 영향을 미칠지는 말해 봐야 입만 아프다. 사람들은 대니얼을 향해 아들이 모래와 피와 기름으로 범벅된 삶을 택하게 한 아주 나쁜 아버지라고 비난할 것이다.

아마 평생 처음으로 마이클이 내게 소리를 지르려는 순간, 에스더가 나선다.

"괜찮아."

에스더가 마이클의 팔을 어루만진다. 그리고 표식에 손바닥이 닿았을 때 이어 말한다.

"이게 무슨 뜻인지 말해 줄래?"

마이클이 볼때기에게 문의하듯 돌아다볼 때 내가 말한다.

"왼팔에 있는 건 충성을 뜻해. 언제나 그게 제일 우선이지. 오른팔에 있는 건……."

나는 눈을 가늘게 뜨고 닉닉의 애인이었을 때 유창하게 구사했던 언어를 기억해 내려 애쓴다.

"아니거든."

마이클이 말하는 순간, 언제 목소리가 저렇게 깊어졌나 싶다. 언제 다 큰 거지?

마이클이 다시 에스더를 쳐다본다.

"그건 전체의 절반이란 뜻이야. 자기와 짝이었던 이를 기리려고 새기는 순찰대원도 있지만 난 그런 거 아니야."

나와 거의 동시에 에스더는 동시에 그 문신이 자기를 위한 것임을 알아챈다. 울지 않기로 작정한 것 같지만 그 애 눈에 물기가 그렁그렁한 게 훤히 보인다.

"앞으로는 기리다 같은 말들은 쓰지 않아야 할 거야. 네가 잘 적응하길 바라."

에스더는 가까스로 진심처럼 들리게 말한 뒤 배낭에서 꾸러미를 꺼낸다.

"먹거리야. 순찰대는 육류와 빵 위주로 먹는데 넌 농산물이 익숙하잖아. 네 몸이 적응하는 동안 조금이나마 도움이 될까 싶어 가져왔어. 장갑도 만들어 놨어. 넌 장갑 껴야 하잖아."

나는 속으로 민망해한다. 루럴스 신도들이 잘 끼는 파스텔 색상의 정원용 장갑을 예상해서다. 하지만 마이클이 꺼내 보니 두툼한 검정색 장갑이다. 가죽 장갑일 리는 없다. 루럴스 신도들은 동물을 다루는 일을 하지 않으니까. 분명 화창한 날에 쓰는 가림막을 재료로 삼아 만들었을 것이다. 손가락 관절 부분을 은가루로 장식한 티가 난다.

"그걸 끼면 너무 뜨거운 것 근처에서도 손을 보호할 수 있을 거야."

에스더는 알고 있었구나. 마이클이 떠나리라는 것과, 떠난 이상 그들을 위해 일하리라는 것을 알고 있었던 게 분명하다. 그렇다면 화약이 없어지고 전부 순찰대의 소행으로 믿기로 선택한 순간에도 상황이 이렇게 될 줄 알았을까?

"계획이 있을 줄 알았는데."

"있어. 난 남동생이 어떤 삶을 선택하든 사랑할 계획이야."

에스더의 말에 마이클이 헉하고 숨을 토해 낸다. 마음이 약해진 에스더는 동생의 두 손을 잡는다.

"튜닉의 목깃이 높고 소매가 긴 데에는 이유가 있어. 어떤 것이든 덮어 가릴 수 있거든."

자리를 홱 뜨려는 참에도 마이클은 에스더가 준 꾸러미를 가슴에 꽉 안은 채다. 언뜻 무언가 딱딱한 테두리가 보이는데 과일이나 옷가지는 분명 아니다. 공개적으로 설교를 한 적 없으니 마이클이 어떤 경전을 애용하는지 모르지만, 에스더가 꾸러미에 감춰 둔 그 책의 안쪽에는 마이클의 이름이 적혀 있지 않을까 싶다.

마이클은 에스더를 껴안지 않는다. 그저 고개를 까닥여 작별 인사를 한 뒤 등을 돌려 쿵쿵거리며 걸어간다. 순찰대가 행진할 때를 흉내 낸 어색한 걸음걸이지만 곧 제대로 익히게 되리라 확신한다.

결국 방 안에는 볼때기 씨와 우리만 남는다. 우리가 겁도 없이 늪에 태워다 달라고 했을 때보다는 덜 얼떨떨해 보이는 그가 입을 뗀다.

"재가 우리한테 온 거요. 우리가 강제로 데려온 것도 아니고."

"알아요. 그쪽 탓 안 해요. 아버지는 몰라도 난 아니에요."

두 사람은 그저 서로를 빤히 바라본다. 내가 둘을 번갈아 쳐다보지만 둘 다 나는 안중에도 없다. 내가 헛기침을 하자 에스더가 눈을 깜박거린다. 에스더가 그 남자에 대한 증오를 감출 수 없을 때가 더 좋았다. 이렇게 서로를 존중하는 분위기는 위험하다.

"마이클을 만나게 해 줘서 고마웠어."

나는 이 말만 하고 에스더를 데리고 나왔다. 그리고 차에 타자마자 한마디 한다.

"무지 속상해할 줄 알았더니."

"엄청 속상했거든?"

에스더는 짐짓 침착한 척하지만 나는 그 말이 사실임을 안다.

"그렇다면 의외인데. 너 정말 그 정도는 아냐."

"언니는 왜 마이클이 어릴 때 화약 의식을 맡았는지 알아? 내가 해 달라고 부탁해서였어. 걔는 그때 자기는 무슨 일이 벌어질지 모르는 게 좋겠다고 했어. 자기는 의식이 잘 되든 잘 안 되든 바라는 게 없다고 했지. 어떻게 되든 관심 없다고. 걘 그런 불확실성을 좋아했어. 그런 식의 호기심은 모두가 언제나 모든 일이 다 잘 되기만을 원해야 하는 사람들에게는 부적합하잖아."

"그럼 네 의식은 어떻게 치를 건데? 한 세대에 오직 한 사람만 화약에 대해 알고 있어야 하는데, 마이클이 없으면 어떻게 하려고?"

"전에도 화약 담당자 없이 해냈어. 할아버지가 돌아가시고 나서는 아버지가 독자(獨子)였으니 할 수 없었거든. 마이클이 관련 성구를 읽고 연습하기 시작했다고 선언하기 전까지 20년 동안이나 폭죽 없이 예배를 봤는데 뭘. 다시 평범한 화로를 가져다 놓으면 돼. 그걸로 충분할 거야."

"너도 안 할 거지, 그치?"

에스더가 나를 쳐다보는데 더 이상 눈물을 참을 수 없는 모양이다. 얼굴에 새로 눈물 자국이 나 있다.

"나도 이제는 독자라서 못 하게 될 거야."

열 살인데도 순찰대원 같은 위험한 직업에 끌린 마이클을 생각해 본다. 그리고 볼때기와 에스더가 서로에게서 어떤 대단한 점을 발견한 것처럼 얼어붙었던 모습을 생각해 본다. 어쩌면 나 혼자만 다른 삶들에 강하게 끌리는 것이 아닐지도 모른다. 다른 삶들이 우리 위를 맴돌며 끊임없이 우리를 조종하고 있는지도 모른다. 전에 에스더에게 불가피한 것은 없다고 얘기했지만, 그것은 내가 뭐든 완전히 바꾸기에는 너무 무력한 존재처럼 여겨지기 전에 했던 말이다.

***

다음 날 아침 델은 책상에 엎드려 자고 있는 나를 목격한다. 본가에 아주 늦게까지 머물며 엄마를 달랜 뒤 에스더와 계부를 도와 마이클이 안전하게 새로운 삶을 누리도록 비는 기도회를 준비했다. 모든 과정이 장례식처럼 느껴졌는데 누구라도 엄마의 울부짖음을 봤다면 그렇게 생각했을 것이다. 와일리시티로 돌아왔을 때는 이미 늦은 시각이었다.

"그냥 눈만 감고 있었던 거예요."

내가 입가를 닦으며 말한다.

델이 내 앞에 커피를 내려놓는다. 보통은 장이 갖다 주지만 요전에 식당에서 대화를 나눈 후 그가 거리를 두고 있는 걸 델도 분명 눈치챘을 것이다. 델에게서 시선을 떼고 커피를 바라본다. 그녀는 80층에서 거주하며 일도 그곳에서 하지만 마치 지나는 길에 내 자리가 있는 듯 이번이 두 번째 방문이다.

"집에 급한 일 있다더니 해결이 잘 안 됐나 봐?"

델에게 말할 때 주저하면 안 되는데도, 애덤 보슈에 대해 다 알고 나니 그녀가 나를 염탐하러 이렇게 자주 내려오는 게 아닐까 계속 생각하게 된다. 그러다가 결국 그녀 덕분에 치를 수 있었던 넬라인의 장례식과 파손되지 않은 내 목걸이가 망각 속으로 가라앉던 장면을 머릿속으로 떠올린다.

"마이클은 순찰대원이 됐어요. 설득해서 다시 데려오려고 했지만 너무 늦어 버렸어요."

"위험하지 않았어?"

"별로요. 당신처럼 차려입고 가서 그런지 진짜 와일리시티 시민인 줄 알고 함부로 못 하던데요."

농담이 아닌데도 농담처럼 보이게 나는 미소를 짓는다.

"그러지 말지. 대대로 살아온 토박이 시민들은 되레 너처럼 입고 다니거든. 내 차림은 너무 전통적이야. 이민자 자식인 거 티 난다고."

"당신은 애시타운 사람들이 꿈꾸는 와일리시티 사람처럼 입고 다니거든요. 처음 봤을 때 그게 제일 먼저 눈에 띄었다고요."

델이 생전 처음 듣는 소리인 양 눈살을 찌푸린다.

"넌 왜 그렇게 내 옷차림에 관심이 많아?"

"당신은 왜 80층에 살며 일하는 사람이 내 자리에 오는 거죠?"

델의 눈이 휘둥그레지는 것을 보니 여기 온 이유가 생각난 모양이다. 정작 나는 별로 알고 싶지 않은데.

"너 어제 발표를 빼먹었더라. 애덤 보슈가 오늘 오후에 특별 회의를 소집했어."

가슴이 철렁한다. 한때 존경했던 살인자의 이름을 들은 것 때문만은 아니다.

"회사가 원격으로 정보를 입수할 수 있게 됐다고 생각해?"

나는 이 질문에 어떻게 대답할지 대비해 왔고, 더 이상 횡단을 못하게 될 날을 대비해 출셋길까지 확보해 놓았다. 하지만 다시는 세계를 횡단할 수 없을 때처럼 가슴이 무너져 내릴 것이다.

"그거 말고는 뭐가 있을지 생각이 안 나서. 미안해, 카라멘타."

하마터면 델의 말을 믿을 뻔한다.

***

회의를 앞두고 공짜 밥을 맘껏 먹고 있는데 누가 옆구리를 찌른다. 홱 돌아서 쏘아보는 순간 마음이 풀린다.

"드레스덴! 너구나, 드레스덴, 모래고양이가 친구하자고 하겠는걸."

"네 그 말투 정말 그립더라."

드레스덴이 접시에 공짜 음식을 잔뜩 담기 위해 내 위쪽 너머로 손을 뻗는다. 그러면서 눈은 내 얼굴에 고정돼 있다.

"분신이 네게 표식을 남겼는데도 살아남았다고 들었어. 안 지워진 거야?"

나는 얼굴을 만져 본다. 낙인이 찍혔다는 것을 또 잊고 있었다.

"안 없어진대."

드레스덴의 미소에서 연민을 한 줄기도 찾아볼 수 없어 도리어 고마울 따름이다.

"난 마음에 드는걸. 냉혹한 네 이미지와도 어울리고. 아마 올해 안에 반항적인 10대 사이에서 얼굴 문신이 유행하겠어."

"고마워. 교대조로 다시 온 거야?"

"보기에 따라서는. 네가 없을 때 회사에서 날 불러들였어. 회사의 묵인 아래 네가 교대 근무를 줄이고 휴가를 쓰니 내가 대타가 된 거지. 너를 뺀 나머지 우리가 다 그렇듯, 지금 막 호출받고 온 거야."

드레스덴의 말에는 어떤 악의도 없다. 그도 그럴 것이 그는 재미있어서 이 일을 하지, 꼭 필요해서 하는 게 아니다. 드레스덴은 횡단자로서는 드물게 전에 가치 있는 일을 했던 사람이다. 와일리시티의 순수 혈통으로 눈은 얼음처럼 옅은 색깔이고 머리칼은 거의 흰색이다. 그래서 내가 태어난 곳에 가면 종이처럼 타 버릴 것이다. 피부는 다른 이들보다 훨씬 창백한데, 10대 중반까지 자기 방에 틀어박혀 있었기 때문이다. 유전된 면역장애로 어릴 때 앓았던 그는 생존하지 못했어야 했다. 그러나 다른 100개의 지구에서와 달리, 이 지구에서는 살아남았다.

"터너 일은 유감이야."

드레스덴의 짝 터너는 작년에 245호에서 내 분신이 죽었을 때 해고됐다. 245호는 터너가 갈 수 있고 나는 그러지 못했던 마지막 세계였다. 회사는 그를 해고하고 내 교대를 늘렸다.

내 사과에 드레스덴이 손사래를 친다.

"걔한테는 제일 잘된 거야. 내가 여기에 묶어 둘 수 있으니까."

"그냥 내 생각일 뿐이지만, 어쨌든 우리 모두 곧 같은 처지가 될 거 같아."

내가 손짓으로 무대를 가리키자 드레스덴이 고개를 끄덕인다.

"맨 앞줄 보여? 이번에는 이사회가 아니야. 전부 기자잖아."

그가 포도를 한 움큼 집어 들며 말을 잇는다.

"나가는 길에 개자식들의 음식을 다 먹어 치우는 게 낫겠다."

곧 다른 횡단자 두 명이 회의에 참석한 모습이 보인다. 그들은 내게 드레스덴처럼 정답게 인사하는 법이 없다. 하지만 내 존재가 그들의 삶의 방식을 위협하는 데 반해 드레스덴에게는 그렇지 않으니 어쩌면 당연하다. 그래도 그들이 어떤 응어리를 품고 있든, 지금은 회의에 참석해 함께 앉아 있으니 씁쓸한 감정을 티내면 안 된다. 방청석에 있는 이들이 우리 네 사람을 가엾다는 듯이 쳐다보지만 우리는 머리를 꼿꼿이 세운 채 배가 가라앉는 상황에서도 위풍당당하게 연주하는 4중주단이 된다.

무대 구석에서 과거에는 내게 아무런 의미가 없었던 검정색 점프슈트를 입은 무리가 보인다. 무리의 눈에서 그들이 저지른 짓들이 표시가 날까 찾아보지만 유지보수팀 직원들은 예상보다 젊고 서로의 농담에 아주 큰 소리로 웃는 등 일반인과 똑같아 보일 뿐이다. 다른 사람 같으면 와일리시티 출신이 이렇게 많은가 싶어 놀랄 수도 있지만 더한 것도 아는 나는 그렇지 않다. 다만 그들 가운데 정말 많은 이들이 아직도 직원으로 있다는 사실만 놀라울 따름이다. 그런 직원 대부분이 활동하지 않고 있다고 생각하니 큰 위로가 되긴 하지만 참석자만 해도 거의 20명이나 된다. 그들이 진짜로 하는 일이 무엇인지 모르는데도 꼴 보기 싫다. 그들은 한껏 흥분해서 아침부터 농담 따먹기를 하고 있다. 회사의 남은 횡단자들은 곧 해고 통보를 받게 될 텐데.

조명이 낮아지자 장내가 고요해진다. 모르는 여자가 엘드리지의 유산에 대해 말하는데, 평상시에는 보기 드문 장면이다. 우리가 십수 번은 들었던 이야기를 늘어놓다니 기자들을 위해 준비한 설명인게 분명하다. 마침내 그녀가 애덤 보슈를 소개하자 녹음을 튼 게 아닐까 스피커를 찾아볼 정도로 평소보다 훨씬 큰 박수 소리가 터져 나온다.

보슈가 무대에 서자마자 서둘러 발표부터 하겠구나 싶었지만 이야기꽃이 만발하는 분위기가 돼 버린다. 예전에는 우리를 회의에 불러 서툰 방식으로 자신을 이해해 달라고 간청하는 천재의 인간적인 면모를 좋아했더랬다. 그러나 이제는 폭군이 하나의 유산을 만들어 가고 있다는 게 눈에 보인다. 그는 자신의 여정이 기록되길 바란다. 기억되고 싶은 보편적인 열망에서 그러는 것이 아니라 자신이 하는 모든 말이 어딘가에서 명판에 새겨지기를 꿈꾸기 때문이다. 애덤 보슈는 우리가 자신에게 친근함을 느끼길 바라는 게 아니라 자신을 숭배하길 원한다.

가슴속에서 넬라인의 긴 야유가 터져 나오는 듯하다. 어쩌면 내가 느끼는 혐오감일 수도 있지만 경고처럼 느껴진다.

나도 알아. 속으로 넬라인에게 속삭인다. 개자식인 거 나도 안다고.

아무도 안 집어가 수북이 쌓여 있던 페이스트리를 덥석 베어 문다.

마침내 애덤 보슈가 치명타를 날리려고 시동을 건다. 더 커진 목소리가 선명하고 신중해진다. 마치 언론 매체에서 그 부분만 따내 재생해 주기를 바라고 일부러 그러는 것처럼.

"저는 이런 놀라운 경험을 공유할 방법을 모색하던 끝에 다른 이들에게 공개할 방법이 분명 있으리라 믿게 되었습니다. 이제 그 방법을 찾아냈다고 말씀드릴 수 있게 되어 뿌듯할 따름입니다."

"드디어 나오는군……."

드레스덴의 말이 끝나자마자 보슈의 말이 이어진다.

"복제본의 저항을 막아 줄 신형 예방주사 덕분에 최초로 상업적인 횡단 여행이 가능하게 됐음을 발표하게 되어 더없이 기쁩니다."

"젠장, 뭐?"

먹고 있던 페이스트리와 말이 섞여 나온다.

기자들이 너도나도 질문을 외쳐 댄다. 한꺼번에 너무 많은 질문이 쏟아져 분간이 안 되자 애덤이 양손을 들어 올린다.

"이것으로 상업화가 본격적으로 시작된 건 절대 아닙니다. 이 예방주사제는 한정된 자원으로 제조한 것이라, 믿을 수 없을 정도로 지루한 과정을 거쳐 고작 몇 방울을 얻을 수 있습니다. 따라서 최초로 확보하는 주사제는 5명 분량밖에 되지 않을 겁니다. 우리 연구소는 횡단 여행에 나설 수 있는 이 다섯 자리를 내년 초에 경매에 내놓을 겁니다. 무엇보다 절대적으로 안전하다고 판단되는 수 이상으로 승객을 받을 생각은 전혀 없다는 점을 특별히 강조하고 싶습니다."

희귀성이 구매자들의 여행 가치를 높여 줄 것이라는 사실은 누구보다 내가 잘 안다.

입이 바싹 마른다. 애덤 보슈가 질문을 받기 시작했는데도 환호는 그치지 않는다.

드레스덴이 박수를 치면서 말한다.

"아직은 잘리지 않겠군."

***

"예방주사제 따위 없다는 건 자네가 더 잘 알잖나. 은야메를 느꼈던 사람이니까. 자네라도 은야메는 예방 못 하잖아."

장이 자기 자리에 앉는다. 행사가 끝나고 약속이 없던 내가 어영부영 엘리베이터로 가면서 팔찌에 대고 염소 같은 목소리로 투덜거렸더니 장이 엘리베이터를 내려보내 주었다. 델이나 마흔다섯 살 이하인 이들과 다르게 장의 팔찌에는 신원 승인 장치가 통합돼 있지 않다. 수동 시계를 가지고 다니는 그는 오늘 내가 소란을 피우지 못하게 하려고 굳이 일어나서 엘리베이터로 마중까지 나왔다.

장은 시계를 책상에 던진 뒤 깊게 한숨을 쉬며 의자에 파고든다. 고뇌에 찬 표정을 보니 나와 똑같이 기자 회견을 보고 욕지기가 났다고 믿고 싶다. 상업적인 횡단 여행이 가능할까 봐 괴로운 얼굴이다.

"갑작스럽다는 거…… 인정해. 하지만 나는 연구개발팀 핵심 일원이 아니야, 자네도 마찬가지고. 어쩌면 대표가 뭔가 대단한 걸 개발한 거겠지."

"이 정도로 대단한 걸요? 어떻게요? 선배님이 그랬잖아요, 사업의 수익성이 점점 떨어지고 있다고. 그럼 마법처럼 수도에 사는 엄청난 부자들의 돈을 뽑아낼 방법을 알아낸 거네요? 이대로라면 1500여 명이 죽을 거라고요."

"아냐, 5명이야. 각 지구마다 딱 5명. 누구도 자기 세계에서 5명 넘게 죽는 경험은 하지 않을 거야. 그것도 대표가 분신들을 죽일 계획일 때 얘기고. 치 떨리게 밉겠지만 그 인간이 천재라는 점도 잊지 마. 정말로 저항을 피할 방법을 알아냈는지도 모르잖아. 어쩌면 자네 혈액에서 그 방법을 찾는 데 단서가 될 만한 게 나왔을 수도 있고."

나도 이미 그런 생각을 해 봤다. 그래서 회견 이후 시간을 내서 증거를 찾기 위해 엘드리지의 통신망을 샅샅이 뒤졌지만, 귀환 이후 누구도 내 혈액 샘플에 접근하지 않았다. 담당의 외에는 내 의료 파일에 접근한 이도 없었다. 다만 델이 열어 보긴 했는데, 아마도 또다시 한정 교대 근무자 명단에 올릴 핑계를 찾기 위해서였을 것이다.

"대표가 저항을 피할 방법을 찾았다면 과학자들이 오늘 절 파견했겠지요."

"그거야 우리는 모르는 거지."

나는 몸을 앞으로 숙여 그의 책상 위에 양팔을 척 올려놓고서 그가 시선을 내리깔지 못하도록 계속 눈을 맞춘다. 혹시 이러면 내 속이 편하고 싶어 변명할 때의 표정이 나오는 게 아닐까? 나약해 보이고 창피해하는 표정 말이다. 틀림없이 그럴 것 같다.

"곧 알게 되겠죠."

나는 그렇게 말한 뒤 똑바로 서서 밖으로 걸어 나온다.

장의 사무실 문은 열면 벽으로 미끄러져 들어가는 형태라서 쾅 소리를 내며 닫을 수 없지만 그러고 싶은 마음만 굴뚝같다. 할 수 없이 무거운 발걸음으로 다시 엘리베이터로 향한다. 내 사막용 부츠는 묵직해서 걸을 때마다 주먹으로 벽을 치는 것처럼 흡족한 소리가 난다. 철썩거리는 소리를 듣다 보니 문득 175호에서 돌아온 이후 점점 더 애시타운 사람처럼 입고 다니고 있다는 생각이 든다. 일부러 그러고 다닌 것도 아니지만 굳이 또 바꾸고 싶을 만큼 신경이 쓰이지도 않는다.

여전히 장을 삼촌처럼 좋아하지만 우리 사이에 균열이 생기고 있음을 느낄 수 있다. 내 자리로 돌아와 옷소매를 흔들어 장의 사무실에서 몰래 넣어온 시계를 빼낸다. 훔치고 싶지 않았지만 그는 계속 부인하지도 못했을 테고 아직까지 내게 건네주지도 못했을 것이다.

먼저 쉬운 방법부터 써서 엘드리지 서버에서 연구 흔적을 추적해 발견의 합법성을 입증해 보고자 했다. 하지만 장의 인증서로도 아무것도 찾을 수 없었다. 어떤 자금도 이 프로젝트에 할당되지 않았고 어떤 과학자도 투입되지 않았다. 발견의 공을 특수 부서에 돌리는 문헌을 하나 찾아냈지만 해당 자료는 전부 로컬 시스템에 저장되어 있다. 따라서 열어 보려면 78층에 있는 이들 부서의 단말기에서 접속해야 한다.

그날 내 구역에서 마지막 사람이 떠날 때까지 기다렸다가 엘리베이터로 가서 장의 시계를 이용해 위층으로 못 올라가게 하는 잠금 기능을 해제한다. 해당 층에서 내리다가 눈에 띄게 될까 봐 76층에 내려 두 층을 걸어서 올라가면서도 한편으로 누가 나를 막아 줬으면 싶다. 비상구에서 해당 층으로 나오자 주위가 어둑하다. 내가 근무하는 층처럼 컴컴한 것은 아니지만 다들 퇴근하고 컴퓨터와 각종 기기에서 나오는 은은한 빛만 있을 뿐이지 더없이 어둑하다.

나는 이때까지도 이 층이 단지 다른 프로젝트를 수행하는 연구개발팀을 위한 것이라 예상했다. 그래서 예방주사를 연구한 내용을 보거나 아니면 예방주사제가 존재하지 않기 때문에 아무것도 없음을 밝혀내기 위해서 이들 부서의 컴퓨터에 접속할 생각이었다. 하지만 보슈는 번거롭게 가짜 부서를 세우는 일조차 하지 않았다. 책상도 없고 컴퓨터도 없다. 그저 텅 빈 공간에서 기적이 만들어졌나 보다. 손으로 더듬어 가며 층을 샅샅이 살피지만 꼭 있기 마련인 비상구를 가리키는 홀로그램조차 없다. 정말 아무것도 없다.

장은 이런 게 증거는 아니라고 말할 것이다. 보슈가 대단한 발견을 지키기 위해 일부러 엉뚱한 층으로 기재했을지도 모른다. 기술을 빼 가려는 침입자의 접근을 사전에 막기 위해 이 프로젝트에 참여한 과학자 명단을 감추고 있을 수도 있다. 하지만 보슈가 자사 직원을 회유할 만한 경쟁자를 모조리 제거해 버렸으니 딱히 침입할 만한 사람 자체가 없다. 그러니 결국 예방주사제가 없다는 얘기다. 보슈에게는 그저 낙찰자의 도플갱어를 죽일 계획만 있을 뿐이다. 강당에서 이미 알아차렸다. 사실 문제의 부서를 찾아보려고 할 때부터 알고 있었고, 장에게서 시계를 훔쳐올 때부터 알고 있었다. 나는 그저 외면할 구실을 찾고 있었을 뿐이다.

확신에 차서 다시 더듬어 비상계단 문으로 돌아가 손잡이를 돌리는데 움직이지 않는다. 손잡이를 흔들고 어깨로 문을 밀어 보지만 꿈쩍도 하지 않는다. 그러니…… 이 층이라고 기록해 둔 것은 덫이었다. 잠시 멈추고 와일리시티에서 가장 똑똑한 사람이 정말로 이렇게 쉽게 자신의 평판이 떨어지도록 놔둘지 자문해 봤다면 이게 덫임을 미리 알아챘을 것이다.

어둠 속에서 잠금장치를 해체해 열 수 있을지 가늠하고 있는데 고음으로 윙윙대며 건물의 전기가 충전되는 소리가 들린다. 당연하다. 자동으로 잠기는 문이 덫의 철창이라면 전기회로망은 접착제 구실을 할 것이다.

보통 보안망은 바닥에 깔려 있고 무단침입자가 감전당하도록 설치돼 있어서, 사설 보안업체나 법집행기관이 출동할 수 있을 때까지 무단침입자는 꼼짝도 할 수 없다. 어쩐지 애덤 보슈가 이런 특별한 경보 체계를 시 법집행기관에 알렸을 것 같지는 않다. 이대로 아래층으로 내려가면 나는 영원히 사라질 것이다. 델은 내가 어디 갔냐고 물어볼 테지만 장은 그러지 않을 테다. 그는 내가 어떻게 됐는지 알 테니까.

나는 어릴 때 본 만화의 장면을 실제로 재현하듯 거미처럼 모퉁이로 기어 올라간다. 걸을 수 있을 때부터 여기저기 기어올랐던 터라 땅에서 몇 미터쯤 떨어질 수 있다. 처음에는 바닥을 얼기설기 지나는 새빨간 빛을 보고 안전하다고 생각한다. 하지만 그 빛 역시 위로 기어오르기 시작한다.

철두철미한 개자식답게 보슈는 벽마다 전도성 직물로 도배해 놓았다. 내 몸 왼편은 엘리베이터 조작 패널이 달린 벽에 기대고 있어서 아직 어두운 상태 그대로다. 하지만 문제의 빛이 점차 오른편으로 이동하고 있다. 그 빛보다 높이 올라가려고 하지만 빛도 따라온다. 마지막 순간에 손을 옮겨 보지만 미끄러지는 바람에 번개가 칠 때처럼 선명한 파란색으로 반짝이는 벽에 본능적으로 다시 몸을 붙인다.

전기가 지지직거리며 나를 관통하자 눈이 흐려질 정도로 온몸이 아주 세차게 흔들린다. 바닥의 전기가 꺼져 있어서 쾅 떨어졌을 때는 다행히 타박상만 입는다. 오른쪽 몸 전체에 감각이 없어서 아픈 게 느껴지지도 않는다. 의식을 잃어야 마땅한데 애시타운용 부츠가 얼마간 줄여 준 것 같다.

앞이 잘 안 보이고 걸을 수도 없다. 다가오는 발소리가 들리는 것을 보면 양 귀는 멀쩡한 게 분명하다. 발자국은 조심스러운데 좀 더 가볍다는 점에서만 순찰대원의 발소리와 다르다. 보안망에 무엇이 걸렸는지 보러 온 보안요원인가? 아니, 보안요원은 아니다. 비닐 소재의 점프슈트가 구겨지는 소리가 들린다. 유지보수팀 직원이 나를 잡으러 오는 모양이다.

문 쪽으로 몸을 다시 끌고 가려고 해 보지만 그나마 감각이 있는 한쪽 팔과 다리마저 경련으로 씰룩댄다. 문을 부수기는커녕 한 손으로 잠긴 문을 밀 힘조차 없는데 발소리는 점점 가까워진다.

내 구역이 아닌 78층에 올라와 있는데도 왠지 죽을 것 같지 않다는 확신이 사그라들지 않는다.

아직은 아니야. 가슴속에 있는 망자에게 그렇게 말한다. 아직은 안 갈 거야.

그런데 내 생각이 옳았다. 그 순간 손끝에 걸린 문이 열리고 누군가 나를 일으켜 세운다. 보슈 쪽 사람은 아니다. 풍기는 냄새만으로도 알 수 있을뿐더러, 그녀가 지난주와 똑같은 방법으로 나를 일으켜 세우기 때문이다.

감각이 죽은 내 팔을 자기 목에 걸친 델은 우리 바로 뒤에 있는 78층으로 이어지는 문을 닫는다. 경비원이 층계참을 확인할 만한 이유를 발견하고 따라온다 해도 그 문을 여는 수고를 해야 할 것이다. 바닥에서 의식을 잃고 쓰러져 있어야 할 내가 없으니 경비원은 보안망이 오작동을 일으켰다고 스스로를 설득할지도 모른다. 그러나 그런 가능성에 기대는 도박 따윈 하지 않는 델은 나를 끌고 계단을 올라가서 80층 비상구로 간다.

델의 아파트에 도착했을 때 내 왼쪽 몸의 경련은 멈췄지만 오른쪽은 여전히 마비 상태다.

집 안에 들어서자마자 델은 나를 소파에 던지다시피 내려놓은 뒤 자신의 팔찌를 툭툭 건드려 본다. 침입 보고가 있는지 알아보기 위해 보안 기록을 확인하는 모양이다. 아니면 침입자가 나이며, 자신이 나를 붙잡아 두고 있다고 보슈에게 보고 중인지도 모른다. 델은 집중하고 있을 때도 늘 무표정이라 가늠이 안 된다.

“내가 나자빠져 있어도 본체만체할 분이 날 구해 줬네. 그냥 그렇다고요.”

혀가 부어 이빨 가장자리를 누르다 보니 말이 어눌하게 나온다.

“정신 놓지 않으려는 악착 그만 떨어. 이야기는 아침에 하자고.”

델이 다른 의자에서 모포를 가져와 덮어 준다. 이어서 모포를 잘 여며 주면서 몸을 아래로 숙여 속삭인다.

“나자빠진 널 구해 준 게 누구였는지 잊지 마.”

델의 말이 맞다. 175호에서 귀환한 후 해치에 어떻게 나왔는지 기억이 안 나지만 그녀가 나를 찾아내 그만 울라고 말한 것만은 기억난다. 기억나게 해 줘서 고맙다고 미소를 지어 보이고 싶은데 입이 협조를 안 해 준다.

“이따 봐요.”

델이 분명 고개를 끄덕이는 것 같은데 그 순간에 내 눈이 먼저 감겨 버린다. 깨어나면 눈앞에는 델이 있을까, 아니면 유지보수팀 직원이 있을까? 억지로라도 자야 하니 그딴 것은 신경 쓰지 말아야 한다. 아니면 델을 믿든가…… 아주 조금만.

16장

팔찌에서 삐 하는 소리가 계속 울렸을 테지만 그러고도 한참이 지나고 나서야 음식 냄새에 눈을 뜬다. 처음에는 몸이 움직여지지 않는다. 어젯밤 일과 내가 알게 된 것들을 전부 떠올려 본다. 과거에 벌어진 살상을 내가 모른 척하기로 합의한 마당에, 애덤 보슈가 또 다른 살상 작전을 계획하고 있다는 사실을 알았다고 해서 상황이 바뀔까? 지금까지 나 자신이 도덕적인 인물이라고 생각해 본 적은 한 번도 없다. 내 한계가 정확히 어디까지인지 안 적도 없다. 지금도 그걸 모르긴 마찬가지지만 이번 일이 너무 심하다는 것만큼은 안다. 계속 월급을 받을 수 있도록 이미 벌어진 살인들은 얼버무리고 넘어가 볼까? 나는 충분히 그럴 수 있다. 하지만 다음 살인과 또 다음 살인이 벌어지는 동안 내내 가만히만 있으면 시민권을 받고 은퇴할 수 있을까? 어쩌면 넬라인이 가라앉은 늪으로 뛰어드는 게 나을 수도 있다. 그러면 여기 못지않게 캄캄하고 숨 막히는 곳으로 가게 될 테니까.

뭔가를 해야 한다. 역대 가장 큰 실수를 저지르는 결과가 될지라도 가만히 있어서는 안 된다.

조금 어지러웠지만 음식 냄새를 따라 비틀거리며 델의 부엌으로 들어간다. 부엌이 대충 내 아파트의 전체 면적만 하다. 식사 공간이 정식으로 따로 있겠지만 여기에도 식탁이 있다. 보이는 것은 전부 투명하거나 은색이고, 모든 게 정확하게 줄 맞춰져 있는 데다 더없이 깨끗하다. 내가 들어서자 델이 식탁으로 접시 두 개를 가져온다.

나는 식탁에 앉아서 소파 팔걸이에 눌려 있느라 쥐가 난 듯한 목을 문지른다.

"이렇게 높은 층에 살면 손님방 정도는 하나 있어야죠. 내가 이불보라도 더럽힐까 봐 겁나지 않아요?"

델이 식탁 너머에서 나를 노려본다.

"침실은 2층과 3층에 다 몰려 있어. 넌 거기까지 데려갈 상태가 아니었고."

내 앞에 시끄럽게 음식이 담긴 접시를 내려놓는 태도에 마치 말로 하는 것보다 더 뼈아프게 배은망덕한 년이라고 꼬집는 듯한 기분이 든다.

"미안해요……. 그냥 내가 어떤 상태로 깨어날지 몰라서 그랬어요."

델이 사과를 받아 줄 테니 그쯤 하라는 듯 고개를 끄덕인다. 처음에는 이런 상황에서도 그녀가 참으로 냉정하다고 생각했다. 하지만 밥을 다 먹고 나니 델이 식탁 위로 무언가를 건네준다. 비닐봉지에 든 그것은 눈물방울 모양의 옥 귀걸이였다.

델을 다시 쳐다보니 양쪽 귀에 모두 귀걸이가 걸려 있다.

"젠장."

"그러게."

델이 허리를 숙여 내게 말한다.

"그거랑 그거 짝은 딱 하나밖에 없는 귀걸이야. 하지만 이제 나한테 세 개나 생겼네. 네 방 벽에서 다른 세계의 물건들을 봤어. 공간 하나를 비워 놓고…… 엘드리지 표본 봉투에 전부 담아 보관해 뒀던데. 자세히 설명 좀 해 주겠어?"

나는 손가락으로 봉지 끝을 더듬다가 입을 뗀다.

"나한테 물어보고 싶은 게 이거예요? 제한구역에서 감전돼 반쯤 죽어 있던 날 발견해 놓고 고작 이게 알고 싶은 거예요?"

"한동안 물어보고 싶었지만, 처음 귀환했을 때 너무 화가 나 있어서 기다리는 게 최선이다 싶었지. 이제 더 안 기다려도 되겠네."

델이 보슈에게 나에 대해 보고했을지도 모르니 78층에 침입했던 이유를 숨겨도 된다고 정당화할 수 있다. 하지만 이 문제에 대해서는 거짓말을 정당화할 근거가 없다. 정말이지 절대 거짓말을 할 수 없는 사안이다.

"내 수집품에 들어 있던 거예요. 당신이 귀걸이를 잃어버렸을 때 내게 여분이 있어서 줬던 거고요."

"그럼 그 수집품들은 뭐야? 절반은 그저 흙이나 물 같던데. 그리고 내가 거기서 소금병 균 표본을 봤던 거 같은데? 대체 무슨 생각이야?"

"완벽히 밀봉된 거고, 그거밖에 없어요. 그냥 내가 사는 세계에 존재하지 않는 것들을 모아 놓은 것뿐이에요. 혹은 (델이 되돌려준 귀걸이를 내려다보며) 내가 여기서는 만질 수 없지만 다른 곳에서는 만질 수 있는 것들을 모아 놓은 거고요."

잠시 정적이 흐르다가 델이 무슨 말인지 알아듣고 얼굴 전체를 와락 일그러트린다. 혐오감을 드러낼 줄 알았는데 당혹감만 보일 뿐이다. 이런 일은 있을 수 없다는 듯이.

델이 뒤이어 무슨 말을 할지 두려워 미리 자리에서 일어난다.

"다른 세계의 당신이 나한테 접근했어요. 상황을 진정시키려 했지만 결국 당신이랑 하룻밤을 보내는 게 선물 같아서 받아들였고. 함께 술을 마시면서 이야기를 나누었고, 내 출신지를 모르는 당신은 서슴없이 다가와 나를 대등한 사람처럼 대했죠. 일이 너무 커지기 전에 떠나려고 했지만, 당신이 매력적인 데다 개방적이었고 무엇보다 날 원했어요. 그게 진짜가 아니었다는 걸 알아요. 하지만 내가 뭐라 말하기 전에 당신이 날 원했어요. 당신이 그러길 바란다면 그런 일이 있어서 유감이라고 말할 테지만 진심은 아니에요."

나는 괜히 화가 나서 봉투를 집어 호주머니에 쑤셔 넣는다. 지금 이 순간, 이 추억의 징표보다 더 가까이 그녀에게 다가갈 날은 영영 오지 않을 것 같다는 확신이 든다.

델이 두 손을 뾰족하게 세워 사원처럼 만든 뒤 그 안에 얼굴을 밀어 넣는다. 이어 천천히 고개를 가로저으며 눈을 감는다.

"멍청한 계집애."

처음에는 웅얼거리는 소리를 잘못 들은 줄 알았다. 하지만 델이 또다시 그렇게 말한 뒤 한 번 더 같은 말을 내뱉는다.

"첫 횡단 전에 있었던 일은 하나도 기억 안 나는 거야?"

"잘…… 안 나요."

"내가 너한테 키스했잖아! 우리 훈련이 끝나고, 네가 나한테 배정됐다는 걸 알기 전에. 네가 날 네 아파트로 초대했고, 내가 키스했더니 너도 해 줬는데, 다음 날 아침 내 팔찌로 장문의 메시지가 와 있었지. 내가 널 유혹하려고 보낸 악마에다 죄인이라면서, 앞으로 또 한 번 널 지그시 쳐다만 봐도 성희롱으로 고소할 거라고 했어."

나는 바싹 말라 버린 입을 간신히 뗀다.

"아니야, 그렇지 않아…… 아니야."

"맞아. 우리가 첫 횡단 때 같은 조가 되자 넌 귀환하면 다른 조로 이동 요청을 할 거라고 했어. 하지만 결코 그러지 않았지. 그런데 그게 더 안 좋았어. 넌 나를 희롱하고, 공격하고, 내가 원한다는 걸 알고서 그걸 무기로 날 괴롭혔어. 그때 난 이미 네가 그런 약점을 빌미로 날 망가트릴 거라는 걸 알고 있었어."

"난 아니야……. 내가 그렇게 한 게 아니에요."

하지만 정확히 그렇게 했다. 그녀가 앉아 있는 곳에서, 그녀의 우주에서. 다중우주는 단순히 과학을 통해 접근할 수 있는 평행우주만이 아니다. 다중우주는 우리 각자에게 있는, 다양한 개념으로 만들어진 만화경 같은 곳이다. 델과 나는 그동안 내내 서로 다른 우주에 있었다는 것을 진작 알았어야 했다. 나는 그녀가 내게 끌리면서도 애써 모른 척한다고 생각했는데, 정작 내가 그것을 빌미로 그녀를 괴롭히고 있었던 셈이다.

델도 알 수 없는 존재야?

닉닉이 그런 식으로 경고해 줬지만 그때도 이미 너무 늦었더랬다. 델의 마음이 내게 있다는 것을 알기도 전에 그 마음을 찢어 놓았다. 그 후로도 줄곧 내가 피해자라는 생각에 사로잡혀 그녀의 마음을 재차 아프게 했다.

"난 당신을 그냥 계급주의자라고 생각했어요. 그래서 나한테 마음이 있는 게…… 눈에 보이는데도 내게 관심 없는 척하는구나 싶었어요. 당신이 거리를 둘 때마다 내 낮은 신분을 일깨워 주는 거라고 생각했어요. 나는 그 애가 그랬을 줄은 몰랐어요."

"그 애라니?"

"나요, 그러니까 기억 안 나는 나 말이에요……."

"분명 '그 애'라고 했잖아."

"나도 내가 어떻게 말했는지 알아요!"

나는 벌떡 일어선다. 델은 그대로 앉아 있다. 이제야 내가 모르고 지나쳤으며 내가 안겨 줬던, 아니 더 정확히는 카라멘타가 안겨 줬던 상처들이 전부 다 보인다. 델의 입장에서는 달리 어떻게 생각했겠나? 내가 델을 그렇게 협박해 놓고 나중에는 희롱까지 했다니. 델이 나보다 자신이 잘난 인간이라고 생각해서 그러는 것이라고 넘겨짚고서 그녀를 향한 그토록 미묘한 분노를 감추고 있었는데, 델도 느꼈을까? 델은 카라멘타가 루럴스 출신이라서 그런 증오를 품고 있다고 생각했을까? 나는 델에게 너무 많은 빚을 지고 있다. 그녀에게 진실을 말해 줘야 한다.

"상상해 봐요, 아니, 그냥 흉내 놀이를 한다 쳐요, 내가 6년 전에 첫 파견 나갔다가 돌아와서…… 달라졌어요. 내가 루럴스는 밟아 보지도 못했고 엘드리지에서 근무할 수 있는 교육도 제대로 받지 않은 여자애였는데, 이 지구로 소환되었을 때 처음 본 얼굴이 당신이었고 그때부터 당신을 원한 거예요. 그런데 나는 전에 있었던 일들은 하나도 몰랐죠. 그건 카라멘타가 한 거지, 내가 한 게 아니었으니까요. 하지만 당신이 일부러 거리를 두고 있다는 걸 알았어요. 그래서 나는 최악을 가정했던 거죠."

왜냐하면 나는 늘 와일리시티 사람들에게서 최악의 모습을 추측하기 때문이다. 뾰족하게 화가 나 있어 언제 터질지 모르는 상태이기 때문이다. 결국 나는 델이 아니라 계급을 무시할 수 없는 인간이기 때문이다.

델이 고개를 가로젓다가 멈췄다가 다시 고개를 젓는다.

"그럴 리 없어. 보슈가 직접 첫 번째 파견을 기획했잖아. 그런 일은 그냥…… 있을 수가 없어."

있을 수 있는 일이기에 델에게 혼자서 생각할 시간을 주면 전부 납득할 것이다. 그녀를 혼자 두는 게 내가 해 줄 수 있는 최소한의 배려지만 또한 내가 할 수 있는 전부이기도 하다. 나는 호주머니에서 봉투를 꺼내 식탁 위로 그녀에게 밀어 보낸다.

봉투를 건넬 때 델의 눈이 환해졌다가(그래서 희망의 신호인가 싶었다.) 곧 어두워졌던 순간을 되새겨 본다. 그리고 그러한 눈빛의 변화를 내가 전부 잘못 파악하고 위로를 해 줘도 모자랄 판에 되레 쏘아붙였다는 것을 깨닫는다.

"나더러 귀걸이 세 개로 뭘 하라는 거야?"

델이 봉투를 집으며 말한다.

"뭐든 하고 싶은 대로 해요. 정말 몰랐어요. 난 사기꾼에다 거짓말쟁이에 쓰레기 같은 년이고, 당신 생각이 다 맞아요. 다 맞는데, 난 정말 우리 사이에 있었던 일을 몰랐어요. 그건 믿어 줬으면 해요."

물어볼 게 더 있을 텐데도 델은 가는 나를 붙잡지 않는다. 아마도 너무 늦어 버려 아무것도 바뀔 게 없는 마당에 물어볼 만한 질문인지 아닌지 가늠하고 있느라 그럴 것이다. 우리는 서로를 바라보면서, 우리가 무엇을 보고 있는지 안다고 생각하면서 6년을 허비했다. 이제는 다른 것을 볼 리 없다는 사실을 알게 됐지만 너무 늦었다.

집으로 걸어가는 내내 마음이 아파 어느 때보다도 더 오래 걸린다. 격렬한 언쟁을 벌이고 카라멘타와 델에 관한 진실을 알게 된 후유증에서 회복하느라 남은 주말을 멍한 상태로 보냈다. 모든 뉴스 영상마다 엘드리지의 발표 내용을 자세하게 반복해서 내보내고 있는데도 회복에는 도움이 되지 않았다. 하도 떠들어 대서 오래전 일인 것 같지만 바로 어제 한 발표였다. 이어진 기자 회견에서 애덤 보슈는 2년마다 한 번씩 횡단 여행을 되풀이할 계획이라고 못을 박았다.

매년 대량 학살을 할 수 없을 테니까. 그러면 너무 많이 죽이게 될 테니까.

보슈는 조금 더 냉혹해져야 했다. 정부 보조금을 받으면 정부의 감독을 피해 갈 수 없는데, 그러면 분명 다시 아버지가 생기는 기분일 것이다. 보슈는 자립할 수 있을 만큼의 돈이 필요하다. 산업용 해치가 돈을 벌어들이지만 진정한 야심가에게는 충분한 액수가 아니다. 더구나 내가 그런 타입이라서 아는데, 그는 냉혹한 사람이다. 아무것도 아니라는 소리를 들은 사람이라면 모두 그렇듯 그는 가장 중요한 인물이 되려는 노력을 멈추지 않을 것이다.

***

월요일 첫 파견에 배정되어 해치로 소환되어 갔더니 어떤 남자가 나를 기다리고 있다.

"어머, 미안해요. 이중으로 예약됐나 보네요."

"잠깐, 카라멘타 씨 맞죠? 이렇게 만나게 되어 정말 기뻐요. 1년에 300번 파견을 나간 횡단자는 처음 보거든요."

밝은 파란색 같은 미소가 금빛 피부 때문에 더욱 도드라져 보인다. 정말이지 그의 살갗은 보통의 갈색이나 베이지색이 아닌 진짜 금색이다. 업소에서 일하는 직원들이 가끔 가루를 이용해 금빛 효과를 내기도 한다. 하지만 황갈색부터 암갈색에 까만색까지 다양한 피부색을 지닌 그들이 금빛 가루를 바르면 부유한 고객들이 몸을 비벼 보려고 줄서고 종국에는 전부 다 세속의 신처럼 보이고 만다. 하지만 와일리시티 출신인 그 남자의 피부에서 반짝이는 금색은 그를 진주처럼 보이게 한다. 진한 적갈색 머리칼이 시작되는 정수리 부분은 머리가 새로 자라기 시작한 터라 하얀색 선이 보인다. 와일리시티 사람이면서 다른 지역 출신으로 보이려고 애쓰는 것 같은데, 나로서는 그 이유를 모르겠다. 이 남자는 우리가 아직도 와일리시티 사람이 아니라서 죽고 있다는 사실을 모르는 게 아닐까.

"302번인데요."

남자에 대한 평가를 마친 내가 대꾸한다.

그가 내 대답을 긍정적인 신호로 여기고 손을 내민다. 그의 손바닥은 착색되지 않아서 나머지 피부의 색깔과 비교되어 생기가 없고 창백하다 못해 파랗게 보인다. 손을 맞잡자 갑자기 내 피부가 이곳에 온 이후 그 어느 때보다도 어두워 보인다. 애시타운의 야성 그대로의 진짜 햇볕을 안 쐬어서 예전보다는 하얘졌지만 내 혈통이 사막에서 대대로 살았듯, 와일리시티에서 대대로 살아온 혈통을 지닌 이들을 절대 따라잡을 수 없을 것이다.

"나는 캐링턴이라고 해요, 오늘 있을 파견의 감시관으로 왔어요."

나는 손을 홱 빼며 묻는다.

"델이 해고당했나요?"

그가 풋 하고 웃는다.

"이카리의 직책은 감시관 부서에서 가장 안전한 자리랍니다, 당신 덕분에."

"아…… 다행이네요. 그럼 델은 어디 있나요?"

"당분간 이 업무에서 빠진 것뿐이에요. 걱정 말아요. 당신을 절대로 죽게 하지 않을 테니까."

그를 믿지 못한다는 인상을 주고 싶지 않아서 불쾌감을 숨긴다.

"미안해요, 내가 변화를 싫어해서 그래요. 지금까지 델 말고는 누구와도 해 본 적이 없었어요."

"한 번도? 이상하네."

그러고 나서 캐링턴이 내 파견 준비를 시작한다.

내가 생각해도 이상하다. 6년 동안 내가 일하거나 다른 날로 파견 날짜를 재조정할 수 없을 만큼 장기간 일을 못 하고 있을 때에도 델은 휴가 한 번을 써 본 적이 없었다. 하지만 나 역시 마찬가지였다. 우리는 결코 다른 사람과는 일하고 싶지 않다고 소리 내어 표현하지 않았지만 둘 다 다시는 다른 사람과 일할 필요가 없도록 자기가 맡은 역할을 해냈다.

지금까지는 그랬다.

가슴속 통증이 느껴지는 이유는 단지 연인이 될 뻔한 사람을 놓친 것 때문만은 아니다. 델이라는 사람 또한 잃게 됐기 때문이다. 낯선 이들만 있는 이곳에서 비밀 업무를 수행한 이후 거의 매일 그녀의 얼굴을 봤다. 델은 단순히 내가 가질 수 없는 여인일 뿐만 아니라 나의 가장 친한 친구였음을 진작 깨달았어야 했다.

델은 나를 보지 않기로 하면서 자신이 원하는 바를 명확히 밝힌 셈이다. 나는 그녀에게 더 이상 관심도 갖지 않고 과한 애정 표현으로 부담스럽게 하지도 않을 것이다. 하지만 혹시라도 델이 내게 말을 걸어 준다면 원하는 것은 뭐든 해 주리라 약속할 테다. 그녀가 내 삶에 머물러 준다면 절대 다시는 희롱하지 않을 테다. 항상 그녀를 원할 테지만 그것 때문에 그녀를 곤란하게 하지 않을 것이다.

***

마침내 장을 다시 보았을 때는 싸움도 각오하고 있었다. 캐링턴과 일하고 나니 기분이 엉망이 되었다. 그와 나 사이에 말할 거리가 전혀 없는데도 그는 쉬지 않고 이야기를 늘어놓았다.

나는 자리에 앉아 장의 시계를 책상 위로 밀어 보내 준다.

그는 놀라기보다 짜증 난 기색이 역력하다.

"자네도 알다시피, 내가 이걸 그냥 오작동이 아닌 도난당한 거로 보고했으면 회사에서 자네 집까지 GPS로 추적해 내서 해가 뜨기도 전에 자네는 강제 추방당했을 거야."

"죄송하지만 저도 알아야 했으니까요. 이제 또 저를 선배님 인생에서 잘라 내실 건가요?"

장은 눈썹 한번 움직이지 않고 그저 나를 바라본다. 그렇게 탐탁잖아하면서 약 3초 정도 더 노려보고 나서야 표정이 조금 풀린다.

"델이 내근을 요청했다더군. 파일상에는 본인 입으로 능력이 떨어진다고 했던데. 캐링턴과 일하는 건 어때?"

"그 사람이 말을 몇 마리나 갖고 있는지 아세요? 열두 마리래요. 걔네 이름은 아시나요? 전 알아요. 황도 12궁의 이름을 따서 지었대요. 그런데 제가 이런 정보를 하나라도 물어봤을까요? 아뇨, 묻지도 않았는데 알게 됐다니까요."

장이 껄껄 웃는다.

"델은 복귀할 걸세. 자네같이 입이 건 친구와 6년을 일했으니 휴식이 필요하지 않겠어?"

"네, 할아버지. 계속 덕담해 주시면 캐링턴에게 선배님이 휴식 시간에 어디에 계신지 말해 줄게요. 선배님 열혈 팬이래요."

"캐링턴은 횡단자 광팬이야. 그러니 별을 느껴 보겠다고 자네랑 자려고 들지 않게 조심하라고."

내가 우웩 하고 토하는 소리를 낸다.

이제는 장과 마주 앉아 있어도 가족과 앉아 있는 기분이 들어서는 안 되는데 여전히 그렇다. 그가 시계를 내려다보는 것을 알아채고 잠자코 기다린다. 이윽고 장이 시계 둘레를 손가락으로 빠르게 훑으며 원을 그리더니 결정을 내린 듯 톡톡 두드린다.

"뭘 찾았지?"

이것은 긍정적인 신호다. 무슨 일이 있었든 개의치 않고 모른 척할 거면 왜 물어보겠는가?

"내 생각이 맞았어요. 거긴 아무것도 없었어요. 연구개발 부서 따윈 없고 그냥 기웃거리러 오는 사람들 잡는 보안망만 있더라고요."

"그래서 자네도 다쳤어?"

진심으로 걱정해 주니 장과 나쁜 사이가 되기가 훨씬 더 힘들어진다.

"소동이 벌어지기 전에 간신히 빠져나왔어요."

델을 보호하기 위해 날린 거짓말인데 다행스럽게도 장의 눈에서 딸을 걱정하는 아버지처럼 불안해하던 기색이 조금 걷힌다.

"간발의 차이였어. 앞으로는 감시가 더 심해질 거야."

"보슈에게 맞서지 말라는 잔소리는 안 하실 모양이네요?"

"하면 듣기는 하고?"

"들을 수도 있죠, 선배님이 아주 타당한 이유를 대 주실 수 있다면."

나는 몸을 앞으로 숙이며 이어 말한다.

"대체 무슨 이유로 이러실까? 왜 이렇게까지 봐주시는 거죠?"

장은 마치 플라스틱에 무늬라도 있는 듯 책상의 맨 윗면을 자세히 살펴보고 있다. 전에도 본 적 있는 표정이다. 내가 분석가가 될 가능성을 놓고 논쟁을 벌였던 때도 이랬다. 장은 이제부터 내게 들려주려는 진실을 얼마나 포장해야 할지 따져보고 있다.

"혹시 응찰자 명단 봤나? 가장 젊은 사람의 나이가 내 고향 사람들의 기대 수명보다 20년이나 많더군. 해가 갈수록 장벽 안 도시들은 점점 더 부유해지고 더 많이 발전하는데, 시골 지역은 더 가난해지고 병들지. 저울의 한쪽이 올라가 있어서 나머지 한쪽이 내려가 있는 건데, 올라가 있는 쪽에서는 균형을 맞추려는 노력을 전혀 안 하는 꼴이야. 그 5명은 여기 장벽 바로 밖에서 일어나는 온갖 재난을 모른 척하는데 내가 그자들을 신경 써야 할까? 난 그 5명이 죽으면 그자들이 우리 동포와 자네 동포의 죽음에 표했던 그대로 똑같이 조의를 표할 걸세. 즉 친절하게 외면할 거란 말이지."

장의 말이 잘못됐다고 말할 자격이 내겐 없다. 나는 애시타운의 전쟁이 거의 다 끝난 무렵에 태어나서, 피의 행진 시기에 어린 시절을 보냈다. 하지만 장은 전쟁 중에 태어나 자라서 어른이 될 때까지 전쟁과 기아와 역병에 시달렸고, 첫째 아이가 자신이 겪은 폭력과 죽음에 똑같이 노출된 상태에서 태어나는 것을 지켜봤다. 자원 부족으로 이와 같은 폭력과 죽음이 대를 이어 계속되는 동안, 와일리 시티 같은 도시들은 하늘 높은 줄 모르고 더 높아졌다.

"전 그런 걸 구실 삼아 이 일을 모른 척할 수가 없어요. 그건 선배님의 명분이지 제 이유는 될 수 없어요."

"나도 알아. 자네는 끼어든 벌로 보슈 손에 죽지 않더라도 일자리랑 여기서 닦은 터전을 다 잃게 될 거란 생각은 안 하나?"

나는 어깨를 으쓱해 보인다.

"제가 시민권 따는 게 승산 없는 일이라는 거 다들 알고 있었잖아요. 서른 살까지 살아 있는 것 역시 불가능할 거라고 했고요."

"그래서 어쩔 계획인데?"

"정보를 모으고 있어요. 보슈가 죽이라고 한 사람들의 이름을 알아보고 있고요. 며칠 후면 포괄적인 명단을 쥐게 될 거예요. 당국에 그 인간이 계획하고 있을 법한 일을 알릴 때 전에도 같은 짓을 했다는 걸 알 수 있게 지금까지 수집한 증거도 첨부할 거예요. 이 회사는 아직까지 주로 정부에서 자금을 지원받고 있으니, 보슈가 원하지 않아도 이사회는 정부가 시행하는 대로 따를 거예요."

"그런데 대표가 처음 규명에 나선 인물이 자네라는 걸 알게 되면 어쩌려고?"

"대표한테 말하시게요?"

함부로 입을 놀리기 전에 이 질문부터 했어야 했지만 장과 있으면 안심이 되니 어쩔 수 없다.

그가 고개를 가로젓는다.

"안 할 걸세."

나는 장의 말을 믿는다. 젊은이를 보호하고 싶어 하는 친절한 할아버지로서가 아니라 자기편을 결코 위험에 처하게 하지 않을 영원한 전직 군인인 그를 믿는다.

"하지만 익명으로 고발한다 해도 피고인이 고발 내용을 읽을 수 있어서 자네 정체가 드러날지도 모르네."

"어떤 결과가 나오든 제가 해결할게요."

장은 앞으로 당겨 앉아 손으로 내 손을 덮는다. 그 손은 내 손보다 더 어둡고 크지만 캐링턴에 비하면 여전히 내 손과 많이 닮아 있다.

"회사의 무관심 때문에 자네가 수백 개의 세계에서 죽은 거네. 그런데 여기서도 위험을 무릅쓰고 그자들에게 한 번 더 그 짓을 하게 해 주는 셈이야. 어쨌든 이 일이 잘못돼서 자네가 뜻한 바가 어떻게 끝을 맺든, 난 자네를 높이 평가하리라는 것만은 알아줬으면 하네."

"고마워요. 진심으로. 제게 해 주신 모든 일에 여전히 감사하고 있어요. 이런 말로 전달이 될지 모르겠지만."

"그럼 지금이라도 분석가 시험 쳐 보겠나?"

"저 분명 다음 주에 내부고발자로 해고당할 거라니까요."

"다행히 시험을 월요일 아침 일찍 본다는군."

그가 손을 자기 가슴에 가져다 대면서 눈을 동그랗게 뜬다.

"나를 위해서 그러는 걸까?"

나는 눈알을 굴리다가 할 수 없이 대답한다.

"네, 알았어요. 시험 볼게요."

그 주 주말에 나는 엘드리지의 경쟁자들이 다른 세계에서 특이하게 죽은 사례에 대해 알아낸 내용을 자세하게 정리해서 패킷으로 만들었다. 그리고 내가 담당 부서를 무단침입했을 때 무슨 일이 있었는지를 포함해 보슈가 수익성이 좋은 상업 여행을 가능하게 하려고 고액의 응찰자들을 데리고 무엇을 하려는지 자세히 설명한 편지도 작성했다.

일요일에 와일리시티 과학기술범죄 수사부의 디지털 박스로 이 모든 정보를 보냈다.

월요일에는 분석가처럼 차려입고 시험을 봤다.

시험이 다 끝나자 화면에 띵 하는 소리와 함께 100점이 표시된다. 혓바닥의 재만큼 승리감은 미미했지만 그래도 인간 승리인 것은 변함없다. 주변에 앉아 있는 와일리시티 토박이들을 둘러보니, 대놓고 당황하는 사람부터 실망하는 이까지 다양하다. 내가 해냈음을 그들이 알아줬으면 싶다. 너무나 쓸모없어서 수백 번 죽게 했던 애시타운의 아이가 그들을 위해 마련된 시험에서 만점을 받았다는 사실을 알려 주고 싶다.

장에게 문자로 점수를 알려 주고 자리로 돌아와 아무 생각도 안 나길 기다린다.

***

와일리시티가 당사자 모르게 시민을 조사하는 것은 불법이기에 분명 수사 기관이 애덤 보슈에게 해당 사건을 알리러 곧 여기 올 것이다. 그들이 횡단자들을 면담하러 오면 나는 내 정체를 숨기지 않을 셈이다. 애덤은 고발장을 읽자마자 고발자가 나임을 알겠지. 편지에서는 대부분 익명으로 나오지만 내가 파견 횟수가 많은 횡단자임을 분명히 밝혔기 때문이다. 내가 비난을 받겠지만 드레스덴과 나머지 시간제 노동자들이 샌드위치 신세가 되는 일은 면할 것이다. 아울러 이 일로 캐링턴의 이야기를 다시는 들을 필요가 없을 테니 일석이조다.

하지만 유지보수팀이 제일 먼저 움직인다. 그들이 우리 층 맨 끝에 있는 유지보수팀을 나서 저 멀리서 오고 있는 모습이 보인다. 세 명이서 그 오싹한 검정색 점프슈트를 입고 V자 대형으로 걸어오고 있다. 아이들이 상상하는 악당의 옷차림을 하고 있는데도 나는 그들이 살인자임을 눈치채지 못했더랬다.

드레스덴이 어깨 위로 불쑥 묻는다.

"도마에 오를 사람이 누구라고 생각해?"

나. 그들이 곧장 내게로 걸어온다. 하지만 그들이 실제로 뭘 하려는 건지 드레스덴은 모를 터라 나는 일단 고개를 가로젓는다.

"무슨 소리야?"

"먼저 와일리시티가 여기로 수사대를 보냈고, 그다음에는……."

"뭐라고? 언제?"

"카라멘타가 시험을 보고 있을 때. 하나도 안 틀렸다면서. 수사관들이 곧장 맨 꼭대기 층으로 갔다가 바로 내려오더니 떠났거든. 그런데 유지보수팀이 움직이는 걸 보니 누군가의 물품을 치우려는 게 아닐까? 잠금장치를 바꾸려고 그러나?"

"건물 유지보수팀을 생각했나 본데, 저 인간들 활동 구역은 바깥세계야. 그런 일들은 저 팀 인간들이 하는 일이 아니고."

이제 그들이 2미터 거리까지 다가오기에 나는 자리에서 일어나 돌아선다. 정면으로 보고 싶기 때문이다. 그들도 시민인 드레스덴 앞에서는 내게 아무 짓도 안 할 것이다. 그냥 회사 기물에서 떨어져 있게만 하겠지.

서 있다고 해서 먹잇감이 아닌 척하기가 더 쉬운 것은 절대 아니다. 그들이 가까워질수록 호흡이 얕아진다. 그렇게 많은 세월이 흘렀는데도 왜 순찰대의 행진을 볼 때와 똑같은 기분이 들까. 그러나 유지보수팀은 속도도 낮추지 않고 나를 지나쳐 걸어간다. 맨 앞에

선 여자는 나를 한번 노려보기도 했지만 왼쪽에 있는 남자는 내게 환하게 미소 띤 얼굴로 인사까지 한다. 그들은 아는 모양이다. 내가 애덤들 중 한 명을 죽였다는 사실을 알고 있는 게 틀림없다. 인사한 남자는 내가 자기네 일원인 듯, 재밌는 비밀을 공유하고 있는 사이라는 듯 윙크까지 날린다.

유지보수팀은 나를 지나 엘리베이터로 간다. 나는 그들이 곧장 애덤의 사무실이 있는 100층으로 올라가길 기대하면서 엘리베이터 표시창을 주시한다. 하지만 80층에서 멈춘다. 가슴속에서 커지던 돌덩이가 배로 곤두박질친다. 거기 가 봤자 내가 원하는 곳으로 올라갈 수 없다는 사실을 생각할 새도 없이 무작정 엘리베이터로 달려간다.

팔찌 버튼을 쳐서 장에게 전화를 걸어 보지만 받지 않는다.

결국 델에게 연락한다.

"나한테 말 안 해도 돼요, 그냥 80층에 갈 수 있게 엘리베이터만 내려보내 줘요. 비상 상황이에요."

델은 아무 말 없이 접속을 끊는다.

좌절감과 무력감에 빠져 서성거리는 찰나, 뒤에서 딩 하고 엘리베이터 문이 열리는 소리가 들린다. 얼른 타서 보니 80층으로 다시 올라가게 돼 있다. 우리 사이가 어떻게 됐든 델은 극복했다.

엘리베이터가 도착하자마자 문 양쪽에 어깨를 부딪치면서 뛰쳐나간다. 장의 사무실 방향으로 뛰어가는데 요즘에 내가 하도 많이 그를 보러 와서 그런지 사무실 밖으로 내다보는 사람 하나 없다. 아니면 이 층 사람들도 이미 내가 방금 알게 된 것을 안 데다, 이쪽으로 오는 유지보수팀을 보고 머리를 처박고 있는지도 모른다.

장의 사무실로 뛰어 들어가지만 그곳에는 내가 따라온 그 세 사람밖에 없다. 그들은 한 폭의 그림처럼 멈칫한다. 한 사람은 뒤집힌 의자를 바로 세우고, 또 한 사람은 박살 난 상패에서 떨어져 나온 유리를 쓰레기통에 버리고, 세 번째 사람은 장의 의자 뒷면에 묻은 피처럼 보이는 것에 표백제 냄새가 나는 물질을 뿌리던 중이다. 나는 고개를 저으며 아주 잠깐 눈앞의 현실을 부정하다가 돌아서 반대 방향으로 달려간다.

회사 엘리베이터가 내려가 있지 않다는 것은, 장을 데려간 사람이 이 층에서 건물 밖으로 나갔다는 뜻이다. 에스컬레이터를 타고 내려갔을지, 아니면 외부 엘리베이터를 탔을지 생각하면서 밖으로 뛰어나가는데, 퍼뜩 이곳이 80층이라는 게 생각난다. 그래서 곧장 애덤 보슈의 정원 쪽으로 내달린다. 안에 들어서자마자 '유지보수로 폐쇄됨'이라고 표시된 홀로그램이 있던 길을 찾는다. 그 길을 따라 빈터로 들어서니 정원의 뒤쪽 끝이 바로 코앞이라서 저 멀리 사막까지 보인다.

처음에는 나뭇잎과 등을 보인 검정색 점프슈트들이 채 벽처럼 무언가를 에워싼 장면만 눈에 띈다. 밀치고 지나가려고 하지만 격렬한 저항에 부딪혀 후퇴한다. 이윽고 다시 미친 듯이 앞으로 뚫고 들어가려다가 빈터에 무릎을 꿇고 주저앉은 끝에 장과 마주 본다.

애덤은 서서 여느 때처럼 계속 미소를 띤 채 우리 두 사람을 내려다본다. 그가 늘 입는 목깃이 넓은 하얀색 셔츠의 소맷동에 피가 묻어 있다. 장의 피다. 처음에는 알아보지 못했지만 장의 입과 관자놀이에서 피가 철철 흘러내린다.

"할아버지뻘 노인을 때리다니, 대체 무슨 짓이야?"

씩씩거리며 다른 이들을 돌아보지만 고소해하거나 아니면 얼이 빠진 표정들이다. 애덤은 얼굴에 온갖 표정을 드러내는 사람임에도 연설 약속을 잡는 자리에 있어도 될 정도로 흐트러지지 않았다. 오직 눈빛만 약간 빗나가 있는데, 낯설지는 않지만 뭔가가 다르다.

"배신자한테는 애 어른을 따지지 않으니까."

애덤의 목소리는 내용에 안 맞게 지나치게 경쾌하다.

그때야 그 눈빛이 왜 그렇게 익숙한지 이해가 된다. 그의 아버지 눈이 그랬다. 그리고 그 대꾸도 그의 아버지가 했던 말이다. 대개는 반역을 꾀하는 서신을 전달하는 아이들을 처형할 때 그렇게 말곤 했다. 하지만 175호에 갔을 때 아드라닉도 나이가 많은 이에게 이 말을 했던 게 생각난다. 이제야 애덤이 이런 습성을 아버지에게서 물려받았다기보다는 원래부터 지니고 있었다는 것을 깨닫는다.

장을 내려다보는 위치에 있는 게 싫지만 두 발을 딛고 일어선다. 절대 장보다 높이 설 생각 따위는 없었는데.

"장은 배신자가 아니에요. 엘드리지에 충성을 다하는 분이에요. 대표님이 베풀어 주신 모든 것들에 감사하는 분이라고요. 장은 대표님이 없었으면 당신 가족이 어떻게 살았을지 너무나 잘 아세요. 나한테 늘 말해 주셨어요."

이 말이 애덤의 기분을 좋게 해 줬는지는 모르지만, 다시 발끈한 그가 장의 척추를 발로 차서 앞으로 고꾸라지게 하는 것까지는 막지 못했다. 내가 비명을 내지르자 뒤에 있던 누군가가 내 입을 틀어

막는다. 장갑을 낀 손에서 원유 냄새가 난다. 내가 손가락을 물어뜯었을 때도 원유 맛이 난다.

"이런 꼴을 보니 속상하겠지. 하지만 이자가 시 당국에 꼼짝없이 범죄자로 몰릴 만한 정보를 보냈단 말이야. 어떻게 해야 수사를 따돌릴지 모르겠거든. 그래서…… 귀찮아 죽겠다고."

"그건 내가 한 거예요."

나는 더 빨리 하지 못한 말을 내뱉는다.

"장이 했다고 생각하는 거, 전부 다 내가 저지른 짓이라고요."

"어떤 횡단자가 승인받지도 않은 정보에 접근한 뒤 지난주에 이자의 시계를 이용해 제한 구역에 들어갔다는 걸 회사에서는 이미 알고 있었지."

"그 횡단자가 나예요! 내가 장의 사용자명으로 그 정보를 찾아낸 거예요. 내가 시계를 훔쳤다고요."

"이걸?"

애덤이 호주머니에서 시계를 꺼내 보이며 묻는다.

"우리가 심문하러 들이닥쳤을 때 이자의 책상에 놓여 있던 이걸 네가?"

"예, 내가…… 쓰고 나서 가져다 둔 거예요."

애덤이 혀를 끌끌 찬다. 내가 거짓말을 하고 있다는 듯이. 무릎을 굽혀 바닥에 쓰러져 있는 장을 일으켜 앉히자 우리 둘 다 무릎을 꿇게 된다.

"괜찮아, 카라."

장은 차분하게 말해 보지만 턱이 잘 맞물리지 않는다.

"안 괜찮아요."

나는 이어 애덤을 올려다보며 말한다.

"치료 장비로 데려가게 해 주세요."

애덤이 고개를 비스듬히 기울인다.

"우리 볼일이 아직 안 끝났는데 어쩌지?"

"나한테 해요. 어떤 처벌이든 다 받을 테니까."

"안 돼."

장이 만신창이가 된 사람이 맞나 싶게 너무나 분명하게 말한다.

"선배님 지금 제정신이 아니에요."

나는 장에게 말한 뒤 애덤에게 간청한다.

"이러지 말아요."

"이자가 이미 다 불었어. 다른 누가 자기 사용자명을 쓴 적도 없고 시계를 잃어버린 적도 없다고. 거짓말해 주기에는 너무 늦었어."

장의 몸을 어디든 만져 보고 싶어 손을 뻗지만, 다치지 않은 곳을 찾을 수 없다. 장이 내 손목을 잡아 주고 나서야 나도 그의 손목을 잡는다. 장의 손은 내 할아버지의 손일 수도 있고, 팍스의 손일 수도 있으며, 내가 가족이라 부를 이의 손일 수도 있다. 낯선 이들만 있는 이 땅에서 그는 언제나 고향의 모습과 느낌을 간직한 유일한 사람이다. 장은 12명의 식구를 데리고 이곳에 와서 고향 땅과 동포가 곁에 있는 느낌일 테니 그에게는 내가 그렇게까지 필요한 사람이 아니다. 하지만 나에게 그는 늘 필요한 존재였다.

"내가 그랬다고 해요. 사실을 말해야 해요. 선배님한테 할아버지가 필요한 손자들이 64명이나 있다는 걸 난 알지도 못했어요."

장이 괴로운 표정으로 희미한 미소를 짓는다.

"자넨 내가 얼마나 많은 목숨을 빼앗았는지 아는가?"

"안 궁금해요."

"자네야 당연히 그렇겠지만 나는 나이가 들수록 궁금해지더군."

그가 애덤을 돌아본 뒤 목을 가다듬는다.

"나가면서 한 번쯤은 좋은 일을 하고 싶었어……."

장이 뼈가 아플 정도로 내 손목을 아주 꽉 쥔다. 그 연세에도 무척 강인하다.

"그렇게 하게 해 줘."

나는 거절하고 또 거절한다. 유지보수팀 직원 두 명이 한 팔씩 잡고 나를 끌어낼 때까지 악을 써 가며 장은 무고하고 내가 범인이라고 말한다. 아무도 소리치는 나를 막지 못한다. 정원 입구에 도착할 때까지 길길이 날뛰는 나를 보고만 있다가, 이윽고 한 직원이 내게 그만하지 않으면 약물을 주사하겠다고 협박한다. 말만큼 그렇게 못된 사람은 아닌 모양인지, 그는 나를 이해한다고 말한다. 첫 동료가 항상 힘든 법이지만 이제는 정신을 차려야 한다면서, 그렇지 않으면 나를 위해 약을 쓰겠단다.

두 유지보수팀 직원은 나를 집에까지 바래다 준다. 나는 그들의 코앞에서 문을 쾅 닫자마자 장의 팔찌로 전화를 건다. 장은 전화를 받지 않는다. 다음으로 수사국에 전화를 걸어 보슈의 공원 뒤꼍에 다친 남자가 있다고 신고한다. 그러자 저쪽에서 자동응답기가 좌표를 기록한 뒤 후속 조치를 알고 싶을 경우를 대비해 파일 번호를 발부해 주서 접속이 끊긴다. 살다 살다 순찰대원이 아쉬운 순간이 다 있다니. 음성 상담 로봇을 힘자랑할 구실을 찾는 폭력배로 대체할 수 있다면 무엇이라도 내어줄 수 있을 것 같은 심정이다.

장에게 다시 전화를 걸어 보지만 여전히 답이 없어 15분마다 계속 걸어 본다. 여덟 시간 동안 서른두 번이나 시도한 후에야 누군가가 받는다. 하지만 장이 아니다. 장의 아내인 소피아다. 그런데 겨우 두 마디를 말한 소피아는 더 말을 잇지 못한다. 곧이어 부스럭거리는 소리가 들린다.

"카라?"

또렷하고 강인하면서도 감정을 꾹꾹 누르고 있는 목소리다.

"아야?"

아야가 틀림없어 내가 대뜸 이름부터 부른다. 장녀인 아야는 냉철한 인물로, 예술 분야나 요식업 또는 농업에 종사하는 장의 다른 자식들과 달리 경영대학원에 진학했다. 하지만 장은 나머지 자식들과 다른 그녀도 똑같이 사랑했다. 그는 모든 자식을 사랑했다. 그리고 나도 사랑해 줬다.

"네, 나예요. 아버지 팔찌를 이제야 다시 작동시켰어요. 음…… 폭행을 당하셨어요. 와일리시티 바로 밖에서 산업용 해치를 점검하다가 순찰대와 마주치셨대요. 아버진 맞서 싸우려고 하신 모양인데……."

"괜찮으세요? 아야, 괜찮으신 거죠?"

잠시 정적이 흐르기에 아직 이 질문에 대답하기 모호한 상황이 아닐까 생각한다.

"카라, 아버지는 돌아가셨어요. 살해당하셨어요."

다른 세계에서 온 형제여, 오늘 어떤 별들이
주변을 에워싸고 있는 암흑에 굴복했고
나는 그 암흑이 그대라는 것을 알았다네.*

—다네즈 스미스

*「디어 화이트 아메리카(Dear White America)」

17장

이와 같은 발견으로 우리가 죽음이나 인간성 혹은 세상을 더욱 너그러운 곳으로 만드는 법처럼 중요한 문제를 다룰 때 어떤 교훈을 얻을 수 있을지 물었지만 양측은 아무 말이 없었다.

과학자들은 이렇게 말했다. 그래도 우리 생각이 맞았잖아.

종교인들도 다음과 같이 말했다. 우리 생각 역시 맞았잖아.

***

우리는 한때 우주가 안정된 곳이라고 믿었다. 우리는 믿을 만한 궤도를 따라 도는 우주의 순환을 보고, 그 양식을 움직이지 않는다는 뜻으로 정적(靜的) 우주라고 불렀다. 그다음에 우리는 우주의 광포함도 알게 되었다. 자기 무리를 떠난 소행성들이 역시 자기 궤도를 버리고 떠나온 행성들과 충돌하면서 모든 것들이 궤도에서 벗어나 혼돈의 음악에 맞춰 춤춘다는 것을 알게 되었다.

나는 내가 안정돼 있다고 믿었다. 직장에 나가고 고향집을 방문하고 먹고 잘 수 있으니 안정된 삶이라고 생각했다. 판에 박힌 일상을 믿을 수 있다고 착각했고 믿을 수 있는 거소가 안전함을 혼동했다. 내 안에 혼돈이 도사리고 있을 줄 몰랐다. 이제 나에게 '정적인' 것이라고는 생각하려고 할 때 양쪽 귀에서 맹렬하게 지속되는 소리밖에 없다. 쉭쉭대는 이 소리는 델이 잃어버린 지구들과 교신하려고 할 때 스피커를 통해 들리는 소리와 비슷하다.

나는 멍한 상태다.

며칠 동안 끼니를 때우고 화장실에 갈 때 외에는 침대를 떠나지 않은 채 나를 살인자라고 부르는 천장만 빤히 쳐다보고 있다.

장이 죽은 다음 날, 사막에도 부고가 전해졌는지 에스더가 여기서 자고 갈 수 있는 1일 통행권을 신청했지만 내가 거부했다. 그러자 그다음 주부터 그 애는 매일 아침 신청했고 나는 또 계속 거부했다. 난 에스더를 만날 자격이 없다. 장과 가까이 지낼 자격도 없었다. 두 사람 모두 나를 사랑해 주고 용기를 북돋워 주는데도 그 이유를 알 수 없었다. 내가 에스더를 위해 해 준 게 있나? 장에게 뭐라도 해 줬던가? 물론 간간이 소소한 선물을 주긴 했다. 어쩌다가 점심 도시락을 가져다주기도 했다. 하지만 그가 항상 나를 북돋아 주었는데도 그런 대접을 받을 만큼 뭘 해 준 적은 없었다. 마찬가지로 에스더는 내내 남으로 알고 지냈던 나를 기꺼이 받아 줄 정도로 다정하지만 나는 그에 버금가는 무언가를 한 번도 해 준 적이 없다.

내가 사랑하는 사람들에게 나는 병균 같은 존재인데도 세상은 계속해서 내게 분에 넘치는 선물을 준다. 이런 아파트, 이번 생(生), 장의 웃음소리, 델의 머리카락 냄새. 애초에 이런 모든 추억거리는 내가 경험할 만한 것들이 결코 아니었다. 그런데 나는 이 세상에서 내가 누린 이런 행운에 어떻게 보답했나? 내가 지닌 어둠으로 모든 것을 물들였다. 델의 눈에서 빛을 앗아 가고, 장의 아이들에게서 장을 빼앗아 갔다.

엘드리지는 장을 기리는 의미로 주말까지 휴업에 들어갔다. 나는 그동안 먹는 것도 잊은 채 집 안을 어슬렁거리며 보냈다. 사샤가 장의 죽음으로 힘들어하는 이들을 위해 부서 전체에 문자를 보내서 그녀나 다른 상담사와 약속을 잡도록 독려했지만, 난 그 문자를 지웠다. 그녀도 나를 도울 수 없다. 장의 죽음은 와일리시티 식으로 애도를 표할 일이 아니다. 무명씨가 운명의 장난으로 목숨을 잃은 일이 아니기 때문이다. 막강한 권력을 쥔 자가 내가 사랑하는 사람을 죽였는데 그자는 결코 책임을 지지 않을 테고, 이 모든 게 애시타운다운 일이어서 슬프기 때문이다.

장이 살해되고 나서 회사가 다시 문을 연 첫 주에 나는 출근하지 않았다. 그러는 내내 아무것도 하지 않은 채로 지냈다. 마침내 결근한 지 두 주째에 접어든 셋째 날, 무언가에 이끌려 몸을 움직였다. 샤워를 하고 옷을 차려입은 뒤 차를 몰고 미친 듯이 와일리시티를 빠져나갔다. 언제인지 모르지만 순찰대가 차를 세우게 했을 때는 시동도 끄지 않고 그들에게 돈을 던져 주었다. 나는 본가로 가지 않고 업소로 내달렸다.

갑자기 찾아온 나를 보고 엑슬리는 놀랐을 텐데도 화장한 얼굴에는 아무런 표정도 드러내지 않는다.

"얘야, 뭐 해 줄까?"

이게 필요했다, 바로 이거. 누군가 나를 '얘야'라고 불러 주는 것.

"모르겠어요."

갑자기 푹 젖어든 눈을 훔친다.

"하지만 저 돈 있어요."

"당연히 있겠지."

엑슬리가 이리 오라고 하더니 내 손을 잡는다. 엑슬리가 다른 사람들을 제자리로 돌아오게 하던 모습을 본 적 있다. 대개는 그들의 허리에 팔을 두르거나 어깨를 감싸 주면서 다독였더랬다. 하지만 내게는 사촌동생을 대하듯, 섹스와는 전혀 상관없이 오직 안전만을 생각하는 친밀감으로 나를 다독인다.

이윽고 다른 직원의 방으로 데려가는 줄 알았지만, 여성도 남성도 아닌 손님들을 받는 건물로 내려가더니 결국 자기 집무실로 데리고 들어간다.

엑슬리는 거의 손님 상대를 하지 않는다. 그래서 처음에는 두려웠다. 엑슬리가 날 잊었으면 어떡하지? 내가 엄마 딸임을 못 알아보고 내가 여기서 절대 원하지 않는 것을 주려 하면 어떡하지? 하지만 나도 더 이상 아장아장 걷던 아기가 아니다. 그래서 그런지 엑슬리는 포근한 빨간색 벨벳을 씌운 기다란 소파에 나를 밀어서 앉힌다.

"거기 누워. 그리고 뭐가 그렇게 마음을 아프게 하는지 말해 보렴."

나는 소파에 눕기도 전에 울음을 터트린다. 엑슬리가 옆에 눕더니 내 몸보다 널따랗지만 신발을 신은 보람도 없이 짧은 몸을 웅크려 만다. 나는 이번 세상에 살고 있는 엄마보다 더 푸근하게 느껴지는 엑슬리의 가슴과 양팔과 머리카락에 얼굴을 묻으며 엉엉 운다.

횡설수설은커녕 내가 말을 하고 있는지조차 모르겠는 상황에서도 엑슬리가 알아, 우리 모두 알고 있어, 우리는 이해해라고 말해 주는 것만 같다. 그가 등을 쓰다듬고 목을 살살 문질러 주자 내가 원하던 손길이 바로 이런 것이구나 싶다. 나를 다시 조금씩 온전하게 느끼도록 해 주는 손길이자 일부분이 견고한 성과 같아서 내가 파괴할 수 없어 언제나 안전하게 남아 있을 사람의 온기.

어쩌면 닉닉에게도 이런 매력이 있던 게 아닐까. 나를 안전하게 지켜 줄 만큼 막강한 힘이 있어서가 아니라, 워낙 막강해서 내가 저주를 내려도 해를 입지 않는 사람이었으니까. 나는 거의 누구든 망가트릴 수 있다. 엄마와 장은 물론이고 300번 넘게 나 자신도 망가트렸다. 내 주위를 감도는 죽음은 살갗에 붙어서 떨어지지 않는 미세한 먼지 같아 무게가 없지만 아무리 애를 써도 없앨 수 없다.

장이 죽고 나서 처음으로 밤에 깨지 않고 잠을 잤다. 아침이 되어 식사를 가져온 엑슬리에게 배고프지 않다고 말한다.

"밥값 받을 거라서 안 먹고는 못 배길걸. 넌 아직도 영락없는 애시타운 사람이라서 돈 버리는 짓은 못 해."

나는 힘줄이 많은 고기와 땅에 떨어진 새 알, 거친 곡물 빵으로 차린 아침을 먹는다. 와일리시티의 식재료까지 구할 수 있기에 업소에는 더 좋은 고기가 있었는데, 엑슬리는 농업이 중심인 루럴스에서는 구경조차 못 할 음식을 맛보게 해 주었다. 음식을 먹자 애시타운 시내의 기운을 조금이나마 받아 가는 듯한 기분이 든다.

그곳을 떠나기 전에 두 번이나 더 음식을 대접받았다. 단 한 번도 제대로 된 계산서를 받지 못했기에, 과거 내가 살던 세계에서 팔았던 음식 가격을 기억해 내 그 세 배의 돈을 건넸다. 내가 떠날 때 엑슬리는 장의 장례식 때까지 매일 아침과 저녁에 그의 이름을 읊조리라고 일러 주었다. 우리가 죽은 이들과 나란히 걷지 않으려 하고 그들이 우리가 아는 이들이 아닌 척하거나 죽지 않은 척하면 망자들이 우리 등을 짓누르기만 할 뿐이기 때문이다.

집에 와서도 여전히 슬프다. 마음은 계속 괴롭고 죄책감만 밀려든다. 하지만 처절한 절망의 끝에서, 아니 어쩌면 훨씬 더 위험한 무언가에서 한 발짝 물러나 있었다.

***

장의 장례식은 와일리시티 장(葬)으로 열린다. 참석 인원을 최소한으로 줄여서 온 유가족은 사랑의 표시로 여덟 줄로 서서 서로 팔을 휘감아 가장 무거운 짐을 나르기 위한 그물망처럼 만든다. 지금 그들은 해야 할 일을 하고 있는 셈이다. 이제 장이 없는 세상에서는 바로 그렇게 살아가야 하기 때문이다.

시장은 장이 시의 보물이자 탐험가이며, 앞서 많은 이의 목숨을 앗아 갔던 알려지지 않은 암흑에서 살아 돌아온 최초의 횡단자 중 한 명이었다고 말한다. 그러고 나서 얼마 지나지 않아 엉뚱하게도 정치 이야기를 꺼낸다. 장이 살해당한 일을 계기로 장벽 바깥 지역에 와일리시티가 "추가적인 보안 조치를 마련할" 이유가 더 분명해졌다고 말한다. 과거에 그런 추가적인 단속은 항상 시민들의 지지를 받지 못했다. 국경 단속으로 해결될 문제였다면 이미 시에서 재가해 수차례 실시된 장벽 확장으로 충분히 해결될 수 있었기 때문이다. 와일리시티 당국은 그들의 주장과 달리 국경 단속이 범죄율을 전혀 낮추지 못하자 결국 장벽 바깥 지역 사람들이 서로 살인과 도둑질을 벌이고 있음을 인정했다. 아직도 많은 시민이 닉 시니어에게 돈을 내고 황무지에 들어갔던 시절을 기억하고 있는 때에 와일리시티 입장에서는 외부 보안에까지 비용을 들일 이유가 없었다. 하지만 장의 죽음으로 순찰대와 애시타운과 황무지 자체를 향해 새로이 증오가 솟구쳤기에 이번에는 사람들이 박수갈채를 보낸다.

마침내 이 자리가 집회가 아닌 장례식이라는 게 기억났는지 시장은 용을 물리치는 기사처럼 요즈음 보기 드문 영웅을 잃었다고 말한다. 그러면서 몸만 겨우 회복된 채로 횡단에 나섰다니 엄청난 용기가 있는 사람이었음이 틀림없다는 말도 덧붙인다. 백번이고 맞는 말이지만 그런다고 공치사 한 번 받지 못할 줄 알면서도 남의 죽음을 감내하는 훨씬 엄청나지 싶다.

이 일이 잘못돼서 자네가 뜻한 바가 어떻게 끝을 맺든, 난 자네를 높이 평가하리라는 것만은 알아줬으면 하네.

만약 내가 이런 대가를 치를 줄 알았더라도 장은 그렇게 말했을까?

나는 제 주제도 모른 채 회색 옷을 입고 와서 검은 바다에 떠 있는 한 점 재와 같다. 이런 장례식은 어쩐지 낯설다. 장에게 말을 거는 사람은 없고 다들 장의 이야기만 한다. 우리는 장에게 비밀을 털어놓으려고 초대된 게 결코 아니다. 그래서 나는 스스로에게 그리고 들을지 모를 누군가에게 미안하다는 말을 속삭이는 것으로 만족한다. 장례식이 끝나고 장의 가족에게 미안하다고 말했지만 그들은 내가 아버지를 잃은 유가족에게 표하는 조의로 받아들인다. 사실은 내가 당신들의 아버지를 죽여서 미안하다고 말한 것인데.

델도 참석했다. 그녀가 나를 쳐다보고 있다는 게 느껴지지만 지금 이 순간 그녀가 필요하지 않은 사람처럼 보일 방법을 모르기에 돌아볼 수 없다. 어쨌든 장의 죽음을 그런 식으로 이용하는 것은 온당치 않다. 시타는 맨 앞줄에 있다. 증조할아버지의 얼굴을 똑 닮은 그 아이는 짙은 갈색 피부와 찰흙색 머리칼을 지녔다. 장이 그 애를 번쩍 안아 들고 이마에 뽀뽀를 해 주자 어색해하며 자리를 뜨던 모습이 떠오른다. 그 아이도 그때를 기억했으면 좋겠다. 그때가 증조할아버지와의 마지막 추억이 될 테니, 절대 잊지 않았으면 좋겠다.

너무 과한 장례식이다. 군중이 줄어들 때까지 피해 있으려고 나무 뒤로 간다. 뒤따라오는 발소리가 들려 돌아보니 마주치고 싶지 않은 사람이 서 있다.

"꺼져."

남자가 재미있다는 듯 칼 가는 소리처럼 거슬리게 킬킬거린다.

"화내는 게 마음에 드는군. 네가 의리 있다는 거니까."

나는 애덤 보슈에게 대든다. 얼마 전까지만 해도 그가 두려웠지만 이제는 아무렇지도 않다.

"장한테만 그래. 난 그 사람한테만 의리 있었다고. 나와 원수지고 싶었던 게 아니라면 그 사람을 풀어 줬어야 했어."

애덤이 고개를 기울이더니 나를 퍼즐인 양 자세히 본다.

"네가 장에게 일어난 일을 인정할 거라는 기대는 나도 안 해. 이 일로 깨우치기를 바랄 뿐이지."

마치 우리가 날씨 이야기라도 하는 듯 그가 너무나 아무렇지도 않게 안약 병을 꺼내더니 강화된 왼쪽 눈에 안약을 떨어트린다.

"네 의리 따위 필요하지도 않고 말이야. 그냥 네게 선택권이 없다는 걸 납득할 시간을 줘야겠다 싶을 뿐이야. 너희 같은 애시타운 출신들은 자신이 어떤 선택을 해야 하는지 아주 잘 알아맞히잖아."

"아드라닉, 우리 같은 애시타운 출신들이라고 해야지. 피의 황제라는 칭호를 그렇게나 많이 받은 사람으로서."

모욕을 주고 싶어서 한 말인데 그는 화를 내지 않는다. 그저 더 가까이 다가와 빤히 쳐다볼 뿐이다.

"우리가 연인 사이인 세계가 다섯 곳이나 있는 걸 아나?"

한 곳을 알고 있지만 그에게 말하지는 않을 것이다.

"다섯 군데 모두에서 내가 골이 비었나 보지? 에구, 딱해라."

"두 곳에서는 아직도 우리가 함께 있고, 나머지 세 곳에서는…… 네가 죽었지."

"자살했구나."

"아니, 너도 그게 아니란 걸 알 텐데."

애덤이 거의 나와 몸이 맞닿을 때까지 다가온다. 바짝 붙어오자 위협이 느껴지지만 성적인 의미로 받아들일 만큼 인간미가 있지는 않다. 마치 바위나 로봇 혹은 어떤 무기로 위협받고 있는 기분이다.

"네가 내게 의미 있는 존재였던 세계들에서 내가 너를 가차 없이 죽였다는 걸 알아줬으면 할 뿐이야. 그런데 여기서는 네가 내게 아무런 의미가 없네."

"지난주에 말했지, 날 죽이라고. 넌 그때 날 죽였어야 했어."

"너 같은 잠재력을 날리라고? 널 잡느라 그 고생을 했는데?"

"모르겠어? 난 신경 안 써. 내가 널 배신한 거야. 넌 무고한 사람을 죽인 거고."

애덤은 딱 내가 화날 만큼 아주 작게 킬킬거린다.

"장이 나보다 더 똑똑하다고 생각해? 그자가 거짓말한다는 걸 내가 몰랐을 거 같아?"

나는 고개를 가로젓는다.

"그럼 왜……."

"장이 나를 배신해서 죽였다면, 나는 배신자를 죽인 게 됐겠지. 허나 만약 네가 배신자건 아니건 상관없이 너를 죽였다면, 나는 장을 잃었을 테지. 노인네가 비이성적으로 반응했을 테니까. 하지만 네가 배신자인데 너 대신 그자를 죽이면, 넌 네 행동으로 주변인이 어떻게 되는지 배우게 되겠지. 네겐 아직 엘드리지가 필요하잖아. 장은 그렇지 않았고. 난 내가 통제할 수 없는 부류를 제거했을 뿐이야."

애덤의 말을 두 번이나 곰곰이 생각해 보고 나서야 그 뜻이 제대로 파악된다. 그는 미워하거나 배신감을 느껴서 장을 죽인 게 아니었다. 그 죽음이 가장 일리 있기 때문이었다. 장의 죽음은 그저 수수께끼의 해답이었던 셈이다.

애덤은 내 살갗 속과 눈 안쪽까지 파고들려는 듯 여전히 나를 자세히 뜯어본다.

"넌 내가 싫지, 그렇지?"

"이 세상에서 제일 싫지."

그 말에 애덤이 놀란 것 같다. 너를 죽였다면…… 노인네가 비이성적으로 반응했을 테니까. 애덤 보슈는 증오가 뭔지 모른다.

"그래도 개인 사유로 인한 휴가가 끝나면 다른 사람들과 똑같이 넌 계속 출근할 거야. 네가 입만 뻥긋해도 어떻게 온갖 방법으로 네 가족을 죽일지, 네 여동생을 몇 조각으로 잘라 낼 수 있는지 말해 줄 수 있지만 그런 건 상관없을 거 같아, 그렇지? 모든 세계에서 넌 맹목적인 야심에 지배당하지. 가족 사랑이나 의리가 아니라. 넌 이번 일로 와일리시티에서 자리 잡을 기회를 날릴 사람이 아니야."

뭔가 되게 거슬렸는데 그가 마지막 부분을 얘기할 때까지 그게 정확히 뭔지 감이 안 왔다.

"무슨 문제 있나?"

그렇게 말하는 그의 얼굴에서 웃음기가 싹 가신다. 그러고는 고개를 기울여 나를 쳐다본다.

"날 잡느라 고생을 했다고? 아니, 당신은 그러지 않았어. 고작 채용 통지서 하나 보냈을 뿐이지."

내게 멎은 시선에서 애덤의 흔적을 찾을 수 없다. 오직 닉 시니어의 모습만 보일 뿐이다.

"우리 둘 다 그게 사실이 아니라는 걸 알지 않나, 카라리?"

그 입에서 흘러나오는 내 진짜 이름을 듣자 갑자기 토할 것만 같다. 델이 전에 애덤이 직접 파견을 기획했다고 말했는데 싸우느라 정신이 팔려서 귀담아듣지 않았더랬다.

"당신이 카라멘타를 죽인 거야? 아니 왜…… 왜 굳이?"

"첫 파견을 앞두고 카라멘타가 날 찾아왔더군. 이카리와 진한 애무를 나눠 양심에 찔렸던 모양이야. 그때 알았지, 걔는 나한테 쓸모가 없으리라는 걸."

"걔가 당신을 죽이지 않을 거니까?"

애덤이 푸핫 하고 큰 소리로 웃어 버린다.

"죽여? 그 루럴스 애송이는 고작 2일 차에 내부 거래 건으로 시 당국을 찾아갔을걸. 너무 독선적이었단 말이야. 하지만 그 당시에도 걔가 있던 세계들에 접근하기 위해 필요한 인력은 20명 남짓이었지. 네가 있던 세계들 말이야."

그래서 그는 카라멘타의 시체를 내가 다니는 길로 보냈던 것이다. 내가 애시타운 사람들이 항상 하는 대로 내 것이 아닌 것을 차지해 주기를 바라면서. 그리고 나는 그의 말대로 언제나 맹목적일 만큼 야망에 목을 맸기 때문에, 혹은 엄마 말대로 발돋움하는 사람으로 타고났기 때문에 그렇게 하고 말았다. 하지만 정확히 그가 바란 대로 한 것은 아니었다. 정원에서 애덤은 내가 살인에 적합하지 않다는 말을 장에게 들었다고 했다. 장은 나를 유지보수팀으로 데려가지 못하게 하려고 그랬던 것이다. 장이 그렇게 하지 않았다면 어떻게 됐을까? 내가 그 검은 점프슈트를 입은 이들을 전부 실직자로 만드는 사이, 지금의 유지보수팀 직원 수만큼 횡단자가 많아졌을까? 아니면 22호 지구에서 온 좀 실의에 빠진 소녀에 지나지 않았을 때였다면 유지보수팀으로 갔을까? 장에게서 너그러움을, 에스더에게서 연민을 배우기 전인 그때였다면?

한때는 내가 제일 좋아하는 추억이었던 첫 대면이 끔찍한 기억으로 변한다. 애덤이 나를 보러 내려와서 델에게 너무 조급해하지 말라고 했던 이유가, 내가 절대 훈련을 마치지 못할 것 같았기 때문이었음을 이제야 알겠다. 그는 내내 내가 누구인지 알고 있었다.

넬라인은 애덤이 원하는 직원에 딱 들어맞는 살인자에 첩자였다. 그럼 애초에 그가 넬라인의 거짓 죽음을 파일에 집어 넣었던 것일까? 그녀가 내 시체를 발견하면 나인 척 살아가고 역사가 되풀이되길 바라면서? 애덤은 내가 그녀인지 확인하기 위해 나와 만나는 자리에 왔다고 말했지만, 실은 그러기를 바랐던 게 아닐까? 내가 분석가 시험을 보기 위해 공부하고 있다는 사실을 알자마자 나를 죽일 계획을 세웠을까? 아니면 그냥 사람들을 훨씬 많이 죽여야만 할 시점에 살인을 하지 않으려 하는 지금의 내가 지긋지긋해졌던 것뿐일까?

"기분이 어때? 당신 아버지랑 똑같아진 기분이."

마침내 내가 입을 뗀다. 심장이 한 번 뛰고 다시 뛰기 전의 그 잠깐 사이에 애덤이 날 때릴 것만 같다. 그러나 그는 더 무서운 말로 협박한다.

"잘라 줬으면 좋겠어? 네가 사막에서 창녀로 일하다 죽으면 장에게 제대로 복수하는 게 되려나? 그러면 네 당연한 분노도 충족되겠나?"

그렇게 오래 망설인 것도 아닌데 애덤에게는 만족스러울 만큼 오래였는지 그가 진짜 미소를 지어 보인다.

"물론 그렇게는 안 하겠지. 지금까지 말은 그렇게 했어도 옛날로 돌아가는 법은 모를 테니까. 안 그래, 카라?"

애덤이 나를 왜 죽이지 않았는지 궁금했는데 이제야 알겠다. 그는 장을 통제할 수 없었고 더 이상 필요한 것도 전혀 없었지만 나만큼은 통제할 수 있다. 그에게 나는 줄에 매인 이빨 없는 개와 같다. 아무리 으르렁거려도 별로 위협적이지 않는 존재인 셈이다.

애덤이 한발 물러나 호주머니에 손을 꽂고 희미한 미소를 짓는다. 이제야 대외적인 애덤 보슈의 얼굴이 나온다.

"만점 받았다기에 축하한다고 말하려고 했어. 1차 면접에 붙은 걸로 알고 있는데. 분명 장 사노고처럼 경험 많은 스승을 다시 만나고 싶겠지. 그래서 말인데, 내가 널 직접 내 제자로 지목했다는 걸 알아줬으면 해."

"엿이나 실컷 처먹어, 보슈."

애덤이 킬킬 웃는다. 장의 시체가 아직 완전히 묻히지도 않았는데 정말로 킬킬거린다.

"너 보면 진짜 애시타운 생각이 절로 난다니까."

"착각하지 마. 거길 벗어나 본 적도 없는 주제에."

***

한 달 새 두 번째 입었던 상복을 벗어 옷장 맨 위에 넣어 둔다. 어느새 손이 차가운 항아리로 향하는가 싶더니 생각할 새도 없이 끌어내린다. 에스더에게 넬라인의 애도 등불을 다시 가져가라고 했다가 부질없이 루럴스의 공주만이 부릴 수 있는 고집에 지고 말았다.

작은 식탁에 애도 등불을 켜 놓는다. 그 등불을 켰을 때는 무슨 말을 하고 싶은지, 혹은 적어도 누구에게 말해야 하는지 정도는 알고 있어야 한다. 내 마음속에서 100가지 질문과 대부분 내 얼굴을 한

200여 명의 망자들이 소용돌이치고 있다.

에스더가 불렀던 노래의 한 구절을 기억해 내 읊조린다.

"어느 길로 가야 할지 모르겠지만 내 두 눈은 그대를 향해 있다네."

나는 느낌상 한 시간가량 등불을 지켜보며 형태 없는 연기 속에서 해답을 찾는다. 방 안 가득 해 질 무렵의 늪 내음이 퍼지자 다시 늪에 앉아 넬라인이 가라앉는 모습을 지켜보는 기분이 들면서도 장의 무덤가에 있던 깔끔하게 다듬어진 풀의 느낌도 어렴풋이 든다. 두 사람의 죽음은 한데 얽혀 있다. 따로 떨어진 슬픔이 아니라 날마다 내 마음속에서 점점 넓어지고 있는 캄캄한 저수지로 파고 들어오는 우물들 같다.

업소에 갔을 때 깨달았던 사실이 다시 생각난다. 나는 제 위치를 벗어나 너무 가까이 다가오는 이들은 누구든 파괴하는 사람이라는 사실이.

손가락을 구부려 등불을 쥐자 그 사실이 새롭게 이해된다.

나는…… 파괴하는 사람인데 애덤 보슈는 제 위치를 벗어나 너무 가까이 다가왔다.

네가 사막에서 창녀로 일하다가 죽으면 장에게 제대로 복수하는 게 되려나?

애덤은 내가 유순해질 만큼 직장에 목매고 있기 때문에 망설였다고 생각한다. 하지만 내가 망설였던 진짜 이유는 그가 말한 복수라는 단어에 사로잡혀 그 생각만 내내 했기 때문이다.

머릿속에 가득한 소리는 웃음과 읊조림이 반반 섞인 것으로 부엌에 떠다니는 연기처럼 형태도 없고 점점 퍼져 나간다. 내 양손을 내려다본다. 아드라닉을 끌어내리는 쿠데타를 도왔던 손이자 그를 죽였던 손이다. 나는 애덤을 죽일 수 있을 뿐만 아니라 이미 죽여 본 적도 있다.

애덤이 저지른 죄는 와일리시티의 범죄이므로 와일리시티의 방식대로 처리해야 한다고 생각한 게 잘못이었다. 나는 와일리시티 시민이 범죄를 저질렀다고 보고 시 당국으로 갔다. 이후 애덤이 날 해고하고 나서 악명 높을 정도로 오래 걸리는 와일리시티의 사법 절차가 진행되기를 기다릴 것이라고 생각했다. 그때는 이곳에서도 그가 황제라는 사실을 몰랐지만 지금은 안다. 애덤은 애시타운에서 엉뚱한 사람이 살해당하면 무슨 일이 벌어지는지 잊었나 본데 곧 기억나게 해 줄 것이다. 황무지에서 피는 오로지 피로만 갚는다.

이런 식의 생각은 위험하다. 살인은 꼭 물처럼 돌고 돌기 때문이다. 물이 구름이 되었다가 다시 물이 되는 이치와 똑같이, 피가 복수를 부르면 그 복수로 또 피가 흐른다. 누군가를 죽일 계획을 세우는 사람은 언제든 같은 일을 당하게 마련이다. 하지만 걱정하지 않는다. 평생 죽음의 그림자를 보면서 살아와서 나는 죽음과 아주 가까우니까. 죽음은 늘 나를 비껴 가곤 한다. 하지만 내가 들어가기 직전에 방을 나간 타인의 체취가 여전히 공기 중에 남아 있을 때처럼 아주 간발의 차이로 그렇게 됐을 뿐이다.

이번 일로 죽음이 나를 찾아낸다면 적어도 그 죽음은 다를 것이다. 지금까지 100여 가지 방식으로 죽었지만 다른 이를 지키기 위해 죽은 적은 한 번도 없었다.

이번 일을 완수하는 데 필요한 것을 목록으로 만들었더니 제법 길다. 이어서 내가 믿을 수 있는 사람들의 명단을 만들어 보니 사뭇 짧다. 그렇게 계획을 다 세우고 나니 등불이 꺼지지만 연기는 여전히 유령처럼 무겁게 드리운다.

***

정신을 아예 딴 데 팔고 있는 순찰대라도 알아챌 수 있을 만큼 아주 천천히 운전해 애시타운으로 들어간다. 하지만 내 차 창문으로 다가온 육중한 부츠의 주인공은 내가 보고 싶은 사람이 아니다.

"볼때기 씨는 어디 있나요? 그분께 할 말이 있는데."

순찰대원이 고개를 갸웃한다. 처음에는 내가 수상쩍어서 딱딱한 표정을 지은 줄 알았지만 곧 그보다 덜 심각하고 더욱 복잡한 감정 때문임을 깨닫는다. 바로 질투심. 덕분에 그녀를 바로 알아본다. 키다리 정비공. 비늘 씨.

잠시 그렇게 눈에 정통으로 해를 맞으며 앉아 있으니 결국 비늘 씨가 눈길을 돌린다.

"그 사람은 오후 순찰조야. 아직 오전이잖아."

엄밀히 말하면 정오지만 나는 입씨름하지 않고 그녀에게 현금을 내민 뒤 시동을 켠다.

"영수증 필요 없어?"

나는 고개를 가로젓는다.

"전혀 도움이 안 될 텐데, 뭘."

다시 와일리시티 국경으로 차를 몰고 가서 기다린다. 장이 죽고 나서 시 당국은 주변 순찰을 늘렸다. 애덤 보슈가 저지른 일에 대해서는 나 몰라라 하고 시외 지역의 범죄에 대해서만 논의한 모양이다.

순찰대처럼 밤일하는 이들이 보아도 더 이상 오전이 아닌 때까지 한참을 기다리고 나서야 다시 애시타운으로 차를 몬다. 이번에는 일전에 내 차를 세웠던, 뒷면이 날개 달린 딱정벌레처럼 생긴 거대한 차량이 눈에 들어온다.

남자는 먼저 차에서 내린 나를 보자마자 눈부터 감는다. 그 모습이 마치 에스더가 인내심을 주십사 빌 때와 똑같다.

"이번엔 또 뭔데? 처음에는 늪지대에 무단출입하게 해 달라더니, 그다음에는 순찰대원에게 위문품을 전하게 해 달랬지. 오늘은 또 내게 어떤 모가지 잘릴 일을 계획하고 오셨나? 황제에게 야한 춤을 춰 주고 싶으니 접근하게 해 달라, 뭐 이런 거?"

내가 이미 그의 우두머리에게 야한 춤을 춰 줬으며 나의 다른 잠자리 기술이 죄다 그렇듯 그 춤도 형편없었다는 사실은 알려 주지 않을 작정이다.

"일 문제로 이야기를 나누고 싶은데 달리 연락할 방법이 없었어."

"일?"

"자문 같은 거라고 보면 돼."

그가 자신의 차량을 돌아본다.

"지금은 시간이 안 돼. 내일은 어때?"

"좋아. 5시는 돼야 퇴근하지만 그쪽한테 1일 통행권을 내줄 수 있어."

"나보고 와일리시티로 가라고? 지금?"

그렇게 물어볼 만했다. 장은 영웅이었다. 와일리시티 사람들이 장의 살인자로 생각하는 사람들에게 품은 분노가 잠잠해지려면 오랜 시간이 걸릴 것이다.

"애시타운에서 둘이 만날 만한 장소가 있을까? 그쪽이 동료들한테 비밀 거래하는 사람으로 찍히지 않았으면 해서."

볼때기 씨가 잠시 생각하더니 고개를 가로젓는다.

"내가 댁이 있는 데로 가지."

그가 호주머니에서 손가락 두 개 정도 넓이의 금속 조각을 꺼내 건넨다. 종이처럼 얇지만 눌러도 구부러지지 않는다. 금속 조각을 펀치로 뚫어서 맨 위쪽에는 그의 이름이, 그리고 그 아래쪽에는 연락처가 표시돼 있었다.

"다음에는 그냥 문자 해."

"난 줄 알면 김 샐 텐데."

"허, 절대 김 샐 일 없으니까 걱정 붙들어 매셔."

볼때기 씨의 말을 끝으로 우리는 각자의 차로 되돌아간다.

18장

해치로 소환됐을 때 캐링턴을 또 볼 줄 알았는데 델이 와 있다. 뜻밖에 그녀를 보게 되니 목이 콱 막힌다. 몸을 숙여 화면을 보고 있는 델의 짙은 머리칼이 창문으로 들어온 빛에 더없이 반짝거린다. 그런 그녀에게 달려가고 싶은 마음을 가까스로 억제하고 새를 잡으려는 사람처럼 살금살금 다가간다.

충분히 가까이 가자 그녀가 날 알아챌 새도 없이 화면에 띄운 파일의 제목이 보인다. 22호 지구에 대한 정보였다.

"나에 대해 알고 싶으면 그냥 물어봐요."

분명 내가 거기 서 있다는 것을 몰랐을 텐데도 델은 놀라지 않은 사람처럼 무심하게 올려다본다. 그 표정에 내게 뭘 말하고 싶은지 다 나와 있다. 결국 델은 가장 익숙한 태도인 무관심으로 날 대할 모양이다.

"그냥 재발 방지 차원에서 뭐가 잘못됐었는지 알고 싶을 뿐이야."

"그러기에는 좀 늦지 않았나요? 그런 일이 세 번째로 일어난다면 누가 날 죽이려고 한다는 걸 그냥 받아들여야지 싶어요."

그 말은 진심이었다. 하지만 지금까지 나는 델에게 진심을 말할 때 너무 노골적으로 굴어서 그녀가 진심으로 알아듣지 못하는 경우가 허다했다.

"그래……."

델이 리더기 화면을 내려다보며 검지로 책상을 톡톡 두드린다.

"그냥 물어봐요."

"뭘 물어?"

"뭐든요, 궁금해 죽겠다는 얼굴 하지 말고요."

"내 얼굴이 언제……."

델이 숨을 돌린다.

"네 이름 말이야. 카라멘타가 아니지?"

나는 고개를 끄덕인다.

"카라리, 그래서 당신이 줄여서 부를 때 내 이름을 불러 준다고 상상하게 된 거예요."

추파를 던지는 말처럼 들리게 할 생각은 없었는데 그렇게 들려 우리 둘 다 시선을 피한다.

"어떻게 알고 계속 일을 했던 거지?"

"당신 덕분이에요. 내가 할 수 있게 도와줬잖아요. 어느 날 내가 사막에 시체로 누워 있는 모습을 봤어요. 그리고 내 이름이 아닌 이름을 부르는 작은 소리를 들었죠. 이어폰을 끼자 당신이 '목걸이 잘 챙기라'고 말했어요. 그래서 목걸이를 빼내 내 목에 걸었어요. 그러고 나서 당신이 '조끼 주머니를 잘 덮어야 횡단할 때 아무것도 잃어

버리지 않는다'고 말해 줬어요. 그래서 조끼를 가져다가 입었지요. 팔찌에는 카라멘타의 주소와 비상연락망이 들어 있었죠. 집 현관문은 내 얼굴로 열 수 있었고요. 정말…… 쉬웠어요."

"네가 혈청을 주입받지 않았다는 걸 알아챘어야 했어. 돌아왔을 때 짧은 횡단이었는데 멍이 너무 많이 들었다 싶었지."

하지만 당시 델은 한마디도 하지 않았다. 자신이 카라멘타의 몸을 아주 면밀히 살펴보고 있다는 인상을 주고 싶지 않았기 때문이다. 델과 나 사이가 틀어진 것은 대체로 내 잘못이 분명하지만 카라멘타에게도 책임이 있기에 그 애가 밉다는 생각이 든다.

"너한테 조의를 표하고 싶었어. 장은 좋은 분이었으니까."

나는 장이 델의 기준으로는 좋은 사람이 아니지만 내 기준에는 좋은 사람이기에 이렇게 대답한다.

"최고셨죠."

"그분이 네 걱정을 많이 했어. 다들 잘 챙겨 주시는 분이란 걸 알지만 다른 사람들에게 네 얘기를 할 때면…… 나도 샘이 날 정도였어."

뜨거운 눈물이 빠르게 고여 시야가 뿌옇다. 젖은 눈을 말리기 위해 환한 바깥을 응시해 보지만 조절된 햇빛이라서 만족할 만큼 뜨거울 리 없다.

"고마워요."

"소문이 돌고 있어……."

"소문요?"

"그분이 혼자가 아니었다는 소문."

델은 장이 나와 있었다는 뜻으로 한 말이 아니었지만 그렇게 생각하고 있는 게 틀림없다. 그렇다면 자세한 데까지는 몰라도 장의 죽음이 일부분은 내 잘못 때문으로 알고 있다는 뜻이다.

"그래서 당신은 어떻게 생각하는데요?"

"그분이 애시타운에 있을 이유가 없다 싶으니까 거기에 용무가 있던 다른 사람과 같이 계시다가 순찰대한테 발각됐다고 봐야 아귀가 맞을 거 같아."

마음 놓고 걸걸한 애시타운식 욕을 해 본 지 한참 되었다. 그래서 지금 해 본다.

"순찰대는 자기 고객을 죽이지 않아요."

"고객? 넌 사람들을 갈취하는 게 금융 거래라고 생각하는 거야?"

"아뇨, 하지만 그들은 그렇게 생각하죠. 그리고 당신네 와일리시티 사람들은 그런 걸 무척 좋아하고요. 당신도 친구들에게 어떻게 뇌물을 주고 사막까지 갔는지 말하잖아요, 물론 진짜 뇌물은 아니었지만. 우리가 죄다 바가지 씌운다는 거 다 알고 공예품 시장에 오니까 제값을 주고 사면 흥정해서 깎았다고 자평할 수 있는 거랑 똑같다고요. 와일리시티 사람이 1명 죽으면 100명이 넘는 사람들이 그곳에 영영 발을 끊어서 통행료를 낼 사람도 그만큼 줄 테죠. 그런데 순찰대가 바보가 아닌 이상 사람을 죽이겠어요? 더구나 살인 때문에 업소의 사업에 지장이 생겼다고 순찰대를 처벌할 텐데."

델이 나를 빤히 쳐다본다. 줄로 이어 별자리를 표시해 주지 않으면 별자리표를 읽을 수 없는 것과 마찬가지로 그녀의 표정도 읽을 수 없다. 감정을 알아볼 수 없어서가 아니라 너무나 많은 감정을 알아챌 수 있기에 어떤 감정이 맞는지 결코 알 수 없기 때문이다. 내가 마음만 먹으면 서먹한 그녀의 태도에서 갈망을 읽을 수 있다. 하지만 솔직히 말해 그것은 그냥 그녀의 무관심 때문에 생긴 나 자신의 갈망일지도 모른다.

"왜요?"

아무리 사랑스러운 퍼즐도 풀 수 없으면 지루해지기 때문에 내가 먼저 묻는다.

"네가 애시타운 얘기를 할 때마다 '우리'라고 해서."

"그래서 거슬려요?"

거슬릴 수도 있다. 델이 매혹되었던 카라멘타는 더없이 온순한 사람이었기 때문이다. 막돼먹은 년이 아니라 루럴스에서 나고 자란 한 떨기 장미였으니까. 내가 만약 카라멘타와 같아지려는 온갖 노력을 다 때려치우면 델은 어떤 반응을 보일까? 그렇게 불쾌한 사람이 되면 델과 다른 모든 이들이 얼마나 빨리 나를 내칠까?

하지만 델의 반응은 의외다. 그녀가 진짜 웃음을 보여 준다. 환하게 활짝 웃는 미소가 왼쪽 얼굴 근육을 얼마나 더 당길지 걱정스러운 것만 빼면 거의 완벽하다. 델이 애시타운에 살고 있는 지구에서는 바로 그 왼쪽 얼굴에 흉터가 있다.

"네가 고향 따윈 없는 척하는 거에 익숙해졌는데. 이렇게 스스로 밝히다니 뭔 바람이 불었을까 싶네."

너무 형식적으로 들리는 고백이긴 하지만 지난 6년 동안에도 못했던 고향 이야기를 지금 다 하는 것 같다. 어쩌면 그냥 나로 살아가는 것이 제일 솔직한 고백일 수도 있다.

델이 주사기에 혈청을 주입한다.

"시간 됐어."

준비를 마친 뒤 해치로 올라가는데 델이 내 이름을 부른다.

"왜요?"

책상을 내려다보고 있던 델이 결국 눈을 들어 나를 본다.

"장은 평생을 열렬하게 사랑하셨던 분이야. 사랑하는 사람을 지키다가 돌아가신 게 그분답다 싶어. 그러니 죄책감을 느껴야 할 사람은 딱 한 명, 그분에게 폭력을 가한 괴물뿐이야."

델의 짙은 색 눈이 진심으로 반짝이자 그녀에게 다 털어놓고 싶어진다. 어쩌면 내 진짜 이름을 절대 알려 주지 말았어야 했는지도 모른다. 이제는 그녀에게 아무것도 숨길 수 없게 된 듯하니 말이다. 하지만 장이 실제 어떤 일을 당했으며 내가 그 일로 어쩔 작정인지는 말 못 한다. 델이 애덤의 측근일 수 있어서가 아니라 그녀가 나를 막으려 할지도 모르기 때문이다.

"그 말 명심할게요."

나는 그 말을 끝으로 사다리를 타고 암흑 속으로 들어간다.

***

에스더가 현관문 벨을 고장 날 정도로 극성스럽게 눌러 댄다. 결국 고장은 안 냈는지 에스더가 카메라를 노려보는 것으로 소란을 끝마친다.

현관문을 2센티미터 정도 열기 무섭게 에스더가 문을 확 밀어젖힌다. 루럴스 출신의 침착한 내 동생이 닉닉의 가장 못돼먹은 순찰대처럼 발을 구르며 집 안으로 들어온다.

"어라? 살아 있었잖아. 재밌네. 난 언니가 죽은 줄 알았어. 문자를 100번이나 했거든. 언니를 볼 수 있을까 싶어 장 할아버지 장례식 디지털 기사까지 구독했지만 거기에도 없던데."

"뒤쪽에 있었어……."

"그런데 또 언니가 한 번도 아니고 두 번씩이나 국경을 넘었다는 소리까지 들었는데 언니가 괜찮은지 알려 줘야 하는 게 맞지 않았을까? 하마터면 언니의 애도 등불을 만들 뻔했다고!"

"미안해, 거기까지 생각 못 했어…… 잠깐만, 내가 국경 넘은 얘기는 누구한테 들었어? 너 아직도 마이클과 연락해?"

에스더는 차츰 사그라지고 있던 화가 다시 화르르 치밀어 오르는 모양이다.

"그딴 게 무슨 상관이야! 언니가 죽은 줄 알았다고! 그 사람들이 장 할아버지와 언니를 같이 죽였는데 아무도 내게 알려 줄 생각도 안 한 줄 알았다고!"

에스더는 새로운 후임자가 올 것이라고 생각했을까? 이번 사람도 나와 똑같이 이상할 것이라고 생각했을까?

"내 잘못이 커."

"맞아, 너무했어."

"야, 그 정도까지는 아니고."

에스더가 째려본다.

"아, 맞아 내가 너무했어. 전화해 줬어야 했어."

내 동생이 정당한 일로 화를 낼 때는 들불도 이길 수 없지만 그 애의 공감 능력 또한 우주 최강이다. 그래서 에스더는 한숨으로 화를 삭인다.

"장 할아버지 일은 언니 탓이 아니야."

"왜 아니야? 나 때문에 돌아가셨는데. 그런 주제에 너한테 어떻게 전화를 해. 넌 날 위로해 줄 게 뻔한데, 난 그럴 자격이 없으니까."

에스더가 다시 위로를 해 주려다가 꾹 참는 것 같다. 나는 그런 달콤한 위로를 받고 싶지 않고 그럴 자격도 안 된다.

"괜찮아, 언니. 나한테 말해. 나한테는 다 털어놔도 돼."

그래서 나는 그렇게 한다. 엑슬리에게 설명하려면 너무 진이 빠질 터라서 말할 수 없었고 이해할 만큼 나를 잘 아는 사람이 아닌 델에게는 절대 하지 못할 이야기들을 에스더에게 털어놓는다. 내가 전부 다 이야기할 수 있는 사람은 에스더가 처음이자 유일하다. 175호에서 있던 일은 이미 말해 줬기에 애덤의 특별수당 이야기와 내가 어떻게 그가 저지른 다른 살인 행위를 알게 됐는지 낱낱이 들려준다. 범죄의 증거를 수사국에 넘겼다는 대목에서 에스더는 내가 자랑스럽다고 말하지만 아직도 애시타운에 사는 사람으로서 그게 얼마나 나쁜 생각이었는지 알기에 고민하는 모습까지는 숨기지 못한다.

장에 관한 이야기와 애덤이 장례식에서 했던 말까지 모두 마쳤을 때쯤 에스더가 좁은 거실을 서성거리자 풍성하게 늘어진 그 애의 옷자락이 발목 근처에 들이치는 흙탕물처럼 쉭쉭거린다.

"그자가 이대로 빠져나가게 두면 안 돼."

"알아. 약간의 도움이 필요할 뿐이야."

에스더가 고개를 끄덕인다.

"뭐든 해야지. 그래, 어떻게 해 주면 돼?"

"아니…… 너 말고."

그러자 에스더가 깜짝 놀란다.

"그럼 누구?"

수상하다는 듯 높은 목소리로 묻자 슬픔에 젖어 있느라 너그러워졌던 마음이 바닥나는 기분이다.

"오늘 밤 우리 집에 너 혼자만 부른 게 아니야."

그 순찰대원이 오기 전에 에스더에게 말해 주고 싶었지만 현관문 모니터 신호음이 새로운 방문객이 오고 있음을 알린다.

볼때기 씨는 출입구 근처에서 버티고 있다. 목깃이 높은 재킷을 입고 장갑까지 끼고 온 그는 목부터 손가락 끝까지 꽁꽁 가린 상태였지만 문신이 안 보여도 그라는 것을 단박에 알 수 있다. 황무지 같은 피부나 은색 이 때문이 아니다. 경계하느라 가늘게 뜬 두 눈 때문이다. 와일리시티에서는 누구도 그렇게 공격받을까 봐 촉각을 세운 듯한 표정으로 걸어 다니지 않는다.

에스더가 나를 돌아본다.

"저 사람이야? 난 저 사람 싫단 말이야."

"왜 싫어? 실제로 네 걸 훔친 적도 없잖아."

"알아, 근데 그냥…… 저 사람이 있는 게 싫어. 혹시 다른 세계에서 나를 죽인 사람이야? 그럼 설명이 되잖아."

왠지 에스더에게 내가 아는 내용을 말하면 깜짝 파티를 망치는 것처럼 잘못하는 일일 것 같다.

"그런 일은 못 봤어. 하지만 이번 세계에서만 너희 둘이 아는 사이인 건 아니야."

우리 집으로 오는 길에 복숭아 하나를 딴 볼때기 씨는 지금은 고개를 길게 뺀 채 내가 처음 이곳에 왔을 때 그랬던 것처럼 강철과 유리로 된 건물에서 내내 눈을 떼지 못한다. 처음에는 순수한 경외심에서 그런다고 생각했다. 하지만 입구에서 너무 오래 머문다 싶어 자세히 보니 바로 우리 집 방범창 끝에 경찰 두 명이 있다. 몇 시간째 그들을 허송세월하게 한 것 같은데도 볼때기 씨는 더 오래 골탕 먹이려고 작정한 모양이다.

그래서 내가 먼저 현관문을 연다.

"너무 여유 부리는 거 아니야?"

"그냥 좀 노느라."

그가 씩 웃으며 이어 묻는다.

"거기서도 저 빛이 보여? 해가 반은 졌는데도 아직 훤한 낮이네."

"여기 사람들은 환할 때 퇴근하고 싶어 해서 절기 상관없이 거의 7시 30분까지는 낮처럼 해 놔."

"해를 그냥 잡아 두는 건가?"

볼때기 씨가 고개를 절레절레 흔들더니 이어 말한다.

"시에서 시민들을 위해 빛을 저장해 놓는 모양이군."

긍정의 표시로 고개를 끄덕이다가 그가 나도 시민에 포함시켰다는 것을 깨닫는다.

오늘 밤 두 번째 방문객이 된 볼때기 씨가 집 안으로 들어오자마자 내게 훈계를 늘어놓는다.

"대체 무슨 생각이야? 저 여자는 순찰대가 일하는 곳이면 어디든 근처에도 있으면 안 돼."

그가 반쯤 먹어 버린 복숭아로 에스더를 가리킨다.

"왜요? 루럴스 사람들은 아주 멍청하고 비판으로 똘똘 뭉쳐 있다는 걸 다들 알아서요?"

"아니, 당신은 이제 하나밖에 안 남은 자식이고, 그래서 유일한 후계자니까. 순찰대와 거래를 하면 결과를 책임져야 하는데, 내가 루럴스의 미래 지도자를 위험한 상황에 빠지게 해서 거길 불안하게 만들면 황제가 날 잘라 버릴 거라고."

틀린 말은 아니지만 동생이 물러서기 전에 할퀴는 애라서 내가 두 사람 사이로 끼어든다.

"이건 그냥 대화야. 에스더는 날 보러 여기 온 거지만 관여하지 않을 거야. 얘는 자기 감정을 다스릴 줄 알아. 겉으로만 물렁해 보일 뿐이야."

"물렁?"

볼때기 씨가 말도 안 되는 소리를 들은 사람처럼 말을 잇는다.

"뭐 어쩌면 다이아몬드만큼 물렁할지도."

에스더를 창피 주려고 한 말이지만, 내 동생이 누군가 자신을 보고 다이아몬드를 깎을 수 있는 사람임을 알아봐 주기를 수년 동안 기다려 왔다는 사실을 몰라서 하는 소리다.

볼때기는 소파에 앉더니 장갑을 옆에 던져 두고 내가 한 움큼 가져다 둔 채식용 간식을 먹기 시작한다. 에스더가 그 옆에 와서 앉는다. 두 사람이 그렇게 가까이 앉아 있는 꼴이 보기 싫다. 하지만 그런 반응은 에스더가 열두 살짜리 애로 보이고 볼때기를 볼 때면 닉닉이 생각나기 때문에 비롯된 것이다.

"자, 이제 사연을 말해 봐, 그래야 우리가 뭘 해 줄 수 있을지 판단을 하지."

"내가 횡단자라는 사실을 모르면 이해가 안 가는 얘기일 거야."

볼때기가 목에 음식이 걸려 컥컥거린다.

"그런데 당신들 다 해고당한 거 맞아?"

"아니, 난 아직도 일하고 있어. 시간제로 근무하는 사람도 몇 명 있고."

왜 볼때기의 말을 바로잡아 주지 않고는 못 견디겠는지 모르겠다. 다만 어쩌면 내가 직접 그 말을 듣고 싶어서 그랬을지도 모른다. 나는 아직 일하고 있고, 아직 직업이 있으니 이 일을 할 필요가 없다고 말하고 싶었는지도 모른다.

"지난달에 다른 지구에 갔을 때 함정에 빠져서 내가 거기서…… 그 세계의 애덤 보슈를 죽여야만 했어. 일종의 정당방위 같은 거였는데, 뭐 그게 중요한 건 아니고."

"애덤 보슈가 누군데?"

볼때기는 죽였다는 말에도 눈 하나 깜박하지 않고 묻는다.

몸을 돌려 앉은 에스더가 거의 눈을 희번덕거리며 말한다.

"성간 제국의 왕 몰라요? 횡단을 창시했다는? 10대를 겨우 벗어났을 때 이웃집 헛간에서 첫 번째 포털을 만들었다는데? 다들 애덤 보슈는 알죠."

볼때기가 고개를 끄덕인다.

"그렇지, 그 하얀 셔츠."

"또 다른 질문은?"

내 말에 볼때기가 손을 소파에 닦으며 대답한다.

"딱 하나만 물을게. 당신이 날 본 데가 거기야?"

갑자기 눈을 또렷하게 뜨고 입매를 굳히며 나를 빤히 쳐다보는 모습을 보니, 내 경계심을 풀려고 내내 어리숙한 척했구나 싶다. 그리고 그 방법은 효과가 있었다. 어떤 와일리시티 사람에게든…… 순찰대가 가장 강한 존재에 그치지 않고 가장 똑똑한 무리가 되고 싶어 한다는 사실을 잊어버린 애시타운 사람에게든 먹혔을 것이다.

"왜 그런 걸 묻지?"

"시체 묻는 것 때문에 날 처음 봤을 때 표정도 그렇고, 마치 우리가 언제부터 잘 알던 사이인 양 날 믿는 것도 그렇고, 내가 묻는 말에 질문으로 대답하는 것도 이상해서."

전부 다 좋은 지적이다.

"그래, 맞아. 당신 거기 있었고 우린 같은 편이었어. 하지만 여기서는 그게 상관이 없어. 돌아왔더니 이 지구의 애덤 보슈가 특별수당을 주더라고."

볼때기 씨가 이맛살을 찌푸리며 묻는다.

"얼마나?"

"많이."

"5000?"

내가 끄덕인다.

"애덤 보슈가 암살의 대가로 준 거군."

내가 또 고개를 끄덕인다.

"알고 보니 엘드리지 연구소가 처음 문을 열었을 때 그자가 자기 직원들을 시켜 자신은 물론 다른 지구에서 횡단법을 알아낼 가능성이 있는 사람들을 죄다 죽였더라고."

볼때기 씨는 그저 어깨만 으쓱한다.

"제국이라며. 원래 제국은 그렇게 세워지는 거야."

"나도 알아. 그런 과거가 있으니 나도 내가 계속 거기서 근무할 수 있다고 여겼던 거고. 하지만 대표가 새로운 여행 상품을 발표했을 때, 그자가 다른 지구에 제국을 실현시키기 위해 가장 고액의 입찰자들을 살해할 계획이란 걸 알게 됐어. 그래서 익명으로 수사국에 제보를 했는데 그쪽에서는 내 사수가 보낸 줄 안 거야."

"그 양반 이름이 어떻게 되는데?"

무심하게 묻지만 이제 볼때기의 교활함을 안 이상, 이미 장의 이름을 알고 있다는 데 내 전 재산을 걸 수 있다.

"파파 장. 장 사노고."

몸을 앞으로 숙이던 그가 주먹을 불끈 쥐자 금속 같은 손톱들이 보이지 않는다.

"내가 당신 사수란 양반을 배신한 게 누군지 알아내려고 순찰대원들을 탈탈 털어 봤거든. 와일리시티 쪽에 살해당했다는 걸 알았어야 했어. 우린 제 발로 피밭으로 와서 죽여 달라고 간청하고 그 비용도 기꺼이 지불하는 이들 말고는 와일리시티 사람을 죽이지 않아."

장이 그런 경로를 밟았다면 비에트에게 기록이 있을 것이다. 설령 기록 보관자가 귀찮아서 뉴스를 보지 못했더라도 죽음 집행인을 누가 맡았든 자신이 그랬음을 밝혔을 테다.

자신의 손 관절을 내려다보고 있는 볼때기는 뭔가 계산을 하는 듯 눈을 이리저리 움직이다가 고개를 가로젓는다.

"이 세계에서 애덤이 일하는 방식이 그렇다면 끝까지 그런 식으로 할걸. 그자가 5명, 더구나 부자 5명을 죽이는 세계에서는 매번 우리가 범인으로 찍힐 거라고. 이미 한 남자가 죽어서 와일스 놈들이 우리 문턱까지 기어들어 왔어. 놈들이 우리 문짝을 두드릴 때면 예쁘장한 와일스 아가씨는 항상 한발 늦을 테지. 5명이 죽는다고? 놈들이 이 마을을 쑥대밭으로 만들걸."

그런 부분까지는 생각하지 못했다. 하지만 유지보수팀을 아무리 뜯어 봐도 끔찍한 살인을 전담할 부서라는 결론밖에 나오지 않는다. 설령 그 부서가 하는 일이 부자들을 귀환시키고 그 과정에서 반발력을 이용해 그들을 죽게 하는 것이 전부라 하더라도, 여전히 다섯 구의 시체는 차에 깔린 것처럼 짓이겨진 형태로 남아 있게 된다. 그렇게 되면 순찰대보다 더 그럴싸한 범인이 어디 있겠는가?

"수사국은 댁한테 협조하지 않을 거야. 당신네 대표가 그 회사을 통해 아무도 모르는 곳에서 기름과 금속을 들여오고 있으니까. 20층짜리 건물 하나를 더 지을 돈을 마련할 때까지 그자를 살살 다룰 테지. 상황이 이런데 당신 계획은 뭐지?"

"내 계획은…… 애덤 보슈를 죽이는 거야."

볼때기 씨가 나를 위해 5초 동안 꾹 참았다가 웃음을 터뜨린다.

"으음."

"어휴, 언니……."

나는 두 사람을 쳐다본다.

"왜? 왜 못 죽여?"

"그 사람이 나왔던 뉴스 영상도 안 봐? 언니네 대표라서 나도 대충이라도 훑어보는데. 들은 얘기도 있고."

"무슨 얘기?"

"횡단 기술 비밀을 혼자만 알고 있다는 얘기. 세계를 오갈 만큼 무한한 힘을 공유할 만큼 타인을 믿지 않아서 아무도 따라할 수 없게 할 거라고. 숭고한 의도가 있나 생각했는데 지금 보니까 그냥 권력에 굶주린 거 같아. 아직도 핵심적인 일은 직접 한다며. 그 사람이 없어도 한동안은 문제없이 굴러갈 테지. 하지만 무언가 고장 나거나 문제가 생기면 고칠 방법이 없을 거 아냐. 어쩌면 경쟁자 중 한 명이……."

내가 고개를 가로젓는다.

"경쟁자 대부분은 사업에서 배제되었어. 근래 몇 년 동안은 강제로 다른 분야에서 일해 왔고. 그 사람들이라면 아마 방법을 알아낼 테지만 시간이 걸릴 거야."

나는 두 사람을 쳐다보며 이어 말한다.

"최악이래 봐야 그게 다일까? 어쩌면 우리가 이러는 게 뜬구름 잡기일 수도 있어. 그 대가로 그런 재난이 벌어진다면 일단은 그냥 놔두는 수밖에."

그러자 볼때기 씨가 나서서 핏대를 올린다.

"그건 썅, 댁이 감당할 만한 일이 아니야. 그 산업용 굴착 장치가 다른 세계에서 금속과 원유를 더 못 가져오게 되면 와일스는 다른 곳을 물색하겠지. 협정을 깨고 몇십 년 전에 애시타운이 조공하다가 그만둔 것을 가지러 올 거라고. 그러면 순찰대가 다시 활보할 테지."

순찰대원의 입으로 들으니 이가 덜덜 떨린다. 우습게도 피의 순찰대라 영광을 누리고 있는 볼때기 씨도 나만큼이나 그런 미래가 공포스러운 모양이다.

애덤 보슈를 미치도록 죽이고 싶었다. 지금도 그렇다. 내가 도움을 청하지 않았다면 이런 사정도 모른 채 전쟁부터 시작했을지 모른다. 애덤을 죽이지는 못하더라도 그가 유지보수팀을 파견하는 일만큼은 막아야 한다.

"그쪽이…… 폭파시켜 줄 수 있겠어?"

"대상이 뭐냐에 달렸지."

볼때기 씨가 말은 그렇게 하지만 입은 이미 웃고 있다.

에스더는 걱정되는 모양이다.

"우리는 해치라는 장비를 이용해서 횡단해. 엘드리지의 훈련 교본이 대부분 해치를 폭파되지 않게 하는 방법과 관련된 걸 보면 불안정한 물질로 만들어진 것 같아. 횡단 해치가 없으면 횡단 자체를 못 해. 산업용 해치는 대충 만든 거라서 호흡하거나 피를 흘리는 생물은 그 안에서 버틸 수가 없어. 그래서 중단 없이 자원을 계속 들여올 수 있는 거야. 하지만 이 해치 말고는 암살자나 응찰자가 다른 세계로 갈 방법이 없을 거야."

"보슈가 다시 만들겠지."

에스더가 끼어든다.

"알아, 하지만 그러는 동안 우리는 시간을 벌잖아."

그러자 볼때기가 고개를 끄덕거린다.

"폭파하고 싶은 걸 폭파할 때 어떤 줄 알아? 파티를 벌이는 거 같지. 가장 어려운 부분은 '그분'이 직접 우리에게 그 일을 맡기게 하는 거야. 우리가 일을 받아 올 수는 없어. 그분이 우리에게 일시적으로 일을 맡기게 해야 해. 그분이 정말로 마음에서 우러나서 찬성하고 싶을 만큼 대단한 걸 네가 갖고 있어야 할 거야. 부족한 게 별로 없는 사람이니까."

다 갖고 있는 황제에게 뭘 준단 말인가? 지난번에 이 문제로 고민하다가 결국 등에 그의 이름을 새겼다.

"생각해 낼게. 그 사람이 혹할 만한 보상책을 찾아내면 그쪽이 만나게 해 줄 건가?"

볼때기 씨가 못 미덥다는 듯한 표정을 짓는다.

"알겠지만, 현금은 주지 마. 그분은 그런 거 좋아하지 않을 거야."

"안다고."

"내가 만남을 주선할 테지만 괜히 내 이름 팔아서 그분 시간만 허비하게 할 거면 다시는 날 찾지 마."

"안 그래."

이후 모임은 서서히 마무리됐다. 볼때기 씨가 가려고 일어서면서 웃는 얼굴로 묻는다.

"그래, 다른 세계의 나는 어때? 똑같아?"

"거의 똑같아. 거기서도 순찰대였는데, 다만 닉닉이 황제가 아닌데도 그 사람에게 충성을 다해. 그리고…… 문신도 하나 더 있었어."

막을 틈도 없이 내 시선이 그의 목에 닿자 알아챈 그가 눈썹을 치켜올린다.

"재미는 정말 없는데 절대 지루하진 않네."

볼때기 씨가 에스더를 집까지 바래다 주기로 한다. 그런데 에스더가 가기 전에 나를 구석으로 데려간다.

"언니 계획에 델도 껴 주는 게 현명하지 않을까?"

"아니."

그 말을 내뱉자마자 너무 빨리 대답했다 싶다.

"너랑 볼때기 씨는 여기 출신이 아니야. 도와줄 다른 순찰대도 다 마찬가지고. 너희들은 여기 수사국의 관할권에 속하지 않아. 그러니 책임을 물을 수 있는 사람이라고 해 봐야 나 하나인데, 앞으로도 계속 이 상태가 좋을 거 같아."

에스더는 내 변명을 믿는 눈치다. 그 이유가 전부는 아니지만 어쨌든 일부나마 사실을 말한 셈이다.

두 사람이 가는 모습을 지켜본 뒤 자리에 앉아 황제 같은 용의 관심을 끌 만한 금 부스러기가 뭐가 있을지 목록을 작성한다.

***

의도치 않게 가속도가 많이 붙은 채 준비실로 뛰어 들어간 탓에 깜짝 놀란 델이 들고 있던 가면을 떨어뜨린다.

"오늘 내 일정에 175호로 파견 갈 가능성은 없나요?"

델이 눈을 가느다랗게 뜨더니 플라스틱과 철사로 만든 섬세한 가면을 집어 올린다.

"없는데."

"그럼 언제 가게 될 것 같나요?"

"회사가 다시 보내 줄 거 같아?"

나는 그저 델을 쳐다보기만 한다. 우리 둘 다 내가 월급쟁이라서 회사에서는 프리랜서 계약을 맺기 전에 나를 보낼 것임을 알고 있기 때문이다.

델이 한숨을 내쉬더니 선반에 가면을 내려놓는다.

"3주 후면 복귀하게 될 거야."

"오늘 가야 하는데."

"카라, 단순히 다른 세계 사람들하고 친하게 지내면 안 된다는 정책 때문만은 아니야. 그러면 건강에 해롭기도 하고 또…… 나는 네가 이제 그만 했으면 싶어."

다른 이유였다면 델의 애원에 마음을 바꿨을 것이다.

"친해지려고 하는 거 아니에요. 거기다 뭘 두고 왔는데 어디다 뒀는지 안단 말이에요. 꼭 가져와야 하거든요. 부탁할게요."

장이 죽은 날 이후로 델에게 어떤 부탁도 하지 않았다. 그녀가 지금 거절한대도 서운하지 않을 것이다. 그녀 때문에 나는 장을 마지막으로 한 번 더 볼 수 있었다. 그를 구할 수는 없었지만 델 덕분에 작별 인사를 받을 수 있었다.

"거기 갔다가 거의 죽을 뻔했잖아."

"알아요. 하지만 그건 넬라인이 아직 있을 때였어요. 걘…… 이제 없잖아요."

또 하나의 상실이자 또 하나의 무의미한 죽음이었다. 그런데 델이 허락해 주지 않으면 그 죽음이 아무 소용이 없게 될지도 모른다. 볼때기와 만나고 나서 이틀 내내 무엇으로 황제의 관심을 끌지 생각한 끝에, 마침내 방법을 찾아낸 것 같다.

"좋아."

델이 자신의 책상을 돌아보며 이어 말한다.

"가면이 꼭 필요할까?"

"그걸 쓰기에는 너무 늦었어요."

"30분밖에 없어서 이번에는 통신이 끊어지거나 장치를 끄면 안 될 거야. 내가 너한테 직접 연락할 수 있어야 해."

"알았어요."

"꼭 지켜."

"175호에 가게 되면 우리 엄마 무덤에 대고 약속할게요."

"너희 엄마 안 돌아가셨잖아."

델이 너무나 빨리 대꾸하는 바람에 미처 숨길 틈이 없던 내가 움찔하고 만다. 순간 내 반응을 눈치챈 그녀가 카라멘타의 엄마가 아직 살아 있을 뿐, 우리 엄마가 살아 있는 건 아니었음을 깨닫고 표정이 확 어두워진다.

"카라, 내가 미처 생각 못 했어. 미안해."

"오래전 일이에요, 내가 여기 오기 한참 전에 그랬는데요 뭘. 그러니 내가 엄마를 다시 만나면 얼마나 놀라겠어요."

짐짓 밝게 말하려고 했지만 델이 슬픈 눈으로 나를 쳐다본다.

"그래서, 175호는요?"

"10분만 주면 다시 맞춰 줄게."

"고마워요."

19장

말라붙은 강의 흙둑에 착륙하자 다른 사람들이 엄마의 음식 냄새로 집에 온 것을 실감하듯 훅 끼치는 뜨거운 모래와 재 냄새로 고향을 느낀다. 잠시 입술을 핥고 공기에 밴 소금기와 신맛을 음미하니 지난번처럼 충격적이지는 않다.

이어폰을 작동시켜 델에게 보고한다.

"도착했어요. 핵 폐기장도 없고 펄럭대는 불도 없어요. 나는 살아 있고요."

"쭉 그렇게만 해."

끝에 황제의 궁전이 있는 길을 걸어간다. 해는 높이 떠 있고 바람은 거세다. 맨 처음 보게 되는 이는 궁전 입구에서 서성이는 볼때기 씨다. 그는 나를 보자마자 숨을 깊이 들이마신다. 얼굴에 놀라움과 짜증이 어리지만 적의는 안 보인다.

"돌아올 거 같더라니. 골칫거리는 늘 두 번 오거든."

"그거 알아? 날 만나는 세계에서는 언제나 똑같이 화난 얼굴인 거?"

"나쁘지 않네. 다른 나도 분별 있다는 뜻이니까."

그가 돌아서면서 몸짓으로 따라오라고 한다.

"이제 정말 순찰대 그만둔 거야? 변절 뭐 그런 거?"

"보통 사람들 눈에는 그렇게 보일지도. 황제가 측근으로 삼고 싶어 했는데 그게 지금은 아드라의 저항군이 황무지에서 대기하고 있어서 위험한 일이거든. 난 좀 더 안정적인 일을 원했어."

왜냐하면 사랑에 빠진 그를 의지하는 사람이 생겼기 때문이다.

"에스더는 괜찮아?"

"거의 그런 셈이지."

"화상이 심했지? 불났었잖아?"

볼때기가 고개를 젓는다.

"화상을 입긴 했지만 심하지는 않아. 그녀가 아픈 건 그것 때문이 아냐. 아드라가 십자가에게 그날 밤 피난 왔던 오지 사람들을 죽이는 임무를 맡겼었거든."

그 말에 눈이 질끈 감긴다. 단지 루럴스 출신의 순찰대원을 보내 그가 자라는 내내 잘 보살피라고 배운 사람들을 죽이게 시킨 전 황제의 잔혹성 때문만은 아니다. 오지 사람들을 해치는 짓이 어떻게 일방적으로 끝나는지를 알기 때문이기도 하다.

"타틱이 십자가를 죽였어?"

볼때기가 고개를 끄덕인다.

"대니얼은 돌아가셨고?"

질문하듯 말했지만 나는 이미 알고 있다. 그날 밤 계부를 친 차량은 너무나 육중해서 뭐든 흔적도 없이 없애버릴 것 같았다. 설령 목숨이 붙어 있었다 해도 이후 상태는 치료를 받기보다 빨리 숨을 거두는 게 더 나았을 것이다.

볼때기 씨가 짧게 끄덕인다.

"에스더는 곧 안정을 찾을 거야. 새 정부를 세우는 일에 뛰어들었으니까."

닉닉은 형과 아버지가 쓰던 집무실은 그대로 놔둔 채 내가 사는 세계에 있던 곳과 똑같은 집무실을 쓰고 있었다. 집무실 문에 도착했을 때 볼때기에게 당부한다.

"부탁 하나만 하자. 에스더에게는 내가 여기 왔다는 거 말하지 말아 줘. 다시는 돌아오지 않을 거고 오래 못 있을 거야. 그래서 말해봐야 소용없어."

볼때기가 고개를 끄덕이더니 문을 연다.

"난 여기 밖에 있을게."

창밖을 내다보고 있는 닉닉을 보니 단지 열두 번이 아니라 천 번은 봤던 사람 같다. 나의 닉닉 또한 그렇게 빤히 내다보곤 했다. 생각할 게 있을 때마다 그러고 있어서 창가에 가면 그를 찾을 수 있었다. 물론 나의 닉닉은 튜닉을 입고 저렇게 창문을 내다보기 전에 죽었을 테지만 그래도.

"화려한 외투를 입어야 하지 않나?"

닉닉이 내 말에 휙 몸을 돌린다. 얼굴에 희망과 기쁨이 스쳐 지나간 뒤 루럴스 사람 특유의 친절하고 따듯한 표정이 자리 잡는다. 그가 무언가를 하지 않으려고 내내 참고 있는 사람처럼 양손을 꽉 움켜쥔 채 천천히 내게 걸어온다. 혈통을 고려하면 이런 모습의 닉닉이 제일 나은 것 같다.

"그 옷은 나랑 맞지 않아. 거추장스럽더라고."

"늘 그러던데."

"내가 그래?"

"의식을 행할 때나 아주 공개적인 자리에 나설 때 말고는 그 망토를 걸친 닉닉을 한 번도 못 봤어. 머리 장식도 안 어울린다고 할걸."

"아냐, 그건 그렇게 생각 안 했어."

이제 그가 내 앞에 너무 가까이 와 있어 올려다보지 않으면 목밖에 안 보인다.

"그래도 땋은 머리는 잘 어울려."

닉닉은 옆머리를 세 줄로 땋아 목까지 늘어뜨린 모습이다. 내가 아는 다른 닉닉들보다 땋은 머리가 하나 더 많다. 가족 중 두 번째가 아닌 세 번째로 통치자가 되었기 때문이다.

"여긴 왜 왔지? 처음에는 살러 왔나 생각했어. 허나 당신 얼굴을 보니까 뭔가 필요한 게 있어서 온 게 분명하군."

"사람 마음을 잘 읽네."

"황제는 모든 것을 다 안다더군. 그래, 뭐가 필요한데? 내가 당신 요구는 뭐든 들어줄 수밖에 없다는 걸 알겠지."

빙빙 돌려 얘기하려고 했지만 그래 봐야 소용도 없고 시간도 많지 않아서 그의 눈을 똑바로 쳐다본다.

"당신이 갖고 있는 거. 그게 필요해."

닉닉은 못 알아듣는 척하지 않는다. 돌아선 그가 책상 옆에 무릎을 꿇는다. 그의 모습이 보이지 않지만 황제의 의자 밑에 작은 비밀 금고가 있다는 것을 알고 있다. 22호에서는 그곳에 새로 만든 독을 감춰 두었다. 그 독을 닉닉의 반지에 넣어 쓰거나 아니면 궁전에 적이 침입해 곧 함락당할 것 같을 때 황제는 집무실로 들어와 적의 손에 죽기 전에 생을 마감할 수 있었다.

이번 세계에서도 금고에 든 것들이 같은 목적으로 쓰일까?

닉닉이 몸을 일으켰을 때 손에 들고 있는 물체에서 빛이 번쩍한다. 닉닉은 상처 입은 새를 옮기듯 두 손바닥으로 그 물건을 조심스럽게 받쳐 든다. 작은 권총이다. 글로만 배워 알고 있는 것. 닉닉이 내게 손을 내밀자 내가 권총을 집어 든다.

"당신이 시키는 대로 나머지는 녹여 버렸어. 볼때기가 이거 하나는 남겨 둬야 할 것 같다고 하더군. 형 거였어."

그의 형을 무너뜨릴 무기로 적합하다 싶다……. 일반적인 쓰임새와는 다른 방식으로 무너뜨리겠지만.

"꼭 가져가야겠어. 총알도 있지?"

"딱 여섯 발뿐이야. 우리가 생산 수단을 파괴해 버렸고 내가…… 관련 정보도 다 없애라고 명령했거든."

그 말은 누구든 총에 대한 정보를 퍼트렸다가는 죽음을 면치 못할 테고 그런 사람들을 신고하는 이들은 후한 보상을 받는다는 뜻이다. 애시타운에서 쥐새끼 같은 놈들을 기꺼이 신고할 이들이 많지는 않지만 제법 존재한다.

닉닉이 내게 총알을 건넨다. 한 손으로 총알을 움켜쥐고 다른 한 손으로 총을 쥔다.

"생각보다 가볍네."

나는 금속을 잘 안다. 차 부품은 물론이고 유리 블록과 통화로 널리 유통되는 유리 블록의 두꺼운 덩어리도 잘 안다. 그러나 이렇게 보석처럼 섬세한 세공품은 잘 모른다.

"겉으로 봐서는 뭘 죽일 수나 있을까 싶어."

"죽여. 형이…… 쭉 연습했던 거야. 그걸로 사람을 구멍 낼 수 있어. 다른 총들도 있었어. 순찰대원들 말로는 사지를 날려 버릴 수 있는 것들이었대."

비겁자의 칼인 셈이다.

총은 가장 큰 호주머니에 넣지만 총알은 조끼 주머니에 넣는다. 횡단 시 전기로 움직이는 기계는 고장이 난다. 기술이 더 복잡해질수록 그 기술이 살아남을 가능성은 줄어든다. 이렇게 하는 것이 가치가 있을지는 나도 모른다. 총은 전기보다 기계와 관련 있어서 회로보다는 장치에 더 가까울 것 같다. 하지만 이 장치가 내 목적을 이루는 데 작동될 필요까지는 없다. 그냥 작동될 것처럼 보이기만 하면 된다.

"지금 떠나게?"

닉닉이 정말 몰라서 묻는 것은 아니다. 내가 고개를 끄덕이자 그가 이어 말한다.

"이런 부탁을 하는 걸 보니 큰일이 났나 봐."

"요즘에 자주 그러네."

"여기에는 당신 적이 하나도 없잖아. 어떤 추악한 인간 때문에 그런 무기까지 필요한지 모르겠지만…… 이곳에 있으면 안전할 텐데."

좋은 생각이다. 그냥 해치로 들어가서 영원히 사라지면 되니까. 심지어 0호 지구는 내 고향도 아니다. 그냥 카라멘타의 세계를 떠나 넬라인의 세계로 오면 될 일이다. 여기서 다시 시작하면 유지보수팀이나 애덤 보슈를 영영 생각하지 않을 수 있다. 어쩌면 내가 느끼는 죄책감은 원래 카라멘타의 것이니, 그 이름을 버리면 죄책감에서도 벗어날 수 있을지 모른다.

"제안은 고마워. 나한테는 과분한 친절이야. 하지만 이번에는 거기에 있어야 내가 뭘 할 수 있을지 알게 될 것 같아."

"마음이 바뀌면 우리한테 와. 나한테 오라고."

"날 기다리지 마."

닉닉이 고개를 비스듬히 기울인다. 내가 아는 선에서 가장 예의바르게 거절했음을 알아들었기 때문이다.

"당신네 델이 많이 보고 싶었대?"

나는 고개를 숙인다.

"아니, 혹시 그랬다 해도 이제는 안 그럴 거야. 당신 말이 맞았어. 그 사람을 좋지 않게 봤는데, 내가 잘못 안 거더라고."

"되돌릴 방법은 없고?"

나는 어깨를 으쓱해 보인다.

"내가 결정할 수 있는 일이 아니야. 근데 하나만 더 부탁해도 돼?"

"얼마든지."

"형이 황제였을 때 영상이나 사진 있어? 디지털이든 인쇄된 거든 상관없어."

닉닉이 굳은 표정에도 고개를 끄덕인다. 다시 책상으로 갈 줄 알았더니 손을 뻗어 목에 걸고 있던 작은 시계를 빼낸다. 그가 시계 옆면에 있는 버튼을 누르자 황제의 예복을 완전하게 갖춰 입은 형의 홀로그램이 투사된다. 계속 지켜보자 홀로그램 영상이 돌아가면서 그의 어머니와 아버지의 모습도 등장한다.

닉닉의 시계를 내 팔찌에 꽂아 해당 영상을 단 1초 만에 복사한다.

"당신 사진 찍어도 될까?"

"돼."

질문의 뜻을 파악하기도 전에 허락해 버린 탓에 살짝 짜증난 표정을 짓는다. 나 역시 그가 부탁하는 일이 뭐든 거절하기 쉽지 않다.

닉닉은 내게 웃는 표정도 요구하지 않고 그저 시계를 내게 맞추고 빠르게 찰칵대며 찍기만 한다. 나를 보내 주려고 고인이 된 다른 가족들의 영상과 함께 내 모습을 저장하는 중이다.

나는 닉닉에게 작별의 포옹도 해 주지 않고 그냥 걸어 나온다. 그리고 잠시 햇볕을 쬔 뒤 다시 완전한 암흑으로 돌아간다.

해치에서 기어 올라오자 델이 나를 빤히 살핀다.

"왜요?"

델은 눈을 깜박거리며 머리를 살짝 흔든다. 자신이 여태 나를 뚫어지게 쳐다보고 있었다는 것을 몰랐던 모양이다.

"더 오래 걸릴 줄 알았어. 찾으려던 거는 찾았어?"

"아뇨."

나는 그녀가 더 물어볼 것 같아 일부러 그렇게 말한다.

하지만 델은 내게서 돌아서며 말한다.

"가 봐. 일정은 바꿔놨어. 내일은 두 탕 뛰어야 할 거야. 그럼 멍도

들겠지."

"지금 있는 멍 때문에 표시도 안 날 거 같은데요."

델이 돌아다본다.

"표시는 안 나도 아플 거야."

"알아요, 하지만 그만 한 보람이 있겠죠."

이제 황제를 유혹할 물건을 손에 넣었으니 하루에 두 번 횡단하는 보람이 있을 것이라는 뜻이다. 하지만 다른 일들도 다 마찬가지다. 어떤 고통을 겪든 그만 한 가치가 있을 것이다. 꼭 그래야만 한다.

***

황제를 기다리는 동안 볼때기 씨는 나보다 훨씬 긴장한 것 같다. 닉닉과 곧 만나게 해 줄 수 있다더니 거짓말이 아니었다. 목요일에야 총을 손에 넣었는데 벌써 일요일인 지금 비어 있는 창고에서 볼때기의 왕재수 황제를 기다리고 있다. 궁전으로 부르지 않았다고 해서 놀랄 일은 아니다. 볼때기 씨가 공식 절차를 밟았다면 황제 근처에도 못 가 보고 그의 특사만 만났을 것이다.

볼때기 씨가 이미 번드르르해진 짙은 색 머리칼을 밀어 넘긴다.

"이렇게 만나겠다고 한 걸 보면 당신을 정말 신뢰하나 봐."

"지금은 나를 신뢰하시지. 이 만남이 끝나고도 그분이 여전히 그럴지 이따 물어봐."

볼때기 씨는 긴장한 채 다시 애꿎은 머리칼만 쓸어 넘긴다.

순찰대원 두 명이 쌍여닫이문을 열자 닉닉이 들어선다. 손톱과 부츠와 반지 등, 온몸이 번쩍거리는 듯하다. 입고 있는 기다란 조끼는 그가 애초에 사냥꾼이었음을 잊어버리는 사람들이 있을까 봐 황무지의 거대한 파충류 가죽으로 만든 것이다. 왕의 망토와 달리 별로 거추장스러워 보이지 않는다. 질질 끌리지도 않고 팔도 자유롭게 움직일 수 있는 반면에 해당 파충류를 본 사람들한테서 상당한 존경심을 불러일으킬 것 같다.

그런 모습의 닉닉을 보고 있자니 지금까지 최악의 방법을 거쳐 22호에 돌아온 듯한 기분이다. 175호에서 닉닉을 처음 만났을 때는 내가 예상했던 모습과 달라서 긴가민가했던 터라 어떻게 행동할지 알 수 없었다. 그런데 지금의 닉닉이 나의 닉닉과 똑같아서 그가 어디까지 할 수 있는지 정확히 알 수 있으니 되레 전화위복인 셈이다.

그는 6명을 고집했던 아드라닉과 달리 순찰대원 2명만을 데리고 오는데 이들마저도 나를 만날 때는 물러나 있게 한다. 닉닉은 볼때기 씨를 정말 많이 신뢰하는 모양이다. 나는 최선을 다해 중요한 사람처럼 보이려고 애썼지만 두꺼운 와일리시티 셔츠를 입고 있어서 그런지 위압감을 주지 못한다. 표백한 뼈처럼 새하얀 내 소유의 재킷을 가져왔는데 여기 사람들은 그런 옷에 절대 돈을 허비하지 않을 것 같다. 하지만 내가 더는 밝은 색상의 것들이 모조리 회색으로 변하는 곳에서 살지 않는다는 사실을 보여 줄 필요가 있다.

닉닉이 고개를 비스듬히 기울여 길게 땋아 늘어뜨린 머리가 서로 맞닿자 마치 뱀들이 그의 얼굴 옆면을 감싸고 있는 듯하다.

"부하한테 이미 말했듯 그때는 네가 어떤 제안을 하든 내 순찰대를 내줄 기분이 아니었거든. 그런데 지금은(이 대목에서 닉닉은 나를 위아래로 훑어보며 입술을 핥는다.) 문득 협상할 마음이 생기네."

그 말은 겁박 전술에 불과하다. 황제는 의외로 애인을 거의 취하지 않는데 욕구가 동할 때는 검증되지 않은 낯선 이들보다 업소 여성들을 찾는다.

"황제 폐하라도 그런 일은 계획에 없는데 어쩌죠?"

허리를 굽혀 절하지는 않았지만 내가 깊게 머리를 조아리니 닉닉이 미소를 짓는다. 우리 몸의 대부분이 물로 이루어진 것 못지않게 그는 자존심으로 똘똘 뭉쳐 있는 인물이라서, 존경을 표하면 언제나 친절하게 반응한다.

그가 내 뺨에 든 멍들을 가리키며 말한다.

"이런. 내가 고양이는 한 번도 취해 본 적이 없어서. 전도사의 장녀께서 날 우울하게 할 거라는 걸 미처 몰랐군."

비웃어 주고 싶다. 닉닉은 내가 너무 순진해서 짓밟을 수 없다고 생각하는 모양이다. 내가 다름 아닌 우리 엄마의 딸이라는 것을 몰라서 그럴 테다.

"자, 그럼 뭘 준비했는지 볼까."

내 주변에 있던 볼때기가 안심하는 모습이 보인다. 내 첫인상이 마음에 들지 않았다면 보여 줄 기회조차 주지 않았을 것이다. 우리는 첫 번째 장애물을 뛰어넘은 셈이다.

곁에 있는 꾸러미를 열어 실크로 감싸 놓은 것을 꺼낸다. 내가 실크를 풀어내자 볼때기 씨가 헉하는 소리가 들린다. 닉닉의 표정은 계속 바뀌지만 두 눈에는 갈망이 가득해 보인다.

나는 닉닉이 암살 시도로 혼동하지 않도록 재빨리 총을 건넨다.

그것의 정체나 쓰임새를 굳이 말해 줄 필요는 없다. 우리 할아버지도 권총으로 자살했다. 닉닉의 할아버지는 권총으로 일일이 이름을 댈 수 없을 만큼 수많은 사람을 죽였다.

"어디서 났지?"

처음에는 권총을 쥔 모습이 어설퍼 보였지만 곧 그것은 늘 그 자리에 있을 날만을 기다려 온 듯 닉닉의 손바닥에 자연스럽게 안착한다.

"순찰대원한테서 내가 무슨 일로 먹고사는지 들었나요?"

볼때기의 이름을 대면 우리가 친분이 있는 사이임이 드러나 황제의 심기를 건드릴 것 같아서 그렇게 묻는다.

닉닉이 고개를 끄덕인다.

"횡단자라면서."

"100세계 이상 떨어진 곳에서 몰래 가져온 거예요. 마지막 남은 거고요. 이 세계에는 그걸 다시 만들어 낼 수 있는 수단이 존재하지 않고 다른 세계에 있는 수단들은 다 파괴됐어요."

새로 집중해서 듣는 것을 보니 번쩍거리는 외양보다 그 권총이 희귀해서 더 마음이 끌리는 모양이다. 그런 표정을 잘 안다. 닉닉은 그것을 원한다. 그리고 갖기 위해서 뭐든 할 것이다. 벌써부터 권총의 존재를 비밀로 할지, 아니면 대놓고 보여 주게 엉덩이에 찰지 결정하려는 것은 아닐까?

닉닉이 총을 들어 내게 똑바로 겨눈다.

"계속해 봐."

내가 반응을 안 하자 결국 총을 내리면서 그렇게 말한다.

우리는 두 번째 장애물도 뛰어넘었다.

나는 볼때기 씨와 연습한 대로 계획을 설명했다. 볼때기는 일단 만남이 성사되면 자신은 아무 관련 없는 참관자인 척해야 하기에 내가 뭘 잊어버리더라도 도와줄 수 없을 터라고 미리 일러 두었다. 나는 그가 가르쳐 준 대로 모든 내용을 죽 말한다. 필요한 인원이 몇 명이고 얼마 동안 쓸 것인지, 그리고 일이 잘못되어 사상자가 생겼을 때 그 가족들 앞으로 얼마의 특별수당을 지급할 것인지 자세히 설명한다.

닉닉은 잠자코 듣기만 한다. 한 손으로 총을 느슨하게 쥔 채 다른 한 손을 물끄러미 쳐다보면서 마치 얼마나 날카로운지 시험하듯 엄지손가락 끝으로 뾰족한 손톱들을 훑어본다.

"그래서 내 부하들이 그 일을 돕는 대가로 나는 이 총을 갖는단 말이지."

"그 총은 만나 주신 데 대한 감사의 표시로 드리는 거고요. 황제께서 순찰대가 제 일을 하도록 허락해 주시면 총알을 드리죠. 여섯 발밖에 없지만 타이밍을 잘 맞추면 한 발로도 충분할 거예요."

볼때기 씨가 갑자기 자세를 바로 하더니 긴장한 채 둘러대기 시작하지만 나는 왜 그러는지 알 길이 없다. 닉닉이 씩 웃는다……. 나는 너무 늦게야 그가 이빨을 모두 내보이고 있음을 알아챈다.

닉닉이 내 기억보다 훨씬 빠르게 움직이자 그의 망토가 한때 그런 소리를 내는 생물이었던 것처럼 쉭쉭거린다. 그가 불쑥 내 뒤로 와서 팔로 목 앞부분을 조이고 다른 쪽 손으로 목 뒷면을 짓누른다. 네 개의 손톱이 내 목 표면을 찌르는 걸 보면 아까는 손톱이 얼마나 뾰족한지 알아보고 있던 모양이다.

"왕좌를 지키려면 총알이 있다는 소문을 내야 한다는 말이지? 내가 무기력한 왕이라서? 무기가 필요하다는 거야?"

의무와 신의 사이에서 갈등하느라 떨고 있는 듯한 볼때기와 눈이 마주친다. 나는 눈을 계속 맞추며 고개를 가로젓는다. 이 상황을 처리할 수 있다. 전에 이곳에 백번은 와 봤다. 쿵쾅대는 심장을 진정시키는 데 집중한다. 닉닉이 살짝 숨을 쉬게 해 주니 살 만하다. 등에 닿은 그의 가슴이 바위처럼 단단한 느낌이다. 이곳의 닉닉은 나의 닉닉과 똑같다. 그러니 그를 멈추게 할 방법을 알고 있다.

나는 맞서지 않는다. 배를 내보이는 먹잇감처럼 고분고분하게 군다. 내가 약해질수록 악력이 느슨해져 마침내 나는 그의 정신을 흐트러트릴 말을 가까스로 내뱉을 수 있다.

"당신…… 형님……."

닉닉이 나를 떨어트리다시피 한다.

"뭐라 그랬어?"

"총알을 원하지 않으면 그렇게 하시든지요. 동생을 저버린 형에게 복수하기 위해 이 일을 받아들이실 줄 알았지."

닉닉은 내가 정신이 나가 거짓말을 지껄인다는 듯 나를 쳐다보지도 않는다.

"형은 어릴 때 죽었어."

닉닉은 자신이 말한 그대로 믿고 있다. 다행스러운 일이다. 실제 어떤 일이 벌어졌는지 그가 알았다면 나는 안전장치를 잃었을 것이다.

팔찌를 눌러 애덤 보슈의 영상을 불러온다. 닉닉이 살짝 눈알을 부라린다.

"또 물러터진 와일스 놈이네. 그래서 뭐 어쩌란 거지?"

내가 화면을 밀어 왕의 예복을 입고 있는 아드라닉의 사진을 보여 준다. 마침내 닉닉이 반응한다.

"이건…… 말도 안 돼."

"그 총이 있던 세계예요. 이 사람은 그곳 황제였죠. 열네 살 때 닉시니어가 사망했기 때문에."

닉닉의 귀에는 더 이상 아무 말도 들리지 않기에 내가 아드라닉을 살인자라고 비난하는 말도 닿지 않는다. 나는 안중에도 없다. 닉닉은 마치 그를 만질 수 있기라도 한 듯(포옹하기 위해서인지, 아니면 목을 조르려고 그러는지 알 수 없지만) 홀로그램으로 다가간다.

닉닉이 반쯤 흉포한 얼굴로 나를 돌아본다.

"다른 것도 다시 보고 싶으니 나란히 띄워 봐."

나는 떨리는 손가락으로 그 말대로 홀로그램을 띄운다. 어떤 세계에서도 지금과 같은 닉닉의 모습을 본 적이 없었다. 그는 형의 이름을 굳이 말하지 않으면서도 그러고 싶은 듯 입만 벌리고 있다. 나는 그가 영상을 볼 시간을 주면서 소리를 내지 않으려고 최선을 다한다. 마침내 그가 돌아선다.

"그래서 네가 무너뜨리고 싶다는 사람이 이자라고? 네 고용주이자 내 혈육."

이렇게 오랜 세월이 흐른 후에 내가 기대했던 것은 형제의 의리가 아니었다.

"내 사수를 죽이고 폐하의 순찰대에게 죄를 뒤집어씌웠어요. 폐하께서는 누군지 몰랐겠지만 그자는 분명 폐하가 누군지 알고 있어요. 아직도 자신의 옛 이름을 알고 있죠. 순찰대에 죄를 뒤집어씌울 때도 그들이 폐하의 부하라는 걸 알고 있었어요."

솔직히 애덤 보슈는 아버지에게 내쳐지고 난 후부터 가족 생각은 한 번도 하지 않았을 것 같다. 하지만 이 점을 모욕으로 여기게 만들어야만 그가 내 실수를 잊지 않을까 싶다.

닉닉이 영상을 돌아보고 나서 다시 고개를 돌린다.

"거래하기로 하지. 총과 총알을 준다면 필요한 건 뭐든 제공해 주겠어."

"감사합니다……."

"이제부터는 내 부하들을 빌려주는 차원이 아니라 이 일을 내가 승인한 모양새가 되어야 해. 넌 매개체일 뿐이야. 공격권은 네가 아닌 내게 있는 거야."

"알겠습니다."

나는 그 명령을 납득했을 뿐만 아니라 상처를 줄이기 위해 직접 복수를 감행해야 할 만큼 크게 상처받은 심정이 어떨지 이해한다는 뜻으로 그렇게 말한다.

"일주일이면 되겠나?"

"더 앞당겨 주셨으면 합니다. 이번 주 금요일까지는 준비돼야 해서. 그쪽에서 분석가 면담을 진행할 거라서 엘리베이터에서 우리가 발각되지 않으려면 낯선 이들이 우르르 타야 할 테니까요."

닉닉이 마지막으로 고개를 한 번 끄덕거리더니 손가락 두 개로 딱 소리를 낸다. 그러자 밖에 있던 두 순찰대원이 문을 연다. 그가 무표정한 얼굴로 쉭쉭거리는 망토를 끌며 걸어 나간다. 세 사람이 떠나고 한참 있다가 볼때기 씨가 내게 다가온다. 그리고 내 턱을 들어올려 목뼈가 성한지 살펴본다.

"부러지진 않았군."

그가 손을 떼며 이어 말한다.

"두 사람이 형제라는 말은 안 했잖아."

"그랬으면 황제에게 미리 말해야 했을 테고 그럼 난 유리한 패를 잃었겠지."

우리 둘 다 이제는 문을 뚫어져라 쳐다본다.

"댁이 공격 계획을 짜지 못하게 됐으니 황제가 직접 공격 지시를 내리겠지. 이제는 되돌릴 수 없게 됐군."

"내 말이."

"그동안 황제의 별의별 모습을 다 본 줄 알았더니. 오늘 같은 상태는 처음 보네."

"분노하던 거 말하는 거야?"

"상처 받은 모습 말이야."

결국 무사히 집으로 돌아온 나는 옷을 벗는다. 하얀색 외투가 목에 난 상처에서 흘러내린 피로 얼룩진 꼴이 와일리시티 출신처럼 보이려고 했던 내 노력을 조롱하는 듯하다. 재투성이일 뿐만 아니라 피투성이 아이인 내가 제 주제보다 높은 곳에 이를 수 있다고 생각하다니, 온 우주가 웃을 일이다. 목이 졸리면서 생긴 선 같은 흔적은 벌써 거무죽죽해지기 시작하는데 목뼈는 어찌나 심하게 욱신거리는지 골까지 쑤시는 느낌이다. 가장 참을 수 없는 것은 통증이 아니라 익숙함이다. 전에도 수없이 이런 통증을 느꼈고 그럴 때마다 다시는 이런 고통을 겪지 않으리라 수없이 다짐했다.

바닥에 주저앉자 수년간의 시간이 붕괴되는 느낌이다. 물론 시간은 일정하다. 하지만 지금 이 순간보다 더 일정했던 적은 없다. 닉이 으스러뜨린 목을 치료했던 모든 밤이 압축되어 나는 황제의 침실에서 무릎을 꿇고 있는 소녀가 된다. 결코 시체를 찾지 못하고 절대 벗어나지 못하는 소녀. 절대 자유로워지지 못한 채 영원히 자유를 꿈꾸는 소녀가 된다.

카라멘타는 죽는 날까지 폭력을 체감하지 않았기에 내가 정말로 누구인지 쉽게 알았던 적이 한 번도 없다. 그리고 그 상태에서 한 발자국 이상 나아가 본 적도 없다.

치료 장비로 들어가 즉시 치료를 받거나, 아니면 적어도 치료의 고통을 버티게 해 줄 마약성 진통제라도 맞아야 한다. 그러려면 아침이 좋겠다. 오늘 밤에는 아직도 22호 지구에 있는 것처럼 생활하면서 고통을 낱낱이 느껴 격렬한 분노를 끌어내야 한다. 분노는 더러운 연료지만 슬픔보다 더 뜨겁게 타오를 수 있으니까.

***

"무슨 일 있었어?"

델의 목소리에서 걱정하는 마음이 무방비 상태로 전해진다.

"아무 일 없었어요. 진짜 부러진 것도 아니고, 그냥 멍이 안 빠져서 그런 거예요."

델은 들은 척도 안 한다. 내 주위를 빙빙 돌며 변색된 살갗을 손가락으로 눌러 본다.

"벌써 치료받았다고 말했잖아요."

"이 상처는 새로 치료받은 건데. 어쩌다 이런……?"

델은 내 뒤에서 닉닉이 있던 위치와 똑같은 곳에 서서 그와 거의 비슷한 높이에서 내 목에 손을 올린 채 상처 선에 딱 맞게 손가락을 대고 있다.

"누가."

기묘하게도, 물어보는 말이 아니다.

"아무도 아니에요."

나는 그녀에게서 벗어나면서 이어 말한다.

"오늘은 어디로 가나요?"

"아무 데도 안 가. 오늘 횡단했다가는 상처만 덧날 테니까. 내일 다시 짜 보자."

"뒤로 밀리기 싫은데."

"부상당했잖아."

델의 말투는 왠지 나를 안달 나게 한다. 장이 죽고 나서 그녀는 줄곧 같은 어조로 말하고 있다. 내가 실제로 어디 출신인지 알고 난 후부터 쓰고 있는 말투와 똑같다.

"날 깔보는 투로 말할 때가 더 좋았어요. 그렇게 계속 불쌍하게 보는데 지금까지 그렇게 흉한 표정은 처음 본다니까요."

델의 눈이 딱딱하게 굳는다. 내가 의도한 대로 된 셈이다. 델은 나를 더 이상 불쌍하게 생각하지 않으면 마음껏 나를 미워할 수 있다.

"내가 오늘 횡단은 취소할 거야. 더 이상 토 달지 마."

"잠깐 다녀오는 건데요."

"결정 끝났어."

"난 괜찮다고요."

"내가 감시관이라는 건 이 대화를 끝낼 수 있다는 뜻이야."

난 재킷을 움켜잡는다.

"델, 이런 건 절대 대화가 아니에요. 그냥 당신이 명령을 내리는 거죠."

"내 할 일을 하고 있는 거야. 이런 일은 캐링턴이 더 유연하게 대처할 거 같네."

"캐링턴 괜찮았죠. 아주 마음에 들었어요. 말도 열두 마리나 있고, 성격도 엄청 쾌활하고요."

"오호, 지겨운 인간이라는 걸 알았나 보네."

"당신에 비하면 한 줄기 햇살 같던데."

그렇게 쏘아붙인 뒤 문으로 갔지만 코앞에서 문이 스르륵 닫힌다. 돌아보니 델이 책상 위에 있는 출입 통제 버튼을 누르고 있다.

"횡단을 보내 주든가, 내보내 주든가."

"무슨 일 있는 거 아니야? 나한테 꼭 말해야 하는 일 없어?"

물론 있다. 진실이 입술 끝에 앉아 그녀에게 달려가게 해 달라고 간청한다. 나는 이를 악문다.

"그런 거 없어요."

델이 나를 빤히 내려다본다. 나도 똑바로 되쏘아본다. 까만 웅덩이 같은 델의 눈을 마주 보자니 늪에 빠져드는 것 같다.

결국 눈싸움에서 진 델이 문을 열어 준다.

"다음번에도 네 뒤치다꺼리 해 줄 거라는 기대는 마."

델이 파손되지 않은 내 목걸이를 숨겨 준 이야기를 하고 있는지, 아니면 감전됐을 때 보안팀을 피해 도망치게 해 준 일을 말하는지, 그것도 아니면 예약하지도 않은 나를 175호로 보내 준 이야기를 하는지 알 수가 없다. 문득 그녀가 날 도와준 일이 그렇게 많다는 사실에 언쟁을 나눈 자리에 맞지 않게 감사하는 마음이 차오른다.

"절대 부탁 안 해요. 당신 손을 더럽히고 싶지 않을 테니까."

델은 비꼬는 줄 알겠지만 나는 그 어느 때보다도 진솔하다.

다음 날 아침은 늘 그렇듯 델과 싸운 후유증으로 내내 기분이 안 좋았다. 그래도 평소 해 보고 싶었던 의미심장한 대답을 연습하느라 곧 있을 기업 파괴 행위를 잊어버리고 정신을 딴 데 팔 수 있었다. 아침을 먹으러 가는 길에 나를 보고 웃어 주는 이들은 모조리 비웃어 주고 그렇지 않은 이들은 죄다 쏘아본다. 델이 추가 근무를 못 하게 나를 교대조에서 빼 버려서, 에스더에게 이런 대담한 조치를 설명하려고 하자 동생이 툭 내뱉는다.

"그래서…… 델이 언니를 보호해 주려고 한다고?"

에스더와 통화 중에 전화가 끊긴다. 볼때기 씨가 보낸 '단체로 갈 것 같음. 놀라는 척해 주길.'이라는 이상한 문자를 보는 순간 우울했던 하루가 암흑으로 변한다.

단체라는 말은 순찰대원이 10명에서 15명 정도 된다는 뜻이지만 그 정도 인원이 와일리시티로 온다면 우르르 몰려오는 꼴이라서 빌어먹을 행진이나 다름없을 것이다.

미처 답장을 보내기도 전에 팔찌에 누군가 내 거주지로 들어올 수 있는 1일 통행권을 신청했다는 통지가 뜬다. 당연히 에스더라고 생각하고 승인을 해 주려고 화면을 열지만…… 이름을 보고 동작을 멈춘다.

예르자닉 나자리안.

황제의 이름이다.

서둘러 에스더에게 다시 전화를 건다. 적어도 이 일만큼은 그 애가 공감해 줄 것 같았다.

“이건 말이 안 되지 않니? 틀림없이 입국 제한 대상일 텐데.”

“그래서 이웃 도시 통치자를 못 오게 할 거야? 특히나 모욕을 당하면 절대 외교적으로 대응하지 않는 것으로…… 유명한 사람을?”

에스더가 어디에 있는지 모르지만 숨소리로 판단해 보건대 그 애는 분명 실내 정원에서 잡초를 뽑고 있다.

“언니, 승인해 줬지, 그렇지?”

“……다시 전화할게.”

나는 통행권을 승인한다.

20장

닉닉은 패거리를 데리고 도착했다. 볼때기의 문자를 받지 않았다면 보자마자 기절해 버렸을 것이다. 수년간 이렇게 많은 순찰대원이 한데 모여 빈둥거리는 모습을 본 적이 없었다. 그런데 빈둥거리는 순찰대원만큼 섬뜩한 게 또 없으니 문제다.

옆으로 비켜서서 그들이 빨리 움직이게 유도해 보지만 소용없다. 닉닉이 문턱을 넘고 한껏 늑장을 부릴 때까지 누구도 꼼짝하지 않을 것이다. 닉닉은 이곳에서 산 게 틀림없는 검정색 스웨터를 입고 있다. 애시타운에서 파는, 피부를 다 가려 주는 옷들은 얇다. 추위를 막기 위한 것이 아니라 화상과 모래 발진에 걸리지 않게 보호하는 용도이기 때문이다. 하지만 황제가 입고 있는 스웨터는 두꺼운 데다 부드러운 소재의 옷이다. 줄마노를 씌운 치아만 없으면 권태롭고 돈 많은 와일리시티 사람이 재미 삼아 애시타운 스타일로 꾸민 줄 알겠다. 옆머리에서 줄지어 땋아 늘어뜨린 머리는 촘촘하고 반들거리는 게 새로 손질한 모양이다. 내가 세상 물정에 어두웠다면 그가 누군가를 위해 차려입었다고 생각할 정도다. 그 누군가가 내가 아니라고 확신해야만 욕지기를 참을 수 있다.

"여기서 뭐 하는 거예요?"

"레모네이드."

닉닉이 내 질문은 무시하고 내가 먼저 물어봤어야 할 말에 대한 대답을 내놓는다.

"레모네이드는 없어요. 여기 사람은 잘 안 마시는 거라서요."

"그럼 뭐가 있는데?"

"콜라, 사이다…… 기계에서 뽑아 먹을 수 있는 것들요."

"그러면 물."

닉닉에게 물을 가져다준다. 볼때기한테서 받은 문자 때문에 추가로 음료수와 음식을 사러 나갔다 왔는데, 왕재수 폐하께서는 그따위 먹거리는 먹지 않는다는 것을 파악했어야 했다.

"여러분도 마음껏 들어요. 근데 컵이 많지 않아서 같이 마셔야 할 거예요."

순찰대원들이 어깨를 으쓱하더니 절반 정도가 부엌으로 들어가고 나머지는 닉닉의 양옆으로 가서 선다. 내가 제일 좋아하는 의자에 앉아 있는 닉닉을 제외하고는 누구도 앉지 않는다.

"어떻게 이들을 다 데리고 왔죠? 난 1인 통행권만 승인했는데."

해 주고 싶어도 그 많은 사람을 승인해 줄 수 없었을 것이다. 영주권자이지 시민이 아닌 내게 허용된 최대치는 일주일에 3명까지인데다 그것도 하루에 2명 이상은 불가능하다.

닉닉은 대답도 하지 않고 물만 마신다.

"우리가 너희 도시를 구멍투성이로 지었거든. 구석구석에 우리만 찾을 수 있는 개구멍이 널려 있지."

한 순찰대원이 외부인을 상대할 때 써먹는 살짝 미친 듯한 목소리로 설명해 준다.

볼때기 씨가 앞으로 나선다. 우리가 공모한 사실을 황제가 눈치채면 나쁜 일이 벌어질 것이라는 말이 생각나서 나는 그를 내내 쳐다보지 않았다.

"정식 서류가 없으니 잡히면 시 정부에서 우리를 아예 돌아가지 못하게 할 수도 있어."

볼때기 씨가 마치 내가 와일리시티 사람이 아닌 애시타운 사람인 양 친절하게 말한다.

"황제께서 눈에 띄실 일은 없겠네, 합법적으로 오신 거니까."

볼때기 씨가 고개를 끄덕인다. 냉장고를(그리고 들리는 소리로 판단하건대 식료품 저장실까지) 습격한 순찰대원들이 돌아오고 남아 있던 절반이 부엌으로 간다. 그들은 교대로 일하면서 한순간도 닉닉을 무방비 상태로 두지 않는다. 그중에서도 볼때기 씨는 다과까지 포기하고 황제 곁을 내내 지킨다. 충성심 때문인지 아니면 그저 나와 황제만 두기가 못 미더워서 그럴 뿐인지 잘 모르겠다.

"왜 온 거야? 금요일까지는 움직이지 않기로 한 거 같은데?"

"해치를 살펴봐야 해서."

"살펴본다고?"

볼때기 씨가 어깨를 으쓱하자 이번에는 다른 순찰대원이 대답해 준다.

"어, 살펴보려고. 해치의 선체가 얼마나 두꺼운지 알아보려고. 뚫는 데 얼마나 걸릴지도 재 보고. 십자가가 면적도 알고 싶대."

나는 입이 바짝 마른다.

"엘드리지까지 들어가게 해 달란 거야? 15명이나? 안 돼. 절대 못 해. 금요일에 모든 면접자들이 그 층으로 가야 하니까 층 전체를 외부인이 드나들 수 있게 맞춰 놓을 거라서 그때 그쪽만 들어가게 해 준다는 거였어."

내가 곤란해하는 모습이 재밌는지 볼때기 패거리들이 요란하게 웃어 댄다. 사방이 적이라고 생각하니 뒷목이 당긴다.

"애덤 보슈의 저택에 복제품이 있지. 제대로 작동 안 하는 원형이."

처음 보는 또 다른 순찰대원이 말한다.

순찰대가 계급이 제일 높은 이가 아니라 관련 정보를 가진 사람을 중심으로 열심히 이야기들을 나누고, 그런 그들 사이에서 나는 이쪽저쪽으로 대답해 주느라 바쁘다.

"그자가 오늘 밤에 파티를 연대. 그래서 노점상들을 위해 후문에 있는 생체인증 출입 장치를 꺼놓을 거래. 우리는 거기로 몰래 들어가서 정보를 빼내 몰래 나오는 거지."

"좋아, 근데 정말 이 일에 16명이나 필요해?"

그들이 또다시 낄낄거린다. 그것도 고음이다. 세 번째까지 웃게 만들고 싶지는 않다.

이번에는 넉넉이 대답해 준다.

"절반은 일을 해치우고 절반은 보안팀의 주의를 딴 데로 끄는 거지."

그가 내 의자의 팔걸이를 손가락으로 훑으며 이어 말한다.

"순찰대원들이 공원에서 놀면서 메시지를 보내면 와일리시티의 인간쓰레기들이 뿔뿔이 흩어지는 틈을 타 우리가 몰래 들어갈 거야."

"그러면 여기는 왜 온 거예요? 그냥 곧장 보슈네 집으로 가시지 그랬어요?"

황제가 앞쪽으로 내앉더니 뒷주머니에 손을 찔러 넣는다. 곧 천을 하나 꺼내서 내 얼굴에 집어 던진다. 받아서 펼쳐 손가락으로 비벼 본다. 검정색이지만 빛을 받으니 금속같이 반짝거린다. 직접 써 보지 않아도 숨을 쉴 수 있으면서도 장거리를 이동할 때 폐에 먼지가 들어가지 않도록 해 준다는 것을 알 수 있다. 내가 들고 있는 것은 순찰대의 두건이기 때문이다.

나는 그것을 떨어트리고 뒷걸음질한다. 그 두건을 볼 때면 떠오르는 것은 볼때기 씨도 아니고, 내가 싫어하지 않는 순찰대원 그 누구의 모습도 아니다. 바로 행진이 떠오른다. 그 두건은 내게 부적과 같다. 엔진 소리와 비명을 뚫고 들릴 만큼 아주 큰 소리로 낄낄대던 운전자들이 입에 그 두건을 덮어썼던 시절을 생각나게 하기 때문이다.

닉닉은 내 반응을 모욕으로 받아들인다. 아마 그러는 게 당연할 것이다. 다음 순간, 그가 일어서서 내 팔을 움켜잡자 뾰족한 손톱들이 이두박근을 파고든다.

"우리를 도구로 쓰고 본인은 결백한 척하고 싶어? 너도 그놈들 같은 거야? 아주 도시적이고, 뼛속까지 와일리시티 놈이라서 남에게 네 일을 시키고 만족할 수 있냐고. 너도 애덤 보슈가 무서워?"

나도 모르게 그 말에 씩씩거리자 황제가 피식 웃고 나를 놔준다.

"선택은 네가 하는 거야."

하마터면 그 말을 믿을 뻔한다.

허리를 숙여 두건을 집어 든다. 이건 애덤이 하는 일과 다를 바 없다. 애덤 보슈는 300세계에 암살자를 파견하면서도 본인의 손에 직접 피를 묻히지 않는다고 스스로를 문명인으로 생각한다. 나도 나중에 이번 일이 나와 전혀 상관없는 척할 것이다. 장이 그를 사랑했던 사람이 아니라 어떤 모르는 사람 때문에 앙갚음을 당한 듯이 내가 행동했던 것처럼.

"나도 오늘 밤 당신들과 함께 가죠. 하지만 주의를 돌리는 팀에 끼고 싶지는 않아요. 애덤의 집에 들어가겠어요."

닉닉의 입꼬리가 올라가면서 나를 조롱하고 나를 잘 아는 검정색 이가 번쩍거린다.

"왜, 적들이 자는 곳에 네 체취라도 남기게?"

"뭐, 그런 거랑 비슷해요."

"좋아. 우리가 드나들게 될 길은 감시망이 닿지 않을 거야. 그렇지만 만약에 네가 나중에 잡히면……."

"나 혼자 알아서 해라?"

닉닉이 어깨를 으쓱한다.

"넌 순찰대원이 아니니까. 그치만 네가 있든 없든 우리는 보슈를 무릎 꿇릴 테니까 안심해도 돼."

"그거면 돼요."

나는 준비하러 내 방으로 들어가서 벽장 안쪽에서 수년간 입지 않았던 옷을 꺼낸다. 이 세계에 도착해서 내가 누군가인 척해야 한다는 것을 알아채기 전에 처음 샀던 옷이다.

불과 몇 달 전 계부의 교회 헌당식에 갈 채비를 할 때만 해도 어떻게 입어야 와일리시티의 영주권자처럼 보이면서도 애시타운에 적합한 옷차림 같을까 고민했더랬다. 두 세계에 알맞은 옷을 차려입기란 여간 어려운 일이 아니라서 열두 번은 입어 보고 따져보고 나서야 한 가지 의상을 고를 수 있었다. 이제는 내가 누구인지 기억하고 있기 때문에 필요한 옷을 바로 집어 입는다. 피부는 검고 체격은 호리호리한 데다 못생긴 나는 애시타운 스타일 가운데 제일 좋은 옷을 입고 다른 스타일인 척 꾸미지도 않는다. 나는 머리끝에서 발끝까지 카라리다. 막돼먹은 년이라서 루럴스의 공기조차 너무 깨끗해 나랑 맞지 않는다.

흔히들 괴물을 잡다 보면 어느 순간 자신도 괴물이 된다고들 한다. 지금 벌어지는 일은 그런 게 아니다. 가끔은 용을 죽이기 위해서 자신 또한 불을 내뿜는다는 사실을 기억할 필요가 있다. 지금 모습은 바뀐 게 아니라 감춰져 있던 게 나타나고 있는 것이다. 나는 내내 괴물이었다.

그래서 복도를 반쯤 내려가다가 다른 것을 가지러 내 방으로 되돌아온 것이다.

밖으로 나오자 볼때기 씨가 장갑을 낀 내 모습을 보고 말한다.

“그쪽에서는 자국 같은 거 눈여겨보지 않을 텐데. 우리가 거기 다녀갔는지도 모를걸.”

“그래도 혹시 몰라서.”

“그자가 재건하지 못하게 할 방법은 생각해 봤어? 다른 데로 가서 다른 사람을 훈련시키려고 그동안 엄청 신경 써서 데이터를 쌓아 놨을지도 모르잖아. 우리 둘 다 수사국이 그자를 압박할 가능성이 별로 없다는 걸 알지 않나."

"안 그래도 작업 중이야."

출발하기 전에 볼때기 씨의 도움을 받아 두건을 쓴다. 최대한 코와 입을 가리고 눈만 보일 수 있게 단단히 맨다. 볼때기도 작대기 세 개로 계급이 표시된 자신의 두건을 둘러쓴다. 얼굴을 가리자 그의 눈이 더없이 사랑스러워 보인다. 번쩍이는 이빨과 턱 주름이 안 보이니 인형 같은 눈이 도드라져 얼핏 영화 속 모델 같다.

"잘 어울리네. 혹시 일이 잘못되면…… 우린 늘 능력 있는 소수의 대원을 찾고 있어. 와일스에서 최고 실력자가 아니었다 해도 애시타운에 진출할 수 있지."

그가 석 달 전에 그 얘기를 했다면 그 매력적인 얼굴에 냅다 침을 뱉었을 것이다. 그때만 해도 와일리시티의 시민이 되지 못하면 그 어떤 것도 실패라고 믿었기 때문이다. 하지만 지금은 고개를 끄덕이며 와일리시티가 지금까지 써먹은 것보다 더 많이 내가 필요할 수도 있는 미래상을 받아들인다. 내가 늘 두려워했던 사람이 될 수도 있다고 생각하니 더 두려워할 일이 뭐가 있겠냐 싶다.

***

순찰대와 같이 이동하면서 가장 놀랐던 것은 닉닉이 다 같이 달리는 동안 복종을 요구하지 않는다는 점이다. 와일리시티의 뻐대가 되는 건물을 올라가는 동안에는 그에게 말할 때 눈을 내리깔고 절대 질문하지 않아야 한다는 것처럼 평상시 같으면 목을 맬 거창한 의식이 전부 없어졌다. 우리는 60층까지 건축용 엘리베이터를 타고 올라간 다음 내려서 거기부터 80층까지는 캄캄한 계단을 이용했다. 만약 공공장소에서 소란을 일으킬 우려가 없는 차림이었다면 그냥 일반 엘리베이터를 타고 올라갈 수 있었을 것이다. 건물 밖에 있는 것들은 전부 공공시설이라서 엘드리지 같은 건물과 달리 출입 제한 장치 같은 게 없기 때문이다.

절반쯤 올라갔을 때 헉헉거리는 내 숨소리가 15명이 신은 부츠의 쿵쿵거리는 소리보다 더 커졌다. 마음 깊은 곳에서 델이 내게 신체 활동에 대해 훈계를 늘어놓는 소리가 들리는 것 같다. 주의를 딴 데로 돌리는 역할을 맡은 순찰대원이 묻지도 않고 닉닉의 어깨를 움켜잡는다. 황제가 돌아서서 반지를 낀 무지막지한 손을 휘두를 것으로 예상했지만 닉닉도 같은 몸짓으로 화답하여 애정과 행운을 비는 마음의 표시로 그 남자의 어깨를 그러잡는다.

볼때기 씨가 어떻게 닉닉 같은 사람에게 충성을 바칠 수 있는지 이해가 안 갔는데, 이제 보니 그가 복종하는 인물은 내가 한 번도 못 본 얼굴을 하고 있다. 볼때기 씨가 복종할 대상으로 고른 인물은 이와 같이 중심을 잡고 확신에 차서 자신만만하게 명령을 내리고 자신이 한때 사냥했던 동물들처럼 민첩하게 움직이는 닉닉이다. 내 목을 한 번, 혹은 백 번이나 졸랐던 불안한 망나니가 아니라.

애덤 보슈의 저택이 있는 정원의 끝에 도착하자 닉닉이 손을 들어 우리를 멈추게 한다.

"내가 가는 길로만 그대로 따라와. 처음부터 끝까지, 한 번에 두 사람씩."

닉닉이 볼때기와 나를 차례로 지목한다. 볼때기 씨가 고개를 끄덕이고 내 옆으로 이동한다. 우리는 가다 서다를 반복하며 안뜰을 지나서 마지막으로 전력 질주하여 문을 깨부술 수 있을 만큼 저택에 아주 가깝게 접근한다. 그러나 아직은 문을 부수지 않는다. 모두 웅크린 채 아무 말도 하지 않고 아무것도 보지 않는데 불안해하는 이는 나 혼자뿐인 것 같다. 참다못해 뭘 기다리는 것이냐고 물어보려는 찰나 소리가 들린다. 잠시 날카로운 소리가 난 뒤 연기가 보이나 싶더니 곧 멀리서 전기톱이 맹렬하게 돌아가는 소리가 들린다.

닉닉이 덤불에서 튀어나와 빠르게 달리자 모두들 뒤따라간다.

애덤이 파티를 위해 생체인증 장치를 껐을지 모르나 문은 여전히 닫히는 순간 자동으로 잠긴다. 애덤 보슈에게는 유감스럽게도 문은 금속 재질이고, 금속에 관해서라면 와일리시티 사람들보다 우리가 아는 게 더 많다.

무리 앞쪽으로 이동하는 여자가 누구인지 알아보는 데 잠시 시간이 걸렸다. 그전까지 안경을 쓴 비늘 씨는 한 번도 본 적이 없었기 때문이다. 그녀가 소매를 걷어 올려 자석들을 짜 넣은 갑옷용 장갑을 드러나게 한 뒤 문 겉면을 따라 자석들을 살살 움직이더니 문에 귀를 바짝 붙이고 진행 상태를 파악한다. 마침내 문이 스르르 열린다. 비늘 씨가 자석을 장갑에 다시 달자 닉닉이 다른 사람들과 달리 어깨가 아닌 그녀의 맨팔을 만진다. 그녀가 나를 알아보고 외면하기에 나도 똑같이 시선을 돌린다. 비늘 씨가 닉닉에게 고개를 까닥이고 원래의 자리로 뛰어가는 사이 진입을 맡은 우리는 몸을 확 수그리고 안으로 들어간다.

일단 안으로 들어서자 닉닉의 무리가 복도를 따라 이동하기 시작하지만 나는 뒤에서 머뭇거린다.

그런 나를 볼때기보다 황제가 먼저 알아챈다. 늘 그렇듯 그가 관심을 보이면 마음이 불편해진다.

"무섭나?"

나는 고개를 가로젓는다.

"아니요, 그 사람 방을 찾고 싶어서요."

닉닉이 이유를 물을 줄 알았는데 그는 그저 기름띠 같은 이빨을 드러낸 채 활짝 웃기만 한다. 그러고 나서 175호에서 걸고 다니던 것과 똑같은 시계 목걸이를 빼낸다. 닉닉이 시계의 버튼을 눌러 벽에 저택의 지도를 띄운다.

"저기네, 맨 구석. 10분 후에 나오지 않으면 떠나는 모습이 발각될 거야."

다른 이들은 애덤의 집 실험실에 있는 원형 해치를 가지러 출발하는데 볼때기는 뒤에 남는다.

우리 둘만 남게 되자 황제가 할 줄 알았던 질문을 그가 던진다.

"왜 거기에 가는 건데?"

"그냥 거기에 그 인간이 벌인 일들의 증거가 있나 알아보고 싶어서. 수사국이 느리게 움직일 걸 알지만 그래도 무시 못 할 증거를 우리가 줄 수 있을지도 모르잖아."

그가 고개를 젓는다.

"천재라며. 먼지 한 톨 안 남겼을걸."

"그냥 확인만 하려고."

볼때기가 왜 거짓말하냐는 듯 나를 쳐다본다. 거짓말이 맞다. 그런데 그는 내 마음대로 하게 내버려 두고 원형 해치가 있는 방으로 다른 사람들을 만나러 간다.

애덤 보슈의 집 안으로 들어가자 사방에 그가 나오는 뉴스 영상이 걸려 있다. 친구들이나 입양 가족의 사진이나 영상은 전혀 없다. 마침내 애덤의 방 문 앞에 도착하자 닉닉이 방향을 가르쳐 주지 않아도 될 뻔했다 싶다. 애덤은 정확히 내가 예상했던 곳을 침실로 쓰고 있다. 저택 뒤쪽에 자리한 그 방은 한쪽 벽면을 통째로 없애서 애시타운 방향으로 사막이 내다보인다. 사막이 그리운 걸까? 나는 그렇지 않았는데 애덤과 나의 양육 환경은 금가루와 흙처럼 하늘과 땅 차이였으니 나와 다를 수도 있겠다 싶다.

물건들을 빠르게 살펴보지만 볼때기의 말대로 눈 씻고 찾아봐도 건질 게 없다. 딱 하나 관심을 끄는 것이 있다면 벽에 고정돼 있는 디지털 보관함이다. 통신망을 끊어 놓아 해킹당할 위험도 없을 테니 분명 모든 파일은 암호화되어 있을 것이다. 하지만 메뉴까지 못 읽으라는 법은 없다. 장갑을 벗고 화면을 상하로 움직이며 제목들을 훑어보는데 지문이 인식되는 순간 함정에 빠질지 몰라서 손바닥만으로 스크롤한다. 화면에는 옵션들이 가득하다. 내가 알기로 지루한 처리 절차인 파일명도 있고 수학 기호 같아서 전혀 이해가 안 가는 파일명도 있지만 그래도 불가능은 없다는 생각으로 임한다.

보슈의 개인 서버에 내 이름, 그것도 내 진짜 이름으로 된 파일이 있다. 왜일까? 모든 파일을 비밀번호로 보호하고 있을 테지만 일단 열어 본다. 역시나 열리지 않지만 파일명 맨 뒤의 확장자 유형이 눈에 들어온다. 진료 기록을 복사한 파일이다. 애덤 보슈는 왜 내 정밀 검사 기록을 전부 복사해 둔 걸까? 장이 죽기 전과 175호에 가기 전 기록에 더해 거의 입사 초기 때에 이르기까지 많은 양의 파일이 있다. 지금은 나 하나만 남았지만 그동안 거쳐 간 많은 횡단자의 진료 기록을 전부 복사해 두었을까? 아니면 애덤 보슈가 나만 특별히 감시하고 있는 걸까?

파일 보관함을 그대로 두고 다시 장갑을 낀 뒤 재차 방을 살펴본다. 이 방에도 소중한 사람들의 사진이나 영상은 없다. 애덤의 공간은 황제의 궁전처럼 정감이 없는데 둘 다 같은 이유 때문인지 궁금하다. 단순히 친구나 가족의 사진이 없다고 해서 세상 천지에 그를 사랑하는 사람이 없다는 뜻은 아니라고 애써 생각한다.

내가 아는 닉닉은 적을 온전한 인간으로 간주하는 게 중요하다는 것을, 배신자도 누군가의 아버지이자 남편임을 잘 알고 있었다. 자비를 베풀려고 그런 게 아니었다. 누군가를 죽일 때는 누가 복수를 해 올지 알 정도로 대상을 충분히 파악하고 있어야 한다는 뜻이었다. 애덤이 장을 좀 더 자세히 조사했더라면 내가 결국 침실까지 들어와 본인의 존재 문제를 골똘히 생각하리란 걸 알았을 텐데.

나는 애덤 보슈를 죽일 것이다. 그가 잠자는 공간에서. 벽을 보고 판단하건대, 그 주변에는 복수를 감행할 사람이 아무도 없다. 그가 나를 죽여도 앙갚음할 사람이 아무도 없는 것처럼 말이다.

볼때기 씨가 보내 준 시간이 다 되어 간다는 문자를 보고 나서야 비로소 내가 원하는 대로 할 수 없다는 사실이 생각난다. 애덤이 들어올 때까지 기다렸다가 그가 장에게 했던 대로 그를 피투성이 곤죽으로 만들 수가 없다. 그랬다가는 전쟁이 시작될 텐데, 비록 내 유일한 친구였던 장의 죽음에 비해 전쟁이라는 가정에 기초한 죽음은 멀게 느껴지고 대수롭지 않게 생각된다 해도 실상은 그렇지 않을 테니까 말이다.

우리가 애덤을 제거하지 못하면 그는 해치를 새로 만들어 버릴 것이다. 그리고 그렇게 만든 것은 더 크고 더 많은 안전장치가 장착되어서 몇 년만 지나면 장의 죽음은 애덤의 끊임없는 탐욕의 양상에서 사소한 예외로 묻혀 버리게 될 것이다. 나만 사라지면 더 이상 신경 쓸 사람이 없을지도 모른다. 그러니 그대로 두고 볼 수 없다.

볼때기 씨가 또다시 좀 더 짜증이 섞인 문자를 보냈을 때 나는 애덤 보슈의 특대형 욕실에 있었다. 서둘러 복도로 뛰어나가는데 헉하는 소리가 들린다. 천천히 돌아서지만 나는 이미 알고 있다. 그녀가 나를 쳐다볼 때면 항상 알아채던 나니까.

델이 복도 맞은편 끝에 서 있다. 그보다 더 아름다울 수 없는 모습의 그녀와 나는 전혀 상상도 못 한 꼴로 서로를 마주 보고 있다. 델은 목부터 배꼽까지 V자로 파인 야회복을 입고 있다. 검은 수정의 바다에서 V자 모양으로 드러난 피부만이 눈부시게 반짝인다. 델의 눈은 공포로 커다래지고 장갑 낀 손에는 샴페인 잔이 아슬아슬하게 걸려 있다. 우리 둘 다 장갑을 끼고 검은색 옷을 입고 있다. 공통점은 그게 끝이다. 이런 모습의 그녀를 보고 있자니 진흙에서 반짝이는 별을 보는 기분이다. 지금 이 상황은 오해이며 이 모습은 진짜 내가 아니라는 말을 못 하겠다. 수년 동안 스스로에게 해 왔던 거짓말을 그녀에게는 할 수가 없다.

델은 얼굴을 가린 나를 알아보고 충격을 받은 표정이지만 그 뒤에 감춰진 상처도 보인다. 나는 놀라지 않는다. 지금까지 그 많은 세월을 함께한 우리이기에 내가 흉터투성이에다 재로 뒤덮여 있어도 그녀를 한눈에 알아보듯 델 또한 어둠 속에서 나를 알아볼 수 있다.

뭐라고 말을 하지도 못하고 그녀에게 한발 다가가기도 전에 볼때기 씨가 다른 쪽에서 나타나 내 팔을 잡고 휙 잡아끈다. 어깨 너머로 보니 순찰대를 본 델의 눈이 싸늘하게 변해 있다.

닉닉과 그 일당들은 저택 끝에 모여 있다. 나는 호주머니에 있는 내용물을 꺼내 장갑과 함께 소각로에 던져 넣는다.

닉닉이 눈썹을 치켜올린다.

"오늘은……."

"소지품 검사 안 할 거라고요. 나도 알아요. 그냥 철저하게 하려는 거예요. 근데 두건은 왜 벗었어요?"

닉닉이 피식 웃는다.

"그자가 내 얼굴을 보면 좋겠다 싶었지."

서로가 형제임을 알았다는 사실을 애덤에게 알리고 싶다는 게 더 정확한 표현이다. 닉닉에게 바보라고 소리치고 싶다. 손안의 패를 보이고 자칫 전부 다 망칠 뻔한 그의 눈에 전에는 결코 볼 수 없었던 기운이 서려 있다. 닉닉은 양손을 꽉 주먹 쥐었다가 편다.

"폭탄이 터지면 그자는 과거가 부르는 소리인 줄 알 테지."

전에 볼때기가 닉닉이 형의 소식을 듣고 상처받았다고 말했을 때 믿지 않았는데 이제는 칼자국처럼 분명하게 알아보겠다. 닉닉은 자기 형을 증오한다. 하지만 그러면서도 형을 만나기 전에 제일 좋은 셔츠를 입고 머리도 새로 손질했다.

"제가 이 친구를 컴컴한 길로 집에 데려다준 뒤 궁전에서 다시 뵙겠습니다."

볼때기의 말에 닉닉이 고개를 끄덕인다.

"시내를 빠져나갈 때까지 경계를 늦추지 마. 이번 일로 국경 너머까지 우리를 추적해 올 테니까."

두 사람이 서로의 어깨를 움켜잡고 나서 황제가 먼저 떠난다. 고개를 빳빳이 들고 큰 보폭으로 느리게 걸어가는 그는 전혀 으스대려는 사람 같지 않다.

볼때기 씨의 안내로 나는 다시 건물 비계를 내려가 컴컴한 엘리베이터를 탄다. 우리는 그제야 두건을 벗고 내가 사는 층에 도착하자 그가 목깃을 올린다. 우리는 산책 나온 연인처럼 붙어 서서 천천히 현관문 앞에까지 걸어간다.

"정말 안 자고 갈 거야?"

볼때기가 고개를 젓는다.

"밝은 데는 나랑 안 맞아. 게다가 다른 대원들과 같이 있어야 해."

"이해해."

말은 그렇게 하지만 이해가 안 간다.

어릴 때 업소에서 아주 잠깐 신세 졌을 때를 제외하면 평생 어디에도 속해 본 적이 없었다. 마음을 밝혀 줄 애인 하나 없어 애처로울 정도로 외로웠을 넬라인이 떠올랐다. 하지만 장을 잃은 지금의 나도 그녀보다 나을 바 없다.

볼때기를 올려다보고 있자니, 에스더가 정말로 그를 선택했을 수도 있으며 어쩌면 세계 최악의 남자는 아닐 것이라는 결론에 이른다. 그런데 그때 가느다란 손가락들이 볼때기의 목 주변으로 보이는가 싶더니 그의 두건을 잡아채 홱 잡아당긴다.

***

거친 습격에 볼때기의 고개가 뒤로 확 꺾였다. 잠시 그렇게 금방 끝났구나 싶었다. 하지만 곧 그의 몸이 휙 수그러지더니 빙글 돌아 나가떨어진다.

갑작스러운 광경에 말이 잘 안 나와 겨우 묻는다.

"델?"

하지만 델이 아랑곳하지 않고 손으로 볼때기의 목을 탁 치자 그가 컥컥거린다.

델이 우리 두 사람보다 키가 크긴 하지만 볼때기 씨는 명색이 순찰대원이다. 지금쯤이면 반격에 나서야 마땅하다. 하지만 양쪽으로 늘어뜨린 그의 손은 꼼짝하지 않는다.

양팔로 델의 어깨를 감싸 안자 그녀가 몸을 흔들어 떼어 낸다.

"델, 그만해요!"

내 말에도 그녀는 벌써 볼때기를 다시 공격하려고 한다.

"이 사람은 반격 못 해요. 당신이 와일리시티 시민이니까. 손찌검 한번 못 하잖아요. 이건 공평하지 않아요."

머리칼이 프로펠러처럼 빙글 돌 만큼 델이 아주 빠르게 나를 돌아본다.

"공평? 그럼 이놈이 목 조르는 건 공평한 거니? 네가 그렇게 작은데? 네게 총을 밀반입하게 하고 저택에 침입시키는 건 공평한 거야?"

"뭐라고요? 아뇨, 그런 거 아니에요."

"바로 앞이니까…… 그렇게 말해야겠지. 하지만 누구도 널 그딴 식으로 취급하면 안 돼. 그런 식으로 이용하면 안 된다고."

볼때기 씨가 이제야 큰 소리로 껄껄 웃는데 델이 그 소리에 어리둥절해하는 틈을 타 내가 나선다.

델에게 다가가 손을 만지자 덜덜 떨고 있다.

"날 해코지하는 게 아니에요. 그럴 사람도 절대 아니고요."

"내가 이 친구를 여기로 끌고 왔다고 생각한 거요? 내 원 참 웃기는군. 이쪽이 나와 내 동료들을 고용했소. 우리는 이 친구를 위해 일하는 거라고요."

볼때기가 고개를 절레절레 흔들더니 내 잘못이라는 듯 노려본다.

"와일스 인간한테 선빵을 당하다니. 너 때문에 이게 무슨 개꼴이냐고."

델이 나를 돌아보며 묻는다.

"네가 고용했다고? 난……."

"어떻게 생각했을지 알아요. 난 쪼끄만 애시타운 촌뜨기니까 쉽게 나쁜 길로 빠질 거 같았겠죠."

이어 볼때기 씨에게도 말한다.

"미안해. 고맙고."

“아, 됐고. 이제 괜찮은 건가?”

그가 목을 문지르며 곁눈질로 델을 쳐다본다. 볼때기가 어떻게 으름장을 놓으려 했는지는 모르지만 이내 포기했는지 다시 시선을 내게 돌린다.

“사고뭉치야. 넌 그냥 최상급 사고뭉치라고.”

“그래서 일하기로 한 거 무르겠다고?”

“나를 뭘로 보는 거야.”

“잘 가, 볼때기 씨.”

그가 고개를 까닥이고 물러나 어둠 속으로 사라진다.

말없이 델을 아파트로 데리고 들어가며 나는 어디서부터 설명해야 할지 고민한다. 델이 내 목을 쳐다보자 그제야 아직도 두건을 쓰고 있다는 것을 깨닫는다. 두건을 풀고 부츠를 벗으면서 이야기를 나눌 때 내게서 그녀가 알고 있는 카라의 모습이 많이 보였으면 좋겠다고 생각한다.

의자에 앉아 넉넉이 했던 대로 팔걸이에 손을 올려놓는다. 그런데 어느 순간 나도 모르게 손깍지를 껴 무릎을 감싸고 있다.

“내가 175호에 갔을 때 엿들었군요.”

델이 자리에 앉으며 눈알을 굴린다. 그녀가 외투를 벗자 천 쪼가리 같은 야회복을 입고서도 싸움을 시작할 태세를 갖췄다는 게 한눈에 들어온다.

“그래, 부탁인데 이 문제를 사생활 침해와 연관시켜 줘. 일부 감시관은 담당 횡단자가 파견 나갈 때마다 전부 다 감청해. 난 분명 아주 오랫동안 널 봐줬어. 그런데 총을 가져와? 진짜, 작동되는 총을? 너 미쳤니?"

"총알이 6개밖에 없는 총이고 여기서 다시 만들지도 못하는 거예요. 게다가 내게 선택권도 없었다고요. 닉닉에게 성의 표시를 하려면 그게 있어야 했어요. 그렇지 않으면 그 사람이 자기 순찰대원들을 쓰게 해 주지 않을 테니까. 아직도 완전히 수락한 건 아니에요. 내가 모욕적인 말을 했거든요."

나는 목을 쓰다듬고 이어 말한다.

"그 사람은…… 예민해요."

"애시타운의 황제가 네 목을 졸랐어?"

델이 눈길을 돌리면서 말한다.

"175호에 친구라도 있는 것처럼 말하네."

"175호에서는 그 사람이 친구였어요. 다른 모든 세계에서는 원수고."

일부만 사실대로 말하면서 죄책감이 든다.

"22호에서는 내 전 남친이었는데 오히려 그 때문에 철천지원수가 되죠."

델이 몸을 앞으로 기울인다.

"이렇게까지 할 필요 없어. 네가 원하는 건 뭐든 내가 해 줄 수 있어. 너 대신 도둑질하라고 황무지 순찰대까지 고용할 필요가 없다고. 나 돈 있어."

델이 돈 이야기를 하면서 그 돈을 내 돈처럼 생각해도 된다는 듯 말하니 이상하다.

"애덤 보슈의 집에서 도둑질하라고 고용한 거 아니거든요. 그자를 무너뜨리라고 고용한 거지. 오늘 밤은 그냥 연습해 본 거고요."

"왜?"

나는 시선을 내리깔고 계산을 해 본다. 델은 오늘 밤 애덤의 집에 있었다. 단순한 손님이 아닐 수도 있다. 애덤과 공범일 수도 있다. 장은 실제 어떤 일이 벌어지고 있는지 알고 있었다. 어쩌면 델 또한 그럴지 모른다.

"그날 밤에는 날 어떻게 찾아낸 거예요?"

"그날 밤이라니?"

"언제를 말하는지 알잖아요. 내가 감전됐던 날."

"40층에 있었어. 네가 엘리베이터를 타고 내려가지 않고 올라가기에 장을 만나러 가나 했지. 근데 76층에서 내리기에 따라갔던 거야. 비상계단에서 놓쳤다가 보안망이 꺼지는 소리를 듣고 넌 줄 알았던 거지."

"그런데 내가 거기서 뭘 하고 있었던 건지 궁금하지 않았고요?"

"너랑 관련해서는 말이 안 되는 일을 못 본 척하는 데 도가 텄으니까."

"참 관대하기도 하셔. 그럼 40층에는 왜 간 건데요? 감시관님은 80층에서 살고 일도 거기서 하는데 최근에 엄청 많이 40층에 내려왔잖아요."

"갈 만한 이유가 있으니까."

"그러면 보슈의 집에서는 뭘 하고 있었는데요?"

"파티를 열었잖아. 최상류층은 다 초대받았거든."

"참 좋으시겠어요."

"하, 대놓고 욕하시지. 그딴 거에 절대 질릴 일 없으니까."

"왜 그 인간 침실로 가고 있었나요?"

델의 눈에 불꽃이 일더니 곧 좁아진다. 분노와 모욕감이 가득할 뿐 죄책감은 찾아볼 수 없다. 내 예상이 빗나갔다.

"그게 너랑 무슨 상관이야?"

델은 쉽게 곁을 내주지 않는다. 우리는 대화를 잘 나눠 본 적도 없다. 하지만 어제 말다툼했을 때부터 오늘 밤 이렇게 마주치는 동안 우리 사이에 깊은 골이 생겼다. 둘 다 진심을 말하지 않았기 때문에 우리는 수년 동안 서로의 주변만 맴돌았다. 내가 계속 입 다물고 있으면 델은 밖으로 나갈 테고, 그러면 내가 떠날 때까지 우리는 배와 빙하처럼 서로의 주위만 빙빙 돌 것이다. 우리 둘 다 먼저 속마음을 보여 줄 만큼 용감하지 못하기 때문이다.

"애덤 보슈는 예방주사제를 만들어 내지 못했어요. 그냥 낙찰자들의 도플갱어를 죽이려는 거라고요. 내가 수사국에 제보했는데 대표는…… 장이 그랬다고 생각했어요."

차마 다음 말을 못 하는데 델이 곧장 알아채고 벌떡 일어난다.

"애덤이 장을 죽였단 말이야? 그래 놓고 너 때문에 죽은 것처럼, 너도 그 자리에 있었다고 소문을 퍼트린 거고?"

애덤 보슈가 그 소문의 진원지였다는 것을 몰랐어도 의심은 해봤어야 했다.

"그 자리에 있었던 건 맞아요. 장 덕분에 대표가 날 풀어 줬고요."

델이 양손으로 머리를 흐트러트린다. 그렇게 헝클어트렸는데도 머리칼은 다시 완벽하게 제 모습으로 돌아온다.

"미안해. 내가 당연히…… 정말 미안해."

델이 숨을 들이마셨다가 천천히 내쉰다.

"네…… 카라멘타의 첫 번째 횡단 보고서를 확인해 봤어. 175호에 갔을 때처럼 충분한 증거도 없는데 사망 기록이 있더라. 이상한 생각이 들어서 보슈에게만 이야기하는 게 좋겠다 싶었지. 그 사람 침실로 가던 게 아니었어. 서재로 가는 길이었지. 그런 너는 왜 침실에 있었는데?"

"증거를 찾고 있었어요. 대표가 내 파일을 갖고 있는데 거기에 내 진료 기록이 잔뜩 있는 거 같아서."

델이 고개를 끄덕인다.

"내가 네 진료 기록을 전부 다 보내 주니까. 분기별 혈액검사도."

"그럼 사장이 그 많은 횡단자 기록을 전부 달라고 했어요?"

"그거까진 모르겠어. 넌 내가 맡은 유일한 횡단자니까. 하지만(이 대목에서 델은 영영 필요하지 않을 줄 알고 깊은 곳에 꼭꼭 저장해 놓은 정보에 접근하는 사람처럼 눈썹을 찡그린다.) 예전에 한번 내가 갖고 있던 혈청 혼합물이랑 앤서니가 스탈라에게 줬던 것을 비교했던 적이 있는데 같은 게 아니었어."

"혈청이 개인에 따라 달랐던 건가요? 아니면 스탈라의 혈청이 특별해서 그랬던 거예요?"

"아니면 네 혈청이 특별해서 애덤이 그 영향을 추적하기 위해 네 의료 기록을 가져간 거지."

델이 큰 소리로 다 말하니까 신빙성이 꽤 커 보인다.

애덤이 나를 실험한 걸까? 장은 알고 있었을지 궁금하다. 당장 그의 집으로 찾아가서 물어보고 싶은 마음이 굴뚝같아 울고 싶을 지경이다.

"이제 가요. 내 아파트 주변에 있다가 괜히 남들 눈에 띄기라도 하면 좋을 거 하나도 없으니까요."

"내가 또 해 줄 건 없고?"

델에게 어디까지 말해야 할지 고민스럽다. 이 일에 끌어들여 곤란하게 하고 싶지 않지만 나중에 놀라게 하는 것도 예의가 아니다.

"금요일에는 출근하지 말아요."

"금요일? 이번 주 금요일 말하는 거야? 사흘밖에 안 남았잖아."

델이 고개를 삐딱하게 기울인다.

"카라, 애덤을 죽이는 건 안 돼. 그 사람이 죽으면 해치들은 더 이상 작동을 못 할 거라고."

"알아요. 내 말 믿어도 돼요, 누가 뭐래도 그건 안 잊어요. 그냥 잠시 횡단을 못 하게 하려는 것뿐이에요. 오랫동안 공들이고 있는 게 있거든요."

"해치?"

나는 아무 대답도 하지 않는다.

"아니다, 이해해, 나한테 말하지 마."

델이 일어선다.

"장이 죽고 네가 분노해서 위험한 사람들과 어울리는 줄 알았어. 몰래 어딜 다니고 뭔가 숨기는 게 내 눈에 보였거든. 그래서 네 순찰대원 남자친구가 널 망쳐 놓으려는 줄로만 생각했어."

"그래서 사람들을 두들겨 패서 먹고사는 인간을 때려눕혀서 해결하려 했어요?"

"제대로 생각을 못 했어."

"제대로? 감시관님이 그렇게 이성을 잃을 줄은 생각도 못 했어요."

"너한테 무슨 일 생길 때만 그래."

델이 외투를 입으며 이어 말한다.

"지난 몇 주 동안은 정말 처음으로 널 잃겠구나 싶었어. 내 대처가 형편없었어. 미안해."

그런 말이 어떻게 들리는지 알지만 그냥 내가 원해서 그렇게 들리는 것일 수도 있었다. 뭐라고 대꾸하기도 전에 델이 가 버렸다. 무슨 말을 해야 할지 모르는 상태라서 오히려 다행이다 싶다. 어느 순간에, 어쩌면 그녀가 집에 도착했거나 혹은 이미 너무 늦어 버린 시점에 델은 자신이 생각한 대로 내가 그녀 곁에서 사라지고 있다는 것을 깨달을지도 모른다. 애덤은 내부자가 순찰대원들을 도와줬다는 사실을 알게 될 테다. 더구나 그는 장에게 저지른 일 때문에 내가 자신을 증오한다는 것도 잘 알고 있다. 따라서 이번에는 빠져나가기 힘들 것이다. 하지만 나는 금요일을 위해 그런 끔찍한 일은 잠시 잊고 있을 것이다. 델이 전화를 받거나 내 이름이 나오는 뉴스를 볼 때까지만이라도 우리는 괜찮다고 생각하게 할 것이다. 지금처럼 영원히 서로의 주변을 맴돌 수 있으리라고 믿게 할 것이다.

***

뉴스 영상마다 순찰대원들의 습격 소식으로 난리가 났다. 그들은 화염방사기와 전기톱과 엔진이 달린 스케이트를 이용해 우리는 장사노고를 죽이지 않았다는 선명한 메시지를 띄워 보슈의 정원을 공포로 몰아넣었다. 나는 강박적으로 기사를 훑어보며 내 눈이나 독특하기 그지없는 얼굴의 줄무늬 멍이 나오는 사진이나 영상은 없는지 확인한다. 다행히 어디에도 내 얼굴은 나오지 않지만 새로운 문제가 생긴 것 같다. 순찰대원들이 퇴각한 직후 애덤 보슈가 돌아다니는 모습이 찍혔는데, 아무래도 수십 년 만에 처음으로 동생의 얼굴을 본 모양인지 눈을 동그랗게 뜬 채 완전히 충격을 받은 표정이다. 그러나 한 꺼풀 벗겨 보면 거기에는 당혹감이나 상처가 아닌 교활함이 도사리고 있다.

건물 출입도 여전히 가능하고 밤에 유지보수팀 패거리도 들이닥치지 않았지만 애덤 보슈가 움직이고 있다는 확신에는 변함이 없다.

나는 대표가 닉닉의 다음 행동을 대비해 보안을 강화하지 않았는지 확인하기 위해 사무실 주변 상황을 주시한다. 하지만 지금까지 파악한 바로는 자신의 집과 정원을 지킬 보안 인력만 좀 더 보강했을 뿐이다. 어쩌면 닉닉이 조직이 아닌 본인만 개인적으로 공격해 올 것이라 여기고 회사를 지킬 생각을 하지 않을지도 모른다. 아니면 내가 못 알아내게 이미 대비를 해 놨을 수도 있고. 하지만 다른 생각을 하기에도, 취소하기에도 너무 늦었다. 이미 활은 시위를 떠났으니 나와 애덤 중 누가 이길지는 두고 보면 알게 될 것이다.

21장

공격 전날, 눈길이 닿는 모든 게 마지막처럼 느껴진다. 짐을 싸면서 여기가 내 집이었음을 증명하듯 소지품이 산더미처럼 많아 꽤 무거울 것으로 예상했다. 하지만 옷가지를 담은 배낭과 다른 지구에서 수집한 물건들로 가득 찬 상자 하나가 전부이다. 곧 내 이름은 엘드리지의 횡단자 교대 명부에서 사라질 테니 밀봉한 이 봉투들만이 내가 한때 별 사이를 걸어 다녔으며, 내가 매우 쓸모 있는 사람이었고 우주와 내가 정면으로 만났다는 것을 입증해 주는 유일한 증거가 될 것이다.

이런 평범한 날은 이제 더 이상 누리지 못할 테지만 공포나 슬픔 대신 감사하는 마음만 우러난다. 늘 먹던 곳에서 아침을 먹는데 감사하다는 말이 절로 나오지만 처음에는 소리가 들리지 않아서 다시 말해 본다. 늘 솔직하게 대해 줘서 감사합니다. 간신히 영주권자가 됐을 때에도 다른 모든 시민 고객에게 하듯 내게 늘 무례하게 굴어 줘서 감사합니다.

거리 정원을 천천히 거닐면서 이 도시에 와서 첫 주를 보낸 후로는 못 봤던 사람처럼 높은 건물들을 감탄하며 쳐다본다. 꽃나무 아래에서는 외부인 중에서 분에 넘칠 정도로 가장 좋은 대우를 해 준 와일리시티에 감사를 표한다. 내가 진정 누구인지를 알 수 있도록 안락한 장소를 제공해 주었고, 비록 몇 년밖에 안 되는 데다 끝나가는 시점이라서 더 짧게 느껴지긴 하지만 그동안 안전한 삶이 어떤 것인지 알게 해 줘 고맙다. 또한 델을 알게 해 주어 감사할 따름이다. 아름다운 델을 보게 되어서도 감사하지만, 강인함과 끈기가 있으면서도 자기 연민은 전혀 없는 사람을 알고 지낼 수 있어서 감사하다.

출근하자 델은 나와 소통하는 법을 모르는 사람처럼 군다. 뜬금없이 눈까지 피한다. 나는 필사적으로 내 아파트에서 델이 했던 말을 떠올려 그녀가 나를 사랑하는 것처럼 들렸던 부분을 다시 곱씹어 본다.

지금 상황에서 내가 할 수 있는 가장 친근한 행동은 델을 똑바로 쳐다보며 묻는 것뿐이다.

"내일 무슨 계획 있어요?"

"아니. 내일 쉴 수도 있어. 휴가 낼까 해."

나는 고개를 끄덕인다. 델이 더 이상 대화를 이어 가지 않자 나는 해치로 올라가 그녀가 보내 주는 마지막 횡단에 나선다.

은야메의 콧등에 닿으려고 열심히 몸을 늘인 덕분인지 기운이 달리지 않는다. 은야메에게 다시 혼자가 될 것이라고 알려 준다. 하지만 또 무아지경에 빠져 있는 주술사들과 드럼 소리에 맞춰 춤을 추는 무희들과 잠자는 아이들의 모습이 보여 은야메는 절대 혼자 있었던 적이 없음을 알게 된다. 그녀에게 우리는 결코 필요 없었던 셈이다. 항상 시간과 우주를 초월하는 이들이 있었고 횡단은 그저 세계 사이를 오가는 한 가지 방법일 뿐이다. 너무 제한된 사고방식이긴 한데 은야메가 나를 그리워할 것 같지는 않지만, 그녀가 나를 알아본 듯한 기분이 들게 해 준 점은 고맙게 생각한다.

델이 나를 소환했을 때 나는 잠시 칠흑 같은 어둠 속에 앉아서 나를 이곳으로 데려 온 자궁이자 넬라인을 데려간 무덤인 이 우주에 작별 인사를 한다. 마지막 횡단을 마치고 해치에서 나올 때쯤에는 금방이라도 울 것 같다.

"내일 면접 때 쓰라고 뭘 좀 가져왔어."

델이 내게 상자 하나를 내민다. 열어 보니 늘 입고 싶어 했지만 바보같이 그냥 놔두는 편이 나은 문신을 지울 돈을 모으느라 한 번도 사 본 적이 없는 정장이 들어 있다.

"널 어떻게 찾아냈느냐고 물었지."

델이 나를 똑바로 쳐다보니 어쩔 줄 모르겠다.

"80층에 살고 거기서 일도 하는데 왜 항상 40층에 있냐고도 물어봤지."

난 입술을 핥는다. 긴장하면 나오는 습관이지만 그러는 게 되레 눈길을 끌어 더 긴장하게 만들 뿐이다.

"왜 그랬는데요?"

"승진도 거절하고 휴가도 한번 안 갔던 이유와 같아. 카라, 네가 40층에 있으니까 나도 항상 거기 있는 거야. 네가 어디에 있든 나는 늘 거기에 있고 싶을 거야."

나는 상자를 떨어트리고 델을 바짝 끌어당긴다. 그리고 그녀의 향기에 흠뻑 취하기 위해 양팔로 허리를 감싼다. 이어 아무려면 어떨까 싶기에 목을 길게 늘여 그녀에게 키스한다. 눈물 맛이 나서 절반은 델의 눈물인 줄 알았지만 몸을 물리고 보니 그녀의 눈은 맑기만 하다. 델이 내 얼굴을 잡고 다시 키스한다. 나는 눈을 감고 마지막으로 한 번 더 그녀의 품에서 작아지는 느낌을 만끽한다.

"사랑해요."

나는 마치 그 말을 처음 해 보는 사람처럼 크고 정중하게 말한다. 나의 와일리시티 아가씨를 위해 와일리시티의 어법으로 말이다.

"당신도 알고 있죠, 그렇죠? 내가 말한 적은 없어도……."

"오늘 밤 우리 집으로 가자."

델이 온 힘을 다해 애시타운 말투로 말한다.

이번 세계에서나 다른 세계에서, 이런 말에 싫다고 말할 수 있는 내가 과연 있을까? 델의 집으로 가는 내내 들떠서 안개 속을 걷는 기분이다. 마침내 그녀를 정말로 만질 수 있다는 흥분되는 현실이 믿기지 않아 이게 꿈인지 생시인지 얼떨떨할 뿐이다.

델의 아파트에 들어서자 비로소 우리의 키 차이가 뜻하는 바가 무엇인지 알 것 같다. 델에게 알맞은 사람이 되려면 나는 무릎을 꿇어야 한다. 나를 휘두를 만큼 강한 그녀에게서 닉닉과 같은 전율을 느끼지만 그랑 있을 때와 다르게 역겨운 두려움은 전혀 없다. 무엇보다 죽음에 대한 생각조차 떨쳐 버릴 만큼 누군가를 아주 깊이 열렬하게 사랑할 수 있다는 것을 알게 됐다.

꿈꾸는 듯한 이런 기분은 한밤중에 그녀의 침대에 나란히 누워 있을 때까지 흩어지지 않는다.

“카라, 괜찮을 거야. 다 잘 될 거야.”

델은 마지막으로 그런 말을 한 뒤 잠이 들었다. 그녀가 세상모르고 깊이 잠들자 나는 바로 일어나서 부엌으로 간다. 아직은 떠나지 않을 것이다. 가야 할 때까지 그녀를 남김없이 빨아들일 것이다. 하지만 나는 델의 부엌에 알몸으로 서서 가위로 내 옆머리를 한 뭉텅이 잘라 낸다. 그리고 두 뭉치로 나눠 각각 종이로 싸맨 뒤 장벽 밖에 있는 에스더에게 보낼 쪽지를 쓴다.

너와 델을 위한 거야.

다시 살금살금 침대로 기어 들어간다. 침대에서 델은 다 잘 될 것이라고 생각하며 잠들어 있다. 델의 생각대로 되지는 않을 것이다. 내일이 지나면 그렇게 안 될 것이다. 하지만 그녀는 아직 모르니 아침까지 그녀를 안고 있다. 잠결에 델이 나를 마주 앉는다.

와일리시티를 생각하면 이런 것들이 그리울 것이다. 마법 같은 치료 장비나 마음껏 먹을 수 있는 음식이 아니라 이렇게 나를 북돋고 자극해서 더 나은 사람으로 탈바꿈시킨 여성과 가까이 지냈던 일. 그리고 마지막으로 밤하늘에 닿았던 일을.

***

로비에서 면접을 기다린다. 일부러 보려 하지 않아도 검정색 점프슈트를 입은 6명이 눈에 띈다. 낮에는 보통 일을 하지 않는 유지보수팀 직원들이 나와 함께 기다리고 있다. 델이 준 정장을 입고 있어서 그런지 자신감이 든다. 무력할 때 자신감이 생기기 쉽고, 잃을 게 아무것도 없을 때 용감해지기 쉬운 것 같다. 나는 지금 내가 시동을 걸었지만 더는 제어할 수 없는 물결을 따라 까닥이고 있다.

시간이 되자 건물 안으로 들여보내 준다. 얼굴 인식으로 신원을 확인한 목소리가 나오자 엘리베이터가 열린다. 내가 올라타자 유지보수팀 직원들도 함께 엘리베이터에 오른다. 가장 가까이에 있던 검정색 점프슈트가 팔꿈치로 옆구리를 찌른다.

"비늘 씨, 정비공이 되려면 소란스러운 일에 시간을 낭비하면 안 돼요."

"어떤 부자 양반의 집을 날려 버릴 거라고 들었어. 무슨 일이 있어도 이런 파티를 놓칠 순 없지."

처음에 생각했던 것보다 비늘 씨가 젊어 나보다도 더 어려 보이자 다시 닉닉이 엄청 미워진다. 그를 미워하는 일은 새롭고 재밌으면서도 간단하고 익숙하다. 돌이켜보면 몇 달 전 175호 지구에 추락해 삶이 송두리째 바뀌기 전만 해도 그를 증오하는 마음이 나의 유일한 복잡한 감정이었다.

경비원들 곁을 지나가는 단 하나의 방법은 얼굴을 가리지 않는 것이다. 유지보수팀으로 변장한 순찰대원들이 애시타운 사람들 티가 팍팍 나는 것을 들키지 않으려면 회사 직원들의 시선을 끌면 안 된다. 그런 면에서는 와일리시티의 계급주의가 고마울 따름이다. 물론 델을 오해했을 때처럼 잘못 판단할 위험도 없진 않지만 순찰대원들이 건물에 30분 동안 있었지만 아직까지는 걱정될 만큼 가까이서 쳐다보는 사람은 한 명도 없다. 나중에 내가 그들과 함께 있는 장면을 검토하면 이런 공공기물 파손자들을 건물 안에 들인 장본인이 나라는 사실을 알게 될 것이다. 애덤은 너무 똑똑해서 우리가 우연히 같이 있게 됐다고 생각하지 않을 것이다.

마이클이 엘리베이터 맨 안쪽에 움츠린 채 서 있다. 아마 내가 못 알아보길 바랄 테지만 진작 그 애가 여기 있음을 알고 있었고 부탁할 일도 하나 있다.

나는 머리카락과 쪽지가 든 꾸러미를 꺼내 그 애에게 건넨다.

"십자가 씨? 무슨 일이 생기면…… 이것 좀 루럴스에 전해 줄래?"

마이클이 꾸러미를 받더니 너무 가벼웠는지 이맛살을 찌푸린다. 곧이어 내 두피에서 머리칼이 사라진 부분을 찾는 듯 흘깃 쳐다보는 것을 보니 상황을 파악한 모양이다.

"누나는 죽지 않을 거야."

"그게 말이지이……."

비늘 씨의 그 말에 다른 사람이 팔꿈치로 찔러 조용히 시킨다.

나는 미소를 짓는다, 아니 지으려고 애쓴다.

"괜찮아요. 나도 알아요."

엘리베이터에서 내린 뒤 순찰대는 해치가 있는 방향인 오른쪽으로 가고 나는 왼쪽으로 간다. 대기실은 만원이다. 대기자들은 면접 지원자들 가운데 상위 2퍼센트에 든 이들이지만 모든 시험 응시자들이 섞여 있어서 20여 명은 족히 넘어 보인다. 휴대용 컴퓨터를 들고 있는 여자가 지원자들을 일일이 확인하여 담당 면접관을 기준으로 우리를 몇 무리로 나눈다.

그때 누군가 내 어깨를 움켜잡는다. 돌아보지 않아도 비닐 소재의 뽀드득거리는 소리로 점프슈트를 입은 사람임을 알아본다.

"층을 잘못 찾아왔군요."

내가 돌아서자 유지보수팀 직원이 말한다.

심장이 벌렁거리지만 체념하고 고개를 끄덕인 뒤 그가 이끄는 대로 엘리베이터로 고분고분 따라간다. 그자가 나한테만 집중하는 것을 보니 가짜 유지보수팀이 해치가 있는 곳으로 가고 있다는 사실을 모르는 것 같다. 내게 무슨 일이 생길지는 모르겠지만 순찰대원들은 맡은 일을 잘 해낼 것이다.

엘리베이터가 올라가게 설정되어 있으니 도착지는 보나마나 뻔하다. 애덤 보슈의 사무실이 있는 층에 멈춘 엘리베이터에서 내리면서 유지보수팀은 절세미인부터 사슬에 이르기까지 별별 것들로 중무장한 곳이겠거니 생각한다. 하지만 막상 들어가서 보니 보슈의 얼음으로 만들었다고 해도 과언이 아닐 정도로 아주 와일리시티 사람다운 여자 비서밖에 없다. 그녀의 안내에 따라 안쪽으로 들어가 실내 분수와 멋진 가구를 지나서 애덤 보슈의 사무실에 들어선다.

자리에 앉아 있는 애덤을 보니 앉기 싫어진다. 그래서 가만히 지켜보기만 하자 그가 눈을 비빈다.

"꼴이 형편없네."

나는 긴장한 티를 안 내려 애쓰면서 이어 말한다.

"당신네 첨단과학 기술에 무슨 문제라도 생겼어? 그래서 똑똑한 사람들은 팔찌를 차지."

그가 호주머니에서 안약을 꺼내 눈에 몇 방울 넣으려고 쥐어짜지만 비어 있다.

"다음 모델은 자동윤활식이 될 거야. 그럼 문제가 해결될 테지."

그가 책상에 바싹 붙어 앉으며 말한다.

"편히 앉아."

나는 눈썹을 치켜올리면서 자리에 앉는다.

"지금 진짜 면접 보는 척하는 거야? 난 지금의 상황을 당신이 일전에 날 분석가로는 절대 고용하지 않겠다고 했던 말을 행동으로 일부 보여 주거나, 아니면 채용하지만 당신 비밀을 폭로하면 죽일 거라고 엄중히 경고하는 자리인 줄 알았는데."

애덤은 손가락 깍지를 낀다.

"어쩌면 세 번째 선택지도 있을 거 같은데. 유지보수팀 직원은 어느 직급의 분석가보다 월급이 많아. 게다가 최근에 그쪽 분야에 직원이 더 많이 필요한 일이 생겼거든. 내가 필요로 하는 일을 기꺼이 해 줄 사람들을 찾는 게 생각보다 힘들어."

이것은 무의미한 제안이다. 분노를 완전히 감추지 못했는지 그의 말에는 가시가 있다. 애덤은 내게 화가 난 상태다. 그는 알고 있다.

"그래? 당신 동생은 늘 쉽게 사람을 구하는 거 같던데. 그 사람 때문에 날 여기 데려온 거 아니야?"

애덤이 긴장을 탁 풀고 의자에 깊숙이 기대어 앉는다.

"널 모사꾼으로 생각하지는 않았는데. 내가 실수했군. 복수하고 싶다면 우리 집으로 와서 날 죽일 줄 알았지. 그런데 날 동생에게 팔아넘겨? 그거…… 참 재밌는 방법이었어."

얼굴을 드러낸 늑늑에게 쌍욕을 퍼붓고 싶다. 황제의 허세를 눈치 못 챈 나 자신에게도 욕을 하고 싶다.

"정말?"

"물론이지. 힘이 없을 때는 힘 있는 사람들과 동맹을 맺는 게 최선이지. 장기판에서도 졸이 왕을 내세워 자신을 대신해 싸우게 하잖아. 하지만 카라, 이건 졸들의 싸움이 아니야. 그래서 내가 직접 그에게 가서 왕 대 왕으로 담판을 지어 친구가 됐지."

제기랄. 대체 어떤 제안을 했기에 총을 이겼을까? 입이 바짝 마르지만 어떻게든 감춘다.

"황제와 친구가 됐다고? 그렇게 쉽게 될 리가 없는데."

"거부할 수 없는 제안을 했거든. 그놈이 데리고 있는 부하 중에서 전도유망한 이들 몇을 내 밑에서 유지보수팀으로 근무할 수 있게 일자리를 확보해 주고 입국사증도 발급해 주겠다고 했지. 그리고 거래를 좀 더 즐겁게 매듭짓기 위해 현금 다발도 같이 보내 줬고."

애덤이 말할 때부터 닉닉에게 배반당한 것이면 어떻게 해야 하는지 생각하느라 머리가 돌아 버릴 지경인데 유독 한 단어가 귀에 쏙 들어온다.

"보냈다니…… 당신이 안 했다면…… 누굴 시켜서 그런 제안을 전한 건 아니지? 직접 주고받은 건가?"

"내가 사막까지 직접 찾아갈 시간은 없는 몸이라서."

말은 그렇게 하지만 애덤의 얼굴은 이미 일그러지고 있다. 머릿속으로 서서히 자신의 실수를 깨닫는 중이다.

애덤은 나를 잡아 두고 쉽게 제압할 수도 있었을 것이다. 갑자기 웃음이 터진다. 도저히 참아지지 않는다. 나는 계속 웃을 수밖에 없다.

"그래서 멀리서 제안을 보내 황제를 모욕한 것도 모자라 현금까지 챙겨 더 심한 모욕을 주었군. 거기다가 충분히 돈을 지불하면 그 사람이 자기 부하들을 내줄 거라고 지레짐작해서 세 번이나 모욕하는 꼴이 됐어. 그 사람한테 부하들은 노예가 아니라 가족이라고."

애덤이 입술을 핥는다. 오만. 그의 묘비명으로 제격일 단어다. 애덤 보슈는 자기가 정복하고 싶은 공간이 있거나 자신이 이겨 먹고 싶은 사람이 있으면 거기가 어디든 그게 누구든 수십 년씩 공을 들여 연구했다. 하지만 닉닉에 대해서는 가장 기본적인 사항조차 확인해 보지 않았다. 자신의 혈통과 태생에도 불구하고 우리를 단순하고 멍청하며 탐욕스러운 인간으로 생각하기 때문이다.

나로 말할 것 같으면 닉닉을 잘 알고 있던 덕분에 무사했다. 수년 동안 그의 동생 집에서 굴종했던 내가 애덤을 무릎 꿇릴 것이다. 그동안 수없이 멍이 들고 뼈가 부러지고 수많은 시간을 자기혐오와 타락한 욕망에 시달린 끝에 결국 여기까지 왔다. 우주에서 가장 똑똑한 남자와 마주 앉아서 주도권을 쥐게 되었다.

"닉닉은 그냥 해치만 폭파하기로 했었는데 이제는 그 인간이 어떻게 할지 나도 모르겠어."

애덤은 아직까지 침착해 보인다. 귀를 만지는 손도 떨리지 않는다.

"5분 전부터 건물 통신망이 작동 안 하고 있어. 겁먹을 필요는 없어. 이런 건물은 폭발을 억제하게 돼 있으니까. 그리고 해치는 언제 급변할지 몰라 당신이 그 방에 추가로 예방 조치를 해 놨잖아. 그러니 다치는 사람은 없을 거야."

"아무 일도 안 일어날 거다. 황제는 똑똑하잖아. 와일리시티에 친구가 있으면 얼마나 쓸모가 있는지 잘 알겠지. 나 같은 사람이 필요하니까. 게다가(이 대목에서 활짝 웃기까지 한다.) 난 그놈 형이고."

"형 맞지. 그런데 그 인간이 사랑하는 사람들한테 무슨 짓까지 할 수 있는지는 모르잖아."

팔찌에서 초읽기를 확인한다. 15초가 남았다. 의자 팔걸이를 움켜잡고 넘어지지 않게 몸을 버틴다. 애덤이 두려움을 감추려고 약간 허세를 부리며 다시 말하려고 입을 벌리지만 시간이 다 됐다.

20층이나 떨어진 곳이라서 흔들림은 감지하기 힘들지만 사이렌이 울려 애덤도 사태를 파악할 정도는 된다.

길길이 화를 낼 줄 알았는데 연기가 서서히 사무실 창문을 지나 위로 퍼져 나가는데도 그는 의자에 더 깊숙이 기대어 앉을 뿐이다. 해결하기에는 너무 늦어 버린 이 난감한 문제를 고심하느라 그의 얼굴이 일그러진다.

잠시 후 두 번째 폭발 소리가 난다. 첫 번째보다 더 먼 곳에서 일어났는데도 더 크게 들린다. 창밖을 내다보니 도시의 한 구획만큼 커다랗게 너울거리는 두 번째 연기가 훤히 보인다.

"당신 집이 날아갔나 본데. 정말이지 현금은 보내지 말았어야 했어."

"네 짓인가? 장 때문에 이 모든 걸?"

"입찰자들을 죽이려는 짓도 막고."

이 말이 의외인 모양이다.

"그게 신경 쓰여?"

애덤이 풋 하고 웃는다.

"네가 무슨 상관이지? 그 사람들은 너하고 아무 사이도 아닌데.

아무것도 아니잖아."

"사람들이잖아."

그 말에 그는 더 크게 웃을 뿐이다.

"네가 얼마나 골 때리는지 진작 알았더라면 좋았을걸. 그럼 이 일도 재미있었을 텐데. 너도 알잖아, 이래 봐야 소용없다는 걸, 아니야? 그냥 다시 만들 거니까. 넌 한 것도 없이 괜히 시간만 낭비하고 제 무덤을 판 거야."

나는 주머니에서 장갑을 꺼내 끼고 그에게 다가간다. 그리고 책상 끝에 앉아 손으로 책상을 쓸어 본다. 진짜 나무다. 와일리시티에서 지낸 후로는 진짜 나무로 만든 가구를 만져 본 적이 없는 것 같다. 장갑을 벗을 수 없어서 아쉽다.

"당신은 날 아주 제대로 봤어. 어쨌든 천재라 이거지."

나는 상체를 앞으로 숙인다. 나를 막아야 마땅한데 그는 그러지 않는다. 똑똑한 사람이라서. 똑똑한 인간들의 몰락은 하나같이 신기하다.

"내가 복수하고 싶으면 집으로 쳐들어가서 당신을 죽일 거 같다고 했지. 맞아, 딱 그랬거든."

면접이 시작됐을 때 그가 아무렇게나 밀쳐 놓았던 빈 안약 병을 내가 움켜잡는다.

"당신 거의 이틀 내내 네 시간마다 눈에 소금병 균을 넣은 거야. 제일 먼저 홍채가 하얘질 거야. 그다음에는 머리칼이 그렇게 되겠지. 하지만 곧 온몸이 하얗게 얼어붙은 조각상처럼 될 거야. 잘하면 3년까지 살겠지만 그 전에 일찌감치 눈이 멀겠지 싶어. 그러면 뭐 당신이 다른 사람에게 해치를 계속 운행하는 법을 교육시키거나…… 아니면 부서지게 놔뒀다가 죽을 때 당신의 위대한 발명품도 함께 가지고 가면 되겠네. 아무도 횡단을 기억하지 못하니 누구도 당신 이름을 기억하지 못하겠지."

"두고 보자고."

하지만 내가 한마디 할 때마다 그의 눈이 점점 더 화끈거리는 게 보인다.

"애덤, 시간이 얼마나 남았으면 좋겠는지, 어떤 사람이 되고 싶은지 정해 보시지."

"널 죽여 버리겠어. 갈기갈기 찢어 놓을 거라고."

"어련하시겠어."

애덤이 책상 위에 있는 버튼을 누른다. 접목 씨라는 이름의 순찰대원이 막아 놓은 광범위 통신망이 아닌 구내 통신망으로 조력자들을 부르려는 모양이다. 아니나 다를까 잠시 후 가죽처럼 버스럭거리는 두꺼운 점프슈트를 입은 유지보수팀 직원들이 들어온다. 처음으로 점프슈트에 뭐가 묻든 씻어 내기 쉽겠다는 생각이 든다. 그래서 그들이 그런 옷을 입었을 것이다.

"저년 붙잡아. 국경으로 갈 거다."

애덤의 집무실 밖으로 확 끌려 나오는데 가슴에서 노랫소리가 들린다. 나는 내 망자들에게 조용히 하라고 말한다. 곧 그들을 만나게 될 것이라고 다독인다. 내가 태어난 사막에서 마지막을 맞이한다면 최악의 운명이 되겠다고 생각한 적이 있었다. 하지만 지금은 그렇게 끝이 난다면 좋겠다. 내 여동생이 자란 곳이자 나를 여기에 올 수 있을 만큼 강한 전사로 만들어 준 황무지에서 맞아 죽는다면 집에 온 기분이 들 것 같다. 장이 그렇게 생을 마감하며 만족했다면, 나 또한 만족하며 그런 죽음을 맞으리라.

손가락들이 내 팔을 파고들자 그제야 내가 발을 질질 끌고 있다는 것을 깨닫는다. 마음은 평온한데 몸은 꺼리는 모양이다. 사무실의 쌍여닫이문이 열리자 델이 보인다. 처음에는 내가 만들어 낸 환상인가 했다. 언제나 그녀를 생각하며 마지막을 맞이하고 싶었던 데다 이번에는 심장이 멈추는 순간 그 자리에 델이 있기를 바라니까 말이다. 그녀가 눈앞에서 그런 폭력적인 장면을 목격하길 바라는 내가 이기적이라는 것을 잘 안다.

하지만 그때 델의 양옆에 서 있는 이들이 경관임을 깨닫는다.

"잘됐네, 벌써 붙잡아 두다니."

델이 그렇게 말한 뒤 경관들에게 고개를 까닥인다. 아주 가까이 있었기에 제복에 붙은 천 조각에 '이민국'이라고 표시된 글씨가 보인다.

"이 사람이니까 데려가도 돼요."

경관들이 내 팔을 그러잡는다. 행동은 유지보수팀 직원들보다 점잖지만 그들과 똑같이 확고하다.

"이게 무슨 일이야?"

완전히 평정을 찾지는 못한 애덤이 묻는다. 하긴 그런 상태에서 누가 평정을 찾을까?

"어젯밤에 인사과에 보고서를 제출했는데, 이 직원이 회사 정책을 위반한 사실이 적발됐습니다. 지구 밖에서 물품을 몰래 반입하고 다른 세계 사람들과 친분을 쌓았더군요. 이 직원의 입국사증이 오늘 아침 무효화되었고, 이민국에서 즉시 추방하라는 명령을 내렸습니다."

모든 게 일사천리로 진행되고 있지만 나는 가까스로 델이 목숨을 구해 줬다는 것을 깨닫는다. 노발대발하는 모습을 예상하고 어깨 너머로 애덤을 보니 의외로 침착하다. 그는 나를 따라올 수 없다. 닉닉이 보란 듯이 저택을 폭파한 마당에 괜히 위험하게 본인이나 부하들이 황무지에서 붙잡힐 일을 만들지 않을 테니까. 하지만 애덤은 이미 나를 못 본 체하고 있다. 그렇다는 것은 내가 말한 소금병 균 이야기를 곧이곧대로 믿어 내 문제는 안중에도 없다는 뜻이다. 어쩌면 그가 치료법을 찾아낼 수도 있고 아닐 수도 있다. 악마 같은 사람이긴 하지만 그가 죽으면 세상은 특별한 재능을 잃게 될 것이다.

"재를 들이마실 때마다 목이 막혀서 남은 평생 다시는 깨끗한 공기를 맛보지 못하리라는 걸 실감했으면 좋겠군……."

내 눈에서 시선을 내려 얼굴의 멍을 쳐다보던 그가 고개를 비스듬히 기울인다.

"그 짓도 얼마나 해 보게 될지 모르지만."

"그게 무슨 말이지?"

그가 빙긋 웃는다. 내가 먼저 물어봐 주기를 그가 바라고 있다는 것을 알고 있었지만 참지 못하고 물었다.

"내가 네 정맥에 뭘 주입해 왔는지 넌 모르니까. 하긴 나도 장기 효과를 전부 알지는 못하지. 카라리, 얼마나 오래 살 작정이었지?"

370번 넘게 죽어 본 사람한테 그런 바보 같은 질문을 하다니.

"그런 생각 안 하는데, 아드라닉. 한 번도 해 본 적 없어."

그에게 그런 삶을 원하지 않았다고 말할 수도 있었다. 그렇게 다른 세계에 갈 때마다 그가 나에게 자신을 죽이도록 했다는 말도 할 수 있었다. 하지만 나는 못 참아도 그가 화를 참도록 내버려 둔다.

"데려가시오."

애덤의 말이 떨어지자 이민국 경관들이 나를 데리고 나온다.

그들은 내 아파트에서 감독하에 10분 동안 짐을 쌀 시간을 주었지만 나는 5분이면 충분하다. 그 시간 안에 장갑과 애덤의 눈약도 소각로에 던져 넣는다. 소금병 균을 이 세계로 가져올 때의 기분은 총을 가져올 때와 다르지 않았다. 두 가지 모두 피해를 주는 일이 없도록 조심했지만 무슨 일이 일어날지 모르는 일이다.

어제 싸 놓은 배낭을 움켜쥐고 떠날 채비를 한다. 경관들에게 팔찌를 압수당하지만 그 전에 벌써 에스더에게 장벽 입구로 데리러 와 달라고 문자를 보내 놓았다. 6년 동안 악착같이 노력한 것에 비하면 별다른 느낌은 없지만 이제 다 끝났다 싶다. 호위를 받으며 내 아파트를 걸어 나오는데 드레스덴이 기다리고 있다. 뒤틀린 미소를 짓고 있는데 그 표정이 슬프기보다는 어색해서 별일 아니고, 나는 괜찮다는 것을 알려 주기 위해 어깨를 으쓱해 보인다. 드레스덴이 내게 바구니를 건넨다. 덮여 있는 천을 걷어 보지 않아도 알겠다. 그 안에는 사과가 가득 들어 있을 것이다.

한 생애 전처럼 느껴지는 과거에 스탈라가 했던 말이 머릿속에 맴돈다.

곧 네 차례가 될 테니까.

스탈라 말이 맞았다. 그녀는 항상 맞는 말만 했다.

이민국 경관들은 나를 사막에 내려 주었다. 땡볕에 서서 친구가 준 사과를 먹으며 동생을 기다리는데, 다행이라는 생각이 든다.

***

첫 일주일 동안은 산성의 공기만 느껴져 입이 얼얼했다. 며칠이 지나자 입술에서 소금 맛조차 나지 않았다. 초반에는 거의 온종일 맥박을 재 보며 느려지기를 기다리며 보냈다. 애덤 보슈는 혈청의 영향으로 나중에 내가 죽을 것처럼 말했지만, 2주가 지나자 날이 갈수록 기분이 나빠지는 게 아니라 나아졌다. 세상에서 가장 똑똑한 사람인 애덤이 잘못 알았거나 그냥 허세를 부렸을 수도 있다. 하지만 이번 건은 공장에서 장시간 일하거나 허술한 안전 규약 때문에 일어나는 사고처럼 단시간에 발생된 산재가 아니라, 우리 조부모님의 폐에 산소가 들어올 자리가 없을 때까지 먼지가 쌓였던 사례처럼 천천히 진행되는 산재 유형일지도 모른다.

나는 빨리 죽지는 않겠지만 계속 굶주릴 가능성이 크다. 엘드리지의 수입품 취급 현장이나 가공 시설에서 일할 수 있는 자격이 안 된다. 그래서 청소 일을 시작했지만 이 일을 하다 보면 가끔가다 한 번씩 큰돈이 들어가서 중간에 굶는 날이 많다.

에스더는 루럴스로 돌아오라고 압박하지만, 신자들과 함께 지내려면 살인을 포함해 그동안 지은 죄를 고백해야 하는 데다 내가 뉘우치지 않으면 입소를 허락해 주지 않을 것이다. 그런데 나는 뉘우칠 마음이 없다. 거짓으로 뉘우치는 척할 수도 있고 내가 튜닉을 입은 최초의 거짓말쟁이도 아닐 테지만, 더 이상 애시타운 시내에서 태어난 여자애가 결코 아닌 척하는 짓은 하고 싶지 않다.

볼때기 씨는 갈수록 강하게 순찰대에 들어오라는 뜻을 비친다. 하지만 한번 순찰대원은 영원한 순찰대원이라서 그동안 입증된 바와 같이 나처럼 어디든 눌러앉아 본 적 없는 사람한테는 안 맞는다.

강박적으로 목록을 작성하던 습관이 마침내 결실을 맺었는지, 얼마 안 가 내가 글재주가 있고 와일리시티 사람처럼 말하는 법을 잘 안다는 소문이 퍼졌다. 덕분에 갑자기 나는 재원이 되었다. 처음에는 와일리시티에 있는 학교의 정규 입학생이 된 자녀들에게 편지를 쓰고 싶어 하는 부모들의 청을 들어주는 정도였다. 이런 부모들은 자녀들이 자신들과 이야기를 나눌 때 난처해하지 않기를 원한다. 그래서 부모 대신 편지를 써 주면서 그들이 전달하고픈 내용을 애시타운 티가 덜 나는 표현으로 바꿔 주었다. 그다음에는 시장 상인들이 찾아와 와일리시티에서 더 많은 차량이 올 수 있게 그럴듯한 광고 문구를 써 달라고 부탁했다. 이들은 와일리시티 사람들을 융숭하게 대접한다는 이미지를 원하지 않았다. 애시타운이 위협적이거나 무신경한 곳이 아닌 예스럽고 진귀한 곳이라는 인상을 주길 원했다.

황제의 고문이 내게 일거리를 맡길 때쯤에는 내게도 이 일이 더 이상 부업이 아니었다. 나는 횡단자일 때 늘 그랬던 것처럼 지금도 두 세계를 이어 주는 중개자 역할을 한다. 내가 대신 광고 문구를 써 주는 어느 상인은 가게에 책상을 마련해 주고 사무실처럼 이용하게 해 줄 테니 자신이 외출한 동안 가게를 봐주면 어떻겠냐고 제안해 수락했다. 일할 곳이 생겨서 좋다. 그녀는 추락한 횡단자를 보고 싶은 호기심에 가게를 찾는 주민들이 늘어나 좋아했다. 그 공간에 있은 지 일주일째 되던 날에 마이클이 들어왔다. 그 애는 마치 10년 동안 그래 왔던 사람처럼 더할 나위 없이 당당하게 걸었다. 그리고 지난번에 봤을 때보다 표식이 세 배는 늘었는데 대부분이 공적을 세워 받은 것이었다. 마이클은 잘 해내고 있다. 가게 주인과 손님들까지 아주 가까이서 우리를 주시하고 있다. 다들 훈장을 단 순찰대원을 보니 긴장한 모양이다. 마이클이 책상에 꽁꽁 싸맨 꾸러미를 내려놓는다.

"그러게 내가 뭐랬어."

"그래 쌤통이지 뭐. 일은 어때?"

꾸러미를 잘 넣어 두며 내가 묻자 그 애가 어깨를 으쓱한다.

"그 직후 상황이 조마조마해졌어…… 폐하의 심기가 안 좋아."

"상상이 돼."

말해 놓고 도저히 참을 수 없어서 한마디 덧붙인다.

"네 형이 널 두고 가 버린 걸 알았다고 생각해 봐, 쉬울 리 없지."

마이클이 그토록 원하던 순찰대원의 이를 과시하며 내게 살짝 으르렁거린다. 그러고 나서 천연 건조된 내 글쓰기용 책상 위로 상체를 숙인다.

"누나가 떠나는 법을 가르쳐 줬잖아. 누나를 지켜보면서 강렬함을 좇는 걸 배웠거든."

비난하는 말이 아님을 알겠다. 마이클은 내게 고마워하고 있다.

"넌 어떻게든 네 자리를 찾아갈 애였어. 내가 뭘 했건 상관없이."

“그럴지도.”

마이클이 순찰대원의 걸음걸이로 조심스럽게 내게서 떨어진다.

“누나도 알겠지, 두 사람이 화해하리라는 거. 형제잖아. 계속 대화하고 있으니까. 지금이야 싸우기만 하지만…… 누나도 잘 알잖아.”

맞다, 나도 잘 안다. 마이클과 에스더가 뒤뜰에서 싸우던 게 기억난다. 그들도 다르지 않을 것이다. 싸운다는 것은 두 사람 사이에 싸울 거리가 있다는 뜻이다. 서로에게 관심이 있다는 뜻이다. 아드라닉과 예르자닉이 처음으로 아버지의 학대와 어머니의 무관심에 영향을 받지 않고 다시 함께 있는 모습을 즐겁게 떠올려 본다. 사랑을 찾기에는 이상한 상황이지만 그들이 부디 사랑을 찾았으면 좋겠다.

애시타운에서 일자리도 생겼으니 다른 데로 갈 계획이 전혀 없다. 사는 내내 마음은 늘 다음을 대비하며 더 높고 더 좋은 것을 잡으려고 애써 왔다. 나는 만족할 수 없는 사람이라고 생각했다. 아울러 일단 만족한 삶을 살게 되면 그렇게 외롭지 않을 줄 알았다.

가장 놀라운 일은 은야메가 아직도 보인다는 점이다. 밤에 잠이 들면 은야메는 내가 한때 알았지만 지금은 단절된 세계들의 모습을 보여 준다. 닉닉과 에스더가 175호를 어떻게 통치하고 있는지도 보여 주고, 255호에서 내가 낳은 아이에게 원망하려 해도 기억이 나지 않는 친모의 이름을 붙이는 모습도 보여 준다. 누구도 잃지 않았기에, 어둠 속에서 은야메가 내게 손을 뻗는다. 나에 대한 애정을 입증하는 게 아니라 그녀의 존재가 사실임을 증명하기 위해. 은야메는 어느 쪽도 아닌 중간에 자리한 곳에서 우리를 발견하고 온 세상을 보살피는 방식과 똑같이 개개인도 포근히 안아 준다.

가슴속에 있는 내 망자들은 내가 그들이 알고 있는 곳으로 다시 데려다 주자 만족해서 조용해졌다. 과학자들은 이런 결과를 전부 예상했다고 말할 것이다. 내가 가슴이 답답했던 것도 뼈가 가장 많이 집중되어 있는 부위에 생긴 횡단의 후유증일 뿐이며, 꿈과 환각은 마음이 이해되지 않는 상황을 처리하려는 과정에서 생기는 현상이라서 내가 꾸는 꿈들도 해치에서 겪는 환각과 똑같은 것일 뿐이라고. 그런데 그들의 말이 맞는 세계도 있고 맞지 않는 세계도 있기에 나는 굳이 따질 필요를 못 느낀다.

고향에 돌아온 지 한 달째 되었을 때 그녀가 기적처럼 나를 찾아왔다. 가게 입구 근처에서 서성이다가 겨우 천천히 내게 다가오는 그녀를 첫눈에 알아보았다. 그녀는 마치 물건을 사러 들어왔다는 듯 몸을 숙인 채 상품에만 관심을 보인다. 어쩌면 그럴 수도 있겠다 싶다. 나를 알아보지 못했을 수도 있다. 와일리시티 사람들이 장날을 기다리는 대신에 직접 애시타운으로 와서 물건을 사며 신나 한다는 이야기를 들었다. 어쨌든 아직 날 못 본 것 같다.

하지만 분명 그녀는 날 봤다. 그녀가 가게로 걸어올 때부터 보고 있었으니 내가 안에 있다는 것을 모를 리 없었다. 우리는 궤도 안에 있는 행성과 같아서 중력처럼 확실하게 서로를 잡아당긴다.

그녀가 작은 장식품을 집어 든다. 마치 잊지 말라는 듯 애시타운의 색깔을 띠고 있는 재와 진흙으로 만든 악어 모형이다.

"찾기 힘들어서 고생했어."

그녀가 값싼 장식품을 내게 가져와서 말한다.

혹시 내가 죽었다고 생각했을까? 애덤이 나를 죽이고도 남을 시간이 흘렀으니까. 혈청에 대해 애덤이 말한 내용을 감안하면 죽었을 가능성과 죽지 않았을 가능성이 반반이다. 애덤이 그 말을 할 때 나는 델의 얼굴을 쳐다보고 있지 않아서 그녀가 믿었는지 아닌지 모른다.

델은 걱정이 없어 보였고 혈색도 좋았다. 온통 하얀 옷을 입고 왔는데, 흰색 옷 차림을 한 건 처음 본다. 옷 색깔 때문에 눈부시게 빛나는 델은 애시타운의 햇빛에 빰이 발그레해져서 더욱 사랑스러웠다. 어려 보이면서도 초조해 보였다.

"나 때문에 애덤 보슈가 불치병에 걸릴지도 모르니까요. 날 죽이지는 않겠지만 그래도 납작 엎드려 있는 게 최선이다 싶었죠."

델이 눈썹을 치켜올린다.

"그래서 그렇게 변한 거구나. 대표가 수습생들을 대거 뽑고 회사 운영 목적도 이익 창출에서 지역 봉사로 바꾸었거든."

"그 동네에는 그 인간 이름이 붙은 건물이 많이 들어서겠군요."

델이 고개를 끄덕인다.

죽어 가고 있는 애덤은 남은 시간 동안 자신이 영원히 살 방법을 찾아낼 것이다.

"회사 일은 어때요?"

"모르겠어. 엘드리지는…… 불안정한 회사가 돼 버렸어. 당분간은 조금이라도 짬을 내 집안 자산을 돌보는 게 최선이다 싶었지."

돈을 굴리는 것은 분명 델이 원하는 일이 아닐 테지만, 그녀 같은 상속자에게는 언제나 그 방법이 하나의 선택지가 되기 마련이다. 델에게는 애덤 보슈조차 함부로 건드릴 수 없는 막강한 배경이 있고 부유층은 부를 바탕으로 더 부유해진다. 델의 가족들은 곧 그녀가 결혼하기를 바랄 테고 결혼하면 서둘러 아이를 갖길 원할 것이다.

나는 목을 가다듬고 악어 장식품을 집어 든다.

"현금으로 할까요, 물물교환으로 할까요?"

"물물교환."

델이 보석함을 건네준 뒤 가격을 가늠할 시간도 주지 않고 장식품을 가져간다. 물건값이 되고도 남을 게 분명해 델을 불러 세우지 못하지만 보석함을 열면서 델을 불러 세울 수 있기를 바란다.

보석함에는 델에게 필요가 없었던 세 번째 옥 귀걸이가 목걸이에 고정된 채로 들어 있다. 그리고 목걸이의 사슬은 그녀가 갖고 있는 대부분의 보석처럼 백금이 아니라 밤처럼 아주 까맣고 애시타운의 돌처럼 붉은빛이 감돈다.

***

지금 나는 80층에 있는 정원에 서 있다. 이곳에서 델의 다른 분신들은 늘 날 찾아내곤 했다. 그녀가 내게 1일 통행권을 승인해 주었지만 그래 봐야 그녀가 모퉁이를 돌 때까지는 아무 의미가 없다. 더구나 그녀가 오지 않기로 하면 영원히 기다릴 수밖에 없는 세계가 있다. 이런 세계에서는 여기까지 온 것만으로도 만족한다며 집으로 돌아가면서 애써 마음을 추스르지만, 결코 진정으로 만족할 리 없음을 잘 안다. 그런데 내가 나이를 많이 먹은 채 불만족한 상태로 죽는 세계도 있다. 애덤 보슈의 증상이 심해지면서 그의 분노도 커지거나, 혈청에 대한 말이 거짓이 아니라서 내가 결국 원하던 것을 전부 얻자마자 잘 때 심장이 천천히 멈추어 젊은 나이에 죽는 세계도 있다.

하지만 와일리시티 아가씨가 이 정원으로 들어와 내 손을 잡는 세계도 있다. 어쩌면 하나밖에 없을지 모르는 이 세계에서는 그녀가 내게 입국사증의 종류가 한 가지 이상이라는 사실을 알려 주고, 내가 아직 애시타운에서 일하는 데다 우리 아이들의 절반은 애시타운 태생이 될 것이기 때문에 변두리에 함께 살 아파트를 마련한다. 그곳에서도 나는 항상 너무 거칠고 그녀는 언제나 너무 반듯하다. 그리고 거기서 오는 긴장감이 욕정보다 더 오래 서로에게 흥미를 잃지 않게 해 준다.

무한한 우주에서 이와 같이 불가능한 행복이 존재하는 곳은 단 한 세계밖에 없지만, 그래서 그 세계가 더 소중하다.

〈끝〉

감사의 말

필자나 편집자의 스트레스 지수에 이로운 수준을 넘어설 만큼 오랫동안 감사의 말을 쓰는 걸 미뤄 왔다. 나는 늘 어떻게 하는지 모르는 것들을 미루는 경향이 있는데 감사의 말을 쓰는 법을 잘 모른다. 어떻게 감사해야 하는지는 알지만, 감사의 표현이 몹시 감상적이고 과도해서 글로 써 놓으면 전혀 우아하지 않다. 그러니 장황하게 늘어놓아도 참아 주시길.

제일 먼저 감사의 말을 전할 사람은 단연 캐머런 매클루어이다. 그는 이미 아주 많은 시간을 투자했는데도 내가 공들여 왔던 첫 번째 기획을 폐기하기로 했을 때 "책뿐만이 아니라 경력을 보고 계약했다."고 말해 줬다. 그러면서 내가 엉뚱한 아이디어를 낼 때마다 "팔아도 되겠다."고 호응해 줬다.

비순응자들의 사기꾼 같은 스승인 패트릭 로잘이 없었다면 이 책을 쓰지 못했을 것이다. 그분의 가르침을 통해 아미리 바라카의 이름을 알게 되었고, 다른 이들이 받아들이기 쉽지 않은 방식으로 살아갈 수 있었으며, 학계에서 투지로만 여겨질 만한 문체와 장르의 글을 쓸 수 있었다. 무엇보다 이분에게 배우면서 주류에서 벗어난 이들을 괴롭히는 지배 집단에서 참다운 명예가 사실상 어떻게 투지로 간주되는지 알게 되었다.

언제나 내게 고향 같은 존재가 돼 주며 본인이 진 빚을 갚고 친구들을 챙기는 체리타 해렐에게도 진심으로 무한한 감사의 인사를 전한다. 아울러 대학원에서 함께 공부하며 큰 힘이 되어 준 여성 작가들 니나, 디나, 셸비, 케이티, 캐롤라인, 에밀리, 그리고 이름이 생각 안 나는 다른 모든 친구에게도 감사의 말을 전한다. 또한 존경할 만한 남자 동기였던 알렉스와 브록과 케빈에게도 고마움을 전한다.

그동안 수많은 분에게서 글쓰기를 배웠으니 이 지면을 빌려 너그러운 그분들에게 일일이 감사 인사를 전한다. 나를 기억하지는 못하겠지만 지역 전문대학에서 창작 수업을 이끌며 우리 모두에게 사막에서 위축되지 않고 무언가를 해낼 수 있다는 믿음을 심어 주신 팀 아델에게 감사의 인사를 전한다. 용기를 북돋아 주었던 캘리포니아 대학교 리버사이드 캠퍼스의 창작 프로그램의 수잔 스트레이트와 레일라 랄라미를 비롯한 모든 교수진께도 감사 인사를 전한다. 아울러 그곳에서 만났던 많은 학생들과 오랜 절친들, 그리고 아침 동아리 회원들, 그중에서도 특히 호아킨 마고스와 개릿 마라크 그리고 절대 빼먹으면 안 되는 애덤 콜바스에게도 감사의 말을 전한다. 그대들을 알게 되면서 내 인생이 영원히 바뀌었기에 그대들을 만난 것은 엄청난 행운이라는 말도 전하고 싶다.(하지만 아직 우정 문신은 새길 생각이 없단다.) 또, 학비를 제공해 준 럿거스 캠든 대학교의 석사 프로그램과 랠프 번치 장학금에도 감사 인사를 전해야겠다. 학비에 도움을 준 기관 외에도 살아 숨 쉬는 분들에게도 감사의 인사를 전하고 싶다. 내가 실수했는데도 존중해 준 리사 자이드너와 온화한 교수법으로 폭풍 같은 내 인생에 차분한 포트가 돼 주셨던 폴 리시키에게 감사드린다.

현재 재직 중인 밴더필트 대학교의 영문과 대학원에도 감사의 인사를 전한다. 냉철하고 진중한 학자로 알고 계약했는데 나중에 보니 위기에 빠진 SF 소설가였으니 대학원 입장에서는 임신한 고양이를 구조한 꼴이 되고 말았다. 교수진과 학생들(특히 같이 강의를 들은 토리, 지지, 케이틀린, 조시, 헌틀리)에게 감사의 말을 전한다. 이들 덕분에 생소한 규율과 더 생소한 도시가 집처럼 편안하다. 함께 로봇뿐만 아니라 문학이론과 19세기 문학에 열정을 불사르는 '그랜드파파' 제이 클레이턴에게 특별히 더 큰 소리로 감사 인사를 전한다. 밴더빌트 대학교에서 감사할 분으로 빼놓으면 안 되는 분이 웨슬리 보코이다. 이분은 내가 경험이 없고 아는 게 거의 없을 때에도 늘 동등하게 상대해 주었다. 도서관에서 24시간 동안 연구하고 얼어 죽을 것 같은 아파트에서 이틀이나 밤새워 시를 읽었던 일을 잊지 못한다고 말하고 싶다. 교수와 작가로의 삶은 물론이고 사생활까지 동시에 격변했을 때에도 한결같이 대해 주신 점 감사드린다. 노트북으로 작업하다가 고개를 들면 마주 앉아 대화할 수 있을 테니 어느새 화상 통화에 의존하게 된 것도 감사드린다.

힘든 상황에도 유연하게 대처해 준 편집자 세라 피드와 업무가 끝난 이후에도 계속해서 친절하게 용기를 북돋아 준 안젤린 로드리게스에게도 감사의 인사를 전한다.

마지막으로, 늘 감사하게 생각하는 존슨 자매들과 델리, 스칼렛, 인디고, 에메랄드 외 모든 이에게 이 책을 바친다.

키야

옮긴이 | 이정아

숭실대학교 영어영문학과를 졸업하고, 동대학원에서 영어영문학과 석사 과정을 마쳤다. 옮긴 책으로는 『문학의 도시, 런던』, 『오만과 편견』, 『서양 철학 산책』, 『스페이스 오페라』, 『와일드 싱』, 『이지 머니』(전2권), 『쌀의 여신』(전2권), 『1984』, 『책은 죽었다』, 『소크라테스와 유대인』, 『촘스키의 아나키즘』, 『문학이 좋다 여행이 좋다』 등이 있다.

세상의 경계에서

1판 1쇄 찍음 2023년 02월 22일
1판 1쇄 펴냄 2023년 02월 28일

지은이 | 미카이아 존슨
옮긴이 | 이정아
발행인 | 박근섭
편집인 | 김준혁
책임편집 | 장은진
펴낸곳 | 황금가지

출판등록 | 2009. 10. 8 (제2009-000273호)
주소 | 06027 서울 강남구 도산대로 1길 62 강남출판문화센터 5층
전화 | **영업부** 515-2000 **편집부** 3446-8774 **팩시밀리** 515-2007
홈페이지 | www.goldenbough.co.kr

도서 파본 등의 이유로 반송이 필요할 경우에는 구매처에서 교환하시고
출판사 교환이 필요할 경우에는 아래 주소로 반송 사유를 적어 도서와 함께 보내주세요.
06027 서울 강남구 도산대로 1길 62 강남출판문화센터 6층 민음인 마케팅부

ISBN 979-11-7052-255-3 03840

㈜민음인은 민음사 출판 그룹의 자회사입니다.
황금가지는 ㈜민음인의 픽션 전문 출간 브랜드입니다.